D0340181

Le Serment des Limbes

Jean-Christophe Grangé

Le Serment des Limbes

Roman

ÉDITIONS FRANCE LOISIRS

*Pour Laurence
Et nos enfants.*

Édition du Club France Loisirs,
avec l'autorisation des Éditions Albin Michel.

Éditions France Loisirs,
123, boulevard de Grenelle, Paris.
www.franceloisirs.com

© Éditions Albin Michel, 2007.
ISBN : 978-2-298-00856-2

I

MATHIEU

1

— Ni la vie, ni la mort.

Éric Svendsen avait le goût des formules et je le haïssais pour ça. En tout cas aujourd'hui. Pour moi, un médecin légiste devait s'en tenir à un rapport technique, net et précis – et basta. Mais le Suédois ne pouvait s'en empêcher : il déclamait ses phrases, ciselait ses tournures…

— Luc se réveillera tout à l'heure, continua-t-il. Ou jamais. Son corps fonctionne, mais son esprit est au point mort. En suspens entre deux mondes.

J'étais assis dans le hall du service de Réanimation. Svendsen se tenait debout, à contre-jour. Je demandai :

— Ça s'est passé où au juste ?

— Dans sa maison de campagne, près de Chartres.

— Pourquoi a-t-il été transféré ici ?

— Les types de Chartres n'étaient pas équipés pour le garder en réa.

— Mais pourquoi ici, à l'Hôtel-Dieu ?

— Ils ont cru bien faire. Après tout, l'Hôtel-Dieu, c'est l'hosto des flics.

Je me rencognai dans mon siège. Un nageur olympique prêt à plonger. Les odeurs d'antiseptique, provenant de la double porte fermée, se mêlaient à la chaleur et me collaient la nausée. Les questions se bousculaient dans ma tête :

— Qui l'a découvert ?

— Le jardinier. Il a repéré le corps dans la rivière, près de la maison. Il l'a repêché in extremis. Il était huit heures du mat'. Par chance, le Samu n'était pas loin. Ils sont arrivés juste à temps.

J'imaginai la scène. La maison de Vernay, la pelouse ouverte sur les champs, la rivière enfouie sous les herbes, marquant la frontière avec les sous-bois. J'avais passé là-bas tant de week-ends... Je prononçai le mot interdit :

— Qui a parlé de suicide ?

— Les gars du Samu. Ils ont rédigé un rapport.

— Pourquoi pas un accident ?

— Le corps était lesté.

Je levai les yeux. Svendsen ouvrit ses mains, en signe de consternation. Sa silhouette semblait découpée dans du papier noir. Corps filiforme et chevelure crépue, ronde comme une boule de gui.

— Luc portait à la taille des morceaux de parpaings, fixés avec du fil de fer. Une espèce de ceinture de plongée.

— Pourquoi pas un meurtre ?

— Déconne pas, Mat. On aurait retrouvé son corps avec trois balles dans le buffet. Là, aucune trace de violences. Il a plongé, et on doit l'accepter.

Je songeai à Virginia Woolf, qui avait rempli ses poches de pierres avant de se laisser couler dans une rivière du Sussex, en Angleterre. Svendsen avait raison. Le lieu même de l'acte était un aveu. N'importe quel flic se serait tiré une balle dans la tempe, à la Brigade, en utilisant son arme de service. Luc avait le sens du cérémonial – et des lieux sacrés. Vernay, cette ferme qu'il s'était saigné à payer, restaurer, aménager. Un sanctuaire parfait.

Le légiste posa sa main sur mon épaule.

— Ce n'est pas le premier flic qui met fin à ses jours. Vous vous tenez tous au bord de l'abîme et…

Encore des phrases : je n'écoutais plus. Je songeais aux statistiques. L'année précédente, près de cent flics s'étaient flingués en France. De nos jours, le suicide devenait une manière comme une autre d'achever sa carrière.

L'obscurité du couloir me parut s'approfondir. Odeurs d'éther, chaleur étouffante. Depuis combien de temps n'avais-je pas parlé avec Luc ? Combien de mois avaient passé sans le moindre échange ? Je regardai Svendsen :

— Et toi, qu'est-ce que tu fous là ?

Il eut un mouvement d'épaules :

— On m'a apporté un macchabée, à la Rapée. Un casseur qui a eu une attaque, en plein cambriolage. Les gars qui me l'ont amené revenaient de l'Hôtel-Dieu. Ils m'ont parlé de Luc. J'ai tout lâché pour venir. Après tout, mes clients peuvent attendre.

En écho à ses paroles, j'entendis la voix de Foucault, mon premier de groupe, qui m'avait téléphoné une heure plus tôt : « Luc s'est foutu en l'air ! » La migraine montait sous mon crâne.

J'observai mieux Svendsen. Sans blouse blanche, il ne paraissait pas tout à fait réel. Mais c'était bien lui : petit nez crochu et fines lunettes, façon lorgnons. Un médecin des morts au chevet de Luc… Il allait lui porter la poisse.

13

La double porte du service s'ouvrit. Un médecin trapu, chiffonné dans sa blouse verte, apparut. Je le reconnus aussitôt : Christophe Bourgeois, anesthésiste-réanimateur. Deux ans auparavant, il avait tenté de sauver un proxénète aux tendances schizoïdes, qui avait tiré dans le tas lors d'une rafle dans le dix-huitième arrondissement, rue Custine. Il avait abattu deux agents avant qu'une balle de 45 ne lui traverse la moelle épinière – la balle m'appartenait.

Je me levai et marchai à sa rencontre. Il fronça les sourcils :

— On se connaît, non ?

— Mathieu Durey, commandant à la Crime. L'affaire Benzani, en mars 2000. Un malfrat abattu par balle, décédé ici. On s'est revus au tribunal de Créteil, l'année dernière, pour le procès par contumace.

L'homme fit un mouvement qui disait : « J'en vois tellement… » Il avait les cheveux drus et blancs. Des cheveux qui n'étaient pas synonymes de vieillesse mais de vitalité et de séduction. Il lança un coup d'œil vers le service de Réanimation :

— Vous êtes là pour le policier dans le coma ?

— Luc Soubeyras est mon meilleur ami.

Il grimaça, comme si on lui annonçait un ennui supplémentaire.

— Il va s'en tirer ?

Le médecin dénouait l'attache de sa blouse dans son dos.

— C'est déjà un miracle que son cœur soit reparti, souffla-t-il. Quand on l'a repêché, il était mort.

— Vous voulez dire…

— Mort clinique. Si l'eau n'avait pas été si froide,

il n'y aurait rien eu à faire. Mais l'organisme s'est mis en hypothermie, ralentissant l'irrigation du corps. Les gars de Chartres ont eu une présence d'esprit incroyable. Ils ont tenté l'impossible, en réchauffant son sang. Et l'impossible a marché. Une vraie résurrection.

— Comment?

Svendsen, qui s'était rapproché, intervint :

— Je t'expliquerai.

Je le fusillai du regard. Le médecin regarda sa montre :

— Je n'ai pas vraiment le temps, là.

Ma colère explosa :

— Mon meilleur ami est en train d'agoniser à côté. Alors, je vous écoute!

— Excusez-moi, fit le toubib avec un sourire. Pour l'instant, le diagnostic n'est pas complet. On pratique des tests pour évaluer la profondeur de son coma.

— Physiquement, comment va-t-il?

— La vie a repris son cours, mais on ne peut absolument rien faire pour le réveiller… Et s'il se réveille, on ne sait pas dans quel état il sera. Tout dépend des lésions cérébrales. Votre ami a traversé la mort, vous comprenez? Son cerveau est resté sans oxygène, ce qui a sans aucun doute provoqué des dégâts.

— Il existe plusieurs types de comas, non?

— Plusieurs, oui. L'état végétatif, où le patient réagit à certains stimuli, et le vrai coma, l'isolement total. Votre ami a l'air de se tenir en équilibre entre les deux. Mais il faudrait que vous voyiez Éric Thuillier, le neurologue. (Je notai le nom dans mon carnet.) C'est lui qui dirige actuellement les tests. Prenez rendez-vous pour demain.

Il jeta encore un coup d'œil à l'heure puis baissa la voix :

— Autre chose… Je n'ai pas osé le demander à sa femme mais votre ami, il se droguait, non?

— Pas du tout. Pourquoi?

— On a remarqué des traces de piqûres, dans le pli du coude.

— Il suivait peut-être un traitement?

— Son épouse dit que non. Elle est catégorique.

Le médecin ôta sa blouse puis me tendit la main :

— Cette fois, il faut que j'y aille. On m'attend dans un autre service.

Je répondis au geste et vis les portes s'ouvrir à nouveau. Laure. La femme de Luc portait elle aussi une blouse de papier et une charlotte froncée autour du front. Elle chancelait plus qu'elle ne marchait. Je me précipitai. Elle recula, comme si ma voix, ou ma présence, lui faisait peur. Son expression était froide, indéchiffrable.

— Laure, si tu as besoin de quoi que ce soit, je…

Elle refusa d'un signe de tête. Elle n'avait jamais été jolie mais à cet instant, elle ressemblait à un spectre. Elle murmura, d'un ton précipité :

— Hier soir, il nous a dit de rentrer sans lui. Il voulait rester à Vernay. Je sais pas ce qui s'est passé. Je sais pas…

Son murmure devint inaudible. J'aurais dû la prendre dans mes bras, mais j'étais incapable d'une

16

telle familiarité. Ni maintenant, ni jamais. Je dis au hasard :

— Il va s'en sortir, j'en suis sûr. On…

Elle me jeta un regard glacé. L'hostilité brillait dans ses pupilles.

— C'est à cause de votre boulot. Votre boulot de cons.

— On ne peut pas dire ça. C'est…

Je n'achevai pas ma phrase. Laure venait de fondre en larmes. De nouveau, j'aurais voulu esquisser un geste de compassion mais je ne pouvais pas la toucher. Baissant les yeux, je remarquai que son manteau, sous la blouse, était boutonné de travers. Ce détail faillit me faire éclater en sanglots moi aussi. Elle chuchota, après s'être mouchée :

— Faut que j'y aille… Les petites m'attendent.

— Où sont-elles ?

— À l'école. Je les ai laissées à l'étude.

Mes oreilles bourdonnaient. Nos voix résonnaient dans du coton.

— Tu veux que je te ramène ?

— Je suis en voiture.

Alors qu'elle se mouchait à nouveau, je l'observai. Visage étroit et dents de lapin, encadrés de boucles déjà grises, qui ressemblaient à des péots de rabbin. Malgré moi, une réflexion de Luc me revint. Une de ces phrases cyniques dont il avait le secret : « La femme. Régler le problème le plus vite possible, pour mieux l'oublier. » C'était exactement ce qu'il avait fait, en « important » cette jeune femme de sa région d'origine, les Pyrénées, et en lui faisant deux enfants, coup sur coup. Je dis, faute de mieux :

— Je t'appelle ce soir.

Elle acquiesça et s'éloigna vers les vestiaires. Je me retournai : l'anesthésiste avait disparu. Restait Svendsen – l'inévitable Svendsen. Je repérai la blouse que le toubib avait laissée sur un siège et l'attrapai :

— Je vais voir Luc.

— Laisse tomber. (Il m'arrêta d'une main ferme.) Le toubib vient de nous le dire : il est en train de subir des tests.

Je me libérai avec humeur mais il poursuivit, d'une voix apaisante :

— Reviens demain, Mat. Ça vaudra mieux pour tout le monde.

L'onde de colère se dilua dans mon corps. Svendsen avait raison. Je devais laisser les médecins faire leur boulot. Qu'allais-je gagner à voir mon ami percé de sondes et de perfusions ?

Je saluai d'un geste le légiste et descendis l'escalier. Mon mal de crâne reculait. Sans même y penser, je pris la direction du centre médico-carcéral, là où l'on place les suspects blessés et les drogués en manque, puis m'arrêtai, redoutant soudain de croiser un flic de ma connaissance. Pas question d'entendre des condoléances larmoyantes ou des paroles de compassion.

Je m'orientai vers le hall d'entrée principal. Sur le seuil, j'attrapai mon paquet de Camel sans filtre et allumai une clope, avec mon gros Zippo. J'inhalai la première bouffée à pleine gorge.

Mes yeux tombèrent sur l'avertissement placardé sur le paquet : FUMER PEUT ENTRAÎNER UNE MORT LENTE ET DOULOUREUSE. Je tirai quelques taffes, adossé à la grille, puis me dirigeai à gauche, vers le cœur de mon existence : le 36, quai des Orfèvres.

Soudain, je me ravisai et tournai à droite, vers l'autre pivot de ma vie.

La cathédrale Notre-Dame.

2

Dès le porche, les avertissements commençaient : ATTENTION AUX PICKPOCKETS, PAR MESURE DE SÉCURITÉ, LES BAGAGES SONT INTERDITS, PRIÈRE SILENCE... Pourtant, malgré la foule, malgré le manque d'intimité, je ressentais toujours la même émotion quand je franchissais le seuil de Notre-Dame.

Je jouai des coudes et atteignis le bénitier de marbre. J'effleurai l'eau de mes doigts et me signai, m'inclinant face à la Vierge. Je sentis la crosse de mon USP 9 mm Para cogner ma hanche. Longtemps, mon arme de service m'avait posé un problème. Pouvait-on pénétrer dans une église ainsi équipé ? Je l'avais d'abord cachée sous le siège de ma bagnole, puis je m'étais lassé d'effectuer chaque fois le détour par le parking du 36. J'avais songé à trouver une planque parmi les bas-reliefs de la cathédrale mais j'avais abandonné l'idée : trop dangereux. Finalement, j'avais assumé l'outrage. Les Croisés déposaient-ils leur épée quand ils pénétraient dans le Temple ?

Je remontai l'allée de droite, longeai des clairières de cierges, dépassai les confessionnaux surmontés de petits drapeaux indiquant les langues parlées par les prêtres officiants. À chaque pas, mon calme gagnait plusieurs degrés – l'ombre de l'église m'était bienfaisante. Une masse contradictoire : cargo de pierre glissant dans des flots d'obscurité, mais distillant une légèreté âcre et piquante, celle des effluves d'encens, des odeurs de cire, de la fraîcheur du marbre.

Je croisai les chapelles Saint-François-Xavier et Sainte-Geneviève, alcôves fermées au public, tapissées de grands tableaux sombres, les statues de Jeanne d'Arc et de sainte Thérèse, évitai la file d'attente devant la salle du Trésor et parvins, au fond du chœur, dans « ma » chapelle – le lieu de recueillement où je venais prier chaque soir.

Notre-Dame des Sept-Douleurs. Quelques bancs à peine éclairés, un autel surplombé par des faux cierges et des objets liturgiques. Je me glissai sur la droite, entre les agenouilloirs, à l'abri des regards. Je fermai les yeux quand une voix retentit en moi :

— Regarde-les roupiller.

Luc se tenait à mes côtés – Luc âgé de quatorze ans, maigre et rouquin. Je n'étais plus à Notre-Dame mais dans la chapelle du collège de Saint-Michel-de-Sèze, entouré par les élèves de 3ᵉ. Luc reprit de sa voix cinglante :

— Quand je s'rai prêtre, tous mes fidèles s'ront debout. Comme dans un concert rock !

L'audace de l'adolescent me sidérait. À cette époque, je vivais ma foi comme une tare inavouable, parmi les autres gamins qui considéraient l'enseignement religieux comme la pire des matières. Et voilà que ce gosse affirmait vouloir devenir prêtre – un prêtre rock'n'roll !

— J'm'appelle Luc, dit-il. Luc Soubeyras. On m'a dit que tu cachais une bible sous ton oreiller et qu'on n'avait jamais vu un con pareil. Alors, j'voulais te dire : un con de ce genre-là, y'en a un autre ici – moi. (Il joignit ses mains.) « *Heureux les persécutés : le royaume des cieux est à eux.* »

Puis il tendit la paume vers le plafond du chœur, afin que je tope.

Le claquement de nos mains me ramena à la réalité. Je cillai et me retrouvai dans ma planque de Notre-Dame. La pierre froide, l'osier des prie-Dieu, les dossiers de bois... Je plongeai à nouveau dans le passé.

Ce jour-là, j'avais fait la connaissance du personnage le plus original de Saint-Michel-de-Sèze. Un moulin à paroles, arrogant, sarcastique, mais consumé par une foi incandescente. On était aux premiers mois de l'année scolaire 1981-1982. Luc, 3e B, avait déjà deux années du collège de Sèze derrière lui. Grand, décharné, comme moi, il s'agitait à coups de gestes fébriles. Hormis la taille et notre foi, nous partagions aussi un nom d'apôtre. Pour lui, celui de l'évangéliste que Dante surnommait le « scribe », parce que son évangile est le mieux écrit. Moi, de Matthieu, le douanier, le gardien de la loi, qui suivit le Christ et retranscrivit chacune de ses paroles.

Les points communs s'arrêtaient là. J'étais né à Paris, dans un quartier chic du seizième arrondissement. Luc Soubeyras était originaire d'Aras, village fantôme des Hautes-Pyrénées. Mon père avait fait fortune dans la publicité, durant les années soixante-dix. Luc était le fils de Nicolas Soubeyras, instituteur, communiste, spéléologue amateur qui s'était fait connaître dans la région en séjournant des mois, sans repère chronologique, au fond de gouffres d'altitude, et qui avait disparu, trois ans auparavant, au fond de l'un d'eux. J'avais grandi, fils unique, au sein d'une famille qui avait érigé le cynisme et la flambe en valeurs absolues. Luc vivait, quand il n'était pas à l'internat, auprès d'une mère fonctionnaire en disponibilité, chrétienne alcoolique qui avait pété les plombs après la mort de son mari.

Voilà pour le profil social. Notre statut d'écoliers aussi était différent. Je me trouvais à Saint-Michel-de-Sèze parce que l'établissement, d'obédience catholique, était l'un des plus réputés de France, l'un des plus chers, et surtout l'un des plus éloignés de Paris. Aucun risque que je déboule chez mes parents le week-end, avec mes idées lugubres et mes crises mystiques. Luc y suivait sa scolarité parce qu'il avait bénéficié, en tant qu'orphelin, d'une bourse des jésuites qui dirigeaient le pensionnat.

Finalement, cela fondait un dernier point commun entre nous : nous étions seuls au monde. Sans lien, sans attache, mûrs pour des week-ends interminables dans le collège désert. De quoi discuter de longues heures de notre vocation.

On se plaisait à romancer nos révélations respectives, prenant modèle sur Claudel, touché par la grâce à Notre-Dame, ou saint Augustin, saisi par la lumière dans un jardin milanais. Pour moi, cela s'était produit lors du Noël de mes six ans. Contemplant mes jouets au pied du sapin, j'avais littéralement glissé dans une faille cosmique. Tenant entre mes doigts un camion rouge, j'avais soudain capté une réalité invisible, incommensurable derrière chaque objet, chaque détail. Une trouée dans la toile du réel, qui recelait un mystère – et un appel. Je devinais que la vérité était dans ce mystère. Même, et surtout, si je ne possédais pas encore de réponse. J'étais au début du chemin – et mes questions constituaient déjà une réponse. Plus tard, je lirais saint Augustin : « *La foi cherche, l'intellect trouve…* »

Face à cette révélation discrète, intime, il y avait celle de Luc, explosive, spectaculaire. Il prétendait avoir vu, de ses yeux vu, la puissance de Dieu, alors qu'il accompagnait son père lors d'un repérage en montagne, à la recherche d'un gouffre. C'était en 78. Il avait onze ans. Il avait aperçu, dans un miroitement de falaise, le visage de Dieu. Et il avait compris la nature holistique du monde. Le Seigneur était partout, dans chaque caillou, chaque brin d'herbe, chaque poussée de vent. Ainsi, chaque partie, même la plus infime, contenait le Tout. Luc n'était plus jamais revenu sur sa conviction.

Notre ferveur – mode majeur pour lui, mode mineur pour moi – avait trouvé son lieu d'épanouissement à Saint-Michel-de-Sèze. Non parce que l'école était catholique – au contraire, nous méprisions nos professeurs, confits dans leur foi douce-reuse de jésuites –, mais parce que les bâtiments du pensionnat se structuraient autour d'une abbaye cistercienne, au sommet du campus.

Là-haut, nous avions nos lieux de rendez-vous. L'un, au pied du clocher, offrait une vue panora-mique sur la vallée. L'autre, notre préféré, se situait sous les voûtes du cloître, où s'érigeaient des sculptures d'apôtres. À l'ombre des visages érodés de saint Jacques le Majeur avec son bâton de pèlerin ou de saint Matthieu avec sa hachette, nous refaisions le monde. Le monde liturgique !

Dos calé contre les colonnes, écrasant nos mégots dans une boîte de cachous en fer, nous évoquions nos héros – les premiers martyrs, partis sur les routes afin de prêcher la parole du Christ et qui avaient fini dans les arènes, mais aussi saint Augustin, saint Thomas, saint Jean de la Croix… Nous nous imaginions nous-mêmes en guerriers de la foi, théologiens, croisés de la modernité révolutionnant le droit canon, secouant les cardinaux parcheminés du Vatican, trouvant des solutions inédites pour convertir de nouveaux chrétiens à travers le monde.

Alors que les autres pensionnaires organisaient des virées dans le dortoir des filles et écoutaient les Clash à fond sur leur walkman, nous discutions sans fin du mystère de l'Eucharistie, confrontions, dans le texte, Aristote et saint Thomas d'Aquin, épiloguions sur le concile Vatican II, qui n'avait décidément pas été assez loin. Je percevais encore l'odeur d'herbe coupée du patio, le grain de mes paquets de Gauloises froissés, et nos voix, ces voix en pleine mue, qui déraillaient dans l'aigu pour finir dans un éclat de rire. Invariablement, nos conciliabules s'achevaient sur les derniers mots du *Journal d'un curé de campagne* de Bernanos : « *Qu'est-ce que cela fait ? Tout est grâce.* » Quand on avait dit cela, on avait tout dit.

Les orgues de Notre-Dame me rappelèrent à

l'ordre. Je regardai ma montre : 17 h 45. Les vêpres du lundi commençaient. Je secouai mon engourdissement et me levai. Une violente douleur me plia en deux. Je venais de me rappeler la situation : Luc, entre la vie et la mort ; un suicide, synonyme d'un désespoir sans issue.

Je me remis en marche, boitant à moitié, la main sur l'aine gauche. Je me sentais flotter dans mon imperméable gris. Mes seuls points d'ancrage étaient mes mains crispées sur mon ventre et l'USP Heckler & Koch, qui avait remplacé depuis longtemps à ma ceinture le Manhurin réglementaire. Un fantôme de flic dont l'ombre serpentait devant lui, complice des longs voiles blancs de l'allée, dissimulant les échafaudages du chœur en restauration.

Dehors, je reçus un nouveau choc. Non pas dû à la lumière du jour, mais à celle d'un autre souvenir, qui me perça tel un poinçon. La frimousse blanche, poudreuse, de Luc éclatant de rire. Sa chevelure rousse, son nez courbe, ses lèvres fines et ses grands yeux gris, brillant comme des flaques rieuses sous la pluie.

À cet instant, j'eus une révélation.

L'essentiel m'avait échappé aujourd'hui. Luc Soubeyras n'avait pas pu se suicider. C'était aussi simple que ça. Un catholique de sa trempe ne met pas fin à ses jours. La vie est un don de Dieu, dont on ne dispose pas.

3

La brigade criminelle, 36, Quai des Orfèvres. Ses couloirs. Son sol gris sombre. Ses câbles électriques, agglutinés au plafond. Ses bureaux mansardés. Je ne prêtais plus aucune attention à ces lieux. J'y déambulais comme dans une ouate neutre. Il n'y avait même plus ici d'odeur de tabac ou de sueur pour réveiller mon attention.

Pourtant, une impression d'humidité vaguement écœurante ne me quittait pas, comme si je marchais au sein d'un organisme vivant, en voie de déliquescence. Pure hallucination bien sûr, liée à mon passé africain. J'avais contracté là-bas une déformation, une manière d'appréhender les objets solides comme des êtres suintants, organiques…

Par les portes entrebâillées, je surpris des coups d'œil sans équivoque – tout le monde était déjà au courant. J'accélérai le pas, pour ne pas avoir à donner des nouvelles de Luc ou échanger des banalités sur le désespoir de notre métier. J'attrapai le courrier qui s'était accumulé dans mon casier puis refermai la porte de mon bureau.

Ces regards me donnaient un avant-goût de la suite des événements. Chacun allait s'interroger sur l'acte de Luc. Une enquête allait être ordonnée. Les Bœufs allaient s'en mêler. L'hypothèse de la dépression serait prioritaire mais les gars de l'IGS allaient fouiner dans la vie de Luc. Vérifier s'il ne jouait pas, s'il n'était pas endetté, s'il n'avait pas fricoté avec ses indics au point de tremper dans des affaires illégales. Une enquête de routine, qui ne donnerait rien mais qui allait tout salir.

Nausée, envie de dormir. J'ôtai mon trench-coat et conservai ma veste, malgré la chaleur. J'aimais la sensation familière de sa doublure en soie. Une seconde peau. Je m'assis dans mon fauteuil et considérai ma troisième peau : mon bureau. Cinq mètres carrés sans fenêtre, où s'entassaient les dossiers au point de couvrir les murs.

Je lançai un regard à la pile de paperasses que j'avais récoltée. Procès-verbaux d'auditions ou d'interpellations, factures détaillées de téléphone, relevés bancaires de suspects, « requises » que les juges m'accordaient enfin. Et aussi : la revue de presse criminelle, qui tombait matin et soir, provenant du cabinet du ministère de l'Intérieur, ainsi que les télégrammes résumant les affaires les plus importantes en Île-de-France. Le bain de boue habituel. Le tout couvert de Post-it collés par mes lieutenants, signalant les résultats ou les impasses de la journée.

La nausée, en force. Je ne voulais même pas écouter mes messages. Ni sur mon portable, ni sur ma ligne fixe. Je contactai plutôt la gendarmerie de Nogent-le-Rotrou, la ville la plus proche de Vernay, et demandai à parler au capitaine qui avait supervisé le sauvetage de Luc. L'homme me confirma les informations de Svendsen. Le corps lesté, le transfert en urgence, la résurrection.

Je raccrochai, palpai mes poches, trouvai mes sans-filtre. J'attrapai une clope, mon briquet et, tout en réfléchissant, savourai chaque détail du rituel. Le paquet bruissant, intime ; le parfum oriental qui s'en dégageait, mêlé aux effluves d'essence du Zippo ;

les grains de tabac qui restaient sur mes doigts, comme des fétus d'or. Puis, enfin, la gorgée de feu jusqu'au fond de ma poitrine…

18 heures. Je commençai enfin le décryptage des documents. Les Post-it. Déjà, des signes de solidarité : « Avec toi. Franck. » « Rien n'est perdu. Gilles. » « C'est le moment d'avoir du cran! Philippe. » Je décollai ces messages et les plaçai à l'écart.

Alors seulement, je me plongeai dans le boulot, comptant les bons et les mauvais points de la journée. Foucault m'informait que la DPJ de Louis-Blanc refusait de nous communiquer le dossier concernant un corps tailladé, retrouvé près de Stalingrad. Ce meurtre pouvait être lié à un règlement de comptes entre dealers sur lequel nous enquêtions depuis un mois, à la Villette. Le refus ne m'étonnait pas. Toujours la vieille rivalité entre cette DPJ et la Crime. Chacun chez soi et les cadavres seront bien gardés.

Message suivant, plus constructif. Quinze jours auparavant, un camarade de promotion, basé à la DPJ de Cergy-Pontoise, m'avait demandé conseil sur un meurtre : une femme, 59 ans, esthéticienne, assassinée dans son parking. Seize coups de rasoir. Pas de vol, pas de viol. Aucun témoin. Les enquêteurs avaient envisagé un crime passionnel, puis un acte pervers – pour se retrouver dans une impasse.

En observant les photos du cadavre, j'avais remarqué plusieurs détails. Les angles d'attaque du rasoir révélaient que l'assassin était de même taille que sa victime, plutôt petite. L'arme était singulière : un coupe-chou à l'ancienne, qu'on ne trouve plus que dans les brocantes. Un tel instrument pouvait appartenir à un meurtrier de sexe féminin. Dans les règlements de comptes entre putes, par exemple, c'est l'arme qu'on utilise – une arme qui défigure –, alors que les hommes jouent plutôt du couteau et frappent au ventre.

Mais surtout, les plaies étaient concentrées sur le visage, la poitrine, le bas-ventre. Le meurtrier s'était acharné sur les parties qui désignaient le sexe. Il s'était surtout attardé sur la figure, coupant le nez, les lèvres, les yeux. En défigurant sa victime, l'assassin s'était peut-être concentré sur sa propre image, comme s'il brisait un miroir. J'avais aussi noté l'absence de plaies de défense, induites par des mouvements de lutte ou de protection : l'esthéticienne ne s'était pas méfiée, Elle connaissait son agresseur. J'avais demandé à mon collègue de Cergy si la morte n'avait pas une fille ou une sœur. Mon pote de promotion avait promis d'interroger de nouveau la famille. Le Post-it disait simplement : « La fille a avoué ! »

Je mis de côté les factures de téléphone, les relevés bancaires – pas assez concentré pour décrypter quoi que ce soit. Passai à une autre liasse, fraîchement imprimée : un rapport de constatation, sur une scène de crime que j'avais manquée la veille. Mon troisième de groupe, Meyer, était le procédurier de l'équipe, l'écrivain de la bande. Licencié en lettres, il mettait un soin particulier à rédiger ces constates – et savait y faire pour évoquer les lieux du meurtre.

Tout de suite, je fus dans l'histoire. Le Perreux, midi, l'avant-veille. À l'heure du déjeuner, un ou plusieurs agresseurs avaient pénétré dans une bijouterie avant que la gérante ait pu actionner l'alarme. Ils avaient emporté la caisse, les bijoux – et la femme. On l'avait retrouvée assassinée dans les bois qui bordent la Marne, le lendemain matin, à demi enterrée. C'était ce lieu que décrivait Meyer : le corps à moitié enseveli, l'humus, les feuilles mortes. Et les chaussures de la victime, posées perpendiculairement à côté de la sépulture. Pourquoi les chaussures ?

Un souvenir prit forme dans ma mémoire. À l'époque de mes aspirations humanitaires, avant de voyager en Afrique, j'avais sillonné la banlieue nord dans un bus distribuant nourriture, vêtements et soins aux familles nomades qui survivaient sous les ponts du périphérique. Pour l'occasion, j'avais étudié la culture des Rom. Sous leur aspect crado et dévoyé, j'avais découvert un peuple très structuré, suivant des règles strictes, notamment à propos de l'amour et de la mort. Lors d'un enterrement, une histoire identique, justement, m'avait frappé. Les gitans avaient déchaussé le corps avant de l'inhumer et posé ses bottes près de la sépulture. Pourquoi ? Je ne m'en souvenais plus mais la similitude méritait d'être creusée.

J'attrapai mon téléphone et appelai Malaspey. Le plus froid de mon groupe, et le moins bavard. Le seul qui ne risquait pas de me parler de Luc. Sans préambule, je lui ordonnai de trouver un spécialiste des Rom et de vérifier leurs rites funéraires. Si mon soupçon se confirmait, il faudrait gratter autour des communautés tsiganes du 94. Malaspey acquiesça puis raccrocha, comme prévu, sans un mot personnel.

Retour à la paperasse. En vain. Plus moyen de me concentrer. Je laissai tomber les auditions et contemplai mon capharnaüm, les murs tapissés de dossiers non sortis, c'est-à-dire, en langage de flic, non résolus. Des affaires anciennes que je refusais de classer. J'étais le seul enquêteur de la Brigade à conserver de tels documents. Le seul aussi à prolonger leur délai de prescription – dix années pour les crimes de sang –, en menant de temps à autre un interrogatoire ou en trouvant un fait nouveau.

J'observai, en haut d'une pile, la photographie punaisée d'une petite fille. Cécilia Bloch, dont le corps brûlé avait été retrouvé à quelques kilomètres de Saint-Michel-de-Sèze, en 1984. On n'avait jamais piégé le coupable – le seul indice était les bombes aérosol utilisées pour mettre le feu au corps. Pensionnaire à Sèze, j'avais été obsédé par cette affaire. Une question me hantait : le meurtrier avait-il d'abord tué la petite ou l'avait-il brûlée vive ? Quand j'étais devenu flic, j'avais exhumé le dossier. J'étais retourné sur les lieux. J'avais interrogé les gendarmes, les habitants proches – sans résultat.

Une autre enfant figurait sur le mur. Ingrid Coralin. Orpheline qui devait avoir aujourd'hui douze ans et grandissait de foyer en foyer. Une gamine dont j'avais indirectement tué les parents, en 1996, et à qui je versais, anonymement, une pension.

Cécilia Bloch, Ingrid Coralin.

Mes fantômes familiers, ma seule famille…

Je me secouai et vérifiai ma montre. Presque 20 heures – le temps d'agir. Je montai un étage. Composai le code d'accès de la Brigade des Stups et pénétrai dans les bureaux. Je croisai, sur la droite, l'open-space du groupe d'enquête de Luc. Pas un rat. À croire qu'ils s'étaient tous retrouvés ailleurs – peut-être dans une de leurs brasseries habituelles pour boire en silence. Les hommes de Luc étaient les plus durs du Quai des Orfèvres. Je souhaitais bonne chance aux gars de l'IGS qui allaient les interroger. Les flics ne lâcheraient pas un mot.

Je dépassai la porte de Luc sans m'arrêter, lançant un coup d'œil dans les pièces voisines : personne. Je revins sur mes pas, tournai la poignée – fermée. Je tirai de ma poche un trousseau de passes et fis jouer la serrure en quelques secondes. Je pénétrai sans bruit à l'intérieur.

Luc avait fait le ménage. Sur le bureau, pas un papier. Sur les murs, pas un avis de recherche. Au sol, pas un dossier en retard. Si Luc avait vraiment voulu partir, il n'aurait pas procédé autrement. Le goût du secret : une des clés du personnage.

Je restai immobile quelques secondes, laissant les lieux venir à moi. Le repaire de Luc n'était pas plus grand que le mien mais il disposait d'une fenêtre. Je contournai le bureau – un meuble des années trente que Luc avait acheté dans une brocante – et m'approchai du panneau de liège derrière le fauteuil. Quelques photos y étaient encore fixées. Pas des clichés professionnels : des portraits de Camille, huit ans, et d'Amandine, six ans. Dans l'obscurité, leurs sourires flottaient sur le papier glacé comme à la surface d'un lac. Des dessins d'enfants se détachaient aussi – des fées, des maisons peuplées d'une petite famille, « papa » armé d'un gros pistolet poursuivant les « marchands de drogue ». Je posai mes doigts sur ces images et murmurai : « Qu'est-ce que t'as fait ? Putain, qu'est-ce que t'as fait ?... »

J'ouvris chaque tiroir. Dans le premier, des fournitures, des menottes, une bible. Dans le deuxième et le troisième, des dossiers récents – des affaires sorties. Rapports impeccables, notes de service bien léchées. Jamais Luc n'avait travaillé avec ce degré d'ordre. Il s'était livré ici à une mise en scène. Un bureau de premier de la classe.

Je m'arrêtai sur l'ordinateur. Aucune chance que le PC contienne un scoop mais je voulais en avoir le cœur net. J'appuyai, machinalement, sur la barre d'espace. L'écran s'alluma. J'attrapai la souris et cliquai sur une des icônes. Le programme me demanda un mot de passe. Je tapai la date de naissance de Luc, à tout hasard. Refus. Les prénoms de Camille et d'Amandine. Deux refus, coup sur coup. J'allais tenter une quatrième possibilité quand la lumière jaillit.

— Qu'est-ce que tu fous là ?

Sur le seuil, se tenait Patrick Doucet, dit « Doudou », numéro deux du groupe de Luc. Il avança d'un pas et répéta :

— Qu'est-ce que tu fous dans ce putain de bureau ?

Sa voix sifflait entre ses lèvres serrées. Je ne retrouvai ni mon souffle, ni ma voix. Doudou était le plus dangereux de l'équipe. Une tête brûlée dopée aux amphètes qui avait fait ses armes à la BRI et vivait pour le « saute-dessus ». La trentaine, une tête d'ange malade, des épaules de culturiste, carrées dans un blouson de cuir râpé. Il portait les cheveux courts sur les côtés, longs sur la nuque.

Détail raffiné : sur la tempe droite, trois griffes étaient rasées.

Doudou désigna l'ordinateur allumé.

— Toujours à fouiller la merde, hein ?

— Pourquoi la merde ?

Il ne répondit pas. Des ondes de violence lui secouaient les épaules. Son blouson s'ouvrait sur la crosse d'un Glock 21 – un calibre .45, l'arme régulière du groupe.

— Tu pues l'alcool, remarquai-je.

Le flic avança encore. Je reculai, la trouille au ventre.

— Y'a pas de quoi boire un coup, peut-être ?

J'avais vu juste. Les hommes de Luc étaient partis se bourrer la gueule. Si les autres rappliquaient maintenant, je me voyais bien dans la peau du flic lynché par les collègues d'un service rival.

— Qu'est-ce que tu cherches ? me souffla-t-il en pleine face.

— Je veux savoir comment Luc en est arrivé là.

— T'as qu'à regarder ta vie. T'auras la réponse.

— Luc n'aurait jamais renoncé à l'existence. Quelle qu'elle soit. Elle est un don de Dieu et...

— Commence pas avec tes sermons.

Doudou ne me quittait pas des yeux. Seul, le bureau nous séparait. Je remarquai qu'il vacillait légèrement : ce détail me rassura. Complètement ivre. J'optai pour les questions franches :

— Comment était-il ces dernières semaines ?

— Qu'est-ce que ça peut te foutre ?

— Sur quoi travaillait-il ?

Le flic se passa la main sur la figure. Je me glissai le long du mur et m'éloignai.

— Il a dû se passer quelque chose…, continuai-je sans le lâcher du regard. Peut-être une enquête qui lui a foutu le moral par terre…

Doudou ricana :

— Qu'est-ce que tu cherches ? L'affaire qui tue ?

Dans son cirage, il avait trouvé le mot juste. Si je devais me résoudre au suicide de Luc, c'était une de mes hypothèses : une enquête qui l'aurait fait basculer dans un désespoir sans retour. Une affaire qui aurait bouleversé son credo catholique. J'insistai :

— Sur quoi bossiez-vous, merde ?

Doudou me suivait du coin de l'œil, alors que je reculais toujours. En guise de réponse, il émit un rot sonore. Je souris à mon tour :

— Fais le malin. Demain, ce seront les Bœufs qui te poseront la question.

— Je les emmerde.

Le flic frappa l'ordinateur du poing. Sa gourmette lança un éclair d'or. Il hurla :

— Luc a rien à se reprocher, tu piges ? On a rien à se reprocher ! Putain de Dieu !

Je revins sur mes pas et éteignis le computeur avec douceur.

— Si c'est le cas, murmurai-je, t'as intérêt à changer d'attitude.

— Maintenant, tu parles comme un avocat.

Je me plantai devant lui. J'en avais marre de son mépris à deux balles :

— Écoute-moi bien, ducon. Luc, c'est mon meilleur pote, O.K. ? Alors, arrête de me regarder comme une balance. Je trouverai la raison de son acte, quelle qu'elle soit. Et c'est pas toi qui m'en empêcheras.

Disant cela, je me dirigeai vers la porte. Quand je franchis le seuil, Doudou cracha :

— Personne chantera, Durey. Mais si tu remues la merde, tout le monde s'ra éclaboussé.

— Et si tu m'en disais un peu plus ? lançai-je par-dessus mon épaule.

En guise de réponse, le flic brandit un majeur bien raide.

4

À ciel ouvert.

Un escalier à ciel ouvert. Lorsque j'avais visité l'appartement pour la première fois, j'avais tout de suite su que je le prendrais à cause de ce détail. Des marches dallées de tomettes, surplombant une cour du XVIIIᵉ siècle, enroulées autour d'une rampe de fer couverte de lierre. Immédiatement, j'y avais éprouvé une sensation de bien-être – de pureté. Je m'imaginais revenir du boulot et grimper ces degrés apaisants, comme si je traversais un sas de décontamination.

Je ne m'étais pas trompé. J'avais placé ma part d'héritage dans ce trois-pièces du Marais et, depuis quatre ans, j'éprouvais chaque jour la vertu magique de l'escalier. Quelles que soient les horreurs du boulot, la spirale et ses feuilles me nettoyaient. Je me déshabillais sur le seuil de ma porte, fourrais directement mes fringues dans un sac de pressing et plongeais sous la douche, achevant le processus de purification.

Ce soir, pourtant, la cage semblait privée de ses pouvoirs. Parvenu au troisième étage, je m'arrêtai. Une ombre m'attendait, assise sur les marches. Dans le demi-jour, je repérai le manteau de daim, le tailleur couleur prune. Sans doute la dernière personne que je désirais voir : ma mère.

J'achevais mon ascension quand sa voix enrouée m'adressa un premier reproche :

— Je t'ai laissé des messages. Tu n'as pas rappelé.

— J'ai eu une journée chargée.

Pas question de lui expliquer la situation : ma mère n'avait croisé Luc qu'une fois ou deux, lorsque nous étions adolescents. Elle n'avait fait aucun commentaire, mais son expression en disait long – c'était la même grimace que lorsqu'elle découvrait une famille bruyante dans le salon des premières, à Roissy, ou une tache sur un de ses canapés – les terribles fausses notes qu'elle devait supporter dans sa vie de mondaine tout-terrain.

Elle ne fit pas mine de se lever. Je m'assis à ses côtés, sans prendre la peine d'allumer le couloir. Nous étions abrités du vent et de la pluie et, pour un 21 octobre, il faisait plutôt doux.

— Qu'est-ce que tu voulais ? Une urgence ?

— Je n'ai pas besoin d'urgence pour te rendre visite.

Elle croisa les jambes d'un mouvement souple et j'aperçus mieux le tissu de sa jupe – un tweed de laine bouclé. Fendi ou Chanel. Mon regard descendit jusqu'aux chaussures. Noir et or. Manolo

Blahnik. Ce geste, ces détails… Je la revoyais accueillir ses invités à coups de poses languides, lors de ses dîners incontournables. D'autres images se juxtaposèrent. Mon père, m'appelant affectueusement le « petit cul-bénit », puis me plaçant en bout de table ; ma mère, reculant toujours à mon approche, de peur que je froisse sa robe. Et mon orgueil muet face à leur distance et leur pauvre matérialisme.

— Cela fait des semaines que nous n'avons pas déjeuné ensemble.

Elle utilisait toujours la même inflexion douce pour distiller ses reproches. Elle affichait ses blessures affectives mais elle n'y croyait pas elle-même. Ma mère, qui ne vivait que pour les vêtements griffés et les appellations contrôlées, évoluait, côté sentiments, dans un monde de contrefaçon.

— Désolé, dis-je pour donner le change. Je n'ai pas vu passer le temps.

— Tu ne m'aimes pas.

Elle avait le don de proférer des sentences tragiques au détour d'une conversation anodine. Cette fois, elle avait dit cela sur son ton boudeur de jeune fille. Je me concentrai sur le parfum du lierre trempé, l'odeur des murs, récemment repeints.

— Au fond, tu n'aimes personne.

— J'aime tout le monde, au contraire.

— C'est ce que je dis. Ton sentiment est général, abstrait. C'est une espèce de… théorie. Tu ne m'as même jamais présenté de fiancée.

Je regardai le pan de nuit oblique se découper au-dessus de la rampe.

— On en a parlé mille fois. Mon engagement est ailleurs. J'essaie d'aimer les autres. Tous les autres.

— Même les criminels?

— Surtout les criminels.

Elle ramena son manteau sur ses jambes. J'observai son profil parfait, entre ses mèches cuivrées.

— Tu es comme un psy, ajouta-t-elle. Tu prêtes ton intérêt à tous, tu ne le donnes à personne. L'amour, mon petit, c'est quand on risque sa peau pour l'autre.

Je n'étais pas sûr qu'elle soit bien placée pour m'en parler. Je me forçai pourtant à répondre – cette dissertation devait avoir une raison cachée :

— En trouvant Dieu, j'ai trouvé une source vive. Une source d'amour qui ne s'arrête jamais et qui doit réveiller le même sentiment chez les autres.

— Toujours tes sermons. Tu vis dans un autre temps, Mathieu.

— Le jour où tu comprendras que cette parole n'a pas de mode, ni d'époque…

— Ne prends pas tes grands airs avec moi.

Je fus soudain frappé par son expression : ma mère était aussi bronzée et élégante que d'habitude mais une fatigue, un ennui transparaissaient aujourd'hui. Le cœur n'y était plus.

— Tu connais mon âge? demanda-t-elle soudain. Je veux dire : le vrai.

C'était un des secrets les mieux gardés de Paris. Lorsque j'avais eu accès au Sommier, c'était la première chose que j'avais vérifiée. Pour lui faire plaisir, je répondis :

— Cinquante-cinq, cinquante-six…

— Soixante-cinq.

J'en avais trente-cinq. À trente ans, l'instinct de maternité avait surpris ma mère alors qu'elle venait d'épouser, en secondes noces, mon père. Ils s'étaient entendus sur ce projet, comme ils s'entendaient sur l'achat d'un nouveau voilier ou d'un tableau de Soulages. Ma naissance avait dû les amuser, au début, mais ils s'étaient vite lassés. Surtout ma mère, qui se fatiguait toujours de ses propres caprices. L'égoïsme, l'oisiveté lui prenaient toute son énergie. L'indifférence, la vraie, est un boulot à plein temps.

— Je cherche un prêtre.

L'inquiétude monta en moi. J'imaginai tout à coup une maladie mortelle, un de ces bouleversements qui provoquent un retour d'âme.

— Tu n'es pas...

— Malade? (Elle eut un sourire hautain.) Non. Bien sûr que non. Je veux me confesser, c'est tout. Faire le ménage. Retrouver une espèce de... virginité.

— Un lifting, quoi.

— Ne plaisante pas.

— Je croyais que tu étais plutôt de l'école orientale, persiflai-je. Ou New Age, je ne sais plus.

Elle hocha lentement la tête, me regardant en coin. Ses yeux clairs, dans son visage mat, étaient encore d'une séduction impressionnante.

— Ça te fait rire, hein?

— Non.

— Ta voix est sarcastique. Tout ton être est sarcastique.

— Pas du tout.

40

— Tu ne t'en rends même pas compte. Toujours cette distance, cette hauteur…

— Pourquoi une confession? Tu veux m'en parler?

— Surtout pas à toi. Tu as un nom à me conseiller? Quelqu'un à qui je pourrais me confier. Quelqu'un qui aurait aussi des réponses…

Ma mère, en pleine crise mystique. Ce n'était décidément pas une journée comme les autres. Elle murmura, alors que la pluie reprenait :

— Ça doit être l'âge. Je ne sais pas. Mais je veux trouver une… conscience supérieure.

J'attrapai un stylo et déchirai une feuille de mon agenda. Sans réfléchir, j'inscrivis le nom et l'adresse d'un père que je voyais souvent. Les prêtres ne sont pas comme les psys : on peut les partager en famille. Je lui tendis les coordonnées.

— Merci.

Elle se leva dans un sillage de parfum. Je l'imitai.

— Tu veux entrer?

— Je suis déjà en retard. Je t'appelle.

Elle disparut dans l'escalier. Sa silhouette de daim et d'étoffe collait parfaitement à la brillance des feuilles, à la blancheur de la peinture. C'était la même fraîcheur, la même netteté. D'un coup, ce fut moi qui me sentis vieux. Je fis volte-face vers le couloir où luisait ma porte vert émeraude.

5

En quatre ans, je n'avais toujours pas fini d'emménager. Les cartons de livres et de CD encombraient encore le vestibule et faisaient maintenant partie du décor. Je posai dessus mon arme, laissai tomber mon imperméable et ôtai mes chaussures – mes éternels mocassins Sebago, le même modèle depuis l'adolescence.

J'allumai la salle de bains, croisant mon reflet dans le miroir. Silhouette familière : costume sombre, de marque, usé jusqu'à la trame ; chemise claire et cravate gris foncé, élimées aussi. J'avais plutôt l'air d'un avocat que d'un flic de terrain. Un avocat à la dérive, qui aurait trop longtemps frayé avec des voyous.

Je m'approchai de la glace. Mon visage évoquait une lande tourmentée, une forêt secouée de vent – un paysage à la Turner. Une tête de fanatique, avec des yeux clairs enfoncés et des boucles brunes fissurant le front. Je passai ma figure sous l'eau, méditant encore l'étrange coïncidence de la soirée. Le coma de Luc et la visite de ma mère.

Dans la cuisine, je me servis une tasse de thé vert – le Thermos était prêt depuis le matin. Puis je plaçai au micro-ondes un bol du riz que je cuisinais pour la semaine. En matière d'ascétisme, j'avais opté pour la tendance zen. Je détestais les odeurs organiques – ni viandes, ni fruits, ni cuisson. Tout mon appartement baignait dans les fumées d'encens que je brûlais en permanence. Mais surtout, le riz me permettait de manger avec des baguettes de bois. Je ne supportais ni le bruit ni le contact des couverts en métal. Pour cette raison, je n'étais pas vraiment client des restaurants ni des dîners en ville.

Ce soir, impossible de manger. Au bout de deux bouchées, je balançai le contenu du bol à la poubelle et me servis un café, provenant d'un deuxième Thermos.

Mon appartement se distribuait en un salon, une chambre, un bureau. Le triptyque classique du célibataire parisien. Tout était blanc, sauf les sols, en parquet noir, et le plafond du salon aux poutres apparentes. Sans allumer, je passai directement dans ma chambre et m'allongeai, laissant libre cours à mes pensées.

Luc, bien sûr.

Mais plutôt que de réfléchir à son état – une impasse – ou à la raison de son acte – une autre impasse –, je choisis un souvenir. Un de ceux qui reflétaient l'un des traits les plus étranges de mon ami.

Sa passion pour le diable.

Octobre 1989.
Vingt-deux ans, Institut Catholique de Paris.

Après quatre années à la Sorbonne, je venais d'achever une maîtrise – « Le dépassement du manichéisme chez saint Augustin » – et continuais sur ma lancée. J'étais en route pour m'inscrire à l'Institut. Je visais un doctorat canonique en théologie. Le sujet de ma thèse, « La formation du christianisme à travers les premiers auteurs chrétiens latins », allait me permettre de vivre plusieurs années auprès de mes auteurs préférés : Tertullien, Minucius Felix, Cyprien...

À cette époque, j'observais déjà les trois vœux monastiques : obéissance, pauvreté, chasteté. Autant dire que je ne coûtais pas grand-chose à mes parents. Mon père désapprouvait mon attitude. « La consommation, c'est la religion de l'homme moderne ! » clamait-il, citant sans doute Jacques Séguéla. Mais ma rigueur forçait son respect. Quant à ma mère, elle faisait mine de comprendre ma vocation qui flattait, en définitive, son snobisme. Dans les années quatre-vingt, il était plus original d'annoncer que son fils préparait le séminaire plutôt qu'il partageait son temps entre les Bains-Douches et la cocaïne.

Mais ils se trompaient. Je ne vivais pas dans la tristesse, ni l'austérité. Ma foi était fondée sur l'allégresse. Je vivais dans un monde de lumière, une nef immense, où des milliers de cierges scintillaient en permanence.

Je me passionnais pour mes auteurs latins. Ils étaient le reflet du grand virage du monde occidental. Je voulais décrire ce bouleversement, ce choc absolu provoqué par la pensée chrétienne, située aux antipodes de tout ce qui s'était dit ou écrit auparavant. La venue du Christ sur terre était un miracle spirituel mais aussi une révolution philosophique. Une transmutation physique – l'incarnation de Jésus – et une transmutation du Verbe. La voix, la pensée humaines ne seraient plus jamais les mêmes...

J'imaginais la stupéfaction des Hébreux face à Son message. Un peuple élu qui attendait un messie puissant, belliqueux, sur un char ardent, et qui découvrait un être de compassion, pour qui la seule force était l'amour, qui prétendait que chaque défaite est une victoire et que tous les hommes sont des élus. Je songeai aussi aux Grecs, aux Romains qui avaient créé des dieux à leur image, avec leurs propres contradictions, et qui voyaient soudain un dieu invisible prendre l'image de l'homme. Un dieu qui n'écrasait plus les humains, mais qui descendait au contraire parmi eux pour les hisser au-dessus de toute contradiction.

C'était ce grand tournant que je voulais décrire. Ces temps bénis où le christianisme était une argile en formation, un continent en marche, dont les premiers écrivains chrétiens avaient été à la fois le ressort et le reflet, la vitalité et la garantie. Après les Évangiles, après les épîtres et les lettres des apôtres, les auteurs séculiers prenaient le relais, mesurant, développant, commentant le matériau infini qui leur avait été livré.

Je traversais la cour de l'Institut quand on me tapa sur l'épaule. Je me retournai. Luc Soubeyras se tenait devant moi. Figure laiteuse sous sa tignasse rousse ; silhouette grêle, noyée dans un duffle-coat, étranglée par une écharpe. Je demandai, stupéfait :

— Qu'est-ce que tu fous ici ?

Il baissa les yeux sur le dossier d'inscription qu'il tenait entre ses mains.

— Comme toi, je suppose.

— Tu prépares une thèse ?

Il réajusta ses lunettes sans répondre. Je partis d'un rire incrédule :

— Où t'étais pendant tout ce temps ? On s'est pas vus depuis quand ? Le bac ?

— Tu étais retourné à tes origines bourgeoises.

45

— Tu parles. Je n'ai pas cessé de t'appeler. Qu'est-ce que tu faisais ?

— J'ai suivi mon cursus ici, à l'Institut catholique.

— Théologie ?

Il claqua des talons et se mit au garde-à-vous :

— *Yes, sir !* Et une maîtrise de Lettres classiques en prime.

— On a donc suivi la même route.

— Tu en doutais ?

Je ne répondis pas. Les derniers temps, à Saint-Michel, Luc avait changé. Plus que jamais sarcastique, sa familiarité avec la foi s'était transformée en moquerie, en ironie perpétuelle. Je ne donnais plus cher de sa vocation. Il demanda, après m'avoir offert une Gauloise et s'en être allumé une :

— Sur quoi, ta thèse ?

— La naissance de la littérature chrétienne. Tertullien, Cyprien…

Il émit un sifflement admiratif.

— Et toi ?

— Je vais voir. Le diable, peut-être.

— Le diable ?

— En tant que force triomphante du siècle, oui.

— Qu'est-ce que tu racontes ?

Luc se glissa entre plusieurs groupes d'étudiants et se dirigea vers les jardins, au fond de la cour.

— Depuis un moment, je m'intéresse aux forces négatives.

— Quelles forces négatives ?

— À ton avis, pourquoi le Christ est-il venu sur terre ?

Je ne répondis pas. L'interrogation était trop grossière.

— Il est venu pour nous sauver, continua-t-il. Pour racheter nos péchés.

— Et alors?

— Le mal était donc déjà là. Bien avant le Christ. En somme, il a toujours été là. Il a toujours précédé Dieu.

Je balayai la réflexion d'un geste. Je n'avais pas suivi quatre années de théologie pour revenir à de tels raisonnements primaires. Je répliquai :

— Où est la nouveauté? La Genèse commence avec le serpent et…

— Je ne te parle pas de la tentation. Je te parle de la force en nous qui répond à la tentation. Qui la légitime.

Les pelouses étaient parsemées de feuilles mortes. Petits points bistre ou ocre, taches de rousseur de l'automne. Je coupai court à son discours :

— Depuis saint Augustin, on sait que le mal n'a pas de réalité ontologique.

— Dans son œuvre, Augustin utilise le mot « diable » 2300 fois. Sans compter les synonymes…

— En tant que figure, symbole, métaphore… Il faut tenir compte de l'époque. Mais pour Augustin, Dieu ne peut avoir créé le mal. Le mal n'est qu'un défaut de bien. Une défaillance. L'homme est fait pour la lumière. Il « est » la lumière, puisqu'il est conscience de Dieu. Il n'a besoin que d'être guidé, d'être parfois rappelé à l'ordre. *« Tous les êtres sont bons puisque le créateur de tous, sans exception, est souverainement bon. »*

Luc soupira, en exagérant son souffle.

— Si Dieu est si grand, comment expliquer qu'Il soit toujours tenu en échec par une simple « défaillance » ? Comment expliquer que le mal soit partout – et triomphe chaque fois ? Chanter la gloire de Dieu, c'est chanter la grandeur du mal.

— Tu blasphèmes.

Il s'arrêta de marcher et se tourna vers moi :

— L'histoire de l'humanité n'est que l'histoire de la cruauté, de la violence, de la destruction. Personne ne peut le nier. Comment expliques-tu cela ?

Je n'aimais pas son regard derrière ses lunettes. Ses yeux brillaient d'un éclat fiévreux, infecté. Je refusai de répondre, pour ne pas être confronté à cette énigme aussi vieille que le monde : le versant violent, maléfique, désespéré de l'humanité.

— Je vais te le dire, reprit-il en posant sa main sur mon épaule. Parce que le mal est une force réelle. Une puissance au moins égale au bien. Dans l'univers, deux forces antithétiques sont en lutte. Et le combat est loin d'être joué.

— On se croirait revenu au manichéisme.

— Et pourquoi pas ? Tous les monothéismes sont des dualismes déguisés. L'histoire du monde, c'est l'histoire d'un duel. Sans arbitre.

Les feuilles bruissaient sous nos pas. Mon enthousiasme de rentrée s'était évaporé. Finalement, je me serais passé de cette rencontre. J'accélérai le pas vers le bureau des inscriptions :

— Je ne sais pas ce que tu as étudié ces dernières années mais tu es tombé dans l'occultisme.

— Au contraire, dit-il en me rattrapant, j'ai planché sur les sciences modernes ! Partout, le mal est à l'œuvre. En tant que force physique, en tant que mouvement psychique. La loi des équilibres : c'est aussi simple que cela.

— Tu enfonces des portes ouvertes.

— Ces portes, on les oublie trop souvent sous couvert de complexité, de profondeur. À l'échelle cosmique, par exemple, la puissance négative règne en maîtresse. Songe aux explosions d'énergie des étoiles, qui finissent par devenir des trous noirs, des gouffres négatifs, qui aspirent tout dans leur sillage…

Je compris que Luc préparait déjà sa thèse. Il œuvrait à je ne sais quel délire sur l'envers du monde. Une sorte d'anthologie du mal universel.

— Prends la psychanalyse, fit-il en perçant l'air avec sa clope. De quoi s'occupe-t-elle ? De notre versant noir, de nos désirs interdits, de notre besoin de destruction. Ou le communisme, tiens. Belle idée au départ. Pour parvenir à quoi ? Au plus grand génocide du siècle. Quoi qu'on fasse, quoi qu'on pense, on revient toujours à notre part maudite. Le XXe siècle en est le manifeste suprême.

— Tu pourrais raconter n'importe quelle aventure humaine de cette manière. C'est trop simpliste.

Luc alluma une cigarette à son mégot :

— Parce que c'est universel. L'histoire du monde se résume à ce combat entre deux forces. Par un étrange défaut du regard, le christianisme, qui a pourtant mis un nom sur le mal, veut nous faire croire qu'il s'agit d'un phénomène annexe. On ne gagne rien à sous-estimer son ennemi !

49

J'étais parvenu au bureau administratif. Je montai la première marche et demandai avec irritation :

— Qu'est-ce que tu veux prouver?

— Après ta thèse, tu entres au séminaire?

— Pendant ma thèse, tu veux dire. L'année prochaine, je compte aller à Rome.

Un rictus coupa son visage.

— Je te vois bien prêcher dans une église à moitié vide, devant une poignée de vieillards. Pas trop de risques à choisir ce genre de voie. Tu me fais penser à un médecin qui chercherait un hôpital de bien portants.

— Tu voudrais quoi? criai-je tout à coup. Que je devienne missionnaire? Que je parte convertir des animistes sous les tropiques?

— Le mal, répliqua Luc d'un ton calme. Voilà la seule chose importante. Servir le Seigneur, c'est combattre le mal. Il n'y a pas d'autre route.

— Toi, qu'est-ce que tu vas faire?

— Je vais sur le terrain. Regarder le diable dans les yeux.

— Tu renonces au séminaire?

Luc déchira son dossier d'inscription :

— Bien sûr. Et à ma thèse aussi. Je t'ai fait marcher. Pas question pour moi de rempiler cette année. Je suis juste venu ici chercher un certificat. Ces cons-là m'ont donné un dossier parce qu'ils m'ont pris pour un mouton. Comme toi.

— Un certificat? Pour quoi faire?

Luc ouvrit ses mains. Les fragments de papier s'envolèrent, rejoignant les feuilles mortes.

— Je pars au Soudan. Avec les Pères Blancs. Missionnaire laïque. Je veux affronter la guerre, la violence, la misère. Le temps des discours, c'est terminé. Place aux actes !

6

J'aurais pu me rendre à Vernay les yeux fermés. L'A6 d'abord, porte de Châtillon, direction Nantes-Bordeaux, l'A10, vers Orléans, puis l'A11, en suivant les panneaux de Chartres.

Les voitures fonçaient mais la pluie retenait leurs phares, traçant des lignes distinctes, des traits de lumière semblables aux filaments à l'intérieur d'une ampoule. À 7 heures du matin, le jour n'était pas encore levé.

Je réfléchissais aux informations que j'avais collectées à l'aube. Après un sommeil en pointillé, je m'étais réveillé pour de bon à 4 heures du matin. Sur Google, j'avais frappé les quatre lettres fatidiques : COMA. Des milliers d'articles étaient sortis. Histoire d'installer une note d'espoir dans ma recherche, et de la limiter, j'avais ajouté un autre mot : RÉVEIL.

Pendant deux heures, j'avais lu des témoignages de réveils soudains, de retours progressifs à la conscience, et aussi d'expériences de mort imminente. J'étais surpris par la fréquence de ce phénomène. Sur cinq victimes d'infarctus ayant entraîné un coma momentané, au moins une subissait cette « mort temporaire », marquée d'abord par une sensation de décorporation, puis la vision d'un long tunnel et d'une lumière blanche, que beaucoup assimilaient au Christ lui-même. Luc avait-il éprouvé ce grand flash ? Reviendrait-il un jour à la conscience pour nous le raconter ?

Je dépassai la cathédrale de Chartres, avec ses deux flèches asymétriques. La plaine de la Beauce se déroulait à perte de vue. Je sentais des fourmillements dans les mains – je me rapprochais de la maison de Vernay. Roulant encore une cinquantaine de kilomètres, j'empruntai la bretelle de sortie de Nogent-le-Rotrou et m'engageai sur la nationale. Alors, je plongeai dans la véritable campagne, au moment même où le soleil émergeait.

Les collines s'élevaient, les vallons se creusaient, et les champs noirs, couverts de givre, scintillaient dans la clarté matinale. Je baissai ma vitre et respirai les parfums de feuilles, les odeurs d'engrais, l'air froid de la nuit qui ne voulait pas reculer.

Trente kilomètres encore. Je contournai Nogent-le-Rotrou et pris une départementale, à la frontière de l'Orne et de l'Eure-et-Loir. À gauche, après dix kilomètres, un panneau apparut : PETIT-VERNAY. Je m'engageai dans l'étroit chemin et roulai trois cents mètres. Au premier virage, un portail de bois blanc apparut. Je regardai ma montre : huit heures moins le quart. J'allais pouvoir mener ma reconstitution, à la seconde près.

Je garai ma voiture et continuai à pied. Le Petit-Vernay était un ancien moulin à eau composé de plusieurs bâtiments dispersés le long de la rivière. L'édifice principal n'était qu'une ruine, mais ses dépendances avaient été rénovées en résidences secondaires. La troisième sur la droite était celle de Luc.

Deux cents mètres carrés au sol, un terrain raisonnable, le tout situé à cent trente kilomètres de Paris. Combien une telle baraque avait-elle coûté à Luc, six ans auparavant ? Un million de francs de l'époque ? Plus encore ? La région du Perche était de plus en plus cotée. Où Luc avait-il trouvé ce pognon ? Je me souvenais d'un film de Fritz Lang, *The Big Heat*, qui débutait par le suicide d'un flic. On découvrait plus tard que l'homme était corrompu. C'était sa résidence secondaire, trop chère, trop belle, qui l'avait trahi. J'entendis la voix de Doudou : « Si tu remues la merde, tout le monde sera éclaboussé. » Luc, dans la peau du flic mouillé ? Impossible.

Je dépassai la maison et ses trois lucarnes, puis me dirigeai vers la rivière. L'herbe trempée embaumait. Le vent fouettait mon visage. Je bouclai mon trench-coat et marchai encore. Une barrière de charmilles cachait le cours d'eau. Seul, son bruissement léger m'atteignait, à la manière d'un rire d'enfant.

— Qu'est-c'que vous faites là ?

Un homme jaillit des buissons. Un mètre quatre-vingts, une coupe en brosse, un costume noir de toile épaisse. Mal rasé, sourcils en bataille, il était plus proche du clodo que du paysan.

— Qui vous êtes ? insista-t-il en s'approchant.

Il ne portait qu'un pull troué sous sa veste.

J'agitai ma carte tricolore au soleil :

— Je viens de Paris. Je suis un ami de Luc Soubeyras.

53

L'homme parut rasséréné. Ses petits yeux étaient d'un vert-gris très dense.

— J'vous avais pris pour un notaire. Ou un avocat. Un de ces salauds qui se font du beurre sur les cadavres.

— Luc n'est pas mort.

— Grâce à moi. (Il se gratta la nuque.) Je suis Philippe, le jardinier. C'est moi qui l'ai sauvé.

Je lui serrai la main. Ses doigts étaient tachés de nicotine et de brins d'herbe. Il sentait la glaise et la cendre froide. Je distinguai aussi une odeur d'alcool. Pas du vin, plutôt du calva ou un autre truc qui cogne. Je la jouai complice :

— Vous n'avez rien à boire ?

Son visage se ferma. Je regrettai ma ruse – trop rapide. Je sortis mes Camel et lui en proposai une. L'homme fit « non » de la tête, m'étudiant toujours du coin de l'œil. Il finit par allumer une de ses Gitanes maïs.

— Pour picoler, grogna-t-il, c'est un peu tôt, non ?

— Pas pour moi.

Il eut un rire goguenard et extirpa de sa poche une flasque rouillée. Il me la tendit. Sans hésitation, j'avalai une lampée. La brûlure s'infiltra jusque dans mes pectoraux. L'homme testait mon endurance. Il parut satisfait par ma réaction et s'enfila à son tour une rasade. Faisant claquer sa langue, il rempocha le tord-boyaux :

— Qu'est-ce que vous voulez savoir ?

— Je veux des détails.

Philippe soupira et alla s'asseoir sur une souche, près de l'eau. Je le suivis. Le chant des oiseaux montait dans l'air de givre.

— Je l'aimais bien, m'sieur Soubeyras. Je comprends pas ce qui s'est passé dans sa tête.

Je m'adossai contre l'arbre le plus proche :

— Vous venez travailler ici tous les jours?

— Le lundi et le mardi seulement. Je suis venu aujourd'hui, comme d'habitude : on m'a rien dit.

— Racontez-moi.

Il plongea sa main dans sa poche, saisit sa flasque, me la tendit. Je déclinai l'offre. Il but une nouvelle gorgée.

— En arrivant près de la rivière, je l'ai tout de suite repéré. J'ai plongé et je l'ai repêché. La rivière est pas profonde par là.

— Ça s'est passé où exactement?

— Où on est. À quelques mètres de l'écluse. J'ai appelé les gendarmes. Ils étaient là en dix minutes. C'était moins une. Si j'étais arrivé une minute après, le courant l'aurait emporté et j'aurais rien vu.

Je scrutai la surface de l'eau. Totalement immobile.

— Le courant?

— Y en a pas ce matin, parce que l'écluse est fermée.

— Hier, elle était ouverte?

— C'est m'sieur Soubeyras qui l'avait ouverte. Il avait tout prévu. Y voulait sans doute être emporté…

— On m'a dit qu'il s'était lesté avec des pierres.

— J'ai eu un mal fou à le sortir de la flotte à cause de ça. Il pesait des tonnes. Il s'était entouré la taille de parpaings.

— Comment avait-il fait?

Philippe se leva :

— Venez avec moi.

Il remonta la haie. Au fond du jardin, une cabane de bois noir s'encastrait entre le sous-bois et la rangée de charmilles. Des bûches, sous une bâche plastique, étaient accotées au mur de planches. D'un coup d'épaule, mon guide ouvrit la porte. Il s'effaça pour me laisser voir l'intérieur :

— Le week-end dernier, m'sieur Soubeyras m'avait demandé d'entreposer là des vieux parpaings, qui traînaient depuis des lustres, de l'autre côté de la rivière. Il m'a même demandé d'en scier plusieurs en deux. J'ai pas trop compris pourquoi. Maintenant, je sais : il voulait se lester avec. Il avait calculé le poids dont il avait besoin pour couler.

Je glissai un regard dans le réduit, sans m'attarder. Il était temps d'accepter le suicide de Luc. Je reculai, sonné.

— Comment a-t-il fixé ces pierres ?

— Avec du fil de fer qu'il a triplé pour qu'ça soit bien solide. À l'arrivée, ça lui faisait une espèce de ceinture de plomb, comme celles des plongeurs.

J'inspirai une grande bouffée d'air froid. Mon ventre était torturé par des morsures acides. La faim, le tord-boyaux, et aussi l'angoisse. Qu'était-il arrivé à Luc ? Qu'avait-il découvert pour vouloir en finir ? Pour abandonner sa famille et sa doctrine chrétienne ?

Le paysan referma la porte et demanda :

— Tout d'même, c'était votre pote, non ?

— Mon meilleur ami, répondis-je d'un ton absent.

— Vous aviez pas remarqué qu'il déprimait ?

— Non.

56

Je n'osai pas avouer à cet inconnu que je n'avais pas parlé à Luc – réellement parlé – depuis plusieurs mois, alors qu'un seul étage nous séparait. En conclusion, je demandai à tout hasard :

— À part ça, vous n'avez rien remarqué de bizarre ? Je veux dire en repêchant le corps ?

L'homme en noir plissa ses petits yeux verts. Il semblait pris d'un nouvel accès de méfiance :

— On vous a rien dit pour la médaille ?

— Non.

Le jardinier s'approcha. Il évaluait ma surprise. Quand il fut fixé, il murmura tout près de mon oreille :

— Dans sa main droite, y avait une médaille. C'est ce que je suppose en tout cas. J'ai vu que la chaîne qui dépassait. Ses doigts, ils étaient serrés dessus.

Au moment du plongeon, Luc avait emporté un objet. Un fétiche ? Non. Luc n'était pas superstitieux. L'homme me tendit encore sa flasque, agrémentée d'un sourire édenté.

— Dites donc, pour un super pote, y vous faisait pas mal de cachotteries, non ?

7

L'hôpital principal de Chartres, l'Hôtel-Dieu, le bien nommé, se dressait au fond d'une cour ponctuée de flaques noires et d'arbres tronqués. Le bâtiment, crème et brun, évoquait de loin un gâteau Brossard, barré de bandes de chocolat. Je dédaignai le double escalier extérieur, qui montait à l'accueil du premier étage, pour me glisser au rez-de-chaussée.

Je pénétrai dans un grand réfectoire. Dallage noir et blanc, voûtes et colonnes de pierre. Au bout, un porche éclaboussé de soleil donnait sur des jardins. Une infirmière passa. Je demandai à parler au médecin qui avait sauvé Luc Soubeyras.

— Je suis désolée : il est en train de déjeuner.

— À onze heures ?

— Il opère ensuite.

— Je l'attends ici, dis-je en sortant ma carte. Dites-lui d'emmener son dessert.

La jeune femme fila. Je détestais ces manifestations d'autorité mais à la seule idée d'affronter la cantine, ses cliquetis et ses odeurs de bouffe, je me sentais déjà mal. Quelques pas dans la salle.

— Qu'est-ce que vous voulez ?

Un grand type en blouse blanche s'avançait vers moi, l'air furieux.

— Commandant Mathieu Durey. Brigade Criminelle de Paris. J'enquête sur le suicide de Luc Soubeyras. Vous l'avez accueilli hier dans votre service.

Derrière ses lunettes, le médecin m'observait. La soixantaine, des cheveux blancs mal peignés, un long cou de vautour. Il dit enfin :

— J'ai envoyé mon rapport aux gendarmes hier soir.

— On ne l'a pas encore reçu à la BC, bluffai-je. Dites-moi d'abord pourquoi vous l'avez transféré à l'Hôtel-Dieu de Paris.

— Nous n'étions pas équipés pour un tel cas. Luc

Soubeyras était policier, alors on a pensé que l'Hôtel-Dieu...

— On m'a dit que votre sauvetage tenait du prodige.

Le toubib ne put retenir un sourire d'orgueil.

— Luc Soubeyras revient de loin, c'est vrai. Quand il est arrivé ici, son cœur avait cessé de battre. Si on a pu le ranimer, c'est seulement grâce à un concours exceptionnel de circonstances.

Je sortis carnet et crayon.

— Expliquez-moi.

Le médecin carra ses mains dans ses poches et fit quelques pas en direction des jardins. Il se tenait voûté, presque cassé selon un angle de trente degrés. Je lui emboîtai le pas.

— Premier fait favorable, commença-t-il. Le courant a emporté Luc sur plusieurs mètres et il s'est cogné la tête contre un rocher. Il a perdu connaissance.

— En quoi est-ce favorable ?

— Quand on plonge sous l'eau, on retient d'abord sa respiration, même quand on veut se suicider. Puis, quand l'oxygène se raréfie dans le sang, on ouvre la bouche – c'est un réflexe irrépressible. On se noie en quelques secondes. Luc s'est assommé juste avant cet instant crucial. Il n'a pas eu le temps d'ouvrir la bouche. Ses poumons ne contenaient pas d'eau.

— De toute façon, il était asphyxié, non ?

— Non. En apnée. Or, dans cet état, le corps humain ralentit naturellement sa circulation sanguine et la concentre dans les organes vitaux : cœur, poumons, cerveau.

— Comme en hibernation ?

— Absolument. Ce phénomène a été encore accentué par le froid de l'eau. Luc a fait une hypothermie grave. Quand les sauveteurs ont pris sa température, elle était descendue à 34 degrés. Dans cette gangue de froid, le corps a capitalisé les parcelles d'oxygène qui lui restaient.

Je prenais toujours des notes.

— Combien de temps est-il resté sous l'eau, à votre avis ?

— Impossible à dire. Selon les urgentistes, le cœur venait tout juste de s'arrêter.

— Ils lui ont fait un massage cardiaque ?

— Non. Heureusement. Cela aurait été le meilleur moyen de briser cette espèce d'état de grâce. Ils ont préféré attendre d'être ici. Ils savaient que je pouvais tenter une technique spécifique.

— Quelle technique ?

— Suivez-moi.

Le toubib franchit le seuil puis longea un bâtiment moderne avant d'y entrer. Le bloc opératoire. Couloirs blancs, portes battantes, odeurs chimiques. Nouveau seuil. Nous étions maintenant dans une salle vidée de tout matériel. Seul un cube de métal, haut comme une commode, monté sur roulettes, occupait un pan de mur. Le toubib le tira puis l'orienta vers moi, révélant des rangées de boutons et de vumètres.

— Voilà une machine « by-pass ». En français : « circulation extra-corporelle ». On l'utilise pour abaisser la température des patients avant une intervention importante. Le sang passe dans la machine, qui le refroidit de quelques degrés, puis est réinjecté.

On pratique cette boucle plusieurs fois jusqu'à atteindre une hypothermie artificielle, qui favorise une meilleure anesthésie.

J'écrivais toujours, sans comprendre où l'homme voulait en venir.

— À l'arrivée de Luc Soubeyras, j'ai décidé d'essayer une technique récente, importée de Suisse. Utiliser cette machine de manière inverse : non plus pour réfrigérer son sang, mais pour le réchauffer.

Le nez dans mon bloc, j'achevai sa phrase :

— Et ça a marché.

— À cent pour cent. Quand Luc Soubeyras a été hospitalisé, son corps n'était plus qu'à 32 degrés. Au terme de trois circuits, nous avions atteint 35 degrés. À 37, son cœur s'est remis à battre, très lentement.

Je levai les yeux :

— Vous voulez dire que, pendant tout ce temps, il était… mort ?

— Sans aucun doute possible.

— À combien évaluez-vous cette durée ?

— Difficile à dire. Mais, globalement, environ vingt minutes.

Un détail me revint à l'esprit :

— L'intervention du SAMU a été très rapide. L'équipe ne venait pas de Chartres ?

— Encore un facteur positif. Ils avaient été appelés, pour une fausse alerte, dans la région de Nogent-le-Rotrou. Quand les gendarmes ont téléphoné, ils n'étaient qu'à quelques minutes du lieu de l'accident.

Je griffonnai deux lignes là-dessus puis revins aux réalités physiologiques :

— Une chose que je ne comprends pas. Le cerveau ne peut rester sans oxygène plus de quelques secondes. Comment l'organe a-t-il pu se réveiller après vingt minutes de décès ?

— L'organe cérébral a fonctionné sur ses réserves. À mon avis, il a été oxygéné durant toute la mort clinique.

— Cela signifie que Luc n'aura pas de séquelles à son réveil ?

L'homme déglutit. Il avait la glotte proéminente :

— Personne ne peut répondre à cette question.

Luc en chaise roulante, englué dans des gestes de limace. Je dus devenir livide. Le médecin me frappa gentiment l'épaule :

— Venez. On crève de chaud ici.

Dehors, le vent froid me ranima. Des vieillards avaient fini de déjeuner. Ils déambulaient au ralenti, comme des zombies. Je demandai :

— Je peux fumer ?

— Pas de problème.

La première bouffée me remit d'aplomb. Je passai au dernier chapitre :

— On m'a parlé d'une médaille, d'une chaîne...

— Qui vous a parlé de ça ?

— Le jardinier. L'homme qui a sorti Luc de l'eau.

— Les urgentistes ont trouvé une médaille dans son poing serré, c'est vrai.

— Vous l'avez gardée ?

Le toubib glissa la main dans sa blouse :

— Elle est restée dans ma poche.

L'objet brillait d'un éclat mat au creux de sa paume. Une pièce de monnaie en bronze, patinée, érodée, à l'aspect très ancien. Je me penchai. En un coup d'œil, je sus de quoi il s'agissait.

La médaille était gravée à l'effigie de saint Michel Archange, prince des anges, porte-enseigne du Christ, trois fois victorieux de Satan. Représenté dans le style de *La Légende dorée* de Jacques de Voragine, le héros portait une armure et tenait son glaive dans sa main droite, la lance du Christ dans sa main gauche. De son pied droit, il écrasait le dragon ancestral.

Le toubib parlait encore mais je ne l'écoutais plus. Les mots de l'Apocalypse de Jean résonnaient sous mon crâne :

Il y eut alors un grand combat dans le ciel. Michel et ses anges combattaient contre le dragon, et le dragon combattait avec ses anges.

Mais ceux-ci furent les plus faibles, et leur place ne se trouva plus dans le ciel.

Et ce grand dragon, l'ancien serpent appelé le Diable et Satan qui séduit toute la terre habitable, fut précipité en terre, et ses anges avec lui.

La vérité était claire.

Avant de chuter en enfer, Luc s'était protégé contre le diable.

8

Décembre 1991.

Deux ans que je n'avais pas vu Luc. Deux ans que je suivais ma propre voie, planchant sur les auteurs paléochrétiens, vivant avec l'*Apologeticum* de Tertullien et l'*Octavius* de Minucius Felix. Depuis le mois de septembre, j'avais intégré le Séminaire pontifical français de Rome.

La période la plus heureuse de ma vie. L'édifice aux murs roses du 42, via Santa Chiara. La grande cour cernée d'une galerie ocre clair. Ma petite chambre aux murs jaunes, que j'appréhendais comme un refuge pour mon cœur et ma conscience. La salle des exercices où nous répétions déjà les gestes liturgiques. « *Benedictus es, Domine, deus universi…* » Et la terrasse du bâtiment, ouverte à cent quatre-vingts degrés sur les dômes de Saint-Pierre, du Panthéon, de l'église du Gesù…

Pour Noël, mes parents avaient insisté pour que je rentre à Paris : il était important, « essentiel », disait ma mère, que nous fêtions la fin d'année ensemble. Lorsque j'avais atterri à Roissy, la situation avait évolué : mes géniteurs étaient finalement partis en croisière aux Bahamas, à bord du voilier d'un partenaire financier de mon père.

On était le 24 décembre au soir, et j'étais plutôt soulagé. Je déposai mon sac dans l'hôtel particulier de mes parents, avenue Victor-Hugo, puis me mis à marcher dans Paris. Tout simplement. Mes pas me guidèrent jusqu'à Notre-Dame. Juste à temps pour assister à la messe de minuit.

Ce fut à peine si je pus pénétrer dans la cathédrale bondée. Je me glissai sur la droite. Spectacle inouï : les milliers de têtes dressées, les visages recueillis, le grand silence enveloppé d'encens et de résonances. Anonyme parmi les anonymes, je savourais cette ferveur d'un soir, oubliant, juste un moment, le déclin de la foi catholique, le recul des vocations, la désertion des églises.

— Mathieu!

Je tournai la tête, sans reconnaître de visage dans la foule.

— Mathieu!

Je levai les yeux. Installé sur la base d'une colonne, Luc surplombait la masse des fidèles. Son visage blanc, éclaboussé de taches de cuivre, brillait à la manière d'un cierge solitaire. Il plongea dans la foule. Une seconde plus tard, il me tirait par le bras

— Viens. On se casse.

— La messe vient de commencer... Au fond du chœur, le prêtre déclamait :

> « *En toi, Seigneur, mon espérance!*
> *Sans ton appui, je suis perdu...* »

Luc prit le relais :

— ... « *Mais rendu fort par ta puissance, je ne serai jamais déçu...* » On la connaît, celle-là, non?

Le ton railleur avait encore gagné en agressivité. Autour de nous, on commençait à protester. Pour éviter le scandale, j'acceptai de le suivre. Parvenu près du mur, je l'attrapai par l'épaule :

— Tu es de retour en France ?

Luc me fit un clin d'œil :

— Je profite du spectacle.

Derrière ses verres, son regard était plus allumé encore que jadis. Ses traits creusés dessinaient des ombres sur ses joues. Je ne l'aurais pas si bien connu, j'aurais pensé qu'il se défonçait.

Luc se faufila parmi les rangs serrés et s'arrêta près du pupitre du confesseur, le long de la vitre protectrice. Il ouvrit la porte transparente et me poussa de l'autre côté :

— Entre.

— Ça va pas, non ? Tu…

— Entre, je te dis !

J'atterris dans le confessionnal. Luc passa par l'autre porte, côté prêtre, et rabattit les deux rideaux. En une seconde, nous étions coupés de la foule, des chants, de la messe. La voix de Luc filtra par les mailles de bois :

— Je l'ai vu, Mat. Je l'ai vu de mes yeux.

— Qui ?

— Le diable. En *live*.

Je me penchai, tentant de distinguer son visage à travers le treillis. Presque phosphorescent. Ses traits frémissaient. Il ne cessait de se mordre la lèvre inférieure.

— Tu veux dire : au Soudan ?

Luc s'enfonça dans l'obscurité, sans répondre. On n'aurait pu dire s'il allait pleurer ou éclater de rire. Ces deux dernières années, on avait seulement échangé quelques lettres. Je lui avais annoncé que j'étais admis au séminaire de Rome. Il m'avait répondu qu'il poursuivait son « boulot », descendant toujours plus au sud, où les rebelles chrétiens livraient bataille aux troupes régulières. Ses lettres étaient étranges, froides, neutres – impossible de percer son état d'esprit.

— Au Soudan, ricana-t-il, je n'ai vu que l'empreinte du diable. La famine. La maladie. La mort. À Vukovar, en Yougoslavie, j'ai vu la bête en action.

Je savais, par les journaux, que la ville croate venait de tomber entre les mains des Serbes, après un siège de trois mois.

— Des bébés décapités par les bombes. Des mômes aux yeux arrachés. Des femmes enceintes éventrées, avant d'être brûlées vives. Des blessés abattus à bout portant, au sein même de l'hôpital. Des ados qu'on forçait à violer leur mère… Tout ça, je l'ai vu. Le mal à l'état pur. Une force libérée, à l'intérieur des hommes.

Je m'imaginais, moi, par contraste, dans ma cellule jaune. Chaque matin, j'écoutais les nouvelles sur Radio Vatican. Au chaud et à l'abri. Je demandai :

— Comment… comment tu t'en es sorti ?

— Un miracle.

— Tu travaillais pour quelle association ?

— Aucune.

Il ricana encore, s'approchant de la paroi qui nous séparait :

— J'ai pris les armes, Mat.

— Quoi ?

— Soldat bénévole. La seule solution pour survivre là-bas.

J'eus l'idée tout à coup que Luc se confessait mais

j'avais tort : il ne regrettait rien. Il était fier au contraire d'être passé à l'acte. Je devins agressif :

— Comment as-tu pu ?

Luc se recroquevilla de nouveau dans le noir. Les chants s'arrêtèrent dans la cathédrale. J'entendis alors un bruit beaucoup plus proche : les sanglots de Luc. Il pleurait, le visage plongé dans ses mains. Je changeai aussitôt de ton :

— Il faut que tu oublies tout ça. Ce qu'ils ont fait, ce que tu as fait... Tu ne peux juger l'humanité sur ce paroxysme. Tu étais dans la pire situation, là où l'homme devient un monstre. Tu...

Luc releva la tête et s'avança à nouveau. Sur ses pommettes, les larmes brillaient, mais il souriait. Un demi-sourire qui lui déformait le visage :

— Et toi, toujours au séminaire ?

— Depuis trois mois.

— T'es pas venu en soutane ? T'es incognito ?

— Ne me charrie pas.

Il rit, en reniflant :

— Toujours ton hôpital de bien-portants ?

— À quoi tu joues ? Tu as attendu d'avoir vingt-quatre ans pour découvrir la violence ? Il te fallait Vukovar pour mesurer la cruauté humaine ? Et maintenant, qu'est-ce que tu vas faire ? Partir sur un autre front ? La lumière est en nous, Luc. Souviens-toi de l'évangile de saint Jean : « *Le fils de Dieu est apparu précisément pour détruire les œuvres du diable.* »

— Il est arrivé trop tard.

— Si tu penses ça, c'est que tu as perdu la foi. Notre rôle n'est pas d'être fascinés par le mal, mais d'appeler au bien, de guider...

— T'es un planqué, Mat. T'es cool, mais t'es un planqué. Un petit-bourgeois de la foi.

J'agrippai le treillis. Sous la nef, les cantiques avaient repris.

— Qu'est-ce que tu cherches ? Qu'est-ce que tu veux ?

— Poursuivre l'action.

— Tu repars en Yougoslavie ?

— Je suis inscrit à Cannes-Écluse.

— Où ?

— L'école des Officiers de Police. Session de janvier. Je deviens flic. Dans deux ans, je serai dans la rue. Il n'y a pas d'autre solution. Je veux affronter le diable sur son terrain. Je veux me salir les mains. Tu piges ?

Sa voix était calme, déterminée. Au fond de moi, quelque chose s'effondrait au contraire. Saint Jean, encore une fois : « *Nous savons que nous sommes nés de Dieu, mais le monde tout entier gît sous l'empire du Mauvais.* » Je fermai les yeux et nous revis, Luc et moi, adossés aux colonnes de l'abbaye de Saint-Michel-de-Sèze. Nous allions changer l'Église, changer le monde…

— Joyeux Noël, Mat.

Quand j'ouvris les paupières, le confessionnal était vide.

L'onde de choc dura des mois.

Au séminaire, le cœur n'y était plus. Les sacrements, la liturgie, la prière, l'administration, la confession… J'écoutais sans entendre, je répétais les gestes sans volonté. Sur Radio Vatican, les nouvelles de la Yougoslavie me parvenaient. À chaque massacre, à chaque horreur, je priais, ou jeûnais. Je

69

me dégoûtais moi-même. Un planqué. Un petit-bourgeois de la foi.

Je ne cessais de penser à Luc. Comment cet intellectuel, ce fou de théologie, pouvait-il devenir simple flic ? Je n'avais aucune réponse. Mais ses sarcasmes ne quittaient plus mes tympans. Chaque jour, je croyais un peu moins à ma mission. Ma formation me paraissait stérile. Et tellement confortable ! J'avais choisi l'ascèse mais je vivais comme un pacha. Nourri, logé, protégé, priant tranquillement et me consacrant à ce que j'aimais le plus : les livres.

Je visualisai ma carrière. Je ne serais jamais un curé de campagne. Au terme de mon séminaire et de ma thèse, je resterais à Rome et intégrerais l'université grégorienne ou l'Académie pontificale – l'ENA ecclésiastique. Après quelques postes dans des nonciatures européennes, je gravirais les échelons au sein de la théocratie jusqu'à accéder aux plus prestigieux degrés de la Curie romaine. Une vraie « situation », sous le signe de l'aisance, du pouvoir. Tout ce que j'avais haï chez mes parents me rattrapait maintenant, sous une autre forme.

Je révélai mes doutes à mes pères supérieurs. Je ne récoltai que des réponses académiques, l'habituelle langue de bois des religieux, baume insipide posé sur les tourments de l'âme. Le 29 juin 1992, le jour même de l'intromission des futurs prêtres « dans le corps de la sainte Église catholique, apostolique et romaine », je rendis ma soutane.

Luc se trompait, je n'étais pas dans un hôpital de bien-portants.

J'étais dans un cimetière.

Tout le monde ici était mort.

Y compris moi.

Je rentrai à Paris et fonçai à l'archevêché de Paris. La liste des organisations humanitaires religieuses était longue. Je m'arrêtai sur la première qui initiait des missions dans le continent que je m'étais choisi : l'Afrique. « Terres d'espoir », une association de franciscains belges qui acceptait dans ses rangs des travailleurs laïques, me parut parfaite. C'était le groupe qui s'enfonçait le plus loin dans les territoires à risques.

Début 1993, j'embarquai pour ma première aventure.

Le Rwanda, un an avant le génocide.

Les panneaux de sortie de l'autoroute m'arrachèrent, in extremis, à mes souvenirs. Je m'enfonçai dans le tunnel de la porte d'Orléans, songeant encore à Luc et à nos destins décalés. Il avait toujours eu un temps d'avance sur moi. À cette pensée, je frissonnai. Jamais je ne le suivrais sur la route du suicide. Mais je devais maintenant admettre cet acte – et en trouver la raison. Il s'était passé quelque chose. Un événement inconcevable, qui avait expulsé Luc de son propre destin.

Je devais faire la lumière sur sa décision.

À cette seule condition, il reviendrait à la conscience.

9

Bureau. Paperasses. Post-it. Je fermai ma porte puis ouvris un nouveau paquet de cigarettes. FUMER PEUT NUIRE AUX SPERMATOZOÏDES ET RÉDUIT LA FERTILITÉ. Ces avertissements avaient le don de m'énerver. Je songeai à ce qu'avait écrit Antonin Artaud, à propos des drogues : « *Peu importent les moyens de la perte : ça ne regarde pas la société.* »

Je jetai un coup d'œil aux vignettes jaunes collées sur les liasses. « 11 h : appeler Dumayet », « Midi : Dumayet », et encore : « 14 h : Dumayet. URGENT ! » Nathalie Dumayet, commissaire divisionnaire et chef de section à la Brigade Criminelle, était la responsable des groupes d'enquête du 36. Je regardai ma montre : à peine 15 heures. Trop tôt pour boire le thé avec le dragon.

J'ôtai mon imper et feuilletai les documents. Je n'y trouvai pas ce que j'espérais. J'écoutai mes messages sur mon cellulaire puis sur ma ligne fixe : rien non plus. J'appelai Malaspey.

— T'as pas rappelé, attaquai-je. Tu as avancé sur les Tsiganes ?

— Je sors de la fac de Nanterre. Je viens de parler à un professeur de romani, leur langue. T'avais raison. Le coup des chaussures, c'est du Rom tout craché. D'après mon mec, notre client aurait pu retirer les godasses de sa victime pour éviter que son fantôme ne le poursuive. Un truc de gitan.

— O.K. Tu lances une recherche au fichier PJ. Tu retiens tous les manouches qui montent aux braquages ces derniers temps dans le 94.

— Déjà fait. On bosse aussi avec le commissariat central de Créteil. Sur les communautés du coin.

— Tu es où, là ?

— Sur les quais. J'arrive à la boîte.

Je posai le médaillon de saint Michel Archange sur mes dossiers :

— Passe me voir avant de te lancer dans ton PV. J'ai quelque chose pour toi.

Je raccrochai et convoquai Foucault. Le temps que je passe en revue les délits de la nuit, on frappait à ma porte. Mon premier de groupe ressemblait à une petite frappe, tendance joyeuse. Cheveux bouclés, épaules étroites, serrées dans un Bomber, sourire éclatant. Foucault était le portrait craché de Roger Daltrey, le chanteur des Who, à l'époque de Woodstock.

Mon adjoint l'attaqua sinistre, voulant évoquer la catastrophe de Luc. D'un geste, je l'arrêtai.

— Il faut que tu m'aides. Un truc particulier.

— Quel genre ?

— Je veux que tu sondes les gars de Luc. Quelles affaires ils avaient sur le feu.

Il hocha la tête mais ses yeux trahissaient le scepticisme :

— Ça va être chaud.

— Invite-les à bouffer. Fais-les boire. Joue-la complice.

— Ben voyons.

J'avais eu hier, avec Doudou, un échantillon de la bonne volonté de l'équipe. Je repris :

— Écoute. Personne ne connaît Luc comme je le connais. Son geste a une raison extérieure. Un truc inexplicable, qui lui est tombé dessus, qui n'a rien à voir avec une dépression ou un coup de cafard.

— Un truc comme quoi?

— Aucune idée. Mais je veux savoir s'il ne travaillait pas sur un dossier particulier.

— O.K. C'est tout?

— Non. Ratisse sa vie personnelle. Comptes en banque, crédits, feuilles d'impôt. La totale. Récupère ses factures de téléphone : portable, bureau, domicile. Tous ses appels, depuis trois mois.

— T'es sûr de ton coup?

— Je veux être certain que Luc n'avait pas de secret. Une double vie ou je ne sais quoi.

— Une double vie, Luc?

Mains dans les poches de son blouson, Foucault paraissait effaré.

— Contacte aussi le Centre d'Évaluation psychologique de la PJ. Un dossier sur Luc doit exister quelque part. Bien sûr tu agis le plus discrètement possible.

— Et les Bœufs?

— Prend-les de vitesse et tiens-moi au jus.

Foucault s'éclipsa, l'air de plus en plus sceptique. Moi non plus, je ne croyais pas à une telle enquête. Si Luc avait eu quelque chose à cacher, il aurait commencé par effacer ses propres traces. Rien de pire que de chasser un chasseur.

La porte ne se referma pas : Malaspey se tenait sur le seuil. Costaud, impassible, emmitouflé dans une laine polaire, il portait toujours en bandoulière une gibecière minuscule, tressée à l'indienne. Des cheveux gris noués en queue de cheval et une pipe entre les dents complétaient le tableau. Il évoquait plutôt un professeur de lycée technique qu'un flic de la Crime avec quinze années au compteur.

— Vouliez m'voir?

La pipe lui faisait avaler la moitié des mots. J'ouvris un tiroir, saisis un sachet translucide et glissai à l'intérieur la médaille de saint Michel.

— Creuse là-dessus, dis-je en lui lançant l'objet. Va voir les spécialistes de numismatique. Je veux connaître son origine exacte.

Malaspey fit tourner l'enveloppe devant ses yeux.

— C'est quoi?

— C'est ce que je veux savoir. Vois les profs. Écume les facs.

— J'ai l'impression de reprendre mes études.

Il fourra le médaillon dans sa poche et disparut. Je passai encore une heure à étudier les documents accumulés sur mon bureau – rien d'intéressant. À 17 heures, je me levai pour rendre visite à ma supérieure hiérarchique.

Je frappai. On me proposa d'entrer. Atmosphère épurée, où planait un léger parfum d'encens – ce qui me rappelait mon propre repaire.

Nathalie Dumayet était du genre brutal, mais rien ne le trahissait dans son apparence. La quarantaine, teint pâle, taille mannequin, elle portait ses cheveux noirs coupés au carré, toujours faussement décoiffés. Une beauté tout en angles, adoucie par de grands yeux verts, calmes, qui plongeaient en vous avec fluidité. Toujours chic, branchée même, elle portait des marques italiennes dont le Quai n'avait pas l'habitude.

Voilà pour l'apparence. À l'intérieur, Dumayet

cadrait avec la Brigade : dure, cynique, acharnée. Elle avait successivement bossé à l'Antiterrorisme et aux Stups, avec des résultats exemplaires. Deux détails la résumaient. Ses lunettes d'abord, à l'armature flexible et incassable, qu'on pouvait comprimer dans la main et qui reprenait aussi sec sa forme initiale. Dumayet était pareille : sous ses allures souples, elle n'oubliait rien et ne perdait jamais de vue son objectif.

L'autre détail, c'étaient ses phalanges. Aiguës, proéminentes, elles rappelaient les marteaux ultra-fins des diamantaires, si durs qu'ils peuvent briser les pierres précieuses.

— Je vous prépare un Keemun ? demanda-t-elle en se levant.

— Merci, ça ira.

— Je vais en faire tout de même.

Elle s'agita au-dessus d'une bouilloire et d'une théière. Elle avait des gestes d'étudiante mais aussi de grande prêtresse. Quelque chose d'antique et de religieux se dégageait de son rituel. Je songeai à la rumeur qui circulait selon laquelle Dumayet fréquentait des boites échangistes. Vrai ou faux ? Je me méfiais des rumeurs en général et de celle-ci en particulier.

— Vous pouvez fumer, si vous voulez.

Je m'inclinai mais ne sortis pas mon paquet de Camel. Pas question de me détendre : la convocation « en urgence » ne présageait rien de bon.

— Vous savez pourquoi je vous ai fait venir ?

— Non.

— Asseyez-vous.

Elle poussa devant moi une tasse :

— Nous sommes tous bouleversés, Durey.

Je m'installai et conservai le silence.

— Un flic du calibre de Luc, si solide, ça fout un choc.

— Vous avez quelque chose à me reprocher ?

La brutalité de ma question la fit sourire.

— Où en êtes-vous sur l'affaire du Perreux ?

Je songeai à mon coup de flair. Trop tôt pour crier victoire :

— On avance. Peut-être des manouches.

— Vous avez des preuves ?

— Des présomptions.

— Attention, Durey. Pas de préjugés raciaux.

— C'est pour ça que je la ferme. Laissez-moi un peu de temps.

Elle acquiesça d'un signe de tête distrait. Tout cela n'était qu'un préambule.

— Vous connaissez Coudenceau ?

— Philippe Coudenceau ?

— IGS, section discipline. Il semblerait que Soubeyras avait un dossier sensible.

— Comment ça, sensible ?

— Je ne sais pas. Il m'a appelée ce matin. Il vient de me rappeler.

Je n'ajoutai rien. Coudenceau était un de ces fouille-merde qui jouissent seulement quand ils passent un de leurs collègues au tourniquet. Un planqué qui aimait briser les hommes de terrain, leur faire ravaler leur orgueil de héros.

— C'est lui qui rédige le rapport sur Luc. Il procède à une enquête de routine.

— Comme d'habitude.

— Selon lui, des flics sont déjà sur le coup. On a

appelé cet après-midi la banque de Luc. Il n'a pas eu trop de mal à identifier le fouineur.

Foucault n'avait pas traîné. Mais pour la discrétion, il pouvait repasser. Elle planta ses yeux liquides dans les miens. En un éclair, ils se durcirent en diamants :

— Qu'est-ce que vous cherchez, Durey ?

— Comme l'IGS. Comme tout le monde. Je veux comprendre le geste de Luc.

— Une dépression ne s'explique pas.

— Rien ne dit que Luc était en dépression. (Je haussai le ton.) Il avait deux enfants, une femme : merde, il ne pouvait pas les abandonner. Un truc hors norme a dû lui tomber dessus !

Dumayet attrapa sa tasse et souffla sur le rebord, sans rien ajouter.

— Il y a autre chose, repris-je un ton plus bas. Luc est catholique.

— Nous sommes tous catholiques.

— Pas comme lui. Pas comme moi. La messe chaque dimanche. La prière chaque matin. C'est contraire à notre foi, vous comprenez ? Luc a renoncé à la vie, mais aussi à son salut. Je dois trouver l'explication d'une telle négation. Ça n'empiétera pas sur les affaires en cours.

La commissaire but une lampée, façon petit chat.

— Où étiez-vous ce matin ? demanda-t-elle en posant doucement son thé.

— En province, hésitai-je. Des trucs à vérifier.

— À Vernay ?

J'encaissai en silence. Elle tourna son regard vers

le vasistas entrouvert sur la Seine. Le jour tombait déjà. Le fleuve semblait en ciment figé.

— Levain-Pahut, le boss de Luc, m'a contactée ce midi. Les gendarmes de Chartres lui ont téléphoné. On venait de les appeler. Un toubib de l'hôpital avait reçu la visite d'un flic de Paris. Un grand type à l'air allumé. Ça vous dit quelque chose?

Je me penchai d'un coup, agrippant le bord du bureau :

— Luc est mon meilleur ami. Je vous le répète : je veux piger ce qui l'a poussé à une telle extrémité !

— Rien ne nous le rendra, Durey.

— Il n'est pas mort.

— Vous voyez très bien ce que je veux dire.

— Vous préférez que ce soit les fouille-merde de l'IGS qui fassent le boulot?

— Ils ont l'habitude.

— L'habitude d'enquêter sur des flics défoncés, joueurs ou maquereaux. Le mobile de Luc se situe ailleurs !

— Où? demanda-t-elle sur un ton ironique.

— Je ne sais pas, admis-je en reculant mon siège. Pas encore. Mais il existe un mobile réel à ce suicide. Un truc extravagant que je veux découvrir.

Lentement, elle fit pivoter son fauteuil. Dans un mouvement sensuel, elle étendit ses jambes et posa ses talons hauts sur le radiateur.

— Il n'y a pas de meurtre, pas d'instruction. Tout cela ne concerne pas notre Brigade. Et vous n'êtes pas l'homme de la situation.

— Luc est comme un frère pour moi.

— C'est exactement ce que je dis. Vous êtes à vif.

— Je dois prendre des vacances ou quoi ?

Elle ne m'avait jamais paru aussi dure, aussi indifférente :

— Deux jours. Pendant quarante-huit heures, vous lâchez tout le reste et vous vous faites une idée. Après ça, vous retournez au turbin.

— Merci.

Je me levai et rejoignis la porte. Au moment où je tournais la poignée, elle dit :

— Une dernière chose, Durey. Vous n'avez pas le monopole de la tristesse. Moi aussi j'ai bien connu Soubeyras, quand il était chez nous.

La réflexion n'appelait pas de réponse. Mais, mû par une intuition, je lançai un regard par-dessus mon épaule. J'obtins la certitude, une nouvelle fois, que je ne comprendrais jamais rien aux femmes.

Nathalie Dumayet, la femme qui dirigeait la Crime d'une main de quartz, la flic qui avait arraché des aveux aux terroristes du GIA et démantelé la filière de l'héroïne afghane, pleurait en silence, le visage baissé.

10

Les limbes.

Le mot me vint à l'esprit quand je franchis les portes du service de Réanimation. Les limbes. Là où les âmes des Justes de l'Ancien Testament se trouvent enfermées, avant que Jésus ne vienne les délivrer. L'espace mystérieux où séjournent les enfants disparus avant d'avoir été baptisés. Un milieu indéfini, sombre, étouffant, où on attend la résolution de son sort. « Ni la vie, ni la mort », avait dit Svendsen.

Vêtu d'une blouse nouée dans le dos, portant un bonnet et des chaussons de papier, je remontai le couloir obscur. À gauche, un bureau d'infirmière, éclairé par une veilleuse. À droite, une paroi vitrée, séparée en cellules. Seuls, les déclics des respirateurs artificiels, les bips des Physioguard résonnaient dans les ténèbres.

Je songeai à la citation de Dante, dans le IVe Chant consacré aux Enfers :

> *En vérité je me trouvais sur le rebord*
> *de la vallée d'abîme douloureuse*
> *qui accueille un fracas de plaintes infinies.*
> *Elle était noire, profonde et embrumée ;*
> *en fixant mon regard jusqu'au fond,*
> *je ne pouvais rien y discerner...*

Numéro 18.

La chambre de Luc.

Il était attaché par des sangles sur un lit relevé à trente degrés. Des tuyaux translucides serpentaient autour de lui. Une sonde pénétrait par une narine, une autre par la bouche, reliée à un soufflet noir qui s'ouvrait et se fermait dans un claquement. Une perfusion dans son cou, une autre dans son avant-bras. Une pince, serrée sur un de ses doigts, brillait comme un rubis. À droite, un écran noir, traversé de sillons verts. Au-dessus du lit, des poches transparentes – les liquides perfusés.

Je m'approchai. Il faut, paraît-il, parler aux gens dans le coma. J'ouvris la bouche mais rien ne vint. Restait la prière. Je m'agenouillai et fis le signe de croix. Je fermai les yeux et murmurai, front baissé. « *J'espère en toi, mon Dieu, Père, Fils et Saint-Esprit...* »

Je m'arrêtai. Impossible de me concentrer. Ma place n'était pas ici. Ma place était dans la rue, à chercher la vérité. Je me remis debout, une certitude au cœur : je pouvais le réveiller. Je pouvais le sauver. À condition de trouver la raison de son acte. Ma propre lumière l'arracherait à ces limbes !

Dans le hall du service, j'abordai une secrétaire et lui demandai d'appeler le Dr Éric Thuillier – le neurologue que l'anesthésiste m'avait conseillé de voir, la veille.

On me fit patienter quelques minutes puis le médecin apparut. La quarantaine, une allure studieuse. Chemise Oxford, pull ras du cou, pantalon de velours côtelé, trop court et chiffonné. Ses cheveux en épis lui donnaient un air négligé que ses lunettes d'écaille démentaient.

— Docteur Thuillier ?

— C'est moi.

— Commandant Mathieu Durey. Brigade Criminelle. Je suis un proche de Luc Soubeyras.

— Votre ami a eu beaucoup de chance.

— Vous avez quelques minutes pour qu'on en parle ?

— Je dois me rendre à un autre étage. Venez avec moi.

Je le suivis dans un long couloir. Thuillier commença son exposé et ne m'apprit rien de neuf. Je l'interrompis :

— A-t-il des chances de se réveiller ?

— Je ne peux pas me prononcer. Son coma est profond. Mais j'ai vu pire. Chaque année, plus de deux cent mille personnes sombrent dans le coma. Seules 35 % d'entre elles en sortent indemnes.

— Et les autres ?

— Mortes. Infections. Légumes.

— On m'a dit qu'il était resté près de vingt minutes sans vie.

— Votre ami souffre d'un coma anoxique, provoqué par un arrêt respiratoire. Il est évident que son cerveau n'a pas été oxygéné pendant un moment. Mais combien de temps exactement ? Des milliards de neurones ont sans doute été détruits, notamment dans la région du cortex cérébral, qui conditionne les fonctions cognitives.

— Concrètement, qu'est-ce que ça veut dire ?

— Si votre ami se réveille, il aura forcément des séquelles. Peut-être légères, peut-être graves.

Je me sentis blêmir. Je changeai de cap :

— Et nous ? Je veux dire : l'entourage. On peut faire quelque chose ?

— Vous pouvez vous charger de certains soins. Le masser, par exemple. Ou lui passer des baumes, pour empêcher l'assèchement de la peau. Ce sont des moments de partage.

— Doit-on lui parler ? On dit que ça peut jouer un rôle.

— Honnêtement, je n'en sais rien. Personne n'en sait rien. Selon mes tests, Luc réagit à quelques stimuli. On appelle ça des « manifestations de conscience résiduelle ». Alors pourquoi pas ? Peut-être qu'une voix familière lui ferait du bien. Parler au patient peut aider aussi celui qui parle.

— Vous avez rencontré sa femme ?

— Je lui ai dit la même chose qu'à vous.

— Comment vous a-t-elle paru ?

— Secouée. Et aussi, comment dire... un peu butée. La situation est tragique. Il n'y a pas d'autre choix que de l'accepter.

Il poussa une porte et descendit l'escalier. Je le suivis encore. Il me lança par-dessus son épaule :

— Je voulais vous demander. Votre ami, il ne suivait pas un traitement ? Des injections ?

C'était la deuxième fois qu'on me posait la question.

— Vous me demandez ça à cause des traces de piqûres ?

— Vous connaissez leur origine ?

— Non. Mais je peux vous certifier qu'il ne se droguait pas.

— Très bien.

— Cela changerait quelque chose ?

— Mon diagnostic doit tenir compte de tout.

Parvenu à l'étage inférieur, il se retourna vers moi, un sourire gêné aux lèvres. Il ôta ses lunettes et se frotta l'arête du nez.

— Bon. Je dois y aller. Il n'y a plus qu'une chose à faire : attendre. Les premières semaines sont déci-sives. Vous m'appelez quand vous voulez.

Il me salua et disparut dans un mouvement de portes battantes. Je descendis jusqu'au rez-de-chaussée. Je tentais d'imaginer Luc dans la peau d'un camé. Cela n'avait pas de sens. Mais d'où venaient ces marques ? Était-il malade ? Aurait-il pu le cacher à Laure ? Je devais vérifier ça aussi.

Dans la cour des urgences, près de l'entrée du centre médico-carcéral, il y avait autant d'uniformes bleus que de blouses blanches. Je me glissai entre deux fourgons de flics et accédai au portail.

À ce moment, je fis volte-face, me sentant épié.

Une série de fauteuils roulants, abandonnés, étaient enchaînés les uns aux autres, comme des caddies de supermarché. Sur le dernier, Doudou.

Il avait baissé au maximum le dossier du siège, l'utilisant comme un transat. Il ne me quittait pas des yeux, tenant une cigarette dans sa main droite. Je lui fis un vague signe de tête et franchis le porche. J'avais l'impression d'avoir un viseur dans le dos.

« Un secret, me dis-je. Les hommes de Luc ont un putain de secret. »

11

— Ne fais pas de bruit, les petites dorment.

Laure Soubeyras s'effaça pour me laisser entrer. Machinalement, je regardai ma montre : 20 h 30. Elle ajouta, en refermant la porte :

— Elles sont crevées. Et il y a l'école demain.

J'acquiesçai, n'ayant aucune idée de l'heure à laquelle des enfants doivent se coucher. Laure prit mon manteau puis me fit pénétrer dans le salon :

— Tu veux un thé ? Un café ? Un alcool ?

— Un café, merci.

Elle disparut. Je m'assis sur le canapé et observai le décor. Les Soubeyras habitaient un modeste quatre-pièces porte de Vincennes, dans un de ces immeubles de briques construits par la Régie immobilière de Paris. Le couple l'avait acheté juste après son mariage, étrennant une longue série de crédits. Tout ici était en toc : parquet flottant, mobilier en contreplaqué, bibelots bon marché... La télévision marchait en sourdine.

Sur cet appartement, Luc aurait pu dire comme à propos des femmes : « Régler le problème au plus vite, pour mieux l'oublier. » En réalité, il se moquait de l'endroit où il vivait. S'il avait été seul, son antre aurait ressemblé au mien : pas de meubles, aucune touche personnelle. On partageait la même indifférence à l'égard du monde matériel, et surtout du confort bourgeois. Mais Luc avait choisi de jouer le jeu, en apparence. Le cocon parisien, la maison de campagne...

Laure réapparut avec un plateau chargé d'une cafetière en verre, de deux tasses de porcelaine, d'un sucrier et d'une coupelle de biscuits. Elle paraissait à bout de forces. Son long visage, étréci encore par ses boucles grises, était tendu et fatigué.

Pour la millième fois, je ressassais cette énigme : pourquoi Luc avait-il épousé cette femme terne, sans intelligence, amie d'enfance de son village natal ? Elle était secrétaire médicale et sa conversation ressemblait à un jeu de Scrabble en mal de lettres. Je me souvenais d'une vanne salace que Luc faisait à son propos : la « position du missionnaire et rien d'autre ». Haut-le-cœur.

Elle s'assit en face de moi, sur un tabouret. La table basse nous séparait. Je me demandai ce qu'allaient être les revenus de Laure et des petites. Je devais me renseigner : quelle pension de reversion touchait la femme d'un flic qui s'était suicidé ? Ce n'était pas le moment d'évoquer ces problèmes matériels. Après quelques banalités sur l'état stationnaire de Luc, Laure annonça :

— J'organise une messe pour Luc.

— Quoi ? Mais Luc n'est pas…

— Ce n'est pas ça. J'ai pensé…

Elle hésita. Elle se frottait lentement les mains, paume contre paume.

— Je voudrais réunir ses amis. Qu'on se recueille ensemble. Qu'il y ait un appel…

— Tu veux dire : un appel vers Dieu ?

Laure n'était pas croyante – une autre différence avec Luc. Et je n'aimais pas cette idée d'un recours, d'un ultime SOS lancé au Ciel. Aujourd'hui, on ne se souvenait de Dieu qu'aux grandes occasions : baptêmes, mariages, décès… Un bureau des dates en blanc et noir.

— Il n'y a pas que le côté religieux, continuat-elle. J'ai lu des choses sur le coma. On dit que l'entourage peut jouer un rôle. Des personnes se sont réveillées seulement parce qu'on leur avait parlé ou parce qu'elles étaient entourées d'amour.

— Et alors ?

— Je voudrais réunir ses amis. Pour créer une sorte de concentré d'énergie, tu vois ? Une force que Luc pourrait sentir.

On basculait dans le projet New Age. Je demandai d'un ton sec :

— Quelle église ?

— Sainte-Bernadette. C'est à deux pas. Luc avait l'habitude d'y aller.

Je connaissais la chapelle, située le long de l'avenue de la Porte-de-Vincennes. Une espèce de bunker construit en sous-sol, géré aujourd'hui par une communauté tamoule. Quelques années auparavant, je venais m'y réfugier à l'aube, lorsque j'appartenais encore à la BRP, l'ancienne « Brigade des Mœurs », après avoir écumé les boulevards extérieurs et leur armée de putes. Je dis :

— Le responsable de la paroisse n'acceptera jamais.

— Pourquoi ?

— L'acte de Luc le condamne.

Elle eut un sourire aigre :

— Toujours vos principes à la con. Mais c'est toi qui l'as dit : Luc n'est pas encore mort.

— Ça n'enlève rien à son acte.

— Tu veux dire qu'il est damné ?

— Arrête. L'Église suit certaines règles et…

— Je viens de parler au prêtre, coupa-t-elle. Un Indien. La cérémonie aura lieu après-demain matin.

Je cherchai en moi quelques motifs de me réjouir de la nouvelle. Mais rien à faire. Je me faisais penser à un chrétien intégriste, fermé et rétrograde. Je me souvins de la médaille de Luc, le protégeant contre le diable. Laure avait raison : nous vivions lui et moi au Moyen Âge.

— Et toi, demanda-t-elle, pourquoi tu es là ce soir?

Son ton trahissait la méfiance. Elle m'avait toujours considéré comme un ennemi, ou du moins un adversaire. Je représentais la part opaque de Luc, sa part mystique, cette profondeur qui lui échappait... Et aussi, bien sûr, son métier de flic. Tout ce qui, selon elle, expliquait aujourd'hui son geste.

— Je voulais te poser quelques questions.

— Évidemment. C'est ton job.

Je me penchai vers elle et réchauffai ma voix :

— Je dois comprendre ce qu'il avait en tête.

Elle acquiesça, saisit un Kleenex roulé dans sa manche et se moucha.

— Il n'a rien laissé? Un mot? Un message?

— Je t'en aurais parlé.

— Tu as vérifié à Vernay?

— J'y suis allée cet après-midi. Il n'y a rien. (Après un silence, elle ajouta :) Toujours ses mystères. Il ne voulait pas qu'on comprenne.

— Il n'était pas malade?

— Comment ça?

— Je ne sais pas. Il n'a pas fait d'analyses, vu un médecin?

— Non. Pas du tout.

— Comment était-il ces derniers temps?

— Gai, joyeux.

— Joyeux?

Elle me lança un regard par en dessous :

— Il parlait fort, s'agitait tout le temps. Quelque chose avait changé dans sa vie.

— Quoi?

Après un bref silence, elle assena :

— Je pense qu'il avait une maîtresse.

Je faillis tomber du canapé. Luc était un janséniste. Il se situait non pas au-dessus, mais *en dehors*
des plaisirs de l'existence. Cela revenait à soupçonner le pape de piquer les reliques du Vatican
pour les revendre.

— Tu as des preuves ?

— Des présomptions. Un faisceau de présomptions. (Son regard se glaça.) C'est bien comme ça
que vous dites, non ?

— Lesquelles ?

Elle ne répondit pas. Les yeux baissés, elle déchi-
rait son Kleenex à petits gestes saccadés. Ce n'était
plus du chagrin, mais de la rage.

— Son humeur n'était plus la même, reprit-elle
enfin. Il était excité. Les femmes sentent ce genre
de choses. Et puis, il disparaissait…

— Où ?

— Aucune idée. Depuis juillet dernier. D'abord le
week-end. Le boulot, soi-disant. Et puis en août, il
m'a dit qu'il allait à Vernay. Deux semaines. Ensuite,
il est parti en Europe. Une semaine à chaque fois. Il
prétendait que c'était pour une enquête. Mais je
n'étais pas dupe.

— Ces voyages se sont arrêtés quand ?

— Ils continuaient encore au début du mois
d'octobre.

Les soupçons de Laure étaient grotesques. Luc lui
avait simplement dit la vérité : une enquête personnelle. Un truc sur lequel il devait travailler en douce.
Peut-être l'affaire que je cherchais…

— Tu n'as vraiment aucune idée de l'endroit où il
allait ?

Elle eut un nouveau sourire, où pointait de la férocité :

— Pas exactement. Mais j'ai mené ma petite enquête. J'ai fouillé ses poches, étudié son agenda.

— Tu as fouillé...

— Toutes les femmes font ça. Les femmes blessées. Tu n'y connais rien. (Son Kleenex était en miettes.) Je n'ai trouvé qu'un indice. Une fois. Un billet pour Besançon.

— Besançon ? Pourquoi ?

— Qu'est-ce que j'en sais ? Sa salope devait habiter là-bas.

— Le billet : quelle date ?

— 7 juillet. Cette fois-là, il est resté au moins quatre jours. L'Europe, tu parles...

Laure m'offrait une sacrée piste. Une enquête avait mené Luc dans le Jura. Je tentai de la raisonner :

— Je crois que tu te montes la tête. Tu connais Luc aussi bien que moi. Mieux que moi, même. Il n'est pas porté sur la gaudriole.

— Ça, non, ricana-t-elle.

— Il t'a dit la vérité : il menait une enquête, c'est tout. Un truc personnel, en dehors de ses heures de boulot.

— Non. Il y avait une femme.

— Comment le sais-tu ?

— Il avait changé. Physiquement changé.

— Je ne comprends pas.

— Ça ne m'étonne pas. (Elle prit son souffle puis lança d'un ton neutre :) Depuis la naissance des petites, il ne me touchait plus.

Je m'agitai sur le canapé. Je n'avais pas envie d'entendre ce genre de confidences. Elle continua :

— Le coup classique. Je n'insistais pas. Le sexe ne l'a jamais intéressé. Toujours ses enquêtes, toujours ses prières. Et puis, cet été, tout a changé. Son appétit semblait… revenu. Il était insatiable, même.

— C'est plutôt le signe qu'il se concentrait sur votre couple, non ?

— Mon pauvre Mathieu. Vous faisiez la paire tous les deux.

Elle avait dit cela sans la moindre tendresse. Elle poursuivit :

— Un des signes de l'adultère est justement ce retour de flamme. Le mari reprend goût au truc, tu comprends ? Il y a aussi un remords. Une espèce de compensation. Parce qu'il couche ailleurs, ton petit mari t'offre un dédommagement.

J'étais franchement mal à l'aise. Imaginer les Soubeyras au lit, c'était un peu comme soulever la robe d'un prêtre. Découvrir un secret que personne n'a envie de connaître. Je me levai pour couper court à la conversation. J'avouai enfin la raison de ma visite :

— Je pourrais… Je peux visiter son bureau ?

Elle se leva à son tour, lissant sa jupe grise, couverte de peluches de Kleenex

— Je te préviens, il n'y a rien à trouver. J'ai déjà tout fouillé.

12

Le bureau était nickel. Le même ordre artificiel que dans la pièce du 36. Était-ce Laure ou Luc qui avait fait le ménage? Je fermai la porte, ôtai ma veste, dégrafai mon holster. A priori, rien à découvrir ici. Mais nul n'est infaillible – et j'avais tout mon temps.

Je contournai le bureau et son iBook pour contempler les photos posées sur un meuble bas, le long de la fenêtre. Amandine et Camille, en pleine activité : poneys, piscine, confection de masques... Une carte postale de Rome, signée de ma main « On connaissait la fabrique. J'ai trouvé l'usine » La « fabrique » (sous-entendu : de prêtres) était une allusion à Saint-Michel-de-Sèze, « l'usine » évoquait le séminaire de Rome. Une autre photo représentait un homme en bleu de chauffe, portant un casque à lampe frontale. Il brandissait des cordes et des mousquetons, l'air triomphant, devant l'entrée d'une grotte. Sans doute Nicolas Soubeyras, le père de Luc, le spéléologue.

Luc parlait toujours de lui avec admiration. Il était mort en 1978, au fond du gouffre de Genderer, à moins deux mille mètres, dans les Pyrénées. À l'époque, j'étais jaloux de ce père, de cet héroïsme, de cette disparition même, moi qui n'avais qu'un paternel publicitaire, décédé quelques années plus tard d'un infarctus à Venise, au Harry's Bar, après un dîner trop arrosé. Comme on fait son lit on se couche.

Je me penchai vers le rideau strié du meuble

– fermé à clé. J'essayai l'armoire : idem. Je m'assis derrière le bureau et allumai l'ordinateur. Je pianotai un peu et m'aperçus que je n'avais pas besoin cette fois de mot de passe pour ouvrir les icônes. Rien d'intéressant. Un ordinateur domestique, rempli de comptes, d'échéanciers, de photos de vacances, de jeux. J'ouvris la boîte aux lettres. Les e-mails personnels n'avaient pas non plus d'intérêt : commandes par correspondance, publicités, histoires drôles… Seuls, quelques messages retinrent mon attention. Toujours envoyés au même destinataire, ils avaient été effacés aussitôt écrits. Il ne restait plus qu'une ligne dans la mémoire, signalant chaque envoi. Le dernier datait de la veille du suicide de Luc. L'adresse exacte était : unital6.com.

Je balançai ces initiales sur Google.

Un site existait : www.unital6.com. Double clic. Un logo. La silhouette de Bernadette Soubirous, avec sa petite ceinture bleue, apparut sur une vue de Lourdes. L'image était accompagnée d'un texte rédigé en italien. Je parlais parfaitement cette langue depuis le séminaire.

L'unital6 était une association bénévole qui organisait des pèlerinages à Lourdes. Pourquoi Luc avait-il contacté cette fondation ? De nouveau, le soupçon d'une maladie mortelle… Mais Laure paraissait sûre de son coup, et les toubibs de l'Hôtel-Dieu auraient tout de suite détecté un cancer ou une infection. Ce site était-il lié à une enquête ? Pourquoi les contacter juste avant de prendre son ticket de sortie ?

Je passai la page d'introduction et parcourus les chapitres. L'unital6 développait d'autres activités :

séminaires, retraites dans des abbayes italiennes. Je lus la liste des conférences. Le seul thème qui aurait pu accrocher Luc était un colloque à propos du « retour du diable », prévu pour le 5 novembre, à Padoue. Je me promis d'appeler les spécialistes de la police informatique. Ils sauraient peut-être récupérer les textes des e-mails.

Je lâchai le computeur et me concentrai sur le bureau lui-même. Dans les tiroirs, je ne découvris que des fragments de vie administrative. Relevés de banque, factures EDF, quittances d'assurances, feuilles de Sécurité sociale… J'aurais pu me plonger dans ces documents mais je n'étais pas d'humeur à éplucher des chiffres. Dans le dernier tiroir, un agenda – des noms, des numéros griffonnés, des initiales. Certains m'étaient familiers, d'autres non, d'autres encore illisibles. Je glissai le carnet dans la poche de ma veste puis, fouillant toujours, je tombai sur un trousseau de clés minuscules. Je levai les yeux : l'armoire, le placard à volet strié…

Le rideau de lamelles s'ouvrit. Des dossiers de toile grise, fermés par une courroie, serrés à la verticale sur un étage, portant sur la tranche la lettre « D » surmontée de dates : 1990-1999, 1980-1989, 1970-1979… Cela continuait ainsi jusqu'au début du siècle. J'attrapai le dossier le plus à droite, intitulé « 2000... », le posai par terre et dénouai sa ceinture de toile.

Deux sous-chemises, portant chacune la date d'une année : 2000 et 2001. J'ouvris 2001 et tombai sur des images de l'attentat du 11 septembre. Les tours bouillonnantes de fumée, des corps chutant dans le vide, des êtres hagards, couverts de poussière, courant sur un pont. Puis d'autres photos apparurent : des cadavres aux yeux crevés, des bustes d'enfants arrachés, sous des gravats. Le commentaire précisait : « Groznyï, Tchétchénie ». Je feuilletai encore des débris de squelettes, un crâne aux mâchoires serrées sur un slip féminin. Pas besoin de lire la légende. La scène était l'exhumation des victimes d'Émile Louis, dans la région d'Auxerre.

Pourquoi Luc conservait-il ces horreurs ? Je remis le dossier en place puis ouvris celui des années 90, piochant des fichiers au hasard. 1993. Des victimes égorgées, dans une ruelle d'un village algérien. 1995. Des corps démembrés, parmi des flaques de sang et des tôles carbonisées. « Attentat suicide, Ramat Ash Kol, Jérusalem, août 1995. » Mes mains se mirent à trembler. Je devinai qu'une chemise était consacrée à mon cauchemar familier. Corps noirs dans la boue rouge, visages tailladés, charniers à perte de vue : « Rwanda, 1994 ».

Je refermai le dossier avant que les images me sautent au visage. Je dus m'y reprendre à plusieurs fois pour clore la boucle. Une sueur glacée coulait sur mes traits. La peur, revenue en force, comme aux plus mauvais jours. Je me relevai et écartai les stores de la fenêtre, scrutant la cour de briques plongée dans la nuit. Au bout de quelques secondes, je me sentis mieux. Mais j'étais déçu, humilié, encore une fois, de voir à quel point le Rwanda était toujours là, à l'intérieur de moi, à fleur de peau.

Je revins à Luc. Voilà donc à quoi il passait ses soirées et ses week-ends. Chercher, découper, répertorier les plus sinistres exploits humains. Me penchant de nouveau sur les rayonnages, je choisis un dossier à part : « 1940-1944 ». Je m'attendais à un catalogue des violences nazies mais j'eus d'abord droit à des images asiatiques. La vivisection d'une femme, pratiquée par des japonais en blouses et masques chirurgicaux. La légende indiquait : « Violée et fécondée par le chercheur de l'unité 731 nommé Koyabashi ; celui-là même qui est en train d'extirper le fœtus qu'elle porte. » Les mains gantées du chercheur, le corps sanglant, les hommes en civil, à l'arrière-plan, portant eux aussi des masques. Tout ça relevait de la terreur pure.

La chemise suivante était celle que j'attendais : le nazisme et ses abominations. Les camps. Les corps affamés, rongés, anéantis. Les cadavres poussés à la pelleteuse. Mon regard s'arrêta sur un cliché. Scène quotidienne au bloc 10 d'Auschwitz, 1943 : une exécution où les condamnés, nus, face au mur de carrelage, attendaient que l'officier leur tire une balle dans la tête – la plupart étaient des femmes et des enfants. Un détail me pétrifia : les deux nattes noires d'une petite fille, accentuées par le grain photographique, se détachant sur son dos blanc et frêle.

Je rangeai l'ensemble : j'avais ma dose. La chronologie sur les autres étagères remontait les siècles – XIXe, XVIIIe siècle… J'aurais pu nager dans l'épouvante jusqu'au petit matin. Des gravures, des tableaux, des écrits, toujours sur les mêmes thèmes : guerres, tortures, exécutions, assassinats… Une anthologie du mal, une taxinomie de la cruauté. Mais que signifiait ce « D », inscrit au dos de chaque dossier ?

Soudain, je compris.

« D » pour « DIABLE », ou « DÉMON ».

Je songeais au « *Dancing with Mister D.* » des Rolling Stones.

Les œuvres complètes du diable, ou presque…

La sonnerie de mon portable me fit sursauter.

— Foucault. Je sors d'un dîner avec Doudou.

Il était près de 23 heures. Les images atroces palpitaient sous mes paupières :

— Comment ça s'est passé ?

— Ça m'a coûté un bon gueuleton mais j'ai le tuyau. Ces derniers temps, Luc s'intéressait à une affaire en particulier.

Son élocution était pâteuse. Foucault semblait complètement cuit.

— Quelle affaire ?

— Le meurtre de Massine Larfaoui.

— Le brasseur ?

— Exactly.

Je connaissais le Kabyle du temps de la BRP. Un des plus importants fournisseurs de boissons des bars, restaurants et boîtes de Paris. Je ne savais même pas qu'il avait été tué.

— Quand a-t-il été buté ?

— Début septembre. Une balle dans la tête et deux dans le cœur, à bout portant. Du travail de pro.

— Pourquoi on n'a pas eu l'affaire ?

— Les Stups avaient déjà Larfaoui à l'œil. Le gus s'était développé dans plusieurs trafics : cannabis, coke, héroïne. Ils se sont arrangés avec le SRPJ concerné pour avoir le coup.

— Où en est l'enquête ?

— Nulle part. Pas d'indice, pas de témoin, pas de mobile. Un dossier vide. Le juge compte classer l'affaire mais Luc refusait de lâcher le morceau.

Ce crime de sang n'éloignait pas le soupçon de corruption. Au contraire. Larfaoui avait toujours entretenu des relations obscures avec les condés, monnayant pour ses clients cafetiers des facilités policières. Obtention d'une licence IV, tolérance pour un tripot, protection contre d'éventuels racketteurs… Les meilleurs gardes du corps restaient les flics eux-mêmes. Luc avait-il trouvé un os à l'interne, sous ce meurtre ? Couvrait-il au contraire quelque chose ?

— Sur Larfaoui, repris-je, t'as des détails ? Où s'est-il fait allumer ?

— Chez lui. Un pavillon à Aulnay-sous-Bois. Le 8 septembre, vers 23 heures.

— La balle, l'arme ?

— Doudou n'a rien voulu cracher. Mais ça a l'air d'une vraie exécution. Un règlement de comptes ou une vengeance. A priori, ça pourrait être n'importe quel pro. (Foucault marqua un temps.) Y compris un flic.

— C'est ce que pensait Luc ?

— Personne ne sait ce qu'il pensait.

— Doudou ne t'a pas parlé de voyages que Luc faisait ces derniers temps ?

— Non.

— Qui est le juge sur l'affaire Larfaoui ?

— Gaudier-Martigue.

Mauvaise nouvelle. Un connard étriqué, avec des idées bien peignées sur le côté. Aucune chance d'obtenir des informations par la bande. Encore moins de consulter le dossier.

— Va te coucher, conclus-je. Demain, j'aurai d'autres trucs à te demander.

Foucault éclata de rire. Vraiment bourré. Je raccrochai. Ces nouvelles n'étaient pas celles que j'attendais. Il était impossible que l'exécution d'un brasseur-dealer plonge Luc dans le désespoir.

Je retournai à mon placard. Sur l'étage inférieur, des dossiers affichaient, sous le « D » générique, des lettres minuscules, par ordre alphabétique. J'ouvris le premier rabat et compris : les tueurs en série. Ils étaient tous là, à travers les siècles, les continents. De Gilles de Rais à Ted Bundy, de Joseph Vacher à Fritz Haarmann, de Jack l'Éventreur à Jeffrey Dahmer. Je renonçai à parcourir ces documents – je connaissais la plupart de ces cas et n'avais aucune envie de me vautrer dans cette nouvelle boue. Pas plus que je ne voulais consulter la dernière rangée du bas, visiblement consacrée à la pornographie et à toutes les turpitudes que la chair peut inventer.

Je me frottai les yeux et me levai. Il était temps d'attaquer la grande armoire. J'ouvris les deux battants et découvris de nouvelles archives, toujours frappées du sigle D. Mais cette fois, changement de registre : il s'agissait d'une immense iconographie du diable, ses représentations à travers les siècles.

J'attrapai les dossiers de gauche et les ouvris sur le bureau. L'Antiquité, avec les premiers démons de l'histoire humaine, issus des traditions sumérienne et babylonienne. Je m'arrêtai sur une des principales créatures de cette mythologie : Pazuzu, d'origine assyrienne, Seigneur des Fièvres et des Fléaux.

Du temps de la fac, j'avais suivi une UV de démonologie. Je connaissais ce monstre, avec ses quatre ailes, sa tête de chauve-souris et sa queue de scorpion. Il personnifiait les mauvais vents, ceux qui charrient les maladies, les infirmités. J'observai son mufle retroussé, ses dents chaotiques. À lui seul, il avait inspiré des siècles de tradition diabolique. Et quand un film majeur se tournait sur le diable, comme *L'Exorciste* de William Friedkin, c'était encore Pazuzu, ange noir des quatre vents, qu'on déterrait des sables d'Irak.

Je continuai de feuilleter : Seth, le démon égyptien ; Pan, dieu grec du désir sexuel, avec sa face de bouc et son corps poilu ; Lotan, « Celui qui se tord », qui inspirerait plus tard le Léviathan...

Les autres fichiers. L'art paléochrétien où le Mal, conformément à la Genèse, a la forme d'un serpent. Puis le Moyen Âge, l'âge d'or de Satan. Parfois, c'était un monstre tricéphale dévorant les damnés à l'heure du jugement dernier ; d'autres fois, un ange noir aux ailes brisées ; d'autres fois encore, des gargouilles, sculptures et bas-reliefs dressant des trognes abjectes, des museaux rognés, des dents acérées...

On frappa doucement à la porte. Laure entra sans bruit. Il était minuit. Elle lança un coup d'œil aux dossiers à mes pieds.

— Je vais tout ranger, m'empressai-je de dire.

Elle fit un geste las : aucune importance. Elle avait pleuré. Son mascara avait coulé, lui dessinant deux yeux au beurre noir. J'eus cette pensée absurde,

101

et cruelle : jamais ma mère n'aurait commis une telle faute. Je la revoyais, dans la voiture qui nous conduisait à l'enterrement de mon père, se passer sur les cils du mascara waterproof, en cas de larmes intempestives.

— Je vais me coucher, dit Laure. T'as besoin de rien ?

J'avais le gosier sec mais je fis non de la tête. L'heure tardive, cette intimité soudaine avec Laure… Je n'étais pas à mon aise.

— Si je travaille toute la nuit ici, c'est bon ?

Elle baissa encore les yeux sur les photographies par terre. Son regard consterné s'arrêta sur un masque de démon tibétain, qui sortait d'un carton :

— Il passait ses week-ends dans son bureau, à collectionner ces horreurs.

Dans sa voix, passait une sourde réprobation. Elle fit volte-face, attrapa la poignée puis se ravisa :

— Je voulais te dire quelque chose. Il m'est revenu un détail.

— Quoi ?

Par réflexe, je me levai, essuyant mes mains sur mon pantalon ; j'étais couvert de poussière.

— Un jour, je lui ai demandé ce qu'il foutait dans ce capharnaüm. Il m'a juste répondu : « J'ai trouvé la gorge. »

— La gorge ? Il n'a rien dit de plus ?

— Non. Il avait l'air d'un fou. Halluciné. (Elle se tut, soudain captive de ses souvenirs.) Si tu décides de partir dans la nuit, claque la porte derrière toi. Et n'oublie pas la messe, après-demain.

« J'ai trouvé la gorge. » Qu'avait-il voulu dire ? Était-ce une gorge au sens physiologique ou minéral du terme ? Parlait-il d'un détail physique d'une personne ou d'un canyon, d'un puits de pierre ?

Les heures passèrent. En compagnie des fresques diaboliques de Fra Angelico et de Giotto, les peintures maléfiques de Grünewald et de Bruegel l'Ancien, le diable à queue de rat de Jérôme Bosch, le diable-porc de Dürer, les sorcières de Goya, le Léviathan de William Blake...

À 3 heures du matin, j'attaquai le dernier rangement. Au toucher, je sentis que les chemises n'abritaient plus des tirages photo mais des clichés médicaux. Des scanners, des clichés d'IRM, représentant des cerveaux. Je lus les légendes. Des malades psychiques en état de crise, notamment des schizophrènes violents.

Pas besoin d'être un génie pour deviner la démarche de Luc. À ses yeux, les représentations contemporaines du diable pouvaient être ces convulsions cérébrales, saisies sur le vif, à l'intérieur même de l'organe. Tout cela participait de la même logique : identifier le mal, sous toutes ses formes...

Je passai rapidement en revue ces archives, conservant quelques clichés pour mon dossier, ainsi que d'autres pour Svendsen. Je m'installai derrière le bureau, harassé – aucune force pour partir à cette heure. Mes pensées commençaient à perdre en netteté, et je me sentais de plus en plus mal.

Il n'y avait pas que la fatigue. Un malaise ne m'avait pas quitté depuis le début de mes fouilles : le Rwanda. La simple proximité des images du massacre m'avait foutu en l'air pour la nuit. Prenant la mesure de mon épuisement, je compris que je ne pourrais pas résister.

J'étais bon pour un aller simple en enfer.

Dans le puits de mes souvenirs.

13

Quand j'ai découvert le Rwanda, le pays n'existait pas.

En tout cas pour le reste du monde.

Une des nations les plus pauvres de la planète, mais sans guerre, ni famine, ni catastrophe naturelle; rien qui motive l'organisation d'un concert rock ou l'attention des médias.

En février 1993, je débarque. Tout est déjà écrit. Le Rwanda vit dans l'énergie de la haine, comme un moribond tient debout par les nerfs. Une haine qui oppose la minorité tutsi, peuple élancé, raffiné, à la population hutu, courte, trapue, représentant 90 % des habitants du pays.

Je commence mon boulot humanitaire auprès des Tutsi opprimés. En face, les miliciens hutus sont armés de fusils, de gourdins et, déjà, de machettes. Aux quatre coins du pays, ils frappent, tuent, brûlent les huttes de leurs ennemis, en toute impunité. Chez « Terres d'espoir », nous traversons le pays avec des vivres, des médicaments, forcés de négocier à chaque barrage hutu, arrivant toujours trop tard. Sans compter les joies de l'humanitaire : les erreurs de livraison, les retards de stocks, les enlisements administratifs...

Fin 1993.

Les rues de Kigali résonnent des messages de haine de la RTML (Radio-Télévision Libre des Mille Collines), organe hutu qui appelle au massacre des « cafards ». Cette voix me poursuit jusqu'au dispensaire où je dors. Elle retentit dans les rues, les bâtiments, s'infiltre dans le crépi des murs, dans la touffeur de l'air.

1994.

Les prémices du génocide se multiplient. 500 000 machettes sont importées. Les barrages sont de plus en plus nombreux. Rackets, violence, humiliations... Rien ne peut arrêter le « Hutu Power ». Ni le gouvernement, ni l'ONU qui a envoyé une force impuissante. Et la voix des Mille Collines, toujours : *« Quand le sang a coulé, on ne peut plus le ramasser. Nous en entendrons bientôt parler. Le peuple, c'est la véritable armée. Le peuple, c'est la force ! »* Chaque matin, chaque soir, je prie. Sans espoir. Dans ce pays à 90 % catholique, Dieu nous a abandonnés. Cet abandon est inscrit dans la latérite rouge. Il transparaît dans la voix de l'abominable radio. *« Voici les noms des traîtres : Sebukiganda, fils de Butete, qui vit à Kidaho ; Benakala, qui tient le bar... Tutsi : on va vous raccourcir les jambes ! »*

Avril 1994.

L'avion du président hutu Juvénal Habyarimana saute.

Nul ne sait qui a fait le coup. Peut-être le front rebelle tutsi, en exil, ou les extrémistes hutu jugeant leur président trop faible. Ou encore une force étrangère, pour d'obscurs intérêts. Dans tous les cas, c'est le signal du massacre. *« Vous écoutez la RTLM. J'ai fumé un petit joint ce matin. Je salue les gars du barrage… Qu'aucun cafard ne vous échappe ! »*

À chaque barricade, les papiers d'identité sont demandés, les Tutsi identifiés, puis tués et jetés dans les fosses fraîchement creusées. En trois jours, on compte plusieurs milliers de morts dans la capitale. Les Hutu s'organisent. Ils ont un objectif à atteindre : mille morts toutes les vingt minutes !

Dans Kigali, s'élève un bruit que je n'oublierai jamais. Le bruit des machettes frottées contre la chaussée, en signe de menace, en signe de joie. Les lames crissent contre le bitume, avant de s'abattre sur les corps. Les lames ensanglantées hurlent après avoir frappé…

Les ressortissants étrangers sont évacués. À « Terres d'espoir », on décide de rester. On s'installe au Centre d'échanges culturels francorwandais, où les soldats français ont établi leur base. Des Tutsi viennent s'y cacher, cherchant protection, mais les soldats s'en vont déjà. Je dois expliquer aux réfugiés qu'il n'y a plus rien à faire. Je dois leur expliquer que Dieu est mort.

Je parviens à partir en reconnaissance avec les derniers Casques Bleus de Kigali – l'ONU a rappelé 90 % de ses troupes. Alors seulement, je découvre les charniers qui bloquent les routes, les ponts de cadavres aux pantalons baissés. Je sens, dans mes os, les secousses des corps qui rebondissent sous nos roues. Je vois les villages exterminés, où le sang coule par rivières. Je vois les femmes enceintes éventrées, les fœtus écrasés contre les arbres. Je vois les jeunes filles violentées – on les choisit vierges, pour ne pas attraper le sida. Elles sont d'abord forcées pour le plaisir, puis avec des bâtons, des bouteilles, qu'on casse à l'intérieur de leur vagin.

Je ne peux mettre une date précise sur ma première défaillance.

À la fin du mois de mai, peut-être, lors des opérations de nettoyage, quand on brûle les cadavres putréfiés au diesel. Ou peut-être plus tard, quand l'opération Turquoise débute, la première manœuvre humanitaire d'envergure, organisée au Rwanda sous la bannière française. Une certitude : la crise survient dans les camps de réfugiés, là où la maladie et la pourriture prolongent le génocide.

D'abord, paralysie du bras gauche. On croit à un infarctus. Mais un médecin de MSF rend son verdict : pas de cause organique à mes symptômes. Autrement dit, tout se passe dans ma tête. Rapatriement. Direction Centre Hospitalier Sainte-Anne, à Paris.

Je ne résiste pas. Je ne peux plus parler. J'ai cru encaisser l'horreur, dépasser le sang. J'ai pensé l'avoir intégré, comme un homme parvient à vivre avec une balle au fond du cerveau. Je me suis trompé. La greffe n'a pas pris. Le rejet commence. Le rejet, c'est cette paralysie. Premier signe d'une dépression qui va me broyer tout entier.

À Sainte-Anne, j'essaie de prier. Chaque fois, je fonds en larmes. Je pleure, comme jamais je n'ai pleuré. Toute la journée. Avec un sentiment de souffrance et de soulagement mêlés. À ma douleur morale répond un apaisement physique. Presque animal.

Je remplace la prière par des pilules, ce qui me paraît achever ma destruction. Ma perception du monde, c'est ma foi. Influencer cette perception, c'est tricher avec ma conscience, donc avec Dieu. Mais ai-je encore la foi? Je ne sens plus en moi aucune conviction, aucun frein, aucun garde-fou. Il suffirait qu'on ouvre une fenêtre devant moi pour que je saute.

Septembre 94.

Changement de traitement.

Moins de pilules, plus de psy. Moi qui n'ai jamais révélé mes péchés qu'à des prêtres, qui n'ai jamais livré mes doutes qu'au Seigneur Lui-même, je dois tout déballer à un spécialiste de l'indifférence, qui ne représente aucune entité supérieure – dont le seul silence est un miroir, dans lequel ma conscience doit se contempler. Cette idée même me paraît atroce. Fondée sur une vision agnostique, réductrice, désespérée, de l'âme humaine.

Novembre 94.

Malgré moi, malgré tout, des signes d'amélioration apparaissent. Ma paralysie recule, mes crises de larmes s'espacent, mon désir de suicide s'atténue. De douze comprimés, je passe à cinq par jour. Je recommence à prier. Balbutiements, mots désordonnés, salive. Au sens propre du terme, les antidépresseurs me font baver…

Je retrouve la voie de Dieu. Et je m'éloigne de cette idée que je dois, moi, Lui pardonner pour ce que j'ai vu là-bas. Je me souviens d'une phrase d'un de mes maîtres, à Rome : « Le vrai secret de la foi, ce n'est pas de pardonner, mais de demander pardon – au monde tel qu'il est, parce que nous n'avons pas su le changer. »

Janvier 1995.
Retour au monde réel. J'adresse plusieurs lettres à des fondations religieuses, des lieux de retraite, des monastères, sollicitant un poste mineur, n'importe quoi pourvu que je sois en compagnie d'autres hommes. Un centre de formation en théologie, dans la Drôme, répond favorablement à ma demande, en dépit de mon état – je n'ai rien caché de ma maladie.

On m'assigne un rôle d'archiviste. Malgré mon bras invalide, je m'active, je range, je classe. Entouré de dossiers, de poussière, de séminaristes en stage, je me fonds dans le décor. Grâce à une poignée de pilules par jour et deux visites par semaine à un psy de Montélimar, je fais bonne figure. Et parviens à cacher mon état dépressif qui, même ici – surtout ici –, provoquerait une gêne, un malaise.

Parfois, des crises surviennent. Mes mains tremblent, mon corps s'agite, je suis soulevé par une fébrilité inexplicable. D'autres fois, au contraire, ma conscience devient aussi lourde qu'une étoile froide. C'est l'apathie. Impossible de lever un doigt. Je reste ainsi, plusieurs heures, écrasé par les idées qui me submergent : la mort, l'au-delà, l'inconnu… Dans ces moments-là, Dieu a de nouveau disparu.

Mais les souvenirs, eux, sont toujours là. Malgré mes précautions, je suis chaque fois pris en défaut.

J'ai beau éviter toute proximité avec les transistors, télévisions et autres sons diffusés si, par malheur, un bruit blanc, un crachotement parvient à mes tympans, j'éprouve aussitôt une nausée implacable, un séisme au fond de mes tripes. « *Qu'aucun cafard ne vous échappe !* » Je cours vomir dans les chiottes – ma bile, ma peur, ma lâcheté, pour finir, comme toujours, dans une crise de larmes.

Autre exemple. J'ai demandé à ne jamais manger avec les autres pour éviter tout bruit de fourchette, tout crissement de métal. Mais le seul raclement d'une table sur le parquet me propulse sur la route centrale de Kigali. Les tueurs hurlent et sifflent, les corps s'accumulent dans les fosses – des corps qu'on ne compte plus, qui ne comptent plus… Je pousse un cri avant d'entrer en convulsions. Je me retrouve à l'infirmerie, sous sédatif. Et je comprends, encore une fois, que je ne suis pas guéri, que je ne le serai jamais. La greffe n'a pas pris et il n'y a aucun moyen d'extraire le corps étranger.

Janvier 1996.

Je quitte le centre de théologie pour rejoindre un monastère isolé, dans les Hautes-Pyrénées. Expérience intérieure. Connaissance transcendante. Recherche du Verbe Divin. Parmi les moines cisterciens, je retrouve la force, l'espoir, la vitalité. Jusqu'au jour où ce quotidien ne me suffit plus.

Après ce que j'ai vu, il m'est impossible de rester là, à genoux, parlant au ciel alors que l'enfer est sur terre. Les moines qui m'entourent sont des novices en matière d'âmes. J'ai voyagé dans d'autres confins. J'ai vu le vrai visage de l'homme. Peau arrachée, muscles à nu, nerfs écorchés. Sa haine irréductible. Sa violence sans limite. Il faut guérir l'être humain de son mal, et ce n'est pas dans le silence et l'isolement que je pourrai le faire.

Alors, je me souviens de Luc.

Deux années que je n'ai pratiquement pas pensé à lui. Sa silhouette et sa voix me reviennent, avec une évidence nouvelle. Luc a toujours eu une longueur d'avance sur moi. Il a toujours pressenti les vérités choquantes, contradictoires, souterraines, de la réalité. Aujourd'hui encore, je comprends que je dois suivre sa voie.

Septembre 96.

J'intégre l'île aux Corbeaux.

L'ENSOP, l'École Nationale Supérieure des Officiers de Police, située à Cannes-Écluse, en Seine-et-Marne, ainsi surnommée parce que chacun y porte l'uniforme. Je ne suis pas dépaysé. J'ai connu la soutane. J'arbore maintenant la vareuse bleu marine. Passé le premier cap, où les officiers-formateurs me regardent d'un sale œil – avec mes diplômes, j'aurais pu tenter Saint-Cyr-au-Mont-d'Or, la « boîte à commissaires » –, mes résultats parlent pour moi.

Dans chaque matière, je décroche les meilleures notes. Droit pénal. Droit constitutionnel. Droit civil. Procédure. Sciences humaines. Aucun problème. Sans compter le sport. Athlétisme. Tir. Close-combat… Ma vie d'ascète, mon goût de la rigueur font de moi un adversaire redoutable.

Mais c'est pendant mon stage de fin d'études, sur le terrain, que ma qualité majeure se révèle : le sens de la rue. Intuition des lieux, instinct de la traque,

111

psychologie... Et surtout : don du camouflage. Malgré ma silhouette d'asperge et mon cursus d'intellectuel, je me fonds n'importe où, adoptant le langage des voyous, faisant ami-ami avec la pire racaille.

Juin 1998.

Je sors major de ma promotion. J'ai 31 ans. Grâce à cette première place, je peux choisir en priorité mon affectation parmi les postes vacants. Quelques jours plus tard, le directeur de l'école me convoque.

— Vous avez demandé la Brigade de Répression du Proxénétisme ?

— Et alors ?

— Vous n'êtes pas intéressé par un Office central ? Le ministère de l'Intérieur ?

— Quel est le problème ?

— On m'a dit... Vous êtes catholique, non ?

— Je ne vois pas le rapport.

— Vous risquez de voir de drôles de trucs à la BRP et...

L'homme hésite puis se fend d'un sourire paternaliste :

— La BRP, j'y ai passé dix années de ma vie. C'est un univers très particulier. Je ne suis pas sûr que les dépravés qu'on y croise aient besoin d'un flic de votre valeur.

Je lui rends son sourire, inclinant mon mètre quatre-vingt-dix :

— Vous n'avez pas compris. C'est moi qui ai besoin d'eux.

Septembre 1998.

Je plonge dans les arcanes du vice. En quelques mois, j'enrichis mon vocabulaire. Coprophilie : déviation sexuelle consistant à se nourrir d'excréments. Ondinisme : pratique où le plaisir est obtenu par la vue ou le contact de l'urine. Zoophilie : je mets la main sur un stock de cassettes qui se passent de commentaires. Nécrophilie : j'organise un flag mémorable, en pleine nuit, au cimetière du Montparnasse.

Mes dons pour le camouflage se confirment. Je m'infiltre partout, copinant avec les macs, les putes, découvrant avec le sourire les perversions les plus tordues. Boîtes échangistes, clubs sadomaso, soirées spéciales… Je surprends, j'observe, j'arrête. Sans dégoût ni état d'âme. Je suis de toutes les permanences. La nuit, pour être sur le coup. Le jour, pour recueillir les témoignages des plaignants, apporter compassion aux prostituées, aux familles des victimes.

Souvent, j'enchaîne vingt-quatre heures de service d'affilée. Je conserve des vêtements de rechange dans mon bureau. Parmi mes collègues, je passe pour un drogué du boulot, un « accro », un arriviste. À ce rythme, je passerai rapidement capitaine, tout le monde le sait. Mais personne ne comprend ma vraie motivation. Ce premier cap du sexe n'est qu'une étape. Le premier cercle de l'enfer. Je veux approfondir le mal, sous toutes ses facettes, pour mieux le combattre.

D'ailleurs, comme toujours, on se trompe sur mon état d'esprit. Je suis heureux. J'observe une règle dans la règle. Sous ma peau de flic, ma vie s'articule autour des trois vœux monastiques : obéissance, pauvreté, chasteté. Auxquelles j'en ai ajouté un autre : solitude. Je porte cette discipline comme une cotte de mailles.

Chaque jour, je prie à Notre-Dame. Chaque jour, je remercie Dieu pour les résultats que j'arrache. Et le pardon qu'Il m'accorde, j'en suis sûr, pour les méthodes que j'utilise. Violence. Menaces. Mensonges. Je Le remercie aussi pour l'aide que j'offre aux victimes – et le pardon aux coupables.

Ma maladie n'a pas disparu. Même en plein Paris, sur le boulevard de Strasbourg ou place Pigalle, je sursaute encore au bruit brouillé de ma radio, ou au raclement d'un cageot en fer sur un trottoir. Mais j'ai trouvé une solution d'apaisement. Je noie la violence du passé dans la violence du présent.

Septembre 1999.

Une année de boue, une année d'expériences déviantes. Le gros du boulot, ce ne sont pas les pervers, ce sont les proxos, les réseaux. Des journées de planque, de filatures, sur la trace de mafieux slaves, de voyous maghrébins, de producteurs véreux mais aussi de notables, d'hommes politiques tordus. Des nuits à visionner des cassettes, à voyager sur des sites internet, partagé entre le dégoût et l'érection.

Je dois aussi fermer les yeux sur les coulisses de la boîte : les collègues qui se font sucer par les travelos, les stagiaires qui braquent les VHS pour leur usage personnel. Le sexe est partout, des deux côtés du miroir.

Un océan noir dans lequel je suis en apnée.

Au fil des mois, j'observe un changement. Ma personnalité suscite moins de méfiance. Les juges, qui ne voyaient en moi qu'un ambitieux, me signent les perquises que je leur demande. Mes collègues commencent à me parler, prenant même goût à mon sens de l'écoute. Leurs confidences deviennent des confessions, et je mesure à quel point la lutte contre le mal nous contamine, nous oblige chaque jour à franchir la ligne. De plus en plus, je mérite mon surnom : l'Aumônier.

Je pense à Luc. Où est-il aujourd'hui ? SRPJ ? Brigade ? Office central ? Depuis le Rwanda, j'ai perdu tout contact avec lui. J'espère le rencontrer, au hasard d'une enquête, d'un couloir. Une intonation de voix dans un bureau, une silhouette au fond d'un tribunal, et je crois le retrouver. Je me précipite – c'est la déception.

Pourtant, je ne veux pas le contacter. Je fais confiance à notre chemin – nous marchons sur la même route. Nous finirons par nous revoir.

Une autre figure du passé me sort de temps à autre de la fange quotidienne. Ma mère. Avec l'âge, et la disparition de son mari, elle s'est rapprochée de moi. Dans les limites du raisonnable : un déjeuner par semaine, dans un salon de thé rive gauche.

— Et ton boulot, ça va ? demande-t-elle en titillant son cheese-cake.

Je songe au pervers que j'ai serré la veille, accusé de viol sur un adolescent, un malade qui trempe son pain dans les pissotières de la gare de l'Est. Ou au pyromane retrouvé mort d'une hémorragie interne, le matin même, après s'être fait sodomiser par son doberman. Je bois mon thé, un doigt en l'air, répondant laconiquement :

— Ça va.

Puis je l'interroge sur les nouveaux aménagements de sa maison de campagne, à Rambouillet, et tout rentre dans l'ordre. L'enfer roule ainsi, à petit feu. Jusqu'au mois de décembre 2000. Jusqu'à l'affaire des Lilas.

14

Parfois, un fiasco vaut mieux qu'une victoire.

Un loupé est plus bénéfique, plus riche d'enseignements qu'un triomphe. Ainsi, lorsque j'auditionne Brigitte Oppitz, épouse Coralin, en vue de mon premier vrai « flag », je ne me doute pas que, quelques heures après, je ne découvrirai qu'un charnier. Pas plus que je ne devine que cette opération manquée m'apportera, outre des regrets éternels, ma promotion à la Crime.

12 décembre 2000.

Notre brigade est saisie à la suite d'une plainte déposée par l'épouse du dénommé Jean-Pierre Coralin. La femme accuse son mari de l'avoir prostituée au domicile conjugal, où elle devait subir des pratiques sadiques. Le rapport du médecin confirme : vagin tailladé, brûlures de cigarettes, marques de flagellation, infection de l'anus.

D'après elle, ces maltraitances ne constituent

qu'une « poire pour la soif ». En réalité, son époux fournit une clientèle différente, seulement attirée par les enfants. En quatre années, il a enlevé six petites filles, frappant les communautés nomades du 93, qu'il laisse, après usage, mourir de faim. À l'heure actuelle, deux fillettes sont encore vivantes dans leur pavillon des Lilas où elles subissent, chaque nuit, les assauts des pédophiles.

J'enregistre la plainte et me décide pour une opération solo, avec mon équipe. À 33 ans, je tiens mon premier « saute-dessus ». Je dresse mon plan d'attaque et organise l'opération.

À 2 heures du matin, nous cernons le pavillon rue du Tapis-Vert, aux Lilas. Mais je n'y découvre personne, à l'exception de la fille des Coralin, Ingrid, dix ans, endormie dans le salon. Les parents sont à la cave. Ils se sont fait sauter la cervelle avec un canon scié après avoir abattu leurs deux prisonnières. En quelques heures, la femme a changé d'avis et a prévenu son mari.

Je ressors du pavillon, en état de choc. J'allume une clope dans l'air gelé, où tournoient les gyrophares des ambulances et des fourgons garés en épi. Autour de nous, les pavillons ont pris vie. Des voisins sur leur seuil, en robe de chambre. Un agent en uniforme emmène la petite Ingrid. Un autre vient à ma rencontre :

— Lieutenant, la Crime est là.

— Qui les a prévenus ?

— Je sais pas. Le chef de groupe vous attend. La Peugeot grise, au bout de la rue.

Abasourdi, je marche jusqu'à la voiture, prêt à encaisser le premier savon d'une longue série. À hauteur de la Peugeot, la vitre conducteur s'abaisse : Luc Soubeyras est à l'intérieur, emmitouflé dans une parka.

— Content de toi ?

Je ne peux pas répondre. La surprise me coupe le souffle. Luc n'a pas changé d'un poil. Fines lunettes, ossature à fleur de peau, taches de rousseur. Seules, quelques rides autour des yeux ont coché les années :

— Viens. Fais le tour.

Je jette ma cigarette et rentre dans la voiture. Odeur de clope, de café froid, de sueur et d'urine. Je ferme la portière et retrouve ma voix :

— Qu'est-ce que tu fous ici ?

— On nous a appelés.

— Mon cul. Personne n'était au courant.

Luc concède un sourire.

— Je t'ai à l'œil depuis un moment. Je savais que tu étais sur un gros coup.

— Tu me surveilles ?

Luc garde son regard droit sur la rue. Des ambulanciers entrent dans le pavillon, poussant des brancards pliables. Des flics en ciré noir délimitent le périmètre de sécurité, écartant les voisins réveillés.

— C'est comment à l'intérieur ?

J'allume une nouvelle Camel. L'habitacle s'emplit de bleu mercure, au rythme des révolutions des gyrophares.

— Atroce, dis-je après la première bouffée. Un carnage.

— Tu ne pouvais pas prévoir.

— Si, justement. La bonne femme nous a dou-
blés. Je n'ai pas verrouillé son…

— Tu n'as pas identifié les enjeux, c'est tout.

— Les enjeux?

— Brigitte Coralin n'est pas venue te parler parce
qu'elle avait des remords, ou qu'elle voulait sauver
les petites. Elle a agi par jalousie. Elle aimait son
salopard. Elle l'aimait quand il la torturait, quand il
lui enfonçait des clopes dans la chatte. Et elle était
jalouse des petites. De leurs souffrances.

— Jalouse…

Luc prend une Gitane.

— Ouais, mon pote. Tu as mal évalué le cercle du
mal. Toujours plus large, plus vaste qu'on croit. À
terme, Brigitte Coralin aurait aussi tué sa propre
fille, si Coralin l'avait regardée de trop près. (Il
expulse un long nuage, prenant son temps, avec
cynisme.) Tu aurais dû la foutre en garde à vue.

— Tu es venu me faire la leçon?

Luc ne répond pas. Un sourire gèle ses lèvres. Les
hommes de la police scientifique, en combinaison
blanche, débarquent.

— Je t'ai jamais quitté des yeux, Mat. On a suivi
le même chemin. Vukovar pour moi, Kigali pour toi.
La DPJ pour moi, la BRP pour toi.

— Quelle DPJ?

— Louis-Blanc.

La Division de Police Judiciaire de Louis-Blanc
couvre les arrondissements les plus chauds de
Paris : 18e, 19e, 10e. L'école des durs.

— La même route, Mat. Pour parvenir au même
but. La Crime.

— Qui te dit que je veux intégrer la BC?

119

— Elles.

Luc désigne les enfants mortes que les infirmiers emportent jusqu'à l'ambulance. Les couvertures argentées claquent le long des brancards, révélant les chairs par à-coups. Luc murmure :

— *« Je suis vivant sans vivre en moi / Et si puissant est mon désir / Que je meurs de ne pas mourir »*... Tu te souviens ?

Le cloître de Saint-Michel. L'odeur d'herbe coupée des jardins. La boîte de cachous et ses mégots. Saint Jean de la Croix. L'essence de l'expérience mystique. Le poète regrette de n'être pas mort pour pouvoir enfin envisager la grandeur du royaume de Dieu.

Mais il y a une autre lecture possible de ces vers. Nous en parlions souvent avec Luc. La mort nécessaire au véritable chrétien. Détruire en soi celui qui vit sans Dieu. Mourir à soi, aux autres, et à toute valeur matérielle, jusqu'à renaître dans la *Memoria Dei*... *« Je meurs de ne pas mourir. »* Saint Augustin avait déjà clamé cette vérité, quatre siècles auparavant.

— Il y a encore une autre mort, ajoute Luc comme par télépathie. On a quitté toi et moi le matérialisme pour vivre dans le sillage de Dieu. Mais cette vie spirituelle est un nouveau confort. Maintenant, est temps de quitter cette foi rassurante. On doit mourir encore une fois, Mat. Tuer le chrétien en nous pour devenir flics. Nous salir les mains. Traquer le diable. Le combattre. Le comprendre. Au risque d'oublier Dieu.

— Et ce combat passe par la BC ?

— Les crimes de sang : c'est la seule voie. Tu en

120

es ou non? Tu veux t'arracher pour de bon à toi-même?

Je ne sais pas quoi répondre. Après le sexe et ses déviances, le cercle de sang est l'étape que j'ai toujours envisagée. Mais je ne veux pas être piloté par un autre. Luc tend sa main vers les faisceaux bleus qui clignotent comme des stroboscopes :

— Cette nuit, tu t'es mouillé. Et tu ne dois rien regretter. On doit prendre des risques. Les vrais Croisés ont du sang sur les mains.

Je finis par sourire face à ce sermon grandiloquent.

— Je vais demander mon affectation.

Luc sort de sa poche une liasse de feuillets

— La voilà. Signée par le préfet. Bienvenue dans mon groupe.

J'éclate d'un rire nerveux :

— On commence quand?

— Lundi. Trente-trois ans : le bon âge pour renaître!

Le réveillon de l'an 2000 scella notre association.

Suivirent douze mois de pure efficacité.

Notre groupe, qui comptait huit officiers de police, était surtout un tandem. Nos démarches différaient – et se complétaient. Je jouais le Père la Rigueur, demandant une mise en examen seulement lorsque je possédais un dossier béton, montant aux perquises quand je savais déjà ce que je cherchais. Luc prenait des risques et utilisait toutes sortes de méthodes pour confondre les suspects. Menaces, violence – et théâtre. Ses techniques préférées : simuler un anniversaire dans les bureaux du 36, pour amadouer un type en garde à vue ; jouer au fou de Dieu incontrôlable, pour terrifier un mis en examen ; bluffer sur les preuves qu'il détenait au point d'embarquer son suspect pour la Santé, et le faire avouer en route.

J'étais un caméléon, discret, précis, intégré au décor. Luc était un acteur, un cabot, toujours dans l'esbroufe. Il mentait, manipulait, frappait – et décrochait la vérité. Il jouissait de cette situation qui donnait raison à son cynisme. Pour réussir, toujours trahir sa propre doctrine, utiliser les armes de l'ennemi, devenir un démon pour le démon ! Il aimait ce rôle de martyr obligé de se corrompre pour servir son Dieu. Son absolution était le taux d'élucidation de notre groupe – le plus performant de la brigade.

De mon côté, je n'avais plus d'illusions. Il y avait longtemps que mes pudeurs de catho avaient disparu. Impossible de remuer la merde sans être éclaboussé. Impossible d'obtenir des aveux sans devenir violent ou menteur. Mais ma ligne de conduite n'était jamais complaisante – ces écarts n'étaient pas mes méthodes prioritaires, et quand je devais les utiliser, c'était toujours avec le remords aux fesses.

Entre ces deux positions, nous avions trouvé un équilibre. Et cette balance était réglée au milligramme, grâce à l'amitié. Nous nous retrouvions, adultes, comme nous nous étions découverts adolescents. Même humour, même passion du boulot, même ferveur religieuse.

Les collègues finissaient par apprécier. Il fallait supporter les bizarreries de Luc – ses montées d'adrénaline, ses zones d'ombre, sa manière étrange de s'exprimer. Il parlait d'influence du diable ou de règne du démon, plutôt que de taux de criminalité ou de courbe des délits. Il lui arrivait aussi de prier à voix haute, en pleine intervention, ce qui donnait souvent l'impression de bosser avec un exorciste.

Dans mon genre, je n'étais pas mal non plus, avec mon aversion pour les bruits de métal, mon allergie à la radio, rechignant toujours à brancher celle de la bagnole. Me nourrissant exclusivement de riz et buvant du thé vert à longueur de journée, dans un monde où les hommes mangent gras et boivent sec.

Nos résultats s'envolèrent.

En une année, plus de trente arrestations. Une blague circulait dans les couloirs du 36 : « La criminalité augmente ? Non : les culs-bénits ont remonté leurs manches ! » On aimait ce surnom. On aimait notre image, différente et démodée. On aimait, surtout, faire équipe. Même si on savait qu'à terme, la rançon du succès serait, justement, la séparation.

Début 2002.

Luc Soubeyras et Mathieu Durey sont officiellement promus commandants. Luc à la Brigade des Stups, moi à la Crime. Sur le papier, plus de responsabilités, et un salaire plus élevé. Sur le terrain, un groupe d'enquête pour chacun de nous.

On eut à peine le temps de se dire au revoir, emportés par les affaires sur le feu. On se promit pourtant de continuer à déjeuner ensemble, et de passer du bon temps à Vernay, le week-end.

Trois mois plus tard, on se croisait dans la cour du 36 sans se voir.

15

— C'est moi qui retire les pépites.

Quand j'ouvris les yeux, mon cerveau était encore empli du rire de Luc au Soleil d'Or, la brasserie la plus proche du 36. Je battis des paupières et me trouvai face au médecin japonais de l'unité 731, pratiquant sa vivisection. Le cliché était posé devant moi, sur le bureau.

— Maman, c'est moi qui le fais !

À quelle heure m'étais-je endormi ? Coup d'œil à ma montre : 8 h 15.

— Touche pas ! Je te les donne après !

La voix de la petite fille, derrière le mur, était couverte par des bruits d'assiettes, des cliquetis de couverts. Camille et Amandine. Un petit déjeuner familial avec sélection de corn-flakes avant le départ pour l'école. Je me frottai le visage pour chasser mon malaise et retrouver ma lucidité.

Je m'agenouillai et rangeai clichés, radiographies, notes et documents dans leurs dossiers respectifs. Je replaçai chaque carton sur les étagères, en suivant l'ordre chronologique.

Quand je sortis du bureau, les écolières se tenaient dans le vestibule, cartable sur le dos. Des odeurs de dentifrice et de cacao flottaient dans le couloir.

— Et mon sac de piscine ?

— Il est là, ma chérie. Devant la porte.

Les deux frimousses se tournèrent vers moi. Aussitôt, elles furent dans mes bras, me demandant si j'avais un cadeau. Laure les attira de nouveau vers le seuil.

— Je te croyais parti.

— Désolé. Je me suis endormi.

J'esquissai un sourire mais la vision de Laure, seule avec ses enfants, me nouait la gorge. Je retournai dans le bureau, agrafai mon étui d'arme à ma ceinture puis enfilai mon imperméable.

Lorsque je revins, Laure se tenait immobile, dos à la porte fermée. Elle ressemblait à une noyée lestée de béton.

— Tu veux du café? demanda-t-elle.

— Merci. Je suis déjà en retard.

— Tu n'oublies pas demain matin?

— Quoi?

— La messe.

Je l'embrassai, avec ma maladresse habituelle :

— J'y serai. Compte sur moi.

Une heure plus tard, je roulais vers le onzième arrondissement, douché, rasé, peigné, dans un costume propre. J'attrapai mon portable. Foucault.

— Mat, j'ai la tête dans le cul.

— Courage, camarade. Tu as fait ton devoir !

— Je te jure, j'ai les dents qui grincent.

— Tu te souviens au moins de Larfaoui ?

— L'affaire de Luc ?

— Tu as du boulot. Tu la joues en parallèle. Tu appelles la balistique, la morgue, le commissariat d'Aulnay, tous ceux qui pourront te donner des infos, à l'exception du juge et des Stups. Tu me trouves aussi le dossier du Kabyle.

— C'est tout ?

— Non. Je veux que tu contactes la SNCF. Luc est allé à Besançon le 7 juillet dernier. Vérifie s'il n'y est pas allé d'autres fois autour de cette date. Checke aussi les aéroports. Ces derniers mois, Luc s'est pas mal déplacé.

— O.K.

— Appelle aussi l'Hôtel-Dieu. Le service qui passe en revue nos gars chaque année. Essaie de savoir si Luc n'avait pas des problèmes de santé.

— Tu as une piste?

— Trop tôt pour le dire. Note aussi ce site Internet : unital6.com.

— Qu'est-ce que c'est?

— Une association italienne qui organise des pèlerinages. Gratte sur eux.

— En italien?

— Tu te démerdes. Je veux la liste des pèlerinages, des séminaires pour l'année; et toutes leurs autres activités. Je veux leur organigramme, leur statut légal, leurs sources financières, tout. Après ça, tu les contactes mine de rien.

— En anglais?

Je réprimai un soupir. La police européenne, ce n'était pas pour demain.

— Luc leur a envoyé au moins trois mails, juste avant de plonger. Il les a effacés. Tâche de les récupérer de leur côté.

— Je vais carburer à l'aspirine.

— Carbure à ce que tu veux. Des nouvelles à midi.

Direction la Grappe d'Or, grande brasserie rue Oberkampf, tenue par deux frères, Saïd et Momo, jadis mes indics. Parfaits pour un état des lieux de la profession. Je m'apprêtais à fixer mon gyrophare, pour cause d'embouteillages, quand mon portable sonna.

— Mat ? Malaspey.

— Où t'en es ?

— J'ai chopé un numismate. Il a identifié la médaille.

— Qu'est-ce qu'il dit ?

— L'objet n'a pas de valeur en soi. C'est la reproduction en toc d'une médaille de bronze, fondue au début du XIIIe siècle, à Venise. J'ai le nom de l'atelier qui...

— Laisse tomber. Elle servait à quoi ?

— D'après le bonhomme, c'était un fétiche. Un truc qui protégeait contre le diable. Les moines-copistes la conservaient sur eux. Ils vivaient dans la terreur du démon et cette médaille les immunisait. Les moines étaient névrotiques, obsédés par la vie de saint Antoine et...

— Je connais. Tu sais d'où provient la reproduction ?

— Pas encore. Le gars m'a donné des pistes. Mais c'est juste un truc sans...

— Rappelle-moi quand tu auras avancé.

In extremis, je songeai au meurtre de la bijoutière, au Perreux.

— Et contacte les flics de Créteil, pour voir s'ils ont du nouveau sur les Tsiganes.

Je raccrochai. J'avais donc vu juste. Luc avait embarqué un talisman avant de se noyer. Un objet qui n'avait qu'une valeur symbolique, le protégeant contre Satan. Dans quelle contradiction devait-il se trouver alors, craignant la vie et la mort à la fois... ?

Rue Oberkampf. Je me garai à cent mètres de la brasserie. Les bruits de la circulation s'associaient aux gaz toxiques pour m'étreindre le crâne. J'allumai une nouvelle clope, toujours à jeun. Je rentrai ma tête dans le col de mon imper et me glissai dans ma peau de flic. Et au sein même de cette peau, dans une autre peau encore – le mec épuisé après une nuit blanche, familier des troquets, capable de s'enfiler un calva de bon matin.

10 heures. La brasserie était déserte. Je m'installai à l'extrémité du comptoir, sur un tabouret en T. Quelques types sirotaient devant le zinc, prêts à lâcher une connerie satisfaite. Plus loin, des étudiants étaient attablés, en rupture de cours. Vraiment l'heure creuse.

Je me détendis. Les frères kabyles avaient refait la décoration. Similibois, similicuivre, similimarbre : les seuls éléments authentiques étaient la puanteur du marc et les remugles de tabac froid. Je respirais aussi une autre odeur, passagère : bière et moisi. La trappe de la cave était ouverte, sur la droite. On réapprovisionnait.

Momo se matérialisa au bout du comptoir, tenant une brassée de baguettes. Je l'observai sans me manifester. Une colline de glaise en débardeur blanc ; un visage lourd sous une tignasse crépue, marqué par deux gros sourcils en encoches et un menton de plomb. Il était l'ombre, brutale et colossale, de son jeune frère, Saïd, chétif et vicieux.

Je n'aurais su dire lequel était le plus dangereux mais le tandem était à prendre avec des pincettes. En 96, des commandos du GIA avaient attaqué leur village natal. On racontait que les deux frères étaient retournés dans le maquis – avaient retrouvé les assassins, émasculé les chefs et fait bouffer leurs

organes aux autres. Ce souvenir en tête, je me dis :
« Joue-la cool. »

Momo venait de m'apercevoir :

— Durey ! (Un sourire gondola son menton.) Ça fait longtemps.

— Tu m'sers un café ?

Le Kabyle s'exécuta. Parmi les jets de vapeur, il ressemblait à un sous-marinier dans une salle des machines.

— Z'êtes pas au boulot à cette heure-ci ? fit-il en glissant une tasse baveuse sur le zinc.

— J'en sors. Plein le cul des heures sup.

Momo poussa le sucrier dans ma direction et planta ses coudes sur le comptoir :

— Vos chefs vous emmerdent ?

— Y me la mettent profond, tu veux dire. Je peux à peine m'asseoir.

— Faites comme nous, mettez-vous à vot' compte ! Vous avez qu'à faire détective.

Il eut un gros rire : l'idée lui paraissait bonne.

— On a toujours un patron, Momo. Vous-mêmes, vous avez les brasseurs.

Le cafetier tira la gueule :

— Les brasseurs, y font pas la loi. C'est nous qui décidons de tout.

— Me fais pas rire. Larfaoui vous tient par les couilles.

Momo eut soudain la tête d'un gardien de foot qui n'a pas vu le coup partir. Je sortis une Camel et la tapotai sur le comptoir pour en tasser le tabac. J'enfonçai le clou :

— Ce n'est pas lui qui vous fournit ?

— Larfaoui, il est mort.

129

J'allumai ma clope et levai ma tasse :

— Paix à son âme. Qu'est-ce que tu peux me dire là-dessus ?

— Rien.

— Le monde serait plus simple si les gens étaient plus bavards. Par exemple, je me suis laissé dire que vous aviez ouvert un nouveau bar à Bastille.

— Et alors ?

Momo avait le regard rivé à la trappe ouverte. Saïd était en bas. Je devais faire vite, avant que le frère futé ne remonte. Je changeai de régime :

— J'ai encore quelques potes à la Brigade des Affaires Sanitaires. Ils pourraient venir vous voir. L'hygiène, la santé, les licences…

Momo se pencha vers moi, dégageant des relents bizarres de sueur et d'encens :

— Je sais pas de quel film vous sortez, mais les flics font plus ça de nos jours.

— Larfaoui, Momo. Fais-moi un topo et je me tire.

En guise de réponse, un bruit de moteur retentit. L'arceau du monte-charge émergea de la trappe. Saïd apparut, debout sur sa passerelle, en vrai amiral parmi ses tonneaux métalliques. Première chance brûlée.

— Bonjour, cap'taine. J'suis content de vous voir.

J'esquissai un sourire, encore une fois frappé par le contraste avec son frère. Momo était le bloc non sculpté, Saïd la pièce achevée. Sous son épaisse chevelure noire défrisée, son visage partait en pointe. Ses traits évoquaient plusieurs nuances à la fois : douceur, mépris, respect, cruauté… Tout cela ondulait au fond de ses yeux en amande, au bout de ses lèvres charnues, sensuelles.

Il enjamba les tonneaux et vint s'asseoir sur le tabouret voisin. La fête était finie.

— J'vous présente mes condoléances.

J'inclinai la tête, balayant nerveusement mes boucles. Saïd était déjà au courant pour Luc – il devait avoir fait le lien avec l'enquête Larfaoui. Il fit un signe discret à son frère, qui lui servit un café.

— Nous autres, on l'aimait beaucoup, l'cap'taine Soubeyras.

Sa voix aiguë était comme le reste, onctueuse, méprisante. Et son accent rond, flottant, comme s'il parlait avec une poignée d'olives dans la bouche.

— Luc n'est pas mort, Saïd. N'en parle pas au passé. Il peut se réveiller d'un jour à l'autre.

— On l'espère tous, cap'taine. J'vous jure.

Saïd glissa un sucre dans sa tasse. Il portait une veste de treillis militaire et des parures d'or – chaîne, gourmette, chevalières.

— Je comprends votre tristesse. Mais nous, on sait rien. Et c'est pas vos questions qui feront revenir le cap'taine.

— Détends-toi, Saïd. Je reprends juste ses enquêtes en cours.

— Vous êtes plus à la Crime ?

Je souris et piochai une nouvelle cigarette. Décidément plus malin que son frère.

— Un service amical. Qu'est-ce que tu peux me dire sur l'affaire Larfaoui ?

Saïd eut un petit rire. Il ne regardait jamais en face son interlocuteur. Soit il baissait les yeux, en cillant très rapidement, soit il levait les pupilles vers le côté, comme s'il réfléchissait intensément. Tout cela, c'était de la frime : ses réponses, Saïd les connaissait avant d'avoir écouté la question. En attendant, il n'avait toujours pas répondu à la mienne.

— Luc est venu vous interroger sur ce meurtre, oui ou non ?

— Bien sûr. On connaît bien l'quartier. Les gens, les allées et venues, tout ça. Mais là, on savait rien. J'vous jure, cap'taine. La mort de Massine, c'est du pur mystère.

Je fis un geste explicite à Momo – un nouveau café. Saïd commençait à me taper sur les nerfs avec son ton huilé. Plus il était poli, plus il avait l'air de se foutre de ma gueule. Je le regardai droit dans les yeux : la meilleure stratégie, c'était « pas de stratégie ». La franchise :

— Écoute-moi, Saïd. Luc est mon meilleur ami, d'accord ?

Saïd tournait doucement sa cuillère dans sa tasse, en silence.

— Personne a vu arriver ce... malheur. Et surtout pas moi. Alors, je veux savoir pourquoi il a fait ça. Où il en était, dans sa tête, dans son boulot. Tu me reçois ?

— Cinq sur cinq, cap'taine.

— Il enquêtait en solo sur Larfaoui et le dossier avait l'air de lui prendre le chou. Moi, je pense qu'il a trouvé quelque chose dans ce merdier. Un truc qui a joué un rôle dans sa déprime. Alors, creuse-toi la tronche et donne-moi une info !

J'avais presque crié. Je toussai et retrouvai mon

calme. Impertubable, Saïd nia encore de sa tignasse en casque lisse :

— Je sais rien sur cette affaire.

— Larfaoui n'avait pas d'emmerdes avec les autres brasseurs ?

— Jamais entendu parler d'ça.

— Et avec un cafetier ? Un mec endetté qui aurait voulu se venger ?

— Ça s'passe pas comme ça chez nous, vous l'savez bien.

Saïd avait raison. Larfaoui avait été buté par un professionnel. Or, jamais un patron de troquet ne se serait offert un véritable tueur.

— Larfaoui n'était pas seulement brasseur. Il trafiquait.

— Là, j'peux pas vous aider. Nous, on touche pas à la drogue.

Je changeai mon fusil d'épaule :

— Quand Luc est venu vous interroger là-dessus, il avait déjà une idée sur le meurtre ?

— Difficile à dire.

— Réfléchis tout de même.

Il lança son fameux regard de côté, simulant la réflexion, puis lâcha :

— Il est venu deux fois. Une première fois, en septembre, quand Larfaoui s'est fait buter. Puis au début du mois. Il avait l'air complètement paumé.

— Ne viens pas me dire qu'il s'est confié à toi.

— Cinq vodkas en moins d'une demi-heure, c'est un genre de confidence.

Luc avait toujours eu un penchant pour la bouteille. Je n'étais pas étonné qu'il ait appuyé, les derniers temps, sur le bec verseur. Saïd se rapprocha.

133

Toujours accoudé, il n'était plus qu'à quelques centimetres de moi. À son tour, il renonçait à toute stratégie :

— Je vais vous dire, sur l'affaire de Massine, vous pouvez aller plus loin que l'cap'taine.

— Pourquoi ?

— Parce que vous êtes un vrai croyant.

— Luc aussi était un chrétien.

— Non. Il était loin. C'était plus un vrai pratiquant.

J'éclusai mon café, sentant une brûlure à l'estomac :

— Où veux-tu en venir ?

— Larfaoui aussi était très religieux.

— Et alors ?

— Réfléchissez au soir du meurtre.

— Le 8 septembre.

— Quel jour de la semaine ?

— Aucune idée.

— Un samedi. Que fait un musulman le samedi ?

Je réfléchis. Je ne voyais pas où Saïd voulait m'emmener. Il continua :

— Il fait la fête. Après un vendredi de prières, un vrai croyant se détend. La chair est faible, comme vous dites en France...

— Tu veux dire qu'il était en main ce soir-là ?

— Larfaoui avait ses p'tites habitudes. Sa famille était en Algérie.

— Il avait une maîtresse ?

— Pas une maîtresse. Des poules.

Je cadrai enfin le tableau. Larfaoui avait été tué chez lui, aux environs de 23 heures. À tous les coups, il n'était pas seul. Personne n'avait parlé de témoin,

ni d'un second corps. Une fille était parvenue à s'enfuir – et elle avait tout vu.

— La fille, tu la connais ?

— Non.

— Ne joue pas au con avec moi.

— Faites-moi confiance, sourit-il. Vous avez les
moyens d'la retrouver.

Je songeai à mon expérience de la BRP. Je connaissais tous les réseaux. Mais chercher une prostituée
sans connaître les préférences de son client, c'était
chercher une douille après un assaut du Hezbollah.

— Ses goûts, c'était quoi ?

— Cherchez, cap'taine. J'm'inquiète pas pour
vous.

Un souvenir flottait dans mon esprit, sans se
préciser.

— Tu as parlé de ça à Luc ?

— Non. Il cherchait pas du côté des circonstances, mais des mobiles. Il avait l'air de croire à un
règlement de comptes. Un problème… (Saïd hésita.)
Un problème qui viendrait d'chez vous. Un truc
interne…

— Il te l'a dit ?

— Y m'a rien dit, mais il était nerveux. Vraiment
nerveux.

Le soupçon de corruption, encore une fois. Je me
levai :

— Des mecs vont peut-être venir. De la maison.

— Des Bœufs ?

— Tu ne leur dis rien.

— Pas vu, pas pris, comme on dit en France !

Je me dirigeai vers la porte vitrée. La brasserie

135

commençait à se remplir – l'heure de l'apéritif. Je me tournai vers Saïd :

— Un dernier truc : Larfaoui, il ne trempait pas dans des histoires de satanisme ?

— Quoi ?

— Les gens qui vénèrent le diable.

Le Kabyle partit de son rire léger :

— Nous autres, on a laissé nos démons à la maison.

— C'est qui, vos démons ?

— Les Djinns, les esprits du désert.

— Larfaoui s'intéressait à ça ?

— Ici, personne s'intéresse aux Djinns. Z'ont pas passé la frontière, cap'taine. Heureusement pour Sarko !

16

Je visitai deux autres patrons de bars puis un brasseur ami de Larfaoui. Je n'appris rien de plus. Ni sur le meurtre du Kabyle, ni sur son éventuelle cavalière de cette nuit-là. Le temps de m'arrêter chez un traiteur chinois pour avaler une portion de riz cantonais et je passai à l'institut médico-légal pour donner à Svendsen les clichés médicaux que j'avais pris chez Luc – je voulais savoir quelles affections précises du cerveau ils illustraient. Enfin, retour au bercail.

À peine assis, ma ligne fixe sonna. Foucault, remonté comme une pile.

— Sur ton portable, jamais tu décroches ?

— J'écoute mes messages.

— Tu parles. J'ai du nouveau sur le meurtre de Larfaoui.

— Je t'écoute.

— J'ai parlé à un mec de la balistique. Il se souvient des trois balles. L'hypothèse de l'exécution se confirme.

— Pourquoi ?

— Selon mon contact, l'arme utilisée est un MPKS.

Le MPKS était un pistolet-mitrailleur utilisé par les troupes commandos françaises. J'en avais déjà croisé lors de stages de balistique. La plupart des modèles sont en polymère afin de déjouer les radars. Une telle arme impliquait que l'exécuteur de Larfaoui était un militaire d'élite.

— Qu'est-ce qu'il t'a dit d'autre ?

— Le gars a utilisé un silencieux. Les trois balles portaient des striures significatives. Mais il y a plus intéressant. Mon technicien a calculé la vitesse des balles d'après leur point d'impact. Ne me demande pas comment il a fait, j'ai rien compris. D'après lui, la vitesse était subsonique. La balle a filé moins vite que le son. Or, le MPKS est supersonique. Il touche sa cible avant qu'on entende la détonation.

— Moi non plus, je ne comprends rien.

— Ça signifie que le tueur a lui-même trafiqué son flingue pour réduire la vitesse de feu !

— Pourquoi ?

— Un truc de pro. Pour ne pas abîmer son arme. À la longue, l'onde supersonique détériore le canon, et surtout le silencieux. Notre mec chouchoute son matos. C'est un truc courant, paraît-il, chez les soldats, paras, mercenaires. D'après mon spécialiste, il n'y a qu'un militaire, ou un expert, pour avoir fait le coup.

Pourquoi aurait-on engagé un « expert » pour éliminer un brasseur ? Tout en l'écoutant, je m'aperçus qu'il avait déjà déposé sur mon bureau le dossier de la préfecture sur Larfaoui. J'ouvris la chemise et observai une photo récente du gars – un gros Kabyle à l'air renfrogné, mal rasé, aux cheveux gominés. D'autres feuillets suivaient. Le CV en règle du gaillard, qui avait flirté plusieurs fois avec la PJ. Je me concentrai sur Foucault :

— T'as gratté sur Besançon ?

— Luc y est allé cinq fois. Je te fais passer les dates.

— D'autres voyages ?

— Catane, en Sicile, 17 août dernier. Cracovie, 22 septembre. J'étais pas chaud, mais l'idée d'une meuf prend des points. Luc s'est peut-être fait des petites virées en amoureux.

Je n'y croyais pas. Luc ne pouvait pas avoir une maîtresse.

— Et les autres infos ? Les relevés de banque, de téléphone ?

— C'est en route. Je les aurai ce soir. Demain matin au plus tard.

— Le rapport médical sur Luc ?

— J'ai parlé à un toubib. Il se portait comme un charme.

— Le profil psy ?

— Pas moyen de l'obtenir.

Je passai à un autre volet :

— Et l'unital6?

— Tout est casher. Ils organisent des voyages à Lourdes pour des handicapés, des retraites dans des monastères à travers l'Italie, parfois en France. Ils donnent aussi des conférences.

— Il y en a une prévue sur le diable.

— En novembre, ouais.

— Tu pourrais m'avoir la liste des intervenants, les thèmes évoqués, etc.?

— Pas de problème.

— Et leur financement?

— Les pèlerins font des dons. Ça a l'air de suffire.

— Et les mails?

— J'ai parlé au secrétaire. Il jure qu'il n'a rien reçu.

— Il ment. Luc leur a envoyé au moins trois messages. Le 18 et le 20 octobre.

— Ce mec-là n'est pas au courant.

— Creuse encore.

Je félicitai Foucault pour son boulot. Il enchaîna :

— Mat, j'ai des soucis avec les Bœufs.

— Je sais. Ils t'ont contacté?

— Convoqué, plutôt. Condenceau et un autre type.

— Qu'est-ce que tu leur as dit?

— J'ai noyé le poisson. J'ai dit que Luc travaillait sur un coup avec nous, qu'il n'avait pas eu le temps de nous donner tous ses tuyaux.

— Qu'est-ce qu'ils ont dit?

— Ils se sont marrés. Y vont plus arrêter de nous flairer le cul, c'est sûr.

— Dumayet nous couvre pour 48 heures, à compter d'hier.

— Ça fait short.

— Raison de plus pour te grouiller.

Je plongeai dans le dossier Larfaoui. Dès les premières lignes, ma mémoire fut rafraîchie. J'avais déjà croisé le bonhomme :

Larfaoui, Massine Mohamed. Né le 24 février 1944 à Oran. Trop jeune pour avoir fait son service militaire pendant les « opérations françaises de maintien de l'ordre » en Algérie mais assez vieux pour intégrer en douce les forces du FLN. Fortement soupçonné d'avoir posé des bombes à Alger. Dix ans plus tard, avec l'argent de son héritage – des parents épiciers –, il ouvre un bar à Tamanrasset, aux portes du Sahara. En 1977, il traverse le désert et construit un hôtel-restaurant à Agadez, Niger. Des années florissantes. Le Kabyle possède jusqu'à huit cafés ou hôtels en Afrique noire, sa zone d'influence descendant jusqu'à Brazzaville et Kinshasa…

Je connaissais ces détails mais ils me revenaient maintenant avec précision. À Paris, même lorsqu'il était devenu un des plus importants brasseurs, Larfaoui était encore surnommé « l'Africain », et il était connu pour son goût pour les Africaines. Massine Larfaoui bandait pour la fesse noire.

Voilà ce que m'avait soufflé Saïd.

Une pute, oui, mais une pute black.

« Vous avez les moyens d'la retrouver », avait dit la fouine. Allusion directe à ma connaissance du milieu africain et de son réseau de prostitution. 18 heures. Inutile d'utiliser le téléphone pour plonger

140

dans cette jungle. Et pas question de s'en approcher en plein jour. Il fallait attendre la nuit.

Et même, le cœur de la nuit.

J'appelai Malaspey :

— Sur Le Perreux, où t'en es ?

— T'as eu le nez. Les langues se délient chez les manouches. Un nom revient dans les campements de Grigny et de Champigny. Un Roumain, un gitan de l'ethnie Kalderash. Un malade, paraît-il. Violent, parano, mystique. Les gars de Créteil vérifient son alibi.

— Super. Appelle Meyer et raconte-lui tout ça. Qu'il nous rédige un beau rapport. Je le veux demain matin sur le bureau de Dumayet.

— Il a une famille : t'es au courant ?

— C'est une urgence. Et la médaille ?

— Une reproduction standard. Presque un truc de môme. C'est une usine du Vercors qui les fabrique en série et…

— Je veux une note complète pour demain.

— Mat…

— Quoi ? Tu as une famille, toi aussi ?

— Non mais…

— Alors, au boulot.

Je coupai mon portable, débranchai ma ligne fixe, verrouillai la porte de mon bureau. J'inclinai à fond mon siège, pris mon imperméable en guise de couverture et éteignis la lumière. Je réglai le réveil de ma montre à minuit. L'heure minimum pour attaquer le continent noir.

17

La nuit africaine.

Elle était comme une autre nuit, de l'autre côté des ténèbres parisiennes. Une terre confuse dont on pouvait capter, au loin, les braseros étouffés, la rumeur sourde. Un rivage secret, rythmé de musique, parfumé au rhum, qui se révélait par les portes entrebâillées des boîtes, les épiceries dissimulant des rades clandestins, les escaliers s'ouvrant sur des caves aménagées.

Je connaissais ces lumières. Des plus flamboyantes jusqu'aux simples lampes à pétrole, aux portes de Paris ou dans la banlieue nord. Du temps de la BRIP, j'avais acquis une longue pratique de ces adresses, qui offraient toujours, aux côtés de la musique et de la gnôle, de l'amour rémunéré.

Je commençai ma tournée par la rive gauche. À Saint-Germain-des-Prés, se trouvait le must de la prostitution africaine. Le Ruby's, rue Dauphine. La boîte que je préférais, pour son intimité, sa nonchalance, son emplacement inattendu – une porte rouge sombre, à la chinoise, au fond d'une cour pavée du XVIIe siècle, en plein quartier littéraire.

Je retrouvai là-bas de vieilles connaissances : portiers, habitués et autres piliers du lieu. Je restai quelques minutes dans le vestibule, le territoire des mâles noirs – le bar, la piste et les canapés étant réservés aux femmes et aux michetons : les Blancs. Puis je quittai cette faune et me glissai vers le vestiaire, à la recherche de Cocotte.

Cocotte était une Zaïroise que j'avais toujours

connue derrière son comptoir. Une figure incontournable de « l'Afrique by night ».

— J'suis contente de te voir, l'Allumette! Comment vont tes amours?

L'« Allumette » était mon surnom chez les Blacks.

— Au point mort. Et toi, la Gonflette?

— M'en parle pas. Cette fois, je le quitte! JE LE QUITTE!! Lui et sa p'tite quéquette!

Éclats de rire. Cocotte était à la colle avec un culturiste qui abusait des produits dopants, des androgènes qui détruisaient sa spermatogenèse et le rendaient stérile. Cocotte enrageait de voir ce tas de muscles se nourrir de testostérone à la petite cuillère, elle qui ne rêvait que de gamins…

— Qu'est-ce qui t'amène, chéri?

— Je cherche Claude.

— Tu le trouveras pas ici. Il s'est embrouillé avec le patron. Va plutôt au Keur Samba.

Claude était un de mes anciens indics. Un Ivoirien qui, sans être vraiment maquereau, était devenu un conseiller, un intermédiaire entre les ethnies, les réseaux, les clients friqués. Un homme « nécessaire » à la communauté.

Quatre bises et je me dirigeai vers la sortie. Soudain, je me ravisai. « Juste un œil », pensai-je, puis je revins sur mes pas, m'orientant vers la salle. Dans la pénombre, je me pris la musique en pleine gueule – du zouc remixé – et demeurai sidéré.

Elles étaient là, sur la piste, longues, noires, presque immobiles, ployant sous l'effet de la musique. Concentrées, et en même temps distantes, désinvoltes. Elles semblaient percevoir ce que personne d'autre ne captait à ce moment-là – une fluidité, une langueur unique dans le rythme. Chacune avait une manière bien à elle de le traiter. Cercles magiques avec les hanches, mains dressées, tel un adieu à la terre ferme; tailles ondulantes, comme si elles montaient à l'assaut d'une paroi invisible; coups de reins saccadés, tout en retenue sauvage...

L'émoi serrait mon bas-ventre. Comment avais-je pu oublier « ÇA » ? Comment, depuis que j'étais à la Crime, avais-je pu résister à la tentation et renoncer à mes aventures ? Je partis en douce, sans me retourner, fuyant l'ombre de mes propres désirs.

Je repris ma voiture et filai sur les quais. Seine noire et lente, lumières disloquées par les flots, impression de remonter un autre fleuve, connu de moi seul, le long duquel se dressaient les pontons des rives africaines. Au Grand-Palais, je traversai la Seine, direction huitième arrondissement.

Le Keur Samba. Plus chic que le Ruby's, mais moins familial. J'aimais surtout son décor. Murs de verre rétro-éclairés, aux motifs de jungle stylisés, lions, feuilles de palmiers, gazelles... Un aquarium aux allures de boudoir et aux couleurs de cognac. Je longeai le bar, frôlant des créatures de soie noire, aussi grandes que moi, puis rejoignis les toilettes, où m'attendait une autre connaissance.

Merline se tenait derrière un pupitre couvert de paquets de cigarettes et de boîtes de capotes. Visage effilé, surmonté d'une énorme tignasse noire laquée, rabattue en mèches sur les tempes. Dès qu'elle me vit, elle partit d'un rire de perruche et m'offrit, à elle seule, une hola d'honneur.

— Salut, mon beau toubab !

— Salut, Merline.

« Toubab » était le terme qu'on utilisait dans les pays d'Afrique de l'Ouest pour désigner l'homme blanc. Cinq ans auparavant, j'avais sauvé Merline du trottoir, alors qu'elle débarquait de Bamako. À l'époque, on l'affamait déjà pour qu'elle ne vomisse pas lors de ses premières fellations.

— N'aie pas peur des copines, approche.

Je saluai les femmes qui l'entouraient : cinq ou six fleurs de carbone lascives, appuyées contre les murs de velours violet. Leurs grands yeux noirs évoquaient la Charmeuse de serpents du Douanier Rousseau.

— Tu t'ennuyais de moi ?

— Je ne sais pas comment j'ai pu attendre si longtemps.

Elle partit d'un rugissement de gorge. À chaque éclat de rire, ses dents donnaient l'impression de prendre l'air. J'observai les « copines ». Elles portaient toutes des *étoffes moirées* et étaient épinglées de piercings : lèvres, narines, nombril. Surtout, je considérai leurs perruques : nattes tressées, mèches roussâtres, bombe sixties, à la Diana Ross…

— Laisse tomber. Elles sont au-dessus de tes moyens.

— Je ne suis pas là pour ça.

— Tu devrais. Ça te détendrait. Tu veux quoi ?

— Claude. J'ai besoin de le voir.

— Cherche à l'Atlantis. Il donne dans les Antilles, en ce moment.

Je saluai Merline et sa cour. En quittant le Keur Samba, je réalisai que je n'avais croisé aucune personnalité célèbre de la communauté : ni musicien,

145

ni fils d'ambassadeur, ni footballeur. Où étaient-ils donc ce soir?

L'Atlantis était installé dans un hangar, juste à côté de l'entrepôt des moquettes Saint-Maclou, quai d'Austerlitz. Sous un porche immense, des barrières de fer délimitaient l'entrée de la boîte. Il fallait passer un portique antimétal puis subir une fouille corporelle.

Dès qu'il me vit, un des vigiles, un colosse congolais surnommé Nounours, beugla : « 22, v'là les keufs! » Gros rire. En manière d'excuse, il me tamponna un sigle bleu sur la main, qui donnait droit à une boisson gratuite. Je le remerciai et plongeai dans l'entrepôt. Je quittais la haute couture pour la grande surface.

L'Atlantis, le pays où le zouc est un océan. La vibration de la musique me souleva du sol. Plusieurs milliers de mètres carrés, plongés dans l'obscurité, où avaient été installées à la va-vite des banquettes et des tables. Je m'orientai avec les yeux, mais aussi les tripes. J'étais dans la peau du baigneur qui s'abandonne au courant.

Enjambant les canapés, j'atteignis le comptoir chargé de bouteilles. Un des barmen avait survécu à mes années d'absence. Je hurlai :

— Claude, il est pas là?

— Qui?

— CLAUDE!

— Doit être chez Pat. Y'a une fête ce soir.

Voilà pourquoi je ne rencontrais aucune tête connue. Tout le monde était là-bas.

— Pat? Quel Pat?

— L'épicier.

146

— À Saint-Denis ?

L'homme hocha la tête et se baissa pour attraper une poignée de glaçons. Son mouvement révéla, dans le miroir face à moi, une silhouette qui ne cadrait pas avec le décor. Un Blanc, visage livide, vêtu de noir. Je me retournai : personne. Hallucination ? Je glissai un billet au barman et décarrai, remontant ma propre fatigue.

18

J'attrapai le boulevard périphérique porte de Bercy et pris, juste après la porte de la Chapelle, l'autoroute A1. Au bout d'un kilomètre, j'aperçus les grandes plaines scintillantes de la banlieue, en contrebas.

3 heures du matin.

Sur les quatre voies surélevées, il n'y avait plus une voiture. Je dépassai le panneau SAINT-DENIS CENTRE – STADE et m'engageai sur la bretelle de sortie SAINT-DENIS UNIVERSITÉ – PEYREFITTE. Juste à ce moment, je vis – ou crus voir – dans mon rétroviseur le visage blême que j'avais capté dans les lumières de l'Atlantis. Je braquai mon volant et fis une embardée, avant de reprendre le contrôle de ma voiture. Je ralentis et scrutai mon rétro : personne. Aucune voiture dans mon sillage.

Je plongeai sous le pont autoroutier et m'engageai à gauche, suivant l'axe de bitume au-dessus de moi. Très vite, les pavillons et les cités cédèrent la place aux grands murs des entrepôts et des usines éteintes. Leroy-Merlin, Gaz de France…

Je tournai à droite, puis encore à droite. Une ruelle, des lumières feutrées, des rassemblements devant les porches. J'éteignis mes phares et avançai, bringuebalant sur la chaussée défoncée. Des murs lépreux, des ouvertures colmatées avec des planches, des bagnoles posées sur leurs essieux, pas de parcmètres : la zone, la vraie.

Je dépassai les premiers groupes d'hommes : tous noirs. Au-dessus des immeubles, l'ombre de l'autoroute se dessinait comme un bras menaçant. La pluie était dans l'air. Je me garai discrètement et m'acheminai, plus discrètement encore, sentant que j'avançais désormais au cœur du pays black 100 % africain, 100 % immunisé contre les lois françaises.

Je me glissai parmi les noctambules, dépassai le rideau de fer de l'épicerie de Pat, puis pénétrai dans l'immeuble suivant. Je connaissais les lieux : je ne marquai aucune hésitation. Je tombai sur une cour agitée de rumeurs et d'éclats de rire. Sur le perron de gauche, le portier me reconnut et me laissa passer. Rien que pour ce gain de temps et de salive, je lui filai vingt euros.

J'empruntai le couloir et atteignis l'arrière de l'épicerie, fermé par un rideau de coquillages. L'échoppe africaine la mieux fournie de Paris : manioc, sorgho, singe, antilope… Même des plantes magiques étaient en vente, garanties pour leur efficacité. Dans une salle annexe, Pat avait ouvert un maquis : un restaurant clandestin, où on se lavait les mains à l'Omo et dont l'aération laissait franchement à désirer.

Je traversai la boutique. Des Noirs devisaient, assis sur des caisses de Flag, la bière africaine, et des régimes de bananes plantains. Puis je me frayai un chemin dans le restaurant, plein à craquer. Aux regards qu'on me lançait, je compris que je n'étais pas le bienvenu. J'avais dépassé depuis longtemps la zone touristique.

J'atteignis un escalier. Le cœur du rythme provenait du sous-sol, faisant trembler le plancher. Je plongeai, sentant la musique et la chaleur monter en une bouffée entêtante. Des lampes grillagées éclairaient les marches. En bas, un cerbère en survêtement me barra la route, devant une porte de fer montée sur glissière. Je montrai mon insigne. L'homme tira à lui la paroi, à contrecœur, et je découvris une véritable hallucination. Une boîte de nuit aux dimensions réduites, sombre, vibrante, comme piquetée de lumière – une chair de poule phosphorescente sur une peau noire.

Les murs étaient peints en bleu-mauve, incrustés d'étoiles fluorescentes, des colonnes soutenaient un plafond qui semblait s'alourdir et se distendre. En plissant les yeux, je vis qu'on y avait tendu des filets de pêche. Aux portes de Paris, plusieurs mètres sous terre, on avait créé ici un bar marin. Des tables couvertes de nappes à carreaux supportaient des lampes-tempête. C'est du moins ce que je croyais deviner, car l'espace était rempli par une houle humaine, qui dansait sous les filets. Je songeai à une pêche miraculeuse de crânes noirs, de boubous bigarrés, de robes-fuseaux satinées…

Je taillai dans la meute, à la recherche de Claude.

Au fond, sur une scène striée de lumières roses et vertes, un groupe se déhanchait, scandant des accords répétitifs, obsessionnels. De la vraie musique africaine, gaie, raffinée, primitive. Dans un éclair, j'aperçus un guitariste qui faisait tourner sa tête comme sur un pivot ; à ses côtés, un Noir à la renverse extirpait des hurlements de son sax. Il n'était plus question ici de R&B ni de zouc antillais. Cette musique-là brisait les sens, secouait les entrailles, montait à la tête comme une incantation vaudoue.

Les couples dansaient, avec une subtile lenteur. Trempé de sueur, j'avançai encore, comme au fond d'un bassin épais. Au passage, je repérai des visages connus – ceux que j'avais en vain cherchés ailleurs. Le manager de Femi Kuti, le fils du président du Congo belge, des diplomates, des footballeurs, des animateurs radio... Tous réunis ici, sans distinction d'ethnie ni de nationalité.

Enfin, Claude au fond d'une alcôve, attablé avec d'autres gars. Je m'approchai, discernant mieux la gueule ambiguë de mon indic. Un nez épaté, qui lui mangeait toute la face ; des sourcils froncés, plissant un front miné, tracassé ; et de grands yeux étonnés, qui criaient en permanence « Je suis innocent ! » Il leva le bras :

— Mat ! Mon ami toubab ! Viens t'asseoir avec nous !

Je m'installai, adressant un signe de tête aux autres types de la table. Que des baraques – des géants, sans doute zaïrois –, et des colosses plus trapus – Congo français. Ils me saluèrent sans effusion. Tous avaient flairé le flic. Je rabattis le pan de mon manteau sur mon arme, en signe de paix.

— Tu bois un coup ?

J'acquiesçai, sans quitter des yeux les autres convives – un joint tournait, la fumée planait au-dessus des têtes en filaments bleutés. Un scotch se matérialisa dans ma main.

— Tu connais celle de Mamadou ?

Sans attendre ma réponse, Claude tira sur le cône et attaqua :

— C'est une jeune Blanche qui va se marier. Elle présente son fiancé à son père. Mamadou, un Black d'un mètre quatre-vingt-dix. Le père fait la gueule. Il cuisine le fiancé. Il l'interroge sur son boulot, ses études, ses revenus. Le Black, il a tout bon. Le père en peut plus. Finalement, il dit : « Je veux que ma fille soit heureuse au lit ! Je ne la donnerai qu'à un homme qui en aura une de trente centimètres ! » Le Noir répond, grand sourire : « Pas de problème, patron. Quand Mamadou aime, Mamadou coupe. »

Claude éclata de rire, passant le joint à son voisin. Je fis mine de sourire et bus une lampée de whisky, j'avais entendu la blague une bonne dizaine de fois. En signe de joie, Claude me frappa le dos, puis ouvrit son téléphone portable : les lumières du cadran se projetèrent sur son visage, colorant le blanc de ses yeux. Il referma le clapet et demanda :

— Qu'est-ce qui t'amène, toubab ?

— Larfaoui.

Le rire de Claude s'évapora :

— Chef, viens pas nous gâcher la soirée.

— Quand le Kabyle s'est fait buter, il était pas seul. Je cherche la fille.

Claude ne répondit pas. Une nouvelle fois, il ouvrit son cellulaire, paraissant lire un SMS. Sans doute un client. Mais son visage tracassé n'exprimait rien. On n'aurait pu deviner si l'appel était important ou non. Il referma le téléphone.

— Où est-elle ? dis-je après avoir vidé mon verre. Où est la pute ?

— J'en sais rien, toubab. J'te jure. Je sais que dalle sur cette histoire.

— C'est pas toi qui fournissais Larfaoui ?

— J'avais pas le genre d'articles qui l'intéressait.

J'interrogeai, redoutant le pire :

— Pour quoi bandait-il ?

— La jeunette. Pour Larfaoui, passé quatorze ans, t'étais une vieille dame.

Je fus presque soulagé. Je m'attendais à ce qu'on me parle d'animaux ou de merde mangée à la petite cuillère. Mais c'était aussi une mauvaise nouvelle. On basculait dans un autre monde, celui des Anglophones. Seules ces régions exportent des mineures. Dans des pays en guerre comme le Liberia ou surpeuplés comme le Nigeria, tout est bon pour gagner quelques devises. Je connaissais mal ce milieu, complètement fermé. Les putes y vivaient en autarcie, ne parlant pas un mot de français, ni même d'anglais, très souvent.

— Qui le fournissait ?

— Je connais pas ces filières.

Faisant tourner mon verre entre mes paumes, j'observai les autres Blacks. Le pan de mon manteau s'était ouvert sur la crosse du 9 mm. Le joint passait toujours de main en main.

— Mon petit Claude, je sens que je vais vraiment gâcher ta soirée.

Le Noir transpirait à grosses gouttes. Les projecteurs de la scène produisaient sur sa figure un pétillement coloré. Il stoppa mon geste circulaire, m'attrapant le poignet :

— Va voir Foxy. Elle peut te filer un tuyau.

La prostitution africaine a une particularité : les proxénètes ne sont pas des hommes mais des femmes : les « mammas ». Souvent des anciennes putes, montées en grade. Des femmes énormes, au cuir dur, au visage scarifié, qui ne sortent jamais de leur appartement. J'avais croisé Foxy une fois ou deux. Une Ghanéenne. La maquerelle la plus puissante de Paris.

— Où elle crèche maintenant ?

— 56, rue Myrrha. Escalier A. Troisième étage.

Je me levai quand Claude m'arrêta :

— Fais gaffe à toi. Foxy, c'est une sorcière. Une mangeuse d'âmes. Vrrrraiment dangereuse !

Les maquerelles africaines ne tiennent pas leurs filles par la violence, mais par la magie. En cas de désobéissance, elles les menacent d'envoyer un sort à leur famille, restée au pays, ou à elles-mêmes. Les mammas détiennent toujours des rognures d'ongles, des poils pubiens ou du linge souillé appartenant à leurs filles. Aux yeux de ces dernières, cette menace est plus terrifiante que n'importe quel sévice physique.

J'imaginai soudain des masques africains grimaçants, aux yeux bordés de rouge. La musique, la chaleur, les effluves d'herbe convergeaient sous mon crâne. Les stridences du sax commençaient à ressembler aux raclements des machettes sur la route, aux coups de sifflets des Hutu assoiffés de sang...

J'allais perdre l'équilibre quand des danseurs reculèrent dans l'alcôve, me poussant contre la table. Le scotch jaillit des verres. Claude se brûla avec le joint :

— Putain !

La manche trempée d'alcool, je me tournai vers la piste : hommes et femmes s'écartaient, comme si un serpent venait de tomber des filets. Je me hissai sur la pointe des pieds et aperçus, au centre, un Noir à terre, secoué de convulsions. Ses yeux étaient blancs, la bave moussait à ses lèvres. L'homme était mûr pour les urgences, mais personne ne l'approchait.

La musique continuait. Elle se résumait à un martèlement de peaux et à des déchirements de cuivre. Les danseurs reprirent leurs circonvolutions, évitant de frôler le type en transe ; d'autres frappaient dans leurs mains, comme s'ils voulaient faire jaillir le mal hors du possédé. Je jouai des coudes pour lui donner les premiers secours mais Claude me retint.

— Laisse tomber, toub. Y va se calmer. Un Gabonais. Ces gars-là savent pas se tenir.

— Un Gabonais ?

Les Gabonais formaient à Paris une petite communauté tranquille. Le pays d'Omar Bongo était riche de pétrole, et ses ressortissants étaient toujours des étudiants clean et discrets. Rien à voir avec les Congolais ou les Ivoiriens.

154

— Il a pris un produit local. Un truc de chez lui.

— Une drogue?

Claude sourit, les yeux mi-clos. Déjà, on emmenait l'halluciné, raide comme un tronc d'arbre. Je commentai :

— Ça a l'air efficace.

Claude rit, la tête penchée en arrière :

— Nous autres Blacks, en matière de défonce, on sait y faire!

19

Rue Myrrha, 5 heures du matin.

Des ouvriers de la voirie lessivaient le trottoir à grande eau alors qu'un fourgon de police patrouillait lentement. Sous les porches, quelques prostituées faisaient l'amour avec l'ombre, attendant le jour pour disparaître.

Je retrouvais ici le côté estropié du quartier africain de Paris. On avait eu beau installer un commissariat rue de la Goutte-d'Or, un magasin Virgin boulevard Barbès, rénover la plupart des immeubles, la rue Myrrha avait toujours la gueule de travers. Un vieil air déglingué et menaçant.

Devant le 56, j'utilisai ma clé universelle, celle des facteurs, et déverrouillai la porte. Boîtes aux lettres défoncées, bâtiments vétustes, lettres des escaliers peintes sur les murs. Pas tout à fait un squat, mais un bloc à l'abandon, mûr pour une culbute immobilière. Je repérai la lettre « A » et pénétrai à l'intérieur.

Chaque étage s'ouvrait sur une grotte de gravats ou un couloir condamné par des planches. Au troisième, je me glissai sous les câbles électriques qui pendaient du plafond. Tout semblait dormir – même les odeurs.

Un Noir gigantesque somnolait sur une chaise. En guise de sésame, je sortis encore une fois ma carte. Il haussa les sourcils, comme s'il manquait une partie du message. Je murmurai « Foxy ». Il se déplia pour écarter la couverture pouilleuse qui faisait office de porte et me précéda dans la nouvelle caverne.

Des pièces s'ouvraient de part et d'autre du corridor. Un dortoir, à gauche, puis un autre, à droite : sur des nattes, des amazones emmitouflées se reposaient, du linge séchait à travers les pièces. L'odeur se réveillait ici, comme une feuille qu'on froisse, mélange d'épices, de sueur, de poussière ; et ce parfum caractéristique des tropiques : mil grillé, charbon de bois, fruits décomposés…

Nouveau châssis de porte, nouveau rideau. Le colosse fit mine de frapper sur le chambranle. Je retins son geste.

— *It's O.K.*

Le temps qu'il réagisse, je m'étais déjà glissé sous la tenture.

L'hallucination de la nuit continuait. Les murs étaient tendus de tissu sombre zébré d'argent ; des bougies, des coupelles d'huile, des bâtons d'encens brûlaient sur le parquet ; sur des coffres peints à la main, disposés le long des murs, reposaient des

156

objets traditionnels : chasse-mouches en crin de cheval, éventails de plumes, statuettes votives, masques... Partout, des flacons, des bocaux, des bouteilles de Coca s'alignaient, fermés par des bouchons de liège ou du ruban adhésif. Des paravents, des tapis suspendus segmentaient la pièce, et multipliaient les ombres vacillantes, qui ajoutaient encore à la confusion du bazar.

— *Hi, Match, good to see you again.*

La grosse voix, inimitable. J'étais surpris, et flatté, que Foxy se souvienne de moi. Je dépassai le panneau qui la dissimulait. Deux autres sorcières l'encadraient. À sa gauche, une longue tige au visage clair, coiffée de dreadlocks dorées qui lui donnaient l'air d'un sphinx. À sa droite, une rondouillarde à peau très noire. Son large sourire révélait des dents écartées – les dents du bonheur. Toutes les trois étaient assises en tailleur.

Je m'approchai. Foxy était enveloppée d'un boubou écarlate, qui évoquait un rideau d'opéra. Son visage, barré de scarifications, était ceint par un foulard du même ton. En la voyant, il me revint une théorie de certains pharmacologistes selon laquelle l'organisme des « marmiteurs » était modifié. À force d'ingérer des substances, sorciers et sorcières étaient capables d'exhaler, par leur souffle ou les pores de leur peau, des poisons, des substances hallucinogènes. Je repris en anglais :

— Je te dérange, ma belle ? Tu es en réunion ?

— *Honey*, ça dépend de ce qui t'amène.

Elle parlait un anglais traînard, d'une voix paresseuse. Paupières baissées, elle pilonnait des poudres dans une jatte en bois, de ses mains étrangement

157

maigres. On aurait dit que les chairs avaient brûlé autour des os. Elle alluma une branche grise :

— C'est pour mes filles. Je purifie la nuit. Nuit de vice, nuit de souillure…

— À qui la faute ?

— Hmm, hmm… Il faut qu'elles remboursent leurs dettes, Match, tu le sais bien. Des dettes énormes…

Elle planta le rameau incandescent entre les lattes du parquet.

— Tu es toujours chrétien ?

Ma gorge était sèche. Cramée par l'alcool, les clopes, et maintenant l'atmosphère de ce cloaque. Je desserrai ma cravate :

— Toujours.

— On peut se comprendre, toi et moi.

— Non. Nous ne sommes pas sur la même rive.

Foxy soupira, imitée par les deux autres.

— Toujours les mêmes oppositions…

Dents du Bonheur prononça en anglais, ironique :

— Le croyant prie, le sorcier manipule…

Dreadlocks enchaîna, dans la même langue :

— Le chrétien vénère le bien, le sorcier vénère le mal…

Foxy saisit une bassine rouge où flottait une chose horrible : singe ou fœtus.

— *Honey*, le bien, le mal, la prière, le contrôle, tout ça vient après.

— Après quoi ?

— Le pouvoir. Seul compte le pouvoir. L'énergie.

Elle tenait maintenant une sorte de scalpel, à

lame d'obsidienne. D'un coup sec, elle excisa le crâne de la créature au fond du récipient.

— Ensuite, ce qu'on en fait, c'est une affaire personnelle.

— Pour le chrétien, seul compte le salut.

Foxy éclata de rire :

— Je t'adore. Qu'est-ce que tu veux ? Tu cherches une fille ?

— J'enquête sur le meurtre de Massine Larfaoui.

Les trois sorcières répétèrent à l'unisson :

— Il enquête sur un meurtre…

Foxy plaça le fragment de crâne dans le bol en bois et pilonna de nouveau.

— Dis-moi d'abord pourquoi tu t'intéresses à ce meurtre. C'est pas ta brigade qui enquête là-dessus…

Foxy ne possédait pas des dons de divination. C'était simplement une indic, qui possédait ses réseaux à la DPJ de Louis-Blanc, à la BRP et même aux Stups.

— Cette enquête était dirigée par un ami. Un ami très proche.

— Il est mort ?

— Il s'est suicidé mais il vit encore. Il est dans le coma.

Elle fit une grimace :

— Très mauvais… Deux fois mauvais. Suicide et coma. Ton ami flotte entre deux mondes… Le m'fa et l'arun…

Foxy appartenait aux Yoruba, un vaste groupe ethnique qui couvre le golfe du Bénin, berceau du culte vaudou. J'avais étudié ce culte. Le « m'fa » signifie le « socle » et représente le monde visible.

159

« L'arun » est le monde supérieur des dieux. Je risquai :

— Tu veux dire qu'il flotte dans le m'doli?

Le « m'doli » était le pont entre les deux mondes, une passerelle où s'activent les esprits, le territoire de la magie. La sorcière se fendit d'un sourire :

— *Honey*, on peut vraiment causer avec toi. Je sais pas où se trouve ton ami. Mais son âme est en péril. Il est ni mort ni vivant. Son âme flotte : c'est le moment idéal pour lui voler... Tu m'as toujours pas répondu, chéri : pourquoi cette enquête t'intéresse?

— Je veux comprendre le geste de mon ami.

— Quel rapport avec Larfaoui?

— Il enquêtait sur ce meurtre. Cela a peut-être joué un rôle dans sa... chute.

— Il est chrétien, lui aussi?

— Comme moi. On a grandi ensemble. On a prié ensemble.

— Et pourquoi, moi, je saurais quelque chose sur cette histoire?

— Larfaoui aimait la femme noire.

Elle éclata de rire, relayée par les deux autres.

— Ça, tu peux le dire!

— C'est toi qui le fournissais.

Elle fronça les sourcils :

— Qui t'a dit ça? Claude?

— Peu importe.

— Tu penses que je sais quelque chose sur sa mort parce que je lui présentais des filles?

— Larfaoui a été tué le 8 septembre. C'était un samedi. Larfaoui avait ses habitudes. Chaque samedi, il invitait chez lui une fille, à Aulnay. Une de tes filles. Il a été descendu aux environs de minuit. Il n'était pas seul, j'en suis certain. Personne n'a parlé d'un autre corps. La fille a donc réussi à s'enfuir, et à mon avis elle sait quelque chose.

Je marquai un temps. Ma gorge était plus sèche qu'un pare-feu.

— Je pense que tu connais cette fille. Je pense que tu la caches.

— Assieds-toi. J'ai du thé chaud.

Je m'accroupis sur le tapis. Elle poussa sa jarre immonde et attrapa une théière bleue. Elle servait le thé à la touareg, en levant le bras très haut. Foxy me tendit le breuvage dans un verre de cantine :

— Pourquoi je te parlerais ?

Je ne répondis pas tout de suite. Puis j'optai, encore une fois, pour la sincérité :

— Foxy, je suis dans un tunnel. Je ne sais rien. Et je n'ai aucun rôle officiel dans cette affaire. Mais mon pote est entre la vie et la mort. Je veux comprendre pourquoi il a plongé ! Je veux savoir sur quoi il bossait, et quelle vérité lui a sauté à la gueule ! Tout ce que tu pourras me dire restera entre nous. Je te le jure. Alors, il y avait une fille ou non ?

— On se souviendra toi et moi de cette nuit…

— On s'en souviendra, mais je ne suis plus à la BRIP.

— Tu es à la Crime, mon chéri, et c'est encore mieux.

J'étais en train de pactiser avec le diable. Je me voyais déjà, dans un mois, un an, couvrir une affaire d'homicide, à la santé de la jeteuse de sorts. Foxy avait une bonne mémoire. Elle répéta :

161

— On s'en souviendra, oui ou non ?

— Tu as ma parole. Il y avait une fille, cette nuit-là ?

Foxy prit le temps de boire une goulée de thé, puis posa sa tasse sur le parquet :

— Il y avait une fille.

L'atmosphère parut se détendre, je ressentis une libération. Et en même temps, une nouvelle crispation. Mes veines, mes artères se resserraient, le cauchemar ne faisait que commencer.

— Je dois la voir. Je dois l'interroger.

— Impossible.

— Foxy, tu as ma parole, je…

— Elle a disparu.

— Quand ?

— Une semaine après la fameuse nuit.

— Raconte.

Elle fit claquer sa langue et vrilla ses yeux injectés dans les miens :

— Quand elle est revenue cette nuit-là, elle était terrifiée.

— Elle a vu l'assassin ?

— Elle a rien vu. Quand Larfaoui s'est fait buter, elle était dans la salle de bains. Elle est sortie par la fenêtre et a grimpé sur le toit du pavillon. Elle disait que le tueur l'avait pas repérée. Mais sept jours plus tard, elle disparaissait.

— Qui a fait le coup ?

— À ton avis ? Le gars l'a cherchée et l'a trouvée.

Un autre indice : le mercenaire, utilisant une arme automatique, était aussi capable de se glisser dans le milieu africain anglophone. Un ancien du Liberia ? Je tendis mon verre vide :

— T'aurais pas un truc plus fort ?

— Foxy a tout ce qu'il faut.

Elle tourna son buste, sans bouger ses jambes croisées. Une bouteille apparut entre ses mains crochues. Elle remplit mon verre d'un liquide transparent à la texture d'huile. Je bus une brève gorgée – impression de boire de l'éther – et demandai, la voix râpeuse :

— C'était une môme ?

— Elle s'appelait Gina. Elle avait quinze ans.

— Tu es sûre qu'elle n'a rien vu ?

La mangeuse d'âmes leva les yeux au plafond, soudain pensive. Une tristesse de théâtre apparut sur ses traits. Elle souffla, les yeux humides :

— Pauvre petite…

Je bus une nouvelle rasade et criai :

— Elle a vu quelque chose, oui ou merde ?

Ses yeux tombèrent sur moi. Ses lèvres s'arrondirent avec indolence :

— Quand elle était sur le toit, elle a aperçu l'homme partir…

— Comment était-il ? Grand ? Petit ? Costaud ?

— Un grand homme… Tout en longueur.

— Comment était-il habillé ?

Foxy se servit à son tour un verre du tord-boyaux et y trempa ses lèvres :

— On est d'accord toi et moi ? Ce soir, tu me dois ?

— Je te dois, Foxy. Parle.

Elle but encore puis prononça d'une voix sépulcrale :

— Il portait un manteau noir et un col blanc.

— Un col blanc ?

— *Man*, Gina disait que c'était un prêtre.

20

Je faillis oublier la messe de Laure.

7 heures du matin. J'avais juste le temps de passer chez moi, de prendre une douche et de me changer. Je puais les tropiques et la sorcellerie. Au volant de ma voiture, je tentai de faire le point.

Des éléments disparates, éclatés, sans le moindre lien. Un suicide protégé par saint Michel Archange. Une iconographie du diable. Une association organisant des pèlerinages à Lourdes. Des virées dans le Jura, soi-disant adultères. Une phrase énigmatique : « J'ai trouvé la gorge. » Le meurtre d'un brasseur-dealer…

Et surtout, le personnage du prêtre assassin, qui battait les records d'absurdité. Un tireur à col romain, un professionnel de la gâchette, capable de s'insinuer dans les milieux africains les plus fermés. Ça ne tenait pas debout. Pas plus que le soupçon de corruption qui planait sur Luc, éventuel mobile de son suicide…

Si tous ces faits étaient reliés en un seul réseau, alors je n'avais pas la carte d'accès – et je n'étais pas près de la décrocher…

9 heures.

Je poussai la porte de la chapelle Sainte-Bernadette, les cheveux encore humides. L'église, construite en sous-sol, ressemblait à un bunker anti-atomique. Plafond bas, colonnes de ciment, soupiraux de verre rouge, qui coagulaient la mince lumière du jour.

Je frôlai l'eau du bénitier, me signai puis me coulai sur la gauche. Tout le monde était là, ou presque. J'avais rarement vu autant de flics au mètre carré. La brigade des Stups au complet, bien sûr, mais aussi les chefs d'autres brigades – BRP, BPM, BRI, Antiterrorisme –, des responsables d'Offices centraux, des commissaires de DPJ... La plupart étaient en uniforme noir – galons d'argent et feuilles de chêne – renforçant encore l'allure martiale de la cérémonie. On était loin de la réunion intime envisagée par Laure...

Je doutais que Luc ait connu personnellement toutes ces pointures mais il fallait marquer le coup. Montrer l'engagement de l'autorité, la solidarité de tous à l'égard de cet « acte désespéré ». Le préfet de police, Jean-Paul Proust, remontait l'allée centrale au côté de Martine Monteil, directrice de la PJ. Derrière eux, Nathalie Dumayet, élégante dans son manteau sombre, les dépassait d'une tête.

Ce défilé me foutait les nerfs en pelote. On enterrait Luc, avant même qu'il ait exhalé son dernier soupir. Cette cérémonie à la con allait lui porter malchance ! De plus, ces flics composaient le plus beau parterre d'athées qu'on puisse imaginer. Pas un seul homme ici ne croyait en Dieu. Luc aurait vomi une telle mascarade.

Dans les premiers rangs, sur la droite, je repérai les hommes de son groupe. Doudou, tête dans son blouson, regard anxieux ; Chevillat, droit comme un crayon, mèche sur l'œil, enfoui dans un manteau de cuir ; Jonca, ressemblant à un Hell's Angel, mal rasé, moustaches tombantes et cheveux gras sous une casquette de base-ball. Trois flics du pavé, durs, dangereux, « bord-cadre ».

L'église se remplissait toujours, s'amplifiant de murmures, de frôlements de manteaux. Doudou quitta sa place. Je le suivis du regard. Il rejoignit un homme, près du confessionnal, à l'extrême droite. Petit, carré, des cheveux gris coiffés en brosse. Sa carrure était engoncée dans un imper trois quarts bleu nuit. Toute son allure évoquait un uniforme invisible, mais pas celui des flics. D'un coup, je sus : un prêtre. Un religieux, vêtu en civil.

Je contournai la première rangée de chaises et traversai la nef. Je n'étais plus qu'à dix mètres des deux hommes. À cet instant, Doudou glissa un objet dans les mains de l'autre. Une sorte de plumier, en bois verni.

J'accélérai le pas quand une main m'attrapa la manche.

Laure.

— Qu'est-ce que tu fais ? Tu te places à côté de moi.

— Bien sûr, fis-je en souriant. Où veux-tu te mettre ?

Je la suivis, jetant un nouveau regard vers les conspirateurs. Doudou revenait déjà à sa place, l'homme en bleu, derrière une colonne, se signait. Stupeur. Un signe de croix à l'envers, en commençant par le bas, comme le font certains satanistes, reproduisant le symbole de l'Antéchrist. Laure me posait une question.

— Pardon ?

— Tu as choisi ton texte ?

— Quel texte ?

— J'avais prévu que tu lirais un extrait de l'épître aux Corinthiens...

Nouveau regard vers la droite : l'homme avait disparu. Merde. Je murmurai :

— Non... Si ça ne te fait rien, je...

— Très bien, fit Laure, d'un ton sec. C'est moi qui le lirai.

— Je suis désolé. Je n'ai pas fermé l'œil.

— Tu crois que j'ai passé une bonne nuit ?

Elle se tourna vers l'autel. Le remords me crispait le ventre. J'étais le seul chrétien de l'assemblée et je n'étais pas foutu de lire quelques lignes. Mais mes interrogations balayaient tout : qui était cet homme ? Que lui avait donné Doudou ? Pourquoi s'était-il signé à l'envers ?

La cérémonie débutait. Le prêtre, vêtu d'une aube blanche frappée de l'agneau pascal, ouvrit ses bras. Un pur Tamoul. Des narines larges comme des pièces de monnaie, des yeux noirs, humides, d'une étrange langueur. Il commença, dans une résonance proche du larsen :

— Mes frères, nous voici aujourd'hui réunis...

Je sentais la fatigue revenir d'un coup. L'officiant fit un signe explicite : tout le monde s'assit. Déjà, la voix monocorde s'éloignait. Un froissement de feuilles me réveilla. Chacun manipulait le texte des chants du jour. Le prêtre disait :

— Nous allons maintenant chanter la troisième louange.

M'endormir à la messe de mon meilleur ami... Je jetai un regard en direction de Doudou. Il n'avait pas bougé.

— Ce chant s'appelle « *Que tes œuvres sont belles* ». L'extrait commence par : « *Tout homme est une histoire sacrée / l'homme est à l'image de Dieu...* »

De telles paroles ne manquaient pas de sel dans cette chapelle remplie de flics agnostiques et désabusés. Pourtant, la salle reprit en chœur, dans un bourdonnement hésitant...

— Je peux venir sur tes genoux ?

Amandine, deux nattes blondes sous un bonnet chocolat, me tendait sa feuille :

— Je sais pas lire.

Je la hissai sur mes genoux et entonnai : « *Tout homme est une histoire...* » Je respirai l'odeur de tissu propre et de chaleur enfantine. Ma pensée se perdit dans des sentiers diffus, indistincts, où Mathieu Durey, flic obsessionnel, 35 ans, sans femme ni enfant, avançait vers le néant...

Trente minutes et pas mal de sonneries intempestives de portables plus tard, le prêtre, qui ne doutait vraiment de rien, se lança dans un sermon-fleuve sur l'Eucharistie. Je craignais le pire : allait-il proposer la communion à cette tribu d'incroyants ? Coup d'œil à Doudou – il commençait à s'agiter, jetant des regards brûlants vers la porte. À l'évidence, plus pressé que les autres.

Je me levai, posai Amandine sur ma chaise et murmurai à Laure :

— Je t'attends dehors.

21

Sur l'avenue de la Porte-de-Vincennes, je repérai la moto de Doudou.

Une pièce de collection – une 500 cm^3 Yamaha, modèle trial. Je me dirigeai vers l'engin, sortant mon portable. Je composai le numéro de l'horloge parlante puis coinçai l'appareil entre le siège de la moto et son garde-boue surélevé.

J'attendis cinq bonnes minutes avant que la foule n'émerge de la fosse de la chapelle. Je me composai une tête de circonstance et revins vers la troupe, cherchant Laure du regard. Elle était assaillie de saluts et de gestes bienveillants. Je me glissai parmi les manteaux noirs et murmurai à son oreille :

— Je t'appelle tout à l'heure.

Je reculais déjà, attrapant au passage le blouson de Foucault

— Tu peux me passer ton portable ?

Sans poser de questions, il me le tendit. Près de sa moto, Doudou enfilait son casque intégral.

— Merci. Je te le rends à la boîte, à midi.

— À midi ? Mais…

— Désolé. J'ai oublié le mien.

Sans attendre de réponse, je courus vers mon Audi A3, stationnée à cinquante mètres de là, dans la contre-allée. Je tournai la clé de contact alors que Doudou calait son talon sur le kick. Je passai la première, composant un numéro que je connaissais par cœur.

— Durey, BC. Qui est de permanence ?

— Estreda.

Coup de bol : un des opérateurs que je connaissais le mieux.

— Passez-le-moi.

Doudou venait de disparaître dans la circulation. Je déboîtai puis freinai avant de m'engager dans le trafic. J'entendis l'accent d'Estreda :

— Durey.

— Comment ça va ?

— On m'a fauché mon portable.

— Bravo la police.

— Tu peux me le localiser ?

— Si ton mec est en train de téléphoner, aucun problème.

Depuis peu, il était possible de suivre un portable à la trace, à condition qu'il soit en connexion. Le principe était simple. On identifiait la cellule satellite sollicitée par le téléphone. Dans les villes, ces cellules étaient de plus en plus nombreuses et leur champ d'action se limitait à deux ou trois cents mètres.

Cette technique avait été initiée par des sociétés privées, spécialisées dans le fret et les transports en camion, qui s'en servaient pour suivre leurs propres véhicules. La police française ne possédait pas son propre système et faisait appel à ces compagnies qui, moyennant finance, donnaient accès à leur serveur.

— T'as du cul, dit Estreda : ton mec est en ligne.

Je coinçai le cellulaire sous mon menton, passai la première :

— Je t'écoute.

— T'as un ordinateur ?

— Non. Je suis en bagnole. C'est toi qui guides.

— Ça sent l'embrouille, ton histoire.

— Vas-y. Je roule.

— T'es pas en train de m'arracher une filature sans requise?

— Tu me fais confiance ou non?

— Non. Mais ton mec vient de s'engager sur le périph. Porte de Vincennes.

Je démarrai sur les chapeaux de roues :

— Quelle direction?

— Périphérique sud.

Je traversai la place à fond, obligeant les autres voitures à piler dans des hurlements d'avertisseurs – pas question d'utiliser ma sirène. Je m'engageai à plus de quatre-vingts kilomètres-heure sur la pente d'accès.

— Il bourre. Il est en fuite ou quoi?

Je ne répondis pas et notai l'innovation : un nouveau logiciel permettait de calculer, en temps réel, la rapidité du passage d'une borne à une autre. Un vrai jeu vidéo.

— Il a déjà franchi la porte de Charenton.

Je dépassai le cent kilomètres-heure et me plaçai sur la file la plus à gauche. La circulation était fluide. J'étais certain que Doudou ne rentrait pas au 36. Estreda me confirma que le motard avait dépassé la porte de Bercy.

Porte de Bercy. Quai d'Ivry. Porte d'Italie…

— Il a l'air de ralentir…

Je braquai en diagonale, pour rejoindre la droite.

— Il sort? Où est-il?

— Attends, attends…

Estreda se prenait au jeu. Il avait compris que je

171

filais le train à mon « voleur ». Je l'imaginais, penché sur son écran où clignotait le curseur correspondant à mon portable...

— Il prend l'A6. La direction d'Orly.

L'aéroport? Doudou, prenant un vol en catastrophe? Cette direction était aussi celle des halles de Rungis. Tout de suite, j'imaginai un lien avec le monde des brasseurs.

— Où est-il?

Pas de réponse d'Estreda : le signal n'avait sans doute pas encore changé de borne.

— Où est-il, bon sang? Il est sorti à Orly ou quoi?

Devant moi, je voyais se rapprocher la séparation des deux directions : à gauche, Orly, à droite, Rungis... Je n'étais plus qu'à quelques centaines de mètres. Malgré moi, je levai le pied de l'accélérateur, essayant de retenir les secondes. Soudain, le Portugais cria :

— Roule! Direction Rungis.

J'avais vu juste. Les dépôts de boissons. J'accélérai de plus belle. La circulation tenait du miracle, alors que les voies en sens inverse étaient à l'arrêt.

— Il ralentit..., souffla Estreda. Il... Il sort. ZA Delta. Vers les halles.

Je connaissais la route : j'étais déjà venu dans ce « marché d'intérêt national ». Je franchis le péage et me trouvai confronté à une batterie de panneaux : Horticulture, Marée, Fruits et légumes... Je pilai et saisis mon cellulaire :

— Où est-il? Donne-moi au moins l'orientation!

— C'est la merde. Mon signal ne bouge plus.

— Il s'est arrêté?

— Non. Mais il y a plusieurs bornes satellites à Rungis. Elles sont souvent saturées.

— Et alors?

— Et alors, ton mec avance peut-être encore, mais son signal reste sur la même borne, les autres ne pouvant pas le choper. Il y a un système qui dispatche les appels en cas de…

— Merde!

Je frappai mon volant. Je me voyais déjà sillonner l'immense zone marchande et ses allées, en quête de la bécane de Doudou.

— C'est bon, soufflai-je, je me démerde.

— T'es sûr que…

— Rappelle-moi si le signal bouge.

— Te rappeler? Mais c'est ton portable qu'on a…

— On m'en a prêté un autre. Le numéro doit s'afficher sur ton écran.

— O.K, je… Attends : j'ai une nouvelle borne!

— Vas-y.

— Celle du Rond-point des Halles, pas loin de la porte de Thiais.

Je compris qu'Estreda connaissait les lieux. Il confirma :

— Rungis, c'est chez nous, mon pote. Nos camions s'y rendent chaque jour.

— Tu connais un bloc spécialisé en boissons dans ce coin?

— Pas un bloc, non, mais il y a la Compagnie des Bières. Un entrepôt de brasseurs, rue de la Tour.

Je passai la première, brûlant mes pneus en un crissement strident.

22

La moto de Doudou était stationnée devant l'entrepôt.

Je stoppai à cinquante mètres, coupai le moteur, attendis. À cette heure, les allées étaient désertes. Cinq minutes plus tard, le flic se matérialisa sur le seuil, accompagné d'un gros bonhomme en survêtement Adidas. Je reconnus le gaillard – un brasseur dont le nom m'échappait, dirigeant d'importantes livraisons de bière dans plusieurs arrondissements de Paris.

Il lança un regard autour de lui, le front plissé – il semblait pressé de se débarrasser de son visiteur. Doudou avait l'air survolté, prêt à péter un câble. Le brasseur plongea une main dans sa poche de veste et en sortit une enveloppe épaisse. Doudou la glissa sous son blouson, balançant à son tour un coup d'œil circulaire.

Je me tassai sur mon siège, attendant qu'ils aient fini leur manège. Je dégainai, armai ma culasse puis attrapai une paire de menottes dans la boîte à gants. Le gros disparut dans le hangar tandis que Doudou rejoignait sa moto. Le temps qu'il me tourne le dos pour enfiler son casque, je bondis et courus vers lui, flingue contre ma jambe. Il tenait son casque à deux mains au-dessus de la tête quand je lui enfonçai le canon de mon HK dans la nuque. Je murmurai :

— Bouge pas, mon salaud. C'est comme ça que je t'aime.

Ayant reconnu ma voix, Doudou ricana :

— Jamais t'oseras.

D'un coup de pied, je le fauchai aux jambes. Doudou s'écrasa au sol, son casque claqua sur le bitume. Il se retourna en hurlant. Je lui plantai mon automatique sous la gorge :

— Tu parierais sur ça ?

Je lui balançai un coup de crosse sur la carotide. Il eut un sursaut et vomit. Je l'empoignai par le col, sentant sa bile me brûler la main, et le fracassai contre le trottoir, tête la première. Son nez se brisa net. Encore une fois, j'endossais le costard que je haïssais le plus : le flic violent.

Je palpai son blouson, trouvai l'enveloppe, trempée de vomi. Dix mille euros, au bas mot. J'empochai le magot et plaquai le flic sur le ventre, d'un coup de talon dans les reins. J'avais déjà mes menottes en main. Je fermai les pinces dans son dos. Il grogna : « Enculé ! » J'attrapai son automatique, le glissai dans ma ceinture puis tâtai les jambes de son jean. À sa cheville droite, un autre holster. Un Glock 17, le plus discret de la série. Je l'enfournai dans ma poche.

— C'est le moment de passer à confesse, mon canard.

— Va t'faire mettre !

Je l'attrapai par les cheveux et le mis debout. D'un coup de pied dans le cul, je le poussai à l'intérieur du bâtiment. Un vaste hangar, rempli de cageots en plastique et de tonneaux en acier. Les hommes qui pilotaient les fenwicks se figèrent. Je cherchai nerveusement dans ma poche ma carte de flic.

— Police ! C'est l'heure de la pause. Tirez-vous ! Tous !

Les manutentionnaires ne se firent pas prier. Les derniers pas résonnaient sur le seuil quand je murmurai à Doudou :

— Tu connais les règles. Soit tu parles et tout est fini dans deux minutes, soit tu fais le con et on se la joue musclé. Avec ce que j'ai en poche, tu risques pas d'aller pleurer à l'IGS…

Doudou ricana, le visage en sang :

— Putain, t'es toujours là ? J't'ai dit d'aller t'faire mettre !

Je partis fermer la grande porte. Doudou gémit :

— Qu'est-ce que tu fous ?

Sans répondre, je bouclai la paroi et revins vers lui. Je l'empoignai par le colback et lui enfonçai la gueule entre deux fûts d'acier. Je contournai les tonneaux et me plantai devant lui, de l'autre côté. Je hurlai, comme face à un sourd :

— Ça va, tu m'entends ?

Doudou cracha du sang et éructa quelques mots inintelligibles. Je tirai une balle, à bout portant, dans le fût de droite. La bière jaillit à mes pieds alors que la balle sifflait.

— Tu m'entends, là ?

L'expression du flic était déformée par la douleur. Je visai le baril de gauche et tirai à nouveau. Jet doré. Sifflement suraigu. Les tympans de Doudou avaient peut-être déjà éclaté. Je me plaçai à quelques centimètres de lui :

— Tu m'entends toujours pas ?

Le flic ne pouvait même plus crier. Sa face n'était qu'un rictus de terreur. Je saisis sa tignasse et lui redressai le visage :

— Tu vas répondre à mes questions ou je vide mon chargeur dans ces putains de tonneaux !

Doudou secoua la tête. Impossible de dire s'il capitulait ou s'il me provoquait encore. Je rengainai et sortis l'enveloppe de ma poche :

— Ça, c'est quoi ?

Le flic ouvrit la bouche. Du sang tomba dans la mare mousseuse. Il bégaya :

— Mec, ça… ça craint pour moi… y faut… y faut que j'me casse.

— Pourquoi ?

Des larmes coulaient le long de ses joues. Je me donnais moi-même envie de vomir mais les vapeurs de bière anesthésiaient mon propre dégoût.

— Qu'est-ce que tu crains ?

— Les Bœufs… Y vont enquêter sur Larfaoui… Ils vont découvrir nos combines…

— T'es impliqué dans sa mort ?

— NON ! Putain… Sors-moi la tête de là…

J'écartai les tonneaux. Sa tête fit « splash ! » dans la flaque. J'attrapai ses menottes et le tirai violemment en arrière pour l'asseoir.

— Je veux toute l'histoire. Larfaoui. Son meurtre. Le rôle de Luc et le tien dans ce merdier.

— Avec Larfaoui, on avait un deal…

— « On » : c'est qui ?

— Moi, Jonca, Chevillat. On décrochait des licences pour le bougnoule. On passait chez les cafetiers, on jouait les gros bras pour bien montrer que Larfaoui avait un pied chez les keufs. On fermait les yeux sur des clandés…

— Le meurtre de Larfaoui, vous êtes impliqués ?

— Non, j'te dis ! On y est pour rien !

— Pourquoi tu flippes alors?

— Les Bœufs vont se pencher sur les derniers coups de Luc. Y vont étudier le dossier Larfaoui! Y vont comprendre que c'est pas clair...

— Luc, il connaissait vos magouilles?

— À ton avis, ducon?

—- Tu mens. Il n'aurait jamais accepté ce...

— Luc a *toujours* fermé les yeux!

Doudou ricana dans sa souffrance. Je le plaquai de toutes mes forces contre les fûts. Les effluves de bière me saoulaient à grande vitesse.

— Tu veux dire qu'il en croquait?

— Il était plus vicieux qu'ça, ton pote... Les thunes, il en avait rien à foutre. Il fermait les yeux sur nos trafics et il s'en servait contre nous, tu piges?

— Non.

— Il nous tenait par les couilles, putain. Il disait qu'il s'foutait de nos trafics à condition qu'on fasse ses quatre volontés.

— Quelles volontés?

— Des journées de vingt-quatre heures. Des perquises sans mandat. Des preuves arrangées. Les méthodes de Luc pour coincer les clients.

L'envie de gerber, plus que jamais. Je reconnaissais Luc et sa logique de tordu. Couvrir un méfait à condition d'obtenir plus de forces contre un autre. Faire chanter ses propres hommes pour qu'ils deviennent les esclaves de sa croisade contre Satan.

— Parle-moi de l'enquête sur Larfaoui. Comment avez-vous gardé ce coup, qui aurait dû revenir à la Crime?

— Luc connaissait le juge. Et il avait aussi un dossier sur les gars de la DPJ. Il disait que c'était le seul moyen d'étouffer nos magouilles.

— Sur le meurtre, qu'est-ce qu'il a découvert?

— Rien. Le mystère total. Du travail de pro. Et pas la queue d'un mobile.

Doudou était sincère, je le sentais. Pourtant, j'insistai :

— Luc était obsédé par cette affaire, pourquoi?

— Il n'était pas obsédé par ce coup.

— Ce n'était pas cette affaire qui le rendait cinglé?

— Non.

Ma vue se brouillait à travers les brumes d'alcool.

— Luc travaillait sur autre chose?

Doudou ne répondit pas. Sa tête pantelante tombait sur son torse. Je lui redressai le visage avec mon canon :

— Putain d'enfoiré, réponds-moi!

— Tu fais fausse route, mec...

— Pourquoi?

— Besançon... (Doudou avait la voix traînarde d'un homme ivre.) Il travaillait sur une affaire à Besançon...

Enfin une donnée qui collait avec une autre. Les voyages de Luc. Le billet de train découvert par Laure. Je mis un genou au sol :

— Qu'est-ce que tu sais là-dessus?

— Retire-moi les pinces.

J'eus envie de vider mon chargeur dans les cylindres d'acier mais je l'attrapai par l'épaule et le tournai. Il était temps de lâcher du lest. Ma propre volonté faiblissait : les vapeurs de bière… Je lui ôtai les menottes. Doudou se massa les poignets puis palpa ses tympans, hébété.

— Alors ? Cette enquête ?

— Un meurtre dans le Jura. Le corps d'une femme, à la frontière suisse.

— Où exactement ?

— Je sais pas. Le nom du bled, c'est Sarty ou Sartoux. Luc m'en a parlé qu'une fois.

— Quand ça s'est passé ?

— L'été dernier. En juin, je crois.

— Qu'est-ce que tu sais sur ce meurtre ?

— Un truc horrible, paraît-il. Un crime sataniste… Luc, ça le rendait dingue…

Un crime sataniste : deuxième déclic. Les éléments trouvaient leur place.

— Qu'est-ce que tu sais d'autre ?

— Rien, j'te jure. Luc travaillait en solo sur le coup. Il a fait plusieurs fois le voyage. Parfois l'aller et retour dans la même journée. Il passait des heures à étudier ses notes, ses photos de la scène de crime.

— Ce dossier où est-il ?

— Il a tout numérisé…

— T'as le document ?

— En cas de pépin, je devais le donner à un gus…

Troisième connexion. La scène de l'église, deux heures auparavant.

— C'est la boîte que t'as filée au type à l'église ?

— T'as l'œil, mon salaud. Ouais, je crois qu'c'est ça.

— Qui est cet homme ?

180

— Aucune idée.

— Pourquoi lui as-tu donné ?

— Luc m'avait prévenu. S'il arrivait une galère, je devais appeler un numéro. En réponse, le mec aurait un mot de passe.

— Quel mot de passe ?

Doudou rit, un gargouillement affreux qui s'acheva en toux.

— « J'ai trouvé la gorge. » C'est pas trop con, comme mot de passe ?

Les informations s'articulaient enfin, mais sans produire le moindre sens. Une enquête secrète. Un crime sataniste, lié à un homme qui se signait à l'envers. Une phrase qui agissait comme une clé.

— Ces mots, tu sais ce qu'ils veulent dire ?

— Que dalle. Hier, j'ai passé le coup de fil. Le mec m'a dit d'apporter la boîte à la messe. J'lui ai filé le coffret. Fin de l'histoire.

— Cet homme, c'est un prêtre, non ?

— Pourquoi ?

Doudou ne voyait pas de quoi je parlais. Je me relevai et balançai l'enveloppe de fric dans la flaque de bière :

— Tiens. Tu te finiras à ma santé. Et tu ne bouges pas de Paris.

Doudou leva les yeux, hagard.

— Et les Bœufs ?

— Je m'en charge. Je vais parler à Dumayet. Elle appellera Levain-Pahut. Ils se démerderont avec Condenceau.

— Pourquoi tu fais ça ?

— Pour Luc. Votre groupe doit rester soudé. Je te rendrai ta quincaillerie au 36.

— Mais si Luc…

— Luc se réveillera, tu piges ?

J'ouvris la porte du hangar et affrontai la lumière matinale. Le long du mur, je me forçai à vomir – rien, sinon une bile acide. J'allumai une Camel afin de brûler le goût de violence dans ma gorge.

Je récupérai mon portable sous le siège de la moto. Je coupai la connexion avec l'horloge parlante et jetai un coup d'œil à l'écran.

Mon forfait mensuel venait d'exploser.

23

De retour à mon appartement, je me changeai puis fermai les volets. Dans l'obscurité, je m'installai face à l'ordinateur et commençai ma recherche sur Google, tapant : Sarty, Sartoux, ou encore Sarpuits, l'associant à chaque département de France-Comté. J'obtins plusieurs réponses dont la plus plausible était « Sartuis », dans le haut Doubs. Une petite ville située près de Morteau, le long de la frontière suisse. Nouveau départ, nouvelle recherche. D'abord, les coordonnées des journaux locaux. *L'Est républicain*, basé à Nancy, *Le Courrier du Jura*, à Besançon, *Le Progrès*, au centre, à Lyon, *Le Pays*, au nord-est, à Mulhouse. Je me connectai avec les archives de *L'Est républicain* et tapai plusieurs mots clés : Sartuis, juin, 2002, cadavre, meurtre, femme… J'obtins un seul article, dans l'édition du 28 juin :

DÉCOUVERTE D'UN CORPS
À NOTRE-DAME-DE-BIENFAISANCE

Le corps d'une femme nue a été découvert hier matin, à quelques kilomètres de Sartuis (haut Doubs), dans le parc naturel de la fondation de Notre-Dame-de-Bienfaisance. D'après nos informations, le corps a été repéré par Marilyne Rosarias, la directrice de la fondation, sur le plateau qui surplombe le monastère.

Selon toute probabilité, le cadavre, couvert de moisissures et largement décomposé, devait reposer depuis longtemps dans les forêts du plateau. Les pluies importantes des derniers jours ont favorisé sur la pente l'accumulation de boue qui l'a fait descendre jusqu'à la partie découverte du plateau.

Quelle est l'identité de la morte? Quand est-elle décédée? Quelle est la cause de sa disparition? Pour l'heure, ni les sauveteurs, ni les services de gendarmerie n'ont pu apporter de réponse mais l'hypothèse d'un accident est la piste privilégiée. Une sportive, fervente de trekking, aurait effectué une chute et serait morte, soit sur le coup, soit au bout de plusieurs jours, dans l'isolement de la forêt.

Pourtant, il paraît étrange que ni les gardes forestiers, ni les pensionnaires de la fondation, se recueillant souvent dans ces bois, n'aient aperçu le corps. Une autre hypothèse se profile. La femme aurait été assassinée puis transportée dans le parc naturel...

L'autopsie qui doit avoir lieu aujourd'hui, à l'hôpital Jean-Minjoz de Besançon, devrait offrir des éclaircissements. Par ailleurs, les services scientifiques de la gendarmerie sillonnent les lieux, en quête d'indices. Pour l'heure, le juge d'instruction en charge du dossier, Corine Magnan, ne s'est pas exprimé, pas plus que le procureur général. Quant au maire de Sartuis, la ville voisine, il conserve lui aussi le silence. Dans la région, chacun espère que ce mystère trouvera au plus vite une solution et ne nuira pas à la saison touristique qui a déjà commencé le long du Doubs.

J'étais perplexe. Le lieu de la découverte – le territoire d'une fondation a priori religieuse – pouvait coller avec ce que je cherchais mais le meurtre n'était même pas une certitude. Et il n'était fait mention d'aucune mutilation, d'aucun symbole maléfique. Rien qui puisse évoquer le « truc horrible » ou le « crime sataniste » dont avait parlé Doudou.

Je pianotai encore. Pas d'autre article sur le sujet les jours suivants. Pas de nouvelles de l'autopsie. Aucune déclaration du procureur, ni du juge. Pourquoi ce silence ? L'affaire avait-elle accouché d'un fait si insignifiant que les journalistes n'avaient rien rédigé ? Non. Un cadavre n'est jamais insignifiant. J'étendis ma recherche au mois de juillet. Rien.

Je visitai les archives du *Courrier du Jura*. Mêmes mots clés. Même recherche. Je tombai sur un article du 29 juin, qui donnait d'autres précisions :

SARTUIS
LA MALÉDICTION D'UNE VILLE

Le cadavre de la femme découvert avant-hier matin sur le plateau du parc naturel de Notre-Dame-de-Bienfaisance a été identifié. En réalité, les pompiers chargés de transporter le corps l'avaient déjà reconnu sur place. Il s'agit de Sylvie Simonis, 42 ans, artisan horlogère à Sartuis.

Ce nom, pour tous les habitants du haut Doubs, rappelle de funestes souvenirs. Sylvie Simonis n'est autre que la mère de la petite Manon, 8 ans, assassinée en novembre 88. Une sinistre affaire qui n'avait jamais été résolue. L'annonce de cette nouvelle mort et les circonstances mystérieuses qui l'entourent réveillent toutes les craintes. Et toutes les questions.

D'abord, impossible de préciser la cause du décès ni les raisons de la présence du corps sur le terrain de l'ancien monastère. Accident? Meurtre? Suicide? Selon les premiers témoignages, l'état du cadavre ne permet pas de se prononcer et les résultats de l'autopsie, effectuée à l'hôpital Jean-Minjoz, à Besançon, ne sont pas encore connus.

De source sûre, on sait que Sylvie Simonis, virtuose horlogère qui travaillait à son compte pour les ateliers prestigieux du Lode, en Suisse, avait disparu depuis une semaine. Personne ne s'en était formalisé. Femme discrète, pour ne pas dire secrète, Sylvie Simonis effectuait régulièrement la navette entre la Suisse et la France, et demeurait parfois plusieurs semaines dans sa maison de Sartuis sans donner de signe de vie, à assembler ses montres et ses horloges.

S'il s'agit d'une affaire criminelle, existe-t-il un lien entre ce meurtre et celui de Manon, en 1988? Il est trop tôt pour avancer la moindre hypothèse, mais à Sartuis, et même à Besançon, les rumeurs vont déjà bon train...

De leur côté, le Service de Recherche de la gendarmerie de Sartuis, ainsi que la magistrate mandatée par le tribunal de Besançon, Corine Magnan, semblent décidés à observer la discrétion la plus absolue. La juge d'instruction a déjà prévenu notre correspondant : « Nous comptons travailler sur ce dossier en toute objectivité, loin des passions et des indiscrétions.

Je ne tolérerai aucune ingérence des médias, aucune pression d'aucune sorte. »

Chacun se souvient qu'en 1988, déjà, l'enquête sur le meurtre de la petite fille avait été menée en toute confidentialité, au point qu'il était devenu impossible pour nous, journalistes, de rendre compte de l'évolution de l'affaire. Les raisons de ce black-out sont connues : le traumatisme causé par l'affaire Grégory, à quelques kilomètres de notre département, où l'omniprésence des médias avait troublé la bonne marche de l'enquête. Nous espérons pourtant aujourd'hui être tenus informés, afin de pouvoir diffuser l'information à tous...

L'article s'achevait sur un plaidoyer en faveur du droit des journalistes à communiquer. Je levai les yeux et réfléchis. Je tenais peut-être mon affaire. Le « truc horrible ». L'obsession de Luc. Mais toujours pas d'allusion à Satan.

Et surtout, un détail clochait.

Je relus l'article puis revins à celui de *L'Est républicain*.

Dans le texte du 28 juin, on évoquait un « cadavre couvert de moisissures et largement décomposé ». Dans celui du 29, il était écrit que la femme avait aussitôt été identifiée par les pompiers. C'était incompatible. Soit le corps était putréfié et méconnaissable, soit il était intact et identifiable.

J'étendis ma recherche à juillet dans le *Courrier du Jura*. Pas une ligne. Les deux quotidiens n'avaient plus évoqué l'affaire. Je tentai de joindre les auteurs des articles. Ni l'un ni l'autre n'étaient présents au journal, et pas question d'obtenir, par téléphone, leurs coordonnées personnelles.

J'obtins celles du bureau de l'AFP à Besançon. Je tombai sur une voix jeune et dynamique. Sans doute un stagiaire. Je me présentai et évoquai l'affaire Simonis.

— Vous menez une enquête ? demanda le journaliste sur un ton enthousiaste.

— Je me renseigne. Qu'est-ce que vous pouvez me dire là-dessus ?

— C'est moi qui ai rédigé la première dépêche. Un vrai pétard mouillé. La découverte d'un cadavre près d'un monastère : plutôt alléchant, non ? Surtout celui-là : Sylvie Simonis ! Eh bien, les gendarmes ne nous ont plus jamais donné la moindre info. J'ai contacté le juge, rien. Le légiste, que dalle. J'ai même fait le voyage jusqu'à Notre-Dame-de-Bienfaisance. On ne m'a pas ouvert.

— Pourquoi ce silence ?

— On a voulu nous faire croire qu'il s'agissait d'un accident d'escalade. Qu'il n'y avait rien d'intéressant là-dedans. Moi, je pense que c'est tout le contraire. Ils se taisent parce qu'ils ont découvert quelque chose.

— Comme quoi ?

— Aucune idée. Mais leur histoire d'accident ne tient pas la route. D'abord, Sylvie Simonis n'était pas sportive. Ensuite, on a prétendu qu'elle avait disparu depuis une semaine. Dans ce cas, pourquoi son corps aurait-il été dans cet état ?

— Le corps était vraiment décomposé ?

— Il grouillait de vers, paraît-il.

— Vous l'avez vu ?

— Non. Mais j'ai pu parler avec les pompiers.

187

— Un article du *Courrier du Jura* dit que ces sauveteurs ont reconnu son visage.

Il partit d'un rire juvénile :

— C'est ça le truc hallucinant! Le corps était à la fois décomposé et… intact!

— Comment ça?

— Les parties inférieures étaient complètement pourries mais le buste était moins abîmé. Et le visage nickel! Comme si… (Il hésita.) Comme si la femme était morte plusieurs fois, voyez le truc? À plusieurs moments différents!

Ce que décrivait mon interlocuteur était impossible. Et cette étrangeté pouvait bien être le point de départ de Luc.

— On sait au moins si c'est un meurtre?

— Non. On ne nous a rien dit, en tout cas. En même temps, je comprends leur discrétion. Sylvie Simonis, c'est un sujet tabou dans la région.

— À cause de l'assassinat de la petite fille?

— Et comment! C'est l'affaire Grégory du Jura! Quatorze ans après, toujours pas le moindre coupable, et les hypothèses les plus dingues continuent à circuler dans les rues de Sartuis!

— Vous pensez que les deux affaires sont liées?

— Bien sûr. D'autant plus que le rôle de Sylvie n'était pas clair dans l'affaire de Manon.

— À savoir?

— À une époque, elle a même été soupçonnée du meurtre. Mais elle a été disculpée. Elle avait un alibi en béton. Maintenant, douze ans après, voilà qu'elle meurt et les autorités remettent le couvercle sur l'enquête. Pour moi, ils ont découvert un truc énorme!

Un corps près d'un monastère. Une femme morte

188

plusieurs fois. Une enfant assassinée. Un soupçon d'infanticide. Il y avait une place pour le diable dans une telle histoire. Je revins sur un autre fait qui ne collait pas :

— Si ce dossier vous intéresse tant, pourquoi vous n'avez pas écrit d'autres dépêches ? Pourquoi personne n'a plus écrit un mot là-dessus ?

— On n'avait pas la moindre information.

— Un tel black-out, c'est une nouvelle en soi. Un sujet pour un article.

— On a eu des consignes.

— Quelles consignes ?

— Puisqu'il n'y avait rien à dire, autant ne pas remuer la merde. C'était mauvais pour la région. Sartuis, c'est à sept kilomètres du saut du Doubs. Imaginez un peu qu'on raconte que la rivière charrie des cadavres, en pleine saison touristique !

Je passai au tutoiement :

— Comment tu t'appelles ?

— Joël. Joël Shapiro.

— T'as quel âge ?

— Vingt-deux ans.

— Je crois que je vais venir te voir, Joël. Après tout, la saison touristique est terminée.

24

Au 36, le fatras habituel m'attendait dans mon casier. Procès-verbaux, rapports d'écoute, télégrammes de l'état-major, revue de presse… Je pris

189

l'ensemble et le jetai sur mon bureau. Je m'assis, roulai dans une peau de chamois les deux automatiques de Doudou, puis les glissai dans un de mes tiroirs verrouillés.

Je saisis mon téléphone fixe. En priorité, j'appelai Laure pour m'excuser de mon départ précipité après la messe. Je prononçai les formules d'usage puis, après une hésitation, soufflai dans le combiné :

— Je voulais aussi te dire… J'ai enquêté sur les voyages de Luc.

— Et alors ?

— Il n'y avait pas de femme. Pas au sens où tu l'entends.

— T'es sûr ?

— Certain. Je te rappelle.

Je raccrochai sans savoir si j'avais soulagé son orgueil de femme ou renforcé son chagrin d'épouse. Je feuilletai mes documents et lus la note de Malaspey sur la médaille de Luc. Un bibelot sans la moindre valeur. C'était décidément le symbole – saint Michel – qui avait importé à Luc.

Je tombai aussi sur le rapport de Meyer, à propos du suspect dans l'affaire du Perreux. Le Gitan Kalderash. Je le parcourus rapidement – du bon boulot. De quoi montrer à Dumayet que l'enquête avançait.

Je contactai Foucault, lui demandant de venir pour récupérer son portable. J'appelai aussi Svendsen. Je voulais savoir s'il avait avancé sur les scanners trouvés chez Luc. Il ne me laissa pas achever ma phrase :

— Ce sont des images saisies par un petscan. Une machine qui permet de visualiser l'activité du

190

cerveau humain en temps réel. Ces clichés proviennent du département de médecine nucléaire du Brookhaven National Laboratory, un centre de recherche très réputé, dans le New Jersey.

— Dans ce cas précis, de quelle activité cérébrale s'agit-il ?

— D'après ce qu'ils m'ont dit, des patients en pleine crise. Des schizophrènes dangereux.

— Des criminels ?

— Des violents, en tout cas.

Exactement ce que j'avais imaginé. Au Moyen Âge, la présence diabolique prenait la forme d'une gargouille. Au XXIᵉ siècle, celle d'une « fissure meurtrière » dans le cerveau.

Svendsen continuait :

— J'ai trouvé d'autres renseignements. Ces patients présentent aussi des difformités physiques, liées à leur schizophrénie. Torse plus large, visage assymétrique, système pileux plus développé... Tout se passe comme si la maladie mentale transformait leur corps. Des espèces de Mister Hyde...

Je devinais ce qui intéressait Luc dans ces cas de mutation. Le mal « possédait » ces êtres au point de les déformer. Des damnés modernes. Je saluai Svendsen alors que Foucault apparaissait dans mon gourbi.

— Merci, fis-je en lui tendant son cellulaire.

— T'as retrouvé le tien ?

— Tout va bien. Le point ?

— J'ai vérifié, pour le fun, si Larfaoui avait des réseaux dans la région de Besançon. Que dalle.

— Les relevés ?

— J'ai tout reçu. Rien à signaler. Pas de malaise

dans les comptes de Luc, ni les factures de téléphone. Ses appels, même de chez lui, concernent le boulot. Mais il n'y en a pas pour Besançon. À mon avis, il utilisait un autre abonnement. C'est de plus en plus fréquent chez les maris infidèles et...

— O.K. Je veux que tu fouilles encore les activités de Larfaoui. Vois ce qu'il trafiquait, à côté de la bibine.

Je ne désespérais pas de découvrir un détail qui puisse, d'une manière ou d'une autre, faire corps avec l'ensemble. Après tout, l'assassin du Kabyle était soi-disant un prêtre. Ce qui pouvait tendre un lien avec le diable...

— Et les e-mails de l'unital6 ?

— Les mecs de l'association ont tout retourné. Ils jurent qu'ils ont rien reçu !

Je n'avais pas rêvé : Luc avait bien envoyé ces messages. Je décidai d'abandonner cette voie pour l'instant.

— La liste des gus qui vont participer à la conférence sur le diable ?

— La voilà.

Je jetai un œil à la colonne : des prêtres, des psychiatres, des sociologues, tous italiens. Aucun nom qui m'évoque quelque chose, a priori.

— Super, fis-je en reposant le feuillet. Dernier truc : je pars ce soir.

— Où ?

— Affaires personnelles. En attendant, c'est toi qui tiens la boutique.

— Combien de temps ?

— Quelques jours.

— Tu seras joignable sur ton portable ?

192

— Pas de souci.

— *Vraiment* joignable?

— Je prendrai mes messages.

— Ta petite virée t'en as parlé à Dumayet?

— J'y vais de ce pas.

— Et... pour Luc?

— État stationnaire. On ne peut rien faire de plus. (J'hésitai, puis ajoutai :) Mais là où je vais, je serai près de lui.

Mon lieutenant secoua faiblement ses boucles. Il ne comprenait pas.

— Je t'appelle, dis-je avec un sourire.

Je regardai la porte se refermer puis attrapai le rapport rédigé par Meyer. Je filai jusqu'au bureau de Nathalie Dumayet.

— Vous faites bien de venir, dit la commissaire alors que j'entrais. Vos quarante-huit heures sont écoulées.

Je posai le rapport devant elle.

— Voilà déjà pour Le Perreux.

— Et le reste?

Je fermai la porte, m'assis en face du bureau et commençai à parler. La mort de Larfaoui. Les magouilles du Kabyle. Les noms : Doudou, Jonca, Chevillat. Mouillés jusqu'au nez. Mais je tus la complaisance de Luc, son goût de la manipulation.

— Les Stups n'ont qu'à balayer devant leur porte, conclut-elle. Chacun sa merde.

— J'ai promis à Doudou que vous interviendriez.

— En quel honneur?

— Il m'a fourgué d'autres renseignements... importants.

— Ce qui se passe aux Stups, ça ne nous concerne pas.

— Vous pouvez appeler Levain-Pahut. Contacter Condenceau. Aiguiller les Bœufs sur une autre piste.

— Quelle piste ?

— Luc travaillait sur le meurtre de Larfaoui. Vous pouvez les embrouiller en parlant d'infiltration chez les brasseurs. Avec un gros morceau en vue.

Elle me glaça de son regard aquatique :

— Les infos de Doudou, ça vaut ce prix-là ?

— C'est peut-être la raison du suicide de Luc. En tout cas, l'enquête qui l'a obsédé jusqu'à la fin.

— Quelle enquête ?

— Un meurtre, dans le Jura. Nous sommes jeudi. Donnez-moi jusqu'à lundi.

— Pas question. Je vous ai fait une fleur, Durey. Maintenant, retour au boulot.

— Laissez-moi prendre des jours de repos.

— Où vous vous croyez ? À la poste ?

Je ne répondis pas. Elle paraissait réfléchir. Ses doigts aigus tapotaient le sous-main de cuir. Depuis mon arrivée à la BC, je n'avais jamais pris de vacances.

— Je ne veux aucune vague, fit-elle enfin. Où que vous alliez, vous n'avez aucune légitimité.

— Je serai discret.

— Lundi ?

— Je serai au bureau à neuf heures.

— Qui d'autre est au jus ?

— Personne, à part vous.

Elle approuva lentement, sans me regarder.

— Et les affaires en cours ?

— Foucault garde la baraque. Il vous tiendra au courant.

— Vous, tenez-moi au courant. Chaque jour. Bon week-end.

25

Un pistolet automatique Glock 21, calibre 45.

Trois chargeurs de seize cartouches à pointe creuse.

Deux boîtes de balles blindées et semi-blindées.

Des munitions Arcane, capables de traverser les gilets pare-balles.

Une bombe de gaz paralysant.

Un couteau commando Randall à lame crantée.

Un vrai arsenal de guerre. Carte de flic ou pas, légitimité ou non, je devais m'attendre au pire. Je glissai mes armes dans des sacs étanches de cordura noir, parmi mes chemises, mes pulls et mes chaussettes. Dans ma housse à costumes, je plaçai deux complets d'hiver ainsi que plusieurs cravates, attrapées au hasard. J'ajoutai des gants, un bonnet, deux pulls. Autant prévoir large : je n'excluais pas de rester plus longtemps dans le Jura.

Entre les vêtements, je calai aussi mon ordinateur portable, un appareil photo numérique, une torche Streamlight et un kit de la police scientifique permettant d'effectuer des prélèvements organiques et des relevés d'empreintes.

J'ajoutai une documentation sur la région, dégotée

sur Internet, et un portrait récent de Luc. Une bible enfin, les *Confessions* de saint Augustin, la *Montée du Carmel* de saint Jean de la Croix. En voyage, je m'en tenais toujours à ces trois bouquins, afin d'éviter de réfléchir et d'emporter finalement la moitié de ma bibliothèque.

19 heures.

Un dernier café, boosté au rhum, et en route.

Je ne rejoignis pas directement le boulevard périphérique. D'abord la Seine, le pont de la Cité, puis, rive gauche, la rue Saint-Jacques. La pluie était revenue. Paris brillait comme un tableau fraîchement verni. Il régnait une sorte d'impatience, de frétillement, dans le halo bleuté des réverbères.

Juste après la rue Gay-Lussac, je me garai sur la gauche, dans la rue de l'Abbé-de-L'Épée. Je fourrai mon sac dans le coffre, le verrouillai, et me dirigeai vers l'église Saint-Jacques du Haut-Pas.

La paroisse donnait de plain-pied sur le trottoir. On y avait remplacé l'asphalte par un parterre de pavés. Je poussai la porte latérale. Un signe de croix, et je retrouvai, intacte, immuable, la douce clarté du lieu. Même à cette heure, sous les lumières électriques, l'église paraissait légère, ajourée, tissée de soleil.

Des pas. Le père Stéphane apparut, actionnant les commutateurs pour éteindre tous les lustres. Chaque soir, il sacrifiait à ce rite. Je l'avais connu à l'Université Catholique de Paris – il était alors professeur de théologie. À l'âge de la retraite, on lui avait confié cette église, ce qui lui permettait de rester dans le même quartier. Il perçut ma présence :

— Il y a quelqu'un ?

Je dépassai une colonne :

— Je suis venu te dire bonjour. Ou plutôt au revoir. Je pars en voyage.

Le vieil homme me reconnut et sourit. Il avait une tête ronde, et les yeux qui allaient avec. Des iris écarquillés de gamin étonné. Il s'approcha, éteignant au passage une autre lampe.

— Vacances ?

— D'après toi ?

Désignant les sièges, il me fit signe de m'asseoir. Il attrapa un prie-Dieu qu'il plaça en dehors de la rangée, à l'oblique, face à moi. Son sourire réchauffait ses traits gris :

— Allons, dit-il en frappant des mains, qu'est-ce qui t'amène ?

— Tu te souviens de Luc ? Luc Soubeyras ?

— Bien sûr.

— Il s'est suicidé.

Son visage s'éteignit. Ses yeux ronds se voilèrent :

— Mat, mon enfant, je ne peux rien pour toi.

Le curé se méprenait sur ma démarche. Il pensait que je venais lui quémander des funérailles chrétiennes.

— Ce n'est pas ça, dis-je. Luc n'est pas mort. Il a tenté de se noyer mais il est dans le coma. On ne sait pas s'il va s'en sortir. C'est cinquante-cinquante.

Il secoua lentement la tête, avec une nuance de réprobation.

197

— Il était si exalté…, murmura-t-il. Toujours à fond, en toutes choses…

— Il avait la foi.

— Nous avons tous la foi. Luc avait des idées dangereuses. Dieu exclut la colère, le fanatisme.

— Tu ne me demandes pas pourquoi il a mis fin à ses jours?

— Que peut-on comprendre à de tels actes? Même nous, souvent, nous n'avons pas le bras assez long pour repêcher ces âmes…

— Je pense qu'il s'est tué à cause d'une enquête.

— Cela a un lien avec ton voyage?

— Je veux finir son boulot, rétorquai-je. C'est la seule façon pour moi de comprendre.

— Ce n'est pas la seule raison.

Stéphane lisait en moi à livre ouvert. Je repris, après un temps :

— Je veux marcher sur ses traces. Boucler son enquête. Je pense… Enfin, je crois que si je découvre la vérité, il se réveillera.

— Tu deviens superstititeux?

— Je sens que je peux le repêcher. L'arracher aux ténèbres.

— Qui te dit qu'il n'a pas achevé lui-même cette enquête? Que ce n'est pas justement sa conclusion qui l'a plongé dans le désespoir?

— Je peux le sauver, répondis-je d'un ton buté.

— Seul Notre Père peut le sauver.

— Bien sûr. (Je changeai de cap.) Tu crois au diable?

— Non, répondit-il sans hésitation. Je crois en un Dieu tout-puissant. Un créateur qui ne partage pas son pouvoir. Le diable n'existe pas. Ce qui existe, c'est la liberté que le Seigneur nous a accordée et le gâchis que nous en faisons.

J'approuvai en silence. Stéphane se pencha et prit le ton dont on gronde les enfants :

— Tu fais semblant de me questionner mais tu es plein d'assurance. Tu as autre chose à me demander, non ?

Je m'agitai sur ma chaise :

— Je voudrais me confesser.

— Maintenant ?

— Maintenant.

Je savourais l'odeur de l'encens, de l'osier tressé des chaises, la résonance de nos paroles. Nous étions déjà dans l'espace de l'aveu, de la rédemption.

— Suis-moi.

— On peut rester ici, non ?

Stéphane haussa les sourcils, surpris. Derrière ses allures débonnaires, c'était un traditionnel, à la limite du réac. À l'époque des cours de théologie, il évoquait toujours cette architecture invisible, ces points de repère – les rites – qui doivent structurer notre chemin. Pourtant, ce soir, il ferma les yeux et joignit ses mains, murmurant un « Notre Père ». Je l'imitai.

Puis il se pencha vers moi et souffla :

— Je t'écoute.

Je parlai de Doudou, de la séance de Rungis, des mensonges et des saloperies qui marquaient déjà mon enquête. Je parlai des boîtes africaines, des tentations qu'elles avaient fait naître en moi. Je parlai de Foxy, de la réalité immonde qu'elle représentait et du pacte que j'avais dû sceller avec elle.

J'évoquai cette logique du pire, qui consiste à fermer les yeux sur un mal pour arrêter un autre mal, plus grave encore.

J'avouai ma lâcheté face à Luc – je n'avais pas eu le courage de passer à l'hôpital avant de partir. Et aussi mon mépris à l'égard de Laure, de ma mère, de tous ces flics que j'avais croisés le matin même à la chapelle.

Stéphane écoutait, les yeux fermés. Je compris, en parlant, que je péchais encore. Mes regrets n'étaient pas sincères : je jouissais de ce moment de partage, de sérénité. C'était encore un plaisir, là où il aurait dû y avoir contrition, pénitence.

— C'est tout ? demanda-t-il enfin.

— Ça ne te suffit pas ?

— Tu fais ton métier, non ?

— Ce n'est pas une excuse.

— Ça pourrait être une excuse pour sombrer dans la paresse du péché, de l'indifférence. Il me semble que tu en es loin.

— Je suis donc absous ? (Je claquai des doigts.) Comme ça ?

— Ne sois pas ironique. Récitons ensemble une prière.

— Je peux la choisir ?

— Ce n'est pas à la carte, mon petit. (Il sourit :) Quelle prière voudrais-tu ?

Je murmurai :

Ma vie n'est qu'un instant, une heure passagère,
Ma vie n'est qu'un seul jour
Qui m'échappe et qui fuit.

— Thérèse de Lisieux?

Quand nous étions adolescents, avec Luc, nous méprisions les femmes célèbres de l'histoire chrétienne. Sainte Thérèse d'Avila : une hystérique. Sainte Thérèse de Lisieux : une simplette. Hildegarde von Bingen : une illuminée… Mais avec l'âge, je les avais découvertes et elles m'avaient subjugué. Ainsi, la fraîcheur de Thérèse de Lisieux. Son innocence était une quintessence. La pure simplicité chrétienne…

— Pas très orthodoxe, grogna Stéphane. Mais si tu y tiens… Il chuchota :

Ma vie n'est qu'un instant, une heure passagère,
Ma vie n'est qu'un seul jour
Qui m'échappe et qui fuit.
Tu le sais, ô mon Dieu, pour t'aimer sur la Terre
Je n'ai rien qu'aujourd'hui !

Je repris la suite avec lui :

Oh! je t'aime, Jésus! Vers toi mon âme aspire.
Pour un jour seulement reste mon doux appui.
Viens régner dans mon cœur, donne-moi ton sourire
Rien que pour aujourd'hui !

Le contraste entre le visage usé, érodé, du prêtre et ces mots bondissants, impatients, m'émut aux larmes. Aux derniers mots, je baissai la tête. Le prêtre forma la croix sur mon front.

— Va en paix, mon fils.

Soudain, je compris ce que j'étais venu chercher ici. Un effet d'anticipation. Une absolution, non pas pour mes fautes récentes, mais pour celles à venir…

Stéphane dit d'un ton familier – il avait compris lui aussi :

— C'est tout ce que je peux faire pour toi. Bonne chance.

II

SYLVIE

26

Je me réveillai sur une aire d'autoroute.

Hors du temps, hors de l'espace.

Dans un demi-sommeil, je consultai ma montre : quatre heures dix du matin. Je devais me trouver quelque part entre Avallon et Dijon. Aux environs de minuit, j'avais décidé de me reposer un moment sur une aire de stationnement. Résultat, quatre heures de coma sans souvenir…

Ankylosé, je sortis de la voiture. Des poids lourds dormaient sur le parking. Les arbres se tordaient violemment dans le vent polaire. Je pissai en toute rapidité puis rentrai dans l'Audi, grelottant.

J'allumai une cigarette. La première taffe m'arracha la gorge. La seconde brûla mon larynx. La troisième fut la bonne. Des lumières, au loin. Une station-service. Je tournai la clé de contact. D'abord, le plein. Ensuite, un café, en urgence.

Quelques minutes plus tard, j'étais de nouveau sur la route, révisant mentalement les informations que j'avais glanées sur ma destination. Le Doubs serpentait jusqu'à 1500 mètres d'altitude, à cheval entre la France et la Suisse. Sartuis se trouvait dans la partie haute du fleuve, au sommet d'une zone formée de paliers géologiques et creusée de petites vallées. Tout en roulant, je tentai d'imaginer ces territoires, à peine français et pas encore suisses. Un vrai no man's land.

Besançon, sous les premières lueurs du jour.

La ville était construite dans un trou, sur les vestiges d'une forteresse. À mesure qu'on descendait vers le centre, ce n'était plus que remparts, douves et créneaux, entrecoupés de jardins. Le tout évoquait un parcours d'entraînement commando, où il faut courir, grimper, sauter, s'abriter…

Je m'installai dans un café, attendant le complet lever du jour. Je dépliai mon plan de la ville, à la recherche du Tribunal de Grande Instance. En fait, c'était le bâtiment fortifié situé juste en face de moi. Ce hasard me parut de bon augure.

J'avais tort : l'édifice était en réfection. Le Parquet était provisoirement installé à l'autre bout de la ville, sur la colline de Brégille. Je repris ma route et trouvai l'endroit après une demi-heure d'errance. Le tribunal avait pris ses quartiers dans une ancienne usine de montres. Un bâtiment industriel, enfoncé dans les bois de la colline.

Sur les portes d'entrée, le logo « France Ébauche » était encore gravé. À l'intérieur, tout rappelait l'activité industrielle : les murs en ciment peint, les couloirs assez larges pour laisser passer les fenwicks, le monte-charge qui faisait office d'ascenseur. Des autocollants indiquaient le nouveau rôle de chaque pièce : permanence, greffier, cour d'appel… Je pris l'escalier et grimpai à l'étage des juges d'instruction. En croisant le bureau du substitut du procureur, je me décidai pour un petit détour, afin d'évaluer la température.

La porte était ouverte. Un jeune homme était

installé derrière un bureau, encadré par deux femmes. L'une tapait sur son clavier d'ordinateur, l'autre menait une conversation téléphonique sur haut-parleur, en prenant des notes.

— Un suicide. T'es sûr ?

Je fis signe à l'homme, qui se leva en souriant. Je me présentai sous un faux nom et une fausse profession : journaliste. Le substitut m'écouta. Il était vêtu d'un pantalon moulant en velours vert et d'une chemise couleur feuillage, qui lui donnaient un air de Peter Pan. Quand je prononçai le nom de Sylvie Simonis, son expression se figea :

— Il n'y a pas d'affaire Simonis.

Derrière lui, la greffière se penchait sur son téléphone :

— Je ne comprends pas : il s'est asphyxié lui-même ?

Je me décidai pour un coup de bluff :

— On a reçu plusieurs dépêches en juin à propos du corps de cette femme, découvert dans le parc d'un monastère. Depuis, plus rien. L'enquête est bouclée ?

Peter Pan s'agita :

— Je ne vois pas ce qui peut vous intéresser dans cette histoire.

— Les informations que nous avons reçues comportaient des contradictions.

— Des contradictions ?

— Par exemple, le corps a été identifié par les sauveteurs. Le visage était donc intact. Un autre message parle d'une décomposition avancée. Cela nous paraît impossible.

Le substitut se frotta la nuque. Dans son dos, la greffière montait le ton :

— Avec un sac plastique ? Il s'est étouffé avec un sac plastique ?

L'homme répondit, sans conviction :

— Je n'ai pas souvenir de ces détails.

— Vous connaissez au moins le juge, non ?

— Bien sûr. C'est madame Corine Magnan.

La fonctionnaire hurlait maintenant dans le téléphone :

— Les autres ? Il y avait d'autres sacs plastique ?

Malgré moi, je tendis l'oreille pour saisir la réponse du gendarme, dans le haut-parleur.

— On en a trouvé une douzaine, dit une voix grave. Tous fermés avec le même type de nœuds.

Je suggérai, par-dessus l'épaule du substitut, m'adressant à la greffière :

— Demandez-lui si la victime avait un mouchoir dans la bouche, sous le sac.

Elle me regarda, interloquée. Le temps qu'elle réagisse, le gendarme répondit :

— Il avait du coton plein la bouche. Qui parle à côté de vous ?

— Ce n'est pas un suicide, fis-je. C'est un accident.

— Qu'est-ce que vous en savez ? demanda la femme en me fixant.

— L'homme devait se masturber, poursuivis-je. La privation d'oxygène augmente le plaisir sexuel. C'est du moins ce qu'on raconte. On trouve déjà cette technique chez Sade. Votre type a dû nouer le sac sur sa tête après avoir mordu du coton, pour ne pas s'étouffer avec le plastique. Malheureusement, il n'a pas dû réussir à défaire le nœud à temps.

Un silence accueillit mes explications. La voix du haut-parleur répéta :

— Qui est à côté de vous ? Qui parle ?

— À l'autopsie, ajoutai-je, je suis sûr qu'on constatera que les vaisseaux capillaires de son sexe étaient gonflés. L'homme était en érection. Un accident. Pas un suicide. Un accident « érotique ».

Le substitut était bouche bée.

— Comment vous savez ça, vous ?

— Spécialiste des faits divers. À Paris, ça arrive tout le temps. Où est le bureau de Corine Magnan ?

Il m'indiqua la porte au fond du couloir. Quelques pas encore et je frappai. On m'ordonna d'entrer. Je découvris une femme d'une cinquantaine d'années, cernée par des boîtes de kleenex et flanquée de deux bureaux vides. Elle était rousse et tout de suite, la ressemblance avec Luc me frappa. Même peau blanche et sèche, même pigmentation de son. Sauf que sa rousseur était terne, et non flamboyante. Ses cheveux lisses, coupés au carré, avaient la couleur du fer rouillé.

— Mme Corine Magnan ?

Elle esquissa un signe de tête puis se moucha :

— Excusez-moi, dit-elle en reniflant. Il y a une épidémie de rhume dans mon service. C'est pour ça que je suis toute seule aujourd'hui. Qu'est-ce que vous voulez ?

Je risquai un pied dans le bureau et déclinai ma fausse identité.

— Journaliste ? répéta-t-elle. De Paris ? Et vous débarquez sans prévenir ?

— J'ai pris ce risque, oui.

— Gonflé. Quelle affaire vous intéresse ?

— Le meurtre de Sylvie Simonis.

Son visage se durcit. Ce n'était pas une expression de surprise, comme celle du substitut. Plutôt une attitude de défiance.

— De quel meurtre parlez-vous ?

— À vous de me le dire. À Paris, on a reçu des dépêches qui...

— Vous avez fait sept cents kilomètres pour rien. Je suis désolée. Nous ne connaissons pas la raison de la mort de Sylvie Simonis.

— Et l'autopsie ?

— Elle n'a rien donné. Ni dans un sens, ni dans un autre.

J'ignorais ce que valait Corine Magnan comme juge, mais comme menteuse, elle était nulle. Et insouciante : elle ne se donnait même pas la peine d'être crédible. Je remarquai derrière elle un grand mandala brodé, accroché au mur. La représentation symbolique de l'univers pour les bouddhistes tibétains. Il y avait aussi un petit bouddha de bronze, sur une étagère. J'insistai :

— Apparemment, le corps présentait des stades de décomposition différents.

— Oh ça... Selon notre légiste, cela n'a rien d'extraordinaire. La décomposition organique ne répond à aucune règle stricte. Dans ce domaine, tout est possible.

Je regrettai d'avoir joué au journaliste. La magistrate n'aurait jamais osé servir une telle connerie à un flic de la Criminelle. Elle se moucha une nouvelle fois puis attrapa une minuscule boîte de fer cylindrique. Elle passa ses doigts à l'intérieur puis se massa les tempes.

— Du baume du tigre, commenta-t-elle. Il n'y a que ça qui me soulage…

— De quoi est morte la femme ?

— On n'en sait rien, je vous le répète. Accident, suicide : le corps ne permet pas de trancher. Sylvie Simonis était très solitaire. L'enquête de proximité n'a rien donné non plus. (Elle s'arrêta puis me lança un regard sceptique :) Je n'ai pas compris. Dans quel journal travaillez-vous au juste ?

J'esquissai un geste de salut, avant de fermer la porte. Dans le couloir, les cimes des arbres cinglaient les fenêtres. Je m'étais préparé à une enquête difficile. Ça s'annonçait plus sévère encore.

27

Quartier Trépillot, à l'ouest de la ville.

Derrière la piscine municipale, se trouvait la division centrale de gendarmerie. Je pénétrai dans l'aire de stationnement sans problème – il n'y avait même pas de sentinelle à l'entrée. Je me rangeai entre deux Peugeot. J'aurais dû filer directement à Sartuis mais je voulais d'abord voir la tête de ceux qui avaient enquêté sur un cadavre aussi bien protégé.

Je choisis le bâtiment le plus imposant de la caserne, trouvai un escalier et montai. Pas un seul uniforme en vue. Je risquai un œil dans le couloir du premier étage et tombai sur un panneau

« Service de recherches ». Personne. Au second, nouveau panneau. COG : Centre Opérationnel de Gendarmerie.

La porte était entrouverte. Deux gendarmes sommeillaient devant un standard téléphonique surmonté d'une carte de la région. Je me présentai, usant toujours de ma fausse identité, et demandai à voir le responsable de l'enquête Simonis. Les deux hommes se regardèrent. Un des deux s'éclipsa sans un mot.

Cinq minutes plus tard, il revint pour me guider jusqu'au troisième étage, dans une petite pièce plutôt spartiate. Murs blancs, chaises de bois, table en Formica.

J'eus à peine le temps de jeter un regard par la fenêtre qu'un grand type filiforme apparut dans l'encadrement de la porte, un gobelet de polystyrène dans chaque main. L'odeur du café se répandit dans la pièce. Il ne portait ni képi, ni uniforme. Seulement une chemise bleu ciel, col ouvert, frappée de galons aux épaules.

Sans un mot, il posa un gobelet de mon côté, à l'extrémité de la table, puis alla s'asseoir à l'autre bout. Cette attitude était un ordre : je m'assis sans broncher.

L'officier me détaillait. Je l'observai en retour. Trente ans à peine et pourtant, j'en étais certain, responsable de l'enquête Simonis. Une force de détermination émanait de toute sa personne. Ses cheveux très courts lui enveloppaient le crâne comme une cagoule noire. Ses yeux sombres, trop rapprochés du nez, brillaient intensément sous les gros sourcils.

— Capitaine Stéphane Sarrazin, dit-il enfin. Corine Magnan m'a téléphoné.

Il parlait trop vite, de travers, effleurant à peine les syllabes. J'attaquai ma présentation fictive :

— Je suis journaliste à Paris et…

— À qui vous voulez faire croire ça ?

Ma nuque se raidit.

— Vous êtes de la Crime, non ?

— Je ne suis pas en mission officielle, admis-je.

— On a déjà vérifié. Que savez-vous sur Sylvie Simonis ?

Ma gorge s'asséchait à chaque seconde :

— Rien. Je n'ai lu que deux articles. Dans *L'Est républicain* et *Le Courrier du Jura*.

— Pourquoi cette affaire vous intéresse ?

— Elle intéressait un de mes collègues : Luc Soubeyras.

— Connais pas.

— Il s'est suicidé. Il est actuellement dans le coma. C'était un ami. Je cherche à savoir ce qu'il avait en tête au moment de sa… décision.

J'attrapai dans ma poche le portrait de Luc et le fis glisser sur la table.

— Jamais vu, fit-il après un bref regard. Vous vous gourez. Si votre ami était venu fouiner sur l'affaire, il aurait croisé ma route. Je dirige le groupe de recherche.

Les pupilles noires étaient dures, obstinées, prêtes à me percer le crâne. Il reprit :

— Pourquoi il se serait intéressé à cette histoire ?

Je n'osai pas répondre : « Parce qu'il était passionné par le diable. »

— À cause du mystère.

— Quel mystère ?

— L'origine de la mort. La décomposition anormale.

— Vous mentez. Vous n'avez pas fait ce voyage pour des histoires d'asticots.

— Je vous jure que je ne sais rien d'autre.

— Vous ne savez pas *qui* est Sylvie Simonis?

— Je ne sais rien. Et je suis là pour apprendre.

L'officier prit son gobelet et souffla dessus. Un bref instant, je crus qu'il allait livrer une information mais j'avais tort

— Je vais être clair, fit-il. J'ai votre nom, celui de votre divisionnaire, tout. Grâce à votre immat. Si vous partez maintenant, je ne toucherai pas au téléphone. Si j'apprends que vous traînez encore ici demain... Bonjour les dégâts!

Je pris le temps de boire mon café. Il était sans goût, sans réalité. À l'image de ce rendez-vous : une supercherie. Je me levai et me dirigeai vers la porte. Le gendarme répéta dans mon dos :

— Vous avez la journée. Ça vous donne le temps de visiter le fort Vauban.

Je filai vers le centre-ville, où se trouvait le bureau de l'AFP. Aux abords de la place Pasteur, j'abandonnai ma voiture pour pénétrer dans un quartier piétonnier. Je dénichai l'agence – une mansarde perchée au sommet d'un immeuble à l'architecture traditionnelle. Joël Shapiro savoura mon histoire :

— Ils ont dû vous recevoir!

C'était un jeune homme déjà chauve, au crâne cerné de boucles, à la manière d'une couronne de laurier. En manière de rappel, il portait un petit bouc sous le menton. Je continuai à le tutoyer :

— Pourquoi cette attitude, à ton avis?

214

— Le black-out. Ils ne veulent rien dire.

— De ton côté, ces derniers mois, tu n'as rien appris?

Il piocha à pleines mains dans une boîte de corn-flakes – le petit déjeuner des champions :

— Que dalle. Le verrou est mis, croyez-moi. Et je suis mal placé pour récolter quoi que ce soit.

— Pourquoi?

— Je suis pas d'ici. Dans le Jura, on lave son linge sale en famille.

— Cela fait longtemps que tu es installé ici?

— Six mois. J'avais demandé l'Irak. J'ai eu Bezak!

— Bezak?

— C'est comme ça qu'on appelle Besançon ici.

— Sarrazin a évoqué la personnalité à part de la victime. Sylvie Simonis.

— Ici, c'est le gros truc.

— L'histoire de l'infanticide?

— Holà, pas si vite! Rien n'a jamais été prouvé. Loin de là. Il y a eu trois autres suspects. Tout ça pour obtenir un beau zéro.

— On n'a jamais identifié l'assassin?

— Jamais. Et voilà que Sylvie Simonis meurt dans des conditions mystérieuses. Vous imaginez la même histoire avec Christine Villemin? Qu'on apprenne qu'elle a été tuée?

— Corine Magnan m'a dit que le meurtre n'était même pas confirmé.

— Tu parles! Ils ont mis le couvercle dessus, c'est tout.

Je considérai les rayonnages sous le toit mansardé, bourrés de dossiers gris et de boîtes de photos.

215

— Tu as des articles, des photos de l'époque? Je veux dire, 1988.

— Nada. Tout ce qui date de plus de dix ans retourne aux archives du siège, à Paris.

— En juin, tu n'as pas tout fait revenir?

— Si, mais j'ai tout renvoyé. D'ailleurs, on n'avait pas grand-chose.

— Revenons à Sylvie Simonis. Tu as des clichés du corps?

— Rien.

— Sur les anomalies du cadavre, qu'est-ce que tu sais?

— Des rumeurs. Il paraît que, par endroits, il était décomposé jusqu'à l'os. En revanche, le visage était intact.

— Tu n'as rien appris de plus?

— J'ai interrogé Valleret, le médecin légiste de Besançon. Selon lui, ce genre de phénomène n'est pas rare. Il m'a cité des exemples de corps non corrompus, après des années, notamment ceux de saints canonisés.

— Il arrive qu'un cadavre ne se décompose pas. Jamais qu'il se décompose à moitié.

— Il faudrait en parler avec Valleret. Un crack. Il vient de Paris mais il a eu des ennuis là-bas.

— Quel genre d'ennuis?

— Sais pas.

Je changeai de cap :

— J'ai entendu dire que le crime était sataniste. Tu sais quelque chose à ce sujet?

— Non. Jamais entendu parler de ça.

— Et le monastère?

— Notre-Dame-de-Bienfaisance? Il n'est plus en

activité. Je veux dire : il n'y a plus de moines ni de sœurs là-bas. C'est une sorte de halte, de refuge. Des missionnaires viennent s'y reposer. Des personnes en deuil aussi.

Je me levai :

— Je vais faire un tour à Sartuis.

— Je viens avec vous !

— Si tu veux te rendre utile, dis-je, retourne au TGI. Vois si ma visite a fait des vagues.

Il parut déçu. Je lui offris un os :

— Je t'appellerai plus tard.

En guise de conclusion, je lui présentai la photo de Luc.

— Tu as déjà vu cet homme ?

— Non. Qui c'est ?

À croire que Luc avait évité Besançon. Sans répondre, je me dirigeai vers la porte :

— Dernière question, fis-je sur le seuil. Tu connais des journalistes locaux à Sartuis ?

— Bien sûr. Jean-Claude Chopard, du *Courrier du Jura*. Un spécialiste de la première affaire. Il voulait même écrire un bouquin.

— Tu crois qu'il me parlera ?

— À côté de lui, j'ai fait vœu de silence !

28

— Un médecin légiste du nom de Valleret ? Jamais entendu parler.

Je filai dans la direction du sud-ouest, vers le

quartier de Planoise, où se situe l'hôpital Jean-Minjoz. Je venais d'appeler Svendsen. Il connaissait tous les grands légistes de France et même d'Europe. Il était impossible qu'il n'ait pas entendu parler d'un spécialiste, un « crack » de Paris. Shapiro avait aussi parlé « d'ennuis ». Peut-être que Valleret exerçait une autre spécialité dans la capitale ? La médecine légale était parfois une planque pour ceux qui fuyaient les vivants.

— À Jean-Minjoz, à Besançon. Tu peux te renseigner ? Je crois qu'il a eu des problèmes à Paris.

— Un cadavre dans le placard, peut-être ?

— Très drôle. Tu t'y mets ou non ? C'est urgent.

Svendsen ricana :

— Ne prends aucun appel, ma poule.

Je fermai mon cellulaire et pénétrai dans le parking du campus. L'hôpital était un bâtiment de béton lugubre, strié de fenêtres étroites, datant sans doute des années cinquante. Des banderoles flottaient au premier étage : « NON À L'ASPHYXIE ! », « DES SUBVENTIONS, PAS DES COMPRESSIONS ! »

Tapotant mon volant, j'allumai une cigarette. Je comptais les minutes. Je devais faire vite : le capitaine Sarrazin n'allait pas me lâcher comme ça. Non seulement il me suivrait à la trace mais je comptais sur lui pour précéder mes faits et gestes. Peut-être même avait-il déjà appelé Valleret… La sonnerie de mon portable me fit sursauter.

— Ton mec, il a plutôt intérêt à se limiter aux cadavres.

Je regardai ma montre. Svendsen avait mis moins de six minutes pour trouver.

— Au départ, c'est un chirurgien orthopédiste.

218

Un cador, paraît-il. Mais il a fait une dépression. Il s'est mis à déconner. Une intervention a mal tourné.

— C'est-à-dire ?

— Un môme. Une infection. Valleret s'est endormi sur son bistouri et a entaillé un muscle. Depuis, le gamin boite.

— Comment a-t-il pu s'endormir ?

— Il picolait et abusait des anxiolytiques. Pas fameux pour opérer…

— Que s'est-il passé ensuite ?

— Les parents ont porté plainte. La clinique a couvert Valleret mais il a dû prendre le maquis. Il a suivi une formation de légiste et le revoilà à Besançon. Divorcé, sans un rond, toujours défoncé aux pilules. Encore un qui a choisi la médecine légale comme purgatoire. Pourtant, la médecine des morts est l'art le plus noble, car elle soigne l'âme des vivants et…

Je coupai l'élan lyrique :

— Le nom de la clinique ? La date ?

— Clinique d'Albert. 1999. Les Ulis.

Je remerciai Svendsen.

— Je veux surtout un rapport détaillé de l'affaire, rétorqua-t-il. Je suis sûr que tu es sur un coup d'enfer. C'est dans ton intérêt. Valleret n'aura pas pigé la moitié du cadavre. On est né ou non pour le langage des morts. Moi, je…

— Je te rappelle.

Je traversai le parvis au pas de course. Au-dessus du portail, une banderole prévenait : « VOTRE SANTÉ N'EST PAS UN OTAGE ! » La morgue était au niveau – 3. Je m'orientai vers les ascenseurs, sans un regard pour le groupe d'infirmières en grève qui faisaient un sit-in.

Au sous-sol, la température baissa d'une bonne dizaine de degrés. Le couloir était désert, sans la moindre signalisation. À l'instinct, je me dirigeai vers la droite. Au plafond, des tuyaux noirs couraient; le long des murs, des pans de béton apparaissaient, nus et glauques. Une soufflerie bourdonnait.

Quelques pas encore puis, à gauche, une petite salle neutre. Des sièges, une table basse. En face, deux portes battantes à hublot. Sur l'un des murs, une grande photographie de prairie. Elle tentait d'égayer l'atmosphère mais la lutte était vaine. Un mélange d'odeurs d'antiseptiques, de café et d'eau de javel planait. Je songeai aux vestiaires d'une piscine, dont les baigneurs seraient des cadavres.

Un brancard à roulettes jaillit des portes. Un infirmier costaud était penché sur la civière. Il avait des cheveux de Viking, noués en queue de cheval, et portait un tablier de plastique.

— Vous désirez, monsieur?

La voix était douce, contrastant avec l'allure de barbare. Un assistant qui avait l'habitude de parler à des familles en deuil.

— Je voudrais voir le docteur Valleret.

— Le docteur ne reçoit pas. Je…

En guise de point sur les « i », je brandis ma carte. Les portes se rabattirent en sens inverse, laissant le brancard abandonné. Quelques secondes plus tard, un grand type voûté apparut, clope au bec. Son regard était chargé de méfiance.

— Qui êtes-vous? Je ne vous connais pas.

— Commandant Durey, Brigade Criminelle, Paris. Je m'intéresse à l'affaire Simonis.

Il s'appuya contre l'arête de la porte et stoppa son va-et-vient.

— Les gendarmes sont au courant ?

Je m'approchai sans répondre. Il était presque aussi grand que moi. Sa blouse ouverte était tachée et il avait une curieuse façon de saisir sa cigarette, près des lèvres, en se voilant la moitié du visage. Jusqu'ici, les bobards ne m'avaient pas porté chance. Je la jouai franco :

— Docteur, je n'ai aucune autorité sur ce territoire. La juge Magnan m'a viré et le capitaine Sarrazin m'a carrément menacé. Pourtant, je ne quitterai pas cette ville avant d'en savoir davantage sur le corps de Sylvie Simonis.

— Pourquoi ?

— Cette affaire passionnait un ami à moi. Un collègue.

— Comment s'appelle-t-il ?

— Luc Soubeyras.

— Jamais entendu ce nom.

Valleret baissa sa main. Même à découvert, ses traits paraissaient fuyants, dissimulés. Un visage en cavale, pensai-je. Je repris :

— Je peux vous poser quelques questions ?

— Non, évidemment. La porte est derrière vous.

— Je me suis renseigné sur vous. Clinique d'Albert. 1999.

— Ah bon ? fit-il en souriant. Vous voulez effrayer mes patients ?

— Besançon est une petite ville. Votre image pourrait en prendre un coup si je…

Il éclata de rire :

— Mon image ? (Il écrasa sa cigarette sur le sol.) Vous manquez de flair, mon vieux.

Son rire s'éteignit. Il parut réfléchir, presque rêveur :

— Mon image ? Cela fait longtemps que je n'ai pas considéré cette notion…

Un coup d'instinct : ce type jouait au cynique désespéré mais il était encore à fleur de peau. Peut-être que la pure franchise pouvait le toucher, faire sauter un verrou :

— Luc Soubeyras est mon meilleur ami, dis-je un ton plus haut. Il est actuellement dans le coma, après avoir tenté de se suicider. Il était catholique et son acte est doublement incompréhensible. Ces derniers mois, il enquêtait sur l'affaire Simonis. C'est peut-être ce dossier qui l'a poussé au désespoir.

— Il y aurait de quoi.

Je tressaillis. C'était la première fois qu'on apportait du crédit à mon idée « d'affaire qui tue ». Valleret se redressa. Il allait parler, mais je devais encore le pousser un peu – juste une chiquenaude.

— Selon vous, Sylvie Simonis s'est suicidée ?

— Suicidée ? (Il me lança un regard de biais.) Non. Je ne pense pas qu'elle aurait pu s'infliger ce qu'elle a subi.

— C'est donc un meurtre ?

D'un geste, il poussa la porte et me fit signe de passer :

— Le plus fou, le plus raffiné jamais commis au monde.

29

Dix clichés étaient disposés sur la surface d'acier poli.

Perpendiculaires à la rigole centrale de la table de dissection.

Valleret avait dit :

— Je veux que vous sachiez de quoi nous parlons. Exactement.

Je n'étais déjà plus sûr de vouloir savoir. Les images racontaient, l'une après l'autre, la genèse d'une décomposition humaine. Le premier tirage était un plan d'ensemble. Une clairière en pente, circonscrite par des sapins, s'ouvrant sur une falaise. Une femme nue était roulée sur le côté, de dos, comme si elle dormait. Le corps avait l'aspect d'un pantin désarticulé, construit à l'aide de fragments disparates. La tête, rentrée dans les épaules, et le buste, arc-bouté, présentaient des proportions normales mais les hanches et les jambes ne cessaient de s'amenuiser jusqu'aux os des pieds, comme la queue d'une sirène de cauchemar.

Le second cliché était un gros plan des tarses et métatarses joints seulement par des filaments de chair noircie. Le troisième s'arrêtait sur les cuisses, verdâtres, parcheminées. Sur le quatrième, les hanches et le sexe grouillaient de vers, soulevant des plaques de pupes et de fibres. Puis le ventre, putride, violacé, gonflé, animé lui aussi par les profanateurs…

On remontait ainsi, de photo en photo, jusqu'au buste, moins rongé, quoique creusé par le travail des larves, et aux épaules, seulement marbrées. La tête, enfin, était intacte, mais terrifiante dans la souffrance qu'elle traduisait. Le visage n'était qu'une bouche, grande ouverte, figée sur un cri d'éternité.

— Tout ce que vous voyez est l'œuvre du tueur, dit Valleret, de l'autre côté de la table. Ce cadavre présente tous les stades de décomposition. Simultanément. Des pieds à la tête, on peut remonter le processus de la putréfaction.

— Comment c'est possible ?

— Ce n'est pas possible. Le tueur a organisé l'impossible.

« Comme si la femme était morte plusieurs fois », avait dit Shapiro. Ce pourrissement par étapes était donc le fruit d'un travail, d'un soin particulier...

— Au début, reprit le toubib, quand les pompiers et les gars du SAMU ont découvert le corps, ils ont pensé que les conditions météorologiques avaient favorisé ces différences. C'est ce que j'ai raconté moi aussi, pour calmer les esprits. Mais vous le savez sans doute, ce sont des conneries. Dans des conditions ordinaires, une décomposition totale n'intervient qu'au bout de trois années. Comment, en moins d'une semaine, la partie inférieure avait-elle pu se dégrader à ce point ? Le tueur a provoqué ce phénomène. Il a conçu et créé chaque stade de la dégénérescence.

Je baissai encore les yeux sur les clichés pendant que Valleret récitait, à mi-voix :

Le soleil rayonnait sur cette pourriture,
Comme afin de la cuire à point,
Et de rendre au centuple à la grande nature
Tout ce qu'ensemble elle avait joint.

Un médecin légiste poète! Il faisait la paire avec Svendsen. Je connaissais ces rimes. *Une charogne* de Charles Baudelaire.

— Dès que j'ai vu le corps, j'ai songé à cette strophe, commenta-t-il. Il y a une dimension artistique dans ce carnage. Un parti pris esthétique, un peu comme dans ces toiles cubistes qui exposent, en un seul plan, tous les angles d'un objet.

— Comment? Comment a-t-il fait?

Le médecin contourna la table et se plaça à mes côtés.

— Depuis le mois de juin, ce cadavre ne quitte pas mes pensées. Je tente d'imaginer les techniques du tueur. Selon moi, pour les parties les plus abîmées, il a utilisé des acides. Plus haut, il a injecté des produits chimiques sous la peau, dans les muscles, pour obtenir l'aspect parcheminé. Ces différents états impliquent aussi un traitement particulier des températures et de la lumière. La chaleur accélère les processus organiques…

— Le corps a donc été amené plus tard dans la clairière?

— Bien sûr. Tout a été fait dans une pièce close. Peut-être même un laboratoire.

— Vous pensez que le meurtrier a une formation de chimiste?

— Aucun doute. Et il a accès à des produits très dangereux.

Le légiste saisit une photo, puis une autre, qu'il plaça au-dessus de la série:

— Prenons des exemples. Ici, les hanches et le sexe, en plein jus: lorsque la mort remonte de six à douze mois, les humeurs apparaissent alors et les chairs se résolvent en fluides. Là, le haut de l'abdomen en est au stade des gaz : fermentation ammoniacale, évaporation des liquides sanieux. Tout cela a été suscité, retenu, contrôlé... Le dément est un vrai chef d'orchestre.

Je tentai d'imaginer le tueur à l'œuvre. Je ne vis rien. Une ombre peut-être, masque sur le visage, penchée sur sa victime dans une salle d'opération, utilisant des seringues, des applications, des instruments inconnus. Valleret continuait :

— À cet égard, il y a quelque chose de curieux... J'ai trouvé, dans la cage thoracique, un lichen qui n'avait rien à faire là. Je veux dire rien à voir avec la décomposition. Un truc étranger qu'il a injecté, sous les côtes.

— Quel genre de lichen ?

— Je ne connais pas son nom, mais il a une particularité : il est luminescent. Quand les sauveteurs ont découvert le corps, la poitrine brillait encore de l'intérieur. Selon les gars du SAMU, une vraie citrouille d'Halloween, avec une bougie dedans.

Une question résonnait au fond de mon cerveau : pourquoi ? Pourquoi une telle complexité dans la préparation du corps ?

— D'autres parties sont plus « simples », continua le légiste. Les épaules et les bras étaient juste atteints de *rigor mortis*, qui intervient environ sept heures après le trépas et se dissipe, selon les cas, en plusieurs jours. Quant à la tête...

— La tête ?

— Elle était encore tiède.

— Comment a-t-il pu obtenir ce prodige ?

— Rien d'exceptionnel. Quand on l'a découverte, la femme venait de mourir, c'est tout.

— Vous voulez dire…

— Que Sylvie Simonis était encore vivante quand elle a subi les autres traitements, oui. Elle est morte de souffrance. Je ne pourrais pas dire quand exactement, mais au bout du supplice, c'est sûr. L'état de fraîcheur du visage en témoigne. J'ai découvert, dans ce qui restait du foie et de l'estomac, des traces de lésions de gastrite et d'ulcères duodénaux qui démontrent un stress intense. Sylvie Simonis a agonisé des jours entiers.

Ma tête bourdonnait. Ma propre angoisse compressait mon crâne. Valleret ajouta :

— Si je voulais risquer une image, je dirais qu'il l'a tuée… avec les instruments mêmes de la mort. Il n'a rien oublié. Pas même les insectes.

— C'est lui qui a placé les bestioles ?

— Il les a injectées, oui, dans les plaies, sous la peau. Il a choisi, pour chaque étape, les spécimens nécrophages qui correspondaient. Mouches sarcophages, vers, acariens, coléoptères, papillons… Toutes les escouades de la mort étaient là, déclinées en une chronologie parfaite.

— Ça signifie qu'il élève ces insectes ?

— Aucun doute là-dessus.

Sous la rumeur de mon crâne, des points précis se détachaient : un chimiste, un laboratoire, un centre d'élevage… De vraies pistes pour traquer le salopard.

— Il y a dans la région un des meilleurs entomologistes d'Europe, un spécialiste de ces insectes. Il m'a aidé pour l'autopsie.

Valleret inscrivit des coordonnées sur une de ses cartes. « Mathias Plinkh », suivi d'une adresse détaillée.

— Il possède un élevage, lui aussi ?

— C'est la base de son activité.

— Il pourrait être suspect ?

— Vous ne perdez pas le nord, vous. Allez le voir. Vous vous ferez une idée. Pour moi, il est bizarre, mais pas dangereux. Son écloserie est près du mont d'Uziers, sur la route de Sartuis.

Je baissai à nouveau les yeux sur les gros plans, me forçant à les détailler. Chairs boursouflées par les gaz. Plaies crevées pleines de mouches. Vers blancs suçant les muscles roses... Malgré le froid, je transpirais à grosses gouttes. Je demandai :

— Vous avez noté d'autres traces de violences ?

— Vous n'avez pas votre compte ?

— Je parle d'un autre type de violences. Des signes de coups, de brutalité commises lors de l'enlèvement par exemple.

— Il y a la marque des liens, bien sûr, mais surtout les morsures.

— Des morsures ?

Le médecin hésita. J'essuyai la sueur qui piquait mes paupières.

— Ni humaines, ni animales. D'après mes observations, la « chose » qui lui a fait ça dispose de très nombreuses dents. Des crocs plutôt, désordonnés, inversés. Comme si... Comme si ces dents n'étaient pas plantées dans le même sens. Une espèce de mâchoire surgie du chaos.

Une image jaillit dans ma tête. Pazuzu, le démon assyrien de l'iconographie de Luc. La créature à

queue de scorpion s'agitant dans la salle d'opération, sa gueule de chauve-souris penchée sur le
corps. J'entendais son grognement rauque. Les
bruits de succion, de chairs déchirées. Le diable. Le
diable incarné, en flagrant délit de meurtre…

Valleret vint à mon secours :

— Tout ce que je peux imaginer, c'est un gourdin
tapissé de dents d'animal. Hyène ou fauve. En tout
cas une arme dotée d'un manche. Il aurait frappé
avec ça le corps de Sylvie Simonis en différents
endroits – bras, gorge, flancs. Mais il y a le problème
des marques de mâchoires, bien ajustées. Et pourquoi cette torture spécifique ? Ça ne colle pas avec
le reste. Je… (Il m'observa tout à coup.) Ça va, mon
vieux ? Vous n'avez pas l'air dans votre assiette.

— Ça va.

— Vous voulez qu'on aille boire un café ?

— Non. Vraiment, merci.

J'enchaînai sur des questions de flic, bien terre à
terre, pour retrouver mon sang-froid :

— Autour du corps, on a relevé des traces ?

— Non. On a dû déposer le corps dans la nuit
mais la pluie matinale a tout effacé.

— Vous savez où est située la scène de crime,
par rapport au monastère ?

— J'ai vu des photos, oui. En haut d'une falaise,
au-dessus de l'abbaye. Le corps surplombait le cloître, comme un affront. Une provocation.

— On m'a parlé d'un crime sataniste. Y avait-il
des signes, des symboles sur le corps ou autour de
lui ?

— Je ne suis pas au courant.

— Sur le tueur lui-même, qu'est-ce que vous pouvez me dire?

— Techniquement, son profil est précis. Un chimiste. Un botaniste. Un entomologiste. Il connaît bien le corps humain. Peut-être même un médecin légiste! C'est un embaumeur. Mais un embaumeur à l'envers. Il ne préserve pas. Il accélère la décomposition. Il l'orchestre, joue avec... C'est un artiste. Et un homme qui prépare son coup depuis des années.

— Vous avez dit tout ça aux gendarmes?

— Bien sûr.

— Ils ont avancé sur des pistes précises?

— Je n'ai pas l'impression qu'ils fassent des étincelles. Mais la juge et le capitaine de gendarmerie jouent la discrétion totale. Peut-être tiennent-ils quelque chose...

Je revis Corine Magnan avec son baume du tigre et le capitaine Sarrazin, avalant ses mots. Que pouvaient-ils faire contre un tel crime? Je pris une autre direction:

— Voyez-vous un lien avec le meurtre de la fille Simonis, en 1988?

— Je ne connais pas très bien la première affaire. Mais il n'y a aucun point commun. La petite Manon a été noyée dans un puits. C'est horrible, mais rien à voir avec le raffinement de l'exécution de Sylvie.

— Pourquoi « exécution »?

Il haussa les épaules sans répondre. Durant son exposé, il avait monté le ton et gagné une certaine assurance. Maintenant, il reprenait sa position voûtée. Il se glissait à nouveau dans sa peau d'épave oubliée. J'insistai:

— Quel but poursuit-il à votre avis ?

Il y eut un long silence. Valleret cherchait ses mots :

— C'est un prince des ténèbres. Un orfèvre du mal, qui agit pour l'amour du raffinement. Je ne suis pas sûr qu'il éprouve une quelconque jouissance. D'ordre sexuel, je veux dire. Je vous le répète : un artiste. Avec des pulsions... abstraites.

Je n'obtiendrais rien de plus. En conclusion, je demandai :

— Auriez-vous une copie de votre rapport d'autopsie ?

— Attendez-moi là.

— Avez-vous conservé aussi des échantillons du lichen ?

— J'en ai plusieurs, oui. Sous vide.

Il disparut par les portes battantes. Quelques secondes plus tard, il me fourrait entre les mains un dossier de toile écrue.

— La totale, dit-il. Mon rapport, les constates des gendarmes, les photos prises sur place, le bulletin météo, tout. J'ai ajouté aussi deux sachets de lichen.

— Merci.

— Ne me remerciez pas. Je vous refile le bébé, mon vieux. Un cadeau empoisonné. Pendant des années, j'ai été obsédé par l'accident qui a brisé ma vie, en bloc opératoire. Depuis cette autopsie, je n'entends plus que les hurlements de la femme rongée par les vers. (Il eut un sourire amer.) Un clou chasse l'autre, quelle que soit la pourriture de la planche.

Je retrouvai le monde de la surface avec soulagement. Quand je traversai le parvis de l'hôpital, dans la lumière de midi, mon malaise recula. Pourtant, en actionnant ma télécommande de voiture, mon geste se figea.

L'image du démon venait de jaillir, mordant à pleines dents les chairs de Sylvie Simonis, entouré d'un nuage de mouches, sur fond de chiens hurlants. Un souvenir, hérité de mes cours de théologie, me revint en tête.

Belzébuth provenait de l'hébreu Beelzeboul.

Lui-même dérivé du nom philistin Beel Zebub.

Le Seigneur des Mouches.

30

À la sortie de la ville, je plongeai sous des bouillonnements de feuilles jaunes et ocre. Selon les essences d'arbres, je franchissais des flaques de thé, des feuilles d'or, des toasts brûlés. Toute une palette de tons assourdis, et pourtant intenses.

J'avais pris le temps d'acheter un guide et des cartes de chaque département de la Franche-Comté. Je m'engageai sur la nationale 57 et pris la direction de Pontarlier-Lausanne, plein sud, vers la région du haut Doubs et la frontière suisse.

Avec l'altitude, les tons d'automne reculaient maintenant au profit du grand vert sombre des sapins. Le paysage sortait d'une publicité pour le chocolat Milka. Pentes verdoyantes, villages aux clochers en forme d'oignons, granges au pignon coupé, dont les longs toits polygonaux rappelaient des pliages de papier kraft. Le tableau était parfait. Même les vaches portaient des cloches de bronze.

Un panneau : Saint-Gorgon-Main. J'abandonnai la nationale pour emprunter la D41. Les sommets du Jura se rapprochaient. La route rectiligne, bordée de sapins et de terre rouge, rappelait les landes interminables du sud-ouest de la France. Je longeai ces remparts jusqu'à prendre la direction du calvaire d'Uziers. Selon mon plan, Mathias Plinkh, l'entomologiste, vivait dans les environs.

Bientôt, les virages se resserrèrent, s'ouvrant parfois sur les plaines, au fond de la vallée. Enfin, la croix apparut. Puis une pancarte de bois annonça : « Ferme Plinkh, musée d'entomologie, expertise en thanatologie, élevage d'insectes ».

La nouvelle route serpentait parmi les collines. Soudain, une demeure apparut, comme glissée entre les coteaux sombres. Une bâtisse moderne, à un étage, en forme de L. Alternant le bois et la pierre, elle rappelait certaines villes des Bahamas, très plates, percées de longues baies vitrées et entourées par un deck. Les deux parties du L offraient deux styles différents : d'un côté, de nombreuses vitres ; de l'autre, une façade aveugle, égrenant seulement quelques lucarnes. L'aile d'habitation et l'écomusée.

Un vieux flic, que j'étais censé suivre à mes débuts et que j'avais en réalité traîné comme un boulet, disait toujours : « Une enquête, c'est simple comme un coup de sonnette. » On allait voir ça. Je me garai et appuyai sur l'interphone. Au bout d'une minute, une voix grave, à l'accent nordique, retentit. Je me présentai, sans faire de mystère. « Entrez dans la première salle : j'arrive. Et admirez les planches ! »

En pénétrant dans le grand carré blanc du hall, je compris que Plinkh parlait d'une série d'esquisses scientifiques, peintes à la main, exposées sur les murs. Mouches, coléoptères, papillons : la précision du trait rappelait celle des aquarelles chinoises ou japonaises.

— Les premières planches de Pierre Mégnin sur les insectes nécrophages. 1888. L'inventeur de l'entomologie criminelle.

Je me tournai vers la voix et découvris un géant serré dans une veste noire à col mao. Cheveux gris, regard vert, bras croisés : un gourou New Age. Je tendis la main. Il joignit ses paumes, à la manière bouddhiste. Puis il ferma les yeux, avec une onctuosité toute féline. Son attitude sentait le calcul, l'artifice. Il rouvrit les paupières et désigna la droite :

— Par ici la visite…

Une nouvelle pièce, tout aussi blanche. D'autres cadres suspendus, abritant cette fois des insectes épinglés. Des bataillons de même famille, déclinant les tailles et les couleurs de leurs pedigrees respectifs.

— J'ai regroupé ici les principaux groupes. Les fameux « escadrons de la mort ». Cette salle a un succès fou. Les gamins adorent ça ! Parlez-leur d'insectes et d'écosystème : ils bayent aux corneilles. Expliquez-leur qu'il y a des cadavres dans l'affaire, ils vous écoutent religieusement !

Il s'approcha d'un cadre contenant des rangées de mouches bleuâtres :

— Les célèbres *Sarcophagidae*. Elles rappliquent

au bout de trois mois environ. Capables de flairer un cadavre à trente kilomètres. Lorsque j'étais au Kosovo, en qualité d'expert, nous retrouvions les charniers rien qu'en les suivant...

— Monsieur Plinkh...

Il s'arrêta devant une série de châssis plus profonds, tapissés de papier journal :

— J'ai regroupé ici quelques cas d'école. Des faits divers où les insectes ont permis de confondre le criminel. Vous noterez l'astuce : chaque boîte est décorée avec les coupures de presse traitant de l'affaire.

— Monsieur Plinkh...

Il fit encore un pas :

— Voilà des spécimens exceptionnels, datant de la Préhistoire. Des vestiges que nous avons retrouvés dans les dépouilles congelées de mammouths. Savez-vous que l'exosquelette d'une mouche est absolument indestructible ?

Je haussai la voix :

— Monsieur, je suis venu vous parler de Sylvie Simonis.

Il stoppa net, baissant lentement les paupières. Lorsqu'il eut les yeux clos, un sourire vint jouer sur ses lèvres :

— Un chef-d'œuvre. (Il joignit de nouveau ses paumes.) Un pur chef-d'œuvre.

— Il s'agit d'une femme qui a souffert un martyre atroce. D'un fou qui l'a torturée pendant une semaine.

Il ouvrit les yeux en un déclic, façon hibou. Il avait des yeux de Russe, iris très clair, prunelle très noire. Il avait l'air sincèrement étonné :

— Je ne vous parle pas de ça. Je vous parle de la distribution. La répartition des espèces sur le corps. Pas un insecte ne manquait! Les mouches *Callipho-ridae*, qui arrivent juste après la mort, les *Sarco-phagidae*, qui s'installent ensuite, au moment de la fermentation butyrique, les mouches *Piophilidae* et les coléoptères *Necrobia rufipes* qui viennent après huit mois, quand les liquides sanieux s'évaporent... Tout était en ordre. Un chef-d'œuvre.

— Je cherche à imaginer sa méthode.

La tête grise tourna sur son pivot. L'effet de rotation était encore accentué par le col mao :

— Sa méthode? répéta-t-il. Venez avec moi.

Je suivis le gourou dans un couloir tapissé de bois de pin. Après une porte coupe-feu, calfeutrée avec de la ouate, nous pénétrâmes dans une grande pièce d'un seul tenant, plongée dans un demi-jour, dont les deux murs latéraux étaient couverts de cages voilées de gaze. Il régnait ici une atmosphère de vivarium. La chaleur était étouffante. On percevait une odeur de viande crue et de produits chimiques.

Au centre de la salle, une paillasse blanche supportait une botte rectangulaire, dissimulée sous un drap. Je redoutais le pire.

Plinkh s'approcha du comptoir.

— L'assassin est comme moi. Il nourrit ses insectes. Il leur donne à chacun l'organisme en mutation qui leur convient...

Il arracha la toile. Un aquarium apparut. Je ne dis-tinguai d'abord qu'une masse dans un tourbillon de mouches. Puis je crus voir une tête humaine, grouillante de vers. Je me trompais : simplement un gros rongeur, bien entamé.

— Il n'y a pas trente-six solutions. Vous devez entretenir l'écosystème de chaque espèce, c'est-à-dire la putréfaction qui lui correspond.

— Où... vous fournissez-vous ?

— Ma foi, dans les fermes, chez les chasseurs... J'achète des lapins, la plupart du temps. Une fois qu'une espèce s'est nourrie, il n'y a plus qu'à donner la charogne à la famille suivante et ainsi de suite...

— Je peux fumer ? demandai-je.

— Je préfère vous dire non.

Je laissai mon paquet au fond de ma poche. Je repris :

— Je m'interrogeais sur le transport de Sylvie Simonis. À votre avis, comment s'y est-il pris ? Le transfert a dû bousculer sa mise en scène ?

— Non. Il a certainement glissé le cadavre dans une housse plastique puis l'a libéré sur le promontoire.

— Et les insectes ? Ils auraient dû s'échapper ou mourir, non ?

Plinkh éclata de rire :

— Mais le cadavre avait des réserves ! Des milliers d'œufs qui respectent un certain temps d'incubation. Des larves qui ont une durée de vie précise. Quant aux mouches, elles ont sans doute repris leur liberté, bien sûr, mais sans s'éloigner. Elles avaient toujours faim, vous comprenez ? Du reste, vous n'avez pas tout à fait tort : le corps, ce matin-là, n'était pas là depuis longtemps. C'est une certitude.

— Pourquoi ?

— Ces prédateurs ne font pas bon ménage. Ils ne cohabitent jamais puisqu'ils sont attirés par un stade

237

de décomposition différent. S'ils se croisent, ils s'entre-dévorent. Dans la mesure où tout le monde était là, je dirais que le cadavre a été déposé quelques heures seulement avant sa découverte.

— Cela pourrait signifier que le meurtrier vit dans la région ?

— Mais il vit dans la région.

— Qu'en savez-vous ?

— Je possède un indice.

— Quel indice ?

Plinkh sourit. Tout cela paraissait follement l'amuser. Ce mec-là n'avait pas toute sa tête, j'étais pressé d'en finir.

— Quand j'ai étudié le corps, j'ai opéré de nombreux prélèvements. Il y avait un insecte qui ne provenait pas de nos régions. Je veux dire de nos pays à climat continental.

— D'où venait-il ?

— D'Afrique. Un scarabée de la famille *Lipkanus Silvus*, proche de nos *Tenebrio*. Des coléoptères qui apparaissent lors de la réduction squelettique, pour le ménage final.

Un sacré indice, en effet. Mais je ne voyais pas en quoi cela prouvait la proximité du tueur. Plinkh enchaîna :

— Laissez-moi vous raconter une anecdote. Je travaille actuellement à l'élaboration d'un écomusée pour la région, abritant les différentes espèces de nos vallées. Dans ce cadre, je paie des adolescents qui chassent pour moi : hannetons, papillons, acariens, etc. Récemment, l'un d'eux m'a apporté un spécimen très particulier. Un coléoptère qui n'avait rien à faire là.

— Le scarabée ?

— Un *Lipkanus Silvus*, oui. Le gamin l'avait trouvé aux environs de Morteau. Un tel spécimen ne pouvait que s'être échappé d'une collection particulière. J'ai cherché dans les environs une écloserie dans le style de la mienne mais je n'ai rien trouvé. Même du côté suisse. Quand j'ai découvert le deuxième spécimen, sur le corps de Sylvie Simonis, j'ai tout de suite compris. Le premier provenait de la même source : la ferme du tueur.

— C'était quand ?

— Durant l'été 2001.

— Vous l'avez dit aux gendarmes ?

— J'en ai parlé au capitaine Sarrazin mais il n'a rien trouvé, lui non plus. Il aurait repris contact avec moi.

— Selon vous, le meurtrier élève donc une espèce tropicale ?

— Soit il voyage et a rapporté, malgré lui, un spécimen qui s'est insinué dans son élevage. Soit il développe volontairement cette souche et place ces bêtes sur sa victime, pour une raison mystérieuse. Je penche pour cette dernière solution. Ce scarabée est une signature. Un symbole, que nous ne comprenons pas.

— Est-il possible de voir le spécimen ? Vous l'avez gardé ?

— Bien sûr. Je peux même vous le laisser. Je vous donnerai aussi l'orthographe exacte de son nom.

L'allusion à une signature me rappela un autre élément :

239

— On vous a parlé du lichen, dans la cage thoracique ?

— J'étais présent à l'autopsie.

— Qu'en pensez-vous ?

— Un symbole de plus. Ou quelque chose qui a une raison d'être spécifique…

— Ce lichen pourrait venir d'Afrique, lui aussi ?

Il eut une expression de dédain :

— Je suis entomologiste, pas botaniste.

J'imaginai le lieu où se préparaient de tels délires. Un élevage d'insectes, un laboratoire, une serre végétale. Que foutaient les gendarmes ? Il était impossible de ne pas trouver un tel site, entraînant de telles contraintes, dans les vallées de la région.

— Il est là, ajouta Plinkh, comme s'il suivait mes pensées. Tout près de nous. Je peux sentir sa présence, ses escouades, quelque part dans nos vallées… Son armée, identique à la mienne, prête pour une nouvelle attaque. Ce sont ses légions, vous comprenez ?

Je lançai un regard sur ma droite, vers les cages voilées de gaze. Tout me parut grossi à la loupe. Des acariens, trottinant sur une mèche de cheveux ; une mouche, gonflée de sang, léchant une plaie dégoulinante ; des centaines d'œufs, caviar grisâtre, au fond d'une cavité putréfiée…

Je demandai, la voix sourde :

— On peut retourner dans votre bureau ?

31

Avant Sartuis, je voulais faire un crochet par Notre Dame-de-Bienfaisance. Je repris la route en sens inverse puis bifurquai vers l'est, en direction de Morteau et de la frontière suisse. Après le village de Valdahon, je pris plein nord et retrouvai la montagne, à puissance redoublée.

Virages abrupts et colères de pierre. Des précipices, des murailles, des gouffres et, tout en bas, des bouillonnements de verts ou des torrents argentés. Les indicateurs d'altitude se succédaient : 1 200 mètres, 1 400 mètres... À 1 700 mètres, une enseigne annonça le cirque de Bienfaisance.

Cinq kilomètres plus loin, le monastère apparut. Un grand bâtiment carré, austère, jouxté par une chapelle au clocher galbé. Les murs gris étaient seulement percés de fenêtres étroites et l'entrée, scellée par des portes noires, achevait de fermer le cœur. Seul, un détail de couleur égayait l'ensemble : une partie de la toiture était tapissée de tuiles polychromes et vives, rappelant les exubérances de Gaudi, à Barcelone.

Je me garai sur le parking et affrontai le vent. Tout de suite, j'éprouvai une étrange mélancolie à l'égard du site. Bienfaisance était le genre de lieu où j'aurais aimé m'isoler. Un lieu qui concrétisait mon désir de vie monacale. Se soustraire au monde, rester seul avec Dieu, en quête de béatitude...

Une seule fois, depuis que j'étais flic, je m'étais retiré chez les Bénédictins – après avoir abattu Éric Benzani, le maquereau cinglé, en mars 2000. J'avais décidé de renoncer à mon métier et de consacrer le restant de mes jours à la prière. C'était Luc, encore une fois, qui était venu me chercher. Il m'avait convaincu que ma place était dans la rue, à ses côtés. Nous devions assumer notre deuxième mort, celle qui nous éloignait du Christ, pour mieux le servir…

Je secouai la cloche suspendue. Pas de réponse. Je poussai la porte : ouverte. La cour centrale était entourée par une galerie vitrée. Dehors, deux femmes emmitouflées jouaient aux échecs, sur une table pliante. Sous un plaid, un homme âgé sommeillait près d'un arbre. Un soleil glacé se posait sur ces figurants immobiles et leur donnait, je ne sais pourquoi, un air d'hiver chinois.

J'avançai dans la galerie jusqu'à une nouvelle porte. D'après mon orientation, elle donnait dans l'église. Sur une table, l'étiquette d'un cahier indiquait : « Notez vos intentions. Elles seront prises en compte dans la prière communautaire. » Je me penchai et lus quelques lignes : des prières pour des missions lointaines, pour des morts…

Une voix derrière moi :

— C'est privé ici.

Je découvris une femme carrée qui m'arrivait au coude. Elle portait un bonnet noir qui lui ceignait le front et une pèlerine sombre.

— Le refuge est fermé pour la saison.

— Je ne suis pas un touriste.

Elle fronça des sourcils. Teint bistre, traits asiatiques, pupilles foncées évoquant deux perles grises au fond d'huîtres visqueuses. Impossible de lui donner un âge précis. Au-delà de la soixantaine, sans doute. Quant à l'origine, je penchai pour une Philippine.

— Historien? Théologien?

— Policier.

— On a déjà tout dit aux gendarmes.

Pas l'ombre d'un accent mais une voix nasillarde. Je montrai ma carte, assortie d'un sourire :

— Je viens de Paris. L'affaire pose, disons, quelques problèmes.

— Mon petit, c'est moi qui ai découvert le cadavre. Je suis au courant.

Je regardai le patio et fis mine de chercher un siège :

— On pourrait s'installer quelque part?

La missionnaire demeurait immobile. Ses yeux aqueux ne me quittaient pas :

— Il y a quelque chose de religieux en vous.

— J'ai suivi le séminaire français de Rome.

— C'est pour ça qu'on vous envoie ici? Vous êtes un spécialiste?

Elle avait dit cela comme si j'avais été exorciste ou parapsychologue. Je sentis un avantage à jouer.

— Exactement, murmurai-je.

— Je m'appelle Marilyne Rosarias. (Elle m'attrapa la main et la serra avec vigueur.) Je dirige la fondation. Attendez-moi ici.

Elle disparut par une porte que je n'avais pas remarquée. Le temps que je respire l'odeur de la pierre usée, observant encore les pensionnaires dans la cour, elle réapparaissait :

— Suivez-moi. Je vais vous montrer.

Sa pèlerine claqua comme une aile de chauve-souris. Une minute plus tard, nous étions dehors, affrontant le vent de la montagne. Notre haleine se cristallisait en panaches de vapeur, matérialisant nos pensées muettes. Il allait falloir se farcir la montée de la falaise, au-dessus du monastère. Marilyne attaqua vaillamment un sentier abrupt, barré de rondins de bois.

Dix minutes plus tard, nous accédions à un sous-bois de pins et de bouleaux, ponctué de rochers couverts de mousse. Nous suivions la rivière. Les branches étaient revêtues de velours vert, les pierres jaillies de l'eau luisaient du même duvet. Un sentier plus large s'ouvrit : terre ocre et sapins noirs, inextricables. Peu à peu, le bruit des cimes supplanta le bouillonnement de l'écume. Marilyne hurla :

— On y est presque ! Le point culminant du parc est ici, au-dessus de la Roche Rêche et de sa cascade !

Une grande clairière en pente douce apparut, s'ouvrant sur un précipice. Le monastère était maintenant à nos pieds. Je reconnaissais le décor des photos. Marilyne confirma, en tendant l'index :

— Le corps était là-bas, au bord de la falaise.

Nous descendîmes la pente. L'herbe était aussi drue que sur un green de golf.

— Vous venez vous recueillir ici, chaque matin ?

— Non. Je marche seulement sur le sentier.

— Comment avez-vous découvert le corps, alors ?

— À cause de la puanteur. J'ai pensé à une charogne.

— Quelle heure était-il ?

— Six heures du matin.

Je devinai un autre détail :

— C'est vous qui avez reconnu Sylvie Simonis, non ?

— Bien sûr. Le visage était intact.

— Vous la connaissiez ?

— Tout le monde la connaissait à Sartuis.

— Je veux dire : personnellement ?

— Non. Mais le meurtre de sa fille a traumatisé la région.

— Qu'est-ce que vous savez sur cette première affaire ?

— Que voulez-vous que je sache ?

Je laissai le silence s'imposer. La nuit tombait. Une brume de neige pigmentait l'air. J'aurais bien allumé une Camel mais je n'osais pas – le caractère sacré de la scène de crime, sans doute.

— On m'a dit que le corps était tourné vers le monastère.

— Évidemment.

— Pourquoi évidemment ?

— Parce que ce cadavre était une provocation.

— De qui ?

Elle fourra ses deux mains sous sa pèlerine. Son visage brun et ridé évoquait un morceau de quartz noir.

— Du diable.

« Nous y voilà », pensai-je. Malgré le caractère absurde de la réflexion, j'éprouvais une sensation réconfortante : l'ennemi était identifié, sous une bonne couche de superstition. J'usai du langage adéquat :

— Pourquoi le diable aurait-il choisi votre parc ?

— Pour souiller notre monastère. Le corrompre.

245

Comment prier maintenant ici? Satan a jeté sur nous son sillage de pourriture.

J'avançai près du précipice. Le vent plaquait mon manteau contre mes jambes. L'herbe dure s'écrasait sous mes pas :

— À part le choix du lieu, qu'est-ce qui vous fait penser à un acte satanique?

— La position du corps.

— J'ai vu les photographies. Je n'ai rien remarqué de diabolique.

— C'est que…

— Quoi?

Elle me lança un regard en coin :

— Vous êtes bien un spécialiste?

— Je vous l'ai dit. Crimes rituels, meurtres sataniques. Ma brigade travaille directement avec l'archevêché de Paris.

Elle parut rassérénée :

— Avant d'appeler les gendarmes, dit-elle plus bas, j'ai changé sa position.

— Quoi?

— Je n'avais pas le choix. Vous ne connaissez pas la renommée de Notre-Dame-de-Bienfaisance. Ses martyrs. Ses miracles. La ténacité de nos Pères, pour défendre le site, sans cesse menacé de destruction. Nous…

— Quelle était la position initiale?

Elle hésita encore. Les flocons de neige voletaient autour de sa face sombre :

— Elle était allongée là, murmura-t-elle, dos au sol, jambes écartées.

Je me penchai : l'enceinte et sa rivière se déployaient, cent mètres plus bas. Le cadavre exhibait donc son vagin grouillant de vers au-dessus du monastère. Je concevais maintenant la « provocation ». Satan, le prince rebelle, l'ange déchu, voulant toujours écraser l'Eglise sous sa puissance et ses souillures…

— Marilyne, vous me racontez des blagues, fis-je en me redressant. Le diable ne fait jamais les choses à moitié. Il y avait autre chose. Des marques dans l'herbe ? Des pentagrammes ? Un message ?

Elle s'approcha. Les hauts fûts des sapins mugissaient derrière nous, comme les tuyaux d'un monstrueux orgue végétal.

— Vous avez raison, admit-elle. J'ai caché un élément. Ce n'était pas si important, après tout. Pour l'enquête, je veux dire… Mais pour notre fondation, c'était essentiel. Quand j'ai découvert la dépouille, j'ai tout de suite compris qu'il s'agissait d'une attaque satanique. Je suis retournée au monastère chercher des gants. Des gants de caoutchouc, pour faire la vaisselle. J'ai déplacé le corps pour cacher… enfin, son intimité.

J'imaginais la scène, l'état du cadavre. Cette femme n'avait pas froid aux yeux.

— C'est en retournant ses jambes que j'ai vu la chose.

— Quelle chose ?

Elle me balança un nouveau regard oblique. Deux billes de plomb, propulsées par un pistolet à air comprimé. Elle se signa et lâcha, à toute vitesse :

— Un crucifix. Seigneur : elle avait un crucifix enfoncé dans le vagin.

Cette révélation me soulagea presque. Nous étions en territoire familier. Cet outrage était un classique de la profanation. Rien à voir avec la folie unique, délirante, du meurtre. J'ajoutai, pour faire bonne mesure :

— Je suppose que le crucifix avait la tête en bas.

— Comment le savez-vous ?

— Je suis un expert, ne l'oubliez pas.

Elle se signa à nouveau. J'allais revenir sur mes pas quand un vertige me saisit. Quelqu'un, quelque part, m'observait, dans le demi-jour. Un regard chargé de colère qui me faisait l'effet d'un contact nauséabond. D'un coup, je me sentis d'une totale vulnérabilité. À la fois sali et mis à nu par ces yeux brûlants que je ne voyais pas, mais qui me sondaient comme un fer rouge.

Une main me rattrapa :

— Attention. Vous allez tomber.

Je considérai Marilyne avec étonnement puis scrutai les sapins. Rien, bien sûr. Je demandai, d'une voix altérée :

— Ce… ce crucifix, vous l'avez gardé ?

Sa main disparut sous le manteau. Elle plaça dans ma paume un objet enroulé dans un chiffon.

— Prenez-le. Et disparaissez.

Marilyne me donna son numéro de portable. « Au cas où. » En retour, je lui montrai le portrait de Luc : jamais vu. Je repris la direction des sapins. Dans mon dos, elle demanda :

— Pourquoi vous nous avez quittés ?

Je m'arrêtai. La Philippine me rattrapa :

— Vous m'avez dit que vous aviez fait le séminaire. Pourquoi nous avoir abandonnés ?

— Je n'ai abandonné personne. Ma foi est intacte.

— Nous avons besoin d'hommes comme vous. Dans nos paroisses.

— Vous ne me connaissez pas.

— Vous êtes jeune, intègre. Notre religion est en train de mourir avec ma génération.

— La foi chrétienne ne repose pas sur une tradition orale, qui disparait avec ses officiants.

— Pour l'instant, c'est une communauté de dentiers qui claquent dans le vide. Nos jeunes prennent d'autres chemins, choisissent d'autres combats. Comme vous.

Je fourrai le crucifix dans ma poche :

— Qui vous dit qu'il ne s'agit pas du même combat?

Marilyne recula, troublée. Je l'avais prise à son propre piège : Dieu contre Satan. Je repris ma marche, sans me retourner. Ce n'était qu'une phrase en l'air mais j'avais tapé dans le mille.

Le corps profané de Sylvie n'était pas une simple provocation.

C'était une déclaration de guerre.

32

Il faisait nuit quand j'arrivai à Sartuis.

Je m'attendais à un bourg Jurassien, avec fermes à colombages et clocher de pierre. C'était une ville nouvelle coulée dans le béton. Une voie principale, comme tracée à la scie, coupait le centre. La plupart des blocs étaient des ateliers d'horlogerie, fermés depuis des lustres : les aiguilles de leurs pendules-enseignes, toutes immobiles, en témoignaient.

« Sartuis, pensai-je, la ville où le temps s'est arrêté. »

Je connaissais l'histoire de la région. Depuis le début du XXe siècle, le haut Doubs avait connu un essor économique sous le signe de l'horlogerie et de la mécanisation. Tous les espoirs étaient permis. Jusqu'à construire, dans les années cinquante, une ville comme Sartuis. Mais le rêve avait fait long feu. La concurrence asiatique et la révolution du quartz avaient cassé les pattes aux grands espoirs Jurassiens.

Je tombai sur la place centrale, où l'architecture était plus traditionnelle. Avant la fièvre des montres, il y avait donc eu un vrai village, avec ses ruelles, son église, sa place du marché… Pas l'ombre d'un hôtel. L'obscurité et le silence enveloppaient tout. Seuls les réverbères perçaient les ténèbres. Aucune vitrine, aucun phare ne leur répondait. Ces taches de lumière étaient pires que la nuit et le froid. Les clous du cercueil qui se refermait sur moi.

Je roulai encore et croisai la gendarmerie. J'eus une pensée pour Sarrazin. Il allait s'assurer que je ne traînais pas mes Sebago ici. Peut-être même viendrait-il en personne et vérifierait en priorité les hôtels…

Je braquai et retournai vers la place.

L'église était un assemblage de blocs de granit au clocher carré. Je me glissai dans la ruelle qui longeait la muraille. Un bâtiment en retrait jouxtait l'édifice, au fond d'un potager bien peigné. Un presbytère à l'ancienne, aux murs couverts de lierre et au toit d'ardoises. Dans l'alignement, une autre construction, plus récente, le prolongeait, s'ouvrant sur un terrain de basket.

Je me garai, attrapai mon sac puis marchai vers le portail. Le ciel était clair, les étoiles impassibles. Mes pas crissaient sur le gravier. Il régnait ici une solitude absolue.

Je sonnai à la grille du jardin puis, sans attendre qu'on vienne m'ouvrir, traversai les plantations en rajustant mon manteau. J'allais frapper à la porte quand elle s'ouvrit avec humeur. Un athlète sur le retour se tenait sur le seuil. Soixante ans, le cheveu blanc clairsemé, il portait un maillot Lacoste bombé sur sa bedaine et un pantalon de velours informe. Le visage était frappé d'une expression d'étonnement contrarié. La main droite tenait la poignée, la gauche une serviette de table.

— Monsieur le curé ?

L'homme acquiesça. Je ressortis le mensonge du journaliste. Ce n'était pas le moment de l'effaroucher.

— Enchanté, répliqua-t-il en dégainant un sourire de circonstance. Je suis le père Mariotte. Si c'est pour une interview, revenez demain matin, à la paroisse. Je…

— Non, mon père. Je viens simplement vous demander l'hospitalité pour la nuit.

Le sourire disparut :

— L'hospitalité ?

— J'ai aperçu votre annexe.

251

— C'est pour mon équipe de foot. Rien n'est prêt. C'est…

— Je ne cherche pas le confort.

J'ajoutai, avec une nuance de perversité :

— Quand j'étais au séminaire, on m'a souvent répété qu'un bon prêtre laisse toujours sa porte ouverte.

— Vous… vous avez été au séminaire ?

— À Rome, dans les années quatre-vingt-dix.

— Eh bien, si c'est comme ça, je… entrez.

Il recula afin de me céder le passage.

— Avec un tel nom, j'étais certain que vous pourriez m'héberger.

Le prêtre ne parut pas saisir mon allusion à la chaîne d'hôtels américaine. C'était un curé à l'ancienne. Le genre coupé du monde, qui tient ses ouailles, sa chorale et son équipe de foot d'une même poigne, en dehors de tout.

— Suivez-moi. (Il s'engagea dans le corridor.) Je vous préviens, c'est plutôt rudimentaire.

Croisant la salle à manger, il ne put retenir un grognement à la vue de son dîner qui refroidissait. Au bout de quelques pas, il manipula un lourd trousseau de clés, fixé à sa ceinture, et déverrouilla une porte de chêne puis une autre, en métal, portant un sigle « coupe-feu ».

Mariotte alluma une rampe de néons puis avança d'un pas ferme. Dans le couloir, j'aperçus, à droite, des douches collectives, d'où émanaient de forts effluves d'eau de Javel. Au fond, une porte vitrée, qui devait donner sur le terrain de basket.

Il entra dans la pièce de gauche et actionna un commutateur. On devinait deux rangées de cinq lits, face à face. Chacun était entouré d'un rideau soutenu par un portique. La pièce évoquait une série d'isoloirs un jour de vote.

— C'est parfait, dis-je avec engouement.

— Vous n'êtes pas difficile, marmonna Mariotte.

Il ouvrit un des rideaux et révéla un lit enfoui sous une couette jaune. Sur le mur, un crucifix de bois était fixé. Je n'aurais pu rêver meilleure planque. Silence, simplicité, discrétion…

Le prêtre frappa énergiquement dans ses mains :

— Bon, eh bien, je vous laisse vous installer. La porte vitrée au fond est toujours ouverte. Si vous voulez sortir, c'est très pratique. Quant à moi, je…

Il s'arrêta en pleine phrase, réalisant la situation. Il proposa, à reculons :

— Vous… vous voulez peut-être partager mon dîner?

— Avec plaisir.

Dans le corridor, je remarquai une cellule de contreplaqué sombre, séparée en deux compartiments.

— C'est un confessionnal?

— Vous voyez bien.

— Il n'y en a pas dans l'église?

— Celui-là, c'est pour les urgences.

— Quelles urgences?

— Si quelqu'un éprouve le besoin, disons, irrépressible de se confesser, il entre par la porte du fond et sonne. Je viens l'écouter. (Il ajouta, d'un ton cinglant :) Comme vous dites : « Un bon prêtre laisse toujours sa porte ouverte. »

— Les gens d'ici sont si croyants?

253

Il eut un geste vague puis repartit au pas de charge :

— Vous venez ou quoi ?

Dans la salle à manger, Mariotte empoigna la casserole posée sur la table.

— Évidemment, tout est froid.

— Vous avez un micro-ondes ?

Il me fusilla du regard :

— Pourquoi pas un lance-roquettes ? Attendez-moi. Je réchauffe tout ça à feu doux et je reviens. Prenez une assiette et des couverts dans le buffet.

J'installai ma place. Je savourais l'atmosphère de cette maison. Une odeur de bois ciré se mêlait aux parfums du plat cuisiné. Une chaudière ronronnait, dans un coin de la pièce. Les murs ne comportaient rien d'autre qu'un crucifix et un calendrier représentant la Vierge Marie. Tout était simple, naturel, et pourtant, ce confort paraissait être le fruit d'une attention minutieuse.

— Goûtez-moi ça, clama Mariotte, en posant de nouveau la casserole sur la table. Pâtes aux cailles et aux morilles. Spécialité de la maison !

Il avait retrouvé sa bonne humeur. Je l'observai mieux. Il avait des yeux clairs, amicaux, cernés de mille ridules dans un visage rose. Ses cheveux rares lui faisaient une gaze blanche sur le sommet du crâne, qu'il ne cessait de rabattre.

— Le secret, chuchota-t-il, c'est la coriandre. Quelques pincées au dernier moment et… pffttt ! Les autres saveurs se réveillent d'un coup !

Il remplit nos assiettes, avec précaution, comme un voleur trie les bijoux de son butin. Il y eut quelques minutes de silence, occupées seulement à savourer. Ses pâtes étaient délicieuses. Le goût de seigle, l'âpreté des morilles, la fraîcheur des herbes créaient des alliances contradictoires, une amertume réjouissante.

Enfin, le prêtre reprit la parole, alignant les sujets généraux. Sa paroisse agonisante, la ville moribonde, l'hiver qui s'annonçait précoce. Son accent était sans équivoque : il taillait dans les phrases à grands coups de consonnes gutturales. Mais un sujet le préoccupait :

— Vos pneus ne sont pas équipés ? Il faut que vous y pensiez.

J'approuvai, la bouche pleine.

— Des contacts. (Il brandit sa fourchette.) Il vous faut des pneus « contact » !

Au fromage, il attaqua un autre cheval de bataille : le salut des jeunes par le sport. Je profitai d'une faille – entre roquefort et bleu de Bresse – pour passer au sujet de mon « reportage ». Sylvie Simonis.

— Je la connaissais à peine, éluda aussitôt Mariotte.

— Elle ne venait pas à la messe ?

— Si. Bien sûr.

— Elle était pratiquante ?

— Trop.

— Comment cela ?

Mariotte s'essuya la bouche puis but une gorgée de vin rouge. Il conservait son sourire mais je sentais maintenant, au fond de lui, une tension cachée.

— À la limite du fanatisme. Elle croyait au retour aux sources.

— La messe en latin, ce genre de traditions ?

— Selon elle, il aurait fallu plutôt la dire en grec !

— En grec ?

— Comme je vous le dis, mon vieux ! Elle était passionnée par les premiers siècles de l'ère chrétienne. Les balbutiements de notre Église. Elle vénérait des saints et des martyrs obscurs. Je ne connaissais même pas leurs noms !

Je regrettais de ne pas avoir connu Sylvie Simonis. Nous aurions eu des choses à nous dire. Ce profil de chrétienne passionnée pouvait constituer un mobile : le tueur, apôtre de Satan, avait choisi une catholique dure et pure.

— Que pensez-vous de sa mort ?

— Vous ne m'emmènerez pas sur ce terrain, jeune homme. Je ne veux pas évoquer cette tragédie.

— Elle a eu un enterrement religieux ?

— Évidemment.

— Vous lui avez accordé votre bénédiction ?

— Et pourquoi pas ?

— On a parlé de suicide…

Il eut un rire forcé :

— Je ne sais rien sur cette catastrophe mais il y a une chose dont je suis sûr, c'est qu'il ne s'agit pas d'un suicide. (Il but une nouvelle rasade, le coude en l'air.) Ça, non !

Je changeai de cap en douceur :

— Vous étiez déjà ici quand Manon, la petite fille, a été tuée ?

Ses yeux s'ouvrirent, se dilatèrent, puis ses sourcils se froncèrent ; toute cette mécanique exprimait l'arrivée de la colère :

— Mon petit, je vous offre l'hospitalité. Je partage avec vous ma table. Alors, ne cherchez pas à me tirer les vers du nez !

— Excusez-moi. Je compte réaliser un important reportage sur Sartuis et ce double fait divers. Je ne peux m'empêcher de poser des questions. (J'attrapai le plateau de fruits, près de moi.) Un dessert ?

Il cueillit une clémentine. Après un bref silence, il bougonna :

— Vous n'apprendrez rien sur le meurtre de Manon. C'est un mystère total.

— Que pensez-vous de l'hypothèse de l'infanticide ?

— Une bêtise parmi d'autres. Peut-être la plus grotesque.

— Vous vous souvenez de la réaction de Sylvie ? Vous l'avez soutenue ?

— Elle a préféré se retirer dans un monastère.

— Quel monastère ?

— Notre-Dame-de-Bienfaisance.

J'aurais dû y penser moi-même. La fondation offrait un refuge spirituel aux personnes en deuil. Marilyne s'était bien foutue de moi. En réalité, elle connaissait parfaitement Sylvie, qui avait séjourné à Bienfaisance en 1988.

Des points se reliaient. Le tueur, pour son sacrifice satanique, avait choisi Sylvie Simonis parce qu'elle était une chrétienne fervente. Il avait placé son corps sur le terrain de Notre-Dame-de-Bienfaisance, un site chrétien. Le mobile pouvait être une forme de profanation. Mais quelle connexion avec le meurtre de l'enfant ? Le meurtrier de la mère était-il aussi celui de la fille ?

— Sylvie Simonis, repris-je : elle est enterrée à Sartuis ?

— Oui.

— Et Manon ?

— Non. À l'époque, sa mère a voulu éviter le tapage, les médias, tout ça.

— Où est la tombe ?

— De l'autre côté de la frontière, au Locle. Vous ne prenez plus rien ?

— Merci, répondis-je. Je vais vous abandonner. Je suis épuisé.

Mariotte ouvrait son fruit, séparant les quartiers de ses gros doigts rouges :

— Vous connaissez le chemin.

33

— T'es bien installé ?

Foucault ne cachait pas son hilarité. Je regardais mes pieds dépassant du lit, les rideaux face à moi, formant des compartiments, les photos d'alpinistes accrochées aux murs.

— Confort, répondis-je dans le combiné. Qu'est-ce qui s'est passé aujourd'hui ?

— On a serré le Rom. L'affaire du Perreux. La bijoutière assassinée.

— Il a avoué ?

— Il nous a presque remerciés de l'embarquer. Le mec était terrifié par le fantôme de la victime.

— Larfaoui ?

— Rien. On est en plein sur le territoire des Stups et…

— Oublie Larfaoui. J'ai d'autres trucs pour toi.

Je lui résumai la situation. L'enquête de Luc dans le Jura, l'assassinat de Sylvie Simonis, le soupçon sataniste qui planait.

— Qu'est-ce que je peux faire ?

— Lancer une recherche sur des meurtres de même type, dans la région du Jura mais aussi dans toute la France.

Je précisai les principales caractéristiques du rituel, en ajoutant :

— J'ai pu récupérer le rapport d'autopsie. Je l'envoie demain matin à Svendsen. Tu pourras y jeter un œil. Ta culture criminelle va s'enrichir.

— Je fourre ces données dans le SALVAC ?

Le Système d'Analyse des Liens de la Violence Associés aux Crimes était un nouveau système informatique recensant les meurtres commis sur le sol français. Une imitation du fameux VICAP américain. Mais le dispositif était embryonnaire.

— Oui, fis-je. Mais envoie surtout un message interne à tous les services de police et de gendarmerie de France, en évitant les casernes de Franche-Comté. Pour cette région, appelle le SRPJ de Besançon. Je ne veux pas que les gendarmes apprennent qu'on est dans la danse.

— O.K. C'est tout ?

— Non. Renseigne-toi aussi sur les éleveurs d'insectes du coin.

— Quel coin ?

Allongé sur mon lit d'adolescent, j'attrapai mon guide :

— Toute la Franche-Comté : Haute-Saône, Jura, Doubs, Territoire de Belfort. Tant que tu y es, appelle aussi les Suisses. On cherche un entomologiste. Peut-être spécialisé sur l'Afrique. Étends tes investigations aux amateurs éclairés, aux passionnés du dimanche...

Silence : Foucault prenait des notes.

— Ensuite ?

— Tu listes les labos de chimie de la région. Vois aussi si tu peux mettre la main sur des botanistes. Des spécialistes des champignons, des mousses, des lichens. Encore une fois, les pros et les amateurs.

Je cherchais un suspect qui soit tout cela à la fois. Mon espoir était que ces informations se recoupent en un seul nom. Je continuai :

— Renseigne-toi aussi sur un monastère, devenu une fondation.

J'épelai le nom de Notre-Dame-de-Bienfaisance et donnai l'adresse exacte.

— Sur le meurtre en lui-même, reprit Foucault, il n'y a rien de plus précis ? Des PV d'audition ? Une enquête de proximité ?

— Les gendarmes ont tout ça mais je peux te dire que je ne suis pas le bienvenu.

— Et tu es sûr que Luc s'intéressait à cette histoire ?

Pas une seule personne n'avait reconnu sa photographie. Pas une seule fois, je n'avais croisé sa trace. Pourtant, je répondis :

— Certain. Fonce. Et pas un mot au bureau. On se rappelle demain.

Je composai le numéro d'Éric Svendsen. En

quelques phrases, je répétai les faits. Le Suédois paraissait sceptique à l'idée que Valleret ait réussi à pratiquer une autopsie professionnelle.

— J'ai le rapport, répondis-je. Et des trucs à faire analyser. Je t'expédie l'ensemble demain matin.

— Par la poste ?

— Par le train.

Je parcourus les horaires de TGV que je m'étais procurés par téléphone.

— Je donne le dossier au conducteur du TGV 2014, qui part de Besançon à 7 h 53. Il sera à Paris à 12 h 10. Va sur le quai, gare de l'Est, pour le récupérer. Je veux ton avis. Savoir comment le tueur a obtenu un tel résultat.

Histoire de le stimuler, j'ajoutai :

— Et n'hésite pas à prendre conseil.

— Tu plaisantes ou quoi ?

— Attends de voir le rapport. Tu auras besoin d'un entomologiste. Et d'un botaniste. Je t'envoie un scarabée, un insecte prédateur d'origine africaine, et un échantillon du lichen luminescent dont le tueur a tapissé la cage thoracique de la victime.

— Chaud, le truc.

— Chaud bouillant. Le salopard maîtrise lui-même toutes ces connaissances. Tu reprends tout à zéro. Imagine la moindre de ses manipulations. Chaque étape de son rituel. Je veux le discours de sa méthode, tu piges ?

— D'accord, je…

— Sois à la gare demain matin.

En raccrochant, je pris conscience du mugissement du vent qui s'engouffrait dans le chambranle de la fenêtre. Le châssis sifflait comme une

261

bouilloire. J'avais choisi un des lits de la rangée de droite et ouvert les rideaux du voisin, afin de poser mon sac et son dangereux chargement.

Malgré ma fatigue, je me décidai pour une prière. Je m'agenouillai au pied du lit, le long des voiles tendus. Un « Notre Père ». La plus simple, la plus lumineuse des prières. Le bâton avec lequel j'avais sillonné mon propre chemin. Ce « Notre Père », c'était mes genoux épuisés des premières messes, où l'impatience d'aller jouer précipitait mes mots. La grande immersion de Saint-Michel-de-Sèze, quand j'avais découvert la profondeur de ma foi. La litanie zélée, musclée, du futur prêtre galvanisé par les cloches de Rome. Puis l'appel au secours, en Afrique, cerné par l'odeur des cadavres et les crissements de machette. C'était enfin la prière du flic, prononcée au hasard des églises rencontrées, pour me laver de mes propres crimes.

Notre père qui es aux cieux,
Que ton nom soit sanctifié...

Un bruit strident retentit dans le couloir.

Je sursautai et tendis l'oreille. Rien. Je baissai les yeux : je tenais déjà mon 9 mm. Le réflexe avait été plus rapide que ma conscience. J'écoutai encore. Rien. Je songeai à une sirène d'alarme. Une alerte d'incendie.

À l'instant où mon corps se détendait, la dissonance reprit, longue, grinçante, obstinée. Je bondis vers la porte. Le temps que je l'ouvre, le silence était revenu, encore une fois. Je me postai sur le seuil et lançai un regard dans le couloir. Personne en vue. À gauche, la porte coupe-feu du presbytère. À droite, la porte vitrée du dehors. Tout était immobile.

Mon attention se fixa sur la cellule de bois, à quelques mètres de l'issue de secours. Je compris ce que je venais d'entendre. La sonnerie du confessionnal. Le rideau d'un des compartiments oscillait.

Le père Mariotte devait ronfler comme une masse. Je glissai mon HK dans mon dos et marchai lentement vers le box. À cinq mètres je m'arrêtai. Une lueur verdâtre traversait le rideau. Je songeai à attraper de nouveau mon flingue mais me raisonnai. Je repris ma marche en silence.

J'attrapai le rideau et l'écartai violemment.

La cellule était vide.

Mais une inscription barrait la cloison du fond.

D'instinct, je reconnus la matière stigmatisée sur le bois noir.

Le lichen luminescent qui tapissait les chairs pourries de Sylvie Simonis.

L'inscription disait :

JE T'ATTENDAIS.

34

L'appât frémissait à la surface de l'eau.

Je suivis des yeux le fil et aperçus, entre les feuillages, l'extrémité de la canne à pêche. Je me souvins qu'on appelait cette partie effilée la « soie » ; cela ajoutait encore à la légèreté de la scène. Le nylon brillait dans la lumière matinale – il était à peine dix heures.

Après la sinistre découverte de l'inscription, j'avais effectué un tour complet du presbytère et de son annexe : personne. J'avais réveillé Mariotte qui n'avait formulé qu'une réplique : « Du vandalisme. Du simple vandalisme. » Je n'avais eu aucun mal à le persuader de ne pas appeler les gendarmes. Selon lui, ce n'était pas le premier acte de malveillance contre sa paroisse.

J'avais proposé de nettoyer le « graffiti ». Mariotte était reparti se coucher sans se faire prier et j'avais effectué, en toute tranquillité, des prélèvements du lichen tout frais, après avoir photographié la scène. À mesure que mon flash numérique éclaboussait ce « JE T'ATTENDAIS », ma certitude s'affermissait : cette phrase s'adressait à moi.

Impossible de dormir. J'avais allumé mon Mac portable et consigné par écrit les faits depuis mon arrivée. Bon moyen pour éviter de cogiter encore sur celui qui avait inscrit ces lettres dans le confessionnal. J'intégrai les images shootées et scannai les documents que je possédais : le rapport de Valleret, le plan de la région, sur lequel j'indiquais maintenant chaque lieu et chaque personnage visité, les notes de Plinkh…

À six heures du matin, dans le bureau du presbytère, j'avais dégoté une photocopieuse. J'avais effectué deux reproductions du rapport d'autopsie, l'une destinée à Foucault, l'autre à Svendsen, puis j'avais préparé le colis du Suédois – mes échantillons luminescents, le scarabée, le lichen trouvé sur le corps de Sylvie.

J'hésitais à envoyer aussi le crucifix – un banal objet liturgique, plutôt de mauvaise fabrication. Je décidai de le garder. J'avais procédé moi-même au relevé d'empreintes : rien, évidemment. Quant au sang coagulé, j'en avais ajouté un sachet « pour analyses » à Svendsen.

À six heures trente du matin, j'étais de nouveau sur la route, direction Besançon. Je refoulais toujours mes questions qui ne possédaient pas la queue d'une réponse. Sept heures et des poussières, gare de Besançon, à attendre le conducteur de « mon » train. Cette technique de transport m'avait été inspirée par les photographes-reporters croisés au Rwanda : ils donnaient leurs films aux pilotes ou stewards des vols réguliers.

Ensuite, j'avais pris le temps de boire un café à la brasserie de la gare. Je me sentais mieux – l'air, le froid, la lumière. Puis j'étais reparti en direction des montagnes, en quête de Jean-Claude Chopard, le correspondant du *Courrier du Jura*. J'avais hâte d'attaquer l'autre versant de mon enquête : le meurtre de Manon Simonis, survenu douze ans plus tôt.

— Monsieur Chopard ?

Les herbes bougèrent. Un homme en tenue de camouflage apparut, dans l'eau jusqu'aux genoux. Il portait des cuissardes vert olive et une salopette de même teinte, barrée de bretelles. Son visage était caché par une casquette de base-ball, couleur kaki. Ses voisins m'avaient prévenu : le samedi matin, « Chopard tâtait la truite ». Je m'approchai, courbé parmi les feuillages.

— Monsieur Chopard ? répétai-je à voix basse.

Le pêcheur me lança un regard furieux. Il lâcha

d'une main sa canne, plantée dans son aine, puis agita les doigts. D'abord son index et son majeur, en ciseau, puis la main fermée, devant la bouche. Je ne comprenais rien.

— Vous êtes bien Jean-Claude Chopard ?

De sa main libre, il balaya l'air, un geste qui signifiait : « Laisse tomber. » Il releva sa canne, effectua une série de moulinets rapides, puis avança vers la berge, écartant branches et feuilles. Quand je fis mine de l'aider, il ignora mon bras et se hissa sur la terre ferme, s'accrochant aux roseaux. Il portait à la taille deux paniers de métal, vides. Ruisselant, il demanda d'une voix grasse :

— Vous parlez pas le langage des signes ?

— Non.

— Je l'ai appris dans un centre pour sourds-muets. Un reportage, près de Belfort. (Il se racla la gorge puis soupira :) Si je vous dis « pêche », qu'est-ce que vous me répondez ?

— Matinal. Solitaire.

— Ouais. Et aussi silencieux. (Il détacha ses paniers.) Voyez c'que je veux dire ?

— Excusez-moi.

L'homme marmonna une phrase inintelligible et baissa ses cuissardes. Il les ôta d'un seul mouvement, fit sauter les boucles de ses bretelles et jaillit hors de sa salopette, tel un énorme papillon de sa chrysalide. Dessous, il portait une chemise hawaïenne et un pantalon de treillis. Aux pieds, des Nike flambant neuves.

J'allumai une cigarette. Il me regarda d'un sale œil :

— Tu sais pas que c'est mauvais pour la santé ?

266

— Jamais entendu parler.

Il coinça une Gitane maïs au coin de ses lèvres :

— Moi non plus.

Je lui allumai sa clope et flairai le phénomène. La soixantaine, massif, des cheveux gris lui sortaient de la casquette comme de la paille. Sa barbe de trois jours évoquait de la limaille de fer et même ses oreilles étaient poilues. Un vrai porc-épic, embusqué dans ses propres poils. Le visage était carré, surmonté de grosses lunettes. Un menton en galoche lui donnait un air revêche, à la Popeye.

— Vous êtes bien Jean-Claude Chopard ?

Il ôta sa casquette et dessina un huit dans l'air :

— Pour te servir. Et toi, t'es qui ?

— Mathieu Durey, journaliste.

Il éclata de rire. Tirant une malle en fer planquée dans les buissons, il y fourra ses bottes, sa salopette, ses paniers.

— Mon garçon, si tu veux vendre ta salade, va falloir changer de baratin.

— Pardon ?

— Trente ans de faits divers, ça te dit quelque chose ? Je flaire le flic à dix kilomètres. Alors, si t'as des questions, tu joues franc jeu, pigé ?

L'accent du journaliste ne ressemblait pas à celui de Mariotte. C'étaient les mêmes syllabes gutturales, hachées, mais sans la lenteur du prêtre. Je me demandai si j'avais perdu mon don du camouflage :

— O.K, admis-je. Je suis de la Brigade Criminelle de Paris.

— À la bonne heure. T'es là pour les Simonis ?

Je fis oui de la tête.

— Mission officielle?

— Officieuse.

— T'as rien à foutre là, quoi.

Il plongea dans sa malle et en extirpa une bouteille jaunâtre.

— Tu veux goûter mon petit « vin de dessert »?

— Je ne vois pas le dessert.

Il rit à nouveau. Dans son autre main, il tenait deux verres, qu'il fit claquer comme des castagnettes :

— Je t'écoute, fit-il, en remplissant les verres posés dans l'herbe.

Je résumai la situation : l'enquête de Luc, son suicide, les indices qui m'avaient amené ici. Mon hypothèse selon laquelle l'enquête Simonis et son acte désespéré étaient liés. En conclusion, je montrai son portrait, pour récolter l'habituel « jamais vu ». Les insectes bourdonnaient dans l'éblouissement du soleil. La journée promettait d'être magnifique.

— Sur la mort de Sylvie, fit-il après une rasade, je peux pas te dire grand-chose. Je couvre pas l'affaire.

— Pourquoi?

— Retraite anticipée. Au *Courrier*, ils ont considéré que j'avais fait mon temps. L'affaire Sylvie Simonis est tombée à pic. L'occasion de mettre « Chopard au rancart ».

— Pourquoi cette affaire en particulier?

— Ils se souvenaient de ma passion pour le premier meurtre. Selon eux, je m'étais trop impliqué. Ils ont préféré envoyer un jeune. Un bleu. Un mec qui ferait pas de vagues.

— Ils voulaient limiter le bruit autour de l'enquête?

— Comme tu dis. Il ne faut pas salir l'image de la région. C'est politique. J'ai préféré tirer ma révérence.

Je portai le verre à mes lèvres – un vin jaune du Jura. Excellent, mais je n'étais pas d'humeur pour la dégustation.

— Vous avez mené votre propre enquête, non ?

— Pas facile. Impossible d'obtenir la moindre information chez les gendarmes.

— Même vous ?

— Surtout moi. Les vieux gradés, mes potes, sont à la retraite. Une équipe toute neuve est arrivée de Besançon. Des sacrées têtes de cons.

— Comme Stéphane Sarrazin ?

— Le connard en chef.

— Et la famille de Sylvie ? Vous ne l'avez pas interrogée ?

— Sylvie n'avait pas de famille.

— Personne ne m'a parlé de son mari.

— Sylvie était veuve depuis des années. Elle l'était déjà quand Manon a été assassinée.

— Il est mort de quoi ?

Chopard ne répondit pas tout de suite. Il avait posé son verre, déjà vide. Il rangeait soigneusement ses appâts, ses hameçons, ses fils dans les petits tiroirs de sa mallette de pêche. Enfin, il coula un œil sous sa visière :

— Tu veux toute l'histoire, hein ?

— C'est le but de mon voyage.

Le journaliste déposa une série de crochets au fond d'un compartiment :

— Frédéric Simonis s'est tué en voiture, en 1987.

— Un accident?

— Un accident de Ricard, ouais. Il picolait un max.

Portrait de famille : un mari alcoolique, mort sur la route, une petite fille assassinée dans un puits. Et maintenant, la survivante, horlogère, assassinée de la pire des façons. Rien ne cadrait, hormis l'omniprésence de la mort. Chopard parut sentir mon malaise :

— Frédéric et Sylvie se sont connus à l'école polytechnique de Bienne, dans le canton de Berne. La plus fameuse école d'horlogerie de Suisse. Ils étaient aux antipodes. Lui, fils à papa. Grosse famille du textile, à Besançon. Elle, fille d'un veuf, artisan horloger à Nancy, mort alors qu'elle avait treize ans. Côté talent, c'était pareil. Lui, un bon à rien poussé par ses vieux. Elle, boursière, acharnée, un génie de l'horlogerie. Elle avait la « main d'or », comme on dit ici. Aucun rouage, aucun mécanisme n'avait de secret pour elle.

— Le couple a fonctionné?

Le pêcheur claqua sa mallette :

— Bizarrement, ouais. Au début, en tout cas. Ils se sont mariés en 80. Ils ont eu Manon, puis le décalage s'est révélé. Frédéric a sombré dans la bibine. Sylvie n'a plus cessé de grimper dans son boulot. Elle bossait dans un atelier, pour Rolex, Cartier, Jaeger-LeCoultre, les plus gros. Elle assemblait des montres inestimables pour des princes arabes, des familles de banquiers... Les deux s'entendaient encore sur leur petite fille. Ils étaient en adoration devant elle. L'os, c'étaient les beaux-parents. Ils ont jamais pu blairer Sylvie. À la mort de Frédéric, ils

270

ont même voulu récupérer Manon. Ils se sont bros-
sés. Malgré leur pognon, ils n'ont rien pu faire. La
mère était irréprochable.

— Après la disparition de Manon, pourquoi Sylvie
n'a-t-elle pas quitté la région ? L'enquête, les rumeurs,
les accusations, les souvenirs : pourquoi n'a-t-elle
pas fui tout ça ? Plus rien ne la retenait à Sartuis.

Chopard remplit de nouveau son verre :

— C'est ce que tout le monde attendait. Mais personne ne pouvait l'influencer. En plus, elle venait
d'acheter une baraque. Un lieu très connu dans la
région. « La maison aux horloges ». Une bâtisse
construite par une lignée d'horlogers célèbres. Pour
Sylvie, c'était une véritable victoire. Elle s'est mise
à son compte, s'est enfermée là-dedans et a trifouillé
ses mécanismes. Son ascension a continué. Malgré
les drames. Malgré l'hostilité des autres.

— L'hostilité ?

— Sylvie n'a jamais été aimée à Sartuis. Dure,
douée, hautaine. Et surtout : étrangère. Elle venait
de Lorraine. Quand la région a plongé, dans les
années quatre-vingt, elle a cherché du boulot de
l'autre côté de la frontière. Aux yeux des autres,
c'était une trahison. Sans compter qu'après la mort
de la petite, la moitié de la ville pensait qu'elle était
coupable. Malgré son alibi.

— Quel était-il ?

— Au moment du meurtre, elle était opérée d'un
kyste aux ovaires à l'hôpital de Sartuis.

Chopard se leva, empoigna ses cannes et sa malle.
Je lui proposai mon aide. Il me fourra dans les mains
ses deux paniers. Je lui emboîtai le pas, le long du
sentier :

271

— À votre avis, les deux meurtres sont liés?

— Il s'agit de la même affaire. Et c'est le même assassin qui a tué.

— D'après ce que je sais, les méthodes sont plutôt différentes…

— Entre les deux meurtres, quatorze ans se sont écoulés. Ça laisse le temps d'évoluer, non?

J'accélérai le pas, pour être à sa hauteur :

— Mais quel serait le mobile? Pourquoi s'acharner sur les Simonis?

— Ça, mon gars, c'est la clé de l'énigme. En tout cas, impossible de comprendre le meurtre de Sylvie sans étudier celui de Manon.

— Vous pouvez m'aider là-dessus?

— Tu parles. Pendant une année, j'ai écrit chaque semaine un papier sur l'affaire. J'ai tout gardé.

— Je pourrais les lire?

— On est partis, mon garçon!

35

Courrier du Jura, 13 novembre 1988.

LA MORT FRAPPE À SARTUIS

Sartuis, la célèbre ville des horlogers du haut Doubs, vient d'être frappée par un drame ignoble. Aux environs de dix-neuf heures, hier, le 12 novembre 1988, le corps de Manon Simonis, huit ans, a été découvert au fond d'un puits de dispersion, près de la station d'épuration de la ville. Selon le procureur de la République de Besançon (Doubs), la piste criminelle ne fait aucun doute.

À 16 h 30, comme chaque jour, Martine Scotto est allée chercher Manon à la sortie de son école. L'enfant et sa nourrice se sont rendues à pied à la cité des Corolles, domicile de Mme Scotto, aux abords de Sartuis. Il était 17 heures. Après avoir pris son goûter, Manon est redescendue dans l'aire de jeux de la cité, sous les fenêtres de l'appartement. Quelques minutes plus tard, Martine Scotto a voulu vérifier que la petite fille jouait bien avec ses camarades. Elle n'était pas là. Personne ne l'avait vue.

La nourrice s'est aussitôt lancée à sa recherche, dans les escaliers, les caves, puis le parking, situé cent mètres plus haut, sur le versant de la colline. Personne. 17 h 30. Martine Scotto a prévenu les gendarmes.

Nouvelles recherches, alors que la nuit tombait. Les gendarmes ont d'abord couvert un rayon de cinq cents mètres. 18 h 30. Deux escouades sont arrivées en renfort de Morteau. Les fouilles se sont étendues à un kilomètre à la ronde. Des volontaires civils ont rejoint les troupes en uniforme.

À 19 h 20, sous une pluie battante, le corps de Manon a été découvert, dans un des puits de la station d'épuration, au nord de la ville, près du calvaire de Rozé. Le site n'est qu'à sept cents mètres de la cité des Corolles. Selon les premières constatations, la profondeur du puits est de cinq mètres et l'eau ne remplit que la moitié du boyau. Mais l'enfant n'avait aucune chance, le puits étant trop étroit pour nager et l'eau glacée mortelle. Quand les sauveteurs ont remonté Manon, ses pupilles étaient fixes, son cœur ne battait plus. La température centrale de son corps était descendue en dessous de 25 degrés. Tout était fini.

Le procureur de la République s'est refusé à tout commentaire. Nous savons que, cette nuit même, Martine Scotto a été interrogée dans les locaux de la gendarmerie de Sartuis. Ce matin, les services de recherche de la gendarmerie poursuivaient leur étude de la scène de crime.

Aujourd'hui, toute la région est sous le choc. Chacun pense à un autre meurtre, tout aussi abject, perpétré non loin du Jura, il y a quatre ans : celui de Grégory Villemin. Un crime qui n'a jamais été élucidé. Comment accepter qu'une telle abomination se répète, et toujours dans nos montagnes ? Malgré le silence du procureur, il semblerait que les gendarmes disposent de pistes sérieuses. Le magistrat a promis de livrer un nouveau communiqué dans les heures à venir. Nous ne pouvons qu'espérer des résultats rapides. Que l'ignominie, à défaut d'être réparée, soit au moins châtiée !

Je levai les yeux de l'écran – Chopard avait numérisé ses articles. Près d'une centaine de bulletins couvraient la période de novembre 88 à décembre 89. J'avais déjà survolé une fois l'ensemble et je me concentrais maintenant sur les grands virages de l'enquête.

J'allumai une Camel. Le journaliste m'avait autorisé à fumer dans son antre, au premier étage. Un bureau tapissé de sapines, où une bibliothèque croulait sous les cartons, les piles de livres, les liasses de journaux. Il y avait aussi une table lumineuse, enfouie sous des planches de diapositives. La caverne d'un journaliste de faits divers, toujours en retard d'un livre ou d'un dossier.

Je me levai et ouvris la fenêtre pour ne pas empuantir la pièce. La maison de Chopard était un pavillon sans fioriture, aux murs de ciment, percés de pavés de verre. Une terrasse, couverte d'une toile goudronnée, surplombait la route, à gauche, et s'ouvrait, à droite, sur un jardin en pagaille : piscine de plastique dégonflée, pneus crevés, chaises pliantes jonchaient les herbes hautes.

Je laissai la fenêtre ouverte et plongeai de nouveau dans l'affaire.

Courrier du Jura, 14 novembre 1988.

AFFAIRE SIMONIS :
L'ENQUÊTE S'ORGANISE

Face à la cruauté du meurtre de Manon Simonis, en quelques heures, Sartuis s'est transformée en forteresse militaire. Hier, 13 novembre, trois nouvelles escouades de gendarmes sont arrivées de Besançon et de Pontarlier. L'après-midi, le procureur de la République a annoncé qu'un juge d'instruction était saisi, Gilbert de Witt, et qu'un chef d'enquête était nommé, le commandant Jean-Pierre Lamberton, du Service de Recherches de Morteau. « Deux hommes d'expérience, qui ont déjà fait leurs preuves dans nos départements », a-t-il précisé.

Pourtant, le communiqué du magistrat a tourné court. Aucune information nouvelle sur l'enquête. Rien sur le rapport d'autopsie. Rien sur les témoins entendus. Le procureur n'a pas précisé non plus les hypothèses privilégiées par les gendarmes. On ne peut que louer cette discrétion. Pourtant, les habitants de Sartuis ont le droit de savoir.

Au *Courrier du Jura*, nous menons notre propre enquête. Nous avons appris que Sylvie Simonis, ayant subi une opération bénigne, a quitté l'hôpital hier matin. Nul ne sait où elle s'est installée depuis – sa maison reste vide. Par ailleurs, le témoignage de Martine Scotto n'a rien donné. Le mystère est total : pourquoi personne n'a vu Manon dans l'aire de jeux ? Est-elle sortie par une autre issue ? Comment, et avec qui s'est-elle rendue jusqu'au site d'épuration ? Manon était une enfant farouche, qui n'aurait jamais suivi un étranger. Voilà pourquoi les gendarmes se concentrent plutôt sur l'entourage de l'enfant.

D'autres énigmes persistent. Comme l'absence d'empreintes de pas ou de pneus sur le site d'épuration. Ou la cause exacte de la mort de Manon. Selon les sauveteurs, le décès par hydrocution est plus probable qu'une noyade. Mais pourquoi les autorités ne nous donnent-elles aucune précision ? Pourquoi ce silence à propos du rapport d'autopsie ? Gendarmes et magistrats doivent cesser ce black-out !

Dans les articles suivants, Chopard devenait le porte-parole d'une population impatiente. Les enquêteurs conservaient le silence. Au point que Chopard avait du mal à remplir son bulletin hebdomadaire. Selon lui, les gendarmes n'avaient simplement rien à dire. Ce meurtre était une pure énigme, sans logique ni explication, sans faille ni mobile.

Pourtant, dix jours après les faits, le 22 novembre, Chopard dénichait un scoop :

UN CORBEAU
DANS L'AFFAIRE SIMONIS !

Malgré la discrétion des enquêteurs, nous sommes parvenus à découvrir un fait décisif dans l'affaire

Simonis : avant le meurtre, un corbeau menaçait la famille !

Depuis le premier jour, un fait étonne. Pourquoi les gendarmes, lors des premières recherches, ont-ils eu l'idée de sonder un puits qui était – l'enquête l'a démontré – scellé par un couvercle de métal ? C'est tout simple : ils avaient été prévenus. À dix-huit heures, ce jour-là, Sylvie Simonis a reçu un appel à l'hôpital ainsi que ses beaux-parents, à Besançon. Ces appels désignaient un « puits », où le corps de Manon pourrait être retrouvé, et faisaient suite, nous le savons maintenant, à une longue série d'appels téléphoniques. Depuis un mois, Sylvie et ses beaux-parents subissaient les assauts répétés d'un corbeau.

D'après nos renseignements, la « voix » qui appelait était déformée, sans doute à l'aide d'un gadget qui permet de transformer le timbre vocal. Plusieurs entreprises de la région fabriquent ce genre de jouets. Les gendarmes ont interrogé les membres des trois usines qui produisent ce type de produits. Pour une raison que nous ignorons, les enquêteurs semblent penser que le corbeau n'a pas acheté ce filtre, mais l'a pris à sa source, chez un de ces grossistes.

La piste d'un rôdeur ou d'un tueur de passage est donc définitivement écartée. Il y a eu revendication. Il s'agit d'un acte de pure malfaisance, visant la famille Simonis. Plus que jamais, les gendarmes se concentrent sur l'entourage de Sylvie et de son enfant. Un de leurs proches travaille-t-il dans une de ces manufactures ? Les enquêteurs vont-ils organiser des tests de voix « déformées », afin de confondre le meurtrier ? Cette piste paraît être une des plus solides aujourd'hui.

J'allumai une nouvelle cigarette. Les ressemblances avec l'affaire Gregory étaient incroyables.

À croire que le tueur de Sartuis s'était inspiré de l'affaire de Lépanges.

Je fis défiler les chroniques. Les gendarmes s'étaient concentrés sur le problème de la voix. Ils avaient essayé des modèles de machines, organisé des séances d'enregistrement, avec des proches des Simonis. Ils avaient soumis ces tests à Sylvie et ses beaux-parents. Aucune des voix ne rappelait celle du Corbeau.

Début décembre, l'affaire avait subitement rebondi.

Courrier du Jura, 3 décembre 1988.

AFFAIRE SIMONIS :
UN SUSPECT ARRÊTÉ !

Un coup de tonnerre s'est produit, avant-hier, dans le dossier Simonis. Nous n'en avons été informés que cette nuit car les événements se sont déroulés en Suisse. Le 1er décembre, à 19 heures, un homme a été interpellé à son domicile par la police helvétique. Richard Moraz, 42 ans, artisan horloger chez Moschel, au Lode, dans le canton de Neuchâtel.

Selon nos informations, des soupçons pèsent sur l'horloger depuis deux semaines. Son interpellation, sur le territoire helvétique, posait d'évidentes difficultés juridiques. Nos deux gouvernements se sont entendus pour organiser l'inculpation de l'homme et Gilbert de Witt, juge d'instruction, escorté par les gendarmes de Sartuis, a commencé son interrogatoire, de l'autre côté de la frontière.

Qui est Richard Moraz ? Un collègue de travail de Sylvie Simonis, qui n'a jamais accepté la promotion de

Sylvie à ses dépens, en septembre dernier. Cette déception coïncide, exactement, avec le début des appels anonymes...

Un tel mobile – la jalousie professionnelle – paraît insuffisant pour expliquer le meurtre. Mais il y a un autre indice : Delphine Moraz, l'épouse de Richard, est salariée des entreprises Lammerie, qui fabriquent justement des transformateurs de voix.

Nous avons découvert, au *Courrier du Jura*, deux autres faits. Le premier : Richard Moraz n'est pas un inconnu des services de la police fédérale suisse. En 1983, alors qu'il enseignait à l'école d'horlogerie de Lausanne, l'artisan a été accusé de détournement de mineure. Le second : Moraz ne possède pas d'alibi pour l'heure et le jour du meurtre. À dix-sept heures, le 12 novembre, il se trouvait dans sa voiture, sur la route de son domicile.

Ces éléments ne font pas de l'horloger un coupable. Et Moraz n'appartient pas au cercle des proches qui auraient pu convaincre Manon de le suivre vers le site d'épuration. Physiquement, l'artisan est un colosse de plus de cent kilos qui n'a rien de rassurant. Certains murmurent qu'il aurait pu bénéficier de la complicité de sa femme. Le « tueur » serait-il un couple ?

Si Gilbert de Witt n'obtient pas d'aveux, il devra libérer le suspect. Dans tous les cas, le juge et le commandant Lamberton feraient bien de stopper leur stratégie du silence. En étant plus explicites, ils pourraient apaiser les esprits et réduire les soupçons. À Sartuis, la température monte chaque jour un peu plus !

Peu après, Richard Moraz avait été libéré. Son dossier d'accusation était si léger qu'un courant d'air l'aurait fait passer sous la porte. La ville des horlogers avait de nouveau plongé. Les rumeurs continuaient, les opinions se multipliaient. Et Chopard brodait sur cette atmosphère délétère.

À l'approche de Noël, la situation s'était apaisée. Les journaux locaux espaçaient leurs articles. Chopard lui-même se lassait de sa chronique. L'affaire Simonis s'éteignait à petit feu.

Au début de l'année suivante, pourtant, nouveau coup de théâtre. Je relus l'article du 14 janvier 1989.

AFFAIRE SIMONIS :
L'ASSASSIN AVOUE !

La nouvelle est tombée hier soir. Sartuis est sous le choc. Avant-hier après-midi, 12 janvier 1989, les gendarmes ont placé en garde à vue un nouveau suspect. Celui-ci a avoué le meurtre de Manon Simonis.

Âgé de 31 ans, originaire de la région de Metz, Patrick Cazeviel est un habitué des services de police. Il a déjà purgé deux peines de prison, respectivement de trois et quatre années, pour cambriolages et voies de fait. Comment les gendarmes de Sartuis sont-ils tombés sur cet homme violent, asocial, à la réputation sulfureuse ? C'est tout simple : Cazeviel est un ami d'enfance de Sylvie Simonis.

Pupille de l'État, il a séjourné, à l'âge de douze ans, dans un foyer d'accueil de Nancy : c'est là-bas qu'il a connu Sylvie, de trois ans sa cadette. Malgré leurs différences de caractère et d'ambitions, les deux adolescents étaient inséparables – et sans doute Cazeviel n'a-t-il jamais oublié sa passion d'adolescence. Lorsque Sylvie a obtenu sa bourse et commencé ses études d'horlogerie, Cazeviel a été arrêté pour la première fois. Leurs chemins se sont séparés. Sylvie a épousé Frédéric Simonis puis a accouché d'une petite fille.

Ainsi, le meurtre abominable prend peut-être sa source dans une histoire d'amour. Que s'est-il passé l'automne dernier ? Sylvie Simonis et Patrick Cazeviel se sont-ils revus ? Ce dernier a peut-être été éconduit. Il aurait voulu se venger en détruisant le fruit du mariage de Sylvie. Est-ce lui qui harcelait la famille de ses appels anonymes ?

Pour l'heure, le juge et les gendarmes n'ont apporté aucun commentaire : ils se sont contentés d'annoncer l'arrestation de Cazeviel et d'enregistrer ses aveux. Il sera bientôt écroué à la maison d'arrêt de Besançon. À Sartuis, chacun prie pour que cela soit la fin du cauchemar !

Cazeviel avait été libéré deux mois plus tard. Aucune preuve directe n'avait pu être retenue contre lui. En fait, dès la première annonce, quelque chose sonnait faux. Chopard avait brossé une description du suspect : un homme dangereux, solitaire, marginal, mais certainement pas l'assassin de Manon. Abandonné par ses parents à la naissance – « Cazeviel » était le village où il avait été trouvé – et mis sous tutelle de l'administration, il avait été baptisé « Patrick » dans son premier foyer, à Metz. Au fil des centres sociaux et des familles d'accueil, les termes qui revenaient à son sujet étaient : instable, indiscipliné, violent. Mais aussi : vif, brillant, volontaire... C'était ainsi qu'il avait pu accéder au foyer de Nancy, d'un bon niveau scolaire, où il avait rencontré Sylvie.

Sa part obscure avait ensuite pris le dessus. Casses, violences, arrestations... Malgré ses séjours en taule et ses boulots nomades (on le retrouvait tour à tour bûcheron, couvreur, forain), il n'avait jamais perdu de vue Sylvie. Les deux orphelins étaient liés par un pacte, une solidarité d'enfants perdus.

À la mort de Frédéric Simonis, en 1986, Cazeviel avait-il tenté sa chance ? Sylvie l'avait-elle repoussé ? Un tel refus aurait pu expliquer la rage de l'homme – et son crime. Mais je n'y croyais pas. Je pensais même que le malfrat avait offert sa protection à Sylvie, ne s'éloignant jamais de Sartuis. Le meurtre de Manon avait dû provoquer chez lui un remords diffus – il n'avait pas su défendre « sa veuve et son orpheline ». Dès lors, pourquoi avouer le meurtre ?

Dans les semaines qui suivirent, les gendarmes s'étaient heurtés à un mur. La perquisition à son domicile n'avait rien donné. Les essais de voix déformée non plus. La reconstitution, en février, avait tourné au fiasco. En mars, le cambrioleur, sur les conseils de son avocat, s'était rétracté. Il avait déclaré que ses aveux étaient faux – il n'avait avoué que sous la pression des gendarmes.

En représailles contre ces derniers, le juge de Witt avait confié l'enquête au SRPJ de Besançon. Les policiers avaient pris le contre-pied des gendarmes. En mai 1989, le commissaire Philippe Setton avait organisé une conférence de presse, violant au passage le fameux black-out, pour annoncer que l'investigation privilégiait désormais la piste de... l'accident. Tollé dans la salle : un accident, avec la plaque qui avait été descellée ? Avec le Corbeau qui révélait que le corps de Manon était dans un puits ? Setton n'en démordit pas. Selon certains indices, disait-il, on pouvait imaginer un jeu entre enfants. Un jeu qui aurait mal tourné.

L'hypothèse résolvait deux énigmes : l'apparente docilité de Manon à prendre le chemin du site et l'absence de traces sur la terre verglacée, liée au faible poids des protagonistes – des enfants. Mais surtout, cette piste ouvrait un champ de suspects auxquels personne n'avait pensé : les gosses présents ce soir-là dans l'aire de jeux de la cité.

Les flics se concentrèrent sur Thomas Longhini, 13 ans, un garçon plus âgé que Manon, qui était son « meilleur ami ». Chaque soir, l'adolescent la retrouvait au pied de l'immeuble des Corolles. Et ce soir-là ?

Interrogé une première fois, le 20 mai 1989, à la mairie de Sartuis, Thomas avait été relâché. Puis convoqué une seconde fois, début juin, au SRPJ de Besançon avant d'être entendu par le juge de Witt et un magistrat pour mineurs, au TGI. Il avait été placé en garde à vue, sous les conditions drastiques prévues en cas de détention de mineur.

La version officielle était tombée. Thomas Longhini soupçonné d'homicide involontaire. Il avait joué avec Manon, sur le site d'épuration, prenant des risques inconsidérés. La petite fille était tombée par accident. Philippe Setton avait expliqué tout cela aux médias. En conclusion, il avait dû admettre que l'adolescent n'avait pas avoué. « Pas encore », avait-il répété, soutenant le regard des journalistes.

Deux jours plus tard, Thomas Longhini était libéré et les policiers conspués pour leurs méthodes et leur précipitation. Les gendarmes eux-mêmes avaient pris parti pour l'adolescent. Ils avaient pointé l'absurdité du raisonnement policier, insistant sur les menaces téléphoniques. Si Manon Simonis était morte dans un accident, qui avait revendiqué le meurtre avant qu'il ne soit rendu public ? Qui menaçait Sylvie Simonis depuis des mois ?

La piste Longhini fut le dernier acte du dossier. En septembre 89, Jean-Claude Chopard avait cessé d'écrire sur le sujet. Pour tous, l'affaire Manon Simonis était classée – et non résolue.

Je frottai mes paupières endolories. Je n'étais pas sûr d'avoir appris grand-chose. Et il me manquait toujours la pièce essentielle. Pas l'ombre d'une corrélation entre ce fait divers glauque et le meurtre de Sylvie Simonis, commis quatorze ans plus tard.

Pourtant, j'éprouvais le sentiment confus que quelque chose était « passé » pendant ma lecture. Un message subliminal que je n'avais pas su lire. Les enquêteurs, gendarmes ou flics, tous ceux qui avaient approché ce meurtre, avaient dû éprouver le même malaise. La vérité était là, sous notre nez. Il y avait une logique, une structure souterraine, derrière cette affaire, et personne n'avait trouvé la juste distance pour la décrypter.

Une voix résonna dans l'escalier, provenant du rez-de-chaussée :

— T'endors pas sur ma prose. Apéritif !

36

Chopard m'attendait sur la terrasse, face à un barbecue fumant – de belles truites rosées crépitaient sur les braises. Je me souvenais de ses paniers vides. Le briscard éclata de rire, comme s'il pouvait voir mon expression dans son dos :

— Je viens de les acheter au restaurant d'à côté. C'est ce que je fais à chaque fois.

Il désigna une table de plastique, entourée de chaises de jardin. Le couvert était mis : nappe en papier, assiettes en carton, gobelets et couverts en plastique. J'étais soulagé par un tel service : aucun risque de grincements de métal.

— Sers-toi. Les munitions sont à l'ombre, sous la table.

Je trouvai une bouteille de Ricard et du chablis. J'optai pour le blanc et allumai une Camel.

— Assieds-toi. C'est prêt dans une minute.

Je m'installai. Le soleil nappait chaque objet d'une fine pellicule de chaleur. Je fermai les yeux et tentai de reprendre mes esprits. Les milliers de mots que je venais de lire flottaient dans ma tête.

— Alors, qu'est-ce que t'en penses ?

Chopard déposa une truite croustillante dans mon assiette, agrémentée de frites surgelées.

— Belle prose.

— Déconne pas. Quel est ton sentiment ?

— Vous tirez parfois à la ligne.

Il leva ses couverts géants, assortis au barbecue :

— Je faisais avec ce qu'on me donnait ! Les gendarmes étaient obsédés par le secret. La vérité, c'est qu'ils avaient rien. Que dalle. Ils ont jamais rien eu…

Il fit tomber une truite dans son assiette et s'installa en face de moi :

— Mais l'enquête : qu'est-ce que t'en penses ? Ton avis de flic m'intéresse.

— J'ai vu passer quelque chose. Mais je ne sais pas quoi.

Chopard frappa le dos de sa main droite dans sa paume gauche :

— C'est ça ! Exactement ça ! (Il se pencha vers moi, après avoir vidé son verre.) Il y a une brume… Une brume de culpabilité, qui flotte sur toute cette histoire.

— Le coupable serait un des trois suspects ?

— Les trois, à mon avis.

— Quoi ?

— C'est mon intuition. J'ai approché chacun des lascars. J'ai même pu en interroger deux, à ma sauce. Je peux te certifier un truc : ils étaient pas nets.

— Vous voulez dire qu'ils auraient commis le meurtre… ensemble ?

Il engloutit une lamelle de chair blanche :

— J'ai pas dit ça. Au fond, je suis même pas sûr qu'un des trois ait fait le coup.

— J'ai du mal à vous suivre.

— Mange, ça va être froid. (Il remplit son verre et le vida en un coup de coude.) Y avait chez chacun d'eux une part de responsabilité. Une sorte de… pourcentage de culpabilité. Disons : trente pour cent. À eux trois, ils formaient l'assassin idéal.

Je goûtai le poisson : délicieux.

— Je ne comprends pas.

— Ça t'est jamais arrivé dans une enquête ? La culpabilité plane sur chaque suspect, mais ne se fixe jamais. Et même quand t'as découvert le vrai meurtrier, l'ombre ne quitte pas les autres…

— Tous les jours. Mais mon boulot est justement de m'en tenir aux faits. D'arrêter celui qui a tenu l'arme. Revenons au meurtre de Manon. Si vous deviez choisir un coupable, ça serait lequel ?

Chopard remplit encore nos gobelets. Il avait déjà vidé son assiette. Il dit :

— Thomas Longhini, l'adolescent.

— Pourquoi ?

— Il était le seul que la petite aurait suivi. Manon se méfiait des adultes. Et je les imagine bien, tous les deux, ce soir-là, filer à l'anglaise, main dans la main. Passer par l'issue de secours ou la cave.

— Vous rejoignez donc la théorie du SRPJ ?

— Le jeu qu'aurait mal tourné ? Je suis pas sûr… Mais Thomas a sa part de responsabilité, c'est clair.

— Si c'est un crime classique, quel serait le mobile de l'adolescent ?

— Qui sait ce qui se passe dans la tête d'un môme ?

— Vous l'avez interrogé ?

— Non. Après sa libération, ses parents ont quitté Sartuis. Le gosse était chamboulé.

— Les flics l'avaient secoué ?

— Setton, le commissaire, n'était pas un tendre.

— Aujourd'hui, vous savez où se trouve Thomas ?

— Non. Je crois même que la famille a changé de nom.

Je bus une nouvelle gorgée. La nausée se précisait :

— Les deux autres, Moraz et Cazeviel, vous savez où je peux les trouver ?

— Moraz n'a pas bougé. Il est resté au Lode. Cazeviel est dans le coin, lui aussi. Il s'occupe d'un centre aéré, près de Morteau.

Je sortis mon bloc et griffonnai leurs coordonnées.

— Et les autres ? Les enquêteurs de l'époque ? Il y a moyen de les rencontrer ?

— Non. Setton est devenu préfet, quelque part en France. De Witt est mort.

J'attrapai mon paquet de Camel pour faire passer le goût du vin.

— Et Lamberton ?

— En train de mourir d'un cancer de la gorge. À Jean-Minjoz, l'hôpital de Besançon.

Chopard remplit à nouveau mon verre puis tendit son briquet pour allumer ma cigarette. La tête me tournait :

— Les beaux-parents ?

— Ils sont installés en Suisse romande. Inutile de les appeler. Je me suis déjà cassé les dents. Ils ne veulent plus entendre parler de cette histoire.

— Dernière question, à propos de Manon : sur la scène de crime, il n'y avait pas de signes de satanisme ?

— Des croix, des trucs comme ça ?

— Ce genre-là, ouais.

Je vidai mon gobelet. En renversant la tête, je partis en arrière. Je me retins à la table, comme à un bastingage. Je crus que j'allais vomir sur mes chaussures.

— Personne n'en a jamais parlé. (Chopard se pencha, intrigué :) T'as une piste ?

— Non. Et sur le meurtre de Sylvie, vous avez votre idée ?

Il remplit encore une fois nos verres.

— Je te l'ai déjà dit : c'est le même tueur.

— Mais quel serait le mobile ?

— Une vengeance, qui s'applique à quatorze ans de distance.

— Une vengeance pour quoi ?

— C'est la clé de l'énigme. C'est ça qu'il faut chercher.

— Pourquoi avoir attendu tant d'années pour frapper à nouveau ?

— À toi de trouver la réponse. T'es bien ici pour ça, non ?

Je fis un mouvement incertain et crus de nouveau perdre l'équilibre. Tout devenait spongieux, instable, oscillant. J'avalai une bouchée de poisson pour enrayer la sensation d'ivresse.

— Longhini pourrait donc être aussi le tueur de Sylvie ?

— Réfléchis un peu. Pourquoi tant de différence entre les deux meurtres ? Parce que le tueur a changé. Sa pulsion criminelle a mûri. En 1988, Thomas Longhini avait quatorze ans. Il en a vingt-huit aujourd'hui. Pour un meurtrier, c'est l'âge crucial. La période où la pulsion criminelle explose. La première fois, c'était peut-être un accident, lié au sadisme d'un jeu. La deuxième fois, c'est un meurtre, perpétré avec la froideur de la maturité.

— Où est-il aujourd'hui ?

— Je te dis qu'on n'en sait rien. Et il sera pas facile à débusquer. Il a changé de nom, il vit ailleurs.

Le soleil avait disparu. Le rendez-vous était terminé. Je me levai, vacillant :

— Vous pourriez m'imprimer vos articles ?

— Déjà fait, mon gars. J'en ai une série toute prête.

Il bondit de sa chaise et disparut dans la maison. Je fixai les reflets de ciel gris sur les pavés de verre qui surplombaient la terrasse : les surfaces dépolies oscillaient comme des vagues.

— Voilà !

Chopard m'apporta une liasse reliée par une bouclette noire. À l'intérieur, était glissée une enveloppe kraft. Je m'appuyai contre la balustrade. Mon cerveau et mes tripes me semblaient baigner dans l'alcool, façon coq au vin.

— Je t'ai mis aussi un jeu de photos. Archives personnelles.

Je le remerciai, feuilletant les documents. Un glou-glou me fit lever les yeux :

— Tu vas pas partir avant le coup du curé !

37

Je m'arrêtai dans une clairière, à quelques kilomètres, et respirai l'air glacé. J'attrapai le dossier de Chopard et fis glisser l'enveloppe kraft dans ma main. Les premières photos se chargèrent de me dégriser complètement.

L'émersion de Manon. Des clichés pris dans l'urgence, cadrés de travers, fixés par le flash. L'anorak rose, le métal du brancard, la couverture de survie, une main blanche. Un autre cliché. Un portrait de Manon, vivante. Elle souriait à l'objectif. Un petit visage ovale. De grands yeux clairs, curieux, avides. Des cheveux blonds, presque blancs. Une beauté spectrale, fragile, comme surexposée par la clarté des cils et des sourcils.

La photo suivante représentait Sylvie Simonis. Elle était aussi brune que sa fille était blonde. Et d'une beauté singulière. Des sourcils touffus à la Frida Kahlo. Une bouche large, ourlée, sensuelle. Un teint mat, cadré par une coiffure à l'indienne. Seuls les yeux étaient clairs. Deux bulles d'eau bleutée, comme prisonnières des glaces. Curieusement, la petite fille semblait plus âgée que sa mère. Les deux êtres ne se ressemblaient pas du tout.

Je levai les yeux. À quatorze heures, le soleil reculait déjà. L'ombre se refermait sur la forêt. Il était temps d'organiser mon enquête. J'attrapai mon cellulaire.

— Svendsen? Durey. T'as pu jeter un œil sur le dossier?

— Magique. Ton affaire est magique.

— Arrête de déconner. Tu as trouvé quelque chose?

— Valleret a fait du bon boulot, admit-il. Surtout sur le plan des bestioles. Il s'est fait aider, non?

— Un mec du nom de Plinkh, spécialiste de l'entomologie légale. Tu connais?

— Non, mais c'est bien vu. Le tueur joue avec la chronologie de la mort. Terrifiant, et en même temps virtuose !

— Mais encore ?

— J'ai commencé à lister les acides qu'il pourrait avoir utilisés.

— Des produits difficiles d'accès ?

— Non. Hosto ou laboratoire chimique. Je ne parle pas seulement d'un labo de recherche, mais de n'importe quelle unité de production, tous domaines confondus : des crèmes glacées pour enfants aux peintures industrielles…

J'avais demandé à Foucault de recenser les laboratoires de la région, mais seulement dans le domaine de la recherche. Il fallait élargir le champ.

— Selon toi, c'est un chimiste ?

— Ou un touche-à-tout passionné. Chimie. Entomologie. Botanique.

— Dis-moi quelque chose que je ne sais pas déjà.

— J'aurais préféré un vrai corps, avec de vraies blessures ! J'ai mis plusieurs collègues sur le coup, selon leur spécialité. On est tous au taquet. À mon niveau, j'ai repéré une erreur de Valleret.

— Quelle erreur ?

— La langue. Pour moi, il s'est gouré.

— Quoi, la langue ?

— Il ne t'a pas dit qu'elle était sectionnée ?

J'étouffai un juron. Non seulement il ne m'en avait pas parlé, mais je n'avais pas lu le rapport avec assez d'attention. Je maugréai, cherchant mes clopes :

— Continue.

292

— Selon Valleret, la victime s'est elle-même coupé l'organe, sous le bâillon.

— Tu n'es pas d'accord ?

— Non. Ce serait assez compliqué à t'expliquer mais d'après le volume de sang dans la gorge, il est exclu que la victime se soit blessée elle-même. Soit l'assassin l'a coupée lui-même quand elle était vivante et a cautérisé la plaie, soit, c'est le plus probable, il a pratiqué l'ablation post mortem. À mon avis, c'est la seule blessure provoquée après le décès. Le mec n'a pas fait ça pour le plaisir. C'est un message. Ou un trophée. Il voulait l'organe.

Une référence directe à la parole ou au mensonge. Une allusion à Satan ? L'évangile selon saint Jean : « *Il n'y a pas de vérité en lui. Lorsqu'il profère le mensonge, il puise dans son propre bien parce qu'il est menteur et père du mensonge.* » Je demandai :

— Et le lichen ?

— Là, Valleret n'a rien foutu. Il aurait dû envoyer un échantillon aux spécialistes de…

— C'est ce que tu as fait ?

— Tout le monde est sur le coup, je te dis. On se démène, mon vieux.

— Tes spécialistes, ils n'ont encore rien dit ?

— A priori, on trouve ça sous la terre, dans l'obscurité des grottes. Mais il faut procéder à des analyses.

Une intuition. La plante luminescente jouait un rôle précis. Elle devait faire la clarté sur l'œuvre du tueur. C'était un projecteur naturel sur la cage thoracique soulevée de larves, rongée de pourriture… Une lumière venue des profondeurs. Un autre nom du diable était « Lucifer », en latin « le porteur de lumière ».

À cet instant j'eus un flash.

Le corps de Sylvie Simonis était, symboliquement, constellé de noms.

Les noms du diable.

Belzébuth, le Seigneur des mouches.

Satan, le Maître du mensonge.

Lucifer, le Prince de la lumière.

Une sorte de trinité marquait le cadavre.

Une trinité inversée – celle du Malin.

Le symbole grossier du crucifix n'était qu'un indice pour déchiffrer les signes plus sophistiqués du corps lui-même. Mon tueur ne se prenait pas seulement pour un serviteur du diable. Il représentait, à lui seul, toutes les figures consacrées de la Bête. Svendsen me parlait encore :

— Ho, tu m'écoutes ?

— Excuse-moi. Tu disais ?

— J'ai fait des agrandissements des morsures. Ces trucs-là me travaillent.

— Qu'est-ce que tu peux en dire ?

— Pour l'instant, rien.

— Super.

— Et toi ? Où tu es exactement ? Qu'est-ce que tu fous ?

— Je te rappelle.

Svendsen avait dû me parler du scarabée mais je n'avais rien entendu. Cette omniprésence du diable me plongeait dans un malaise indéfinissable. Quelque chose qui dépassait le dégoût habituel des meurtres. Une Camel à la rescousse, et le numéro de Foucault :

— J'ai lu le dossier, c'est dingue, dit-il tout de suite.

— T'as lancé la recherche, à l'échelle nationale ?

— Un message interne. J'ai aussi consulté le SALVAC et passé des coups de fil.

— Quelque chose est sorti ?

— Rien. Mais si le tueur a déjà frappé, ça sortira. Sa méthode est plutôt… originale.

— T'as raison. Les éleveurs d'insectes ?

— C'est dans les tuyaux.

— Les labos ?

— Idem. Ça prendra quelques heures.

— Contacte Svendsen. Il te donnera une liste plus large de sites chimiques.

— On est pas arrivés, Mat, je…

— Notre-Dame-de-Bienfaisance ?

— J'ai l'histoire du monastère. Rien à signaler. Aujourd'hui, c'est un refuge pour des missionnaires qui…

— Tu n'as rien d'autre ?

— Pour l'instant, non. Je…

— Ce que je t'ai demandé, ce n'est pas de consulter Internet. Arrache-toi, merde !

— Mais…

— Tu te rappelles l'unital6 ? L'association à qui Luc a envoyé des e-mails. Vois s'ils n'ont pas un lien avec Bienfaisance.

— D'accord, c'est tout ?

— Non. J'ai un autre truc à te demander, plus compliqué.

— Tu me rassures.

Je résumai l'histoire de Thomas Longhini. Quatorze ans, accusé d'homicide involontaire en janvier

1989. Mis en examen par le juge de Witt, interrogé par le SRPJ de Besançon, puis relâché. J'expliquai le changement de nom, l'absence totale de piste.

— Coton, ton truc.

— Foucault, je le répéterai pas. Tu bosses pas aux télécoms. Fais-toi aider par les autres. Et trouve-moi quelque chose !

Le flic grommela une réponse puis revint aux civilités :

— Et toi ? Ça va ? Tu avances ?

Je scrutai autour de moi la forêt rouge qui sombrait dans les ténèbres. J'avais toujours l'estomac au bord des lèvres et des fantômes plein la tête.

— Non, murmurai-je, ça ne va pas. Mais c'est le signe que j'avance dans la bonne direction.

Je raccrochai et tournai la clé de contact. Les sapinières, les collines nues, les nuages bas se mirent en mouvement. Une neige diaphane saupoudrait l'atmosphère. J'empruntai la rocade et longeai les cités colorées qui cernaient Sartuis.

Je remarquai des bâtiments de crépi blanc aux volets bordeaux. La cité des Corolles. Là où Manon avait disparu, un soir de novembre 1988. Je ne ralentis pas mais, à travers mes vitres, je sentis le froid, la solitude de ces édifices sur lesquels l'hiver rabotait déjà les jours.

Au bout d'un kilomètre, des bunkers de béton apparurent, en contrebas de la route, enfouis sous les mélèzes. Ralentissant, je distinguai des canalisations, des tuyaux coudés, des bassins rectangulaires.

Le site d'épuration.

Le lieu du crime.

Je cherchai un renfoncement pour me garer. Je saisis dans mon sac ma torche électrique, mon appareil numérique et me mis en marche. Il n'y avait pas de sentier. Les roches, qui saillaient parmi les fougères, étaient d'un rouge funeste, maculées de mousses verdâtres. Je plongeai dans les broussailles.

Au bas de la pente, les herbes, les lierres, les ronces se livraient à un vrai festin de pierre. Sous les sapins, je suivis les tuyaux. L'odeur de résine montait en force. À chaque mouvement pour écarter les branches, des étincelles vertes éclataient devant mes yeux. Au-dessus de moi, la neige continuait à tournoyer, claire, immatérielle.

Je tombai sur un premier puits, puis un second. J'avais toujours imaginé des cercles de ciment. En fait, ils étaient rectangulaires – des gouffres à angles droits. Lequel avait été la tombe de Manon ? Je suivis encore les conduits. Le vent était tombé. Une expression marine me vint à l'esprit : calme blanc.

Je n'éprouvais rien. Ni peur, ni répulsion. Juste le sentiment d'une page tournée. Le site ne vibrait plus d'aucune résonance, comme certaines scènes de crime où il est encore possible d'imaginer le meurtre, de ressentir son onde de choc. Je me penchai au-dessus d'un des puisards. Je me forçai à visualiser Manon, ses cheveux flottant sur la surface noire, sa doudoune rose gonflée d'eau. Je ne vis rien. Je regardai ma montre – 14 h 30. Je pris quelques photos, pour la forme, puis tournai les talons et m'orientai vers la pente.

À ce moment, j'entendis un rire.

Une image jaillit, fulgurante, près d'un puits. Des

mains saisissent l'anorak rose. Le rire léger fuse. Ce n'est pas une vision-éclair. Plutôt une révélation sourde, qui force à plisser les yeux, à tendre l'oreille. Je me concentre, guettant une nouvelle image. Rien. Je vais repartir quand soudain, un nouveau flash me cueille. Des mains poussent l'anorak. Éclat furtif. Frottement acrylique sur la pierre. Cri absorbé par l'abîme.

Je tombai dans les ronces. Le lieu n'était pas vidé de son horreur. L'empreinte du meurtre était là. Il ne s'agissait pas d'un phénomène paranormal. Plutôt la capacité de l'imaginaire à se projeter dans le cercle d'une scène violente, à la décrypter, à l'appréhender à un autre niveau de conscience.

Je me relevai et essayai d'appeler encore ces fragments. Impossible. Chaque tentative les éloignait un peu plus, exactement comme un rêve qui au réveil ne cesse de s'estomper à mesure qu'on fouille sa mémoire.

Je rebroussai chemin, parmi les branches et les épines. Le sol paraissait s'enfoncer sous mes pas. Il était temps de franchir la frontière.

38

Sur le seuil, un pupitre indiquait : « CHOUCROUTE À VINGT FRANCS, BIÈRE À VOLONTÉ ! » Je poussai les portes, façon saloon, de la Ferme Zidder. Le restaurant tout en bois évoquait la cale d'un navire. Même pénombre, même humidité. Aux relents de bière

s'ajoutaient les effluves de tabac froid et de choucroute rance. La salle était vide. Les tables portaient
encore les vestiges des repas achevés.

Les voisins de Richard Moraz m'avaient signalé
que ce dernier déjeunait, chaque samedi, dans ce
restaurant bavarois. Mais il était quinze heures
trente. J'arrivais trop tard.

Pourtant, solitaire au bout du bar, un homme
énorme en salopette à fines rayures lisait le journal.
Une montagne de chair, aux plis tectoniques. L'article de Chopard parlait d'un « colosse de plus de
cent kilos ». Peut-être mon horloger... Il était
penché sur sa lecture, stylo en main, lunettes sur le
nez, une chope de mousse posée devant lui. Il portait une chevalière pratiquement à chaque doigt.

Je m'assis à quelques tabourets, un œil dans sa
direction. Ses traits étaient durs et son regard plus
dur encore. Mais une certaine noblesse se dégageait
du visage, cerné par un collier de barbe. Ma conviction revint en force : Moraz. Et j'étais d'accord
avec Chopard. Face à lui, on pensait aussi sec :
« coupable ».

Je commandai un café. Le gros homme demanda
au barman, les yeux sur son journal :

— Petit noir. En six lettres.

— Café ?

— Six lettres.

— Espresso ?

— Laisse tomber.

Le serveur glissa une tasse dans ma direction. Je
dis :

— Pygmée.

L'obèse me lança un bref regard au-dessus de ses

lunettes. Il baissa de nouveau les paupières puis énonça :

— Conduite intérieure. Dix lettres.

Le type derrière son comptoir hasarda :

— Alfa-Romeo ?

Je soufflai :

— Conscience.

Il me considéra plus longuement. Sans me quitter des yeux, il proposa :

— Manquent de culture. Sept lettres.

— Friches.

À mes débuts, du temps des planques, j'avais passé des heures à remplir des cases de mots croisés. Je connaissais par cœur ces définitions jouant sur les sens et les mots. Le joueur eut un mauvais sourire :

— Un champion, hein ?

— Porte-poisse. Neuf lettres.

— Scoumoune ?

Je plaquai ma carte tricolore sur le comptoir :

— Flicaille.

— C'est censé être drôle ?

— À vous de voir. Vous êtes bien Richard Moraz ?

— On est en Suisse, mon pote. Ta carte, tu peux te la foutre où je pense.

Je rangeai mon document et lui offris mon plus beau sourire :

— J'y songerai. En attendant, des réponses à quelques questions, vite fait, sans histoire, ça vous va ?

Moraz vida sa bière puis ôta ses lunettes, qu'il glissa dans la poche centrale de sa salopette :

— Qu'est-ce que tu veux ?

— J'enquête sur le meurtre de Sylvie Simonis.

— Original.

— Je pense que ce meurtre est lié à celui de Manon.

— Encore plus original.

— Alors, je viens vous voir.

— Mon pote, tu fais vraiment dans le jamais-vu.

L'horloger s'adressa au barman, qui astiquait son percolateur :

— Donne-moi une autre pression. La connerie, ça me donne soif.

Je glissai sur l'insulte. J'avais déjà cadré le personnage : fort en gueule, agressif, mais plus malin que sa grossièreté ne le laissait supposer.

— Quatorze ans après, il faut encore qu'on m'emmerde avec ça, reprit-il d'une voix consternée. Tu connais mon dossier d'accusation, non ? Y avait pas une ligne qui tenait la route. Leur gros morceau, c'était un jouet, une machine pour trafiquer les voix, fabriquée dans l'atelier où travaillait ma femme.

— Je suis au courant.

— Et ça te fait pas rire ?

— Si.

— C'est encore plus drôle quand on sait que j'étais en instance de divorce. Avec ma morue, on se parlait plus que par lettres recommandées. Pas mal pour des complices, non ?

Il empoigna sa nouvelle chope et en siffla la moitié, d'un coup. Quand il la reposa, des traînées de mousse trempaient sa barbe. Il conclut, après un revers de manche :

— Tout ça, c'étaient des idées de Frouzes !

J'observai encore ses mains, surtout ses bagues. L'une représentait une étoile, incrustée dans un entrelacs byzantin. Une autre était frappée de torsades et d'arabesques. Une autre encore se creusait en un cercle, barré d'une tige, à la manière d'un collier de prisonnier. Une voix me murmura encore : « coupable ». C'était la voix de Chopard, avec sa théorie des 30 %.

— Vous aviez déjà eu affaire à la justice.

— Mon détournement de mineure ? Mon pote, c'est moi qu'aurais dû porter plainte. Pour harcèlement sexuel !

Il but encore une fois, à la santé de son humour. J'allumai une cigarette :

— Il y a aussi votre absence d'alibi.

— 17 h 30 : qu'est-ce qu'on fait à cette heure-là ? On rentre chez soi. Avec vous, les flics, il faudrait toujours organiser un coktail à l'heure du crime. Pour qu'une centaine de personnes puissent vous servir un alibi sur un plateau.

Il s'envoya une dernière goulée puis posa lourdement sa chope.

— Plus j'te regarde, dit-il, plus j'me dis que tu connais pas mon dossier. T'as pas l'air dans l'coup, mon pote. Je me demande si t'as la moindre autorité dans cette affaire, même du côté français.

— Vous aviez un mobile.

Il ricana encore. Finalement, cette conversation paraissait l'amuser. À moins que la bière ne développe sa joie de vivre :

— C'est la meilleure de l'histoire. J'aurais tué une enfant, par jalousie professionnelle ? (Il tendit sa grosse main devant lui.) Regarde cette paluche,

302

mon pote. Elle est capable de faire des miracles. Sylvie avait la main d'or, c'est vrai. Mais moi aussi, tu peux demander aux collègues. D'ailleurs, j'ai eu finalement ma promotion. Tout ça, c'est un fatras de conneries.

— Vous auriez pu téléphoner à Sylvie, des mois durant, rien que pour lui nuire.

— Tu connais rien à l'affaire. Si t'étais mieux renseigné, tu saurais que le soir du meurtre, le tueur est venu jusqu'à l'hôpital pour appeler Sylvie Simonis. La narguer d'une cabine, à quelques mètres de sa chambre.

J'ignorais ce détail. Le mammouth continuait :

— Il a utilisé la cabine téléphonique du hall de l'hôpital. Tu me vois, avec mon bide, me glisser là-dedans ? (Il se frappa le ventre.) Le voilà, mon alibi !

— Vous étiez peut-être plusieurs.

L'horloger s'extirpa de son siège. Il tomba pesamment sur ses jambes et se planta devant moi. Il était moins grand que moi mais devait peser cent cinquante kilos.

— Tu vas te tirer, maintenant. Ici, t'es dans mon pays. T'as aucun droit. À part celui de te prendre mon poing sur la gueule.

— La main d'or, hein ?

Je lui plaquai le bras droit sur le comptoir et écrasai ma Camel sur une de ses bagues. Il eut un mouvement réflexe pour lever le poing mais je maintins ma prise.

— Je m'appelle Mathieu Durey, dis-je, Brigade Criminelle de Paris. Tu peux te renseigner : on pourrait tapisser cette pièce avec mes PV d'arrestations. Et c'est pas parce que je respecte les règles…

303

L'homme haletait comme un caniche.

— Je te sens impliqué dans ce merdier, mon gros. Jusqu'au nez. Je sais pas encore comment, ni pourquoi, mais tu peux être sûr que je ne me casserai pas d'ici avant d'avoir obtenu les réponses. Et ni tes avocats, ni ta frontière de merde ne te protégeront.

Son visage suait la haine par tous les pores. Je lâchai son bras, pris ma tasse et la vidai d'un trait :

— Fondu au noir. Neuf lettres.

— Obscurité ?

— Carbonisé. À bientôt, « mon pote ».

39

Ma première escapade suisse me laissait un goût amer. Passé les douanes, je mis le cap vers le nordest, en direction de Morteau. À mesure que j'approchais de la ville, des panneaux en forme de saucisses me souhaitaient la bienvenue. Charmant. Je tombai sur la ville, enfoncée dans une vallée étroite. Ses toits bruns se multipliaient, couleur d'opium, ou, pour rester dans le ton, couleur de boudin.

Patrick Càzeviel travaillait dans un centre aéré, près du mont Gaudichot, au sud de Morteau. Je suivis ma carte et pris une départementale. Très vite, un panneau indiqua la direction du centre de loisirs, énumérant déjà les activités possibles : kayak, escalade, VTT, etc.

J'avais du mal à imaginer Cazeviel dans ce contexte. Depuis la tragédie de Manon, il avait été plusieurs fois soupçonné de cambriolages sérieux. Je ne voyais pas un tel lascar dans la peau d'un animateur. Ce n'était plus une réinsertion, mais une rédemption miraculeuse.

Je suivis un chemin de terre et découvris une grande construction de rondins noirs, formant angle droit, et rappelant les ranchs des premiers colons américains, isolés dans des forêts virginales. Dès que je mis un pied dehors, la rumeur des enfants m'accueillit. On était samedi : le centre devait afficher complet.

J'actionnai la poignée et pénétrai dans un réfectoire. Des dizaines de manteaux étaient suspendus. Une baie vitrée s'ouvrait sur une pente d'herbe rase, qui descendait jusqu'à un lac. Une quarantaine d'enfants couraient, s'agitaient, hurlaient, comme si une ivresse particulière montait des pelouses. Je trouvai une nouvelle porte et passai dehors.

Il y avait dans l'air un parfum de joie, d'allégresse irrésistible. Le lac gris, les arbres verts, l'odeur d'herbe fraîche, ces cris qui s'élevaient en clameur… Cette cour de récréation sans limite, éclatante dans l'air froid, remuait en moi une partie, enfouie, oubliée. Non pas un souvenir d'enfance, mais une promesse de bonheur, qu'on porte toujours en soi, sans pouvoir jamais la formuler, ni même la concevoir. Un goût de paradis, irraisonné, sans concrète justification.

Une voix stoppa ma rêverie.

Un animateur voulait savoir ce que je foutais là.

Je prétendis être un ami de Cazeviel. On m'indiqua, au-delà de l'aile droite, les bois qui surplombaient le plan d'eau. Je coupai à travers le gazon, évitant un match de foot, contournant une balle au prisonnier, et découvris un nouveau sentier, qui serpentait vers les sapins.

À l'orée de la forêt, un potager déployait ses allées noires et symétriques. Un homme accroupi, près d'une brouette, s'affairait. Je marchai jusqu'à lui, entre les laitues et les pieds de tomates.

— Patrick Cazeviel ?

L'homme leva la tête. Torse nu, il se tenait à genoux, les deux mains dans la terre. Il avait le crâne rasé, des traits réguliers, mais avec quelque chose d'inquiétant. Cette belle gueule avait aussi un côté « Freddy Kruger », le tueur aux lames de fer qui vient éventrer les adolescents dans leur sommeil.

— Patrick Cazeviel ?

Il se mit debout, sans un mot. Ce que j'avais pris pour une illusion d'optique, l'ombre des feuillages sur sa peau, était réel. Fabuleusement réel. L'homme avait le torse entièrement tatoué. Des dessins fiévreux, entrelacés, couvraient sa poitrine et ses bras. Deux dragons orientaux grimpaient sur ses épaules ; un aigle déployait ses ailes sur ses pectoraux ; un serpent bleu nuit s'enroulait autour de ses abdominaux. Il ressemblait à une créature recouverte d'écailles.

— C'est moi, dit-il en lançant une laitue dans sa brouette. Vous êtes qui ?

— Je m'appelle Mathieu Durey.

— Vous êtes de Besançon ?

— Paris. Brigade Criminelle.

Il me détailla, sans se gêner. Je songeai à ma propre allure. Le manteau flottant, le costume

306

froissé, la cravate de travers. Nous étions aussi caractéristiques l'un que l'autre – le flic et l'ex-taulard. Deux caricatures dans le vent d'après-midi. Cazeviel esquissa un sourire :

— Sylvie Simonis, hein ?

— Toujours. Et sa fille, Manon.

— On est un peu loin de votre juridiction, non ?

Je souris en retour et lui offris une cigarette. Il refusa d'un signe de tête.

— Ce que je propose, dis-je en allumant la mienne, c'est une conversation amicale.

— Je suis pas sûr de vouloir des amis dans votre style.

— Quelques questions, et je retourne à ma voiture, vous à vos salades.

Cazeviel scruta le lac qui se déployait sur ma gauche. Argent gris et bleu du ciel. Il ôta ses gros gants de toile et les frappa l'un contre l'autre.

— Café ?

— Avec plaisir.

Il se laissa choir sur un tas de terre et tendit le bras derrière la brouette. Il attrapa un Thermos et un gobelet. Il dévissa le capuchon de la bouteille, qu'il retourna pour obtenir une deuxième tasse. Il y versa avec précaution le café. Je voyais ses muscles jouer sous ses tatouages. Il avait quarante-cinq ans, je le savais par les articles, mais son corps en paraissait trente.

Je saisis le gobelet qu'il me tendait et m'installai sur un amas de glaise. Il y eut un silence. Cazeviel semblait insensible au froid. Je songeai au gosse orphelin, qui avait fait un serment à Sylvie Simonis.

— Qu'est-ce que vous voulez savoir ?

307

— Comme tout le monde.

— Mec, c'est de l'histoire ancienne. Y'a long-temps qu'on m'emmerde plus avec ça.

— Ce ne sera pas long.

— Je t'écoute.

— Qu'est-ce qui vous a poussé à avouer le meurtre de Manon ?

— Les gendarmes.

Je bus une gorgée de café – tiède, mais bon – et pris un ton ironique :

— Ils vous ont secoué et vous avez craqué ?

— C'est ça.

— Sérieusement, qu'est-ce qui vous a pris ?

— Je voulais les faire chier. Pour eux, j'étais for-cément coupable. Ils en avaient rien à foutre que Sylvie soit pour moi comme une sœur. Pour ces connards, y avait que mon casier qui comptait. Alors, je leur ai dit « O.K., les mecs, coffrez-moi. » (Il croisa ses deux poignets, attendant les menot-tes.) Je voulais les pousser jusqu'au bout de leur logique de merde.

Cazeviel parlait avec une lenteur, une indolence troublantes. Une souplesse qui rappelait les reptiles sur sa peau.

— Avec votre cursus, c'était plutôt risqué, non ?

— Le risque, je vis avec.

L'homme ressemblait bien au protecteur que j'avais imaginé. Un ange gardien, mais inquiétant, menaçant. Je revins sur un détail qui me préoc-cupait :

— En 1986, vous sortiez de prison.

— C'est dans mon CV.

— Sylvie était mariée, mère de famille, brillante horlogère. Vous aviez des contacts avec elle?

— Non.

— Comment l'avez-vous retrouvée? Elle ne portait plus son nom de jeune fille.

Il me regarda avec curiosité. L'ennemi était donc plus dangereux qu'il n'avait cru, mais cette découverte ne semblait lui faire ni chaud ni froid. Il sourit :

— Ta clope, ça tient toujours?

Je lui offris une Camel. J'en repris une au passage.

— Je vais te faire une confidence. Un truc que j'ai jamais dit à personne.

— En quel honneur?

— Je sais pas. Peut-être parce que t'as l'air aussi allumé que moi. Après la taule, je me suis installé à Nancy, avec des collègues. Notre tactique, c'était d'attaquer la Suisse. Chaque nuit, on passait la frontière en douce. De l'autre côté, une bagnole nous attendait. On cassait à Neuchâtel, Lausanne... Genève même, parfois.

Je passai au tutoiement :

— N'oublie pas que je suis flic.

— Y'a prescription, mon gars. Bref, on a compris qu'il y avait aussi du blé à se faire de ce côté-ci de la frontière, dans certaines baraques de notables. Sartuis, Morteau, Pontarlier... Une nuit, on a cassé un atelier bizarre, rempli d'horloges précieuses. C'est alors que j'ai vu les photos. Des photos de Sylvie et de sa fille. Putain : j'étais chez elle! L'amour de ma jeunesse, qui s'était mariée et qui avait une petite fille.

Il prit une taffe, pour digérer, encore une fois, sa surprise – et son amertume.

— J'ai dit aux autres de tout remettre en place. Y'a eu un peu de chahut mais ils se sont calmés. Après ça, j'ai recontacté Sylvie.

— Elle était déjà veuve, non ?

Il souffla sur l'extrémité incandescente de sa cigarette, qui passa au rose vif :

— Je me suis fait des idées, c'est vrai. Mais nos routes pouvaient plus se croiser.

— En tant que chrétienne, elle te sermonnait ?

— Pas son genre. Et elle était pas assez naïve pour penser qu'avec quelques baratins de curé, j'allais reprendre le droit chemin. M'enterrer dans une scierie, pour un salaire de misère.

— C'est ce que tu as fait pourtant, parfois.

— Parfois, oui. Mes périodes de calme.

— Comme aujourd'hui ?

— Aujourd'hui, c'est différent.

— Qu'est-ce qui est différent ?

Cazeviel s'envoya une rasade de café sans répondre.

— À la mort de Manon, comment tu as réagi ?

— La colère. La rage.

— Elle t'avait parlé des coups de fil anonymes ?

— Non. Elle m'avait rien dit… Sinon… Je l'aurais protégée. Rien ne serait arrivé.

— Avouer le meurtre aux gendarmes, ce n'était pas respectueux de son chagrin.

Il me lança un regard assassin. Tout son torse se tendit, ses tatouages s'animèrent. Un instant, je crus qu'il allait me sauter à la gorge, mais il résuma d'une voix calme :

310

— Mec, c'était un problème entre moi et les keufs, compris?

Je n'insistai pas.

— Sylvie avait des soupçons au sujet du véritable meurtrier?

— Elle a jamais rien voulu me dire. La seule chose dont je suis sûr, c'était qu'elle ne croyait pas à l'enquête des gendarmes. Leurs pistes foireuses et leurs mobiles à la con.

— Et toi, quelle est ta conviction?

Il regarda encore une fois le lac, tirant sur sa clope jusqu'à son extrême fin.

— Pour accuser, y faut des preuves. Personne n'a jamais su qui a tué Manon. Peut-être un cinglé, qu'a frappé au hasard. Ou un mec qui haïssait Sylvie et sa fille, pour une raison inconnue. Y'a qu'un truc qui est clair : le salopard court toujours.

— Pour toi, c'est le même homme qui a frappé à quatorze ans de distance?

— Aucun doute.

— Tu as des soupçons?

— Je te dis que j'emmerde les soupçons.

— Tu n'as jamais enquêté, par tes propres moyens?

— J'ai pas dit mon dernier mot.

Je me levai, époussetant mon manteau. Il m'imita, balançant son Thermos et ses tasses parmi les salades de la brouette.

— Adios, la flicaille. Chacun sa route. Mais si t'apprends quelque chose, je suis preneur.

— Et réciproquement?

Il approuva sans répondre et empoigna sa brouette. Je le regardai s'éloigner et compris que j'avais manqué le plus beau. Dans son dos, un diable magnifique, cornes torsadées et longue gueule de bélier, ouvrait ses ailes de chauve-souris.

Je songeai à cette étrange histoire d'amour et d'amitié entre un homme sauvage et une horlogère surdouée. Une belle pièce, aux personnages captivants.

Il n'y avait qu'un problème : tout était faux.

J'en étais certain : Patrick Cazeviel m'avait menti sur toute la ligne.

40

Je repris la route, songeant au troisième homme : Thomas Longhini, le gamin disparu. Je devais le retrouver, d'urgence. J'écoutai la messagerie de mon portable. Pas de message de Foucault.

En contrebas, la vallée de Sartuis et ses cités bigarrées s'allumaient dans le crépuscule. Je remarquai un groupe de résidences aux tons plus sobres. Des villas traditionnelles, cernées par des jardins. Leurs baies vitrées étaient plongées dans l'ombre mais leurs vasistas, sur la toiture opposée, scintillaient encore. Ces demeures étaient toutes tournées vers l'est. Ce fait me rappela un détail que j'avais lu dans mon guide.

Jadis, les ateliers des horlogers regardaient toujours vers l'est, afin de profiter du soleil le plus tôt possible. Les artisans du haut Doubs, qui étaient aussi agriculteurs, se mettaient au boulot dès l'aube, avant le travail des champs. Cette idée en appela une autre : la « maison aux horloges » de Sylvie devait se trouver dans ce quartier. Je vérifiai dans mes notes. Chopard m'avait inscrit l'adresse : « 42, rue des Chênes ».

Cela valait le détour.

Les bâtisses rénovées multipliaient les pignons brisés, les lambris de bois, les colombages. Les jardins de façade étaient florissants, les voitures stationnant au bord des trottoirs ou dans des box ouverts étaient toutes de marque allemande : Audi, Mercedes, BMW. Pas besoin d'être fin limier pour deviner que ce quartier résidentiel était habité par le gratin des usines de micromécanique ou de jouets qui avaient remplacé, dans ces vallées, l'activité horlogère.

Je tombai sur la rue des Chênes, qui montait à l'assaut d'une colline. Les réverbères s'espaçaient, les villas devenaient rares, s'enfouissant dans des parcs de plus en plus vastes. Je passai une vitesse et grimpai dans l'obscurité.

La maison aux horloges était la dernière, en retrait de la route. Un bloc massif dont les pentes de toit, descendant très bas, formaient une pyramide d'ombre. Le premier étage était lambrissé de bois alors que le rez-de-chaussée était crépi de blanc. Je m'attendais à un château tarabiscoté, un portail noir, des tours mugissantes. Cette demeure évoquait plutôt une grosse ferme du coin, dotée d'un garage sur la droite, en contrebas sur la pente.

Je la dépassai sans ralentir, montai jusqu'à un rond-point puis m'engageai dans une impasse stoppant net sous les arbres. J'éteignis mes phares et me garai. Personne en vue. Je redescendis vers ma cible, à travers champs, loin des réverbères.

Je tombai sur la façade arrière. Pas de porte de ce côté. Je testai chaque paire de volets fermés. L'une d'elles jouait. Je glissai ma main dans l'entrebâillement, trouvai le crochet de verrouillage et libérai un panneau. Je découvris une fenêtre basculante. Je tentai d'y insinuer les doigts. Pas moyen. À l'intérieur, la poignée était abaissée, verrouillant solidement le cadre.

J'optai pour les grands moyens. Je ramassai une pierre, l'enroulai dans mon manteau et frappai la vitre d'un coup sec. Le verre éclata. J'engageai mon bras par la trouée et actionnai la poignée. Quelques secondes plus tard, j'étais dans la maison. Je refermai les volets, rabattis la fenêtre et déposai au sol les débris de verre que j'avais ramassés à l'extérieur. À moins d'un coup de malchance, l'effraction ne serait pas remarquée avant plusieurs semaines.

Je restai immobile, me nourrissant de l'atmosphère du lieu. Au loin, un chien aboya. Je ne savais pas où j'étais exactement dans la maison. Le silence, l'obscurité me faisaient l'effet d'une immersion soudaine en eaux glacées. Peu à peu, mes yeux s'habituèrent au noir. Devant moi, un couloir. Sur ma droite, un escalier. À gauche, des portes closes.

Je suivis le corridor et atteignis le salon. Une pièce d'un seul tenant, ouverte jusqu'à la charpente. Sous cette dernière courait une coursive, donnant sans doute sur les chambres. Aucun meuble, à l'exception d'étagères métalliques et d'un large plateau incliné, sur tréteaux, près de la baie vitrée.

Des pendules, des carillons, des sabliers étaient

disposés sur les structures. Je m'approchai des objets. Je n'y connaissais rien mais je distinguai, à vue de nez, plusieurs époques – des cadrans solaires antiques, des sabliers du Moyen Âge, des horloges aux rouages apparents, des cercles dorés, soutenus par des angelots, déclinant les périodes de la Renaissance, de l'Âge classique ou du siècle des Lumières. Il y avait aussi une vitrine de montres à gousset, variant les motifs et les matériaux : argent ciselé, zinc patiné, émail coloré… Pas un tic-tac, pas un cliquetis ne résonnait.

Comme partout à Sartuis, le temps ici s'était arrêté.

Je traversai la pièce et m'approchai du pupitre de travail, face à la baie. Les instruments de précision y étaient encore disposés, comme si Sylvie venait juste d'achever un réglage. Des soufflets, des pinces, des pointes si fines qu'on songeait à un nécessaire de microchirurgie. Je posai la main sur le dossier de cuir du tabouret. J'imaginais Sylvie, penchée sur ses rouages, triturant les mailles du temps, alors que le soleil se levait.

Je retournai dans le couloir et ouvris la première porte. Une salle à manger, décorée à l'ancienne. Meubles massifs, table ronde, couverte par une nappe blanche, parquets cirés. Qui payait pour l'entretien de la maison ? À qui revenaient tous ces biens ? Je me demandai si Sylvie Simonis possédait encore une famille lointaine. Ou si c'était sa belle-famille honnie qui allait hériter.

J'activai l'interrupteur mural. La lumière jaillit. Par réflexe, je jetai un regard aux volets clos : aucun risque qu'on m'aperçoive du dehors. Je fouillai chaque meuble – en pure perte. Services de table, couverts, nappes, serviettes. Pas un seul objet personnel. J'éteignis et abandonnai cette pièce.

La deuxième porte donnait sur la cuisine. Même place nette, même neutralité. Carrelage éclatant, vaisselle immaculée. Les hauts placards en bois étaient remplis d'ustensiles de cuisine, d'engins électroménagers dernier cri. Pas une photo sur les murs, pas un pense-bête sur le frigo. On se serait cru dans un meublé à louer.

Je revins sur mes pas et attaquai l'escalier. En haut, la passerelle desservait deux chambres, entièrement vides. La troisième était celle de Sylvie, je le devinais. Des meubles jurassiens, briqués et sombres. Au sol, un parquet nu, sans tapis. Sur les murs, du crépi. Quant au lit, un châssis de chêne, privé de matelas et d'édredon. J'ouvris les tiroirs, les armoires. Vides. On avait ratissé les lieux. Les gendarmes ? Les légataires de la maison ?

Coup d'œil à ma montre : 19 h 10. Plus d'une demi-heure que je rôdais ici sans le moindre résultat. Au bout de la coursive, je repérai un nouvel escalier, abrupt et étroit. Je grimpai à la verticale jusqu'au grenier aménagé, dont le plafond mansardé était tapissé de laine de verre. Deux vasistas perçaient la pente. Je ne pouvais pas allumer ici mais j'y voyais suffisamment.

Ce devait être le bureau de Sylvie. Au sol, une moquette de couleur écrue. Aux murs, des panneaux de tissu clair. Le mobilier se résumait à une planche posée sur deux tréteaux, des meubles-classeurs, une armoire. J'ouvris les rangements. Vides. Des meubles qui devaient avoir abrité toute la comptabilité de Sylvie, ses papiers administratifs, mais qui avaient été nettoyés.

Malgré le froid, la chaleur de mon corps ne cessait de monter. Mon manteau pesait des tonnes, ma chemise collait à ma peau. Quelque chose me retenait encore. Je sentais qu'il y avait un truc à trouver dans cette maison. Une planque où Sylvie avait conservé tout ce qui concernait la mort de sa petite fille.

Une idée.

Je redescendis dans le séjour et ouvris, avec précaution, les vitrines. Les horloges. Les socles. Les boîtiers. Des recoins et profondeurs pour dissimuler un secret. Je manipulai les pendules, les soulevant, les secouant, ouvrant leurs entrailles. À la cinquième, je trouvai un tiroir encastré dans la base. Je l'ouvris et n'en crus pas mes yeux : une cassette audio. Je songeai aux enregistrements des appels téléphoniques du tueur. Je saisis ma trouvaille et reposai l'horloge. Une première prise. D'autres objets devaient contenir d'autres indices…

Le canon d'une arme se planta dans ma nuque.

— Ne bougez pas.

Je me figeai.

— Tournez-vous lentement et mettez vos mains sur la table.

Je reconnus l'élocution. Stéphane Sarrazin.

— Je pensais qu'on s'était mis d'accord, vous et moi.

Je pivotai de trente degrés et plaquai mes deux mains sur le pupitre de travail. Le gendarme se livra à une fouille rapide, attrapant mon automatique, palpant mes poches.

— Tournez-vous. Face à moi.

317

Ses cheveux noirs se découpaient, très nets sur son front. Ses yeux rapprochés traçaient avec l'arête du nez une croix, ou un poignard sombre. Il ressemblait à Diabolik, un héros de bande dessinée italienne des années soixante. Il tenait maintenant un automatique dans chaque main.

— Violation de domicile. Destruction d'indices. Vous êtes mal parti.

— Quels indices? (Je tenais la cassette au creux de ma main repliée.) Vous avez déjà tout ratissé ici.

— Peu importe. Le juge Magnan appréciera.

— Pourquoi vous méfier de moi? Pourquoi refuser mon aide?

— Votre aide?

— Vous êtes dans une impasse. Il y a quatorze ans, vos collègues n'ont rien trouvé. Cette année, vous n'avez pas plus de résultat. L'affaire Simonis est une énigme.

Le gendarme hocha la tête avec indulgence. Il portait le pull bleu réglementaire, barré d'une rayure blanche. Ses galons scintillaient dans l'obscurité.

— Je vous avais dit de disparaître, dit-il en rengainant son arme et en glissant la mienne dans sa ceinture.

— Pourquoi ne pas faire équipe?

— Vous avez la tête dure. Qu'est-ce que vous avez à foutre de l'affaire Simonis?

— Je vous le répète. Cette enquête intéressait un ami.

— Bobards. Si votre pote était venu enquêter ici, je l'aurais repéré.

— Il était peut-être plus discret que moi. Personne ne paraît l'avoir rencontré.

Le gendarme se tourna vers la baie vitrée, les mains dans le dos. Il se détendait. Devant lui, Sartuis s'enfonçait dans les ténèbres.

— Durey, la porte est derrière vous. Vous venez chercher votre arme demain matin à la gendarmerie et vous dégagez. Si vous êtes encore à Sartuis à midi, j'appelle le Proc.

Je me dirigeai vers le couloir, à reculons, feignant un mélange de colère contenue et de docilité. J'ouvris la porte principale et me pris une violente rafale dans le visage. Je suivis la route jusqu'au rond-point, sans couper à travers les pâturages.

La nuit était pure et claire. Le ciel pétillait d'étoiles. J'atteignis la voie sans issue où était garée ma voiture. Je lançai un regard derrière moi, en direction de la maison. Sur le seuil, Stéphane Sarrazin m'observait, en position martiale. Je me glissai dans ma voiture et risquai un sourire. La cassette était toujours dans ma main.

41

La petite fille est prisonnière,
Dans la maison des pas perdus.
Aiguilles de pin, aiguilles de fer,
La petite fille ne chantera plus...

C'était une comptine.
Chantée sur quelques notes.
Une mélopée qui sonnait faux. La voix, surtout,

était malsaine. Un timbre atrophié, ni grave ni aigu, ni masculin ni féminin. Seulement dissonant, et en même temps étrangement doux.

Je stoppai le magnétophone. J'avais déjà écouté la bande une bonne vingtaine de fois. J'étais installé dans le dortoir, bouclé à double tour, muni du lecteur de cassettes du père Mariotte.

L'enregistrement comportait trois messages, sans date ni commentaire. Des appels du Corbeau que Sylvie Simonis avait conservés. Je les avais déjà copiés sur mon Mac – son et texte. Personne ne m'avait prévenu de ce détail sophistiqué : les agressions anonymes n'étaient pas parlées, mais chantées. Assis sur mon lit, entouré par les rideaux beiges, j'appuyai sur la touche Lecture.

La petite fille est en danger,
Tant pis pour elle, tout est perdu.
Il est trop tard l'heure a sonné,
La petite fille ne chantera plus...

J'imaginais la bouche qui produisait de tels sons, le visage dont émanait cette voix. Un être défiguré, une face zoomorphe. Ou encore une face blessée, emmaillotée, dissimulée... Je me rappelai l'énigme du transformateur de voix, la piste que les gendarmes avaient suivie et qui avait abouti à l'inculpation de Richard Moraz. Je ne comprenais pas comment Lamberton et ses hommes avaient pu s'obstiner dans cette direction.

J'avais déjà entendu des voix déformées artificiellement – par l'hélium, un Vocoder ou tout autre filtre électronique. Elles ne sonnaient jamais comme celle-ci. Elle ne possédaient pas ce caractère détimbré, difforme, mais étrangement... naturel.

Troisième message :

> *La petite fille est dans le puits,*
> *Malheur à ceux qui n'ont pas cru.*
> *Au fond de l'eau tout est fini,*
> *La petite fille ne chante plus...*

J'arrêtai la machine. Sans doute l'ultime message, celui qui avait aiguillé les gendarmes vers le puisard. Sylvie avait eu la présence d'esprit de l'enregistrer, alors qu'elle était à l'hôpital. Dans quel état d'esprit pouvait-elle être ? Pourquoi avait-elle laissé sa fille sans protection malgré ces menaces ?

En cherchant le magnétophone, j'avais piqué aussi, dans la bibliothèque de Mariotte, un ouvrage sur les traditions de la région : *Contes et légendes du Jura*. Au chapitre 12, un passage concernait la fameuse maison aux horloges.

Au début du XVIIIe siècle, expliquaient les auteurs, une famille d'horlogers avait construit cette maison sur le flanc d'une colline, pour se protéger des bourrasques glacées du nord et abriter leur travail de patience. En réalité, ils souhaitaient se cacher des regards indiscrets. Ces artisans étaient alchimistes. Ils étaient parvenus à fabriquer des pendules aux vertus magiques. Des rouages si précis, des déclics si infimes, qu'ils ouvraient des brèches dans la succession du temps. Des fissures qui donnaient à leur tour sur un monde intemporel...

Il y avait d'autres versions de la légende. Dans l'une d'elles, les horlogers appartenaient à une lignée de sorciers. Leur demeure avait été construite sur des marécages pestilentiels et les failles de leurs pendules s'ouvraient directement sur l'enfer. Ces « portes » fonctionnaient dans les deux sens. Entre deux chiffres gothiques, les démons pouvaient aussi accéder à notre monde.

La fatigue aidant, j'imaginai, malgré moi, un démon à tête de vampire s'échappant d'une horloge et s'acharnant sur Sylvie Simonis, la mordant, l'empoisonnant, laissant ses propres signatures sur son corps. Satan et la langue coupée. Belzébuth et ses mouches bourdonnantes. Lucifer et la lumière filtrant sous les côtes...

Je balayai ce mauvais trip et continuai ma lecture. Une troisième variante expliquait que les artisans maudits avaient attiré, par leurs recherches, le malheur sur Sartuis. Des faits avérés par l'histoire. Épidémies de peste au XVIIIe siècle, choléra et incendies au XIXe, massacres, exécutions et rages meurtrières durant les deux guerres mondiales, sans compter une grippe déferlante qui avait décimé la population en 1920. Dans les vallées qui entouraient Sartuis, il était courant d'attribuer ces fléaux à la maison aux horloges et à son réseau hydrographique empoisonné. Les plus superstitieux la rendaient même responsable de la faillite industrielle du comté.

Je me frottai les yeux. Deux heures du matin. Je ne voyais pas pourquoi je brûlais des heures de sommeil avec ces foutaises. Une question revenait toujours m'obséder : pourquoi Sylvie Simonis était-elle restée dans cette ville de merde, dans cette baraque funeste, avec le fantôme de sa fille ?

Je revoyais le pupitre incliné, les instruments de précision. À quoi pensait-elle, durant ces années, alors que gendarmes et flics pataugeaient joyeusement ? Elle avait conservé la cassette du Corbeau et, sans doute, planqué ailleurs d'autres éléments concernant la fin tragique de Manon. Elle n'avait pas cherché à tourner la page. Pourquoi ?

Soudain, je sus.

Sylvie Simonis cherchait l'assassin, elle aussi. Elle avait mené sa propre enquête, pendant quatorze ans. Avec patience, rigueur, obstination. Elle avait suivi ses propres pistes, écouté ses soupçons. Voilà pourquoi elle était restée dans cette ville hostile où elle n'avait connu que le malheur. Elle voulait vivre près de l'assassin. Elle voulait respirer son sillage – et l'identifier. Oui : cet entêtement correspondait à son caractère tenace et à sa patience d'horlogère. Elle n'avait pas lâché le morceau. Il lui fallait la tête du tueur.

Avait-elle réussi ? Sa mort pouvait constituer une réponse. L'été dernier, d'une manière ou d'une autre, elle avait démasqué l'assassin de sa fille. Mais, au lieu de prévenir les autorités, elle avait voulu le piéger – peut-être l'éliminer de ses propres mains. Les choses avaient mal tourné. Le meurtrier de Manon l'avait sacrifiée à son nouveau rituel. Un sacrifice qu'il avait mûri au fil des années, comme un cancer, au fond de son cerveau.

J'écrasai ma cigarette et lançai au coup d'œil au cendrier rempli de mégots. J'étais plongé dans un véritable brouillard tabagique. J'ouvris les rideaux autour de mon lit. Mon histoire tenait le coup mais il était inutile de la ruminer toute la nuit, sans pouvoir rien vérifier.

J'entrouvris la fenêtre puis éteignis la lumière. Mes paupières battirent, quelques-unes des pendules de Sylvie Simonis m'apparurent. Sabliers en forme d'ellipse, coffres ajourés, figurines de bronze doré tenant un arc, un maillet, une trompette. Je sombrai dans un demi-sommeil alors qu'une partie de ma lucidité s'accrochait encore. Des montres de gousset… Des cadrans cernés de coquillages… Des ornements en forme de feuilles, de globes, de lyres…

Tout à coup, une ombre jaillit des aiguilles d'une horloge. Une silhouette noire, en redingote et chapeau claque. Je ne pouvais voir son visage mais je savais que ses intentions étaient malfaisantes. Je songeai à Méphistophélès. Au Dapertutto des *Contes* d'Hoffmann. L'ombre se pencha sur moi, la bouche près de mon oreille, et murmura : « J'ai trouvé la gorge. »

La voix n'était pas celle de la cassette mais celle de Luc. Je me redressai, juste à temps pour voir ses yeux, injectés de rouge et de fureur, sous le chapeau. C'étaient les yeux qui m'avaient observé sur le belvédère de Notre-Dame-de-Bienfaisance.

42

— Des superstitions. De simples superstitions.
— Mais ces fléaux ont existé dans la région ?
— Je ne suis pas historien. Je crois que tout ça

est un tissu d'inepties. Vous savez ce qu'on dit sur les légendes : elles ont toujours une origine réelle. À Sartuis, il y a la fumée, mais pas le feu.

À 7 heures du matin, le père Mariotte trempait une tartine beurrée dans son café au lait, avec la mine concentrée d'un biologiste préparant un vaccin. Cinq heures de sommeil avaient reposé mon corps, pas mon esprit.

— Et la maison aux horloges, elle est vraiment construite sur des marécages ?

Mariotte fit une grimace irritée. Je lui gâchais son petit déjeuner.

— Il faudrait vérifier le réseau hydrographique. Je sais que la rocade, un peu plus à l'est, a été édifiée sur des terres humides qu'il a fallu assécher et assainir. Mais la maison dont vous parlez, du moins pour ses fondations, remonte à au moins deux siècles. Comment savoir ? Vous avez vraiment besoin de toutes ces informations ? C'est pour votre reportage ?

Il était bien le seul homme de la ville à croire encore que j'étais journaliste. Superbe exemple de l'isolement de l'Église dans le monde contemporain.

— En réalité, j'écris un livre. Je voudrais planter le décor avec précision.

— Un livre ? (Il me lança un coup d'œil soupçonneux.) Un livre ? Sur quoi, Seigneur ?

— L'histoire des Simonis.

— Je me demande qui ça pourrait intéresser.

— Revenons aux habitants de Sartuis, ils croient à la malchance de la ville ? Au pouvoir de la maison ?

Le prêtre but son café au lait puis grommela :

— Les gens d'ici sont prêts à croire à n'importe quoi. Quant aux autres vallées, il suffit d'y passer pour entendre le vrai nom de Sartuis : la vallée du Diable.

— Le meurtre de Manon, ça n'a pas dû arranger les choses, non ?

— C'est le moins qu'on puisse dire.

— Ni celui de Sylvie.

Il reposa son bol et planta ses yeux dans les miens :

— Mon ami, je vous donne un conseil : ne tombez pas là-dedans.

— Dans quoi ?

— Les superstitions du coin. C'est le tonneau des Danaïdes.

— Le premier soir, vous m'avez dit que vous aviez installé un confessionnal dans l'annexe, pour les cas d'urgence. Ces urgences sont liées à ces superstitions, non ? Les paroissiens ont peur du diable ?

Mariotte se leva et regarda sa montre :

— 7 heures ! Je suis déjà en retard. On est dimanche. (Il se força à rire.) Pour le curé, c'est le grand barouf ! Messe le matin et match l'après-midi !

Comme pour lui donner raison, les cloches de l'église sonnèrent. Il saisit son bol et son assiette. Je proposai :

— Laissez. Je le ferai.

Il me remercia d'un regard et disparut dans un claquement de porte. Ce prêtre n'était décidément pas franc du collier. Il disait la vérité mais une zone d'ombre altérait son discours en permanence.

Je débarrassai la table, rangeai les couverts et les

assiettes dans le lave-vaisselle. L'idéal pour réfléchir. Je sentais encore, au-dessus des faits, une structure supérieure. Ces légendes maléfiques jouaient un rôle dans les deux meurtres, j'en étais certain. Le tueur y avait puisé une source d'inspiration. Peut-être même agissait-il sous l'influence de ces contes à propos de diables et d'horloges...

Après une douche glacée, dans les vestiaires du dortoir, je bouclai mon sac, y glissant les nouveaux éléments – la cassette audio, le livre sur les légendes du Jura – et fourrai l'ensemble dans mon coffre de voiture. Je n'excluais pas un départ précipité. D'ici peu, Stéphane Sarrazin allait me virer *manu militari*.

8 heures.

Un peu tôt pour attaquer mes coups de fil, surtout un dimanche, mais je n'avais pas le choix. Je contournai le presbytère et allumai une clope, faisant les cent pas sur le terrain de basket.

Premier appel : Foucault. Pas de réponse. Ni sur le cellulaire ni sur la ligne privée. Je tentai le coup avec Svendsen. Même topo. Merde. J'allais rester tanké avec mes questions et mes nouvelles pistes. Je consultai mon agenda, grelottant dans le froid, et contactai une vieille connaissance. Trois sonneries et, enfin, une réponse. Quand il reconnut ma voix, l'homme éclata de rire :

— Durey ? Quel mauvais vent t'amène ?

— Une recherche. Hyperurgente.

— Un dimanche ? Toujours hors sujet, à ce que je vois.

— Tu peux ou non ?

Jacques Demy, homonyme du cinéaste, était un camarade de promo et un génie de la brigade financière. À la police des chiffres, on l'avait surnommé « Facturator ».

— Je t'écoute.

— Vérifier les comptes d'une Française, salariée en Suisse, morte en juin dernier : c'est possible ?

— Tout est possible.

— Même un dimanche ?

— Les ordinateurs ne prennent pas de vacances. Sa banque est en France ou en Suisse ?

— À toi de voir.

Je lui donnai le nom, ainsi que tous les renseignements que je possédais.

— Qu'est-ce que tu cherches ?

— Elle effectuait peut-être un virement régulier, depuis plusieurs années.

— À qui ?

— C'est ce que je veux savoir.

— Donne-moi au moins une orientation.

Je formulai mon hypothèse, qui ne reposait sur rien :

— Je pense à une agence de détectives. Un enquêteur privé.

— Je suppose que c'est pour hier ?

Je songeai à Stéphane Sarrazin, qui devait déjà m'attendre dans les locaux de la gendarmerie. J'approuvai. Facturator me jeta :

— Je te rappelle aussi vite que possible.

Ce premier coup de fil me redonnait de l'énergie. De quoi passer à un autre, plus difficile. Laure Soubeyras.

— Tu n'as pas appelé hier, répondit-elle.

La voix était pâteuse, ensommeillée.

— Comment va-t-il?

— Stationnaire.

— Et toi?

— Pareil.

— Que disent les petites?

— Elles me demandent quand papa va revenir.

J'entendis des bruits de draps, un tintement de verre. Je la réveillais. Elle devait être abrutie de somnifères et d'anxiolytiques.

— Tu fais quelque chose avec elles, aujourd'hui? hasardai-je.

— Que veux-tu que je fasse? Je les donne à mes parents et je vais à l'hôpital.

Silence. J'aurais pu risquer une parole de consolation mais je ne voulais pas jouer de ces formules creuses.

— Et toi? reprit-elle. Où en es-tu?

— Je suis sur ses traces. Dans le Jura.

— Qu'est-ce que t'as trouvé?

— Rien encore, mais j'avance dans son sillage.

— T'as vu où ça l'a mené…

— Je te jure que j'obtiendrai une explication.

Nouveau silence. J'entendais son souffle. Elle semblait hébétée. Je ne savais toujours pas quoi dire. Faute de mieux, je murmurai :

— Je te rappelle. Promis.

Je raccrochai, la gorge plombée.

Il fallait que je bouge. Il fallait que je cherche.

Je courus à ma voiture.

Essayer un dernier truc ici avant que Sarrazin me tombe dessus.

43

L'école Jean-Lurçat se situait au nord de la ville, près de supermarchés tels que Leclerc ou Lidl et un McDonald's. L'interphone du portail proposait deux boutons : « École » et « Mme Bohn ». Directrice ou gardienne ? J'appuyai sur le nom. Au bout de quelques secondes, une voix féminine répondit. Je me présentai en tant que policier. Il y eut un silence, puis le micro crachota :

— J'arrive.

Mme Bohn déboula. C'était bien le mot : elle roulait plus qu'elle ne marchait. Elle devait peser dans les cent kilos et ressemblait, dans son loden, à une monstrueuse cloche de feutre. J'imaginais les surnoms que les gamins pouvaient lui donner.

— Je suis la directrice de l'établissement.

Les mains glissées dans ses manches, à la tibétaine, elle levait vers moi un visage large, trop maquillé, auréolé de boucles blondes laquées.

— C'est pour l'affaire Simonis ? ajouta-t-elle, la bouche pincée.

— Exactement.

— Je suis désolée. Je ne peux rien pour vous. Manon n'était pas dans notre école. Vous n'êtes pas le premier à vous tromper.

— Où était-elle ?

— Je ne sais pas. Peut-être à Morteau. Ou dans le privé, de l'autre côté de la frontière.

Le mensonge était énorme. Tout le monde connaissait la chronologie du meurtre et personne n'avait jamais évoqué un voyage en voiture de l'école à la cité des Corolles. Je scrutai ses yeux clairs, étrangement globuleux. Silence. Je m'inclinai :

— Excusez-moi de vous avoir dérangée.

— Ce n'est rien. Je suis habituée. Au revoir, monsieur.

Elle agita une main de poupée, toute potelée, puis pivota. J'attendis qu'elle franchisse le seuil de l'immeuble avant d'enjamber la barrière. Je devais pêcher les informations par moi-même. Trouver les archives, les forcer et dégoter les livrets scolaires de Manon Simonis. Combien de chances d'y parvenir ? Disons, cinquante pour cent.

Je traversais la cour quand j'aperçus, sur ma droite, juste à la jonction du bâtiment principal et du gymnase, des compartiments à ciel ouvert. Les chiottes. Une idée me sourit.

Je me glissai dans l'allée centrale où couraient les lavabos. Au fond, un petit jardin bruissait de bambous et de peupliers. Ce détail changeait tout. Je n'étais plus dans de vulgaires toilettes d'école mais dans une rêverie chinoise, cernée de feuillages... Je touchai le bois des portes, le ciment des murs, évaluant leur vétusté.

Combien de chances de débusquer ici ce que j'espérais ?

Je misai sur une pour mille.

J'ouvris la première porte et scrutai les murs couleur kaki. Des fissures, des marques de crasse, des graffitis enfantins. Certains au feutre, d'autres gravés dans le ciment. « LA MAÎTRESSE ET CONE », « QUEU BITE ZOB », « J'AIME KEVIN ».

Je passai au second compartiment. Un filet d'eau ricanait quelque part, se mêlant aux frémissements des feuilles. Je lus d'autres hiéroglyphes. « SABINE SUCE KARIM », « ENCULER »... Des croquis de verges ou de seins étoffaient les textes. À l'évidence, les toilettes servaient aussi de défouloirs.

Troisième cellule. Je sortis de cette nouvelle cabine en me disant que mon idée était absurde. Je poussai la porte suivante et restai pétrifié. Entre deux tuyaux, une ligne maladroite était gravée dans la pierre :

MANON SIMONIS, LE DIABLE
EST SUR TON DOS !

Je n'en attendais pas tant. J'avais espéré seulement un nom, une allusion. Je traversai l'esplanade au pas de course, m'engouffrai dans le bloc et grimpai au premier étage. Je tombai sur la directrice dans son bureau.

— Vous me prenez pour un con ?

Elle sursauta. Debout, elle tenait un pulvérisateur à la main, occupée à chouchouter ses plantes vertes.

— Je reviens des toilettes de la cour. Un graffiti mentionne le nom de Manon Simonis.

— Un graffiti ? Dans les toilettes ?

— Pourquoi vous m'avez menti ?

— Vous vous rendez compte ? Dix ans que je demande un budget pour la réfection des...

— Pourquoi ce mensonge ?

— Je... On m'a téléphoné. Pour me prévenir que vous viendriez.

— Qui ?

— Un gendarme. Je n'ai rien compris d'abord

mais il m'a parlé d'un policier de haute taille, s'intéressant à Manon. Il m'a ordonné de vous renvoyer
aussi sec.

La réponse me calma. Sarrazin anticipait, comme
je l'avais prévu, mes faits et gestes.

— Asseyez-vous, ordonnai-je. Je n'en ai que pour
quelques minutes.

— Je dois arroser mes plantes. Je peux répondre
debout.

— Je ne blâme pas le capitaine Sarrazin, fis-je
plus doucement. L'affaire Simonis est un dossier
délicat.

— Vous venez de Paris ?

Je la sentais mûre pour le bobard que j'avais déjà
servi à Marilyne Rosarias.

— Quand une enquête devient sensible, notre
service est contacté. Sectes. Crimes rituels. Les
enquêteurs classiques n'aiment pas qu'on fourre
notre nez dans leurs procédures. Nous avons nos
propres méthodes.

— Je vois. Sylvie Simonis a été assassinée ? C'est
officiel ?

— Cette mort a réveillé la première affaire,
éludai-je. Vous dirigiez déjà l'école quand Manon
était ici ?

Mme Bohn appuya sur son pulvérisateur, provoquant une brume d'eau. Je répétai ma question.

— À l'époque, j'étais simple institutrice, dit-elle.
Je l'ai même eue l'avant-dernière année, en CE1.

— Comment était-elle ?

— Vive. Espiègle. Presque… trop. Son caractère
ne collait pas avec son visage d'ange.

— Je croyais que c'était une enfant timide et réservée.

— Tout le monde le croyait. En réalité, elle était dissipée. Toujours en quête d'une bêtise à faire. Dangereuse même, parfois.

— Dangereuse ?

— Elle n'avait pas froid aux yeux. Une vraie risque-tout.

Cette révélation modifiait le contexte de l'enlèvement :

— Elle aurait pu suivre un inconnu ?

— Je n'ai pas dit ça. Elle était en même temps très farouche.

— Comment décririez-vous sa relation avec Thomas Longhini ?

— Inséparables.

— Ils avaient cinq ans de différence.

— L'école primaire et le collège partagent la même cour. Et ils se voyaient à la cité des Corolles.

— Les enquêteurs ont prétendu que Manon n'aurait pu suivre que Thomas ce soir-là. Vous êtes d'accord ?

Elle hésita puis reprit son manège avec son spray. L'odeur de terre humide montait, à la fois fraîche et lugubre. Je songeai à la terre des morts, qui se retournera sur chacun de nous.

— Ils faisaient la paire, c'est sûr. Manon n'aurait pas hésité à suivre Thomas.

— C'est votre hypothèse ?

— Ils ont pu aller au site d'épuration, inventer un jeu qui a mal tourné, oui.

Je devais retrouver ce Thomas Longhini, coûte que coûte. J'enchaînai :

334

— Si on parle d'accident, comment expliquer les menaces du Corbeau?

— Une coïncidence, peut-être. Sylvie Simonis avait beaucoup d'ennemis. Mais pourquoi remuer tout ça, quatorze ans plus tard?

— Et vous, à l'école, vous n'avez jamais reçu d'appels bizarres?

— Si, une fois. Un homme. Il m'a prévenue qu'il avait la plus grosse et qu'il allait me la mettre profond.

Je sursautai : Mme Bohn avait prononcé cela d'un ton neutre. Elle enchaîna, l'air déçu :

— J'attends toujours.

Je restai ébahi. Elle me lança un regard par en dessous et sourit :

— Excusez-moi. C'était de l'humour.

Je changeai de cap :

— Vous connaissez la maison aux horloges?

— Bien sûr. Sylvie venait d'y emménager.

— Vous connaissez son histoire? La légende qui circule à son sujet?

— Comme tout le monde.

— Dans les toilettes de votre école, on a gravé : « Manon Simonis, le diable est sur ton dos. » Pourquoi a-t-on écrit cela à votre avis?

— Il y a eu des rumeurs, parmi les élèves.

— Du style?

— Le bruit s'était propagé qu'un diable pourchassait Manon.

— Quel genre de diable?

— Aucune idée.

— Pourquoi disait-on cela?

— Des histoires de gamins. Je ne sais pas d'où c'est parti. Ni ce que ça signifiait au juste.

Elle sourit, d'une manière confuse. Je devinai que cette femme, comme tous ceux qui avaient approché Manon, vivait dans un remords indélébile. Pouvait-on prévoir un meurtre ? Pouvait-on l'éviter ? Elle murmura :

— C'est toujours plus facile de juger après, non ?

Je songeai aux Lilas, à mon erreur d'évaluation qui avait tué deux enfants et rendu orpheline une troisième. Dans une vie d'action, il n'y a pas de place pour les regrets. Je renonçai à lui glisser quelques mots de compassion chrétienne. Je la remerciai et partis.

Dans l'escalier, j'appelai mon répondeur. Aucun message. Que foutaient Foucault, Svendsen, Facturator ? Que foutaient-ils tous ?

11 heures.

Stéphane Sarrazin ne m'attendait pas devant le portail de l'école mais je pouvais sentir sa présence, dans la ville, prêt à me jeter sur l'autoroute. Je courus vers ma voiture puis démarrai à fond, en direction de la cité des Corolles.

44

Sur les pelouses, le soleil avait attiré des familles. Glacières, canettes et assiettes en carton. Les enfants s'agitaient dans les aires de jeux. Les parents picolaient joyeusement. Derrière, les immeubles des Corolles, avec leurs murs blancs et leurs volets rouges, ressemblaient à des constructions de Lego.

Je me garai sur le parking, en surplomb, puis descendis la pente. Je me glissai derrière la rangée de troènes qui cernait le premier bâtiment, pour éviter les pique-niqueurs, et marchai jusqu'à la cage d'escalier du 15, l'adresse de Martine Scotto, la nourrice de Manon.

Hall étroit, demi-jour. Pas d'interphone. Seulement un panneau, comportant la liste des locataires. Je cherchai le nom : deuxième étage.

Je montai à pied et sonnai. Pas de réponse. Martine Scotto était absente. Peut-être en bas, avec les autres. Je n'avais aucun moyen de la reconnaître. Ma déception était ailleurs. Mon excitation avait brûlé en route. J'étais en train de patauger – et je n'avais plus que quelques minutes devant moi.

Mon portable retentit dans ma poche.

Facturator. Je n'aurais pas parié sur lui en premier.

— Tu as trouvé quelque chose ?

— Ouais. Sylvie Simonis effectuait des virements réguliers. Il y en a un qui pourrait cadrer avec ce que tu cherches. Un virement trimestriel, sur un compte suisse.

— Depuis quand ?

— Ça ne date pas d'hier. Octobre 1989. À l'époque, quinze mille francs tous les trois mois. Aujourd'hui, on en est à cinq mille euros. Toujours chaque trimestre.

Je frappai le mur avec mon poing. Mon coup de sonde, pile dans le mille. Après l'échec de l'enquête, après les fiascos de Moraz, Cazeviel et Longhini, Sylvie avait décidé d'agir et engagé un privé. Un détective qui avait bossé pour elle durant plus de dix années !

— Tu as le nom du destinataire ?

— Non. L'argent est viré sur un compte numéroté.

— On peut lever l'anonymat ?

— Pas de problème. Il te suffit d'avoir un mandat de perquisition international et les preuves concrètes que l'argent dont on parle est illicite.

— Merde.

— D'où provient ce fric ? demanda Facturator.

— De ses propres revenus, je suppose. Sylvie Simonis était horlogère.

— Alors, tu oublies, mon canard.

— Il n'y a aucun autre moyen ?

— Je vais voir. À mon avis, ce pognon ne faisait que transiter sur le compte numéroté. L'encaisseur doit le faire virer sur un autre compte, nominatif celui-là.

— Tu peux suivre le transfert ?

— Je vais voir. Si le gus vient en personne prendre son cash au guichet, c'est foutu.

Je le remerciai et raccrochai. Je descendis au rez-de-chaussée, écartant toute autre possibilité – que Sylvie ait simplement mis du fric à gauche ou qu'elle verse une rente à un membre éloigné de sa famille. Je sentais, avec mes tripes, que j'avais vu juste. Elle payait un privé. Un homme qui devait posséder un dossier d'enquête à toucher le plafond. Un homme qui connaissait peut-être l'identité du tueur !

Je m'arrêtai face aux portes vitrées du hall.

Dehors, flemme et douceur de vivre s'étalaient sur le gazon pelé. Les hommes portaient moustaches et survêtements; les femmes, caleçons longs et sweat-shirts criards. Les enfants se déchaînaient sur les portiques. Tout ce petit monde grillait au soleil comme des saucisses sur un barbecue.

Je composai à nouveau le numéro de Foucault. Au bout de deux sonneries, on décrocha :

— Foucault? Durey.

— Mat? Justement, on parlait pas de toi.

— Avec qui?

— Ma femme. On est avec le gamin, au parc André-Citroën.

Je ne pouvais pas y croire : j'attendais des nouvelles de l'enquête depuis ce matin et ce con était tranquillement parti en promenade! Je ravalai ma rage, songeant à Luc qui faisait chanter ses propres hommes pour mieux les asservir.

— Tu n'as rien de neuf pour moi?

— Mat, le concept du dimanche : ça te dit quelque chose?

— Je suis désolé.

Le flic éclata de rire :

— Non. Tu ne l'es pas. Et moi non plus. Tu appelles pour Longhini? Ton môme, c'est l'homme invisible.

— Tu as son nouveau nom?

— Non. La préfecture de Besançon fait barrage. La Sécu n'a rien. Quant à l'Identité judiciaire, il existe un dossier spécial.

— Qu'est-ce que tu me chantes?

— Un dossier réservé, chez les gendarmes. Ils ont protégé sa fuite, à l'époque.

Les uniformes avaient donc pris parti pour l'adolescent contre les flics, au point de l'aider dans sa disparition. Dans ces conditions, aucun espoir de le retrouver. Je tournai le dos aux portes vitrées et remontai le couloir jusqu'à l'arrière du bâtiment.

— Je peux te donner mon impression? fit Foucault.

— Dis toujours.

J'ouvris l'issue de secours et me retrouvai au pied d'un versant d'herbe abrupt. Au sommet, des sapins se balançaient lentement, libérant de temps en temps des éclats de soleil glacé. Je m'appuyai contre le mur.

— Durant sa garde à vue, les flics ont dû secouer le môme. Il était en état de choc.

— Qu'est-ce qui te fait dire ça?

— Il a consulté un psychiatre.

— Comment tu le sais?

— Une histoire d'assurances. À l'époque, la compagnie a continué à verser les remboursements à l'ancienne adresse de la famille. Les gendarmes ont fait suivre. La mutuelle a conservé les ordonnances, dont les consultations chez le psy.

— T'es en train de me dire que tu as le nom du psychiatre?

— Le nom, l'adresse, ouais.

— Et c'est maintenant que tu m'annonces ça?

— Je l'ai appelé hier. Il n'a jamais eu la nouvelle adresse et…

— File-moi ses coordonnées.

J'avais déjà sorti mon carnet. Foucault hésita :

— C'est-à-dire…

— Quoi?

— C'est que je les ai pas là, moi... Je suis au parc.

— Je te donne dix minutes pour filer au bureau. Exécution.

Foucault allait raccrocher quand je demandai :

— Attends. Et l'autre recherche ? Celle des meurtres de même type ?

— Rien.

— Même à l'échelle nationale ?

— Personne n'a réagi à mon réscom. Le SALVAC n'a pas le début d'un meurtre ressemblant au tien. C'est la première fois qu'il tue, Mat.

— Il ne te reste plus que neuf minutes.

Je raccrochai et appelai Svendsen. Le légiste décrocha. D'un coup, je me sentis en veine.

— Mes gars sont sur le coup mais il n'y a rien de nouveau.

— Je t'appelle pour autre chose.

Le médecin soupira, simulant un épuisement sans limite :

— Je t'écoute.

— Foucault ne trouve pas d'autre meurtre dans le style du nôtre.

— Et alors ? C'est peut-être son premier coup.

— Je suis sûr du contraire. Il faut entrer d'autres critères dans notre recherche.

— Qu'est-ce que je viens faire là-dedans ?

— Foucault est parti du meurtre. Il faut peut-être partir du corps.

— Comprends pas.

— Tu l'as dit toi-même : la signature du tueur porte sur le processus de décomposition. Il joue avec la chronologie de la mort.

— Je t'écoute toujours.

— Un légiste distrait aurait pu ne pas remarquer ces décalages sur un cadavre rongé aux vers…

— Distrait et bourré.

— Non. Sérieusement, je voudrais lancer une recherche portant sur tous les corps découverts en état de décomposition avancée, à l'échelle nationale.

— Quelle période ?

— 1989-2002.

— Tu sais combien ça fait de macchabs ?

— C'est possible ou non ? À travers les instituts médico-légaux ?

— Je vais déjà regarder à la Rapée. Et appeler les collègues dont j'ai les numéros personnels. En attendant lundi. Dans tous les cas, ça prendra du temps.

— Merci.

Je raccrochai et me laissai couler le long du mur, subjugué par les sapins noirs au-dessus de moi. Entre deux coulées de soleil, leur ombre m'enveloppait de froid. Je relevai le col de mon manteau, attendant l'appel de Foucault.

Les hypothèses tournoyaient dans ma tête sans qu'aucune ne pénètre réellement dans mon champ de conscience. Caché à l'arrière de l'immeuble, je me sentais simplement en sécurité.

Au moins, Sarrazin ne viendrait pas me cueillir ici…

45

La sonnerie du téléphone m'électrisa. Je me réveillai en sursaut.

— Foucault. T'as de quoi noter ?

Je regardai ma montre. 14 h 10. Il avait mis moins de vingt minutes pour rejoindre le 36. Pas mal.

— Tu notes ou quoi ?

— Vas-y.

— Le mec s'appelle Ali Azoun. Aujourd'hui, il est installé à Lyon. Je te préviens : c'est pas un rigolo.

Je griffonnai les coordonnées personnelles du psychiatre et remerciai Foucault, qui marmonna en retour :

— Je reste au bureau. Foutu pour foutu, je vais passer l'après-midi dans nos archives, en quête d'un truc qui ressemble, même de loin, à ton meurtre. On ne sait jamais. Je te rappelle.

Sa réaction me fit chaud au cœur. Le ciment de l'enquête nous tenait à nouveau. Je me relevai avec difficulté et rentrai à l'abri dans l'immeuble. Je composai le numéro du psychiatre. Après m'être présenté, j'attaquai franco :

— C'est au sujet de Thomas Longhini.

— Encore ? On m'a déjà appelé hier pour cette histoire.

— C'était mon adjoint. J'ai besoin de précisions.

Il y eut un silence tendu, puis :

— Je ne répondrai à aucune question par téléphone. Surtout sans avoir vu un document officiel. Votre collègue m'a déjà paru très hésitant. Par ailleurs, les gendarmes possèdent un dossier complet sur le sujet. Vous n'avez qu'à...

— Nous avons des éléments nouveaux.

— Quels éléments ?

— Thomas Longhini pourrait être lié aux deux meurtres – celui de Manon, celui de sa mère, Sylvie Simonis.

— Ridicule. Thomas ne peut être impliqué dans un assassinat.

Azoun n'était pas étonné par l'annonce du meurtre de Sylvie. Les gendarmes avaient déjà dû l'affranchir. J'enchaînai :

— Votre opinion sur sa culpabilité : c'est précisément l'objet de mon appel.

Le spécialiste marqua un nouvel intervalle puis proposa, d'un ton plus conciliant :

— Pourquoi ne pas attendre lundi ? Vous m'envoyez un fax et...

— Je n'appelle pas pour vous livrer des chocolats. Il s'agit d'une enquête criminelle. Urgente.

Le silence perdit de son intensité.

— Quel est le nouveau nom de Thomas Longhini ? repris-je.

— Les gendarmes le connaissent. Ils ne vous l'ont pas dit ? Je ne l'ai jamais su.

— Pourquoi l'idée de sa culpabilité vous paraît-elle ridicule ?

— Thomas n'est pas un assassin. C'est tout.

— Il a été suspecté du meurtre de Manon.

— À cause du zèle stupide de vos collègues ! Le pauvre gamin en a vu de toutes les couleurs chez les flics.

344

— Parlez-moi de son traumatisme. De ses réactions.

— Vous ne m'aurez pas comme ça, commandant. Faxez-moi demain un document officiel, démontrant qu'un juge vous a chargé de cette affaire, et nous parlerons.

— Je veux juste gagner une journée. Si c'est une fausse piste, autant l'abandonner tout de suite.

— Complètement fausse. Et surtout, n'allez pas l'emmerder à nouveau ! Il a eu son compte.

Je surpris sous l'inflexion une corde sensible. Je jouai la compassion :

— Il était vraiment mal en point ?

Azoun soupira, concédant quelques mots :

— Il souffrait d'une forme de distorsion du réel, caractéristique de la puberté. Mon rapport allait dans ce sens. Je l'ai suivi tout l'été.

Je sursautai. Thomas Longhini avait été suspecté en janvier 1989.

— L'été 1989 ?

— Mais non, l'été 1988 !

— Manon Simonis a été tuée le 12 novembre 1988.

— Je ne comprends pas. Vous ne connaissez rien au dossier ou quoi ?

— Expliquez-moi.

— J'ai soigné Thomas *avant* le meurtre. Ses parents m'ont consulté en mai 1988. Ensuite, au début de l'année suivante, les hommes du SRPJ de Besançon m'ont interrogé. Parce que je connaissais bien Thomas. J'ai d'ailleurs témoigné en sa faveur.

Foucault s'était emmêlé les pinceaux avec les dates. Voyant surgir un psychiatre dans l'affaire, il

345

en avait conclu qu'il avait été consulté en tant qu'expert, ou pour apaiser le gamin traumatisé. Mais Ali Azoun avait traité Thomas un an avant les faits !

Je m'éclaircis la gorge, conservant mon sang-froid :

— Quel était le problème, à cette époque ?

— Ses parents s'inquiétaient. Le gosse tenait des propos délirants. Enfin, qu'ils considéraient comme délirants.

— Par exemple ?

— Il parlait surtout d'un diable.

Je levai les yeux. La montagne me paraissait palpiter, s'entrechoquer avec le ciel.

— Soyez plus précis.

— Il disait que Manon Simonis – il la considérait comme sa petite sœur – était en danger. Qu'un diable la menaçait.

— Qui était ce diable ? Quelle forme prenait-il ?

— Thomas n'en savait rien. En réalité, il voulait que je la voie. Il espérait qu'elle me parlerait plus facilement.

— Pourquoi vous ?

— Je ne sais pas : un adulte. Un médecin.

— Avez-vous contacté sa mère ?

— Non. Je crois… Enfin, selon Thomas, la mère était liée à cette menace.

Des picotements électrisèrent ma nuque :

— Vous voulez dire qu'elle *était* la menace ?

— C'était plus confus que ça.

— Qu'avez-vous fait ? Vous avez reçu la petite ?

— Non. À ce moment, je n'avais devant moi qu'un adolescent perturbé. Les allusions au diable, à cet âge, c'est classique. De plus, ses relations avec

Manon, de cinq ans sa cadette, n'étaient pas claires. Mes séances s'orientaient plutôt vers ce problème. Il s'agit toujours de gérer son désir, vous comprenez ?

— Et vous en êtes resté là ?

— Écoutez. C'est toujours facile de juger les psys après que les événements sont survenus. À chaque récidive, on nous couvre d'insultes, de reproches. Nous ne sommes pas devins !

Mme Bohn m'avait tenu le même discours. Ces adultes ne pouvaient admettre que les craintes « fantasmatiques » de deux enfants aient pu devenir *réelles*. Azoun reprit, un ton plus bas :

— Avec le recul, je pense que Manon était effectivement menacée. Mais qu'elle n'acceptait pas cette menace de la part d'un adulte. Voilà pourquoi elle parlait de « diable ». Elle inventait une présence maléfique.

— Pourquoi n'aurait-elle pas admis l'identité de son agresseur ?

— Elle était peut-être programmée pour l'aimer. Il y avait conflit dans sa psyché. C'est assez fréquent dans les cas de pédophilie, par exemple.

— Vous pensez donc que la mère de Manon était dangereuse ?

— La mère ou un proche.

— Thomas n'a jamais prononcé un nom ? Laissé filtrer un indice ?

— Jamais. Il parlait d'un « diable », d'un « démon ».

— Vous avez revu Thomas, ensuite ? Je veux dire après son inculpation ?

— Dès sa libération, oui. Ses parents voulaient

que j'accompagne leur fils dans ces moments difficiles. Eux-mêmes étaient complètement déboussolés.

— Thomas s'en est remis ?

— À mon sens, il était plus solide qu'on l'a dit. Pour lui, le vrai traumatisme, ce n'était pas l'inculpation mais la mort de Manon. Et surtout le fait que personne ne l'avait écouté quand il nous prévenait du danger. Il en voulait à la terre entière. Il répétait qu'il reviendrait. Pour venger Manon.

Ma liste de vengeurs ne cessait de s'allonger : Sylvie Simonis, menant une enquête de quatorze années. Patrick Cazeviel, qui n'avait « pas dit son dernier mot ». Et maintenant Thomas Longhini, qui avait juré de revenir à Sartuis.

— Les parents ont quitté la région, conclut Azoun. Je n'ai pas revu Thomas. Mais encore une fois, je pense qu'il a dû s'en sortir. Voilà. J'en ai déjà trop dit.

Je me pris la tonalité dans l'oreille. Je glissai mon cellulaire dans ma poche et soupesai le soupçon qui venait de passer dans la conversation : Sylvie Simonis impliquée dans le meurtre de sa propre enfant. Non : je préférais rester sur mon idée d'enquête personnelle et de détective privé.

Et m'en tenir à la seule hypothèse valable pour l'instant.

Un seul et même tueur pour les deux meurtres.

Je repris le chemin de mon Audi. 15 heures et la nuit s'avançait déjà. Les familles désertaient les pelouses. Mon sursis finissait et je n'avais rien trouvé. En ouvrant ma portière, j'envisageai de me rendre à la gendarmerie et de tenter une trêve avec

Sarrazin. C'était la seule solution pour rester dans la ville.

Une main se posa sur mon épaule. Je me fabriquai un sourire de circonstances, prêt à découvrir la gueule en pain de sel du gendarme. Ce n'était pas lui, mais un des campeurs de la cité, enveloppé dans un survêtement acrylique.

— C'est vous le repôrtaire ?

Je ne compris pas la question.

— Le repôrtaire : le père Mariotte, il m'a parlé d'un djôrnaliste.

— C'est moi, fis-je enfin. Mais je n'ai pas trop le temps, là.

L'homme lança un regard par-dessus son épaule, comme si des oreilles indiscrètes pouvaient traîner.

— Y'a un truc qui pourrait vous intéresser.

— Je vous écoute.

— Ma femme, elle est agent de nettoyage à l'hôpital.

— Et alors ?

— Y'a quelqu'un qu'est arrivé cette semaine. Un type qu'vous devriez voir…

— Qui ?

— Jean-Pierre Lamberton.

Une gifle glacée. Le commandant qui avait dirigé l'enquête Manon Simonis. Chopard m'avait dit qu'il mourait d'un cancer à l'hôpital Jean-Minjoz.

— Il n'est pas à Besançon ?

— Il a voulu revenir à Sartuis. D'après c'qu'a entendu ma femme, il en a plus pour longtemps et…

— Merci.

L'homme dit encore quelque chose, mais le claquement de la portière couvrit ses paroles.

Je tournai ma clé de contact, direction centre-ville.

46

L'hôpital de Sartuis ressemblait à celui de Besançon. Même architecture des années cinquante, même béton gris.

En modèle réduit. À l'intérieur, le terrain familier continuait. Panneaux de liège aux murs, comptoir d'accueil plastifié, luminaires blafards. Je filai droit vers l'accueil et demandai le numéro de chambre du commandant Lamberton.

— Vous êtes de la famille ?

Je plaquai ma carte sur le comptoir :

— De la grande famille, oui.

En me dirigeant vers les ascenseurs, je jetai un regard sur ma gauche, vers le distributeur de boissons. Juste à côté, une cabine téléphonique. C'était de ce poste que le tueur avait contacté Sylvie Simonis, le soir du meurtre. Je tentai d'imaginer la silhouette, derrière les vitres sales de la cabine. Je ne vis rien. Impossible de me figurer le meurtrier. Impossible de le concevoir comme un être humain.

Je m'engouffrai dans la cage d'escalier. Deuxième étage. Des familles attendaient dans le couloir. Je marchai jusqu'à la chambre 238 et tournai la poignée.

— Qu'est-ce que vous faites ?

Un homme en blouse blanche se tenait derrière moi. Il ajouta, d'une voix autoritaire :

— Je suis le médecin du service. Vous êtes un parent ?

Ma carte, à nouveau. Elle fit beaucoup moins d'effet qu'au rez-de-chaussée.

— Vous ne pouvez pas entrer. C'est fini.

— Vous voulez dire…

— C'est une question d'heures.

— Il faut absolument que je le voie.

— Je vous dis que c'est fini : ce n'est pas clair ?

— Écoutez. Même s'il ne peut me dire que quelques mots, c'est capital pour moi. Jean-Pierre Lamberton possède peut-être la clé d'une enquête. Une enquête criminelle sur laquelle il a travaillé.

Le toubib parut hésiter. Il me contourna et ouvrit lentement la porte.

— Quelques minutes, dit-il en s'arrêtant sur le seuil. C'est un moribond. Le cancer est partout. Cette nuit, le foie a éclaté. Le sang est infecté.

Il s'écarta et me laissa entrer. Les stores étaient baissés, la pièce vide – pas de fleur, pas de fauteuil, rien. Seuls le lit chromé et les instruments de surveillance occupaient l'espace. Des poches plastique étaient suspendues, enveloppées d'adhésif blanc. Le médecin suivit mon regard :

— Les poches de transfusion, murmura-t-il. On a dû les cacher. Il ne supporte plus la vue du sang.

J'avançai dans l'obscurité. Derrière moi, le spécialiste dit encore :

— Cinq minutes. Pas une seconde de plus. Je vous attends dehors.

Il referma la porte. Je m'approchai. Sous l'enche-vêtrement des tubes et des cordons, il y avait bien un homme, vaguement éclairé par les lumines-cences intermittentes du Physioguard. La tête se dessinait sur la surface blanche de l'oreiller. Elle paraissait flotter, noire, détachée. Les deux bras n'étaient plus que deux os ternes, alors que le ventre, sous le drap, était gonflé comme celui d'une femme enceinte.

J'avançai encore. Dans le silence de la pièce, une poche de caoutchouc claquait, puis se relâchait en un long bruit d'expiration. Je me penchai pour scru-ter cette tête noire. Elle n'était pas seulement chauve : absolument imberbe. Un crâne gratté, abrasé, grillé par les rayons. Aux traits du visage, s'étaient substitués les muscles et les fibres, qui ten-daient la peau en un relief atroce.

Je n'étais plus qu'à quelques centimètres – je compris pourquoi ce crâne semblait posé sur le tissu, détaché du buste. Un bandage emmaillotait sa gorge et se confondait avec l'oreiller, offrant l'illu-sion d'une tête coupée. Chopard avait parlé d'un cancer de la gorge ou de la thyroïde, je ne savais plus. Impossible d'interroger un tel homme, en sup-posant qu'il ait encore, drogué de morphine, sa raison. Il ne devait plus posséder ni trachée, ni larynx, ni cordes vocales.

Je fis un bond en arrière.

Les yeux venaient de s'ouvrir.

Les pupilles étaient fixes mais elles exprimaient une attention extrême. Le bras droit se souleva, désignant un casque audio suspendu à l'appareillage de soin. Un câble reliait l'objet au pansement de la gorge. Un système d'amplification. Je plaçai les écouteurs sur mes oreilles.

— *Voici donc le beau chevalier... en quête de vérité...*

La voix avait retenti dans mes écouteurs, mais les lèvres du visage ne bougeaient pas. L'homme parlait directement de ses entrailles. Le timbre était brûlé lui aussi.

— *Le policier qu'on attendait tous...*

J'étais stupéfait par ses paroles. Lamberton avait flairé en moi le flic. Et, au seuil de la mort, il se foutait ouvertement de ma gueule. Je demandai à voix basse :

— Je suis de la Crime, à Paris. Sur le meurtre de Manon, qu'est-ce que vous pouvez me dire ?

— *Le nom du coupable.*

— L'assassin de Manon ?

Lamberton ferma les paupières, en un signe affirmatif.

— QUI ?

Les lèvres closes prononcèrent :

— *La mère.*

— Sylvie ?

— *C'est la mère. Elle a tué sa fille.*

La pénombre se mit à palpiter. Un frisson passa sur mon visage, le râpant comme du papier de verre.

— Vous l'avez toujours su ?

— *Non.*

— Depuis quand le savez-vous ?

— *Hier.*

— Hier ? Comment avez-vous pu apprendre quoi que ce soit ici ?

Le sourire s'accentua. Les muscles et les nerfs dessinaient des rivières sombres :

— *Elle est venue me voir.*

— Qui?

— *L'infirmière... Celle qui a témoigné dans l'affaire.*

Les rouages de mon esprit s'activèrent. Jean-Pierre Lamberton parlait de l'alibi de Sylvie Simonis. Elle avait été lavée de tout soupçon parce que, au moment du meurtre, on lui prodiguait des soins, ici même, dans cet hôpital. L'horrible ventriloque répétait :

— *Elle est venue me voir. Elle m'a tout avoué. Elle travaille toujours ici.*

Je devinai l'histoire. Pour une raison ou une autre, une infirmière, à l'époque, avait menti. Depuis quatorze ans, elle vivait avec ce remords. Lorsqu'elle avait appris que Lamberton était hospitalisé ici, condamné, elle s'était confessée à lui.

— *Katsafian. Nathalie Katsafian. Va la voir.*

— Thomas Longhini, murmurai-je. Sous quel nom se cache-t-il?

Aucun son ne retentit dans mon casque. Machinalement, je tapotai mes écouteurs. L'entrevue était finie. Lamberton s'était tourné vers la fenêtre. J'allais partir quand la voix racla encore :

— *Attends.*

Je me pétrifiai. Ses yeux me fixaient à nouveau. Deux billes noires, aux contours jaunâtres, qui avaient survécu à tous les rayons, à toutes les destructions.

— *Tu fumes?*

Je tâtonnai mes poches et sortis mon paquet de

Camel. Le col de ma chemise était trempé de sueur. Le moribond murmura :

— *Fumes-en une... Pour moi...*

J'allumai une Camel, expectorant ma fumée au-dessus du visage calciné. Je songeai à un fragment de météorite, une concrétion de cendres. D'une certaine façon, je rallumais sa mémoire de feu.

Lamberton ferma les yeux. Le mot « expression » ne signifiait plus rien pour un tel visage, mais l'entrelacs de ses muscles exprimait une sorte de jouissance. Les volutes bleutées planaient au-dessus du corps ; et mes pensées battaient à bas régime. *Bam-bam-bam...* Je pris conscience que le regard jaune me fixait à nouveau.

— *C'est pas la cigarette du condamné. C'est le condamné de la cigarette !*

Un rire terrifiant retentit dans mes écouteurs.

— *Merci, mon gars.*

J'arrachai mon casque, écrasai ma Camel sur le sol et lui serrai le bras avec affection. La messe était dite.

47

Je sortis de la chambre, les nerfs chargés à mille volts. Le médecin m'attendait : je lui demandai où je pouvais trouver Nathalie Katsafian. Coup de chance : elle travaillait ce dimanche, à l'étage inférieur.

Je me ruai dans l'escalier et tombai nez à nez avec une femme en chasuble et pantalon de toile blanche, dans le couloir. La quarantaine rude, sans beauté, une expression de fermeté à l'ombre d'une mèche blond cendré.

— Nathalie Katsafian?

— C'est moi.

Je l'empoignai par le bras.

— Qu'est-ce que vous faites?

J'aperçus une porte marquée « Réservé au personnel ». Je l'ouvris et poussai l'infirmière à l'intérieur.

— Ça va pas, non?

Je refermai la porte avec le coude, actionnant en même temps le commutateur. Les néons s'allumèrent. Des murs tapissés de draps pliés, de blouses ordonnées : la lingerie.

— Nous avons besoin de calme, vous et moi.

— Laissez-moi sortir!

— Juste une petite conversation.

La femme tenta de me contourner. Je la repoussai et braquai ma carte de flic :

— Brigade Criminelle. Vous savez pourquoi je suis ici, non?

L'infirmière ne répondit pas. Elle avait les yeux hors de la tête.

— Manon Simonis. Novembre 1988. Pourquoi avez-vous menti?

Nathalie Katsafian s'effondra. Son visage était exsangue, plus blanc que les toiles autour de nous. Je mis un genou au sol et la redressai contre les draps :

— Je répète ma question : pourquoi avez-vous menti en 1988?

— Vous... vous enquêtez sur l'assassinat de Manon?

— Répondez à ma question.

Elle se passa la main dans les cheveux. Une expression d'effroi la défigurait :

— Je... J'ai eu peur. J'avais vingt-cinq ans. Quand les gendarmes sont venus à l'hôpital, ils m'ont demandé si Sylvie Simonis était bien dans sa chambre, la veille, à 17 heures, j'ai répondu oui.

— Ce n'était pas le cas?

— Je n'étais pas sûre, en fait.

— Pourquoi ne l'avez-vous pas dit?

Elle prit le temps d'avaler sa salive. La peur se muait maintenant en une expression de sourde résignation. Comme si, depuis quatorze ans, elle avait attendu cet instant de vérité.

— J'étais en stage, en fait. L'infirmière en chef était très stricte sur le règlement. 17 heures, c'est l'heure des relevés de température. On est censés la prendre en personne, puis la noter dans notre registre.

— Ce n'est pas ainsi que ça se passe?

— Non. On vient plus tard et les patients l'ont déjà prise. Il nous suffit de regarder le thermomètre sur la table de nuit et d'inscrire le chiffre.

— Le malade peut donc être absent de sa chambre?

— Oui.

— C'était le cas pour Sylvie Simonis?

— Je crois, oui.

— Oui ou non? hurlai-je.

— Oui. Quand je suis passée, elle n'était pas là. J'ai noté le chiffre et je suis sortie.

— Vous ne savez pas combien de temps a duré son absence ?

— Non. Elle était libre de ses mouvements. Elle était seule dans sa chambre. Elle pouvait disparaître plusieurs heures. Personne ne s'en serait rendu compte.

Je me tus. L'alibi de Sylvie Simonis n'existait plus. L'infirmière tenta de se justifier :

— J'ai menti mais à ce moment-là, ce n'était pas si grave. Personne ne la soupçonnait. C'était tellement horrible, ce qui venait d'arriver. Elle était la victime, vous comprenez ?

— Vous savez autre chose.

— Je... (Elle se palpa le visage, du bout des doigts, comme si elle avait reçu des coups.) C'est plus tard, en fait. Des mois après. Quand une reconstitution a été organisée.

— Avec Patrick Cazeviel ?

Elle approuva de la tête :

— Les journaux parlaient d'un puits, dans la station d'épuration. Et aussi d'une grille rouillée qui n'était plus à sa place. Ça m'a rappelé un détail. Le soir du meurtre, quand les gendarmes ont prévenu Sylvie, elle a préparé son sac. Les médecins avaient donné leur accord pour sa sortie. Je l'ai aidée. Son imperméable... Il portait des traces de rouille.

— Ce détail vous a frappée ?

— Les marques étaient bizarres. Comme une trame, vous voyez ? Et elles semblaient... récentes. Quand j'ai lu l'article, j'ai pensé à la grille et j'ai compris.

— Pourquoi vous n'en avez pas parlé à ce moment-là ?

— C'était trop tard. Et je… je ne pouvais pas imaginer un truc aussi horrible.

Je conservai le silence. Nathalie Katsafian continuait :

— Il y avait aussi autre chose… À la même époque, j'avais entendu les médecins discuter entre eux, à propos du kyste dont souffrait Sylvie. Un kyste à l'ovaire. Ils parlaient d'un film américain, dans lequel une fille provoque volontairement ce kyste, en prenant des œstrogènes. Je… Enfin, je me suis dit que Sylvie avait pu faire pareil. Et tout manigancer.

— Vous aviez un indice ?

— Oui. Dans sa salle de bains, j'avais remarqué un détail. Il y avait des médicaments.

— Des œstrogènes ?

— Je ne sais pas.

— Où voulez-vous en venir ?

— Les plaquettes à l'intérieur… Ce n'était pas le médicament indiqué sur la boîte.

— C'était des hormones ou non ?

— Je n'en sais rien !

Nathalie Katsafian s'effondra en sanglots. Le témoignage de cette femme aurait suffi à envoyer Sylvie Simonis vingt ans sous les verrous – ou en asile psychiatrique, section UMD, l'Unité pour Malades Difficiles. Littéralement, je me sentais devenir *gris*. Mes organes se transformaient en terre, ma bouche se remplissait de cendre.

Sylvie Simonis se profilait en mère infanticide. C'était la même mosaïque, constituée des mêmes pièces, mais dessinant un tout autre portrait. Une Médée, plus vraie que nature.

Je posai mes mains sur les épaules de la jeune femme et murmurai une prière. De toute mon âme, je suppliai Notre Seigneur de lui accorder le repos, une existence sans remords. Je me relevai, saisis la poignée de la porte, quand une dernière idée me traversa.

Je fouillai dans ma veste et sortis le portrait de Luc. L'infirmière regarda la photo. Ses sanglots redoublèrent.

— Oh, mon Dieu…

— Vous le connaissez ?

— Il est venu m'interroger, oui, hoqueta-t-elle.

Je pris le coup au plexus. C'était la première fois, dans cette putain de ville, que quelqu'un reconnaissait Luc.

— Quand exactement ?

— Je ne sais pas. Cet été. En juillet, je crois.

— Il vous a interrogée sur Sylvie Simonis ?

— Oui… Enfin, non. Il en savait plus que vous. Il cherchait une confirmation. Il avait deviné que l'alibi de l'hôpital ne tenait pas. Il disait qu'il y avait eu le même coup dans une affaire célèbre. Francis Heaulme, je crois.

Exact. En mai 1989, Francis Heaulme avait été innocenté du crime d'une quinquagénaire, près de Brest. Il se trouvait soi-disant à ce moment-là au centre hospitalier Laennec de Quimper. Son relevé de température l'attestait. Plus tard, l'alibi avait été déjoué. Une voix au fond de moi : « Luc est meilleur flic que toi. »

— Qu'est-ce que vous lui avez dit ?

— La même chose qu'à vous.

J'ouvris la porte et m'éclipsai.

360

Une seule pensée battait sous mon crâne. Luc Soubeyras avait trouvé son diable à Sartuis.

Et ce diable s'appelait Sylvie Simonis.

48

Je secouai chaque pendule.

Je palpai, tournai, auscultai chaque socle, chaque mécanisme. Coffrages ornés, cadrans cerclés d'or, sabliers de bois verni. Pas l'ombre d'une trappe, ni d'un panneau coulissant. J'avais décidé de retourner la maison aux horloges de fond en comble. De ne pas négliger un millimètre dans cette baraque. Si Sylvie Simonis avait vénéré le démon ici, ce culte avait laissé des traces.

Reposant la dernière montre sur son étagère, je dus me rendre à l'évidence. La pêche était nulle. Je balayai l'espace du regard. Devant le pupitre, j'étudiai chaque instrument, retournai la planche, scrutai les pieds. Rien. J'observai les lattes du parquet, la surface des murs. Rien non plus. Aucune paroi pivotante, aucun son creux.

J'ôtai mon manteau. Je grimpai les marches quatre à quatre, fonçai sur la coursive et me jetai dans l'escalier du grenier. Le bureau de Sylvie. J'allais procéder avec rigueur, fouillant chaque pièce en partant du haut pour descendre jusqu'à la cave et au box de la voiture.

Je m'attaquai aux meubles de rangement – l'intérieur, l'extérieur : rien à signaler. Je m'agenouillai, tâtai le dessous de chaque bloc. Pas de faille, pas d'aspérité. Les murs étaient revêtus de toile. Je déplaçai le mobilier vers le centre de la pièce, attrapai un cutter sur la planche à tréteaux et perçai le tissu. Je décollai chaque panneau. Rien. Je frappai le mur en différents points, guettant une résonance. Que dalle. Je me tournai vers le plafond mansardé, tapissé de laine de verre. À grands coups de lame, je crevai la paroi en divers endroits, plongeai ma main à l'intérieur. J'en tirai de grosses poignées de laine et rien de plus. Pas d'objets enfouis, pas d'ouverture dissimulée.

J'arrachai la moquette. J'enfonçai ma pointe dans les rainures du plancher, les suivant patiemment, l'une après l'autre. Nada. J'appuyai sur chaque latte, dans l'espoir d'en découvrir une qui ne serait pas fixée. Sans résultat. Je me relevai, en sueur, et contemplai le sol, le bois nu couvert de touffes de laine, de lambeaux de tissu et de moquette. Une fausse route ?

Je descendis à l'étage inférieur, inspectant chaque marche au passage. La nuit tombait. J'allumai ma torche électrique. Les piles étaient mortes. Merde ! Je me souvins qu'un pack de tubes lumineux Cyalume traînait dans mon coffre. Je dévalai l'escalier et courus jusqu'à ma voiture, garée, encore une fois, au fond de l'impasse. J'ouvris la boîte et fourrai les tubes par poignées dans mes poches. Je rejoignis la maison en longeant l'ombre.

Dans la chambre de Sylvie, je brisai un premier tube. Un halo verdâtre m'entoura. Je coinçai le bâtonnet entre mes dents et attaquai la fouille.

Meubles, murs, parquet. Je n'obtins rien de plus que là-haut, sinon une suée supplémentaire.

Je me pris à douter.

Je m'assis en tailleur et m'obligeai à réfléchir au crime machiavélique de Sylvie. L'alibi de l'hôpital. Avait-elle réellement absorbé des œstrogènes à outrance et cultivé la maladie dans son corps? D'où connaissait-elle le flottement des horaires hospitaliers, à propos du relevé de température? L'image du diable, jaillissant des aiguilles de l'horloge, revint dans mon esprit. Ce diable, c'était Sylvie elle-même et son alibi était parfait. Elle s'était extraite du temps pour tuer son enfant. Elle s'était échappée de la succession des heures pour commettre l'innommable.

Finalisant son alibi, elle avait imaginé un détail ultime : l'appel du tueur, le soir même, à l'hôpital. Ce fait l'écartait, par une logique naturelle, du cercle des suspects. Pourtant, la machination était simple. Lorsqu'elle était revenue du site d'épuration, elle s'était coulée dans la cabine téléphonique. Elle avait composé le numéro du standard, demandé son propre nom puis, pendant que l'appel était transféré, elle avait rejoint sa chambre et décroché le combiné. Après tout, personne n'avait jamais entendu sa conversation…

Le rire de Richard Moraz résonna dans mes tympans : « Tu me vois, avec mon bide, me glisser dans une cabine? » Non, je ne le voyais pas mais j'imaginais parfaitement Sylvie, un mètre soixante-trois, cinquante et un kilos, selon le rapport d'autopsie, jouer les fantômes dans l'hôpital.

Ce soir-là, elle avait aussi contacté ses beaux-parents et usé d'un dictaphone pour leur balancer le dernier message. « *La petite fille est dans le puits…* » Comment avait-elle truqué sa voix ? Pourquoi s'être inspirée des comptines du Jura ? Pourquoi cette sophistication extrême dans le cauchemar ?

Mon tube fluorescent s'éteignit. J'en brisai un nouveau. Je n'avais pas les réponses mais j'éprouvais une conviction d'ensemble. Sylvie Simonis, chrétienne archaïque, avait basculé du côté du Malin. Le diable qui était sur le dos de Manon, c'était elle. Le diable que redoutait Thomas Longhini, c'était elle. Le diable qui hantait la maison aux horloges, c'était encore elle. À moins que ça ne soit l'inverse – qu'elle ait subi l'influence de cette baraque et de ses légendes. Dans tous les cas, Sylvie Simonis avait vénéré Satan et sacrifié sa fille en son nom.

Ce culte avait dû laisser des traces.

Cette maison devait porter l'empreinte du démon.

Dans le couloir, je me livrai au même manège, déchirant les papiers peints, inspectant les parquets. Rien. La salle de bains. En pure perte. Les deux chambres d'amis. Sans plus de résultat. Au rez-de-chaussée, je gagnai la cuisine. Pas l'ombre d'une planque. La salle à manger et ses meubles jurassiens. Le néant absolu.

Retour dans le salon. Je levai les yeux et m'arrêtai sur les deux poutres qui se croisaient sous la charpente, à cinq mètres de hauteur. Inaccessibles. À moins d'enjamber la rambarde de la coursive…

Sur la passerelle, je mordis un nouveau Cyalume et me risquai sur la poutre centrale. À quatre pattes, une main après l'autre, je progressais lentement, évitant de regarder le vide. À chaque avancée, je frappais le bois sur les côtés, en quête d'une niche. Rien, bien sûr. Mais à la croisée des deux poutres, peut-être...

Je parvins à l'intersection. Une poutre verticale surplombait l'ensemble, plantée dans la croisée. Je m'assis à califourchon et entourai de mes bras ce pilier central. Je repris mon souffle puis, avec précaution, je cognai chaque paroi, en quête d'une sonorité creuse.

Ma main s'arrêta. Une dénivellation, juste derrière la poutre verticale. Mes ongles s'insinuèrent dans la faille, soulevèrent une planche. Je glissai ma main dessous – manœuvre à l'aveugle, joue collée sur le madrier. Un contact familier : un sachet plastique, contenant plusieurs objets. Je parvins à l'extraire de la trappe.

Un paquet enroulé dans un film plastique transparent, lui-même scellé par plusieurs tours de ruban adhésif. Je calai le sachet sous mon bras, crachai mon Cyalume puis, après un demi-tour sur mon perchoir, repartis vers la rambarde.

Sur le sol, je dépiautai ma trouvaille, après avoir enfilé des gants de latex. Je craquai un nouveau tube et contemplai mon trésor. Un crucifix inversé. Une bible aux pages souillées. Des hosties tachées. Une tête de démon oriental, noire et hostile. Je lâchai mon Cyalume et murmurai une prière à saint Michel l'Archange :

> *... et vous, prince de la milice céleste,*
> *repoussez en enfer, par la vertu divine,*

Satan et les autres esprits malins
qui errent dans le monde pour la perte des
âmes…

J'y étais. En plein.

Sylvie Simonis vénérait le diable.

Elle lui avait sacrifié son enfant, au nom d'un pacte ou d'un autre délire…

J'empaquetai le butin, le roulai dans mon manteau et me relevai. Secoué de tremblements, je me frottai les bras, les épaules. J'avais trouvé ce qu'il y avait à débusquer dans cette maison.

Maintenant que c'était une certitude – je foulais le territoire du diable –, je devais discuter avec un homme qui me mentait depuis le début. Un homme que Manon et Thomas, deux enfants qui se croyaient menacés par le Malin, étaient forcément allés voir.

Le seul qui avait pu les écouter.

49

— Qu'est-ce qui vous prend?

J'attrapai le père Mariotte par les revers du maillot et le plaquai contre la porte d'un casier. Il était en train de plier les dossards de son équipe. La sacristie ressemblait à un vestiaire. Deux rangées de compartiments en fer, un banc central, surmonté d'une structure de portemanteaux.

— C'est l'heure de vérité, mon père. Il va falloir

vous allonger, sinon, je risque de m'énerver. Vraiment. Soutane ou pas soutane.

— Vous êtes fou ?

— Vous avez toujours su pour Manon et Sylvie.

— Je…

— Vous saviez que le danger était là. Que le mal habitait cette baraque !

D'un geste de fureur, je le fracassai à nouveau contre les casiers. Il glissa et s'affaissa sur le sol. Il serrait contre lui ses dossards. Sa lèvre inférieure tremblait. Des veines palpitaient sur ses tempes. Sa peau virait au violacé. Je lui fourrai ma carte sous le nez :

— Je ne suis pas journaliste, mon père. Pas du tout. Alors, il est temps de vous mettre à table, avant que je vous inculpe pour complicité de meurtre. *Quid tacet concentirevidetur !*

La phrase latine – « qui ne dit mot consent » – parut l'achever. Il happait l'air comme un poisson sur le sable. Ses paupières ne cessaient de cligner.

— Vous…

— Thomas est venu vous voir. Il vous a prévenu que Manon était menacée, que sa mère était une cinglée de Satan. Mais vous n'avez pas pris ces histoires au sérieux. Vous êtes un prêtre moderne, non ? Alors, vous…

Je m'arrêtai. Son expression s'était figée en une grimace de stupeur.

— Sylvie Simonis possédée ? bredouilla-t-il. Qu'est-ce que vous racontez ?

Il y eut un instant de flottement. À l'évidence, il ne voyait pas de quoi je parlais. Je baissai d'un ton :

— J'ai trouvé des objets sataniques dans la

367

maison aux horloges. Thomas Longhini, avant le meurtre, avait averti son entourage. Il parlait d'un diable qui menaçait Manon. Il parlait d'un danger réel. Mais personne ne l'a écouté. (Je plantai mes yeux dans ses pupilles claires.) Il n'est pas venu vous voir, peut-être ?

— Pas lui, non…

Le prêtre se releva avec difficulté et s'assit sur le banc.

— Qui est venu ?

— Sylvie… Sylvie Simonis. Plusieurs fois.

— Dans son état ?

Le père Mariotte fit non de sa tête pantelante. Son expression trahissait la sincérité, et aussi la consternation :

— Sylvie n'a jamais été possédée.

— Qui d'autre ?

— Manon. C'est elle qui présentait des signes de possession.

— QUOI ?

— Asseyez-vous, souffla-t-il. Je vais vous raconter.

Je m'écroulai sur le banc à mon tour. L'édifice que je venais de construire s'effondrait une nouvelle fois. Mariotte ouvrit un casier et en sortit une bouteille aux reflets mordorés. Il me la tendit :

— Vous avez l'air d'avoir du cran, mais ça ne vous fera pas de mal.

Je refusai et allumai une Camel, en m'y reprenant à plusieurs fois. Le prêtre s'enfila une gorgée.

— Allez-y. Je vous écoute.

— Sylvie est venue une première fois. En mai 1988. Selon elle, sa fille était possédée.

— Quels étaient les signes de l'emprise ?

— Manon organisait des cérémonies, des sacrifices.

— Donnez-moi des exemples.

— À côté de leur première maison, il y avait une ferme. Les paysans s'étaient plaints. Manon volait des bagues à sa mère. Elle les enfilait sur le cou des poussins. Les bestioles crevaient au bout de quelques jours, étouffées par leur propre croissance.

— Les enfants ont des tendances cruelles. Ça ne fait pas d'eux des possédés.

— Elle avait aussi mutilé sa tortue. Les pattes d'abord, puis la tête. Elle l'avait sacrifiée au centre d'un pentagramme.

— Qui lui avait montré ce signe ?

— Sylvie pensait que c'était son père, avant de mourir.

— Il était impliqué dans le satanisme ?

— Non. Mais il était à la dérive. Selon Sylvie, il voulait corrompre sa fille, par pure perversité.

— Il y avait autre chose entre le père et la fille ?

— Sylvie n'a jamais parlé de ça. Elle affirmait que Manon n'était pas une victime. C'était tout le contraire. Elle était... maléfique.

— Que lui avez-vous dit ?

— J'ai essayé de l'apaiser. Je lui ai donné des conseils spirituels. Je l'ai exhortée à voir un psychologue...

— Elle l'a fait ?

— Non. Elle est revenue, un mois plus tard. Plus agitée encore que la première fois. Elle disait que c'était la maison qui était démoniaque. Que Satan avait jailli d'une des horloges, qu'il habitait maintenant le corps de sa fille. Comment aurais-je pu croire de telles histoires ?

— Manon avait commis d'autres actes sadiques ?

— Elle tuait des animaux. Elle prononçait des obscénités. Quand Sylvie lui demandait pourquoi elle se comportait ainsi, elle répondait qu'elle suivait leurs ordres.

— Les ordres de qui ?

— Des démons.

— Filez-moi votre bouteille.

Je bus une rasade. La brûlure s'insinua dans ma poitrine. Je revis la petite fille à la beauté blonde. Elle me paraissait maintenant inquiétante, sournoise, malfaisante. Je rendis la bouteille à Mariotte :

— Cette fois, vous l'avez prise au sérieux ?

— Oui, mais pas de la façon qu'elle souhaitait. Je lui ai ordonné de voir au plus vite, à Besançon, un psychologue que je connaissais.

— Elle vous a écouté ?

— Pas du tout.

— Que voulait-elle ?

— Un exorcisme.

La mosaïque, une nouvelle fois, volait en éclats et dessinait un autre motif. Sylvie avait peur de Manon. Elle avait peur du diable. Elle avait peur de sa maison. Chrétienne fervente, elle se croyait cernée par des esprits qui l'attaquaient à travers ce qu'elle avait de plus précieux : sa fille.

Je repris :

— J'ai trouvé dans leur maison des objets sataniques. Une croix inversée, une bible souillée, une tête de diable... À qui appartenaient-ils ?

— À Manon. Sylvie les avait trouvés dans sa chambre.

— C'est absurde. Qui lui aurait donné ces objets?

— Personne. Elle les avait trouvés à la cave. Sous les fondations de la maison. On a toujours dit que cette baraque avait été construite par des sorciers et…

— Je suis au courant. Mais ces objets ne sont pas aussi anciens. Qu'y a-t-il eu après?

Le père Mariotte ne répondit pas. Il lissait lentement la brume de ses cheveux sur son crâne rose. Son visage s'était calmé mais il paraissait maintenant plus lourd, plus âgé. Après une nouvelle gorgée d'alcool, il murmura enfin:

— Pendant l'été, rien. Cette histoire m'obsédait. Je n'arrêtais pas de rôder devant leur maison, à vélo. J'étais tenté de sonner, de demander des nouvelles. Sylvie ne venait plus à la messe. Elle m'en voulait de n'être pas entré dans son jeu.

— Son « jeu »? Vous appelez ça un jeu?

— Écoutez, dit-il d'une voix plus ferme. Personne ne pouvait imaginer que les choses iraient aussi loin. Personne, vous m'entendez?

— Vous pensiez que Sylvie inventait cette histoire?

— Cette famille avait un problème, c'est tout. Une vraie psychose. De nos jours, qui croit encore en la possession?

— À la Curie romaine, j'en connais encore pas mal.

— Oui, bon. Mais je suis un prêtre…

371

— Moderne, j'ai compris. Pourquoi Sylvie n'a-t-elle pas déménagé?

— Vous ne l'avez pas connue. Têtue comme une mule. Elle s'était saignée pour acquérir cette maison. Il n'était pas question qu'elle la quitte.

— Elle est revenue vous voir?

Mariotte but encore. On arrivait au moment crucial de l'histoire.

— Fin septembre, fit-il d'une voix râpeuse. Cette fois, elle était calme. Elle semblait... je ne sais pas comment vous dire..., revenue de tout. Elle avait fait le deuil de sa petite fille. Elle disait que Manon était morte. Que quelqu'un d'autre vivait maintenant auprès d'elle dans sa maison.

— Manon persistait dans son attitude?

— Elle avait uriné sur une bible. Elle s'était masturbée devant un voisin. Elle parlait latin.

En filigrane, plusieurs vérités. Quand Thomas Longhini parlait d'un « diable » qui menaçait Manon, il ne parlait pas de Sylvie, il parlait d'une force horrible qui transformait, peu à peu, sa jeune amie. Quand Mme Bohn évoquait des « jeux dangereux », ce n'était pas Thomas qui les initiait, mais Manon. Tout cela aurait dû se résoudre dans un institut, auprès de spécialistes en schizophrénie. Mariotte continua :

— Ce jour-là, Sylvie m'a posé un ultimatum. Elle m'a prévenu que si je n'agissais pas, elle s'en chargerait elle-même. Sur le coup, je n'ai pas saisi. Cette histoire me dépassait complètement. Tout le mois d'octobre, elle m'a harcelé, me répétant que je ne comprenais rien. Que je n'étais pas un vrai prêtre. Elle ne cessait de répéter un passage des épîtres de

372

Paul aux Thessaloniciens : *« Lorsque l'impie se révélera, le Seigneur le fera disparaître par le souffle de sa bouche, l'anéantira par la manifestation de sa venue. »* (Il reprit sa respiration.) Je ne savais plus quoi faire. Un exorcisme ! Pourquoi pas un bûcher ? À chaque fois, je répétais à Sylvie que la seule urgence était de consulter un psychiatre. À la fin, je lui ai annoncé que j'allais m'en charger moi-même. En un sens, je crois... Je pense que j'ai précipité les choses. Je n'ai jamais su la vérité sur Manon, mais Sylvie était bonne pour l'asile.

Mariotte avait raison mais la folie de Sylvie possédait sa propre logique. La femme n'avait pas agi sur un coup de tête, un accès de panique – elle avait soigneusement préparé son plan. Non pour éviter la prison mais pour sauver la mémoire de sa fille. Pour que personne, jamais, ne puisse soupçonner son mobile.

— Au mois de novembre, elle n'est plus venue. J'ai cru, j'ai espéré que les choses étaient rentrées dans l'ordre. La suite, vous la connaissez. Tout le monde la connaît.

Le père Mariotte se tut encore. Il mesurait, encore aujourd'hui, le gouffre de ses erreurs. Il reprit d'une voix à peine perceptible :

— Depuis ce jour, je vis dans le doute.

— Le doute ?

— Je n'ai aucune preuve formelle contre Sylvie. Après tout, la vérité est peut-être encore différente...

— Pourquoi n'avez-vous pas prévenu les gendarmes ?

— Impossible.

— Pourquoi?

— Vous savez très bien pourquoi.

— Elle vous parlait sous le sceau de la confession?

— À chaque fois, oui. Quand j'ai appris la mort de la petite, j'ai brisé moi-même le confessionnal, à coups de hache. Je ne l'ai jamais reconstruit. Je ne pouvais plus entendre une confession dans cette église.

— C'est pour ça qu'il y a le box à côté, dans le couloir?

Son silence était un acquiescement. L'évocation de la cellule me rappela un autre souvenir :

— À votre avis, qui a écrit « Je t'attendais » à l'intérieur?

— Je ne sais pas. Je ne veux pas savoir.

J'achevai la chronologie des faits :

— Après le drame, vous avez revu Sylvie?

— Bien sûr, cette ville est minuscule. Mais elle m'évitait.

— Elle n'est plus venue se confesser?

— Jamais. Son silence était comme une pierre. (Il ouvrit ses mains et les poussa devant lui.) Une énorme pierre qui s'était refermée sur ma propre interrogation. J'étais emmuré là-dedans, vous comprenez?

— Quand vous avez appris la mort de Sylvie Simonis, l'été dernier, qu'avez-vous pensé?

— Je vous dis que je ne veux plus y réfléchir.

— Il y a peut-être quelqu'un, dans cette ville, qui connaissait la vérité. Quelqu'un qui a décidé de venger Manon.

— Le meurtre est confirmé? Les gendarmes n'ont jamais dit que…

— Je vous le dis, moi. Que pensez-vous de Thomas Longhini ?

Le prêtre retrouva son expression d'effarement :

— Quoi, Thomas ?

— Quand on l'a accusé du meurtre de Manon, il a promis qu'il reviendrait. Il pourrait avoir vengé la petite fille.

— Vous êtes fou.

— Je n'ai pas inventé le cadavre de Sylvie.

— Laissez-moi. Je dois prier.

Des larmes roulaient sur ses joues. Son expression était impassible.

Plus rien ne semblait pouvoir l'atteindre. Il murmurait déjà le célèbre psaume 22 :

> *Ne reste pas loin de moi, le malheur est proche,*
> *Je n'ai personne pour m'aider.*
> *Ma force s'en va comme l'eau qui coule,*
> *Tous mes os se détachent.*
> *Mon cœur est comme la cire, il fond dans ma poitrine...*

Sa voix s'éteignit derrière moi alors que je traversais l'église. Sur le parvis, je respirai la nuit à pleins poumons. La place était plongée dans les ténèbres et offrait un reflet exact de mon esprit. Une zone noire, glacée, sans repère ni lumière. Soudain, des appels de phares percèrent la nuit. Une voiture était stationnée sur la place. La Peugeot bleue du capitaine Sarrazin. « Pas trop tôt », pensai-je en me dirigeant vers le véhicule.

50

— Montez.

Je contournai la Peugeot et m'installai côté passager.

Il flottait dans l'habitacle une odeur de propreté saisissante. Une rigueur impeccable, qui vous excluait et vous faisait craindre de salir les tissus.

— Vous buvez en service, commandant?

Mon haleine chargée de gnôle.

— Je ne suis pas en service. Juste en vacances.

— Vous y voyez plus clair, maintenant?

Je ne répondis pas. Dans l'obscurité, le gendarme souriait. Il posa sur mes genoux mon pistolet automatique puis reprit, sur un ton patient:

— Vous sortez de l'église. Vous avez l'air sonné. Vous avez dû interroger Mariotte.

— Et si vous me parliez de votre propre enquête? On gagnerait du temps.

— Je vous ai laissé la journée. Dites-moi ce que vous savez. Je verrai si ça vaut le coup de vous aider.

Je m'interrogeais sur ce changement d'humeur. Mais je n'avais plus rien à perdre. Je résumai l'affaire. Manon possédée. Sa mère l'éliminant pour tuer le démon en elle. L'élaboration de l'alibi. La vengeance de l'infanticide, quatorze ans plus tard.

Le gendarme conserva le silence. Il ne souriait plus.

— Qui a vengé Manon, selon vous? demanda-t-il enfin.

— Celui qui l'aimait comme une sœur. Thomas Longhini.

— Vous l'avez retrouvé ?

— Non. Mais c'est ma priorité.

— Pourquoi aurait-il agi quatorze ans après ?

— Parce que justement, à l'époque, le gamin n'avait que quatorze ans. Son plan a mûri, sa détermination s'est intensifiée. Il avait promis de revenir, et il est revenu.

— C'est donc un fou furieux, lui aussi ?

Je ne répondis pas. J'eus un geste réflexe vers mon paquet de Camel. Allumer une clope ici : une profanation. Le silence s'installait à nouveau.

— À vous, maintenant. Où en est votre enquête ?

— À peu près au même point que vous.

— Vous êtes d'accord avec mes conclusions ?

— Je vous suis sur la culpabilité de la mère. Mais je n'ai pas plus de preuves que vous. Et je n'ai jamais pu consulter le dossier d'enquête. Il y a prescription sur un meurtre aussi ancien. À mon avis, le juge de Witt a détruit le dossier.

— Pourquoi ?

— Trop tard pour lui demander. Il est mort il y a deux ans.

— Sur l'auteur du meurtre de Sylvie, vous êtes d'accord ?

— Non. Pas Thomas Longhini. Impossible.

L'inflexion de sa voix impliquait une certitude.

— Qu'est-ce que vous en savez ? Vous l'avez retrouvé ?

— Je ne l'ai jamais perdu de vue.

— Où est-il ? criai-je.

— Devant vous.

Une sensation de colle emplit ma bouche.

— Je suis Thomas Longhini. J'avais promis de revenir et je suis revenu. J'avais promis d'achever l'enquête et je suis devenu gendarme. Capitaine même, à Besançon. Quand Sylvie s'est fait tuer, j'ai réussi à avoir l'affaire.

— Les gens, ici, savent qui vous êtes ?

— Personne ne le sait.

— Je ne vous crois pas. Votre histoire est impossible.

— C'est la mort de Manon qui est impossible. Je n'ai jamais pu l'accepter.

— Vous avez toujours su que Sylvie était infanticide ?

— Quand j'étais adolescent, j'en étais sûr. Manon avait peur : elle craignait sa mère. Plus tard, j'ai douté. Maintenant, j'en suis convaincu à nouveau.

— Selon vous, qui a tué Sylvie ?

Il n'eut aucune hésitation :

— Le diable.

Je souris. Pas question de plonger dans une nouvelle histoire de superstition. Mais Longhini-Sarrazin se pencha sur moi :

— Il y a quelque chose que vous ne savez pas. Un élément capital pour comprendre les faits. Manon était *réellement* possédée. Le diable l'avait choisie.

C'était une conspiration. Une conspiration de cinglés ! Je rengainai mon flingue et actionnai ma poignée :

— J'en ai assez entendu.

Sarrazin bloqua ma portière :

— C'est le noyau de l'histoire. Alors, ayez les couilles d'aller jusqu'au bout !

Le goût de glu me séchait le gosier. J'avais la langue gonflée, la gorge pâteuse.

— J'étais avec elle quand tout ça s'est passé, reprit-il. On ne se quittait pas. Elle était devenue quelqu'un de différent. Un démon.

— Et aujourd'hui, le diable est revenu se venger, c'est ça ?

— Je ne vous parle pas d'un faune à tête de bouc. Je vous parle d'une puissance noire, qui a agi par la main d'un autre.

— Qui ?

— Je ne sais pas encore. Mais je trouverai.

— Quelles sont vos preuves ?

— C'est simple. Le diable se venge toujours de la même façon. Il y a eu d'autres cas de meurtres avec des insectes, du lichen, tout ça.

— Non. J'ai fait la recherche. À l'échelle nationale. Jamais personne n'a subi les tortures de Sylvie Simonis. Jamais aucun tueur n'a décomposé un corps avec de l'acide et des insectes.

— En France, non. Mais ailleurs, oui.

— Où ?

— En Italie. La Bête a frappé là-bas. À Catane, en Sicile. La Bête ne connaît pas de frontières.

Sarrazin parlait avec assurance. Suffisamment pour me coller un nouveau doute. Je vis passer le masque de Pazuzu puis revins à la raison. Il était toujours possible qu'un tueur se prenne pour le diable et rayonne en Europe. Sarrazin ajouta :

— En tout cas, votre pote, il était d'accord avec moi.

— Qui ?

— Luc Soubeyras.

— Vous l'avez vu ? Vous le connaissez ?

— On a bossé ensemble. Mais il n'était pas comme vous. Il croyait au diable. Vous, il fallait vous mettre à l'épreuve. C'est pour ça que je vous ai laissé vous démerder tout seul.

— Luc, où en était-il dans son enquête ?

— Comme moi. Comme vous. Après ça, il est parti en Italie. Plus jamais donné signe de vie.

Un flash, glace et feu mêlés. Une information de Foucault : Luc était parti pour Catane, en Sicile, le 17 août dernier.

— Voilà ce que je propose, dit Sarrazin. Vous partez en Italie. Je continue à creuser ici. C'est vous qui avez proposé de faire équipe.

Je ne perdais rien à conserver un allié ici. Quant à moi, s'il existait réellement une piste en Sicile, je devais la suivre. Je saisis la poignée :

— Je vais d'abord vérifier votre information italienne. Si elle tient, je marche.

J'ouvris la portière. Sarrazin m'attrapa le bras.

— Avant de partir, retournez à Bienfaisance. Là où le corps a été découvert.

— Pourquoi ?

— Le diable, il a signé son crime.

Un bref instant, je songeai au crucifix, mais le gendarme parlait d'autre chose.

— Je dois chercher où ?

— Trouvez par vous-même. Tout ça, c'est une initiation, vous comprenez ?

— Je comprends. Vous avez des piles ?

51

— *Pronto ?*

Je venais de composer le numéro du cellulaire de Giovanni Callacciura, substitut du procureur de Milan. Un an auparavant, j'avais travaillé avec lui sur l'assassinat d'un médecin romain à Paris. Crime de sang pour moi, vengeance et corruption pour lui. Et une solide amitié entre nous.

— *Pronto ?*

Je coinçai mon combiné sous mon menton – la route serpentait de plus en plus rapidement. Le vent soulevait ma voiture par à-coups, alors que les cimes des sapins se penchaient sur le faisceau de mes phares. Je fonçais vers Notre-Dame-de-Bienfaisance.

— *Sono* Mathieu Durey.

— Mathieu ? *Come stai ?*

Le rire dans la voix. La fraîcheur dans l'intonation. À mille lieues de mon cauchemar. Je lui expliquai l'objet de mon appel. La nature du meurtre. La possibilité d'un crime identique, en Sicile. Mon italien était fluide sous ma langue. Le magistrat éclata de rire :

— Je ne pourrais jamais travailler sur des affaires pareilles. Trop glauques. Qu'est-ce que tu veux que je fasse ?

— Trouve les infos sur ce crime, à Catane.

— O.K. Tu as l'année ?

— Non. C'est assez récent, je pense.

— Et c'est une urgence ?

— Ça brûle.

— Je fais la recherche de chez moi. Tout de suite.

Je le remerciai. Pas un mot sur le fait qu'on était dimanche et qu'il était 21 heures. Pas une remarque sur le fait que je n'avais pas appelé depuis six mois. Ma conception de l'amitié : aucun devoir, sinon celui de répondre présent au juste moment. Je ne lâchai pas la pédale d'accélérateur, gagnant toujours de l'altitude.

Des souvenirs de ma première visite à Bienfaisance revenaient : la montagne vive, le triomphe des eaux… Maintenant, tout était noir. Entrelacs de menaces et d'épaisseurs, tourmenté par le vent. Les paroles de Sarrazin dans ma tête, versant à chaque virage, comme des paquets de mer sur le pont d'un cargo en déroute.

Le panneau de la fondation Notre-Dame-de-Bienfaisance apparut. Je fonçai encore. Pas question de sonner à la porte des missionnaires, ni de marcher une demi-heure. Il devait bien exister une autre route, plus haut, menant directement au belvédère. Au bout de deux kilomètres, je tombai sur un sentier qui indiquait la direction de la Roche Rêche – le nom prononcé par Marilyne Rosarias.

Je cahotai encore dix minutes. Un parking de terre rouge sur ma gauche. Une pancarte : « LA ROCHE RÊCHE, 1 700 MÈTRES D'ALTITUDE ». J'ignorai l'aire de stationnement et m'enfonçai un peu plus loin dans les herbes hautes. Réflexe absurde de discrétion. Je coupai le moteur, ouvris la boîte à gants et plaçai les piles données par Sarrazin dans ma torche électrique.

Dehors, le vent me frappa en pleine face. Les

bourrasques semblaient vouloir tour à tour m'arracher mon manteau et le faire rentrer dans ma chair. Courbé dans la tempête, je suivis le sentier. Il menait à une esplanade élaguée, ponctuée de tables et de bancs de bois. Plus loin, en contrebas, j'apercevais la plaine qui m'intéressait. Entre les deux, les bouillons noirs des sapins.

Je plongeai dans la forêt, me guidant au seul son de la cascade, qui me parvenait entre deux mugissements du vent. La végétation serrée me résistait. Les branches me déchiraient le visage. Les ronces entravaient chacun de mes pas. Sous mes talons, la rocaille crissait, roulait, à mesure que je franchissais les buissons.

Bientôt, je fus complètement perdu, confondant le bruit de l'eau avec le bruissement des feuillages. Je décidai d'avancer encore, de suivre la pente : elle m'offrirait bien une ouverture.

Enfin, je jaillis des arbres comme d'un rideau de scène et accédai à la clairière. Pur coup de bol. Je m'arrêtai et considérai le décor que je connaissais déjà. Un cercle d'herbes rases, se déployant jusqu'au précipice. Sous la lune, la surface paraissait argentée. Encore quelques secondes pour rassembler mes idées puis je repris ma marche. Longhini-Sarrazin avait dit : « Le diable a signé son crime. » Il y avait donc ici une trace, un indice satanique. Les gendarmes l'avaient-ils trouvé ? Non. Seul Sarrazin était revenu sur les lieux et avait découvert ce détail.

J'étais maintenant au bord de la falaise, comme lors de ma première visite. Je me tournai vers le plateau d'herbe et réfléchis. Les gendarmes – des pros du SR de Besançon – avaient fouillé l'espace avec rigueur, retournant chaque parcelle, chaque touffe d'herbe, selon la méthode en grille. Que pouvais-je faire de plus, moi, seul et en pleine nuit!

Je me concentrai sur les sapins du fond. Ils ressemblaient à une phalange de guerriers noirs. Peut-être que les gendarmes avaient limité leurs recherches à la clairière elle-même…

Personne n'avait pensé à sonder vraiment les bois.

Personne, sauf Sarrazin.

Je remontai la pente et stoppai à la lisière des conifères. Le boulot paraissait impossible – dans le noir, scruter le sol, les racines, les troncs. Et pour trouver quoi? Renonçant à réfléchir, je plongeai dans les ténèbres et allumai ma torche. Je commençai par le centre, dans l'axe où avait été installé le corps, à cent mètres de là. Penché sur le sol, je tentai d'apercevoir quelque chose. Je remontai le long de chaque tronc, écartant les branches, ouvrant les taillis.

Rien. En dix minutes, je n'avais couvert que quelques mètres carrés. Les rameaux des sapins commençaient très bas – s'il y avait quelque chose à découvrir, une inscription dans l'écorce, une mise en scène, cela ne concernait qu'un mètre environ entre la terre et les premières branches. Plié en deux, presque à genoux, je poursuivais ma fouille, me concentrant sur la base des troncs.

Au bout d'une demi-heure, je me relevai. Ma respiration se cristallisait devant moi, en nuages de vapeur. J'étais de nouveau brûlant, mais en même

384

temps cerné, assailli par le froid. Le vent m'atteignait, même ici, à l'abri des branches.

Je plongeai à nouveau, tête la première, sous les aiguilles. Haletant, grelottant, écartant d'une main les épines, palpant de l'autre le bois des fûts. Rien.

Soudain, sous mes doigts, une ligne.

Une longue entaille, tordue, zigzagante.

J'arrachai les tiges pour laisser pénétrer le faisceau de ma lampe. Mon cœur se bloqua.

Distinctement, à coups de couteau, on avait gravé, en lettres aiguës :

JE PROTÈGE LES SANS-LUMIÈRE.

La signature du diable ? En quinze années de théologie, je n'avais jamais entendu ce terme. Je remarquai un autre détail. La forme heurtée des lettres dans l'écorce. Je reconnaissais l'écriture. Celle de l'inscription luminescente dans le confessionnal. Une même main avait gravé cette signature et l'avertissement « JE T'ATTENDAIS. »

Je pensais : « Un ennemi, un seul » quand une vibration me passa dans la chair. Mon portable. Sans quitter des yeux l'inscription, je me dépêtrai des branches et trouvai ma poche.

— Allô ?

— *Pront...*

La voix de Callacciura, mais la connexion était mauvaise. Je me tournai et criai :

— Giovanni ? *Ripetimi !*

— ... *Piu... tar...*

— *RIPETIMI !*

Je pivotai encore et attrapai ses paroles, comme emportées par les rafales :

— Je te rappelle plus tard si la connexion est…

— NON! C'est bon. Tu as déjà du nouveau?

— J'ai l'affaire. Exactement le même délire : la pourriture, les mouches, les morsures, la langue. Hallucinant.

— La victime est une femme?

— Non. Un homme. La trentaine. Mais il n'y a aucun doute. C'est le même truc.

Un tueur en série frappait donc à travers l'Europe, selon la même méthode. Un tueur qui se prenait pour Satan lui-même…

— Y avait-il des signes religieux à côté du corps? Avait-il subi des sacrilèges?

— Plutôt, oui. Il avait un crucifix dans la bouche. Comme si… Enfin, tu vois le symbole.

— L'affaire, c'est bien en Sicile?

— Catane, oui.

— La date?

— Avril 2000.

Je pensai : mobilité géographique, meurtres échelonnés sur plusieurs années, persistance du *modus operandi*. Aucun doute, un tueur en série. L'Italien reprit :

— Tu veux que je t'envoie le dossier? Nous…

— Non. Je viens moi-même.

— À Milan?

— Je suis à Besançon. J'en ai pour quelques heures de route.

— Sûr?

— Certain. Je ne peux pas t'expliquer par téléphone mais l'affaire prend forme. Un tueur en série, qui se prend pour le diable. Il a frappé ici, à Besançon, en juin dernier. Et sans doute ailleurs encore, en Europe. Je vais contacter Interpol en urgence. Après l'Italie et la France, il…

— Je t'arrête, Mathieu. Le meurtre de Catane, ce n'est pas ton cinglé qui l'a commis.

La connexion perdit de nouveau en qualité. Je cherchai un angle de réception :

— Quoi ?

— Je dis : le crime de Catane, ce n'est pas ton dingue !

— Pourquoi ?

— Parce qu'on tient le coupable !

— QUOI ?

— C'est une femme. L'épouse de la victime. Agostina Gedda. Elle a avoué. Et donné tous les détails : les produits utilisés, les insectes, les instruments. Une infirmière.

— Quand a-t-elle été arrêtée ?

— Quelques jours après le meurtre. Elle n'a opposé aucune résistance.

Encore une fois, ma trame volait en éclats. Il était impossible que cette Italienne ait tué Sylvie Simonis puisqu'elle était déjà sous les verrous. Mais il n'était pas non plus possible que deux assassins distincts appliquent une méthode aussi caractéristique.

Je posai mes doigts sur l'écorce gravée. JE PROTÈGE LES SANS-LUMIÈRE. Qu'est-ce que ça signifiait ?

Je hurlai dans le combiné :

— Au New Bristol. Demain matin, 11 heures !

III

AGOSTINA

52

En route, je rappelai Sarrazin et lui confirmai mes découvertes. L'inscription dans l'écorce, l'assassinat de Salvatore Gedda. Maintenant, c'était donnant, donnant : une enquête à deux, avec partage des informations. Le gendarme était d'accord. Pour lui, la piste italienne s'était arrêtée net. Il n'avait récolté que quelques données sur Agostina Gedda, via une connaissance à Interpol, mais n'avait jamais pu poursuivre l'enquête au-delà des Alpes.

Je franchis la frontière suisse à 23 heures et croisai Lausanne aux environs de minuit. L'autoroute E62 longeait le lac Léman. Malgré la tension, l'épuisement, je remarquai la beauté de la rive dans la nuit. Les villes – Vevey, Montreux, Lausanne – ressemblaient à des fragments de Voie lactée qui auraient chu sur les collines.

J'avais appelé plusieurs fois Foucault. Toujours sur répondeur. Je l'imaginais passant un confortable dimanche soir, avec sa femme et son fils, devant la télévision. Par contraste, le froid et l'hostilité de la nuit me paraissaient plus violents encore. Je songeai à mes trois vœux : obéissance, pauvreté, chasteté. J'étais d'équerre. Sans oublier le vœu supplémentaire, celui qui me collait toujours au train : solitude.

Minuit et demi. Foucault rappela. Je lui demandai d'élargir, première heure demain matin, la recherche sur les meurtres aux insectes. Ratisser à l'échelle de l'Europe, contacter Interpol, les services de police des capitales. Foucault promit de faire de son mieux mais l'enquête n'avait toujours rien d'officiel et Dumayet allait lui demander des comptes sur les affaires en cours de la BC.

Je promis d'appeler le Divisionnaire (j'étais censé pointer au bureau dans quelques heures) et raccrochai. Après la ville d'Aigle, les lumières disparurent. On distinguait tout juste, à l'horizon, les masses sombres des Alpes. La route, enveloppée de ténèbres, était déserte. À l'exception de deux phares très blancs qui scintillaient depuis un moment dans mon rétroviseur.

1 heure du matin. Martigny, Sion. Le rempart des montagnes se rapprochait. Je m'engageai dans le tunnel de Sierre. Roulant à plus de cent cinquante kilomètres-heure, je dépassai plusieurs voitures, voyant leurs phares s'éloigner puis trembler dans mon rétroviseur, pour rejoindre les filaments des luminaires. En revanche, les deux feux blanchâtres ne me lâchaient pas. Cent soixante, cent soixante-dix... Les yeux étaient toujours là. Des phares au xénon, qui perçaient le tissu de la nuit comme deux aiguilles.

Les tunnels défilaient. Gueules en arc en cercle, creusées dans la roche; galeries ajourées, collées au versant; tubes de verre suspendus à flanc de montagne. Enfin, les phares disparurent. J'en éprouvai un obscur soulagement. Peut-être une simple parano mais l'inscription du confessionnal ne me quittait pas : « Je t'attendais. » Et aussi celle de l'écorce : « Je protège les Sans-Lumière. » L'idée d'un tueur obsessionnel, sur mes pas, n'était pas absurde.

Une nationale à deux voies. À chaque ville, je m'efforçais de ralentir. Visp. Brig. Le cœur du Valais. Le paysage se modifia encore. La route s'étrécit, l'obscurité s'approfondit. Plus de réverbère, plus le moindre panneau. Je ralentis. Je pénétrais dans le col du Simplon.

La route s'éleva brutalement. La neige apparut. Les falaises, des deux côtés de la chaussée, se révélèrent, d'un blanc phosphorescent, comme si on y avait pulvérisé du Luminol. Des brumes d'épines mortes voletaient sous mes roues, les sapins se raréfiaient. Personne en vue.

Mon Audi gîtait dans le vent. Le froid s'insinuait dans la voiture. J'avais hâte de passer de l'autre côté du col et d'amorcer ma descente. Les tunnels se multipliaient encore, nus, sauvages. Anneaux de pierre crevant la paroi, rampe de béton greffée sur le versant, colonnades glissées sous un torrent furieux…

Je commençais à avoir des visions. Les flocons de neige devenaient des oiseaux, des arabesques, des signes chinois, se disséminant devant mon pare-brise. Je renonçai aux pleins phares, la neige formant un écran réfléchissant.

La fatigue se diluait dans mon corps, anesthésiant mes réflexes, plombant mes paupières. Depuis quand n'avais-je pas réellement dormi ? Le changement d'altitude compressait mes tympans, achevant encore de m'engourdir…

Je décidai de m'arrêter de l'autre côté du col, à la frontière italienne, pour dormir quelques heures. Après tout, j'étais en avance sur mon horaire. Je pouvais repartir vers 7 heures pour parvenir à Milan à 10 heures.

D'un coup, ma vitre arrière s'illumina.

Les phares au xénon.

J'accélérai et jetai un regard dans mon rétroviseur. Je ne vis rien à l'exception du halo blanc. Mon poursuivant avait réglé ses phares au maximum. Je revins à la route – je ne voyais rien non plus, la neige redoublant. Et la lumière crevait mon rétro. Je le baissai et me concentrai sur les congères des bords de route, seuls repères pour suivre le ruban de bitume…

Je réussis à distancer les phares. Un virage, et la bagnole disparut. La peur aux tripes, je m'interrogeai. Qui était-ce ? Le tueur de Sartuis ? Quelqu'un d'autre impliqué dans l'enquête ? Ou un simple conducteur agressif ?

Un sifflement me répondit.

Une balle venait de frôler le toit de ma voiture.

53

Coup d'accélérateur. La panique s'amplifia en moi, bloquant mes sens, mes pensées, mes réflexes. Au danger des balles répondait celui d'une route gelée, aux virages trop serrés.

Malgré moi, je ralentis. La lumière satura de

nouveau ma vitre arrière. Durant une seconde, je me dis que j'avais rêvé – le sifflement n'était pas celui d'une balle. Un conducteur concentré sur cette route ne pouvait pas en même temps me tirer dessus. En guise de réponse, un nouvel impact frappa l'Audi, faisant vibrer toute la carrosserie. Ils étaient donc deux. Un chauffeur et un tireur. Parfait tandem pour une chasse à l'homme.

Nouvelle accélération. Une seule idée me dominait : je n'avais aucune chance. Leur voiture semblait plus puissante que la mienne. Ils étaient deux et armés. Et j'étais seul – absolument seul. Mon avenir ressemblait à cette route, fuite en avant sans visibilité, où je courais à ma perte.

Je roulais maintenant la tête dans les épaules, les doigts vissés au volant. Je cherchais en moi, au tréfonds de mon angoisse, quelques parcelles d'espoir. Je me répétai : « Il n'y a pas de casse... Je ne suis pas blessé... Je... »

Ma vitre arrière vola en éclats.

Le froid et la lumière jaillirent dans l'habitacle. À la même seconde, mes roues patinèrent. Le moteur rugit. Je fis une embardée sur la gauche, par l'arrière, puis revins accrocher le sol sur la droite. Une balle encore se perdit dans la tempête. Nouveau coup de volant, puis un autre, jusqu'à retrouver mon axe.

Un tunnel à mon secours. Les luminaires et la route en ligne droite changeaient la donne. Je réglai mon rétroviseur et observai mes ennemis. Une BMW. Une berline aux vitres fumées, dont la carrosserie noire brillait comme celle d'un tank laqué. L'éblouissement des phares m'interdisait de déchiffrer la plaque minéralogique. Je ne pouvais pas voir non plus le conducteur mais le passager cagoulé était sorti à mi-corps, tenant un fusil de précision équipé d'un viseur et d'un silencieux.

Le pur tableau de ma mort. Une fraction de seconde, je restai subjugué par la beauté de l'image : les lampes filant sur la tôle lustrée, les phares s'irisant en lignes roses sous l'arc de la voûte, le tueur arc-bouté sur son arme… Une parfaite machine de guerre, lisse, précise, implacable.

Cette fois, j'accélérai à fond.

Audi contre BMW – le duel se tenait.

J'avalais l'asphalte, le béton, les lumières. Le défilement des lampes prenait une rapidité hypnotique. Dans mon rétroviseur, pourtant, la BM se rapprochait encore. Le moment ou jamais de riposter. J'arrachai le Velcro de mon étui et dégainai.

Je me retournai et braquai mon 9 millimètres Para. Je ralentis. La calandre se rapprocha. Je hurlai et appuyai sur la détente. Par la force du recul, le flingue faillit m'échapper mais je vis, en un cillement, la BMW piler d'un coup, chassant par l'arrière et crissant dans la fumée du freinage. Presque une victoire.

Le ciel, la neige, puis un nouveau tunnel en vue.

Le modèle à colonnes, construit à flanc de roche.

Mû par une inspiration, j'attendis l'ultime moment avant l'entrée puis braquai à droite, attrapant la voie de chantier qui montait au flanc de la falaise. Le temps d'un rebond dans les caillasses et je roulais sur le toit du tunnel. La berline s'était engouffrée dans la bouche d'ombre derrière moi. Un nouveau répit. De courte durée. La bagnole allait simplement m'attendre à la sortie…

À ce moment, j'eus la tentation de tout larguer et de fuir à pied. Mais pour aller où ? Me perdre en pleine montagne ? Mes poursuivants devaient être équipés de détecteurs thermiques. La chasse à l'homme ressemblerait plus encore à une traque au gibier.

Je passai la première et roulai au pas, éteignant mes phares. Je bringuebalai ainsi sur un sentier de cailloux, cherchant une idée, une issue. La neige redoublait et les bords de la chaussée se perdaient dans les ténèbres.

Enfin, le chemin s'inclina de nouveau pour rejoindre la route. Je n'avais pas trouvé de solution. Mais le calme environnant me redonna un espoir. Au bord de la chaussée, je stoppai et guettai : pas le moindre son de moteur, aucune trace de phares. La première, encore, puis lentement, très lentement, la route. Aucune voiture. Avaient-ils abandonné la poursuite ? Avaient-ils continué tout droit, renonçant à m'éliminer ?

J'appuyais sur le levier de vitesse quand tout devint blanc. Les phares. Le xénon. Pas derrière moi, ni devant moi. Au-dessus de moi ! Je me recroquevillai sur mon siège et attrapai mon rétroviseur, cherchant les lumières dans le cadre. Les hommes étaient postés sur le toit du tunnel.

J'imaginai ce qui s'était passé. À l'intérieur du boyau, ils avaient trouvé un autre accès à la voie de chantier. Ils étaient montés eux aussi, me suivant, phares éteints, jusqu'au bout du sentier. Puis ils s'étaient placés sur le promontoire – en position de tir.

Les balles se mirent à pleuvoir. Mon pare-brise éclata, mes vitres explosèrent, alors que je dérapais en tentant de démarrer. Mes pneus mordirent le bitume. Dans mon rétro, l'impossible survint : les deux phares volèrent comme deux boules de feu luminescentes dans la nuit. Les tueurs avaient directement foncé dans le vide. Leur châssis s'écrasa, dans une rage de neige et d'étincelles mêlées, puis bondit en avant. Le fracas me parut passer dans le sol. J'accélérai à fond et rallumai mes phares. La poursuite reprenait.

Sapins décharnés, muraille rocheuse, congères. La tempête se calmait. La visibilité était de retour. Je tentai de rassembler mes idées. Je n'en avais aucune. Rien, hormis la fuite jusqu'à la frontière et ses douaniers. Combien de kilomètres à tenir ? Trente ? Cinquante ? Soixante-dix ?

Nouveau coup d'œil au rétroviseur. Les deux yeux blancs étaient toujours là, jaillissant par intermittences, au rythme des virages. Soudain, une épingle à cheveux. Je freinai. Trop tard. Mes roues se bloquèrent, l'Audi fila dans son élan. Je braquai encore mais l'avant était déjà emporté.

Le talus qui enfle, la neige qui glisse, la collision, brutale, étouffée – et le moteur qui cale. Puis le silence. Je n'avais plus de souffle, le volant dans les côtes. Sonné, je trouvai la clé de contact. Le moteur renâcla, puis démarra. En marche arrière, je m'extirpai de l'amas de neige et manœuvrai sur la chaussée.

Malgré le contretemps, mes poursuivants ne

m'avaient pas rattrapé. Lueur d'optimisme, aussitôt trahie par une défaillance sous mon pied. L'accélérateur ne répondait plus. Coup d'œil au tableau de bord. L'aiguille de température d'eau avait franchi la zone rouge. Qu'est-ce que c'était que ce nouveau bordel ?

Regard derrière moi : les phares au xénon n'étaient plus qu'à un virage. J'enfonçai ma pédale avec rage. Rien, aucune puissance. Je frappai mon volant, hurlai. Au moment de la collision, la neige avait dû s'entasser sous ma calandre et obturer le réseau de ventilation. Ma bagnole était en surchauffe. Déjà, la fumée s'échappait du capot. Cette fois, tout était foutu.

À cet instant, un panneau : SIMPLON DORF. Sans réfléchir, j'éteignis mes phares et pris cette bretelle, juste au moment où la BMW jaillissait derrière moi. Les tueurs m'aperçurent trop tard, emportés sur la voie principale. Dans mon dos, j'entendis leur coup de frein. Même en roue libre, je venais de gagner quelques secondes.

Une clairière, encombrée de pelleteuses, de bulldozers, de matériaux de construction – d'un coup de coude, je pris cette direction, toujours sur mon élan.

Je vis, droit devant moi, un amas de planches enneigées. Je fermai les yeux et laissai filer. De nouveau, le choc. De nouveau, l'écho de la collision dans mon corps. D'une poussée d'épaule, j'ouvris ma portière, toussai puis me propulsai dehors.

Le froid du sol fut ma première sensation. Je me relevai sur un genou et me planquai derrière un tas de parpaings. Sursis. Je pris conscience de la nuit, du silence. Il ne neigeait plus : la température était largement passée sous zéro.

Des portières claquèrent.

Je risquai un regard. Personne. Fuir à travers les bois ? Rejoindre le village ? Combien de chances de réveiller quelqu'un avant d'être repéré ? La peur me rattrapa. Les tremblements commencèrent. Des cristaux blancs se formaient sur mes sourcils, mes cheveux. Je gelais sur place. À tâtons, dans mes poches, je trouvai une paire de gants en latex et les enfilai maladroitement.

Des souvenirs percèrent ma mémoire, à propos du gel et de son processus de mort. Des missionnaires du Grand Nord, des oblats, rencontrés au séminaire de Rome, m'en avaient souvent parlé. D'abord, on tremblait – et c'était bon signe : le corps réagissait, tentait de se réchauffer. Puis on devenait impuissant à lutter contre le froid. On perdait alors un degré toutes les trois minutes. Les tremblements cessaient. Le cœur ralentissait et n'irriguait plus la surface de la peau ni l'extrémité des membres. La mort blanche était là. Quand on avait perdu onze degrés, le cœur cessait de battre, mais le coma était déjà survenu.

Combien de temps devant moi ?

Nouveau coup d'œil. Cette fois, je les vis. Ils marchaient avec précaution, fusil en main. Ils portaient de longs manteaux de cuir noir. Un nuage cristallin s'échappait de leurs lèvres. L'un d'eux se cogna contre l'angle d'un bulldozer. Il parut ne pas réagir, anesthésié par le froid. Ils étaient en train de geler, eux aussi. Nous étions pris tous les trois dans le même piège. Prisonniers de la nuit et bientôt pétri-fiés comme des statues.

Je devais bouger. Faire n'importe quoi pour me réchauffer. Je basculai mon buste d'avant en arrière et, répétant ce mouvement plusieurs fois, tombai les coudes dans la neige, en silence. Ramper jusqu'aux pins pour au moins m'abriter du vent. Des pas, tout proches. Je roulai sur moi-même, dos au sol, et tentai de saisir mon automatique. Je dus agripper la crosse à deux mains : mes doigts ne répondaient plus.

Soudain, le sillon grenat d'une visée. Je relevai la tête : le tueur était là, arme au poing. De la buée sortait de sa cagoule, formant une auréole bleutée.

Je fermai les yeux et fis ce que tout homme fait en de telles circonstances, chrétien ou non : je priai. J'appelai, de toutes mes forces, le Seigneur à mon aide.

Une voix s'éleva :

— *Wer da ?*

Je tournai la tête. J'aperçus, les larmes aux yeux, les torches électriques, les galons argentés. Une patrouille de douaniers suisses. Je regardai à nouveau devant moi : le tueur avait disparu.

J'entendis une galopade étouffée. Des mots en allemand. Des bruits de moteur. La poursuite repre-nait – mais cette fois avec les chasseurs dans le rôle des proies. Les douaniers n'avaient pas repéré ma voiture sous les planches.

Je réussis à glisser mon automatique dans ma poche puis à me placer sur le ventre. Plantant mes coudes dans la neige, les jambes mortes, je rampai jusqu'à ma voiture. Je ne sentais plus ni mon corps ni le froid. Enfin, ma portière. Dos à l'encadrement, je me hissai à la manière d'un paralytique qui n'a plus l'usage de ses membres inférieurs. Installé sur le siège, je palpai l'espace sous mon volant à la recherche de la clé de contact. À deux mains, je la tournai et perçus un nouveau miracle : le ronflement du moteur. Le choc de la collision avait dû libérer la calandre de sa glace.

Le chauffage se remit en route. D'un coup de coude, je réglai la ventilation à fond. Recroquevillé près des grilles, les deux poings tendus, j'attendis que la chaleur vienne, réveillant le sang sous ma peau. Peu à peu, je prenais conscience du silence autour de moi. La forêt désertée. Et la frontière sans doute à quelques kilomètres.

Lorsque je pus enfin bouger les doigts et les pieds, je passai la marche arrière et m'arrachai à l'amas de bois. D'autres patrouilles n'allaient pas tarder. Je fis demi-tour, enclenchai la première et décollai du chantier.

Quelques minutes plus tard, je roulais vers l'Italie. Mon moteur n'avait plus le moindre dynanisme mais il fonctionnait. Et j'étais vivant, indemne !

En fait, dans une impasse.

Aucune chance que je passe la frontière avec une voiture dans cet état...

Je traversai un village du nom de Gondo et aperçus un sentier qui descendait à l'oblique – sans doute vers une rivière ou un sous-bois. Je m'enfonçai sous les sapins et sentis que le vent s'apaisait – j'avais trouvé un abri.

Je stoppai, laissai tourner le moteur, chauffage à fond. Je sortis, d'un pas maladroit, et attrapai dans mon coffre mon sac de voyage. J'ôtai mon trench-coat, enfilai deux pulls, un K-way, repassai par-dessus le tout mon imper. Un bonnet, des gants – des vrais – et plusieurs paires de chaussettes. Je m'installai sur les sièges avant, au plus près des grilles de ventilation qui crachaient un souffle chaud puant l'huile de moteur.

Lorsque je fus réchauffé, je trouvai au fond de ma poche mon mobile et composai le numéro de Giovanni Callacciura. Je murmurai à son répondeur, en italien :

— Dès que tu as ce message, tu me rappelles. C'est urgent !

Puis je me pelotonnai sur les sièges, face au filet d'air chaud. Sans aucune pensée. Seulement une sensation : la vie. Elle me suffisait amplement. Je m'endormis, serrant mon portable tel un minuscule oreiller.

54

La lumière du jour me réveilla. Je me redressai, les yeux à demi fermés. La vue était éblouissante. Entre les montagnes, le disque solaire pointait comme une plaie sanglante. Au-dessus, des nuages s'écorchaient sur les crêtes. Autour de moi, la neige avait disparu. Remplacée par des pentes d'herbe jonchées de feuilles mortes.

Je regardai ma montre : 7 h 30. J'avais dormi quatre heures. Callacciura ne m'avait pas rappelé.

Je composai à nouveau son numéro. Mon téléphone fonctionnait désormais sur un réseau italien.

— *Pronto ?*

— Mathieu. Je t'ai laissé un message, cette nuit.

— Je me réveille. Tu es déjà à Milan ?

Je lui racontai mon aventure et résumai ma situation : ma voiture criblée de balles, mon allure de clodo, l'impossibilité de franchir la frontière.

— Tu es où exactement ?

— À la sortie d'un village, Gondo. Il y a un sentier, sur la droite. Je suis au bout.

— Je te rappelle dans quelques minutes. *Capito ?*

Je trouvai au fond de ma poche mon paquet de Camel. J'en allumai une avec délectation. Ma lucidité revint, et avec elle, les questions qui tuaient. Qui étaient mes agresseurs ? Pourquoi s'en prendre à moi ? Je n'avais qu'une certitude : mes poursuivants n'avaient rien à voir avec l'assassin de Sylvie Simonis. D'un côté, deux professionnels. De l'autre, un meurtrier en série, prisonnier de sa folie.

Mon portable vibra.

— Suis bien mes instructions, dit Callacciura. Tu retournes sur la route principale, la E62, tu roules pendant un kilomètre. Là, tu vas voir une citerne, sur laquelle il y a marqué « Contozzo ». Tu te gares derrière et tu attends. Deux flics en civil vont venir te chercher d'ici une heure.

— Pourquoi des flics ?

— Ils vont t'escorter jusqu'à Milan. On maintient notre rendez-vous à onze heures.

— Et ma voiture ?

— On s'en occupe. Tu prends tes affaires, sans te retourner.

— Merci, Giovanni.

— Pas de quoi. J'ai reçu cette nuit d'autres éléments sur ton affaire. Il faut que je te parle.

Je raccrochai. Nouvelle cigarette. Malgré les bourrasques qui pénétraient dans l'habitacle, le moteur tournait toujours – et avec lui, le chauffage. Je sortis de la voiture pour pisser. Mon corps était perclus de courbatures mais la vie reprenait ses droits.

J'empruntai un chemin, sentant sang et muscles se réchauffer. J'éprouvai un vertige. La faim. J'aperçus une rivière, en contrebas. Je bus de longues gorgées glacées, dégustant le petit déjeuner le plus pur du monde.

Je démarrai à nouveau et partis en direction du lieu de rendez-vous. Je me postai au pied de la citerne et laissai ronfler le moteur, encore une fois. Près d'une heure et trois cigarettes brûlèrent ainsi. Pas de douaniers en vue, ni de fermiers curieux. Mais des réflexions, en pagaille.

Tout se bousculait dans ma tête. La culpabilité de Sylvie Simonis. La double identité de Sarrazin-Longhini. Le meurtre de Sylvie. L'apparition d'un crime identique, sur le sol italien, signé par une coupable qui avait avoué. Et maintenant, ces tueurs... Un pur chaos, où chaque réponse posait une nouvelle question.

Un détail m'accrocha l'esprit. Sur une impulsion, je composai le numéro de Marilyne Rosarias, directrice de la fondation de Bienfaisance. 7 h 45. La Philippine devait sortir de ses prières matinales.

— Qui est à l'appareil ?

Méfiance et hostilité, montées sur ressorts.

— Mathieu Durey, fis-je en me raclant la gorge. Le flic. Le spécialiste.

— Vous avez une drôle de voix. Vous êtes toujours dans la région ?

— J'ai dû partir. Vous ne m'avez pas tout dit la dernière fois.

— Vous m'accusez de mentir ?

— Par omission. Vous ne m'avez pas dit que Sylvie Simonis était venue se consoler à Bienfaisance, après la mort de sa fille, en 1988.

— Nous avons un devoir de confidentialité.

— Combien de temps est-elle restée à la fondation ?

— Trois mois. Elle venait le soir. Le matin, elle repartait au travail.

— En Suisse ?

— Qu'est-ce que vous cherchez encore ?

Soudain, une conviction : Marilyne était au courant de l'infanticide. Soit elle avait recueilli les confidences de Sylvie, soit elle avait deviné la vérité. Je balançai un coup de sonde :

— Elle essayait peut-être d'oublier ses fautes.

Silence. Quand Marilyne reprit la parole, sa voix était plus grave :

— Elle a été pardonnée.

— De quoi parlez-vous ?

— Quoi qu'elle ait fait, Sylvie a imploré Son pardon au Seigneur et elle a été entendue.

— Vous êtes du bureau du purgatoire ?

— Ne plaisantez pas. Sylvie a été pardonnée. J'ai la preuve de ce que j'avance, vous comprenez ?

Je vis apparaître, à cinq cents mètres, une conduite intérieure grise, de marque Fiat, à peine en meilleur état que ma voiture. Mon escorte.

— Je repasserai vous voir, prévins-je.

— Je n'ai rien à vous dire. Mais je prierai pour votre salut. Vous avez trop de colère en vous pour comprendre cette histoire. Vous devez être absolument pur pour affronter l'ennemi qui vous attend.

— Quel ennemi ?

— Vous le savez bien.

Elle raccrocha. La Fiat était là. Le contact avec les flics italiens se réduisit au minimum. Les deux hommes avaient dû recevoir des consignes. Pas un mot sur l'état de ma voiture. Ni sur ma situation de Français errant, perdu à quelques bornes de la frontière. Je pris mon sac et dis adieu à ma bagnole, ayant une pensée émue pour mon assureur. Je la déclarerais volée, sans m'attarder sur les détails.

On traversa le poste-frontière italien sans problème. Carré à l'arrière, je contemplais le paysage. Le même que du côté suisse, mais j'avais l'impression d'avoir traversé un miroir, de m'enfoncer dans le reflet italien des montagnes que j'avais admirées à l'aube. Les torrents me saluaient et les ponts, de plus en plus nombreux, remplaçaient les tunnels. Hautes structures suspendues par des câbles, colosses de béton plantés dans l'eau, arches de fibre aux formes effilées... Je ne pensais plus. Je sentais seulement les battements sourds de mon corps meurtri. Je ne tardai pas à m'endormir.

Quand je me réveillai, nous avions dépassé Varese. Il n'était plus question de torrents ni de sapins. Nous filions sur l'autoroute A8. La longue plaine de Lombardie semblait courir droit jusqu'à Milan.

À 10 h 30, nous parvenions aux abords de la cité industrielle. Trafic intense. Mes compagnons ne mirent pas leur gyrophare. Calmes, silencieux, impénétrables – ils me rappelaient les gardes du corps que j'avais croisés lors de mon premier voyage à Milan, ceux qui protégeaient les juges de l'opération *Mani pulite*.

Milan était fidèle à mes souvenirs.

Ville plate, rectiligne, sombre et claire à la fois. Une mélancolie légère planait le long des avenues, non pas dédiée à l'amour ou à un quelconque âge romantique, mais à une ère industrielle révolue. On ne regrettait pas ici des quiétudes de lac, des amours tourmentées, mais l'essor des années soixante, le bruit des machines, le temps des empires Fiat et Pirelli. Dans cette vallée où le vent était toujours absent, il flottait encore ce bon vieux rêve de patron capitaliste, isolé dans sa villa moderne, caressant le projet de construire un monde nouveau, plein de rouages, de fumées et de lires.

Corso Porta Vittoria.

Le palais de justice était un temple massif, à longues colonnes carrées. Toute la place semblait répondre à sa stricte géométrie. Les cabines téléphoniques, plantées en angles droits parmi les pavés, les rails des tramways orange, perpendiculaires aux lignes du palais.

11 heures pile. Je sortis de la voiture et franchis le seuil du New Boston, juste en face du palais, au coin de la rue Carlo Freguglia.

Chacun de mes pas sonnait comme un miracle.

55

— Tu as l'air en pleine forme.

Giovanni Callacciura pratiquait l'humour à froid. C'était un grand gaillard de l'Italie du Nord, front haut et fine moustache posée sur une bouche boudeuse. Vêtu des pieds à la tête en Prada, il était plus mince que son visage rond ne le laissait supposer. Il portait ce jour-là un pantalon étroit en laine grise, un pull ras-du-cou en cachemire brun et une veste matelassée bleu marine. Il semblait tout juste dégringolé d'une vitrine du Corso Europa.

Je lui désignai la chaise en face de moi. Le substitut s'assit en commandant un café. Le New Boston était une « gelateria » typique : long comptoir en zinc, odeurs mêlées de café et de marmelade, paninis et croissants disposés dans de hauts saladiers chromés. Les sièges étaient prune et les nappes roses. Chaque table ronde ressemblait à une pastille géante pour la gorge.

— Parle-moi de ta folle nuit, dit-il en ôtant ses lunettes de soleil.

— Toi d'abord : tu sais si mes types ont été arrêtés ?

— Ils ont disparu.

— Disparu ? À quelques kilomètres de la frontière ?

— Tu t'es bien planqué au fond d'un sous-bois.

Je bus une gorgée de café. Pur extrait de terre brûlée. J'observai le pain au chocolat que j'avais commandé, sans pouvoir y toucher.

— On peut fumer ici ? demandai-je.

— Plus pour longtemps.

Callacciura saisit un cigarillo puis poussa vers moi le paquet de Davidoff. J'en attrapai un à mon tour. Les avertissements continuaient de ce côté-ci de la frontière : « FUMARE UCCIDE ». Le magistrat remarqua mes doigts bleuis par le froid :

— Tu veux voir un docteur ?

— Tout va bien.

— Qu'est-ce qui s'est passé cette nuit ?

Je lui résumai ma course-poursuite, en ajoutant des détails significatifs : les manières profession-nelles de mes tueurs, leur fusil d'assaut... Rien à voir avec des détrousseurs des frontières. Sans me laisser le temps de reprendre mon souffle, Giovanni ordonna :

— Parle-moi de ton enquête. Celle qui t'amène ici.

Je racontai : le meurtre de Sylvie Simonis, l'infan-ticide, quatorze ans plus tôt, le lien mystérieux qui reliait les deux crimes. Je mentionnai aussi mon association avec Sarrazin-Longhini, gendarme ven-geur qui ne me semblait fiable qu'à cinquante pour cent. J'omis de parler du point de départ du cauche-mar : Luc Soubeyras et son suicide. Pour ne pas ajouter à la confusion générale.

Callacciura conserva le silence durant une bonne minute. Il ouvrait et fermait les branches de ses lunettes de soleil, cigarillo au bec. Enfin, il dit :

— Difficile de faire coïncider tout ça.

Je me massai la nuque, endolorie encore du choc de la collision :

— Surtout quand je me penche.

Il ne prit pas la peine de sourire. Plongeant la

410

main dans son cartable, il posa sur la table une chemise rouge assez mince.

— C'est tout ce que j'ai. Milan, c'est loin de la Sicile. Quand tu m'as parlé de ton histoire, hier, je n'ai pas eu le déclic. En réalité, le meurtre a fait pas mal de bruit il y a deux ans. Au départ, on a cru qu'il s'agissait d'un de ces crimes sauvages dont la Sicile a le secret. Mais tout a changé quand on a découvert la personnalité de la meurtrière.

— C'est-à-dire ?

— Une longue histoire. Une histoire italienne. Je te laisse la découvrir. À Catane, tu n'auras aucun mal à retrouver tous les détails.

— Résume-moi les faits.

L'Italien acheva son café d'un geste bref :

— Agostina Gedda était une infirmière sans histoire, vivant à Paterno, dans la banlieue de Catane. Elle avait épousé un ami d'enfance, Salvatore, un installateur de câbles électriques. Rien à signaler. Puis, soudain, l'année dernière, elle le tue. De la pire des manières.

— Son mobile ?

— Elle n'a jamais voulu s'expliquer.

— Tu es sûr qu'on retrouve les mêmes éléments que dans mon affaire ?

— Certain. Les décompositions. Les insectes. Les morsures. La langue coupée. On m'a même parlé de lichen, sous la cage thoracique : ça te dit quelque chose ?

J'acquiesçai. Comment deux meurtres si semblables pouvaient-ils avoir été commis par deux êtres distincts ? Et bien d'autres détails ne collaient pas. Je repris :

411

— Un tel meurtre demande des connaissances spécifiques, des matériaux rares.

— Agostina était infirmière. Elle avait accès à des substances acides. Quant aux insectes, elle a prétendu qu'elle les collectait sur des charognes d'animaux, dans les décharges. Difficile à vérifier.

Je tendis les doigts vers le dossier. Callacciura plaqua sa main dessus :

— Je dois aussi t'avertir.

— Quoi ?

— Il y a au fond de cette affaire un élément... mystique.

J'aurais plutôt dit : maléfique. Il continua :

— Il n'y a pas que les flics sur ce coup. Le pouvoir religieux s'intéresse au cas Agostina.

— Quel pouvoir religieux ?

— Le seul, l'unique : le Vatican. C'est le Saint-Siège qui a défendu Agostina. Ils ont envoyé leurs avocats.

— Pourquoi ?

Le substitut eut un sourire voilé :

— Tu verras par toi-même.

Il sortit de sa poche un papier plié. Un billet d'avion électronique pour Catane.

— Je t'ai pris un billet en business. Tu le paieras à l'aéroport. Tu as les moyens, si je me souviens bien.

— Tu penses à mon confort ?

— Je pense à ton allure. Tu auras accès au Caravaggio Lounge, le salon VIP. Il y a des douches. De quoi te refaire une beauté.

Une enveloppe se matérialisa entre ses mains :

— Ça, c'est une lettre pour Michele Geppu, le

chef de la *Questura* à Catane. Normalement, avec lui, toutes les portes s'ouvriront.

J'allais le remercier mais Giovanni leva la main :

— Pas d'effusions. Maintenant, tu vas aux toilettes. Un de mes hommes t'y attend. Tu lui donnes ton arme.

— Mais…

— N'abuse pas de ma gentillesse. Tu connais la règle : un seul miracle à la fois.

Sur ces mots, il se leva et me fit un clin d'œil :

— Je veux un rapport détaillé dès que tu auras du nouveau. (Il simula un frisson.) Je suis un col blanc. Tes histoires de meurtres, ça m'excite !

56

Même sous la douche brûlante, je ne parvenais pas à me réchauffer. Un peu comme ces plats surgelés que je tentais parfois de cuisiner : chauds à l'extérieur, mais toujours glacés à l'intérieur.

Dans les thermes du salon Caravaggio, je me rasai et changeai de costume. J'eus enfin assez de lucidité pour affronter mon hypothèse du jour : l'assassinat de Sylvie Simonis ouvrait la porte à une autre réalité, dépassant le meurtre rituel. Un savoir interdit, une logique supérieure qui valait qu'on tue pour la préserver. Voilà pourquoi on avait tenté de m'éliminer. Luc avait dit : « J'ai trouvé la gorge. » J'étais en route vers cette gorge. Je ne savais pas ce que cela signifiait, mais mes poursuivants de cette nuit, eux, le savaient.

Dans l'avion, je feuilletai le dossier de Callacciura. Rien de plus que ce qu'il m'avait raconté de vive voix. Le corps de Salvatore avait été découvert au nord de Catane, sur un chantier abandonné. Agostina Gedda avait été arrêtée chez elle quelques heures après. Elle n'avait opposé aucune résistance et avait tout avoué, le jour même. Elle prétendait avoir volé les acides à l'hôpital et pratiqué les tortures là où on avait découvert le corps. Les enquêteurs avaient retrouvé les flacons, les sangles, les résidus organiques.

Agostina ne s'était pas expliquée sur les traces de morsures, le lichen ou la langue coupée mais elle connaissait ces éléments. On ne pouvait pas la soupçonner d'affabuler. Pourquoi ce meurtre ? Pourquoi tant d'atrocités ? Tant de complexité ? L'infirmière était demeurée muette.

La chemise contenait aussi les portraits des protagonistes. Salvatore Gedda était un jeune homme à l'expression douce et aux yeux clairs, ombrés de longs cils. Agostina avait un visage fin et régulier, sous des cheveux noirs coupés court. Des yeux sombres, brillant comme le fond d'un encrier, un nez mutin, une bouche en cerise. Son portrait était un cliché anthropométrique. Pourtant, au-dessus du panneau portant son nom, la femme resplendissait d'une clarté, d'une innocence qui tranchaient violemment avec le contexte.

L'avion amorça sa descente. Près de 18 heures. La nuit tombait sur la Sicile. Plusieurs voyageurs, occupant la rangée de sièges opposée à la mienne, se penchaient vers les hublots. Certains d'entre eux filmaient, d'autres prenaient des photos. J'étais étonné par leur enthousiasme. Dans l'obscurité, Catane ne devait pas offrir une vue extraordinaire, d'autant plus que la cité est construite en lave noire.

Dès l'atterrissage, je passai la douane et cherchai les agences de location de voitures. De nouveau, l'activité dans l'aéroport me parut étrange. Des équipes de télévision regroupaient leur matériel. Des patrouilles de soldats traversaient le hall au pas de course. Avais-je manqué quelque chose ?

Je choisis le seul stand qui n'était pas pris d'assaut par les reporters. J'optai pour un modèle discret – une Fiat Punto, catégorie C – et signai les feuillets que l'agent me présentait. Je demandai :

— Vous connaissez un bon hôtel, à Catane ?

— Aucun problème.

L'homme plongea sa main sous le comptoir et attrapa un plan.

— Journaliste ?

— Pourquoi journaliste ?

— Vous ne venez pas pour l'éruption ?

— L'éruption ?

L'homme éclata de rire.

— L'Etna s'est réveillé hier. Une chance que vous ayez pu atterrir. Demain, la piste sera couverte de cendres. C'est sans doute le dernier vol avant longtemps.

— Vous n'avez pas l'air inquiet.

— Inquiet ? Pas du tout. On a l'habitude !

L'état d'urgence était pourtant instauré.

Sur la route, les Carabinieri avaient organisé des

415

barrages, empêchant les véhicules de prendre la direction du volcan. J'allumai la radio et trouvai une émission d'informations. L'éruption de ce 28 octobre n'était pas ordinaire. Le volcan n'avait pas atteint une telle intensité depuis des dizaines d'années. Des fissures s'étaient produites sur deux versants à la fois. Une première éruption sur la face nord, aux environs de 2 heures du matin, avait ravagé le site touristique de Piano Provenzana, à 2 500 mètres d'altitude. Puis une autre fissure s'était creusée versant sud, s'approchant d'un autre refuge, au-dessus du village de Sapienza. On parlait maintenant de failles gigantesques, s'ouvrant sur deux kilomètres de largeur.

Je coupai la radio. Il me semblait entendre un grondement sourd, ponctué de déflagrations. Je m'arrêtai sur la bande d'arrêt d'urgence et tendis l'oreille. Oui : des coups de tonnerre brefs, compacts. Les détonations de l'Etna dans les ténèbres. Je pouvais sentir, sous le tapis de sol, les ondes sismiques.

Je démarrai de nouveau, plus fasciné qu'effrayé. D'après mon plan, je roulais du côté sud du volcan. Je discernais déjà la lueur rouge d'une des failles, ainsi que les fontaines et les coulées de lave en fusion, qui dessinaient des traînées dans la nuit.

Quand l'Etna fut bien en vue, je stoppai à nouveau. La route était sillonnée de véhicules filant à pleine vitesse, gyrophares allumés, sirènes hurlantes, dans une atmosphère de fin du monde.

Le volcan enneigé était coiffé d'un intense halo orangé, qui rappelait le jaune d'un œuf arasé, gigantesque. Tout autour, des projections lézardaient le

416

ciel, particules de feu, éclaboussures de fusion, comme lancées à la catapulte. La lave s'écoulait sur les versants, lente, puissante, inéluctable.

Je restai hypnotisé. Impossible de ne pas voir dans cette éruption un présage. Le souffle du diable m'accueillait. Je songeai à ce passage de l'Apocalypse de saint Jean :

> *Le second ange sonna de la trompette,*
> *et il tomba sur la mer*
> *comme une grande montagne brûlante...*

Parmi les fumées noires qui s'échappaient du cratère, un visage se dessinait. La face déformée de Pazuzu, babines retroussées, yeux injectés. Dans les bouillons de vapeurs, l'Ange noir grimaçait et me tirait la langue. Une langue charbonneuse, fendillée, qui léchait les flammes du volcan et m'invitait à m'approcher jusqu'à me perdre au fond du cratère.

57

Le lendemain matin, au réveil, j'allumai la télévision. Je n'eus pas à chercher loin pour tomber sur des nouvelles du volcan. La lave poursuivait sa progression. La coulée du versant nord était descendue jusqu'à 1 500 mètres d'altitude, sur un front de 400 mètres. La pinède de Linguaglossa flambait, alors que des Canadair arrosaient les arbres pour essayer de freiner le désastre. Au sud, l'amplitude de la lave dépassait un kilomètre. Des projections de cendres avaient entraîné l'évacuation de Sapienza. Des deux côtés, des bulldozers élevaient des digues de terre pour freiner la coulée, tandis qu'on aspergeait ses bords, les transformant en deux remparts refroidis.

Images sidérantes. Des fleuves incandescents coulaient sur les pentes, parcourant plusieurs mètres par seconde. Le magma en fusion craquait, roulait, avançait, comme un gigantesque serpent, dans un craquement de verre pilé, explosant parfois, projetant dans les ténèbres des geysers de lave.

Il était 7 heures du matin. Il faisait encore nuit. J'allumai la lampe de chevet et observai ma chambre. Un espace exigu, compressé encore par les motifs du papier peint. Le lit touchait la télévision, qui frôlait elle-même les rideaux de la porte-fenêtre jouxtant la salle de bains.

Je sortis sur le balcon. Ma piaule était au quatrième étage. Vue superbe sur les toits de Catane, qui se révélaient dans le bleu de l'aurore. Les antennes et les dômes ressemblaient aux lances et boucliers d'une armée en marche. Les fenêtres, déjà éclairées, évoquaient les lucarnes mordorées d'un calendrier de l'avent.

J'allumai une Camel (je m'étais ravitaillé à l'aéroport) et souris face à la beauté de la vue. Je ne connaissais pas Catane mais je connaissais Palerme. Je savais que la Sicile n'est pas un fragment détaché de l'Italie, mais un monde à part, ancestral, chargé de gravité et de silence. Un monde au goût de pierre, sauvage, autonome, brûlé de soleil et de violence.

Je me décidai pour un petit déjeuner à l'extérieur afin de me familiariser avec la ville. J'assemblai d'abord les pièces de mon deuxième automatique, un Glock, que j'avais dû démonter pour passer discrètement à l'aéroport (l'arme, en polymère, échappait aux contrôles antimétal), puis le rangeai dans sa housse de cordura noir.

Dans le hall de la pension, des équipes de reporters étaient déjà sur le pied de guerre. Des photographes vérifiaient leurs appareils. Des cameramen glissaient des batteries dans leurs poches, à la manière de munitions. Des journalistes se battaient, au téléphone, pour obtenir des laissez-passer.

Dehors, en revanche, tout était calme. Dans l'obscurité, les ornements des façades, des portails, des balcons surchargeaient les rues étroites. À ce décor encombré, s'ajoutaient les voitures stationnées, pare-chocs contre pare-chocs, escaladant les trottoirs, longeant les murs, assiégeant les panneaux d'interdiction de stationner.

Je repérai une trattoria aux vitres colorées. Un café noir « *stretto* » et un croissant fourré à la marmelade m'éclaircirent les idées. Ma priorité : foncer à la Questura. J'espérais que Michele Geppu me donnerait des précisions sur l'affaire Gedda et me soutiendrait dans ma demande d'entrevue avec Agostina, à la prison de Malaspina. Ensuite, j'irais rôder dans les archives des journaux, à la recherche d'articles sur le meurtre et le passé de la Sicilienne. Callacciura avait parlé d'une « personnalité » et d'une « histoire italienne » Je m'attendais à tout.

Une demi-heure, pas moins, pour retrouver ma voiture dans le chaos des carrosseries et l'imbroglio des rues. Retrouver une Fiat Punto dont les plaques minéralogiques étaient couvertes de poussière volcanique dans une rue de Sicile tenait de la prouesse.

Enfin, sur le coup des huit heures et demie, je me mis en route.

Le jour s'était levé. Catane, ville fondue au noir, n'offrait pas de différence entre ses murs, ses trottoirs, ses chaussées. On avançait dans un monde minéral, aux reliefs sourds, amortis, presque effacés. Seuls, de temps à autre, jaillissait un jardin verdoyant au fond d'un porche ou une madone à la peinture écaillée dans une niche. Je songeai à ce que j'avais lu jadis sur la ville, lorsque je vivais à Rome, dans *Il Corriere della sera* ou *La Repubblica*. Catane était la première ville d'Italie pour la violence – c'est-à-dire la première en Europe. La mafia, avec ses conflits, ses évolutions, ses courses au pouvoir, y régnait en maîtres. On avait même trouvé un matin, sur la place Garibaldi, au pied de la statue du héros, la tête tranchée d'un homme d'honneur qui avait cessé de plaire.

La circulation commençait à se densifier. Sous le ciel bas, il régnait un mélange de panique et d'indifférence. Devant chaque église, des fidèles s'agglutinaient, des processions s'organisaient, on priait pour le salut de la ville. D'un autre côté, les commerçants balayaient tranquillement la cendre sur le pas de leur porte, l'air placide. Sur les toits des immeubles, des femmes se livraient au même manège, s'invectivant d'une terrasse à l'autre.

À 9 heures, je découvris la Questura. Des fourgons en sortaient à toute allure. Des carabiniers se pressaient dans la cour principale, tenant des fusils enduits d'une peinture ignifugée, couleur kaki. Je demandai mon chemin à un factionnaire, qui m'indiqua le bureau de presse, pour les autorisations. Je lui montrai ma carte : je voulais voir le questeur en personne. Il désigna le bâtiment au fond de la cour.

Dans l'escalier, même agitation. Des hommes dévalaient les marches. Des voix résonnaient sous les hauts plafonds. Une télévision beuglait plus fort encore. On sentait dans l'air une tension, un courant d'adrénaline, qui possédait tout le monde.

Au dernier étage, je trouvai le bureau du questeur. Entre deux bousculades, je franchis incognito le bureau de la secrétaire et me glissai, par la porte suivante, dans une pièce aussi vaste qu'un gymnase, ponctuée de larges fenêtres. Au fond, tout au fond, le questeur lisait derrière son bureau.

Sans lui laisser le temps de remarquer ma présence, je traversai la salle à grandes enjambées et sortis ma carte tricolore. Le questeur leva les yeux :

— Qui êtes-vous ? demanda-t-il. D'où sortez-vous ?

Accent du Sud. Les mots roulaient dans sa gorge. Je sortis ma lettre de recommandation. Pendant qu'il la lisait, je détaillai le bonhomme. Large d'épaules, il portait un costume bleu canard qui ressemblait à un uniforme d'amiral. Il avait un crâne chauve, sombre, d'une solidité presque agressive, et des yeux noirs qui, sous la barre fermée des sourcils, brillaient comme deux olives. Après avoir lu la lettre, il posa ses mains poilues sur son bureau.

— Vous voulez voir Agostina Gedda? Pourquoi?

— Je travaille en France sur une affaire qui pourrait avoir un rapport avec ce cas.

— Agostina Gedda...

Il répéta ce nom plusieurs fois, comme si on venait de lui rappeler une autre catastrophe survenue dans sa ville. Ses yeux revinrent me scruter sous les sourcils :

— Vous avez une autorisation, quelque chose, pour enquêter en Sicile?

— Rien. Excepté cette lettre.

— Et c'est urgent?

— Urgentissime.

Il se passa la main sur le visage et soupira :

— Vous n'avez pas l'air d'être au courant, mais l'Etna est en train de nous péter à la gueule.

— Je n'avais pas prévu ces... circonstances extérieures.

Derrière moi, la porte s'ouvrit. Le questeur eut un geste impatient. La porte se referma aussi sec.

— Agostina Gedda... (Son regard sombre ne cessait de se poser sur la lettre.) Le dossier d'instruction est à Palerme. L'instruction se déroule là-bas.

— Je veux simplement la rencontrer.

— Je n'aime pas cette affaire.

— Ce n'est pas un cas très attachant.

Il fit « non » de son front minéral :

— Il y a là-dedans un mystère. Quelque chose de non résolu.

— Puis-je la rencontrer, oui ou non?

Le questeur ne répondit pas. Il avait toujours les

yeux fixés sur ma lettre. Durant ces quelques secondes, il était de nouveau plongé dans l'affaire Gedda. Et ce bain ne semblait pas lui plaire. Finalement, il leva ses sourcils et prit un stylo.

— Je vais voir ce que je peux faire.

— Vous pensez que j'ai des chances de la voir… rapidement ?

Il griffonnait quelque chose, dans la marge de ma lettre.

— Je connais la directrice de Malaspina. Mais il y a les avocats d'Agostina.

— Ils sont plusieurs ?

Il posa sur moi son regard noir. J'y captai une lueur d'indulgence :

— Vous m'avez l'air de connaître le dossier aussi bien que moi.

— Je viens d'arriver à Catane.

— Cette fille est protégée par les meilleurs avocats d'Italie. Les avocats du Vatican.

— Pourquoi la curie romaine protégerait une meurtrière ?

Il soupira de nouveau et posa la lettre sur sa droite, à portée de main. Derrière moi, la porte s'ouvrit de nouveau. Cette fois, le questeur se leva :

— Étudiez votre dossier avant d'aller voir le phénomène.

Il traversa la pièce d'un pas serré. Des officiers l'attendaient sur le seuil. Il jeta par-dessus son épaule, à mon intention :

— Laissez-moi vos coordonnées. Je vous appelle dans la journée. Au plus tard, demain matin.

58

Les nuages avaient disparu. Le ciel bleu accusait seulement la zone, très noire, du volcan. J'allai boire un café, non loin du quartier général des carabiniers. Je ne savais pas trop quoi penser des promesses du questeur. Il existe un axiome universel : plus on descend vers le sud, plus rigueur et fiabilité s'amenuisent, comme si ces deux valeurs fondaient au soleil.

J'appelai les renseignements téléphoniques, en quête de l'adresse du principal journal de Sicile, *L'Ora*. Puis repris la voiture et découvris la cité sous le soleil. On était en plein automne mais c'était ici un automne éblouissant, nappé de pollen de lumière. Sur la ville sombre, cette pulvérulence évoquait du sucre glace sur un gâteau au chocolat. Catane, ville en blanc et noir, où la lave et le soleil ne cessaient de s'affronter, de s'opposer, mais aussi de se répondre, produisant des reflets perpétuels, des éclaboussures incandescentes.

La circulation ne s'arrangeait pas. Des barrages fermaient les voies d'accès au nord, des camions d'entretien roulaient au pas, déblayant les cendres de la chaussée. Les embouteillages viraient à la commedia dell'arte : les automobilistes sortaient le buste par la portière pour insulter les carabiniers, qui leur répondaient par un bras d'honneur.

Je trouvai les locaux du journal, via Santa Maria delle Salette. Ils tenaient plus de l'architecture officielle – sénat ou palais de justice – que d'une rédaction moderne. Je me garai n'importe où, pour rester dans le ton, et franchis le haut portail. Les archives étaient au sous-sol. Je me dirigeai vers les ascenseurs, me frottant à plusieurs groupes de journalistes partant au galop.

Un étage plus bas, au contraire, calme total. Une salle vitrée était tapissée de casiers métalliques et de lucarnes en bois, qui débordaient d'enveloppes kraft. Au centre, un comptoir soutenait des tables lumineuses et des ordinateurs de recherche. Je retrouvai là, dans cette pièce mal éclairée, l'atmosphère que j'avais si souvent sentie dans d'autres archives où m'avaient mené des enquêtes ou pour des recherches concernant mes missions humanitaires. C'était la même impression de caveau et de poussière, de secrets endormis où battait encore, très faiblement, le cœur des faits divers. Les arcanes de l'âme humaine...

Un archiviste m'orienta. Sur chaque écran, je pouvais faire une recherche par thème, par nom, par date. Le logiciel m'indiquerait le casier où fouiller. Ensuite, c'était la plongée dans les strates de papier.

Je tapai le nom d'Agostina Gedda. Une entrée à la date de l'année 2000 apparut. Puis, au bout de quelques secondes, l'ordinateur afficha une autre année – 1996 –, puis une autre encore – 1984. Qu'avait-il pu arriver à Agostina, âgée seulement de douze ans, pour bénéficier d'une série d'articles dans *L'Ora*?

Je commençai par le début et trouvai, dans les compartiments, l'enveloppe de 1984. Je la portai jusqu'au comptoir puis demandai d'un geste au maître des lieux, derrière son bureau, si je pouvais

425

fumer. Contre toute attente, l'homme me répondit par un large sourire.

Une cigarette pincée entre les lèvres, j'ouvris l'enveloppe. Elle contenait plusieurs articles découpés et des photos d'une petite fille à l'allure chétive. Certains clichés la montraient sur un lit d'hôpital. Dès la lecture des titres, je compris les allusions de Callacciura et du questeur. La meurtrière n'était pas une femme comme les autres.

Agostina Gedda était une miraculée.

Une miraculée de Lourdes.

L'Ora – 16 septembre 1984.

MIRACLE À CATANE

À douze ans, elle guérit en une nuit
d'une gangrène mortelle !

Notre ville est habituée aux histoires uniques, aux personnages extraordinaires, qui font de Catane un des fleurons de la Sicile. L'histoire d'Agostina Gedda en est un nouvel exemple. Oui : il se passe des choses merveilleuses dans notre cité !

À l'origine, Agostina Gedda est une petite fille comme les autres. Fille d'un menuisier de Paterno, dans la banlieue de Catane, c'est une enfant douce, appliquée, qui obtient de bons résultats à l'école.

Un dimanche de février 1984, pourtant, tout bascule. Jouant avec des amis de son âge, pendant que leurs parents sont à la plage, à Taormina, Agostina fait une chute d'une dizaine de mètres et perd connaissance. L'enfant est aussitôt hospitalisée, à la Clinique Orthopédique de l'Université de Catane – elle souffre

426

de fractures aux deux jambes, mais aucune blessure n'est mortelle.

Agostina passe cinq jours à l'hôpital puis rentre chez elle, plâtrée. Au bout de deux semaines, elle se plaint de douleurs. Du pus suinte de ses jambes. Retour à l'hôpital. Les médecins ouvrent en urgence ses plâtres. Les blessures n'ont pas cicatrisé : c'est la gangrène.

Les spécialistes évoquent déjà l'amputation. Sophia, la mère d'Agostina, s'effondre. Le père, au contraire, exige des explications. Les docteurs ne peuvent se prononcer. En réalité, ils le savent déjà : Agostina est condamnée. Sa mort n'est qu'une question de semaines. Même l'amputation est une opération inutile…

À Paterno, un mouvement de solidarité se constitue. De porte en porte, une collecte s'organise pour offrir à Agostina le voyage de la dernière chance : un pèlerinage à Lourdes. Une association renommée en Italie, l'unital6, organise des périples dans la cité mariale. Si les Gedda l'acceptent, Agostina pourrait être du prochain voyage…

Le 5 mai, Agostina part enfin, accompagnée de ses parents. Durant le voyage, l'enfant est heureuse. C'est la première fois qu'elle prend le bateau et le train ! Chacun s'empresse, lui offrant des friandises, la comblant d'attentions…

Mais à Lourdes, Agostina panique. Tous ces malades, ces estropiés qui arpentent les rues, ces vitrines pleines de statuettes, ces infirmières à voilette bleue. Elle ne comprend pas : pourquoi est-elle ici ? Va-t-on l'abandonner avec ces handicapés ? Lorsqu'on l'emmène dans les piscines, elle refuse de s'y baigner puis se laisse convaincre. Au contact de l'eau glacée – la température des bassins n'excède pas douze degrés –,

Agostina pousse des hurlements. Elle ne s'y trempe pas plus d'une minute.

De retour à Paterno, l'enfant ne guérit pas. Son poids n'excède pas dix-sept kilos. Chaque jour, le pourrissement gagne du terrain. En juillet, la famille fête son anniversaire. Agostina a douze ans. Il ne lui reste plus que quelques semaines à vivre. Sa mère coud déjà les vêtements qui l'accompagneront dans sa tombe.

Le 5 août, à huit heures du soir, Agostina tombe dans le coma. Le sang ne circule plus dans son corps, provoquant l'anoxie du cerveau. Sophia appelle en urgence le médecin. Le temps que l'homme arrive, c'est le choc. Agostina apparaît, debout, se tenant au chambranle de la porte. Elle a réussi à marcher jusqu'à la cuisine. Son expression n'a déjà plus la gravité livide de la maladie.

Le docteur ausculte l'enfant. Aucun doute : la gangrène recule. Les jours suivants, des examens sont effectués à Catane. Même diagnostic. Agostina est en train de guérir. Elle affiche même des signes de cicatrisation. En une nuit, la petite fille s'est rétablie d'un mal incurable, sans le moindre traitement !

Pour les habitants de Paterno, cette histoire est bien connue. La nouvelle du miracle s'est répandue comme le son des cloches à travers la ville. Aujourd'hui, c'est à Catane qu'on commente le prodige alors que les médias d'Italie s'en emparent déjà.

Pourtant, monseigneur Paolo Corsi, du diocèse de Catane, s'est exprimé avec prudence lors d'une conférence de presse : « Nous nous réjouissons de la guérison d'Agostina. C'est une magnifique histoire d'espoir et de foi. Mais il faudra du temps, beaucoup de temps, avant que l'Église apostolique et romaine ne se prononce sur la réalité d'un miracle… »

Agostina a repris une existence normale. Elle a

même participé à la rentrée scolaire, début septembre, comme n'importe quelle autre enfant de son âge. Mais nul n'a oublié qu'elle porte l'empreinte d'une expérience unique. Qu'on soit catholique ou non, on est forcé de constater qu'une guérison inexpliquée s'est produite quelques semaines après le pèlerinage à Lourdes. Même les plus sceptiques doivent en tirer des conclusions !

J'allumai une cigarette puis je scrutai de nouveau les clichés. Agostina, onze ans et demi, sur son lit d'hôpital. Agostina sur un fauteuil roulant, encadrée par le comité de soutien de Paterno. Agostina parmi un long cortège de handicapés, à Lourdes…

L'infirmière était décidément une bonne cliente pour les journalistes de *L'Ora*. Miraculée à douze ans, meurtrière à trente : pas banal. Tirant une longue bouffée, je réfléchis. Je sentais, derrière la contradiction des faits, une logique interne. Il était impossible que des événements aussi antithétiques soient le seul fruit du hasard.

Je passai à la seconde enveloppe : avril 1996.

L'Ora – 12 avril 1996.

LE MIRACLE D'AGOSTINA
ENFIN RECONNU !

Après une expertise de douze ans, Agostina Gedda a été reconnue par le diocèse de Catane et le Saint-Siège comme une authentique miraculée.

Voilà près de douze ans qu'on attendait la nouvelle. Nul n'a oublié, en Sicile, l'histoire d'Agostina Gedda, guérie en une nuit d'une gangrène mortelle, après un pèlerinage à Lourdes. Tout le monde, à Catane, avait crié au miracle mais les membres de l'Église catholique s'étaient montrés réservés, Monseigneur Corsi, archevêque de Catane, avait prévenu : « Nous devons être très prudents. L'Église ne souhaite pas donner de faux espoirs aux croyants. Et le domaine médical n'est pas celui de l'Église. Pour nous prononcer, nous devons faire appel à d'autres spécialistes, dont les examens prendront des années. »

Douze ans, pas moins : c'est ce qu'il a fallu pour qu'un comité d'experts internationaux, désigné par le Saint-Siège, puis une commission du Vatican, statuent enfin sur le miracle. En premier lieu, la guérison a été attestée non seulement par un hôpital de Catane mais aussi par le Bureau des Constatations Médicales de Lourdes.

Le docteur Bucholz, responsable du Bureau, explique : « Avant de proclamer une "guérison subite et inexpliquée", nous devons nous assurer du caractère incurable de la maladie et de l'absence de traitement en cours. Quand la personne paraît guérie, nous attendons plusieurs années afin d'être certains que la rémission est définitive. Alors seulement, en collaboration avec l'Église, nous soumettons le dossier à un Comité Médical International, qui réunit une trentaine de médecins, neurologues, psychiatres de toutes nationalités, catholiques ou non. Au terme d'une étude approfondie, ces spécialistes admettent ou non le caractère inexpliqué de la guérison. »

Une fois que les médecins ont reconnu les faits, le Saint-Siège a repris le dossier et s'est chargé de la partie spirituelle du dossier. Monseigneur Perrier, évêque de Lourdes, commente : « Pour l'Église, la guérison physique n'est qu'un des aspects du miracle.

C'est le signe extérieur d'une guérison plus profonde, sur le plan spirituel. Voilà pourquoi nous suivons toujours l'évolution psychologique de la personne guérie. Par exemple, nous rejetterions le cas d'une personne qui voudrait monnayer son expérience ou ne manifesterait aucune foi après sa guérison. Dans la majorité des cas, les miraculés ont un itinéraire spirituel sans faille, démontrant ainsi qu'ils ont aussi accédé à un état supérieur. »

Agostina Gedda répond à ce profil. Au fil des années, l'enfant est devenue infirmière et n'a plus cessé de se rendre à Lourdes afin d'aider des malades et les pèlerins. De l'avis de tous, Agostina est un être de douceur, qui n'a de cesse d'aider son prochain.

Lorsque vous la rencontrez, vous êtes d'abord frappé par sa discrétion et son humilité. À vingt-quatre ans aujourd'hui, elle rayonne d'une vraie lumière intérieure. Toujours installée à Paterno, elle partage sa vie avec Salvatore, son mari, qui travaille sur des chantiers électriques. Ils mènent une existence simple, louant un appartement dans le CEP (Conzorzio Edilizia Popolare), une des cités sociales de Paterno.

Aujourd'hui que son miracle est officiellement reconnu, comment vit-elle cette idée d'être une élue de Dieu ? Elle sourit, presque confuse : « Ma guérison n'est pas un hasard mais en même temps, rien ne peut expliquer cette intervention divine. J'étais une enfant comme une autre. Je priais à peine et j'avais une vision très naïve de la religion. J'ai beaucoup réfléchi depuis à ce mystère. Je crois que mon histoire est finalement en cohérence avec les Saintes Écritures. J'étais ordinaire, anonyme parmi les anonymes. Et c'est justement pour cela, je crois, que la Vierge Marie m'a choisie. Une enfant a été sauvée, c'est tout. »

La femme aux deux visages. Un vrai titre de film. Mi-ange, mi-démon. Comment expliquer qu'Agostina, désignée par Dieu, soit devenue la tortionnaire cinglée de son propre mari ? Feeling étrange, de nouveau. D'un côté, ces deux faits ne collaient pas – totalement antinomiques. De l'autre, un lien, encore inconcevable, devait exister entre le miracle et le meurtre…

Pour l'heure, je notais seulement un début de réponse à une question ancienne : l'unital6. Pourquoi Luc s'intéressait-il à cette association de pèlerinages ? Parce que Agostina avait voyagé avec cette fondation. Elle en était même devenue une volontaire assidue. Que cherchait Luc au sein de l'organisation ?

Je passai aux photos de l'enveloppe. Agostina, âgée de quinze ou seize ans, faisant la révérence au pape Jean-Paul II. Agostina, vingt ans, poussant un fauteuil roulant parmi la foule de Lourdes, portant la voilette bleue des bénévoles de la cité mariale. Agostina au travail, enfin : frêle sourire et blouse blanche. Une sainte. Une figure d'humilité, qui promenait sa gentillesse et sa compassion au fil d'un quotidien sans histoire.

13 heures. Toujours pas de nouvelles de Michele Geppu, le questeur. J'étais seul dans cette grande salle, niché au fond du passé, à l'abri du présent – de l'éruption, de l'état d'urgence qui crépitait au-dessus de ma tête…

Je retournai dans les casiers et dénichai l'enveloppe « 2000 » d'Agostina. Rien de neuf. Le corps de Salvatore retrouvé dans un chantier. Agostina appréhendée chez elle. Ses aveux d'un bloc, mais sans un mot sur son mobile. Un tel dossier d'instruction aurait dû être réglé au plus vite. Pourtant, Agostina attendait toujours d'être jugée. La procédure n'en finissait pas. Je devinais que ses défenseurs – les fameux avocats du Saint-Siège – avaient mis leur grain de sel.

Il y avait encore des photos -- le corps tel qu'on l'avait découvert. Je connaissais celles de Sylvie Simonis mais celles-ci n'étaient pas mal non plus. Membres rongés jusqu'aux os. Bassin fourmillant de vie larvaire. Torse crevé de plaies. Crucifix dans la bouche. Les équipes techniques, toutes masquées, paraissaient tituber face à la puanteur du corps.

Je levai les yeux – l'archiviste suivait l'évolution de l'Etna, rivé à une petite télévision. Discrètement, je glissai des clichés sous mon manteau. À la guerre comme à la guerre. Une photo du corps torturé ; le portrait anthropométrique d'Agostina ; et une autre où elle avait l'air d'un ange, sous sa voilette bleue. Je classai à nouveau les enveloppes, par ordre chronologique, et les disposai sur le comptoir. De la main, je saluai le maître du sous-sol.

Je voulais maintenant me rendre à Paterno.

J'avais besoin de respirer le théâtre du conflit.

59

Le CEP – Consorzio Edilizia Popolare – était un quartier d'immeubles à loyers modérés, groupés par blocs de quatre. Ce genre de cités avaient jailli dans les années cinquante partout en Italie. Un tel déferlement me faisait penser à une éruption volcanique, figeant tout sur son passage, comme à Pompéi. Le béton avait pétrifié ici la misère, le chômage, l'isolement des classes les plus démunies.

Pas un détail ne manquait. Façades de crépi sale, jardins qui ressemblaient à des terrains vagues, potagers qui voisinaient avec les parkings où mouraient des carcasses de voitures, arbres décharnés cadrant des aires de jeux vétustes. Je continuai ma route, croisant des réverbères brisés, des terrains de foot pelés. Ce n'était pas un quartier à l'abandon, privé de futur. C'était un monde où la mort constituait un état perpétuel. La seule ligne d'avenir.

J'aperçus une chapelle en préfabriqué, au toit de tôle ondulée, qui jouxtait une décharge publique. J'imaginais les habitants du quartier y priant pour la guérison d'Agostina et se cotisant pour son voyage à Lourdes. L'image provoqua un déclic. Le souvenir des mots d'Agostina dans son interview : « J'étais ordinaire, anonyme parmi les anonymes. Et c'est justement pour cela, je crois, que la Vierge Marie m'a choisie. » De la même façon, il ne pouvait y avoir meilleur quartier pour accueillir l'histoire d'Agostina. Parce que rien, absolument rien, ne distinguait Paterno.

On touchait là à l'essence de la tradition catholique – celle de la naissance dans l'étable, de l'aumône et des pieds nus. Celle qui proclame que « ceux qui ont faim seront rassasiés », « ceux qui pleurent seront consolés », que la misère sur terre s'ouvrira sur la félicité céleste.

Je trouvai l'immeuble d'Agostina : *palazzina D*,

scala A – son adresse était inscrite au bas de sa photo d'identité judiciaire. Je sortis de ma voiture. J'étais venu pour respirer les lieux : je compris aussitôt que c'était la dernière chose que je pourrais faire. L'atmosphère était suffocante. Une violente odeur de soufre tournait ici en tempête.

Un homme jaillit de l'immeuble, le visage enroulé dans son écharpe. Je plaquai le col de mon manteau sur ma bouche et courus vers lui. Je lui demandai ce qui se passait. L'homme me répondit sans ôter son écharpe :

— Ce sont les salinelles ! Des pentes de boue saline qui entourent notre quartier. Quand il y a des éruptions, les gaz sortent de partout. Nos petits volcans personnels, quoi ! Ils sont connus dans la zone !

Je pris rapidement quelques photos et retournai à ma voiture, cherchant un coin à l'abri des émanations. Je stoppai près d'une aire de jeux déserte, à quelques blocs, où l'odeur était supportable. Un portique soutenait de vieilles balançoires. Pas mal pour une méditation solitaire.

Au son des cordes grinçant dans le vent, je repris ma réflexion. Le miracle d'Agostina : je n'étais pas sûr d'y croire. D'instinct, je me méfiais des manifestations divines spectaculaires. Depuis le Rwanda, j'étais un adepte d'une foi à la dure, solitaire, responsable. Dieu n'intervenait pas sur terre. Il nous avait laissés avec les moyens du bord. Il avait livré Son message, ainsi que la liberté de cheminer jusqu'à Lui. À nous de résister aux tentations, de nous arracher à la nuit. En un mot, de nous démerder. C'était toute notre grandeur : cette possibilité de nous « co-créer ».

Voilà pourquoi je me défiais des interventions surnaturelles. Le Seigneur aurait choisi tout à coup un élu et provoqué un prodige ? Cela n'allait pas dans le sens de la doctrine chrétienne. L'unique miracle qui pouvait survenir, au quotidien, était la montée de l'être mortel vers le Seigneur. Seule la foi pouvait dépasser notre condition. D'ailleurs, c'était ce qui survenait dans une guérison de ce genre. L'esprit humain plus fort que la matière : et c'était déjà beaucoup.

Agostina, c'était un autre problème. Le meurtre qu'elle avait commis – ou qu'elle prétendait avoir commis – changeait tout. Un miracle, c'était toujours l'histoire d'une âme sauvée. Je devinais pourquoi le Vatican avait délégué ses avocats. Ce n'était pas pour démontrer son innocence – Agostina plaidait coupable – mais pour limiter les dégâts. Le bruit autour d'elle. Le Saint-Siège avait commis une erreur monumentale en déclarant officiellement miraculé un tel monstre. Il fallait étouffer ce scandale.

La nuit tombait. Les pelouses glissaient dans l'obscurité, la cité s'effaçait. 17 heures. Et toujours pas de nouvelles de Michele Geppu. Glacé de la tête aux pieds, je décidai de rejoindre ma voiture et de passer plusieurs coups de fil.

Foucault, d'abord.

— Du nouveau ? attaquai-je.

— Non. La recherche internationale sur les meurtres n'a rien donné. Pour l'instant. On doit attendre.

— Et les entomologistes, dans le Jura ?

436

— Que dalle.

— Lève le pied sur le Jura. (Je songeai à Sarrazin et à sa susceptibilité.) Tu as vérifié s'il existait un lien entre l'unital6 et Notre-Dame-de-Bienfaisance?

— Ouais. Et j'ai rien trouvé.

— Gratte encore sur la fondation. Leurs pèlerinages. Leurs séminaires.

— Qu'est-ce que je cherche?

— Aucune idée. Trouve la liste des voyages, leur fréquence, leurs prix. Creuse, quoi.

J'avais dit cela sans enthousiasme, et Foucault devait le sentir.

— À la boîte, repris-je, tout va bien? La mer est calme?

— Si on veut. Dumayet m'a cuisiné à ton sujet.

La veille au soir, j'avais envoyé à la commissaire un simple SMS annonçant que je prolongeais mes « vacances ». Un tel message appelait des explications de vive voix. Je ne m'y étais pas risqué aujourd'hui.

— Qu'est-ce que tu lui as dit? demandai-je.

— La vérité. Que je n'avais pas la moindre idée de ce que tu foutais.

Je saluai mon adjoint et appelai Svendsen, pour avoir des nouvelles du lichen, du scarabée et aussi de la quête d'autres corps décomposés. Le légiste ne m'avait donné aucun signe de vie. Je ne fus donc pas étonné quand il m'annonça que les botanistes planchaient toujours, sans résultat. On consultait d'immenses catalogues d'essences et de souches. Sur le scarabée, des experts avaient confirmé le verdict de Plinkh et donné la liste des sites d'élevage. Aucun d'entre eux n'était proche des vallées du Jura.

Quant aux corps, le Suédois avait passé des coups de fil. En vain. Il avait fait circuler un message interne à toutes les morgues. Les réponses n'étaient pas encore arrivées. Je lui demandai si une telle recherche était possible à l'échelle de l'Europe. Svendsen maugréa mais ce n'était pas un « non » catégorique. Je savais qu'il se démènerait.

J'appelai enfin Facturator. Les nouvelles étaient mauvaises. Le propriétaire du compte suisse venait chercher l'argent cash en personne. Il n'y avait jamais eu de virement nominatif, en direction d'un autre compte.

Qui était l'encaisseur de ces sommes ? Dans le nouveau contexte, mon hypothèse du détective ne tenait plus. À qui Sylvie versait-elle de l'argent depuis treize ans ? La faisait-on chanter ? Se livrait-elle à des dons, pour soulager sa conscience ? Il n'y avait plus aucun moyen, à mon échelle, de le savoir.

Ultime appel, à Sarrazin. J'avais déjà une journée de retard sur notre accord. Le gendarme m'avait laissé deux messages aujourd'hui.

— Qu'est-ce que ça veut dire ? aboya-t-il. Tu as mis un autre flic sur le coup ?

C'était la première fois qu'il me tutoyait. J'enchaînai sur le même pied :

— De quoi tu parles ?

— Des entomologistes. On m'a dit qu'un flic de Paris fouinait aussi sur ce terrain. Attention, Durey. Joue franc jeu avec moi, sinon, je…

Je coupai court à sa gueulante en lui expliquant qu'un de mes adjoints dressait, en effet, la liste des entomologistes du Jura. Ces recherches dataient d'avant notre accord. Aujourd'hui même, je lui avais donné l'ordre de tout stopper. Sarrazin se calma.

— Toi, tu as du nouveau dans cette direction ? le relançai-je.

— Rien. Je suis reparti à zéro. Mais j'ai rien obtenu de plus. Des amateurs dans la région et c'est tout. Des retraités, des étudiants. Pas le profil.

L'impasse se refermait. Pourtant, les mots de Plinkh tournaient toujours dans ma tête : « Il est là, croyez-moi. Tout près de nous. Je peux sentir sa présence, ses escouades, quelque part dans nos vallées. » Il fallait chercher. Chercher encore.

Sarrazin me demanda des nouvelles en retour. Je restai évasif. Au fond, je ne voulais pas partager mes informations avec le gendarme. Une méfiance inexplicable me freinait. Peut-être l'équation de Chopard : la loi des 30 %... Je promis de rappeler le lendemain.

Je sillonnai la ville jusqu'à l'heure du dîner. Dans la nuit, les artères de lave prenaient un air funèbre et impérial. Les ruelles s'ouvraient comme des failles dans la roche, révélant leur mystère, leurs trésors. Catane, la ville noire, se réveillait sous les lampadaires, vibrante, laquée, lumineuse, comme un noctambule se réveille en pleine forme à l'heure où l'on se couche.

Je cherchai en vain un restaurant japonais – riz, thé vert, baguettes. Je dînai finalement dans une pizzeria, seul avec mon portable qui refusait de sonner. Droit sur mon siège, me fermant aux bruits de couteaux et de fourchettes autour de moi, je me concentrai sur d'autres sensations. Parfums d'anchois, de tomates, de basilic. Architecture de bois foncé, décorée de coquillages et de voiliers mis en bouteilles, évoquant la grotte d'un marin échoué. Femmes vêtues de daim et de velours, variant les tons bruns comme de délicieux marrons glacés.

Je sortis du restaurant à 20 heures. Pas d'appel de Geppu. L'impatience de rencontrer Agostina me vrillait les nerfs. Une clé m'attendait à la prison de Malaspina, je le sentais. Ou du moins, je l'espérais. Un déclic, une lumière oblique sur ce labyrinthe incompréhensible.

Retour à l'hôtel. Télévision. L'Etna toujours au centre des attentions. Les fontaines de lave continuaient à jaillir, au nord comme au sud, et on commençait à paniquer, surtout dans les villes du sud : Giarre, Santa Venerina, Zafferana Etneo… Des milliers de personnes étaient évacuées, encadrées par des processions et des prières.

Un spécialiste invité sur le plateau expliquait que l'éruption allait suivre trois stades : d'abord les ondes sismiques ; ensuite les explosions de lave, dont nul ne pouvait prévoir le terme ; enfin, les pluies de cendres. Les scories que la ville avait essuyées jusqu'à maintenant n'étaient rien. Bientôt, la région serait couverte d'une épaisse poussière noire. L'homme concluait, dans un sourire : « Mais à Catane, on a l'habitude ! »

C'était le maître mot. Pourtant, cette éruption dépassait en violence tout ce que ces « habitués » avaient connu. Fallait-il avoir peur ? Craindre la colère du volcan ? Encore une fois, je voyais dans cette atmosphère un présage. Le diable m'attendait quelque part, dans le sillage du cratère.

Je sortis mon ordinateur, le fil et le bloc

d'alimentation. Je voulais consigner mes dernières réflexions de l'après-midi et numériser les photos que j'avais prises.

Mon cellulaire vibra enfin. Je me précipitai :

— *Pronto ?*

— Geppu. C'est pour demain. On vous attend à Malaspina, à 10 heures.

— Je n'ai pas besoin d'une autorisation signée ?

— Pas d'autorisation. Vous y allez en douce.

— Vous n'avez pas prévenu les avocats ?

— Vous voulez attendre ici un mois ?

— Je vous remercie.

— De rien. Agostina va vous plaire. Bonne chance !

L'homme allait raccrocher quand je dis :

— Je voulais vous demander… Un dernier point. Savez-vous s'il existait des preuves matérielles contre Agostina ?

Geppu éclata de rire – une pelletée de charbon :

— Vous rigolez ou quoi ? Sur la scène de crime, il y avait ses empreintes partout !

60

Des dalles de rocher miroitant au soleil, comme des miroirs agités par deux mains invisibles. Des amoncellements de pierres dessinant des totems livides. Des plateaux stériles, violés par l'éclat insoutenable du ciel. Cent mètres plus bas, au pied de la falaise, la mer étincelait, en un milliard de lames qui blessaient la rétine à force de violence. Tout le paysage tremblait. On aurait pu croire que c'était la chaleur qui disloquait ainsi l'horizon, mais la température excédait à peine zéro. Seule, la poussière brouillait la vue.

Je baissai mon pare-soleil et tentai d'apercevoir l'extrémité de la route qui se perdait dans la brume sèche. Il était plus de 9 heures. J'avais perdu du temps à la sortie de Catane. Une nuit était tombée dans la nuit. La fameuse pluie noire du troisième stade. Les rues étaient couvertes d'une couche épaisse de cendres. Les bulldozers tentaient de dégager les rues et bloquaient la circulation. Hors de la ville, c'était pire. Il fallait rouler avec les essuie-glaces. La chaussée glissait comme une patinoire et les barrages se multipliaient. À quarante kilomètres de Catane, j'étais sorti de cet enfer, comme un avion s'arrache aux cieux d'un orage.

Maintenant, j'étais en retard. D'après ma carte, je devais encore suivre la côte sur vingt kilomètres puis prendre la direction nord-ouest. Je croisais des cabanes, des masures accrochées aux collines, parfois des villages, gris sur gris, perdus dans les replis de la pierre. Ailleurs, c'était des lotissements en construction, abandonnés, qui ressemblaient déjà à des ruines. L'Italie du Sud s'était spécialisée dans ces chantiers mort-nés, prétexte à toutes les magouilles immobilières.

Je tournai à gauche et m'enfonçai dans les terres. Pas un panneau ne mentionnait la prison de Malaspina. Le paysage se modifiait. Le désert cédait la place à une plaine terne, hérissée de joncs, d'herbes jaunes, qui rappelait un marécage asséché. Ces langues de terre évoquaient un épuisement, un abandon qui passaient sous mes paupières jusqu'à m'hypnotiser. Mes yeux piquaient quand, enfin, le nom de Malaspina apparut.

Une nouvelle ligne droite, et toujours ce paysage de Camargue brûlée. Soudain, la chaussée se transforma en sentier non bitumé. Je me demandai si je n'avais pas manqué un virage, une indication.

Retour au désert. Le paysage s'éleva de nouveau. Des pics rocheux se dressaient en sculptures brisées, des collines mordaient l'horizon, elles-mêmes mangées par une lumière trop vive. Il n'était pas 11 heures et les ombres tombaient déjà dru, plantées dans la terre sèche. Tout devenait lunaire, aride, craquelé.

Je commençais à vraiment douter de ma route quand apparut, à peine visible, la prison. Un rectangle de trois étages, comme écrasé au pied des versants. La route continuait, droit devant, et finissait avec la taule. Pas d'autre chemin, ni pour entrer, ni pour sortir.

Je me garai sur le parking. Dehors, je fus aussitôt giflé par le vent et la poussière. La chaleur du soleil et les rafales d'hiver s'annulaient pour offrir une température neutre – ni chaude ni froide. Goût de cendre dans le gosier. Piqûres de sable sur le visage. Broussailles déracinées venant buter contre mes jambes. Je chaussai mes lunettes de soleil.

Je lançai un regard circulaire et m'arrêtai sur un point fixe. Je n'en crus pas mes yeux. Au sommet d'une corniche, trois silhouettes noires se découpaient. Plutôt des soupçons de silhouettes, liquéfiées dans l'air blanc. En plein désert, ces hommes

443

m'observaient. Des sentinelles ? Je plaçai ma main en visière et plissai les paupières. Ma surprise se resserra d'un cran : des prêtres. Trois cols romains, trois soutanes claquant au vent, surmontées de têtes blafardes, sans âge, habitées par la mort. Qui étaient ces épouvantails ?

Dans un bruit de ferraille, le portail de la prison pivota. Je me tournai et vis l'ombre triangulaire s'ouvrir dans ma direction. Je jetai un dernier coup d'œil aux religieux : ils avaient disparu. Avais-je rêvé ? Je courus vers la porte, craignant qu'on la referme avant que je puisse entrer.

Toutes les geôles se ressemblent. Un mur d'enclos aveugle, percé de meurtrières ou de lucarnes ; des miradors surmontés de sentinelles ; des frises de barbelés ou de lames de rasoir au sommet des murs. Le pénitencier de Malaspina ne dérogeait pas à la règle, avec l'oppression supplémentaire du désert. S'enfuir, c'est toujours aller quelque part. Ici, littéralement, on était « nulle part ».

Je donnai mon nom au bureau d'accueil et passai plusieurs contrôles, longeant des couloirs neutres, croisant des bureaux. La seule note originale était les couleurs des barreaux, des grilles, des portes. Du jaune, du rouge, du bleu, toujours passés, toujours écaillés, qui tentaient d'égayer l'endroit mais maquillaient mal l'ennui et l'usure qui pointaient dessous.

On me fit attendre dans un hall, près d'une cour protégée par un double grillage. À travers les mailles, j'apercevais les prisonnières qui marchaient bras dessus, bras dessous, sans doute vers la cantine – il était près de midi. Vêtues de joggings, elles avaient cette allure relâchée d'un dimanche à la maison – un dimanche qui durait des années. Le visage incliné, ressassant les mêmes réflexions, les mêmes confidences que la veille et que le lendemain. Le carré de ciel était grillagé, lui aussi. Dans les prisons, la cour n'est pas une ouverture, mais une mise au point. On vous rappelle seulement ce que vous avez perdu.

Des pas. Une femme venait vers moi, vêtue d'un uniforme vert olive, portant un gros trousseau de clés à la ceinture. Elle marchait encore quand elle me lança :

— Vous êtes en retard.

Sur ces mots, elle se présenta mais je ne compris ni son nom ni son grade. J'étais seulement frappé par sa sensualité. Une brune au visage mat, bouche charnue, sourcils épais, qui distillait de véritables ondes magnétiques. C'étaient peut-être ses formes, serrées dans le tabou de l'uniforme, ou son visage, beauté rugueuse et regard mordoré, mais j'étais pris d'un vertige.

Ces sourcils, ces traits sauvages étaient comme des promesses – les prémices d'un pubis large et touffu. J'imaginais son corps couleur de tabac blond, frappé des aréoles noires des seins et du triangle obscur du sexe. De quoi fendre l'âme.

— Je vous demande pardon ?

— Je suis la directrice. Je vous reçois parce que je connais Michele Geppu, et que je lui fais confiance.

— Agostina Gedda est d'accord pour me voir ?

— Elle est toujours d'accord. Elle aime se montrer.

— Combien de temps m'accordez-vous ?

445

— Dix minutes.

— C'est court.

— C'est largement suffisant pour vous faire une idée du personnage.

— Comment est-elle ?

La directrice eut un sourire. Un point douloureux se creusait dans mon bas-ventre. Un désir d'une violence rare. Au-dessus de cette sensation, une pensée émergea : la plaine aride, les trois prêtres, cette femme excitante… Une « tentation du désert », jouée en trois actes, rien que pour moi.

La directrice répondit – elle avait la voix rauque qu'ont souvent les Italiennes :

— Je n'ai qu'un conseil à vous donner.

— Lequel ?

— N'écoutez pas ses réponses. On ne doit jamais l'écouter.

Son conseil était absurde : j'étais ici pour interroger Agostina. Elle ajouta :

— C'est un menteur. Le démon est un menteur.

61

Le parloir. Une grande pièce aux murs nus, ponctuée de petites tables et de chaises d'école, peintes elles aussi de couleurs passées. Des lucarnes vitrées en hauteur, ouvertes sur la lumière de midi. La décoration se résumait à une croix du Christ suspendue au mur qui me faisait face, une horloge et un panneau d'interdiction de fumer. La salle était déserte.

La gardienne verrouilla sur moi la porte. Je restai seul, faisant quelques pas pour patienter. Je sentais sous mes pieds une sorte de douceur molle. Le sol était tapissé de sable. Je remarquai de fines couches accumulées, dans le coin des fenêtres et les angles des murs. La poussière parvenait à l'intérieur de la pièce par les rainures d'une autre porte fermée, qui devait directement donner sur le désert.

Bruit de verrous. Des pas. Malgré moi, je serrai les poings. Je ne devais pas perdre mon sang-froid. Je comptai jusqu'à cinq avant de me retourner.

La matonne refermait déjà les serrures. Agostina s'asseyait, sage et droite, vêtue d'une blouse bleu ciel. Je ne sais pas à quoi je m'attendais au juste, mais certainement pas à cette force, cette puissance d'éblouissement.

Agostina resplendissait à la manière d'une sainte.

Je m'approchai et ressentis une chaleur réconfortante. Comme si Agostina avait été touchée par une source indicible dont on sentait encore l'empreinte. La trace du miracle qui l'avait sauvée ? Je luttai contre ces impressions. J'étais venu interroger la meurtrière de Salvatore Gedda, pas une élue de Dieu.

Je reculai un siège et m'installai. Un souvenir me traversa. Les paroles des sceptiques, à l'époque des apparitions de Bernadette Soubirous. Les huissiers, les policiers qui refusaient de croire aux révélations s'étaient inclinés lorsqu'ils avaient découvert la jeune femme : « Son visage est comme le signe extérieur de sa rencontre divine, un reflet… »

Nous étions assis face à face. Agostina Gedda

447

souriait. Elle semblait plus jeune que sur les photos – pas plus de vingt-cinq ans. Petite, menue, elle trahissait une certaine fragilité. En revanche, ses traits étaient clairement dessinés. Des iris noirs, étincelants, à l'ombre de sourcils plantés haut. Un nez retroussé, en virgule mutine. Une bouche rouge, nettement marquée, petit fruit posé dans une coupe de sucre glace. Son teint pâle semblait renforcé encore par les cheveux noirs, coupés court, qui jouaient les cadres autour de ce tableau délicat.

J'ouvris la bouche mais Agostina me prit de vitesse :

— Comment vous vous appelez ?

La voix était fluette, douce, mais désagréable. Je répondis en italien :

— Je m'appelle Mathieu Durey. Je suis policier à la Brigade Criminelle de Paris.

— Ça change, fit-elle avec une petite moue amusée. Il n'y a que des curés qui viennent me voir.

Je glissai la photographie de Luc devant elle. Je voulais d'abord obtenir une certitude.

— Je ne suis pas le premier policier français. Celui-ci est venu, non ?

— Lui, ce n'était pas pareil. Je ne l'intéressais pas.

— Qui l'intéressait ?

Un sourire glissa sur ses lèvres.

— Vous le savez bien.

Des images passèrent devant mes yeux. Pazuzu et sa gueule de chauve-souris. Un ange à tête de faune, avec de grandes ailes brisées. L'homme en redingote et chapeau claque, avec ses yeux injectés.

Des chiens hurlants, des abeilles rugissantes en bande-son. Je m'éclaircis la voix et repris :

— Je peux vous poser quelques questions ?

— Cela dépend sur quoi.

— Sur l'affaire criminelle d'avril 2000.

— J'ai déjà tout dit aux policiers, aux avocats.

— Je vous interroge. Vous répondez seulement quand vous le souhaitez. D'accord ?

Petit oui de la tête. Le vent mugissait autour de nous. Une plainte longue, lugubre, animale. J'imaginais, sous la porte, la poussière pénétrant dans la pièce pour nous ensabler vivants.

— Votre mari a été tué dans des conditions singulières. Est-ce vous qui l'avez tué ?

— Évitez les évidences. On gagnera du temps.

— Qu'est-ce qui vous a poussée à avouer ce crime ?

— Je n'avais rien à cacher.

Agostina semblait à l'aise. Ses réponses respiraient la décontraction. J'optai pour un interrogatoire à la dure, comme si Agostina passait sa première garde à vue avec moi :

— Ce meurtre est particulier. Je ne parle ni de morale, ni de mobile. Je parle de sa méthode. Personnellement, je ne pense pas que vous ayez les connaissances nécessaires ni les moyens techniques pour organiser un tel sacrifice.

— Ce n'est pas une question.

— Comment vous êtes-vous procuré les acides ?

— À l'hôpital. Tout est dans le dossier.

— Les insectes ?

— J'ai collecté les œufs, les bestioles sur des

449

charognes. Des cadavres d'animaux que je trouvais dans les décharges de Paterno et d'Adrano.

— Il y avait du lichen sous la cage thoracique de la victime. Où l'avez-vous trouvé ?

— Dans les grottes des falaises, près d'Acireale. C'est très connu chez nous.

Elle mentait. Le produit était beaucoup plus rare qu'un simple champignon. Il y avait aussi le scarabée africain. Je renonçai à en parler. Elle aurait sans doute aussi une réponse toute faite.

— Le corps présentait plusieurs stades de décomposition, ce qui implique des techniques de conservation distinctes – et complexes. Comment avez-vous fait ?

— On était en avril. Il faisait froid sur le chantier. Il suffisait de réchauffer certaines parties du corps et de laisser les autres exposées à la température extérieure.

Agostina ne quittait pas son sourire.

— Pourquoi avoir choisi des techniques si compliquées ?

— Question suivante.

— Vous ne voulez pas répondre ?

— C'est notre accord. Question suivante.

Je regardai ses mains : elles avaient la même blancheur que le visage. Des veinules bleues couraient sous la peau fine. Je ne pouvais imaginer de tels doigts plonger dans le corps de Salvatore, ni lui couper la langue.

— Pourquoi ce meurtre ? Quel était votre mobile ?

— Pourquoi je vous répondrais ? dit-elle, désinvolte. J'ai jamais rien dit à ce sujet. Ni aux policiers, ni aux juges. Ni même à mes avocats.

450

Le vent gémissait toujours. Je songeai à Luc et la jouai au bluff :

— Vous n'avez pas le choix. J'ai trouvé la gorge.

Elle éclata de rire. Un rire saccadé, qui s'acheva en un roulement grave.

— Tu mens. Si c'était vrai, tu ne serais pas ici, avec tes questions de flic de troisième zone.

Malgré le sarcasme et le tutoiement, je sentais que j'avais marqué un point. Agostina savait que j'avançais à tâtons mais le terme « gorge » prouvait que je suivais une autre piste que celle des flics de Catane. La seule piste valable – celle que je ne comprenais pas encore. Elle murmura :

— Je l'ai fait parce que je devais me venger.

— De qui ? De Salvatore ?

Elle hocha plusieurs fois la tête, avec enthousiasme, comme font les enfants pour répondre à une offre gourmande.

— Qu'est-ce qu'il vous a fait ?

— Il m'a assassinée.

Salvatore en mari violent. Salvatore frappant Agostina à mort. Agostina se jurant de se venger et d'éliminer son mari. Je n'avais pas lu une ligne, une allusion sur de tels faits. Et quand on se venge de son mari, on choisit une méthode plus expéditive.

— Racontez-moi.

Agostina m'observait de ses yeux intenses. Des grains de sable tournoyaient dans l'air et se collaient sur mon visage maculé de sueur. Je répétai :

— Racontez-moi.

— Il m'a assassinée, quand j'avais onze ans.

— Quand vous êtes tombée de la falaise ?

— C'est lui qui m'a poussée.

Salvatore dans la peau d'un enfant meurtrier. Un môme en balançant un autre dans le vide, de sang-froid. Impossible. Agostina ajouta :

— Salvatore était brutal… nerveux… imprévisible. On a chahuté, au bord du précipice. Tout d'un coup, il m'a poussée. Juste pour voir.

— Vous n'en avez jamais parlé après l'accident.

— Je ne m'en souvenais pas.

— Et vous avez épousé Salvatore ?

— Je vous dis que je ne m'en souvenais pas.

— Qui vous a rendu la mémoire ?

— Tu me poses la question, *ragazzo* ?

De nouveau, le mufle écrasé du démon. Un ange déchu, mauvais, sournois, apportant cette révélation à la jeune femme, pour mieux lui inspirer sa riposte. Il ne me restait plus beaucoup de temps – trois minutes à l'horloge.

Quand je regardai à nouveau Agostina, sa bouche se tordait en un sourire atroce, dépravé. Les commissures de ses lèvres s'ourlaient en sens opposé, l'une vers le haut, l'autre vers le bas.

Je toussai et décidai de jouer son jeu :

— Le diable vous a soufflé la vérité, c'est ça ?

— Il est venu, oui, au fond de mon esprit…

Elle glissa sa main sous sa blouse et se caressa les seins. J'eus l'impression qu'un froid terrible envahissait la pièce.

— Il est votre inspirateur ?

Le froid, et aussi une odeur sourde, nauséabonde, putride.

Elle baissa sa main et la passa entre ses jambes.

— C'était un rêve…, murmura-t-elle. Il m'a ordonné, oui, mais son ordre était une caresse…

452

Une jouissance. Depuis combien de temps t'as pas baisé, *ragazzo* ?

— C'est lui aussi qui vous a inspiré cette méthode ?

Soudain, Agostina retint son souffle, puis expira lentement, comme si elle avait touché un point sensible, au fond de son intimité. Ses yeux s'étirèrent comme ceux d'un renard. Elle reprit son mouvement de masturbation.

La température semblait toujours baisser. Et la puanteur montait. D'eau croupie, d'œufs pourris, mais aussi de rouille. Quelque chose entre excréments et métal. Plus que deux minutes.

— Vous êtes une miraculée, fis-je entre mes dents serrées. Votre rémission, physique et spirituelle, a été reconnue par l'Église apostolique et romaine. Pourquoi Satan vous aurait-il inspirée ?

Agostina ne répondit pas. L'odeur était suffocante. Je luttais contre cette impression : une présence avec nous, dans cette salle. Agostina se pencha au-dessus de la table. Elle avait le regard voilé :

— Tu as trouvé la gorge, hein ?

Elle se leva d'un bond et m'empoigna la nuque. Elle me lécha l'oreille et rit, à l'intérieur de mon tympan. Elle avait la langue dure comme un dard :

— Ne t'en fais pas, mon salaud, la gorge te trouvera, elle...

Je la repoussai avec fermeté. J'éprouvais la même répulsion qu'à Notre-Dame-de-Bienfaisance, lorsque je m'étais senti souillé par un regard mystérieux. Tout tournait maintenant dans la pièce : le froid, le vent, la puanteur. Et « l'Autre ».

— Tu veux que je te suce ? chuchota-t-elle. J'en ai ma dose des gouines et des chattes.

— Connaissez-vous le nom de Manon Simonis ?

Elle sortit sa main de sous la table et la porta à ses narines :

— Non.

— Sylvie Simonis ?

— Non, fit-elle en léchant ses doigts.

— Elle a tué son enfant, Manon, parce qu'elle pensait qu'elle était possédée.

— Personne ne peut nous tuer, ricana Agostina. Il nous protège, tu comprends ?

— Que devez-vous faire pour lui ?

— Je pollue, j'infeste. Je suis une maladie.

Son timbre avait baissé de plusieurs tons. Son inflexion était traînarde, rauque, malsaine. En une même temps, un sifflement discordant me semblait s'échapper des dernières syllabes de chaque mot. Je la provoquai :

— Ici, en prison ?

— Je suis un symbole, *ragazzo*. Mon pouvoir traverse les murs. Je torture les pédés du Vatican. Je vous encule tous !

— Les avocats du Saint-Siège vous défendent.

Agostina éclata de rire – un rire grave, glaireux, les mains toujours crispées entre ses jambes. Elle chuchota, d'une voix lascive :

— T'es vraiment le flic le plus con que j'aie jamais vu. Tu crois vraiment que ces fiottes me défendent ? Ils m'observent, oui. Ils me flairent le cul, comme des chiens en rut.

Elle disait vrai. Les autorités pontificales voulaient limiter les dégâts mais surtout approcher

454

« leur » miraculée. Pour comprendre, tout simplement, le phénomène qui était à l'œuvre dans le corps et l'esprit d'Agostina.

Elle enserra ses épaules, frémissante, comme si elle venait d'éprouver un violent orgasme, un plaisir qui l'avait secouée jusqu'au fond des os. Elle croassa, d'une voix méconnaissable :

— Il m'avait dit que tu viendrais.

— Luc Soubeyras ? Le policier de la photo ?

— Il m'avait dit que tu viendrais.

La frousse me vissait le ventre. Agostina parlait du démon, bien sûr – une présence *réelle*, à l'intérieur d'elle-même. Une présence que je sentais ici, entre nous. Elle sourit à nouveau, en haut et en bas à la fois. Son visage paraissait déchiré comme du papier sale. Une minute.

— Tu sais comment je me suis procuré les insectes ? (Elle gloussa, sardonique.) C'est facile. Il suffit que je me touche… Je mouille et mon sexe s'ouvre, comme une charogne. Alors, les mouches viennent… Tu sens pas, *ragazzo* ? Je les appelle avec mon sexe… Elles vont venir…

Elle baissa la tête et se mit à psalmodier. Elle scandait des mots à toute vitesse, en se balançant d'avant en arrière. Soudain, ses yeux se retournèrent, absolument blancs. Je me penchai et tendis l'oreille.

Agostina parlait latin.

Je détachai, un à un, les mots qu'elle ne cessait de répéter : « … *lex est quod facimus lex est quod facimus lex est quod facimus lex est quod facimus…* » LA LOI EST CE QUE NOUS FAISONS.

Pourquoi ces mots ?

Que signifiaient-ils dans sa bouche ?

Elle grognait maintenant, à la façon d'un porc. Son râle était doublé d'un sifflement atroce, comme une réverbération dissonante. Tout à coup, ses pupilles réapparurent. Jaunâtres. Elle me cracha au visage et hurla, dans un craquement de gorge :

— TU BOUFFERAS TA MERDE EN ENFER !

Le verrou s'ouvrit dans mon dos.

Les dix minutes étaient passées.

62

Aux abords de Catane, le nuage de cendres était plus sombre encore. On ne voyait même plus les panneaux « *sabbia vulcanica* » (« cendres volcaniques »). Mes essuie-glaces grinçaient, freinés par les particules. Je roulais au pas, glissant la main au-dehors pour éclaircir mon pare-brise.

Le volcan aussi avait changé. Deux immenses panaches s'élevaient de ses versants. L'un était pigmenté, grisâtre – trombes de cendres, pulvérisées à une pression hallucinante –, l'autre brouillé et tremblotant, uniquement composé de vapeur d'eau. On pouvait entendre ses mugissements monstrueux, qui couvraient les détonations. Dans le ciel, des hélicoptères donnaient l'échelle de ces fumées : plusieurs kilomètres de hauteur.

Entre les deux gueules béantes, des veines rougeoyantes sillonnaient les pentes et éclataient en jets incandescents. La montagne se modifiait, *géologiquement.* Des cônes éruptifs jaillissaient, des reliefs se soulevaient, à la manière d'un tapis secoué sur l'horizon. J'étais en train d'assister à des phénomènes qu'on relègue d'ordinaire à des temps immémoriaux. La surface de la planète se fissurait, se ramollissait, se dilatait pour révéler sa nature vivante, sa chair en fusion. La montagne se transformait, et moi aussi. Mon présent se déboîtait, s'ouvrait, s'inclinait jusqu'à me faire verser dans la nuit primitive du monde.

Autour de Catane, les barrages se resserrèrent. Les officiers de la *Guardia di Finanza* vérifiaient identités et laissez-passer, masques de chirurgien sur le front. Les automobilistes, à l'arrêt, lisaient tranquillement le journal. C'était la fin du monde et personne ne s'en souciait.

15 heures, via Etnea.

Je voulais maintenant entendre, de vive voix, l'archevêque de Catane, monseigneur Paolo Corsi. Je voulais avoir l'opinion claire de l'Église sur le cas Agostina Gedda, et le scandale qu'il représentait.

La ville était plongée dans l'ombre mais à l'archevêché, on semblait s'être juré de ne pas utiliser l'électricité. C'était la même atmosphère d'urgence qu'à la questure ou à la rédaction de *L'Ora*, version obscure. Des prêtres couraient dans les couloirs, en enfilant leur chasuble de cérémonie ou portant croix et encensoirs.

J'arrêtai l'un d'eux et lui demandai la direction du bureau de monseigneur Corsi. Il ouvrit des yeux en soucoupes, sans répondre. Je l'abandonnai pour grimper les escaliers, jouant des coudes dans le chaos général. Je finis par trouver, au dernier étage, le repaire de l'archevêque. Je frappai, pour la forme, et entrai.

Dans la pénombre, un vieil homme en robe noire écrivait, assis derrière un bureau. Une large fenêtre, derrière lui, posait une faible clarté sur son crâne chauve. Il leva ses yeux lourds, sans bouger son corps massif :

— Qui êtes-vous ? Qui vous a permis ?

Je brandis ma carte et donnai mon identité. Tout de suite, j'annonçai la couleur : Agostina Gedda. Je n'avais plus de temps pour les salamalecs. L'homme en soutane baissa le regard sur ses écrits. Il avait un visage de bouledogue, imperturbable.

— Sortez d'ici, dit-il avec calme. Je n'ai rien à vous dire.

Je fermai la porte et avançai vers le bureau. Autour de nous, les tableaux ressemblaient à des monochromes noirs.

— Je crois au contraire que vous avez beaucoup de choses à me dire. Je ne sortirai pas d'ici avant de les avoir entendues.

L'archevêque se leva lentement, appuyant ses poings sur la table. Toute sa masse respirait une force spectaculaire. Un colosse d'une soixantaine d'années qui pouvait encore porter une croix de chêne dans une procession. Ou me faire traverser la fenêtre.

— Qu'est-ce que c'est que ce ton ? (Il frappa son bureau, soudain en colère.) Personne ne me parle comme ça ici !

— Il y a toujours une première fois.

L'ecclésiastique plissa des yeux, comme pour

458

mieux me voir. Sur son torse, sa croix d'or, usée, brillait avec peine. Il dit, un ton plus bas, en secouant la tête :

— Vous êtes un fou. Vous n'êtes pas au courant que le monde s'écroule autour de nous ?

— Il attendra que je connaisse la vérité.

— Vous êtes un fou...

L'archevêque se rassit lourdement et concéda :

— Cinq minutes. Qu'est-ce que vous voulez savoir ?

— Votre avis d'homme d'Église : comment expliquez-vous le crime d'Agostina Gedda ?

— Cette femme est un monstre.

— Agostina Gedda est une élue de Dieu. Une miraculée officiellement reconnue. Par votre diocèse. Par votre comité d'experts et d'ecclésiastiques. Par la curie romaine. Vous avez entériné sa rémission physique et spirituelle. Comment a-t-elle pu changer aussi... totalement ? Ou plutôt : comment avez-vous pu vous tromper, vous, à ce point ? Ne pas voir la folie qui sommeillait en elle ?

L'archevêque conservait les paupières baissées. Il observait ses mains – larges, grises, immobiles dans l'obscurité. Il marmonna :

— Je m'étais juré de ne plus parler de ça.

— Répondez-moi !

Il leva les paupières. Son regard clair avait une densité, une puissance d'exception. Il devait prendre aux tripes son auditoire quand il montait en chaire et fixait son public.

— Nous nous sommes trompés, mais pas de la façon dont vous croyez.

— Qu'est-ce que je crois ?

— Nous nous sommes trompés de camp. C'est tout.

— Je ne comprends pas.

— Agostina n'est pas une miraculée de Dieu. C'est une miraculée du diable.

Je restai figé dans la position où les mots m'avaient frappé.

— Une… miraculée du diable ?

— Agostina a été sauvée par le démon. Nous en avons maintenant la certitude. Elle nous a tous bernés. Avec ses prières, ses pèlerinages, son métier d'infirmière. Tout cela, c'était une imposture. Depuis son réveil, Agostina est possédée. Elle a été sauvée par Satan. Elle a joué un rôle pour mieux nous insulter. Le diable est menteur. Relisez saint Jean : « *Lorsqu'il profère le mensonge, il puise dans son propre bien parce qu'il est menteur et père du mensonge.* »

J'étais en plein vertige mais je retenais, dans ma chute, un fait crucial : monseigneur Paolo Corsi, et sans doute avec lui tout son diocèse et les autorités pontificales, concédait au démon le don de guérir. C'est-à-dire d'exister, en tant qu'instance supérieure – ou inférieure, si on voulait jouer sur les mots.

Satan, considéré comme une force physique et surnaturelle !

— Comment pouvez-vous parler ainsi ? Nous ne sommes plus au Moyen Âge !

L'homme attrapa une feuille de papier à en-tête de l'archevêché. Il griffonna un nom, une adresse, puis conclut d'une voix lasse :

— Vos cinq minutes sont écoulées. Si vous voulez en savoir plus, allez voir les spécialistes du Saint-

Siège. Le cardinal Van Dieterling vous parlera peut-être. (Il poussa la feuille vers moi.) Voici ses coordonnées.

— C'est un exorciste?

Corsi secoua sa gueule de bouledogue. Il souriait franchement dans les ténèbres :

— Un exorciste? Cette fois, c'est vous qui êtes au Moyen Âge.

63

Dehors, c'était carrément la nuit.

Le phénomène était prodigieux – les cendres voletaient dans l'air, dessinant de grandes formes qui s'évanouissaient aussitôt, à la manière des étourneaux au moment des migrations. Le Duomo, la cathédrale de Catane, à deux pas, était à peine visible. Les Catanais avaient sorti leurs parapluies, les automobiles actionnaient leurs essuie-glaces – mais toujours pas le moindre signe de panique en vue.

Je remontai la via Etnea et trouvai ma voiture avant qu'elle ne soit totalement ensevelie. Je levai machinalement les yeux vers l'avenue. Sur le trottoir d'en face, à cinquante mètres environ, une silhouette, brouillée de scories, éveilla un souvenir. Un homme tout en longueur, serré dans un long manteau de cuir. Je ne distinguais pas son visage, mais son crâne chauve tranchait par sa blancheur. Soudain, je sus : un des deux tueurs des Alpes. J'avais aperçu sa silhouette sur le chantier enneigé

– le même manteau, la même minceur, la même raideur dans la position.

Sans réfléchir, je traversai l'avenue, dans les trombes. Les grains me rentraient dans les yeux, les narines, la bouche. Je me sentais fort. La foule était avec moi, la tempête était avec moi. Le tueur ne pouvait rien tenter. Et quelque chose de sourd, de dur me restait en travers du gosier : l'humiliation de la traque, l'avant-veille. Je me voyais encore blotti contre les parpaings, réduit à l'état de bête piégée. J'avais une dette à honorer. Envers moi-même.

L'homme recula puis tourna les talons. J'accélérai le pas. J'évitai les parapluies, les balais, les paquets de suie qui s'abattaient d'un coup puis remontaient vers le ciel. Je slalomais entre les passants, courais à brèves foulées, me hissant sur la pointe de pieds pour repérer ma proie.

La pluie de cendres ne cessait pas. Façades, vitrines, trottoirs : le moindre élément de l'avenue était bombardé, moucheté comme la trame encrée d'un journal. Insensiblement, tout semblait se détacher, se dématérialiser sous mes yeux agressés.

L'ombre avait disparu. Je plaquai mes deux mains en visière, pour abriter mes yeux. Personne. Je courus pour de bon, au hasard, bouffant de plus en plus de scories volcaniques. Respiration brûlée, poumons prêts à exploser. Une ruelle, sur ma droite. D'instinct, j'y plongeai – réalisant, quelque part au fond de ma conscience, que je m'éloignais de la foule, et que je ne portais pas d'arme.

Cinquante mètres pour m'apercevoir que j'étais dans une impasse. Cent mètres pour piger que je me fourvoyais dans un piège. Personne dans la ruelle, aucun commerçant en vue. Des poubelles et des voitures stationnées en guise de témoins. Je stoppai, tous mes signaux au rouge.

Le temps que je recule, le tueur sortit d'un porche. Les pans de son manteau de cuir dessinaient deux lignes obliques par rapport au sol. Je fis volte-face. Face à moi, le deuxième tueur me barrait la route. Si gros, si large, que ses bras ouverts semblaient toucher les murs de l'impasse. Il portait le même manteau noir, mais en taille parachute. Ni l'un ni l'autre n'avaient de visage. Seulement une figure grise et pigmentée, cinglée de poussière. Je songeai à des gueules d'orage, des glaises vivantes, des masques fourmillant de vers. Et loin, très loin dans le tréfonds de mon cerveau, je me dis : « Je connais ces deux hommes. Je les ai vus, *ailleurs encore.* »

Je me retournai à nouveau. Dans la main gantée du tueur chauve, un automatique était apparu, mi-acier, mi-inox, muni d'un silencieux. Avant même que je tente quoi que ce soit, l'homme appuya sur la détente. Rien ne se passa. Pas de flamme, pas de détonation, pas de culasse actionnée. RIEN.

Les cendres. Elles avaient enrayé le flingue ! Je pivotai et abattis à l'aveugle mes deux poings. L'obèse avait aussi dégainé. Le coup lui fit sauter son arme. Je le bousculai d'un coup d'épaule et courus vers les contours indécis de l'avenue.

J'étais paniqué mais pas assez pour perdre le sens de l'orientation. En quelques secondes, j'étais devant ma bagnole. Télécommande : aucun résultat. La poussière avait occulté aussi le récepteur du signal. J'étouffai un juron, la bouche terreuse. Je jouai de la clé : pas moyen de l'enfoncer. La suie, toujours. Les secondes brûlaient. Trouvant en moi une ultime parcelle de sang-froid, je m'agenouillai et soufflai, doucement, très doucement, sur la serrure.

La clé glissa à l'intérieur. Je plongeai dans ma Fiat Punto. Contact. Je patinai une seconde puis me propulsai dans la circulation. Deux coups de volant et j'étais loin.

Nulle part en fait, mais vivant.

Encore une fois.

L'aéroport de Catane était fermé depuis la veille. Pour décoller vers Rome, je devais partir d'une autre grande ville. Coup d'œil à ma carte. Je pouvais rejoindre Palerme en deux heures. Avec un peu de chance, un vol décollerait de là-bas.

En m'orientant vers la sortie de la ville, j'appelai l'aéroport de Palerme : un vol partait à 18 h 40 pour Rome. Il était 15 h 30. Je réservai une place puis raccrochai, m'essuyant les yeux, expectorant par le nez et la bouche. J'avais l'impression d'être tapissé de particules, à l'intérieur même de mon corps.

Je roulai, et roulai encore. Je dépassai Enna à 16 h 30, puis Catanisseta, Resuttano, Caltavuturo. À 17 heures, je longeais la mer Thyrrénienne et croisais Bagheria. À 18 heures, j'approchais de l'aéroport, Palermo Punta Raisi. Respecter les règles. Je rendis ma voiture à l'agence de location puis courus aux comptoirs d'enregistrement. À 18 h 30, je donnais ma carte d'embarquement à l'hôtesse. Je ressemblais à un épouvantail, chaque pli de mon manteau recelait des rivières de poussière, mais j'étais toujours dans la course, sac à la main, dossier sur le cœur.

Alors seulement, installé en première, tandis que

le steward me proposait une coupe de champagne, je me détendis. Et considérai, bien droit dans les yeux, cette évidence : pour une raison inconnue, j'étais un homme à abattre. J'enquêtais sur un dossier qui méritait qu'on m'élimine pour m'empêcher de progresser. De quel dossier s'agissait-il ? Celui de Sylvie Simonis ou celui d'Agostina Gedda ? Était-ce le même ? N'y avait-il pas, derrière ces meurtres, un enjeu supérieur ?

Je songeai à ma visite à Malaspina. Mon opinion était faite sur l'état mental d'Agostina. Une pure schizophrène, bonne pour le cabanon. Je n'étais ni psychiatre, ni démonologue, mais la jeune femme souffrait d'un dédoublement de personnalité et aurait eu besoin de soins intensifs. Pourquoi n'était-elle pas internée ? Les avocats de la curie préféraient-ils la garder en observation, à Malaspina ?

Les experts ecclésiastiques ne se préoccupaient pas de la guérir. Ils ne cherchaient pas non plus à la défendre contre la justice italienne. Personne, au Vatican, ne se souciait de la loi séculaire des hommes. Ils voulaient seulement comprendre comment une miraculée de Dieu pouvait être sous l'emprise du Malin. Ou plutôt, pour parler clair, déterminer s'il pouvait exister une miraculée du diable. Ce qui revenait à prouver, physiquement, l'existence de Satan.

Certes, lors de ma visite, des faits inexplicables étaient survenus. L'odeur fétide, le froid soudain. J'avais senti la présence de l'Autre... Mais j'avais peut-être été le jouet de mon imagination.

L'odeur, après tout, pouvait provenir d'Agostina elle-même. Son fonctionnement physiologique, gouverné par un esprit aussi tordu, pouvait être sérieusement perturbé. Quant au froid, je m'étais senti si vulnérable dans ce parloir qu'il n'y avait rien d'étonnant à ce que je perde ma capacité à me réchauffer.

Je secouai la tête : non, il n'y avait pas eu de présence extérieure dans la cellule de sable. Le Prince des Ténèbres ne s'était pas invité à l'interrogatoire. Je n'avais qu'un seul ennemi, toujours le même : la superstition. Lutter contre ces croyances enfouies qui remontaient, malgré moi, à la surface. Satan n'appartenait pas au dogme, et je n'y croyais pas. Point barre.

Je laissai errer mon regard sur les nuages. Une phrase résonnait dans ma tête. LEX EST QUOD FACIMUS. La loi est ce que nous faisons. Qu'avait voulu dire Agostina ? Qui était ce « nous » qu'elle s'autorisait ? La légion des possédés ? Et quelle était cette « loi » ? Cela pouvait être une évocation de la règle du diable, qui s'ouvre justement sur une liberté totale. LA LOI EST CE QUE NOUS FAISONS.

Je me répétai ces syllabes en boucle, façon sourate, jusqu'à ce que la litanie me livre son secret. Au lieu de ça, je perdis conscience sans même entendre le train d'atterrissage qui rentrait dans le fuselage.

64

Rome. Enfin une terre familière.

20 heures. Je donnai au chauffeur de taxi l'adresse de mon hôtel et lui indiquai un itinéraire précis. Je

voulais qu'il passe par le Colisée, puis qu'il remonte la via dei Fori Imperiali jusqu'à la piazza Venezia. Ensuite, c'était le labyrinthe des petites rues et des églises jusqu'au Panthéon, où se trouvait mon hôtel, non loin du séminaire français de Rome. Ce trajet n'était pas fait pour gagner du temps, mais seulement pour retrouver mes marques.

Rome, mes meilleures années.

Les seules qui se soient écoulées sous le signe d'une relative quiétude.

Rome était ma ville – peut-être plus encore que Paris. Une cité où l'espace et le temps se télescopaient, au point qu'en changeant de rue, on changeait de siècle, en tournant le regard, on inversait le cours du temps. Ruines antiques, sculptures Renaissance, fresques baroques, monuments mussoliniens…

— C'est là.

Je jaillis du taxi, presque surpris de ne pas voir mes pas entravés par ma soutane. Cette robe que je n'avais portée que quelques mois dans ma vie. Maintenant, j'étais expert en vices humains et je pouvais atteindre une cible à cent mètres, en position de tir-riposte. Une autre école.

Mon hôtel était une pension toute simple. J'y étais descendu plusieurs fois, lors de mes premières recherches à la bibliothèque vaticane, avant le séminaire. J'avais choisi ce lieu pour rester discret. Les tueurs ne m'avaient pas suivi jusqu'à Catane : ils m'y avaient précédé. Pour une raison inconnue, ils parvenaient à anticiper mes déplacements. Peut-être étaient-ils déjà à Rome…

Comptoir de bois verni, porte-parapluies laqué,

lumières anémiques : le vestibule de la pension était déjà tout un programme. Langage universel du confort bourgeois et de la simplicité bienveillante... Je montai dans ma chambre.

J'avais plusieurs contacts à la curie romaine. L'un d'eux était un ami de séminaire. Nous conservions encore aujourd'hui un lien en pointillé, à coups de mails et de SMS. Gian-Maria Sandrini, un petit génie sorti major de l'Académie Pontificale. Il occupait maintenant un poste important au Secrétariat d'État, section des Affaires générales. Je composai son numéro :

— C'est Mathieu, fis-je en français. Mathieu Durey.

Le prêtre répondit dans la même langue :

— Mathieu ? Tu avais envie d'entendre ma voix ?

— Je suis à Rome pour une enquête. Je dois rencontrer un cardinal.

— Qui ?

— Casimir van Dieterling.

Bref silence. Van Dieterling ne semblait pas être le premier venu.

— De quelle enquête s'agit-il ?

— Trop long à t'expliquer. Tu peux m'aider ?

— C'est un gros bonnet. Je ne sais pas s'il aura le temps de...

— Quand il connaîtra l'objet de mon enquête, il me recevra, crois moi. Peux-tu lui faire parvenir une lettre ?

— Pas de problème.

— Ce soir ?

Nouveau silence. Je jouais pleinement mon rôle d'oiseau de mauvais augure.

— Si je t'appelle en urgence, c'est qu'il s'agit d'un truc important.

— Tu es toujours à la Brigade Criminelle ?

— Oui.

— Je ne vois pas ce que la curie peut…

— Van Dieterling verra, lui.

— Je t'envoie un diacre. J'aurais aimé passer moi-même mais on a une réunion ce soir et…

— Laisse tomber. On se verra dans des conditions plus sereines.

Je lui donnai les coordonnées de mon hôtel puis me mis au boulot, après m'être procuré à la réception papier à lettres et enveloppes. J'écrivis en italien. Je commençai par évoquer le cas Agostina puis décrivis l'affaire Simonis, en détail, mettant en évidence les points communs entre les meurtres. Je bluffai ensuite sur mon statut de flic international, missionné par Interpol, chargé d'établir des liens entre ces cas spécifiques.

En guise de conclusion, je le remerciai d'avance de m'accorder une audience immédiate et laissai les coordonnées de mon portable et celles de la pension. Je relus une fois mon texte, espérant avoir assez insisté sur l'urgence de ma requête.

Je tentai de me détendre sous la douche, une cabine de plastique qui ressemblait à un sas de désinfection, puis passai mes vêtements au sèche-cheveux pour en expulser toute la cendre. J'achevais mon grand nettoyage quand le téléphone sonna. On m'attendait en bas.

Le diacre faisait les cent pas dans le vestibule. Sa soutane cadrait parfaitement avec les tapis élimés et les gros porte-clés en laiton de la réception. La scène aurait pu se passer au XIXe siècle, ou même au XVIIIe. L'homme glissa la lettre sous sa robe et repartit aussi sec.

21 heures : je n'avais toujours pas faim. Je ne sentais pas mon estomac, ni même mon corps. Ma fatigue était telle qu'elle se transformait en une sorte d'ivresse qui annulait toute autre sensation. En remontant dans ma chambre, je vérifiai mon téléphone mobile. Un SMS, signé Foucault. « APPELLE-MOI. URGENT. » Son numéro en mémoire. Mon adjoint ne me laissa pas le temps de parler.

— J'en ai un autre.

— Quoi ?

— Un meurtre, avec utilisation d'acides, injections d'insectes et tout le bordel.

Je m'effondrai sur le lit.

— Où ?

— À Tallinn, en Estonie. Le coup date de 1999.

— T'es sûr des points communs ?

— Certain.

— Comment l'as-tu trouvé ?

— Svendsen. Il a appelé tous les légistes qu'il connaît en Europe. Il y en a un à Tallinn qui s'est souvenu d'une histoire similaire. J'ai vérifié de mon côté. Les services de police, dans le cadre de la coopération européenne, ont fourni leurs dossiers les plus chauds au bureau central, à Bruxelles, pour constituer le SALVAC. Il y a bien un cas en Estonie qui ressemble à ton cadavre du Jura. En fait, c'est exactement le même crime.

— Donne-moi des précisions. Les faits. Le contexte.

— Le coupable est identifié : un mec du nom de Raïmo Rihiimäki. Musicien gothique, vingt-trois ans.

La victime est son père. Ça s'est passé au mois de mai 99. L'enquête n'a pas posé de problème. Il y avait les empreintes de Raïmo sur le corps et dans la cabane de pêcheur où le vieux a été torturé.

— Ton Raïmo, il a avoué?

— Pas eu le temps. Après avoir tué son père, il est parti dans une espèce de virée meurtrière à travers le pays. Les flics l'ont eu en novembre. Raïmo était armé. Il a été descendu pendant l'opération.

Trois meurtres semblables à travers l'Europe. 1999, Estonie. 2000, Italie. 2002, France. Le cauchemar se déployait sur la carte de la Communauté européenne. Et ce n'était qu'un début, je le savais. Je repris :

— Tu as parlé avec les flics estoniens?

— Oui et non.

— Comment ça?

— C'est-à-dire... On a parlé en anglais. Et moi, l'anglais...

— Ils t'envoient le dossier?

— Je l'attends. Ils ont une version anglaise.

Sur une intuition, je demandai :

— Ton Estonien, avant le meurtre, il n'aurait pas eu un accident ou une maladie grave?

— Comment tu le sais?

— Raconte.

— Deux mois avant les faits, Raïmo Rihiimäki s'est battu avec son père. Des sacrés pochetrons. Ça s'est passé sur la barque du paternel – il était pêcheur. Raïmo est tombé à la flotte. Quand on l'a repêché, il était noyé. Ou plutôt : surgelé. Ils ont réussi à le ranimer à l'hôpital principal de Tallinn. Un effet de l'eau glacée, j'ai pas bien compris...

471

— Ensuite?

— Quand il s'est réveillé, il était différent.

— Dans quel sens?

— Agressif, fermé, violent. Avant tout ça, c'était juste un bassiste inoffensif. Il jouait dans un groupe de néo-métal satanique, Dark Age, et…

Je n'écoutais plus, agrippé par les similitudes avec l'affaire Agostina. Comme elle, l'Estonien avait échappé à une tentative d'homicide. Comme elle, il avait sombré dans le coma. Comme elle, il était revenu de la mort et s'était vengé de celui qui avait tenté de le tuer. Ce n'était pas seulement le même meurtre. C'était la même affaire, de bout en bout. Était-il lui aussi un « miraculé du diable »?

Je remerciai Foucault et lui demandai de m'envoyer, par e-mail, le rapport dès qu'il le recevrait. Je renonçai à l'interroger sur les autres fronts de l'enquête – j'avais ma dose pour ce soir.

Je fermai mon cellulaire.

Ce fut comme le clap d'un nouveau scénario.

J'enquêtais bien sur une série.

Mais pas une série de meurtres – une série de meurtriers.

65

Ce n'était pas une piscine mais un grand bassin à ciel ouvert. Sa forme était rectangulaire et ses bordures en ciment armé. Je me tenais au sommet de la colline qui le surplombait et sentais les herbes

472

fouetter mes chevilles. Comme toujours dans les rêves, des détails étaient incohérents. Ainsi j'étais le Mathieu de trente-cinq ans, en imper souple, 9 mm à la ceinture, mais en même temps, j'étais un enfant, vêtu d'un short et chaussé de méduses, portant une serviette-éponge à l'épaule.

J'étais excité à l'idée de plonger dans ce bassin mais j'éprouvais aussi un malaise. La couleur de l'eau – bronze ou acier – évoquait la froideur, et aussi l'enlisement. Les baigneurs étaient tous des enfants – frêles, fragiles, malades. Leurs corps blancs brillaient sous le soleil. Une menace planait sur ce tableau. Je descendis le coteau, attiré par le plan d'eau transformé en un gigantesque aimant.

C'est à ce moment que je remarquai que toutes les serviettes déployées sur le ciment étaient orange. C'était un signal. Un signal de danger. Peut-être des grandes compresses, imbibées de solution antiseptique. Je percevais maintenant les rires des enfants, les bruissements de l'eau. Tout était gai, vif – et pourtant, ces bruits étaient comme des éclats sous ma chair, des indices d'alerte. Moi seul connaissais la vérité. Moi seul discernais la mort qui rôdait...

À cet instant, je tournai la tête. La serviette sur mon épaule était orange elle aussi. La maladie m'avait déjà corrompu. Tout était écrit. Ma mort, ma souffrance, ma...

La sonnerie du téléphone m'arracha à mes sanglots.

— Allô ?

— Gian-Maria. Tu dormais ?

— Plutôt, ouais...

— Il est 7 heures, rit le prêtre. Tu as oublié nos horaires !

Je me redressai et m'ébouriffai les cheveux. Je venais de faire un rêve très ancien – un songe récurrent depuis ma jeunesse. Pourquoi était-il de retour ?

— Lève-toi au trot, dit l'homme d'Église. Tu as rendez-vous dans une heure.

— Avec le cardinal ?

— Non. Avec le préfet de la bibliothèque vaticane.

— Mais…

— Le préfet est un intermédiaire. Il t'accompagnera auprès du cardinal.

— Un préfet, un intermédiaire ?

Un préfet au Vatican était l'équivalent d'un ministre au sein d'un gouvernement laïque. Gian-Maria rit de nouveau :

— Toi-même tu l'as dit : c'est une affaire importante. Si j'en juge par leur temps de réaction, ça l'est sacrément, en effet. Le cardinal a demandé que tu apportes ton dossier d'enquête. Complet. Le préfet t'attendra dans les jardins de la bibliothèque. Il s'appelle Rutherford. Passe par la porte Angelica. Un diacre t'escortera. Bonne chance. Et n'oublie pas le dossier !

Je restai quelques minutes hébété, avec encore sous les paupières des bribes de mon rêve. Depuis combien de temps n'avais-je pas fait ce songe ? Durant mes jeunes années, il hantait chacune de mes nuits…

Je me préparai puis m'accordai quelques minutes pour prendre un café au buffet de la pension. Brocs en inox, verres en Pyrex, grosses tartines tranchées. Chaque détail, chaque contact me rappelait le séminaire. Et dans cette salle sans fenêtre, je sentais déjà l'air de Rome.

Je fonçai à pied place Saint-Pierre, dossier sous le bras. Qu'on le veuille ou non, qu'on vive ici ou ailleurs, c'est toujours le même émerveillement. La basilique souveraine, les colonnes du Bernin, la place miroitante, les pigeons, attendant les touristes au-dessus des fontaines de pierre... Même le ciel pur semblait complice de cette grandeur.

J'éclatai de rire, pour moi-même. J'étais de retour au bercail! Dans le monde des soutanes de soie et des mocassins vernis sous les robes. Le monde de l'autorité apostolique et romaine, des congrès pontificaux, des séminaires eucharistiques. Le monde de la foi et de la théologie, mais aussi du pouvoir et de l'argent.

J'avais vécu trois ans dans l'ombre de la Cité du Pape. J'affectionnais alors un total dénuement – le vœu de pauvreté, toujours –, refusant le moindre franc de mes parents. Pourtant, j'aimais sentir, à quelques rues, la puissance financière du Vatican. Le Saint-Siège m'avait toujours fait penser à un Monaco ecclésiastique, la futilité et les combines en moins. Un incroyable concentré de richesses, accumulant biens et privilèges hérités des siècles. Plus gros propriétaire foncier du monde, la cité pontificale et sa banque affichaient des actifs bruts supérieurs au milliard de dollars et des bénéfices annuels de plus de cent millions de dollars.

Ces chiffres auraient dû me débecter, moi, l'apôtre de la misère et de la charité, mais j'y voyais le signe de la puissance de l'Église. De *notre* puissance. Dans un monde où seul l'argent compte, dans une Europe où la foi catholique agonise, ces chiffres me rassuraient. Ils démontraient qu'il fallait encore compter avec l'empire catholique.

Je longeai la rangée de touristes qui attendaient pour la visite de la basilique Saint-Pierre. Des estrades et des gradins étaient installés sur la place. Demain, 1er novembre, une allocution publique du pape était sans doute prévue.

Les cloches se mirent à sonner, provoquant l'envol des pigeons. *8 heures.* J'accélérai le pas et passai sous les colonnes du Bernin. Je remontai la via di Porta Angelica. Je croisai les *scrittori* (secrétaires) et les *minutanti* (rédacteurs) de la curie, col blanc et veste noire, qui se pressaient vers leurs bureaux. À la question « Combien de gens travaillent au Vatican ? », le pape Jean XXIII avait un jour répondu : « Pas plus d'un tiers. » Mon humeur était allègre. Je revivais dans cette atmosphère de fourmilière catholique. L'horreur d'Agostina me semblait loin et j'avais presque oublié mon statut d'homme à abattre.

Porte Angelica, je montrai mon passeport aux Suisses. On me donna aussitôt mon laissez-passer. Les gardes, en costume Renaissance, s'écartèrent et je franchis les hautes grilles de fer forgé noir.

Je pénétrai dans le saint des saints.

Un diacre me guida à travers les dédales des bâtiments et des jardins. Au pas de course. Il était 8 h 05 et mon retard ne convenait pas au grand ordre clérical. On m'abandonna dans une cour, au pied d'une façade rose et jaune, ponctuée de jarres anciennes. Des carrés de gazon cernaient un bassin circulaire. Des jets d'eau tournoyaient dans une fraîche vapeur irisée. Des massifs de fleurs, des plantes tropicales faisaient face à deux plans inclinés qui montaient vers de mystérieuses petites portes. Tout le décor sentait le soleil et la terre cuite.

Je n'eus pas à attendre longtemps. Un homme en complet noir jaillit d'une des portes et dévala la pente de gauche, semblant glisser au-dessus du parapet. La quarantaine, une tête cernée de cheveux roux cendré, des fines lunettes d'écaille, il entrait en harmonie avec l'ocre clair des jarres et des vasques.

— Je suis le préfet Rutherford, dit-il dans un français parfait. Je dirige la bibliothèque apostolique du Vatican.

Il me serra chaleureusement la main.

— On ne peut pas dire que votre visite tombe à pic, ajouta-t-il d'un ton enjoué. Demain, notre Souverain Pontife s'exprime sur la place Saint-Pierre. Et un nouveau cardinal doit être ordonné. Une journée de folie !

— Je suis désolé, m'inclinai-je. Je n'ai pas décidé cette urgence.

Il balaya mes excuses d'un geste bienveillant :

— Suivez-moi. Son Éminence a souhaité vous recevoir dans la bibliothèque.

On traversa la cour pour rejoindre le bâtiment qui nous faisait face. Sur le seuil, Rutherford s'effaça :

— *Prego*.

L'ombre et la fraîcheur du marbre nous accueillirent. Rutherford déverrouilla une porte et se glissa dans une allée blanche et grise. Je lui emboîtai le pas. Le soleil filtrait par les croisées noires. Nous étions seuls. Je m'attendais à entendre couiner les souliers cirés de mon guide mais non : il marchait dans le plus parfait silence. Un coup d'œil : il portait des Todd's en daim souple, qui rappelaient la couleur de ses cheveux.

Comme saint Pierre, Rutherford possédait les clés du paradis. À chaque porte, il manipulait son trousseau et se jouait de la serrure. Je risquai une question :

— Quelle est la fonction exacte de Son Éminence ?

— Vous sollicitez une entrevue et vous l'ignorez ?

— Monseigneur Corsi, à Catane, m'a simplement donné son nom. Il m'a précisé que Son Éminence pourrait m'aider dans mon enquête.

— Le cardinal van Dieterling est une figure majeure de la Congrégation pour la Doctrine de la Foi.

C'était le nouveau nom, depuis le concile Vatican II, du Saint-Office. Les héritiers des tribunaux de l'Inquisition et des bûchers en série. Les censeurs de la foi et des mœurs. Ceux qui décident, chaque jour, de la frontière entre le Bien et le Mal, entre l'orthodoxie et l'hérésie. Ceux qui traquent les déviances et les anomalies face à la ligne catholique. En termes d'anomalie, le cas d'Agostina se posait là.

Nouvelles clés, nouvelle salles, dont les murs supportaient de grandes fresques enluminées. Fontaines peintes, treillis de fleurs, figures saintes. Ces peintures rappelaient, dans leur douceur pastel, les mosaïques des villas romaines de l'Antiquité.

— Casimir van Dieterling, demandai-je encore, c'est de quelle origine?

— Vous êtes bien un policier, sourit le préfet. Vous voulez tout savoir. Son Éminence est d'origine flamande. Nous allons devoir monter et passer par le Salon Sixte-Quint, pour éviter les lecteurs.

— Il y a des lecteurs à cette heure-ci?

— Quelques séminaristes. Ils ont une dérogation.

Il fit encore cliqueter son trousseau. Un escalier. Un tour de clé et le Salon Sixte-Quint, appelé aussi la « grande salle Sixtine », s'ouvrit sur ses six piliers peints et ses deux nefs, immenses et dorées dans le soleil matinal. Les fresques sur les murs épuisaient le regard à force de frises, de détails, de personnages. Le plafond n'offrait pas un seul millimètre vierge. Le bleu de ses voûtes tranchait sur l'ambiance mordorée.

— Vous connaissez cette salle, n'est-ce pas?

J'acquiesçai. J'aurais pu citer, de mémoire, chaque lieu, chaque scène figurés par les peintures. Les anciennes bibliothèques qui avaient précédé la Vaticane depuis l'Antiquité, les conciles œcuméniques, les épisodes du pontificat de Sixte V. Et, sur chaque pilastre, les inventeurs de l'écriture, réels ou mythiques. J'avais sillonné ces lieux des centaines de fois, pour me rendre en salle de travail.

Nous traversâmes la pièce déserte, croisant, au centre, des vases géants de porcelaine à fond bleu et or, des crucifix et des chandeliers de bronze, des vasques de pierre polie. J'apercevais, par les grandes fenêtres de gauche, la cour du Belvédère.

Au bout de la salle, Rutherford ouvrit une nouvelle porte.

— Nous pouvons redescendre.

Toutes ces précautions sentaient le rendez-vous secret. À l'étage inférieur, un nouvel espace s'ouvrit, où trônaient des meubles-fichiers aux petits tiroirs étiquetés. Rutherford contourna un des meubles puis ajusta sa veste devant une porte close. Lorsqu'il leva la main pour frapper, je glissai une dernière question :

— Savez-vous pourquoi Son Éminence a accepté de me recevoir aussi rapidement ?

— C'est vous qui le savez, non ?

— J'ai mon idée, mais vous a-t-il dit quelque chose ?

Il frappa en souriant. Il désignait du regard le dossier entre mes mains :

— Vous possédez quelque chose qui l'intéresse.

66

Le cardinal Casimir van Dieterling se tenait debout, près de la fenêtre, dans un bureau spacieux, encombré de photocopieuses et de plantes vertes. Une table était surchargée de dossiers, de fiches, de livres. Sans aucun doute le bureau du préfet Rutherford lui-même. Ce lieu confirmait mes suppositions : le rendez-vous se déroulait en toute clandestinité.

L'homme portait la tenue des généraux de la cité vaticane quand ils ne sont pas de corvée de célébration. Robe noire à boutons rouges, sous un mantelet bordé d'écarlate ; ceinture de pourpre impériale ; calotte de soie sur le crâne, rouge elle aussi. Même dans cette tenue « casual », l'ecclésiastique n'avait pas l'aspect rugueux de l'archevêque de Catane. On évoluait désormais au sein de l'aristocratie de la foi.

Après quelques secondes, le cardinal daigna se tourner vers moi. C'était un géant – aussi grand que moi. Impossible de lui donner un âge : entre cinquante et soixante-dix ans. Un visage long, impérieux, comme cramoisi par le vent du large. Il ressemblait à un Irlandais : menton lourd, regard clair sous des paupières basses, carrure à soulever des tonneaux dans les ruelles de Cork.

— On m'a dit que vous aviez commencé le séminaire.

Je saisis le message. Je devais jouer le jeu dans les règles. Je m'approchai et posai un genou au sol.

— *Laudeatur Jesus Christus*, Éminence…

J'embrassai l'anneau cardinalice, au sommet de la main que l'homme d'Église me tendait. Il traça un signe de croix sur ma tête puis demanda :

— Quel séminaire ?

— Le séminaire français de Rome, dis-je en me relevant.

— Pourquoi n'avez-vous pas achevé votre formation ?

Il parlait français avec un léger accent flamand. Sa voix était grave, lente, mais son élocution précise. Il piquait ses syllabes comme de petites patates avec un cure-dent. Je répondis avec respect :

481

— Je voulais travailler sur le terrain.

— Quel terrain?

— La rue, la nuit. Là où règnent le vice et la violence. Là où le silence de Dieu est le plus complet.

Le cardinal se tenait de trois quarts. Le soleil éclaboussait ses épaules et faisait flamber sa nuque écarlate. Ses yeux d'un bleu turquoise perçaient le contre-jour :

— Le silence de Dieu est à l'intérieur de l'homme, j'en ai peur. C'est là que nous devons agir.

Je m'inclinai en signe d'acquiescement. Pourtant, je répliquai :

— Je voulais travailler là où ce silence engendre des actes. Je voulais agir là où le silence de Notre Seigneur laisse le champ libre au mal.

Le cardinal s'orienta de nouveau vers la fenêtre. Ses longues phalanges tapotaient le chambranle :

— Je me suis renseigné sur vous, Mathieu. Vous jouez les humbles mais vous avez visé l'acte suprême : le sacrifice. Vous vous êtes fait violence à vous-même. Vous êtes allé aux antipodes de ce que vous êtes réellement. Et vous en avez éprouvé une secrète satisfaction. (Il trancha la lumière saupoudrée avec ses longs doigts.) Ce rôle même de martyr est un péché d'orgueil !

L'entrevue virait au procès. Je n'étais pas disposé à me laisser faire.

— Je fais mon métier de flic, le mieux possible, c'est tout.

Le cardinal eut un geste qui signifiait « Laissons cela. » Il se tourna vers moi. Il portait sa croix pectorale comme tous les dignitaires du Saint-Siège : suspendue à une chaîne, mais retenue en hauteur à un des boutons de velours, traçant sur la robe noire deux anses souples. Ce crucifix était une cérémonie à lui seul.

— Dans votre lettre, vous parlez d'un dossier…

Je lui tendis ma chemise cartonnée. Sans un mot, il la feuilleta. Il prit le temps de lire certains passages, de contempler les photos. Aucune expression sur son visage. Seul, le cas Simonis paraissait l'intéresser. Il dit enfin, posant les documents sur le bureau :

— Asseyez-vous, je vous prie.

Un ordre plus qu'une invite. Je m'exécutai alors que lui-même s'installait derrière le bureau. Il joignit ses mains :

— Vous avez fait du bon travail, Mathieu. Nous manquons ici d'enquêteurs de votre calibre. Nous sommes trop occupés à enquêter les uns sur les autres.

Il saisit la chemise et la tendit au préfet, posté à mon côté. Il lui demanda, en italien, d'en effectuer des photocopies. Il ajouta qu'il fallait les faire ici. « Personne ne doit voir ça. » Ses yeux clairs revinrent se poser sur moi.

— J'ai appris que vous aviez rencontré Agostina Gedda hier matin.

Je songeai aux trois prêtres décharnés, aperçus dans le désert, et à la surveillance cléricale dont m'avait parlé Agostina.

— Qu'en pensez-vous ? demanda le cardinal.

— Elle m'a paru très… perturbée.

— Que dites-vous de son histoire – le miracle, puis le meurtre ?

483

— Je ne suis pas sûr de croire ni à l'un ni à l'autre.

— La guérison inexpliquée d'Agostina Gedda a été officiellement reconnue par le Saint-Siège.

Je devais peser chacun de mes mots :

— Je ne remets pas en cause la rémission de son corps, Éminence. Mais son esprit n'est pas celui d'une miraculée…

— … de Dieu. Bien sûr. Cependant, il y a une autre hypothèse…

— On m'en a parlé. Mais je ne crois pas au diable.

Le cardinal sourit de côté, découvrant ses dents irrégulières, biseautées. La photocopieuse, derrière nous, s'était mise en route.

— Vous êtes un chrétien moderne.

— Je pense qu'Agostina a surtout besoin d'un psychiatre.

— Elle a été expertisée, puis contre-expertisée. Du point de vue des spécialistes, elle est saine d'esprit. Parlez-moi plutôt de son crime. Quelles sont vos réserves ?

— Éminence, je travaille à la Brigade Criminelle de Paris. Le meurtre est mon quotidien. Ma spécialité. Agostina n'avait ni les moyens techniques ni les connaissances nécessaires pour commettre un crime aussi… sophistiqué.

— Quelle est votre idée ?

— Un seul tueur. Derrière le meurtre de Salvatore et celui de Sylvie Simonis. Mon affaire du Jura.

L'homme d'Église haussa les sourcils :

— Pourquoi Agostina Gedda aurait-elle avoué un meurtre qu'elle n'a pas commis ?

— C'est ce que je cherche à découvrir.

— Selon la police de Catane, elle a donné des détails que seul le coupable pouvait connaître...

— Mon intuition est difficile à expliquer, Éminence, mais je pense que cette femme connaît le tueur. Il lui a livré ces détails et elle l'a couvert, pour une raison inconnue. C'est mon hypothèse. Je n'ai pas la moindre preuve.

Le cardinal se leva. Je fis mine de l'imiter mais il m'ordonna, d'un geste, de rester assis. Il fit quelques pas, autour du bureau, puis déclara :

— Vous pouvez aller loin dans cette enquête. Et nous être très utile. (Il dressa un index légèrement crochu.) Vous pouvez aller loin, à condition d'être orienté...

Le préfet avait terminé les photocopies. Il les déposa sur le bureau et me rendit mon dossier. D'un signe de tête, van Dieterling le remercia. Le préfet recula, sans le moindre bruit. Les pupilles turquoise tombèrent de nouveau sur moi.

— Sur le fond, nous sommes d'accord vous et moi, murmura le cardinal. Agostina n'est pas l'assassin de Salvatore. Nous connaissons son identité.

— Vous...

— Attendez. Je dois d'abord vous expliquer certaines choses. Et vous devez en retour abandonner vos certitudes... rationnelles. Elles ne sont pas dignes de votre intelligence. Vous êtes chrétien, Mathieu. Vous savez donc que la raison n'a jamais

485

rien eu à faire avec la foi. Elle est même un de ses ennemis jurés.

Je ne comprenais pas où il voulait en venir mais j'avais une certitude : j'étais au bord de révélations capitales. Van Dieterling revint se poster face à la fenêtre :

— Vous devez d'abord oublier la guérison d'Agostina. Je parle de la rémission de son corps. Nous n'avons ni vous ni moi les moyens de juger de son caractère miraculeux. En revanche, nous pouvons nous intéresser à son esprit. C'est notre spécialité ! Notre territoire absolu.

— Éminence, pardonnez-moi, mais je ne vous suis pas très bien…

— Allons droit au but. Nous avons l'intime conviction – je veux parler de l'autorité que je représente, la Sainte Congrégation pour la Doctrine de la Foi – que l'esprit d'Agostina a été le théâtre d'un phénomène surnaturel. Une visite.

— Une visite ?

— Savez-vous ce qu'est une Expérience de Mort Imminente ? En anglais, l'expression consacrée est NDE : « Near Death Experience ». On parle aussi parfois de « mort temporaire ».

Un souvenir perça ma mémoire. Les renseignements que j'avais récoltés à ce sujet sur le web, lorsque je cherchais des informations sur le coma. Je résumai :

— Je sais qu'à l'approche de la mort, certaines personnes ont une hallucination. Toujours la même.

— Connaissez-vous les étapes de cette « hallucination » ?

— La personne inanimée a d'abord le sentiment de quitter son corps. Elle peut par exemple observer l'équipe de secours qui s'affaire autour de sa propre dépouille.

— Ensuite?

— Elle éprouve la sensation de plonger dans un tunnel obscur. Parfois, elle aperçoit à l'intérieur des proches décédés. Au bout du tunnel, une lumière grandit et l'inonde, sans l'éblouir.

— Vos souvenirs sont plutôt précis.

— J'ai lu des textes sur ce thème il y a peu de temps. Mais je ne vois pas ce que…

— Continuez.

— Selon les témoignages, cette lumière possède un pouvoir. La personne se sent emplie par un sentiment indicible d'amour et de compassion. Parfois, ce sentiment est si agréable, si grisant que l'inanimé accepte de mourir. C'est en général à ce moment qu'une voix l'avertit qu'il n'est pas temps de disparaître. Le patient reprend alors conscience.

Van Dieterling s'était rassis. Il affichait une moue maussade mais ses yeux brillaient :

— Que savez-vous encore?

— À son réveil, le survivant se souvient parfaitement de son voyage. Sa conception du monde s'en trouve modifiée. D'abord, il n'a plus peur de la mort. Ensuite, il perçoit son entourage avec plus d'amour, de générosité, de profondeur.

— Bravo. Vous maîtrisez votre sujet. Vous ne devez pas ignorer non plus la dimension mystique de cette expérience…

J'avais l'impression de passer un grand oral. Et je

ne saisissais toujours pas l'enjeu de l'interrogatoire.

— Les composantes sont les mêmes chez tous
les témoins, repris-je, mais les connotations religieuses diffèrent selon l'origine et la culture de la
personne. Dans le monde occidental, cette lumière
est souvent assimilée à Jésus-Christ, l'être de
lumière et de compassion par excellence. Mais cette
expérience est aussi décrite dans le *Livre des morts
tibétain*. Il y a également, je crois, une évocation de
la vie après la mort, chez Platon, dans la *République*, qui reprend les caractéristiques de ce voyage.

Le soleil s'avançait dans le bureau. Il dessinait
sur la table des figures géométriques, blanches et
éclatantes. Le cardinal conservait les paupières
baissées sur son anneau pastoral. Le rubis palpitait
dans la lumière. Il leva les yeux :

— Vous avez raison, fit-il. Ces expériences sont
vécues partout dans le monde et leur nombre ne
cesse de croître, grâce notamment aux techniques
de réanimation qui permettent d'arracher des milliers de personnes à la mort chaque année. Savez-
vous que sur cinq victimes d'infarctus ayant entraîné
un coma momentané, une personne au moins
connaît une NDE ?

Je me souvenais du chiffre. Le cardinal hocha
doucement la tête – il ménageait son suspense. Il
finit par murmurer :

— Nous pensons qu'Agostina a subi une expérience de ce type, juste avant de guérir, quand elle
a sombré dans le coma, après son retour de
Lourdes.

— C'est ce que vous appelez une « visite » ?

— Nous pensons que cette expérience était d'un type particulier.

— Dans quel sens ?

— Négative. Une Expérience de Mort Imminente négative.

Je n'avais jamais entendu parler de ça. Van Dieterling se leva à nouveau, et attrapa sa robe d'un geste nerveux :

— Il existe des plongées, beaucoup plus rares, où le sujet éprouve une forte angoisse. Ses visions sont effrayantes, l'approche de sa mort le terrifie et il ressort de sa traversée déprimé, apeuré. Parmi ces expériences, un petit groupe vit même l'inversion absolue de la NDE classique. Le sujet a l'impression de quitter son corps mais au bout du tunnel, il n'y a pas de lumière. Seulement des ténèbres rougeâtres. Les visages qu'il aperçoit ne sont pas ceux de proches emplis de sollicitude mais des figures de suppliciés, gémissantes, torturées. Quant à l'amour et la compassion, ils sont remplacés par l'angoisse et la haine. Lorsque le patient se réveille, sa personnalité est diamétralement changée. Inquiète, agressive, dangereuse.

Le cardinal parlait le visage baissé, tout en marchant. Sa soutane de laine noire traversait les éclaboussures de soleil. Chaque mot paraissait susciter en lui une sourde colère. Il reprit :

— Je n'ai pas besoin de vous expliquer la signification métaphysique d'une telle expérience. Les rescapés ne croient pas avoir contemplé la lumière du Christ mais son contraire.

— Vous voulez dire qu'ils pensent avoir rencontré…

— Le diable, oui. Au fond des limbes.

Je soufflai, après plusieurs secondes :

— C'est la première fois que j'entends parler de ce phénomène.

— Cela signifie que nous travaillons bien. Le Saint-Siège s'efforce, depuis des siècles, de cacher ce type de visions. Ce serait donner un nouveau crédit au démon.

— Au fil des siècles ? Vous voulez dire qu'il existe des témoignages anciens ?

Van Dieterling retrouva son sourire dur :

— Il est temps pour vous de faire connaissance avec les Sans-Lumière.

— Quel nom avez-vous dit ?

— Depuis l'Antiquité, ces réanimés négatifs portent un nom. Les Sans-Lumière. Les *Sine Luce*, en latin. Les survivants des Limbes. Nous avons regroupé ici, dans notre bibliothèque, leurs témoignages. Venez. Nous vous avons préparé une sélection.

Je ne me levai pas tout de suite. Pour moi-même, je murmurai :

— Sur la scène de crime où on a retrouvé le corps de Sylvie Simonis, il y avait une inscription, dans l'écorce d'un arbre. *« Je protège les Sans-Lumière… »*

La voix rugueuse de van Dieterling s'éleva au-dessus de moi :

— Il est temps que vous compreniez, Mathieu. Ces meurtres forment un tout. Ils appartiennent au même cercle. Un cercle infernal.

Je me tournai vers l'ecclésiastique :

— Agostina a vécu une expérience négative ? Elle est une Sans-Lumière ?

Le cardinal fit signe au préfet, qui ouvrit la porte, puis me répondit :

— La pire de toutes.

67

De nouveau, les couloirs.

De nouveau, le préfet et ses clés de saint Pierre.

Nous étions les voyageurs clandestins de la Vaticane.

Mais nous n'étions plus seuls : deux prêtres aux carrures de culturistes nous escortaient. Le cardinal, qui dépassait en taille ses gardes du corps, marchait en tenant sa robe, d'une démarche rapide et puissante. Sa croix pectorale, ou un chapelet que je n'avais pas vu, cliquetait au rythme de ses pas.

Nouvel escalier. Rutherford déverrouilla une porte. On progressait désormais dans les sous-sols. D'après mes estimations, nous devions marcher sous la cour de la Pigne. J'avais entendu parler de ces archives secrètes du Vatican. Les vraies : pas celles qui étaient ouvertes aux chercheurs. La réserve qui contenait la mémoire cachée du Saint-Siège.

Il n'était plus question de tableaux ni de ciselures. Les plafonds de béton étaient nus et striés. Les lampes se limitaient à des ampoules grillagées. Les salles se succédaient, où s'alignaient des dossiers jaunes ou beiges, pressés sur des structures d'acier. Nous aurions pu être dans les archives de n'importe quelle organisation administrative. L'odeur de papier et de poussière prenait à la gorge. Ni van Dieterling ni Rutherford ne daignaient commenter la visite.

Une autre porte, un tour de clé.

Un espace de taille humaine se révéla, plongé dans un demi-jour. Sur les murs, des étagères supportaient des centaines de livres. On sentait que la qualité de l'air était préservée, travaillée, l'objet d'une attention sans faille. Rutherford confirma :

— La température n'excède jamais ici dix-huit degrés. Et l'humidité est contrôlée. 50 % maximum…

Je m'approchai des reliures grises aux dos incrustés de lettres dorées. Tous ces livres portaient le même titre. INFERNO 1223, INFERNO 1224, INFERNO 1225… La voix de van Dieterling retentit derrière moi :

— Vous savez ce qu'est l'enfer dans une bibliothèque, n'est-ce pas ?

— Bien sûr, dis-je sans quitter des yeux les dos numérotés. C'est la pièce où on consigne les textes interdits : livres érotiques, ouvrages violents, tous les sujets soumis à la censure…

Il s'approcha et posa ses longs doigts sur les reliures serrées :

— Tous les policiers devraient être des intellectuels. Tous les policiers devraient avoir fait le séminaire… Au Vatican, nous nous devions d'avoir une spécificité. Nous possédons ici un « enfer dans l'enfer », où sont répertoriés les livres qui traitent du diable.

— Tous ces ouvrages parlent du démon?

— Un thème fécond, qui nous a toujours inté-ressés.

Il désigna une embrasure que je n'avais pas remar-quée, au fond de la pièce.

— Je vous en prie.

Je découvris une autre pièce, plus petite encore. Un bureau trônait au centre, supportant un ordina-teur et une lampe basse : une salle de lecture.

— Dans cet enfer, continua le dignitaire, nous avons créé un « sous-enfer », exclusivement consa-cré aux Sans-Lumière.

Les livres gris sur les rayonnages. Les mêmes incrustations dorées : INFERNO...

— Nous avons réuni ici tous les témoignages qui concernent les NDE négatives. Des textes mais aussi des tableaux, des dessins, des évocations en tout genre. C'est une expérience rare, mais qui s'est répétée à travers les siècles, dont nous trouvons les traces dans les civilisations les plus anciennes. Les mots changent, les croyances aussi, mais c'est tou-jours la même histoire. La décorporation, le tunnel, l'angoisse, le démon...

— Pourquoi les cachez-vous?

— Je vous l'ai dit. Nous ne voulons donner aucun crédit au Malin. Imaginez que les médias s'empa-rent d'un tel secret. Un voyage psychique qui permet d'entrer en contact avec le diable. Pendant des mois, on n'entendrait plus parler que de ça. Le satanisme connaît déjà un regain d'intérêt. Rien qu'en Italie, nous estimons actuellement à trois mille le nombre des sectes sataniques. Nous n'avons pas besoin d'aggraver le problème.

Le cardinal tira une chaise devant le bureau :

— Installez-vous. Nous vous avons préparé quelques textes significatifs.

Avant que je puisse m'asseoir, van Dieterling chaussa ses lunettes et tapa un code sur le clavier de l'ordinateur. Je vis apparaître les armes du Saint-Siège : la tiare et les deux clés croisées de saint Pierre.

— On ne peut vous proposer les documents d'origine. Personne ne les a touchés depuis des années.

Il saisit la souris qui commandait le curseur.

— Lisez et mémorisez, dit-il en cliquant sur une icône. Nous ne vous laisserons emporter aucun document. Pas une ligne ne peut franchir le seuil de cette salle.

Je m'installai. Le programme tournait déjà.

— Je vous laisse avec cette légion terrible, Mathieu. La légion des maudits. Qu'ils soient pardonnés. *Lux aeterna luceat eis, Domine.*

68

Le premier texte numérisé datait du VIIe siècle avant notre ère. D'après les commentaires d'introduction, c'était un fragment d'une tablette d'argile découverte parmi les ruines du temple de Ninive, ancienne ville d'Assyrie, aujourd'hui située en Irak. Une version tardive d'un épisode de l'épopée de Gilgamesh, héros sumérien, roi d'Uruk. Le programme proposait une image scannée de l'extrait, rédigé en écriture cunéiforme, et une transcription en italien moderne.

Dans cet épisode, Gilgamesh voyageait hors de son corps puis chutait dans un gouffre noir, au fond duquel brillait une lumière rouge, bourdonnante de mouches et de visages. Un démon l'attendait dans ces ténèbres. Le fragment d'argile s'achevait au moment où Gilgamesh dialoguait avec la créature.

Je cliquai sur le second nom de la liste. La photographie d'une fresque. D'après la légende, cette série de dessins décoraient la chambre funéraire d'une reine, à Napata, ville sacrée du nord du Soudan, située sur le Nil. La civilisation koushite s'était développée à l'ombre des Égyptiens, aux environs du VIe siècle avant notre ère. Le commentaire précisait que ces dynasties de rois, surnommés les « Pharaons noirs », étaient encore mal connues. Mais la fresque, du point de vue des « Sans-Lumière », n'offrait aucune ambiguïté.

On distinguait une femme noire allongée, au-dessus de laquelle émergeait une autre femme, plus petite. Symbole évident : la décorporation. La seconde silhouette s'acheminait dans un couloir sombre, où étaient dessinés, en tracés plus clairs, des visages. Au bout du passage, un tourbillon rouge, une sorte de siphon, s'ouvrait sur un œil noir.

Je passai au troisième document, comprenant que les témoignages de Sans-Lumière étaient apparus avec l'art et l'écriture. Peut-être trouverait-on un jour un dessin rupestre évoquant la funeste expérience… Le nouveau texte était un palimpseste : le texte grec avait été effacé pour laisser place à un extrait de l'épître aux Romains de saint Paul, rédigé en latin. Récupérées, les lignes initiales dataient du Ier siècle avant notre ère.

Je tentai d'abord de lire le fragment en langue originale mais mes connaissances en grec ancien étaient trop limitées. Je m'attachai à la traduction en italien moderne. Le texte racontait l'histoire d'un homme qui, pris pour mort, avait failli être enterré à Tyr et s'était réveillé à l'ultime moment. L'homme décrivait son expérience dans le néant :

> *« Je ne voyais plus aucun des objets que j'avais coutume de voir mais une vallée d'une prodigieuse profondeur. Au fond, je discernais des visages et des cris… »*

Je ne pouvais ouvrir tous les documents – la liste était longue et le temps courait. Je fis descendre mon curseur et cliquai sur la dixième ligne, enjambant d'un coup plusieurs siècles. La reproduction d'une fresque de bois peint de la chapelle des Moines, à Sercis-la-Ville (Saône-et-Loire), datant du Xe siècle. Une représentation, en plusieurs vignettes, du miracle de saint Théophile. Je connaissais la légende, très populaire au Moyen Âge. L'histoire d'un économe, en Asie Mineure, qui avait vendu son âme au diable. Pris par le remords, l'homme avait prié la Vierge, qui avait arraché le contrat à Satan et l'avait rendu au pécheur repenti, devenu un saint.

Sur cette fresque, la scène du dialogue avec Satan ne représentait pas Théophile en train d'écrire la charte avec son sang, comme dans le récit habituel. Théophile volait dans les airs, les yeux clos, au-dessus d'un couloir tapissé de visages. Au fond, on distinguait une figure grimaçante, fissurée, dont les traits affleuraient un tourbillon. Aucun doute : l'artiste s'était inspiré d'une expérience de mort imminente négative, vécue ou rapportée.

Je sautai encore plusieurs extraits pour m'arrêter sur un poème du XIVe siècle, signé par un certain Villeneuve, disciple de Guillaume de Machaut. Poète et théoricien de la cour de Charles V, puis de Charles VI, précisait le commentaire, Villeneuve avait failli être enterré vivant, à la suite d'un accident de cheval. Il s'était réveillé le jour de ses funérailles et n'avait pas voulu évoquer son expérience. Pourtant, dans l'un de ses poèmes, on notait ce passage, traduit de l'ancien français en ancien italien par les scribes du Vatican :

> *« ... je connais lieux ténébreux*
> *sans clarté ni lumière*
> *ni cieux ni limbe ni enfer*
> *mon âme du corps se deppart*
> *et sans fin vole dans le noir... »*

Une note était ajoutée. Les annales juridiques de Reims attestaient que Villeneuve, onze ans après cet accident, en 1356, avait été pendu pour avoir assassiné trois prostituées. La confirmation de l'exposé de van Dieterling : ceux qui vivaient l'expérience inversée devenaient des êtres de violence et de cruauté.

Attesté encore par l'exemple suivant, tiré des

Archives du Saint-Office de Lisbonne. Le fragment, de 1541, retraçait l'interrogatoire d'un dénommé Diogo Corvelho. J'avais étudié cette période. Au XVIᵉ siècle, l'Inquisition était revenue en force dans l'empire de Charles Quint. Il ne s'agissait plus de poursuivre des possédés mais des hérétiques d'une autre espèce : des juifs convertis au catholicisme, soupçonnés de poursuivre leur culte d'origine en secret.

L'extrait rapportait toutefois l'interrogatoire d'un véritable possédé – un natif de Lisbonne, accusé de commerce avec le diable, mais aussi de mutilations et de meurtres sur des enfants. Un extrait était retranscrit en italien.

Diogo Corvelho évoquait une « *blessure du corps... par laquelle son âme s'était échappée* ». Il parlait d'un « *puits de ténèbres animées* » et d'un « *démon, prisonnier dans des glaces rougeâtres* ». Les Inquisiteurs étaient revenus sur ce point – ils étaient plutôt habitués à des aveux stéréotypés, du type « flammes de l'enfer » et « bête aux yeux de braise ». Mais Corvelho avait répété, variant les termes : « glace », « givre », « croûte ». Il décrivait aussi, derrière cette paroi, un « *visage blessé, laiteux, percé d'éclairs, et comme recouvert d'une membrane...* »

Au passage, je remarquai que tous ces termes se retrouvaient dans les écrits apocryphes des premiers siècles chrétiens qui décrivaient l'enfer – avaient-ils, eux aussi, été influencés par les visions des Sans-Lumière ?

Corvelho avait été exécuté dans le deuxième autodafé de Lisbonne, en 1542, avec des centaines de juifs accusés d'hérésie. Une note à son sujet avait été expédiée au Saint-Siège. Le Palais Apostolique regroupait déjà les auteurs de ces témoignages sous le nom de « Sans-Lumière ». On les appelait aussi les « passagers des Limbes ».

Je regardai ma montre : presque 14 heures. Je devais accélérer. Je parcourus rapidement les témoignages des XVIIe et XVIIIe siècles. Désormais, les hommes du Saint-Office cherchaient toujours à connaître le destin du témoin. Chaque fois, c'était la même chute. Viols, tortures, meurtres. De la chair à gibet ou à échafaud.

Les passagers des limbes.

Une armée d'assassins à travers l'histoire.

Je m'arrêtai au hasard sur une citation plus longue, datant du XIXe siècle. Dans les années 1870, un médecin criminologue français, Simon Boucherie, avait recueilli les témoignages de nombreux assassins emprisonnés. Il espérait constituer des archives sur la déviance et découvrir les causes de la pulsion de meurtre. Boucherie en identifia deux principales, apparemment contradictoires : le fait social : « on ne naît pas criminel, on le devient, à cause de la société et de l'éducation », et le facteur héréditaire : « on naît criminel : un mauvais réglage dans le sang porte à la violence ».

Je connaissais ce crimonologue et ses théories fumeuses. Ce que j'ignorais, c'était que l'homme, à la fin de sa vie, s'était consacré à une troisième voie : celle de la « visite ».

Son cas d'école était Paul Ribes, incarcéré en 1882 à la prison Saint-Paul de Lyon. Tueur multi-récidiviste, Ribes avait été arrêté pour le meurtre d'Émilie Nobécourt – il avait poignardé sa victime, l'avait dépecée, puis sectionnée en douze parties. Sous les verrous, l'homme avait avoué huit autres meurtres, toujours perpétrés dans le quartier de la Villette à Lyon.

Quand Boucherie lui demanda d'écrire son expérience criminelle, Ribes insista sur ce qu'il appelait la « source de son malheur » – un évanouissement prolongé, à la suite d'un traumatisme crânien, à l'âge de vingt ans. Les enquêteurs pontificaux s'étaient procuré l'original du témoignage. Mon dossier comportait l'échantillon scanné du texte manuscrit – je choisis de le lire ainsi, rédigé par la main maladroite du tueur lyonnais :

« … Pendant que j'étais sans conscience, j'ai rêvé. Les docteurs me disent que c'est impossible, mais je le jure : j'ai rêvé. [...] Je suis parti de mon corps. Quand j'écris cela, moi-même je ne peux pas l'expliquer mais je n'étais plus dans mon corps. Je flottais dans la salle du dispensaire. Je me rapprochais du plafond et j'éprouvais une peur qui m'entourait comme un brouillard... Je me souviens : j'entendais le souffle des lampes à gaz, je sentais leur odeur...

« … Puis j'ai traversé le plafond. Je ne savais plus où j'étais. Tout était noir. Au bout d'un certain temps, j'ai repéré un orifice, un puits, juste en dessous de moi. Je pouvais voir les pierres des parois. C'étaient des visages. Des gens qui hurlaient en silence. C'était affreux. En regardant le fond du puits, j'ai été pris d'un vertige et je suis tombé...

« Je voulais crier mais la vitesse m'en empêchait – de toute façon, je n'avais plus de visage, plus de bouche, plus rien... Et puis, peu à peu, les

500

gémissements m'ont bercé, les visages, dans leur souffrance, m'ont apaisé... Ces têtes sanglantes (elles étaient blessées) devenaient des vêtements chauds, doux, réconfortants...

« Alors, je l'ai vu. Sous une croûte rouge, il était là, rôdant, tournant, tout près de la paroi... Il m'a parlé. Je ne pourrais pas dire quel langage il a utilisé mais je l'ai compris, oh oui, je l'ai compris, au fond de moi. Ma vie entière, depuis ma naissance, est devenue pure, transparente – et plus encore ce que j'allais vivre, ce que j'allais faire... Je ne peux pas dire plus, mais je supplie ceux qui me liront de me croire : quoi que j'aie fait, je n'avais pas le choix. Je n'ai plus jamais eu le choix... »

Paul Ribes avait été transféré en mai 1883 à Riom. De là, il avait été emprisonné à Saint-Martin-de-Ré, sur l'île de Ré, puis envoyé au bagne de Cayenne. Il y était mort cinq ans plus tard, en août 1888, de la malaria. D'après un rapport du médecin du bagne, Ribes avait dit durant son agonie : « *Je n'ai pas peur de la mort. J'en viens.* »

Les enquêteurs du Saint-Siège avaient ajouté une deuxième note. Le Dr Boucherie lui-même avait été assassiné en 1891, alors qu'il travaillait toujours sur la « troisième voie », cherchant à travers le monde de nouveaux témoignages. Il avait été poignardé dans les environs de la prison de Piedras Negras, près de Lima, au Pérou.

Je songeai à Luc. Il aurait apprécié ces témoignages. Et une vérité m'apparaissait maintenant. Un pivot capital de mon enquête. « J'ai trouvé la gorge », avait-il dit à Laure. Il parlait de cette Expérience de Mort Imminente négative. Il aurait pu aussi dire : « J'ai trouvé le puits » ou « le gouffre », un des termes utilisés par ces miraculés. Oui, Luc avait découvert la trace des Sans-Lumière. Était-il venu ici ? Avait-il passé un accord avec van Dieterling ? Non. Dans ce cas, le cardinal n'aurait pas été intéressé par mon dossier. Quelle voie avait-il empruntée ? Comment avait-il découvert l'armée des limbes ?

Je survolai les dossiers suivants, dont l'extrait d'un ouvrage anglais *Phantasms of the Living* (1906), qui reprenait un passage du journal de l'aumônier de la prison de Birmingham dans les West Midlands. Le religieux, paniqué, évoquait le cas d'un possédé dans l'établissement, « *un homme qui avait voyagé hors de son corps et avait rencontré le démon* ». Il sollicitait pour le détenu une place au Manchester Royal Lunatic Hospital, un important établissement psychiatrique de l'époque.

Je m'arrêtai sur un cas similaire, signalé trente ans plus tard par un couple de chercheurs américains, Joseph Banks et Louisa Rhine, les pionniers de la parapsychologie scientifique. Ces chercheurs de l'université de Duke, en Caroline du Nord, avaient collecté des milliers de déclarations sur des expériences inexpliquées. Ils citaient, dans leurs archives, le cas de Martha Battle, déclarée morte puis ranimée, en 1927, à Minneapolis, Minnesota. Selon ses proches, la femme à son réveil avait perdu la raison. Elle prétendait avoir voyagé dans une « vallée obscure », où « Satan l'attendait pour lui faire l'amour ». Martha avait été arrêtée deux ans plus tard, après avoir empoisonné ses sept enfants, puis avait été exécutée par pendaison dans l'État du Missouri.

Je m'attendais, d'un instant à l'autre, à voir la porte de la salle s'ouvrir. Je lus pourtant un autre témoignage. Un chapitre des carnets personnels de John Goldblum, psychiatre américain qui, dans le cadre du tribunal militaire de Nuremberg, en janvier 1946, avait interrogé des chefs nazis, en vue d'expertises psychiatriques.

Parmi les officiers interrogés, le médecin Karl Lierbermann, qui avait sévi dans les camps de Sachsenhausen et d'Auschwitz, répondait au profil typique du Sans-Lumière. Les censeurs du Saint-Office avaient traduit un passage de son interrogatoire par Goldblum :

« *Je ne travaillais pas pour le Führer, ni pour le IIIᵉ Reich.*

— Pour qui alors ?

— Tout ce que j'ai fait, je l'ai fait sur son ordre.

— De qui parlez-vous ?

— Dans ma jeunesse, avant la guerre, j'ai eu une expérience.

— Quelle expérience ?

— Un accident cérébral. Je suis mort et j'ai ressuscité.

— Quel rapport avec vos... travaux ?

— Lorsque j'étais mort, il est entré en contact avec moi.

— Qui est "il" ?

— Satan. La Bête. Le Tentateur. Le Mauvais. Appelez-le comme vous voudrez. Chaque nom ne sera qu'un mensonge de plus. Une tentative manquée pour le caractériser.

(Silence.)

— *C'est tout ce que vous avez trouvé, comme système de défense?*

— *Je n'ai pas à me défendre.*

(Silence.)

— *Ce diable, comment était-il?*

— *Il n'a pas d'apparence. Il n'en a pas besoin. Il est en nous.*

— *Que vous a dit ce diable?*

— *Il ne s'est pas exprimé. Pas au sens où vous l'entendez.*

— *Que voulait-il? Comment décrire ce qu'il voulait?*

— *Vous voulez connaître sa volonté? Regardez ce que j'ai fait dans les camps. Regardez ce que mes mains ont injecté. Avant ma mort cérébrale, ma vie était une question. Après, ma vie a été la réponse. »*

La conclusion du dossier précisait :

« Karl Liebermann a été condamné à mort et exécuté en mars 1947, notamment pour sa responsabilité dans la série d'expériences humaines réalisées avec le gaz mortel "ypérite" à Sachsenhausen, en 1940, puis pour sa contribution aux expériences sur les basses températures et sa participation au programme de stérilisation, incluant la castration et l'exposition aux rayons X, dans le camp d'Auschwitz. »

Les passagers des limbes. La légion des ténèbres. Pas seulement des assassins, mais des tortionnaires, des sadiques, des manipulateurs, agissant dans tous les registres du mal. À la manière d'anges noirs, qui multiplieraient les visages…

Je me cramponnais à l'idée que ces hommes et

ces femmes avaient subi un traumatisme psychique, point final. Mais la tentation était grande de conclure qu'ils avaient croisé le diable, le vrai, entre la vie et la mort. Un diable qui guettait ses candidats aux confins de la conscience humaine. Une puissance négative qui attendait que la porte s'ouvre pour happer les âmes, comme les trous noirs aspirent la lumière dans leur champ cosmique.

16 heures.

Il restait encore de nombreux témoignages, dont les dates étaient de plus en plus resserrées. J'en survolai quelques-uns. Une femme chypriote en service de réanimation qui s'était sentie fondre dans un bloc de glace alors que ses mains brûlaient, jusqu'au moment où elle avait vu jaillir une « lumière rose »... Un homme ayant subi un infarctus, qui assimilait les poches de perfusion suspendues à des crochets de boucher. Après la décorporation, il avait plongé dans un tunnel où une voix l'avait averti : « Tu vas mourir. » Alors seulement, le calme était survenu et il avait vu apparaître une forme zoomorphe derrière une croûte rougeâtre...

Je cliquai au hasard sur l'extrait d'un rapport de la police fédérale de Saint Louis, Missouri, États-Unis, daté du 2 mai 1992, signé du détective Sam Hill. Le rapport concernait le décès d'Andy Knightley, seize ans, abattu à bout portant, à une heure du matin, dans le quartier du Septième District. « Le dernier », me dis-je pour moi-même.

Andy avait été retrouvé mort, frappé à la poitrine par une décharge de fusil à pompe calibre 12 dans le Septième District. La note précisait qu'il s'agissait d'un ghetto de Saint Louis, 100 % noir, où s'affrontaient deux gangs, les Grips et les Bloods. Andy Knightley était donc un Afro-Américain pur jus.

La suite du texte était plus étonnante. Les urgentistes avaient réussi à réanimer Andy (le détective Hill l'appelait « deadman »). Au sixième électrochoc, le cœur avait battu de nouveau. Placé sous oxygénation et perfusion, Andy avait été transféré au service de réanimation de l'hôpital baptiste de Saint Louis. Dix jours plus tard, le voyou, menotté à son lit d'hosto, était interrogé par Sam Hill.

Le dossier informatique proposait un enregistrement sonore, envoyé par les services de police de Saint Louis. Un commentaire mettait toutefois en garde contre l'accent afro-américain du jeune « gangsta », ainsi qu'une particularité liée aux gangs – Andy Knightley, en tant que membre des Grips, n'avait pas le droit de prononcer la lettre « B », la lettre de l'ennemi – les Bloods. Il avalait donc chaque fois cette consonne.

Je tentai ma chance avec l'enregistrement audio. Je ne pouvais résister à la tentation d'entendre de vive voix un témoignage vécu.

Je passai en vitesse rapide l'interrogatoire jusqu'au passage-clé :

> « Mec, je me suis senti partir.
> — Tu t'es senti mourir ?
> — Non, mec. J'ai quitté mon corps.
> — Comment ça ?
> — J'peux pas t'expliquer. Mais j'étais plus dans mon corps. Je volais au-dessus de la rue, alors que les flics arrivaient avec leurs bagnoles. J'pouvais

voir tournoyer leurs lumières, et tout mon quartier.
Mec, un vrai trip : comme dans un hélicoptère.

— *Tu étais réveillé ?*

(Ricanements.)

— *Mec, j'étais mort. J'le savais et j'm'en foutais.*
Le phare m'appelait.

— *Quel phare ?*

— *Le phare rouge, au fond du trou.*

— *Tu avais pris de la drogue.*

— *J'étais mort et le phare était au fond du trou.*
Tu piges ?

— *Continue.*

— *Je flottais là-dedans. Comme dans un canyon,*
avec des parois qui bougeaient. Et y avait des voix
qui pleuraient.

— *Quelles voix ?*

— *Des visages. C'était sombre, mais on pouvait*
les voir quand même. Comme une télé mal réglée.

— *Qu'est-ce que disaient ces... visages ?*

— *Y pleuraient, c'est tout. J'en ai reconnu pas*
mal... Y avait même ma mère.

— *Ils pleuraient parce que tu étais mort ?*

(Ricanements.)

— *J'crois pas que ma mère pleurera le jour de ma*
mort.

— *Pourquoi pleuraient-ils ?*

— *Ils avaient mal. Ils avaient peur.*

— *De qui ?*

— *Du phare. La lumière rouge se rapprochait.*
Comme un œil.

— *Un œil ?*

— *Ouais, mec. Un œil sanglant, qui... respirait.*
Et me disait des trucs...

— *Quels trucs ?*

— *Impossible de te dire.*

— *Tu ne comprenais pas ?*

— *Je comprenais. Mais c'est un secret.*

— *Qui te parlait ? Une présence… divine ?*

(Éclats de rire).

— *Mec, t'as pas compris : celui qui me parlait, c'était Lucifer.*

— *Le diable ?*

— *Oh ouais, l'œil, le sang et la voix. J'ai bien compris le message.*

— *Quel message ?*

— *Mec, je suis sur la bonne route. T'as rien d'autre à savoir.* »

L'extrait s'achevait sur cette conclusion en forme de prophétie. Et en effet une note précisait qu'Andy Knightley avait été abattu l'année suivante par les hommes du SLPD (Saint Louis Police Department), après avoir tué onze personnes dans une église de sa propre confession. Selon les témoignages, Andy hurlait qu'il y avait des Bloods partout alors que la paroisse, en pleine messe, n'était remplie que de femmes et d'enfants.

J'avais ma dose. J'attrapai mon carnet. Van Dieterling ne pouvait m'empêcher de prendre des notes. J'écrivis à la va-vite les points communs entre ces témoignages. Je résumai à quelques mots chaque étape : « décorporation », « gouffre, puits, vallée, tunnel, orifice, canyon, caverne », « visages, gémissements », « angoisse, bien-être », « lumière rouge, phare, œil », « glace, givre, lave, sang », « diable, malin, "il", Lucifer »…

Je levai mon stylo, saisi par une vérité stridente.

En découvrant la « gorge » et les Sans-Lumière, Luc n'avait pas été terrifié, comme moi. Encore moins sceptique. À ses yeux, cette expérience était un véritable moyen pour entrer en contact avec le diable. La preuve physique de la puissance noire en laquelle il avait toujours cru.

Qu'avait-il découvert ensuite pour renoncer à son enquête – et à sa propre vie ? D'un revers de manche, j'essuyai la sueur sur mon front. Je glissais mon carnet dans ma veste quand la voix du cardinal retentit derrière moi :

— Convaincu ?

69

La question n'appelait pas de réponse. Je tournai la tête. Le cardinal van Dieterling s'avança. On aurait dit qu'il glissait sur le sol. Je demandai :

— Agostina Gedda appartient donc à cette série ?

— Elle nous a livré son expérience, oui. Je suppose qu'elle vous en a parlé.

— Elle a plutôt évoqué un rêve. Le diable lui aurait inspiré sa vengeance. Selon elle – ou plutôt selon « lui » –, c'est Salvatore qui l'a poussée de la falaise, lorsqu'elle avait onze ans.

— C'est la vérité. Nous avons vérifié. Nous avons retrouvé les autres enfants présents.

— Elle peut s'en être souvenue elle-même, non ?

— Arrêtez de nier les évidences : vous gagnerez du temps.

Agostina m'avait dit exactement la même chose. Je me levai pour être à la hauteur du religieux. Derrière moi, Rutherford fermait déjà l'ordinateur. J'attaquai de front l'homme en noir et pourpre :

— Éminence, quelle est votre conviction ? Croyez-vous vraiment que le démon soit apparu à Agostina ? Qu'il soit apparu à tous ces réanimés ? Je veux dire : un diable réel ? Une puissance inspiratrice et destructrice ?

Van Dieterling ne répondit pas. Je repris conscience de la fraîcheur et de l'humidité de la pièce. Il articula enfin, passant la main sur les dos ternes et dorés des reliures :

— Peu importe ce que je pense. Agostina a vécu une expérience psychique qui l'a transformée. Cette modification a été lente. Elle a pris dix-huit ans. Mais à l'arrivée, la miraculée de Paterno était une meurtrière. *Abyssum abyssus invocat.*

« L'abîme appelle l'abîme. » J'attrapai la balle au bond :

— Justement. Je serais partisan de croire à un « simple » traumatisme psychique. Une hallucination qui a changé sa personnalité. Mais il y a la guérison physique. Tout à l'heure, vous êtes passé rapidement sur cette rémission. Ce prodige pourrait être une preuve concrète de l'existence du démon. Il aurait sauvé l'enfant et lui serait apparu au même moment. Et sans doute d'autres fois, beaucoup plus tard.

L'ecclésiastique eut son sourire en coin :

— Mais vous ne croyez pas à Satan…

— Je me fais l'avocat du diable. Tous ces témoignages parlent d'une présence, derrière une lumière rouge. Un être de ténèbres qui leur a parlé. Et j'ai remarqué qu'ils refusent tous de traduire cet échange…

— Le Serment des Limbes.

— Quoi ?

— Le pacte du Malin. Une très ancienne tradition lui a donné ce nom : le Serment des Limbes.

— Qu'est-ce que ça veut dire ?

— Le diable ne donne rien pour rien. Au moment où le sujet meurt, Satan propose son marché. La vie sauve contre une totale soumission. La promesse de faire le mal. On appelle cette « transaction » le Serment des Limbes. Le pacte faustien, mais dans sa version psychique. La fameuse *cedula*, la déclaration d'allégeance signée avec le sang de l'hérétique. Ici, le serment s'effectue au sein de l'esprit. Pas besoin de sang ni de décorum. « *Lex est quod facimus.* » Le possédé écrira la loi nouvelle par ses crimes.

Les mots d'Agostina. Des picotements me mordaient la nuque. Tout devenait logique. Les faits prenaient un tour beaucoup trop convaincant, beaucoup trop… indiscutable.

— Mais vous, fis-je brutalement, vous y croyez ?

— Cessez de vous soucier de ce que je crois. Nous devons travailler ensemble.

— Vous avez mon dossier.

— Nous voulons la suite. Nous voulons être informés de chaque élément nouveau.

Il fit un pas vers moi. Sa robe noire sentait l'encens et le vétiver.

— Nous pensons la même chose, vous et moi. Un seul meurtrier. Vous croyez à un assassin en chair et

511

en os. Je crois à un supra-assassin, qui se cache dans les replis du coma. Appelez-le comme vous voulez, diable, bête, ange des ténèbres, mais cet « inspirateur » donne ses ordres du fond des limbes. Nous devons le démasquer. Ensemble.

— Je ne peux pas vous aider. Je ne partage pas vos convictions. Je…

— Taisez-vous. Tout est en train de changer et vous êtes au cœur de cette mutation.

— Quelle mutation ?

— Le style de l'inspirateur. Auparavant, il se contentait d'ordonner la violence, la torture, le meurtre aux possédés. Peu importait la manière. Maintenant, il leur dicte un rituel particulier. Les insectes, le lichen, les morsures, la langue tranchée… C'est lui qui souffle ces détails à ses créatures. Vous avez le dossier Simonis. Nous avons le dossier Gedda. Il y en a d'autres.

Je songeai à Raïmo Rihiimäki, l'Estonien. Combien d'autres encore, à l'échelle de la planète ? Van Dieterling avait raison, et moi-même, je l'avais déjà compris : ce n'était pas une série de meurtres, mais une série de meurtriers. Des meurtriers qui, dans cette logique, devenaient les indices désignant un assassin transcendant, métaphysique. Celui qui tirait les ficelles, au fond de la « gorge ».

Je demandai :

— Comment savez-vous qu'il y en a d'autres ?

— Nous le savons. Nous le devinons. Et maintenant, nous avons besoin d'un enquêteur de terrain. Un vrai flic. Sans frontières ni principes. Un homme comme vous, qui se complaît dans la violence et le mensonge. Prêt à tout pour parvenir à ses fins.

J'encaissai l'insulte. Après tout, ce n'était pas si loin de la vérité. Le prélat continua :

— Vous devez retrouver ces miraculés du diable. (Il haussa la voix.) Une nouvelle race de tueurs est en train d'émerger. Nous devons comprendre pourquoi le démon sauve ces hommes, ces femmes et les pousse à se venger d'une manière aussi précise !

Je lui servis la réponse du pauvre :

— Je n'ai même pas de suspect dans l'affaire Simonis.

— Vous trouverez. Chaque fois, c'est la même histoire. Un mortel est assassiné, puis sauvé par le diable. Il se venge ensuite, parfois beaucoup plus tard, en utilisant des acides, des insectes, du lichen, je ne sais quoi encore. Nous voulons la liste de ces meurtres. Nous voulons comprendre pourquoi le démon agit maintenant, par la main de ses émissaires, comme un tueur en série, avec ses obsessions, sa méthode, sa signature. Nous pensons qu'il y a là-dessous un message à déchiffrer. Une prophétie.

C'était donc ça. Les noms de la Bête sur le corps des victimes. Les mutilations qui reprenaient les armes mêmes de la mort. Un message. La parole de Lucifer…

Vertige. Mon enquête ne se déroulait pas sur un plan terrestre, mais eschatologique. Au bout des meurtres, il n'y avait pas de simples meurtriers, mais Satan en personne. Un démon qui hurlait et agissait à travers ses esprits vengeurs…

Encore une fois, je songeai à Luc. Était-il allé aussi loin dans son enquête ? Avait-il découvert la prophétie du Malin ? Je palpai le fond de mes poches et trouvai son portrait froissé :

— Connaissez-vous cet homme?

Les lèvres du cardinal s'arquèrent, en un pli d'indifférence :

— Non. Qui est-ce?

— Un ami à moi. Flic, lui aussi. Il travaillait sur cette affaire.

— Que lui est-il arrivé?

— Il s'est suicidé.

— Alors, il a échoué. N'échouez pas, Mathieu Durey. Ne me décevez pas !

Il fit volte-face. Sa robe claqua. Un avertissement noir et rouge. L'Inquisition était de retour, par une mystérieuse fracture des siècles.

70

— Je vous abandonne ici. Vous n'avez plus qu'à suivre le sens de la visite. Au bout de la salle, tournez à droite dans la galerie. Au fond, vous trouverez la sortie.

Le ton de miel de Rutherford contrastait avec la voix d'imprécateur de van Dieterling. Nous étions remontés à la surface. Dans l'entrebâillement de la porte, j'aperçus le Salon Sixte-Quint :

— Aucun problème, fis-je d'une voix absente.

Je saluai Rutherford et me mis en marche. Il m'arrêta par le bras :

— Nos coordonnées, dit-il en plaçant une feuille pliée dans ma poche de veste. Au cas où vous les auriez perdues.

Il souriait toujours, mais sa poigne était ferme. L'étau se resserrait sous la soie. Je me glissai parmi les visiteurs, qui avançaient maintenant par grappes dans la Salle Sixtine. Imper sur le bras, je tenais mon dossier comme un touriste venu prendre des notes.

Après ces heures de solitude et de révélations, j'étais hébété. Je ne remarquai ni la foule ni le brouhaha qui m'entouraient. Je ne voyais que les tableaux. Sixte Quint tendait le bras vers les plans de la nouvelle bibliothèque qu'on lui présentait. L'empereur Auguste, fondateur de la Bibliothèque Palatine, s'avançait parmi des hommes de lettres qui ressemblaient à des ermites, barbus et nus. Des prélats trônaient lors du Concile de Constantinople, alors que des soldats les désignaient du doigt.

Les mitres blanches, les casques mordorés, les robes rouges et safran, tout cela me montait à la tête. Chaque détail provoquait en moi une sensation physique, aussi concrète qu'une gorgée de thé brûlant ou une gifle d'eau glacée. La rumeur des voix, la chaleur des corps semblaient se fondre dans le malaise... J'étais en plein syndrome de Stendhal.

Soudain, je me sentis partir. Je m'appuyai contre une épaule, récoltant en retour une bourrade, assortie de protestations en langue scandinave. Je devais sortir d'ici, d'urgence. Je me glissai dans le flux des visiteurs.

Les tableaux défilaient. Un christ brandit devant moi une table où était inscrit : *EGO SUM*. Les lettres s'inscrivirent au fer rouge dans mon cerveau. Enfin, j'accédai à la galerie.

Je n'y éprouvai aucun soulagement : elle était

surchargée de fresques, de sculptures, d'objets anciens d'astronomie. Je pris à droite et taillai dans le courant humain, longeant les fenêtres qui donnaient sur les jardins du Vatican et ses pins parasols. Ma vue s'obscurcissait, ma peau se dressait en une chair de poule drue et glacée.

Soudain, un malaise dans le malaise.

Une sentation aiguë, différente.

On me suivait. Pas un homme de van Dieterling, ni le regard abstrait de Pazuzu. *Quelque chose d'autre.* En une fraction de seconde, je sus : les tueurs. Regard circulaire. Rien. À l'exception des touristes marchant au ralenti, admirant les tableaux, les mappemondes, les globes célestes. Pourtant, je me sentais repéré, épié, menacé. Et cette foule était un terrain parfait pour une exécution discrète, à l'arme blanche. Le flot m'emporterait jusqu'à la sortie, avec ma lame dans le ventre.

Je me frayai un passage, ponctuant mes pas de « *prego* », « pardon », « s*orry* », recueillant en réponse des grognements et des coups de coude. Enfin, dépassant les gardiens qui veillaient sur le troupeau, je me nichai dans un coin, contre une porte vitrée, et repris mon souffle.

Face à moi, un vitrail de Marie et de l'enfant divin, bleu et rouge, me regardait avec autorité. Ce regard m'ordonnait de continuer ma course – sans crainte. J'éprouvai un sentiment de réconfort. Je m'en remis au Seigneur, et me glissai de nouveau parmi la foule.

La fin de la galerie. La masse des touristes paraissait ici plus dense encore, à la manière d'un fleuve nourri de mille rivières. Pour sortir des musées, il fallait passer la dernière épreuve : la grande spirale à rampe de bronze de Giuseppe Momo. Une pente douce qui évoque, avec ses courbes évasées, une structure fuyant vers l'infini.

« *Prego*, pardon, *sorry...* » Je me faufilai parmi les groupes. Les boucles se succédaient, tels des loopings obsédants. Une pensée vint m'assaillir : cette pente en vrille entrait en résonance avec la structure profonde de l'être humain. Il existait un accord secret entre cette forme en colimaçon et l'architecture interne de l'homme. Je songeais à l'hélice de notre ADN quand un gros homme attrapa la rampe devant moi, me barrant le passage. Sa carrure occupait toute la largeur de la pente. Je butai contre son bras et prononçai plus fort : « *Prego!* » Le type ne bougea pas. Au contraire, ses doigts s'accrochèrent au dos de bronze.

Je compris, un temps trop tard. Je me jetai contre le mur. Un couteau fusa derrière moi. La lame se planta dans l'avant-bras du pachyderme. Je me retournai : je ne vis rien. Seulement des touristes qui commençaient à se bousculer parce que je n'avançais plus. Nouvelle volte-face : le bras blessé avait disparu, lui aussi.

La scène avait été si fulgurante que je me demandai si je n'avais pas rêvé. Mais à cet instant, on m'empoigna. Un homme – pas de visage, seulement une casquette de base-ball, visière baissée – me souleva et me poussa par-dessus bord. Je résistai, cramponné à la rampe, lâchant trench et dossier. Le désordre devint chaos. Les touristes se percutaient les uns contre les autres. La balustrade contre mon ventre, le vide face à moi.

Je m'écrasai contre le parapet, faisant poids de tout mon corps pour ne pas basculer. Les mains me tiraient toujours. Le flot des visiteurs s'écartait maintenant pour passer, sans s'attarder sur notre lutte. Personne ne semblait capter qu'on tentait de me tuer.

Je lançai mon poing. Le coup se perdit dans la foule mais l'emprise se relâcha. Je m'étalai en travers de la pente. Une clameur monta de l'ellipse. Je roulai sur plusieurs mètres, emporté par un enchevêtrement de pieds. Tout le monde se pressait vers la rambarde. Que se passait-il? Je me relevai et compris. Dans la bousculade, l'assassin avait basculé en arrière. En me débattant, j'avais dû lui faucher les jambes et précipiter sa chute.

Je me relevai, ramassai mes affaires. En état de choc, je dévalai les anneaux. Personne n'avait remarqué notre affrontement. Personne ne m'attrapait par le bras en hurlant « *assassino!* ». Je fus charrié, avec les autres, jusqu'au rez-de-chaussée.

Un cercle s'était formé autour du corps, au centre de la structure. Des gardiens criaient pour fendre la masse. Je me faufilai dans leur sillage.

Le corps gisait dans une position impossible. Jambe gauche distordue au point que le pied touchait la hanche. Le bras droit, glissé dans le dos, s'était brisé net. L'os crevait la chemise à l'épaule. La casquette avait été projetée à un mètre et le crâne brillant avait éclaté sur le marbre clair. Une immense auréole sombre se dessinait autour du visage qui, par contraste, semblait plus pâle encore.

La vue d'un cadavre est toujours sidérante mais j'avais une raison supplémentaire d'être stupéfait :

je connaissais cet homme. Patrick Cazeviel, le deuxième suspect dans le meurtre de Manon Simonis. L'ancien taulard, tatoué de la taille aux épaules, le prisonnier des anges et des démons.

Un détail, sous sa clavicule gauche, attira mon attention.

Un tatouage qui coiffait les autres sillons et arabesques bleutés.

Un dessin qui avait la précision d'un numéro de camp ou d'une cicatrice, mais que je n'avais pas remarqué lors de notre première rencontre. Une sorte de carcan, ou un collier de fer, relié à une chaîne, comme en portaient les prisonniers de jadis.

J'avais déjà vu ce symbole. Mais où ?

71

— Fiumicino. International airport.

Je plongeai dans le taxi. Une seule urgence : fuir Rome.

Prendre le premier avion, placer le maximum de kilomètres entre moi et cette mort violente. « Un accident », murmurai-je. Les mots tremblaient dans ma bouche. « Un accident… »

Via de Lungara, je songeai à mon sac de voyage resté à la pension.

— Pánteon ! hurlai-je. Via del Seminario !

La voiture tourna sec et traversa le Tibre, sur le pont Mazzini. Je tentai, une fois encore, de rassembler mes pensées, de retrouver calme et contrôle.

Impossible. Mes doigts tapotaient la vitre, mon col était trempé de sueur. Pour la première fois, j'éprouvais une envie viscérale de tout plaquer. Rentrer à Paris et jouer au bon flic dans sa niche, quai des Orfèvres.

Le taxi stoppa. Je grimpai dans ma chambre, fis mon paquetage, réglai la note et bondis dans la voiture. En route vers l'aéroport de Rome, je constatai cette stupide évidence : je n'avais nulle part où aller.

Le dossier Gedda était clos. Celui de Raïmo Rihiimäki, l'Estonien identifié par Foucault, aussi. Quant à l'affaire Sylvie Simonis, je n'avais rien trouvé en secouant toute la ville. Aucune nouvelle de Sarrazin, de Foucault, de Svendsen. Aucune des pistes que j'avais lancées n'avait donné quoi que ce soit : le scarabée, le lichen, l'unital6, les croisements de toutes les informations… Point mort absolu.

Je réussis, enfin, à mettre de l'ordre dans mes pensées.

Ma trame était désormais constituée de trois strates distinctes.

La première était le meurtre de Sylvie Simonis. Un tueur à Sartuis. Celui qui avait torturé l'horlogère et vengé Manon. Qui avait gravé dans l'écorce : JE PROTÈGE LES SANS-LUMIÈRE et dans le confessionnal : JE T'ATTENDAIS. Était-il lui-même un rescapé de la mort, comme Agostina, comme Raïmo ?

La deuxième strate était la théorie de van Dieterling. Non pas un seul meurtrier mais une série de meurtriers. Il fallait envisager les nouveaux Sans-Lumière dans leur ensemble, déchiffrer la signification de leur rituel, comprendre ce qui se cachait derrière. « Il y a mutation », avait-il dit. Mutation et prophétie.

Le paysage défilait. Que faire ? Chercher encore d'autres cas à travers le monde ? Dans quel but ? Enrichir la liste des assassins qui avaient avoué ? Compléter les archives du prélat ? Identifier, comme il le disait, le « supra-meurtrier » derrière la série ? S'il s'agissait du diable en personne, je me voyais mal lui foutre les pinces...

Mais surtout, cette démarche revenait à admettre l'existence du démon. Et cela, il n'en était pas question. Je devais me concentrer sur la seule question concrète, la seule énigme digne d'un flic de la Criminelle : qui avait tué Sylvie Simonis ? Retour à la case départ.

Restait la troisième strate. Les tueurs à mes trousses. Ils me ramenaient, eux aussi, à l'affaire Simonis. L'un d'eux était Cazeviel. Qui était l'autre ? Pourquoi vouloir m'éliminer ? Etaient-ils les tueurs de Sylvie ? Non : ces mercenaires protégeaient un secret. L'existence des Sans-Lumière ? Leur mutation récente ? Ou un autre secret derrière le dossier Simonis ? De ce côté aussi, la piste était sèche. À moins que le second tueur ne tente à nouveau de m'abattre et que je puisse l'interroger... Perspective qui ne m'excitait pas.

16 heures.

L'aéroport de Fiumicino en vue.

La nuit tombait sur la banlieue de Rome. Nuages violets, ciel jaunâtre. J'appelai Luc à mon secours. À ce stade de l'enquête, qu'avait-il décidé ? Comment était-il allé plus loin ? Il existait une différence fondamentale entre lui et moi. Luc croyait à Satan, moi pas. L'obstacle majeur sur ma route était mon esprit cartésien. J'étais le dernier homme à pouvoir avancer dans ce dossier...

Luc, lui, avait dû poursuivre la voie des Sans-Lumière, approfondir les signes et se rapprocher du noyau maléfique...

Une idée : vérifier, une bonne fois pour toutes, l'existence du démon.

En avoir le cœur net.

Au fond, l'unique élément surnaturel de l'affaire Gedda était la rémission physique d'Agostina. Le seul fait inexplicable. La petite fille pouvait avoir subi une hallucination durant son coma. Une NDE infernale. Elle pouvait avoir été traumatisée par cette expérience et devenir une meurtrière. Cela ne prouvait rien, d'un point de vue métaphysique.

En revanche, le miracle de sa guérison, c'était une autre histoire.

Guérir d'une gangrène en quelques jours : voilà du concret. Le taxi stoppa. On était arrivé à Fiumicino. Je payai le chauffeur. Aérogare. Comptoir d'accueil. Un seul endroit au monde pour comprendre ce qu'il s'était passé à l'intérieur du corps d'Agostina, une nuit d'août 1984.

L'hôtesse me sourit :

— Quelle destination ?

— Lourdes.

De Rome, les navettes pour la cité mariale étaient fréquentes mais la haute saison était finie – aucun vol ne partait ce soir. Le prochain départ avait lieu le lendemain matin, six heures quinze. J'achetai un billet en business puis me mis en quête d'un hôtel.

Je trouvai une usine à sommeil au sein de l'aéroport, à quelques pas du tarmac. Des couloirs, des chambres aveugles. Un lit et une horloge pour tout mobilier. Une cabine de douche dans un coin. On produisait ici du repos comme d'autres de la colle ou des circuits électroniques.

Je verrouillai la porte puis m'écroulai sur le lit, tout habillé. Mes vêtements étaient poisseux de sueur, chiffonnés, déchirés. Je fermai les yeux. Le vrombissement des avions, au-dessus du bâtiment, filtrait par les murs et me passait sous le crâne.

Une lame fendit la foule, dans l'escalier de Giuseppe Momo. Elle s'enfonça dans un bras charnu, juste devant moi. Je sursautai à la giclée de sang. Mes paupières battaient. À qui appartenait ce bras ? Qui était l'obèse, complice de Cazeviel, qui m'avait déjà deux fois barré la route, à Catane et au Vatican ? Allait-il deviner ma nouvelle direction ? J'en arrivais à espérer une nouvelle attaque.

Je serrai mon Glock, par réflexe. Mon corps se détendit. Demi-sommeil. La voix de Luc « J'ai trouvé la gorge. » « Moi aussi, lui répondis-je mentalement, je l'ai trouvée. » Du moins je connaissais son existence. Mais comment l'approcher ?

Ma conscience reculait. Maintenant, je flottais dans un couloir de ténèbres. Un labyrinthe serpentant sous la terre. Un fanal rouge brillait faiblement. Je tendis la main. Une voix s'échappa. C'était la voix, douce et vicieuse, d'Agostina Gedda.

Lex est quod facimus.

LA LOI EST CE QUE NOUS FAISONS.

72

À l'aune de sa légende, Lourdes faisait pâle figure. Cernée de collines, construite autour de roches saillantes, la cité mariale était minuscule. Tout y était serré près d'un fleuve qui avait plutôt l'air d'une rivière. Malgré la basilique supérieure, qui pointait son haut clocher, malgré les églises et les chapelles, modernes et massives, le costume paraissait trop étroit pour le rôle. On avait accumulé ici les lieux de prière sans étendre la surface de construction. Lourdes, c'était la grenouille qui avait avalé un bœuf.

9 heures.
J'étais déjà venu ici, adolescent, en visite avec ma classe – Sèze n'était qu'à quelques kilomètres de Lourdes. Depuis, je n'y étais jamais retourné. Je dédaignais ces lieux tapageurs, où la surperstition lutte à armes égales avec la foi. Je laissais les cités miraculeuses aux gogos, aux chrétiens naïfs, aux désespérés. Je n'aurais jamais exprimé ce jugement à voix haute mais face à ces lieux de pèlerinage, j'avais à peu près la position du cinéphile devant les films du samedi soir.

Nous étions le 1er novembre. Sur les parkings, à l'entrée de la ville, des dizaines de cars étaient stationnés, portant des immatriculations de tous les pays d'Europe. La Toussaint était la dernière cérémonie avant la fermeture de la saison. Le chant du cygne.

Je garai à mon tour ma voiture de location – une

Audi, à nouveau – et attaquai mon ascension. Les rues ne cessaient de tourner, révélant une ville biscornue, traversée de courants d'air. Des fontaines, des robinets émergeaient de partout, comme dans une ville thermale, mais aussi des autels et des statues. Impossible d'oublier la nature consacrée de la ville.

Les vitrines des boutiques, surtout, regorgeaient de souvenirs. Statues de la Vierge, effigies de Bernadette, avec sa ceinture bleue et ses deux roses jaunes aux pieds, christs aux yeux qui s'ouvraient et se fermaient à mesure qu'on s'approchait et qu'on s'éloignait. Et bien sûr, tous les produits dérivés de la source. Bouteilles contenant de l'eau de Lourdes, bonbons à l'eau de Lourdes, flacons d'eau en forme de Marie...

Une rumeur montait des hauteurs de la ville. Des chants. La cérémonie avait commencé. Je grimpai encore, suivant la direction de la basilique supérieure et de la grotte Massabielle. L'archevêché ne devait pas être loin. Premier objectif : interroger Mgr Perrier, l'évêque de Lourdes. Ensuite, j'irai au Bureau des constatations médicales, pour rencontrer le médecin qui avait suivi le cas d'Agostina.

Je dépassai des retardataires. Familles groupées autour d'un siège roulant, infirmières pressant le pas, prêtres essoufflés, la soutane flottant au vent. Au bout de la dernière rue, j'embrassai d'un seul regard le lieu de célébration. Brusquement, je fus ému aux larmes.

Au pied de la gigantesque basilique, des milliers de fidèles se tenaient immobiles, les yeux tournés vers la grotte des Apparitions, engloutie sous les lierres et les cierges. Des bannières, des banderoles claquaient dans l'air, « Peregrinos de un dia », « Pilger für einen Tag », « Polka missa katolik ». Des parapluies bleus et des plaids de même couleur, réchauffant les malades, formaient d'innombrables taches dans la foule.

Je repérai aussi les différents ordres ou congrégations : robes noires des Bénédictins, soutanes écrues des Cisterciens, crânes rasés des pères Chartreux, croix rouge et bleue des Trinitaires. Des femmes, aussi. Voiles blancs rayés bleu ciel des petites guerrières de Mère Teresa ou, beaucoup plus rare, le manteau noir, croix rouge à l'épaule, des Dames du Saint-Sépulcre de Jérusalem ; celles qu'on surnommait les « sentinelles de l'invisible ».

La foule reprenait en chœur l'*Ave Maria*. Ce pic de ferveur s'enfonçait en moi comme une lame, à la fois douloureuse et bienfaisante. J'adorais ces grands rassemblements d'où s'élevait une foi universelle. Messes de minuit, allocutions du pape sur la place Saint-Pierre, congrès d'été à Taizé…

Un homme en soutane, à l'air affairé, passa devant moi. Il tournait le dos à la cérémonie. Sans doute un prêtre du cru. Je lui fis signe.

— S'il vous plaît, je cherche la résidence de l'évêque.

— Mgr Perrier ?

— Je dois le voir aussitôt que possible.

Il lança un coup d'œil par-dessus son épaule, vers le parvis.

— Ce sera difficile aujourd'hui. C'est un jour de célébration.

Je sortis ma carte de flic :

— C'est une urgence.

Des rides plissèrent son front. Je n'étais vraiment pas dans le ton.

— Vous devez attendre la fin de la messe.

— Où est sa résidence?

— Au sommet de la colline, un peu plus haut.

— Je vais l'attendre là-bas.

— Le chalet épiscopal est indiqué. Au fond d'un parc. Je vais à la grotte. Je lui dirai que vous l'attendez.

Je repris ma route. Le ciel gris se reflétait sur la chaussée humide, déployant des reflets durs, changeants. Dans ces rues mornes, aux façades de granit trop serrées, il y avait quelque chose de poignant, d'infiniment triste, et en même temps de très fort, d'indestructible.

Je franchis la grille du parc, sachant déjà que je n'aurais pas la patience d'attendre ici. Filer tout de suite au Bureau des Constatations Médicales? Je traversai les jardins puis découvris le chalet – un presbytère de taille industrielle.

J'entrai dans le vestibule. Des murs de plâtre, une grosse croix suspendue face au seuil, un banc de bois. Je m'assis et allumai une clope.

Une porte claqua, au fond du couloir.

Un prêtre surgit, criant dans un téléphone portable :

— Mes experts seront là dans deux heures. Je viens chercher le dossier du patient moi-même, puisque vous n'êtes pas foutus de nous l'envoyer. Le bureau est bien ouvert, non?

Je m'écartai pour le laisser passer. En une seconde, je devinai qu'il était en train de parler du

BCM, le Bureau des Constatations Médicales. Je le suivis dehors et l'interpellai alors qu'il refermait son cellulaire.

L'homme s'arrêta, l'air hostile. Il paraissait sortir directement d'un roman de Bernanos. Les joues creuses, l'œil fanatique, la robe luisante à force d'usure. Je lui demandai si le BCM était bien ouvert aujourd'hui. Il confirma. J'ajoutai :

— Vous y allez, non ? Je dois m'y rendre moi aussi.

Il me toisa de la tête aux pieds, le regard mauvais.

— Qui êtes-vous ?

— Je suis policier. Je travaille sur un cas de miracle officiel.

— Lequel ?

— Agostina Gedda. Août 1984.

— Vous ne trouverez personne pour vous parler d'Agostina.

— Je pense au contraire obtenir le dossier complet. Interroger Mgr Perrier et le médecin qui a suivi ce cas.

L'homme eut un rictus. Ses os jouaient sous sa peau :

— Personne ne vous dira l'essentiel.

— Même pas vous ?

L'homme s'approcha. Sa soutane puait la moisissure :

— Satan. Agostina a été sauvée par Satan.

Encore un amateur de diableries. Tout à fait ce qu'il me fallait. J'utilisai un ton ironique :

— Le diable à Lourdes : il y a conflit d'intérêts, non ?

Le prêtre hocha lentement la tête. Son sourire s'élargit, entre mépris et consternation :

— Au contraire. Le diable vient ici recruter. La faiblesse, le désespoir : c'est son terrain de prédilection. Lourdes, c'est le marché aux miracles. Les gens ici sont prêts à croire n'importe quoi.

— Qui a suivi le cas d'Agostina ?

— Le Dr Pierre Bucholz.

— Il travaille toujours au BCM ?

— Non. Il est à la retraite. « On » l'a mis à la retraite.

— Pourquoi ?

— Pour un flic, vous êtes plutôt lent. Il était aux premières loges, vous comprenez ? Il devenait gênant.

— Où je peux le trouver ?

— Sur la route de Tarbes. Prenez la D507. Juste avant le village de Mirel, une grosse maison de bois noir.

— Merci.

Je le contournai. Il attrapa mon bras :

— Faites attention. Vous n'êtes pas seul sur cette voie.

— Qu'est-ce que vous voulez dire ?

— Ils viennent ici, eux aussi.

— Qui ?

— Ils cherchent les miraculés du diable. Ils sont plus dangereux que tout ce que vous pouvez imaginer. Ils ont des règles, des ordres.

— Qui guette ? Qui a des ordres ?

— Dans les ténèbres, il y a plusieurs fronts. Ceux-là ont une mission.

— Quelle mission ?

529

— Ils doivent recueillir sa parole. Ils n'ont pas de livre, vous comprenez?

— Pas un mot de ce que vous dites. De qui parlez-vous, bon sang?

Son regard se teinta de pitié :

— Vous ne savez rien. Vous avancez comme un aveugle.

Ce corbeau commençait à me taper sur les nerfs :

— Merci de m'encourager.

— Abandonnez. Vous marchez sur leur territoire !

Sur ces mots, il fonça dans le sentier, me dépassant et plongeant sous l'ombre des arbres. Je restai quelques secondes, observant sa soutane grisâtre disparaître. Je n'avais pas compris l'avertissement mais j'étais certain d'une chose : l'inconnu venait d'évoquer, sans le savoir, mes tueurs.

Des hommes qui cherchaient aussi les Sans-Lumière et qui étaient prêts à abattre tout concurrent sur leur chemin.

73

Le prêtre n'avait pas menti. Trois cents mètres avant Mirel, la maison de bois était là.

En retrait de la route, elle ne détonnait pas dans le paysage lugubre. Posée au pied des collines pelées qui chevauchaient l'horizon, elle était entourée d'arbres nus et de champs noirâtres.

Je me rangeai devant le portail et tirai la cloche

du jardin. Un chien se mit à aboyer puis le silence revint. La clôture de planches était plus haute que moi : je ne distinguais rien. Je commençais à me faire une raison quand j'entendis le claquement d'une baie vitrée qu'on ouvre.

Des pas sur les cailloux, les halètements du chien. La porte s'ouvrit. Tout de suite, je devinai que le Dr Pierre Bucholz allait entrer en tête de liste des allumés que j'avais croisés jusqu'ici. Grand, puissant, il portait une veste pied-de-poule à coudières et un pantalon de laine noire. La soixantaine, un front haut, dégarni, qui lui donnait l'air d'un gros caillou gris, il arborait une barbe en collier austère. Au-dessus de ses traits crispés, des yeux perçants, brillants, cinglés. Des yeux d'inquisiteur contemplant ses bûchers crépitants.

— C'est pour quoi ? hurla-t-il.

Il parlait comme si j'étais posté à une dizaine de mètres de lui. En réalité, j'étais si près que je venais de me prendre une volée de postillons. Je lui expliquai la raison de ma visite. Il s'agrippa au chambranle du portail, dans un mouvement théâtral, puis murmura, en se massant le cœur de son autre main :

— Agostina... Cette tragédie...

Je contournai le chien – un molosse au poil ras – et suivis le médecin dans son antre. La maison noire était percée de baies vitrées aux jointures mal ajustées. L'ensemble tenait plus du mobile home que de la « wooden house » d'architecte.

Bucholz s'arrêta pour ôter ses chaussures et se glisser dans des charentaises. Je proposai de me déchausser. L'idée parut lui plaire mais il se ravisa :

il prit seulement mon imperméable. Le vestibule abritait un porte-parapluie, des patères pour les manteaux, ainsi que le nécessaire du parfait chasseur : bottes, poncho de pluie, chapeau de feutre. Le fusil à chevrotines ne devait pas être loin.

Le médecin me fit un signe en direction du salon. Je découvris un décor surchargé. Du bois noir, toujours, mais surtout d'innombrables bibelots, des effigies de la Vierge, du Christ, de saints. Des chapelets exposés sous vitrine. Des croix, des timbales, des cierges sur chaque meuble. Une odeur de fumée froide provenait de la cheminée éteinte.

— Asseyez-vous.

La proposition ne tolérait aucune discussion. Le chien nous avait suivis. Placide, il paraissait habitué au porte-voix qui lui servait de maître. Je traversai avec précaution le foisonnement d'objets et m'installai sur le canapé, face à la porte-fenêtre. Bucholz se pencha vers une table à roulettes, cliquetante de bouteilles :

— Vous voulez boire quelque chose ? J'ai de la chartreuse, de la liqueur de cerises, fabriquée par des Dominicains, du calva des Pères de la chapelle de Montligeon, de l'excellente eau-de-vie de l'abbaye de…

— Merci. Il est un peu tôt pour moi.

J'aperçus un Catéchisme de 1992 sur la table basse, signe que je n'étais pas vraiment chez un chrétien nouvelle tendance, militant pour le mariage des prêtres. Il s'écrasa dans un fauteuil face à moi puis plaqua ses mains sur ses genoux.

— Qu'est-ce que vous voulez savoir ?

Je l'attaquai à l'oblique :

— J'aurais voulu d'abord connaître votre opinion générale.

— Sur quoi?

— Le phénomène du miracle. Comment l'expliquez-vous?

Il partit d'un soupir à faire vibrer les vitres :

— Vous me demandez de résumer vingt-cinq ans de ma vie. Et cinquante de foi!

— Mais existe-t-il une explication scientifique?

— En tant que médecin, croyez-moi, j'aimerais savoir, techniquement, comment tout ça se passe. J'en ai tellement vu...

Je cherchai du regard un cendrier. En vain. Pas la peine de demander si je pouvais fumer. Sous l'odeur de cheminée, des effluves de cire et de produits javellisés trahissaient un maniaque de la propreté. Bucholz reprit :

— On parle toujours de la soixantaine de miracles reconnus par l'Église, mais ce n'est qu'une partie des guérisons recensées par le Bureau des Constatations Médicales! À votre avis, depuis les apparitions de la Vierge, combien a-t-on constaté de miracles?

— Je ne sais pas.

— Dites un chiffre.

— Honnêtement, je n'en ai aucune idée. Cinq cents?

— Six mille. Six mille cas de rémissions spontanées, sans la moindre explication.

— C'est un effet de l'eau?

Il nia avec violence. Une espèce de rancune agressive perçait sous ses gestes. Il me faisait penser à un prêtre défroqué, ou un militaire dégradé.

— L'eau n'a aucun pouvoir, fit-il. Elle a été analysée, sans résultat.

— L'influence spirituelle du lieu? Un processus psychologique?

Il balaya l'air de sa grande main mouchetée de tavelures :

— Non. Dès qu'il y a soupçon d'hystérie ou de psychosomatisme, nous éliminons le cas.

— Alors quoi?

— En vingt-cinq ans d'expérience, dit-il plus bas, je me suis fait mon opinion.

— Je vous écoute.

— C'est une question d'appel et d'énergie. Derrière chaque miracle, avant Lourdes, avant l'eau, il y a un appel. Une prière. Un espoir. Parfois, celui d'une famille. D'autres fois, de tout un village. Ces gens concentrent une formidable force d'amour, qui agit comme un aimant. Cette force attire une puissance supérieure, d'ordre cosmique mais de même nature. C'est cette puissance bienfaisante qui guérit. Une autre façon de dire que l'appel est entendu par Dieu.

Rien de neuf sous le soleil. Je soulignai :

— Derrière chaque pèlerin, il y a toujours une prière, un espoir.

— Je suis d'accord. Et je ne peux expliquer la sélection divine. Pourquoi tel sujet et pas un autre? Mais de temps en temps, l'aimant fonctionne. La prière déclenche le… magnétisme divin.

— L'eau de la source ne joue donc aucun rôle?

— Peut-être celui d'un conducteur, admit-il. L'énergie dont je parle serait comparable à une électricité transmise par l'eau de Lourdes. Êtes-vous chrétien?

— Pratiquant.

— Très bien. Alors vous pouvez saisir ce dont je parle. Cette force n'est pas un prodige, une énergie surnaturelle. Aujourd'hui, même les plus grands astrophysiciens en viennent à cette idée. Qu'y a-t-il derrière les atomes? Qui les oriente, les ordonne? Nous connaissons les quatre puissances élémentaires qui ont présidé à la création de l'univers : les deux forces nucléaires, la « forte » et la « faible », la force de gravité, la force électromagnétique. Il se pourrait qu'il y ait une cinquième force : l'esprit. De plus en plus de scientifiques émettent l'hypothèse qu'une telle puissance agit derrière l'organisation de la matière. Pour moi, cet esprit est amour. Qu'y a-t-il d'incroyable à imaginer que de temps à autre, cette force reconnaît l'un de nous? Se focalise pour venir en aide à un simple mortel?

Il était temps d'entrer dans le vif du sujet :

— C'est ce qui s'est passé pour Agostina?

Il se redressa, brutalement :

— Pas du tout. Ce n'est pas cette puissance-là qui a sauvé la petite.

— Il en existerait une autre encore?

Un sourire réchauffa son visage d'illuminé :

— Une version corrompue. Une force négative. Le mal. Agostina Gedda a été sauvée par le diable. (Il brandit un index menaçant.) Et attention : je l'ai toujours su! Je n'ai pas attendu qu'elle zigouille son mari pour reconnaître sa nature maléfique.

Je n'ajoutai rien. Il suffisait d'attendre la suite. Bucholz se lissa le front :

— Sa visite à Lourdes n'avait pas donné de résultat. C'était évident. Lorsqu'il y a guérison, elle est spontanée. Ou dans les jours qui succèdent à l'immersion. Chez Agostina, rien ne s'est passé. La gangrène a continué sa progression.

— Vous avez suivi le cas ?

— Je m'étais attaché à la petite. Avant le passage dans les piscines, l'auscultation au Bureau médical est obligatoire. Cette enfant de onze ans, dans son siège roulant, qui pourrissait à vue d'œil : cela m'a bouleversé. Le mois suivant, en juillet, j'ai moi-même effectué le voyage pour vérifier le diagnostic. Il n'y avait plus d'espoir.

— Agostina a pourtant guéri, quelques semaines plus tard.

— Le diable a agi quand la petite a sombré dans le coma.

— Comment le savez-vous ?

Nouveau silence, nouveau geste sur le front.

— Depuis le départ, j'avais des soupçons.

— Quels soupçons ?

Il souffla, comme s'il devait s'atteler à une explication très complexe.

— Je vous le répète : j'ai dirigé le BCM pendant vingt-cinq ans. Je connais les rouages de la ville, les réseaux qui y mènent. Les associations qui organisent les pèlerinages. Certaines d'entre elles ont mauvaise réputation.

Je songeais à l'unital6. Je suggérai ce nom. Bucholz acquiesça :

— Il y avait des rumeurs. On murmurait qu'au sein de cette organisation, on consolait parfois les espoirs déçus d'une drôle de manière... Passé un

536

certain seuil de désespoir, l'homme est prêt à tout entendre. À tout essayer.

— Comme faire appel au diable?

— Des éléments pourris, absolument pourris, de l'unital6 profitaient de certaines détresses pour proposer ce recours. Des messes noires, des invocations, je ne sais quoi au juste…

L'avertissement du prêtre famélique : « Dans les ténèbres, il y a plusieurs fronts. » Pour l'heure, j'en comptais trois. Les Sans-Lumière et leurs meurtres sous influence. Mes tueurs qui semblaient protéger la porte des Limbes. Et maintenant ces escrocs de l'au-delà, marchands de miracles au noir…

— Vous pensez que les parents d'Agostina se sont laissé convaincre?

— La mère, pas le père. Il ne croyait à rien. Elle, croyait à tout.

— Elle a payé pour une messe noire?

— J'en suis sûr.

— Et l'appel a été cette fois entendu?

Il ouvrit ses mains puis les referma, comme un rideau de théâtre.

— On peut imaginer, face à l'esprit d'amour, une antiforce, comme il existe une antimatière dans l'univers. C'est cette puissance à rebours qui a agi chez Agostina. Une superstructure de haine, de vice, de violence, a fait régresser sa maladie et l'a sauvée. On peut appeler ça le « diable ». On peut lui donner n'importe quel nom. L'ange déchu, mauvais, qui hante notre civilisation chrétienne, n'est que le symbole de cette énergie viciée.

— Quand Agostina s'est réveillée du coma, rien n'indiquait chez elle la possession.

— C'est vrai. Mais je savais que Lourdes et Notre Seigneur n'y étaient pour rien. Je flairais le complot. Je me méfiais de la personnalité de la mère, ignorante, superstitieuse. Il y avait aussi l'unital6, qui sentait le soufre…

— Vous avez interrogé l'enfant?

— Non. Mais j'ai vu grandir Agostina. J'ai vu le serpent s'épanouir.

— De quelle façon?

— Des détails de comportement. Des mots. Des regards. Agostina avait l'air d'un ange. Elle priait. Elle escortait les malades, à Lourdes. Tout cela était faux. Un rideau de fumée. Le diable était en elle. Il se développait comme un cancer.

Le docteur Bucholz me faisait surtout l'effet d'un sacré cinglé.

— Avez-vous déjà entendu parler des Sans-Lumière?

Il laissa éclater un rire grave :

— Le secret le mieux gardé du Vatican!

— Mais vous en avez entendu parler.

— Vingt-cinq ans de Lourdes, ça vous dit quelque chose? Je suis une vieille sentinelle. Les Sans-Lumière, le Serment des Limbes…

— Vous pensez qu'Agostina a conclu un pacte avec le démon?

Il ouvrit de nouveau ses mains.

— Vous devez comprendre un principe de base. Le diable attend le dernier moment pour apparaître à ses victimes. Il attend la mort. À cet instant seulement, il les repêche. Tout se passe dans les limbes, quand la vie n'est plus là mais que la mort n'a pas encore rempli son office. Or, plus le sujet reste longtemps entre ces deux rives, plus son échange avec le diable est profond, intense. Dans le cas des NDE positives, c'est le même principe. Plus l'expérience est longue, plus les souvenirs sont précis. Et plus la vie, ensuite, s'en trouve bouleversée.

— Agostina a connu une mort clinique?

— Oui. La dernière nuit, elle est passée de vie à trépas.

— Comment le savez-vous?

— Sa mère m'a appelé.

— Vous, à mille kilomètres?

— Elle avait confiance en moi. J'étais le seul médecin qui était venu les voir chez eux, à Paterno. Écoutez-moi. (Il joignit ses paumes.) Agostina meurt. D'après mes informations, son cœur a dû s'arrêter de battre durant trente minutes au moins. Ce qui est exceptionnel. Le diable l'a marquée à cet instant. En profondeur.

— Mais elle ne vous en a jamais parlé.

— Jamais.

J'étais venu pour faire la lumière sur le miracle maléfique d'Agostina. J'étais servi. Le bonhomme, à sa façon, suivait une logique implacable. Je demandai :

— Vous avez parlé de vos analyses à quelqu'un?

— À tout le monde. La résurrection d'Agostina n'est pas un miracle. C'est un scandale, au sens étymologique du terme. Du grec *skandalon* : un obstacle. Une abomination. Agostina, à elle seule, est une entrave à l'amour. La preuve physique de l'existence du diable! Je l'ai dit à qui voulait m'entendre. D'où ma retraite anticipée. Même chez les chrétiens, toute vérité n'est pas bonne à dire.

Son raisonnement était irréprochable, mais Bucholz était surtout un original qui avait fini par se convaincre de ses hypothèses. M'observant du coin de l'œil, il parut flairer mon scepticisme. Il ajouta :

— Je connais un autre cas. Une petite fille, restée plus longtemps encore au fond des limbes.

Je retins mon souffle.

— Une histoire terrifiante, continua-t-il. La petite est restée plus d'une heure sans le moindre signe de vie !

Je sortis mon carnet :

— Son nom ?

Pierre Bucholz ouvrit la bouche mais se tut. On venait de cogner à la vitre.

Il resta immobile durant une seconde puis s'effondra sur la table basse.

Le dos baigné de sang.

Je lançai un regard vers la porte-fenêtre. Une marque d'éclat, en forme de cible. Je me jetai à terre. Un nouveau « plop » claqua. Le crâne du chien explosa. Sa cervelle gicla sur le canapé. Au même instant, le corps de Bucholz s'affaissa au sol, entraînant la collection de chopes de Fatima posées sur la table basse.

Les alcools des moines giclèrent. Les statuettes de la Vierge et de Bernadette furent pulvérisées. Les bougies, les timbales, les vitrines éclatèrent. Plaqué au sol, je me glissai sous la table basse. La maison s'effondrait, sans l'ombre d'une déflagration. Les baies vitrées s'écroulèrent. Les fauteuils, le canapé, les coussins se soulevèrent puis retombèrent, en charpie. Commodes et armoires s'affaissèrent, éventrées.

Je pensai : « Sniper. Silencieux. Mon deuxième tueur. » On allait enfin pouvoir régler nos comptes. Cette idée me donna une énergie inattendue. Risquant un œil vers la baie fracassée, je déduisis l'angle de tir de l'agresseur. Posté au sommet de la colline qui surplombait la maison. Je me maudissais moi-même une fois encore, je n'avais pas pris mon flingue. Et je ne pouvais plus me risquer à découvert jusqu'à la voiture.

Penché sous les balles, je sortis de ma planque et passai dans la cuisine, juste à ma gauche. J'attrapai le couteau le plus costaud que je pus trouver et repérai une porte arrière.

Je jaillis dehors, côté champs, prêt pour le duel.

Un duel risible.

Un tireur d'élite contre un équarisseur.

Un fusil d'assaut contre un couteau de cuisine.

74

Je rampai dans le jardin et observai le coteau. Pas question d'apercevoir l'homme camouflé, ni même le reflet de la lunette du fusil : aujourd'hui, les visées optiques sont en polymère et le verre de précision fumé. Je cherchai pourtant un signe, un indice, passant en revue chaque taillis, chaque buisson, en haut de la colline.

Rien.

Dans un ravin abrité, courbé parmi les herbes, j'attaquai mon ascension. Tous les cinquante pas, je remontais le flanc du fossé et plaçais ma main en visière. Toujours rien. Le tireur était sans doute abrité sous un tapis de branches et de feuilles, en tenue de camouflage. Peut-être même s'était-il concocté, comme les snipers de Sarajevo, un couloir de tir de plusieurs mètres...

Je grimpai encore. Au-dessus de moi, le vent frissonnait dans les cyprès. Soudain, alors que je jetais encore un regard, j'aperçus un éclair. Furtif, infime. Un déclic de métal, brillant au soleil. Une bague, une gourmette, un bijou. J'accélérai, levant les pieds pour amortir le bruit de ma course. Je ne pensais plus, n'analysais plus. Je montais au combat, c'était tout, concentré sur ma cible, située à deux cents mètres, selon une ligne oblique de trente degrés.

Enfin, le point culminant de la butte.

Un pas encore, et mon champ de vision s'ouvrit à 180 degrés.

Il était là, au pied d'un arbre.

Énorme, camouflé, invisible d'en bas.

Il portait un poncho kaki, capuche sur la tête. Un genou au sol, il était en train de démonter son arme – à moins qu'il ne la recharge. Un colosse. Sous la cape, plus de cent-cinquante kilos de chair bien pesés. L'obèse qui m'avait déjà bloqué le passage deux fois. Dans une impasse, à Catane. Dans l'escalier des musées du Vatican.

J'opérai une large boucle et revins vers lui, par l'arrière. Je n'étais plus qu'à dix mètres. Il dévissait le silencieux de son fusil. Le tube devait être brûlant. Il ne cessait de le saisir puis de le lâcher, comme lorsqu'on veut attraper un objet trop chaud.

Trois mètres. Un mètre... À cet instant, mû par un

sixième sens, il tourna la tête. Je ne le laissai pas achever son geste. Je plongeai sur lui, enserrant sa gorge du bras gauche, pointant mon couteau sous son menton :

— Lâche ton fusil, haletai-je. Sinon, je te jure que je finis le boulot.

Il s'immobilisa, toujours à genoux. Arc-bouté sur son dos, j'avais l'impression d'étrangler un bœuf. J'enfonçai ma lame d'un bon centimètre. Sa graisse épousa le mouvement, sans saigner :

— Lâche-le, putain… Je ne plaisante pas !

Il hésita encore, puis lança l'arme à un mètre devant lui. Pas vraiment une distance de sûreté. Je soufflai :

— Maintenant, tu vas te retourner doucement et…

Un éclair dans sa main, un mouvement en arc, sur la droite. J'esquivai de côté. Le couteau commando siffla dans le vide. Je plantai mon genou dans ses reins, le forçant à se cambrer. Il abaissa à nouveau sa lame pour me toucher par la gauche. J'évitai encore le coup, les jambes pliées, les talons plantés dans le sol.

Il tenta de se retourner. Sa puissance était hallucinante. Nouveau coup, par le haut. Cette fois, il m'écorcha l'épaule. Je gémis et, d'un mouvement réflexe, plantai mon arme sous son oreille droite. Jusqu'à la garde. Un éclair de sang artériel zébra le ciel.

Le mastodonte se pencha en avant, se balança d'un genou sur l'autre. Je suivis le mouvement sans lâcher mon couteau. J'opérais un geste de va-et-vient serré, exactement comme un boucher tranchant la tête d'un bœuf. Le sang me poissait les doigts, surchauffait ma peau déjà brûlante. Ses chairs se refermaient sur mon poignet en un baiser abominable, une emprise de mollusque sous-marin.

Dans un sursaut, il posa un talon sur le sol et parvint à se relever pour retomber en arrière. Ses cent cinquante kilos s'écrasèrent sur moi. Mon souffle se bloqua net.

Je perdis conscience une seconde, me réveillai. Je n'avais pas lâché mon arme. Le poids lourd m'enfonçait dans la boue, battant des jambes et des bras, à la manière d'un poulpe géant. Son sang coulait et me submergeait.

Je m'asphyxiais. Dans quelques secondes, je serais dans le cirage, et ce serait la fin, pour moi aussi. Je n'avais toujours pas atteint mon putain d'objectif – remonter dans les chairs jusqu'à l'oreille gauche. J'attrapai à deux mains la garde de mon couteau pour achever le travail.

Puis, je lâchai tout et poussai avec mon dos, mes coudes, en un ultime effort pour me dégager. Enfin, le gros bascula sur le côté. Il leva son bras pour m'atteindre encore une fois mais sa main ne tenait plus rien. Il roula deux fois sur lui-même, dévalant la pente sur plusieurs mètres, englué dans son sang et les plis de sa cape de pluie.

Je m'extirpai de la boue, m'adossai à l'arbre, reprenant mon souffle. Poumons broyés, gorge bloquée, des étoiles plein le crâne. Soudain, je sentis un violent spasme monter de mes tripes. Je fis volte-face et vomis au pied du tronc. Mon sang battait à me fendre les tempes. Mon visage était enduit d'un vernis glacé – un vernis de mort.

Je restai prostré, à genoux, de longues minutes. Étranger à tout. Enfin, je me relevai et fis face au cadavre. Il était sur le dos, les bras en croix, cinq mètres plus bas. Capuche relevée, dévoilant une grosse face cernée d'une barbe courte. La plaie à la gorge lui dessinait un deuxième collier, noir et atroce. Mon couteau s'était brisé dans la chute.

Sous les battements de mon crâne, une idée émergea lentement.

Celui-là aussi, je le connaissais.

Richard Moraz, premier suspect dans l'affaire Manon Simonis.

L'homme aux mots croisés. « On se reverra », lui avais-je dit dans la taverne bavaroise. C'était chose faite. À tous ses doigts, des bagues. Celles qui m'avaient envoyé des signaux sous le soleil.

Je remarquai, à son majeur gauche, une chevalière particulière.

D'un coup, tout se mit en place : c'était à ce doigt que j'avais vu le sigle de Cazeviel. Le fer de forçat relié à une chaîne, barré d'une tige horizontale. Je m'approchai et observai la bague. Exactement le même symbole, en reliefs d'or.

Je relevai la manche droite du cadavre, à titre de vérification – le bras portait un bandage. Je l'arrachai : la plaie était nette, longitudinale, d'environ dix centimètres. C'était bien l'obèse qui s'était pris le couteau de Cazeviel, dans la cohue des musées du Vatican.

Je venais de régler la deuxième partie de mon problème.

Celui qui avait commencé dans le col du Simplon.

75

Paysage brûlé par l'hiver. Arbres nus, calcinés. Champs de terre noire, retournés comme des tombes. Ciel blanc, irradiant une lumière aiguë, radioactive.

Sur cette toile de fond sinistre, je me reculai et contemplai l'arbre au sommet du coteau, qui se dressait en toute solitude. Prisonnier de la terre, tendu vers le ciel, pétrifié de froid. Je songeai à ma propre situation. Un mort au sol, la vérité au-dessus, et moi entre les deux.

Depuis un moment déjà, je ne menais plus l'enquête.

C'était elle qui m'emmenait droit en enfer.

Je décidai de prier. Pour Moraz, sans doute lié au secret des Sans-Lumière et à l'affaire de Manon Simonis, et pour Bucholz, victime innocente dont la malédiction, jusqu'au bout, s'était appelée Agostina Gedda.

Puis je descendis la pente, d'un pas mal assuré. Le désert qui m'entourait n'avait qu'un seul avantage : pas un témoin en vue. Je rentrai chez Bucholz et attrapai mon imperméable resté dans le vestibule. Malgré moi, je lançai un coup d'œil dans la pièce ravagée, où s'étendait le cadavre du médecin. Je reconstituai, mentalement, mes déplacements dans la maison afin de vérifier que je n'avais pas laissé la moindre empreinte.

Je refermai la porte d'entrée, la main dans ma manche.

Je plaçai vingt kilomètres entre moi et le lieu du

massacre, puis m'arrêtai dans un sous-bois. Là, j'attrapai une chemise propre dans mon sac et me changeai. Mon épaule m'élançait mais la blessure était superficielle. J'entassai la chemise, la cravate et la veste collées d'hémoglobine avec le couteau brisé que j'avais récupéré, puis j'allumai le tout. Le feu prit avec difficulté. Je grillai une Camel au passage. Lorsqu'il ne resta plus que quelques cendres et l'os du couteau, je creusai un trou et enterrai les vestiges de mon crime.

Je revins à la voiture et regardai l'heure : 17 heures. Je décidai de trouver un hôtel à Pau. Du sommeil et de l'oubli : mon seul horizon à court terme.

Je fonçai vers Lourdes puis me dirigeai vers le nord, par la D 940, pour emprunter l'autoroute – la Pyrénéenne. En chemin, j'appelai les gendarmes d'une cabine téléphonique, histoire de tenir leur nécro à jour.

Au volant de ma voiture, je murmurai une nouvelle prière. Pour moi cette fois. Le *Miserere*, psaume 51 de David. Ma tête fracassée était trouée comme une éponge et je ne parvenais pas à me souvenir du texte complet. Bientôt, l'enquête, avec ses morts, ses questions, ses béances, revint m'agripper l'esprit. Je songeai à Stéphane Sarrazin. Je n'avais pas eu de contact avec lui depuis Catane, et il m'avait laissé trois messages la veille.

J'aurais dû l'appeler dès la découverte de l'identité de Cazeviel. N'était-il pas le mieux placé pour exhumer le passé du tueur ? Avec Moraz dans la danse, le gendarme avait du pain sur la planche. Je composai son numéro. Répondeur. Je ne laissai pas de message, mû par un réflexe de prudence, et revins à mes propres cogitations.

L'autoroute filait toujours. Je décidai, encore une fois, de faire le point sur mes trois dossiers criminels et de les comparer.

Mai 1999.

Raïmo Rihiimäki tue son père selon la méthode dite des « insectes ».

Une vengeance à chaud, inspirée par le diable.

Avril 2000.

Agostina Gedda tue son époux, Salvatore, selon la même méthode.

Une vengeance à froid, inspirée elle aussi par le démon.

Juin 2002.

Sylvie Simonis est sacrifiée selon le même rituel.

Encore une vengeance.

Celle du meurtre d'une petite fille possédée, quatorze ans plus tôt.

Seul problème : l'enfant est morte et enterrée depuis quatorze ans.

Elle ne peut avoir commis le crime.

Qui était le Sans-Lumière de l'affaire Simonis ?

Qui était le tueur qui revenait des Limbes, inspiré par Satan ?

Je pilai en pleine autoroute et braquai vers la voie d'urgence. J'éteignis le moteur et secouai la tête malgré moi. La réponse était évidente mais c'était tellement fou, tellement démesuré, que je n'avais jamais risqué une telle hypothèse.

Maintenant, une petite voix me soufflait d'essayer, juste pour voir.

À Sartuis, il y avait une chose que je n'avais jamais

vue et qui aurait dû me frapper, par son absence même.

À aucun moment, je n'avais lu ou tenu une preuve tangible de la mort de Manon Simonis. Black-out des magistrats, discrétion des enquêteurs, ignorance des journalistes. Dans tous les cas, je n'avais jamais vu la couleur d'un certificat de décès ou d'un rapport d'autopsie.

Et si Manon Simonis n'était pas morte ?

J'enclenchai la première et laissai de la gomme sur le gravier. Dix kilomètres plus loin, je trouvai la bretelle de sortie de Pau. Je réglai le péage et fis demi-tour, dans un hurlement de pneus.

Direction Toulouse.

Première étape de ma traversée latérale de la France.

Une course nocturne pour rejoindre Sartuis.

76

À minuit, j'étais à Lyon. À 2 heures, à Besançon. À 3 heures, je retrouvais Sartuis, la ville aux horloges arrêtées. Depuis que j'approchais des vallées du Jura, l'averse crépitait sur ma route. Maintenant, elle ruisselait sur les toits, gonflait les gouttières, formait des torrents le long des trottoirs. L'artère principale semblait pencher, basculer dans le vide de la nuit à la manière d'une cuve.

Je trouvai la place centrale – et avec elle, la mairie. Bâtiment moderne sans âme ni passé qui s'enfonçait dans la boue de l'orage. Je fis le tour à pied, emportant feuilles mortes et gerbes d'eau dans mon sillage, et repérai le pavillon du gardien.

Je frappai à la fenêtre grillagée. Les aboiements d'un chien retentirent. Je frappai encore. Au bout de deux longues minutes, la porte s'entrouvrit. Un homme me jeta un regard ébahi. Je criai dans le vacarme de la pluie :

— Vous êtes le concierge de la mairie ?

L'homme ne répondit pas.

— Vous êtes le gardien, oui ou non ?

Le chien ne cessait pas d'aboyer. Je me félicitai que le gaillard n'ait pas ouvert complètement sa porte.

— Z'avez vu l'heure ? grogna-t-il enfin. C'est pour quoi ?

— Vous avez les clés de la mairie, oui ou merde ?

— Parlez pas comme ça ou je lâche le chien ! Je suis l'employé municipal. Je fais deux rondes la nuit, c'est tout.

— Prenez vos clés. C'est l'heure d'y aller.

— En quel honneur ?

Je lui fourrai ma carte sous le nez

— Moi aussi, je suis employé municipal.

Cinq minutes plus tard, l'homme était à mes côtés, vêtu d'une énorme parka à capuche. Il tenait une lampe-torche :

— J'ai laissé le chien au chaud. Vous en avez pas besoin ?

— Non. Je dois simplement consulter des fichiers. Dans une heure, vous êtes au lit.

Une poignée de secondes et nous fûmes au cœur

du bâtiment. On avançait dans les couloirs comme dans les cales d'un cargo, les tympans assaillis par les bourrasques et les bruissements de pluie.

— Qu'est-ce que vous cherchez au juste ?

— L'état-civil. Les décès.

— Faut monter au premier.

Un escalier, un nouveau couloir, puis l'homme braqua son faisceau vers une porte. Une nouvelle clé et on accéda à une grande salle, traversée par les éclairs obliques de l'orage.

Il actionna le commutateur. La pièce ressemblait à une bibliothèque. Des structures de métal formaient plusieurs galeries, où s'alignaient des dossiers jaunis. À gauche, un bureau trônait en solitaire. Dessus, un ordinateur flambant neuf.

— Vous savez vous en servir ? demandai-je.

— Non. J'ai un chien. Je fais des rondes. C'est tout.

Je me tournai vers les rayonnages :

— Ce sont les archives ?

— À votre avis ? La cafétéria ?

— Je veux dire : on conserve encore une version papier de chaque certificat ?

— J'en sais rien. Tout ce que j'peux vous dire, c'est qu'ils sont toujours ensevelis sous la paperasse, ces cons-là, et...

Je plongeai dans les allées et scrutai les dossiers. Naissances, mariages, décès tout était là. Un mur était consacré aux disparus – de la période d'après-guerre jusqu'à aujourd'hui. Je trouvai rapidement les années quatre-vingt.

J'attrapai la chemise « 1988 » et feuilletai les fiches jusqu'à novembre. Pas de certificat au nom de Manon Simonis. Mes mains tremblaient. Je dégoulinais sur place. Mois de décembre. Rien. Je remis tout en place.

Un bruit blanc résonnait en moi.

Un dernier truc à vérifier.

De nuit, Le Locle semblait plus sauvage encore que Sartuis. Une grande avenue de ville de Far West, des immeubles-bunkers fouettés par la pluie. Et la voix du père Mariotte, au fond de mon crâne, m'expliquant que Manon était enterrée de l'autre côté de la frontière :

— Sa mère a voulu éviter les médias, le tapage…

Le cimetière se situait au bout de la ville. Je garai la voiture, attrapai ma lampe et remontai l'allée de sapins. J'escaladai la grille et retombai dans une flaque, de l'autre côté.

La mort rend les hommes égaux. Les cimetières aussi. Les stèles, les croix : des verrous de pierre qui scellaient tout – les vies, les destins, les noms. J'avançai et évaluai le boulot : six allées, ouvrant de part et d'autre sur plusieurs dizaines de tombes. Au bas mot, trois ou quatre cents sépultures à déchiffrer.

J'attaquai le premier sentier, torche braquée. La pluie était si serrée qu'elle n'était plus qu'un rideau continu. Le vent frappait en rafales, devant, derrière, sur les côtés, avec la violence d'un boxeur qui s'acharne sur un outsider, acculé dans les cordes.

Première allée : pas de Manon Simonis.

Deuxième allée : pas de Manon Simonis.

Troisième, quatrième, cinquième : TOUJOURS PAS DE MANON.

Le rayon de ma torche glissait sur les croix, les noms, et c'était comme un compte à rebours qui me projetait vers une vérité hallucinante. Depuis combien de temps avais-je compris? Depuis combien de secondes mon hypothèse s'était-elle transformée en certitude absolue? À la fin de la sixième allée, je tombai à genoux dans les graviers. L'enfant n'était pas morte en 1988. C'était une bonne et une mauvaise nouvelle. Bonne : Manon avait survécu à son propre assassinat. Mauvaise : c'était grâce au diable. Elle était une Sans-Lumière et elle avait tué sa mère.

IV

MANON

77

Première urgence.

Régler mes comptes avec Stéphane Sarrazin.

Le gendarme avait toujours su que Manon était vivante. Lorsqu'il avait obtenu la charge de l'enquête Simonis, il avait dû consulter le dossier de 1988. Il prétendait que ce dossier n'existait plus mais il mentait, j'en étais sûr maintenant. Il avait dû aussi contacter Setton, devenu préfet, et les autres enquêteurs. Il savait tout. Pourquoi ne m'avait-il pas dit l'essentiel?

Je franchis de nouveau la frontière, la rage au ventre.

Et tentai de retracer les faits de l'époque.

Novembre 1988.

Craignant le harcèlement des médias, la mère et les responsables de l'enquête se mettent d'accord pour cacher la survie de l'enfant. Le juge de Witt, le commandant Lamberton, le commissaire Setton, les avocats ferment leur gueule. Quant au procureur, il lâche quelques communiqués sibyllins, pour donner le change, puis plus rien.

Le secret de l'instruction, verrouillé à double tour.

Décembre 1988.

Sylvie Simonis vit une période d'intense confusion. Elle vient de tuer sa propre fille pour détruire le diable qui est en elle, mais l'enfant a survécu. Que peut-elle penser ? Je devine : chrétienne, Sylvie voit dans cette résurrection l'action de Dieu. C'est l'histoire d'Abraham. Yahvé n'a pas voulu qu'elle sacrifie sa fille. Sylvie donne une autre chance à Manon. Le miracle a sans doute purifié son âme – et chassé la Bête.

La suite, je la voyais bien nette, sur fond de prières et de planques. Sylvie avait élevé Manon en secret, quelque part dans les vallées du Jura. Ou ailleurs. Un détail prenait maintenant son sens : les virements sur un compte suisse, depuis quatorze ans. Ils n'étaient destinés ni à un maître chanteur, ni à Sylvie elle-même. Mais aux tuteurs de sa fille ! Qui étaient-ils ? Manon avait-elle vécu en Suisse ? Avait-elle conservé son véritable nom ?

Sarrazin avait intérêt à se mettre à table.

Il m'avait donné son adresse personnelle. Il n'habitait pas la caserne de Trepillot mais une maison isolée, à la sortie sud de Besançon. La baraque appartenait à un hameau : « Les Mulots ». Sarrazin m'avait parlé d'un chalet à l'écart. Je contournai la ville et repérai l'enseigne.

En contrebas de la route, le toit de bois flottait dans l'obscurité.

Je m'arrêtai cinquante mètres avant, à l'abri des regards, et attrapai mon sac. Je saisis la housse en cordura, y puisai les pièces détachées du Glock 21 et montai l'arme en toute rapidité. Je glissai un chargeur de balles Arcane et fis monter une cartouche

dans le canon. Je soupesai l'engin. Bien qu'en polymère, il était plus lourd que le 9 mm Para. Un automatique compact, ravageur, qui correspondait,
exactement, à mon état d'esprit.

À 2 heures du matin, j'espérais surprendre Sarrazin dans son lit et lui remettre les idées en place.

Je sortis sans bruit, arme au poing. L'averse s'était
arrêtée. La lune réapparaissait, affûtant son reflet
sur l'asphalte détrempé. Je descendis vers le chalet
et stoppai sur le seuil. La porte d'entrée était ouverte
– une flaque de pluie s'écoulait dans l'entrebâillement. Mauvais présage. J'évitai la flotte et me glissai à l'intérieur, en alerte maximum. Après le
vestibule, un salon rectangulaire, ponctué de trois
fenêtres. Une voix me prévenait d'un désastre mais
je la maintenais encore à distance.

J'appelai :

— Sarrazin ?

Pas de réponse. Je croisai la cuisine, une chambre,
parfaitement rangée, et trouvai l'escalier. J'étais
parcouru de tremblements, renforcés encore par
mes vêtements mouillés.

— Sarrazin ?

Je n'attendais plus de réponse. Le lieu puait la
mort.

En haut des marches, nouveau couloir. Nouvelle
chambre. Celle de Sarrazin, sans doute. Je jetai un
œil. Vide, impeccable. Je repris espoir. Le militaire
était peut-être parti en mission ?

Un bourdonnement me répondit.

Des mouches, derrière moi. En cohortes.

Je suivis les insectes, qui se groupaient au fond
du couloir, autour d'une porte entrouverte. La salle

de bains. Les mouches vrombissaient, s'agglutinaient autour des gonds. L'odeur de pourriture était
maintenant perceptible. Je m'approchai. Je rengainai mon arme, retins mon souffle et poussai la porte
avec le coude.

L'infection de la chair en décomposition me sauta
au visage. Stéphane Sarrazin était lové dans sa baignoire, pleine d'une eau brune et figée. Son torse
dépassait de la surface, sa tête renversée en arrière,
dans une cambrure de souffrance. Son bras droit
pendait à l'extérieur, évoquant le *Marat assassiné*
de David. Sur les carreaux du mur, au-dessus, des
traînées de sang semblaient former un motif mais la
réfraction de la lune éclaboussait la céramique. Je
trouvai le commutateur.

Lumière crue sur l'horreur. Sarrazin n'avait plus
de visage : il était écorché des sourcils au menton.
Les doigts de sa main étaient brûlés. Son buste était
ouvert du sternum jusqu'au pubis, qu'on devinait
béant dans les flots sombres. Ses viscères s'étaient
déroulés contre ses flancs et ses jambes repliées,
offrant l'illusion d'une eau noire. Au-dessus, les
mouches grondaient en vapeur incessante.

Je me reculai. Mes tremblements se transformaient en spasmes et je ne trouvais plus en moi
aucune concentration, aucune acuité pour analyser
la scène de crime. Je n'avais qu'un désir : foutre le
camp. Mais je me forçai à regarder encore.

J'aperçus près de la baignoire un débris sans
équivoque : le sexe de Sarrazin. Le tueur avait castré
le militaire. Maintenant, avec le recul, je contemplai
à nouveau les marques sur le mur de faïence. Elles
dessinaient une phrase, en lettres de sang : le

meurtrier avait utilisé le sexe de sa victime comme un pinceau.

En longues capitales, il avait inscrit :

TOI ET MOI SEULEMENT.

L'écriture était celle du confessionnal.

Et j'étais certain que le message, encore une fois, s'adressait à moi.

78

Je m'éloignai à pleine vitesse de Besançon. Une seule idée maintenant sous mon crâne : le tueur ne pourrait expier ses crimes qu'avec son propre sang. C'était désormais la loi du talion. Œil pour œil. Sang contre sang.

Dans un village endormi, je repérai une cabine téléphonique. Je m'arrêtai et contactai le Centre Opérationnel de Gendarmerie de Besançon. Appel anonyme. Un nouveau nom sur la nécro du dossier. Presque une routine.

Puis la route à fond.

Mes pensées viraient au pur cauchemar. Le diable voulait que je suive sa trace – moi, et moi seul. Et il m'attendait, quelque part dans une vallée du Jura. JE PROTÈGE LES SANS-LUMIÈRE. Un diable qui veillait sur ses créatures et qui les vengeait de la pire façon, éliminant maintenant Sarrazin, enquêteur trop curieux.

Un hôtel, en urgence.

Une chambre, un lieu scellé, où prier pour le salut du gendarme et, peut-être, dormir quelques heures. Je repérai en bord de route un bâtiment surmonté d'un néon éteint. Je ralentis. C'était bien un hôtel, sans style, mangé par du mauvais lierre. Un deux-étoiles pour voyageurs de commerce.

Je réveillai l'hôtelier et me fis guider jusqu'à ma chambre. J'ôtai mes vêtements, plongeai sous la douche puis priai en caleçon dans l'obscurité. Je priai et priai encore pour Sarrazin. Sans parvenir à effacer mes soupçons. Malgré son agonie, malgré notre accord, je suspectais encore chez le gendarme un versant caché. Les fameux 30 % de culpabilité…

Je redoublai de ferveur dans ma prière, jusqu'à ce que mes genoux, sur le tapis élimé, me fassent mal. Alors seulement, je me glissai dans les draps. J'éteignis la lumière et laissai mes pensées courir, sans ordre ni logique.

Les questions surgissaient dans ma conscience comme les grains de verre colorié d'un kaléidoscope. À chaque seconde, les motifs changeaient, dessinant des vérités contradictoires, des interrogations en abîme, des angoisses démultipliées.

Puis le sujet Manon réapparut et s'amplifia, au point d'occuper tout mon esprit. Je me concentrai sur elle, pour mieux écarter les autres énigmes. Si elle était réellement vivante, quelle pouvait avoir été sa vie ?

Je m'enfonçai encore dans mes pensées, quittant Manon pour rejoindre Luc. Était-il allé plus loin que moi encore ? Avait-il retrouvé Manon, vivante, âgée de vingt-deux ans? Était-ce cette découverte qui l'avait poussé au suicide?

Je me réveillai avec la lumière du jour.

8 h 30. Je m'habillai et fourrai mes fringues de la veille au fond de mon sac. Puis descendis boire un café dans le restaurant vide de l'hôtel, jetant un coup d'œil aux journaux du matin. Rien sur les meurtres de Bucholz et de Moraz – on était à près de mille kilomètres de Lourdes. Rien sur le corps de Sarrazin : trop tôt.

Une journée de sursis pour appliquer ma stratégie.

Remonter l'histoire du sauvetage de Manon.

Trente minutes plus tard, je stoppai devant la caserne des pompiers de Sartuis. Le ciel était bleu, les nuages blancs. Tout semblait calme. La nouvelle de la mort de Sarrazin n'était toujours pas parvenue. Personne ne bavardait dans la cour, personne n'écoutait son cellulaire, les yeux exorbités.

Juste un samedi comme un autre.

Je contournai le hangar principal en grelottant. Sur l'aile droite, un jeune pompier coiffé en brosse promenait sans enthousiasme un jet d'eau sur la dalle de ciment. Je l'interpellai. Il arrêta son Kärcher, s'y reprenant à plusieurs fois pour stopper le déluge, puis demanda d'une voix de fausset, les yeux fixés sur ma carte de flic :

— C'est pour quoi?

— Une vieille histoire. Manon Simonis. Une petite fille noyée, en novembre 1988. Je cherche les sauveteurs qui ont récupéré le corps.

— Pour ça, il faudrait voir le commandant, il...

— Qu'est-ce qui se passe ici?

Un homme corpulent apparut derrière le pompier. Cinquante ans, bien marqués sur le visage, des cheveux coiffés au râteau, un nez en patate. Des galons d'argent brillaient sur les épaulettes de son pull.

— Commandant Mathieu Durey, fis-je d'une voix martiale. J'enquête sur le meurtre de Manon Simonis.

— En quel honneur? Il y a prescription depuis longtemps.

— Il y a des faits nouveaux.

— Tiens donc. Lesquels?

— Je ne peux rien dire.

J'étais en train de me griller mais il me fallait l'information, coûte que coûte. Le reste était accessoire. L'officier fronçait les sourcils dans la clarté matinale. Mille rides convergeaient autour de ses yeux. Il demanda d'un ton intrigué :

— Pourquoi venir chez nous?

— Je voudrais interroger les pompiers qui ont participé à l'émersion de l'enfant.

— J'étais de l'équipe. Qu'est-ce que vous voulez savoir?

— Vous vous souvenez de l'état du corps?

— Je ne suis pas médecin.

— La petite fille était bien morte?

Le gradé lança un coup d'œil étonné à l'aspirant. J'insistai :

— Il n'y a aucune chance pour que Manon ait été réanimée?

Il paraissait maintenant déçu : il venait d'accorder son attention à un fou.

— La petite avait passé au moins une heure dans

564

l'eau, répondit-il. La température de son corps était descendue sous la barre des vingt degrés.

— Son cœur ne battait plus?

— Quand on l'a repêchée, elle ne présentait plus le moindre signe d'activité physiologique. Peau cyanosée. Pupilles dilatées. Qu'est-ce qu'il vous faut de plus?

Je n'arrêtais pas de frissonner dans mon trench-coat. Je demandai encore :

— Où le corps a-t-il été transféré?

— Je ne sais pas.

— Vous n'avez pas parlé avec les urgentistes?

Son regard fit la navette entre moi et son acolyte puis il admit :

— Tout s'est passé très vite. Le Samu avait un hélicoptère.

Je remontai mentalement les images et les fis défiler à bonne vitesse. *12 novembre 1988, 19 heures.* Pluie battante. Les gendarmes découvrent le corps, sur le site d'épuration. Les pompiers plongent aussitôt dans le puits. La civière remonte à la lueur des projecteurs et des gyrophares. Alors, les urgentistes décident d'utiliser un hélicoptère. Pourquoi? Où avaient-ils emmené Manon? L'officier proposa :

— Ils ont dû la transporter à Besançon. Pour l'autopsie.

— L'hélicoptère du Samu, demandai-je, où stationne-t-il? À Besançon?

L'homme me dévisageait, comme pour déceler un sens caché dans mes questions. Il déclara, en secouant la tête :

— Pour ce genre de transports, on fait appel à une boîte privée, à Morteau.

— Quel nom ?

— Codelia. Mais je ne suis pas sûr que ce soit eux qui…

Je remerciai les deux pompiers d'un signe de tête et courus vers ma voiture.

Un quart d'heure plus tard, je retrouvais la capitale de la saucisse, tassée au fond de sa petite vallée. L'héliport se situait à la sortie de la ville, sur la route de Pontarlier. Un entrepôt de tôle ondulée, s'ouvrant sur une piste d'atterrissage circulaire. Un seul hélicoptère attendait sur le tarmac.

Je stoppai cent mètres avant et réfléchis. C'était quitte ou double : soit les hommes de permanence étaient de bonne composition et m'ouvraient leurs archives, soit ma carte de flic ne suffisait pas et ma piste se fermait d'elle-même. Je ne pouvais pas prendre ce risque.

Je redémarrai, dépassai l'héliport puis me rangeai après le premier virage, sous les arbres. Je revins à pied, abordant le hangar par l'arrière. Je lançai un regard sur le côté. Trois hommes discutaient sur la piste, près de l'hélicoptère. Avec un peu de chance, les bureaux seraient vides.

Je longeai le mur et pénétrai dans l'entrepôt. Mille mètres carrés d'un seul tenant. Deux hélicoptères, à moitié démontés, évoquant des insectes aux ailes démantibulées. Personne. Surplombant l'atelier, à gauche, une mezzanine abritait une salle vitrée. Pas un mouvement là-haut non plus.

Je grimpai les marches et poussai la porte de verre. Un ordinateur était en veille sur le bureau principal.

J'appuyai sur la touche d'espacement. L'écran s'alluma, avec sa série d'icônes. J'étais en veine. Tout était là, soigneusement titré : les déplacements, les clients, les moyennes de consommation de kérosène, les carnets d'entretien, les factures…

Pas de mot de passe, pas de listings labyrinthiques, pas de logiciels inconnus. Une superveine. Je cliquai sur le document « Urgences », et trouvai un dossier pour chaque année.

Bref regard par la baie vitrée : toujours personne en vue. J'ouvris « 1988 » et fis défiler la liste jusqu'à novembre. Les missions dans la région n'étaient pas nombreuses. Je repérai la feuille de route qui m'intéressait :

F-BNFP

Jet-Ranger 04

18 novembre 1988, 19 h 22, APPEL XM 2453 : SAMU/Hôpital Sartuis.

DESTINATION : Site d'épuration Sartuis.

Carburant : 70 %.

18 novembre 1988, 19 h 44, TRANSFERT XM 2454 : SAMU/Hôpital Sartuis.

DESTINATION ANNEXE DES CHAMPS-PIERRES DU CHU VAUDOIS (CHUV) Lausanne, Service de Chirurgie Cardio-vasculaire.

CONTACT : Moritz Beltreïn, chef de service.

Carburant : 40 %.

J'accusai le coup. Manon n'avait pas été transférée dans un hôpital de Besançon. L'hélicoptère avait franchi la frontière suisse et s'était directement rendu à Lausanne. Pourquoi là-bas ? Pourquoi ce service – chirurgie cardiovasculaire – pour accueillir une enfant noyée ?

Les synapses de mon cerveau fonctionnaient à la vitesse du son. Je devais rencontrer l'urgentiste qui avait assuré le transfert de Manon Simonis. L'idée de cette destination ne pouvait venir que de lui.

— Qu'est-ce que vous foutez là ?

Une ombre entra dans mon champ de vision, sur la gauche.

— Je vais vous expliquer, fis-je avec un large sourire.

— Ça va être difficile.

L'homme serrait les poings. Un mètre quatre-vingt-dix, cent kilos minimum. Pilote ou technicien. Un colosse capable de déplacer un hélicoptère à mains nues.

— Je suis policier.

— Va falloir trouver mieux, mon gars.

— Laissez-moi vous montrer ma carte.

— Tu bouges, je t'assomme. Qu'est-ce que tu fous dans notre bureau ?

Malgré la tension, je ne songeai qu'à ma découverte. Le CHUV de Lausanne, chirurgie cardio-vasculaire. Pourquoi cette destination ? Y avait-il dans ce département un magicien susceptible de réanimer Manon ?

Le type s'approcha du bureau et attrapa le téléphone :

— Si t'es vraiment flic, on va appeler tes collègues de la gendarmerie.

— Aucun problème.

Je pensai au gâchis de temps : les explications au quartier-général de Morteau, les appels à Paris, la nouvelle de la mort de Sarrazin qui viendrait ajouter à la confusion. Au moins trois heures de grillées. Je ravalai ma colère derrière mon sourire.

Avant que le gaillard ne décroche, le téléphone sonna. Il porta le combiné à son oreille. Son expression changea. Il attrapa un bloc, nota des coordonnées puis marmonna :

— On arrive.

Il raccrocha et posa les yeux sur moi.

— On peut dire que t'as du bol. (Il désigna la porte.) Tire-toi.

Sauvé par le gong. Une urgence qui tombait à pic. Je partis à reculons vers le seuil et plongeai dans l'escalier. À mi-course, le gus me dépassa. Il sauta sur le sol puis bondit dehors, tenant une feuille à la main, son autre bras mimant l'hélice au-dessus de sa tête. Aussitôt, les autres types foncèrent vers l'hélicoptère. Quand les pales entrèrent en mouvement, j'avais déjà franchi le portail de l'héliport.

L'engin décolla alors que je continuais à marcher. Il frôla les cimes du sous-bois, arrachant les dernières feuilles rouges aux arbres. Je levai les yeux – il me sembla que le pilote, le colosse du bureau, m'observait à travers la vitre du cockpit.

Je démarrai à mon tour, dans le tourbillon de feuilles et de brindilles propulsé dans les airs.

Lausanne.

La clé de l'affaire était là-bas.

79

L'annexe des Champs-Pierres du Centre Hospitalier Universitaire Vaudois se situait dans les hauteurs de Lausanne, près de la rue Bugnon, non loin du CHUV lui-même. C'était un petit bâtiment de trois étages, dressé parmi des jardins à la japonaise. Cailloux gris et petits pins serrés.

Je remontai à pied l'allée centrale. Les conifères étaient taillés au cordeau et des globes de lumière semblaient suspendus au ras des graviers. L'ensemble était à la fois apaisant, comme un vrai jardin zen, et inquiétant, comme le labyrinthe de *Shining*. Le ciel s'était couvert. Une brume flottait, évoquant des pollens de fleurs de cerisier.

Le service de chirurgie cardiovasculaire se trouvait au deuxième étage. Le nom du médecin qui avait accueilli le corps de Manon était imprimé dans ma mémoire : Moritz Beltreïn. Opérait-il encore ici, quatorze ans après ? Je trouvai, à l'entrée du département, une minuscule zone de réception. Derrière le comptoir, une jeune femme se détachait, sans blouse ni téléphone, sur un poster de vallons suisses.

Je demandai, d'un ton aimable, à voir le médecin.

Elle me sourit. Elle était jolie et ce détail parvint à m'atteindre, malgré tout. Elle m'observait sous ses cheveux noirs coiffés à l'indienne, grignotant des Tic-Tac. J'insistai :

— Il ne travaille plus ici ?

— C'est le grand patron, fit-elle enfin. Il n'est pas

encore là, mais il va passer. Il vient chaque jour, même le week-end. En milieu de journée.

— Je peux l'attendre ?

— Seulement si vous me faites la conversation.

Je feignis de me prendre au jeu et empruntai une expression amusée. Je ne sais pas à quoi je ressemblais mais mes efforts la firent éclater de rire. Elle souffla :

— Je m'appelle Julie. (Elle me serra vigoureusement la main.) Julie Deleuze. Je travaille ici seulement le week-end. Un boulot d'étudiante. Pour la conversation, vous n'êtes pas obligé…

Je m'accoudai et souris franchement. Je hasardai quelques questions personnelles – études, vie quotidienne, loisirs à Lausanne. J'étais en pilotage automatique. Chaque question me demandait tant de peine que je n'entendais pas les réponses.

Un téléphone invisible sonna. Elle plongea sa main sous le comptoir et répondit. Elle m'envoya un clin d'œil, attrapant un nouveau Tic-Tac. Elle avait le teint mat des squaws trop maquillés, dans les westerns allemands des années soixante.

— C'était lui, annonça-t-elle en raccrochant. Il est dans son bureau. Vous pouvez y aller.

— Vous ne l'avez pas prévenu ?

— Pas la peine. Vous frappez. Vous entrez. Il est très sympa. Bonne chance.

Je reculai. Elle demanda :

— Vous reviendrez ?

Ses yeux se plissèrent entre ses mèches soyeuses et noires. Ils étaient verts – d'un vert anisé et léger.

— Il y a peu de chances, fis-je. Mais je garde votre sourire avec moi.

571

C'était la seule bonne réponse. Lucide et optimiste. Elle rit, puis précisa :

— Derrière vous. Le couloir. La porte du fond.

Je tournai les talons. En quelques pas, j'avais déjà oublié la fille, les yeux, tout. Je n'étais plus qu'un bloc tendu vers la nouvelle étape. Je frappai à la porte, obtins aussitôt une réponse. En tournant la poignée, je fis une brève prière pour Manon.

Une Manon vivante.

L'homme était debout dans la pièce blanche, classant des dossiers dans une armoire métallique. Râblé, il mesurait à peine un mètre soixante-cinq. De grosses lunettes, une frange basse. La ressemblance avec Elton John était frappante, sauf que ses cheveux étaient gris. Il devait avoir une soixantaine d'années mais sa tenue – jean délavé et laine polaire – évoquait plutôt un étudiant de Berkeley. Il portait aux pieds des Stan Smith. Je m'enquis :

— Vous êtes bien Moritz Beltreïn ?

Il acquiesça puis désigna un siège devant son bureau :

— Asseyez-vous, ordonna-t-il sans lever le nez du dossier qu'il tenait.

Je ne bougeai pas. Quelques secondes passèrent. Je détaillai encore mon hôte. Sa silhouette évoquait une masse, d'une lourdeur inhabituelle. Comme si sa structure osseuse était particulièrement dense, compacte. Enfin, il leva les yeux :

— Que puis-je faire pour vous ?

Je précisai mon pedigree. Nom. Origine. Activité. L'expression du chirurgien, coupée de moitié par la frange et les lunettes, était indéchiffrable.

— Je répète ma question, dit-il d'une voix neutre. Que puis-je faire pour vous?

— Je m'intéresse à Manon Simonis.

Un sourire apparut. Ses pommettes larges touchèrent la monture géante. Ses lunettes étincelaient mais les verres étaient opaques.

— J'ai dit quelque chose de drôle?

— Il y a quatorze ans que j'attends quelqu'un comme vous.

— Comme moi?

— Un étranger à l'affaire, qui aurait enfin compris la vérité. Je ne sais pas quel chemin vous avez pris, mais vous êtes arrivé à destination.

— Elle est vivante, n'est-ce pas?

Il y eut un silence. Ce fut comme un aiguillage cosmique. Un pivot sur lequel, je le sentais, allait s'orienter toute ma vie. Selon la réponse que j'allais obtenir, mon existence et même, d'une certaine façon, tout l'univers, allaient prendre une direction décisive.

— Elle est vivante, oui ou non?

— Quand j'ai connu Manon, elle était morte. Mais pas assez pour que je ne puisse la ranimer.

Je m'écroulai sur le siège. Je parvins à dire :

— Racontez-moi toute l'histoire. C'est très important.

Mon ton suppliant m'avait trahi. Il demanda, intrigué :

— Pour votre enquête ou pour vous-même?

— Quelle différence cela fait?

— Votre enquête : où en est-elle?

— Je vous le dirai quand vous m'aurez parlé. Ce

que vous allez me dire déterminera la signification de tout le reste.

Il eut un hochement de tête. Il prenait bonne note. Il rangea le classeur qu'il tenait encore puis libéra un profond soupir, comme s'il devait se plier à un devoir, écrit sur les tables de la Loi. Il s'assit en face de moi :

— Vous connaissez l'affaire. Je veux dire d'un point de vue criminel. Vous savez qu'un appel anonyme a orienté les recherches vers un puits où…

— Je connais le dossier par cœur.

— Les gendarmes se sont donc orientés vers les puits les plus proches de la cité des Corolles. Ils étaient déjà accompagnés par une équipe de médecins. Quand les urgentistes ont découvert l'enfant, ils ont constaté sa mort. Pupilles fixes, cœur arrêté, température centrale à 23°. Aucun doute sur le décès. Pourtant, le médecin, un homme du nom de Boroni, avait travaillé dans mon service l'année précédente. Il connaissait ma spécialité.

— Quelle est au juste votre spécialité ?

Depuis le départ, je ne voyais pas ce qu'un chirurgien cardiovasculaire avait à voir avec la réanimation.

— L'hypothermie, répondit Beltreïn. Depuis près de trente ans, je m'intéresse aux phénomènes physiologiques provoqués par le froid. Comment, par exemple, l'irrigation sanguine du corps peut ralentir dans de telles circonstances. Mais revenons à Manon. Cet homme, Boroni, savait qu'en cas de grand froid, il reste un espoir, infime, lorsque la mort est déclarée. Il a donc procédé comme si l'enfant était vivante. Il a appelé l'hélicoptère qui

574

participait aux recherches et m'a contacté au CHUV. Si on compte le temps du trajet, le corps allait être privé de vie durant au moins soixante minutes. Ce qui réduisait nos chances à zéro. Pourtant, cela valait le coup de tenter ma méthode. Savez-vous ce qu'est une machine « by-pass » ?

Le nom réveillait des souvenirs vagues. Beltreïn poursuivit :

— Dans chaque bloc opératoire, il existe une machine de circulation extracorporelle qu'on utilise pour refroidir le sang des patients avant une importante intervention. Le système consiste à extraire le sang du malade, à le refroidir de quelques degrés, puis à le réinjecter. On pratique cette opération plusieurs fois afin de créer une hypothermie artificielle.

Mon souvenir se précisa. On avait eu recours à cette même machine pour sauver Luc. Ironie incroyable de l'histoire. J'achevai son exposé :

— Vous vouliez l'utiliser de manière inverse, afin de réchauffer le sang de l'enfant.

— Exactement. J'avais déjà tenté cette expérience, une première fois, en 1978, sur un petit garçon mort d'asphyxie. La méthode avait permis de le réanimer. Dans les années quatre-vingt, j'ai réitéré plusieurs fois l'opération. Aujourd'hui, c'est une technique couramment utilisée, aux quatre coins de la planète. (Un sourire d'orgueil lui échappa.) Une technique dont je suis l'inventeur.

Il laissa passer un intervalle, afin que je mesure toute la grandeur de son génie, puis continua :

— Le sang de Manon est passé une première fois dans la machine puis a été réinjecté, à la même température, mais réoxygéné. Nous avons ensuite tenté un nouveau cycle, cette fois à 27°, puis un autre, à 29… Lorsque nous avons atteint 35°, les moniteurs ont marqué un signe. Après un nouveau cycle, les oscillations ont repris sur les écrans. À 37°, les battements cardiaques sont devenus réguliers. Manon, après avoir été cliniquement morte pendant près d'une heure, était revenue à la vie.

Les explications de Beltreïn cadraient avec ma volonté cartésienne. Pour la première fois, on ne me parlait pas de miracle. Ni de Dieu, ni du diable. Seulement d'une prouesse médicale. Le toubib parut suivre ma pensée :

— La rémission de Manon ressemblait à un prodige. Elle s'expliquait en réalité par la convergence de trois facteurs favorables, qui tenaient tous à l'âge de la petite fille.

— Quels facteurs ?

— D'abord, les proportions de son corps. Manon était une enfant chétive. Elle ne pesait pas quinze kilos. Ce poids a favorisé un refroidissement immédiat. Son corps s'est mis en hibernation. Le cœur a commencé à battre plus lentement – de quatre-vingts pulsations-minute, il est descendu à quarante pulsations. Les réactions biochimiques ont diminué elles aussi. La consommation d'oxygène des cellules a considérablement baissé. Ce fait est essentiel. Il a permis au cerveau de fonctionner encore, en bas régime, alors qu'il n'était plus irrigué par la circulation sanguine.

Beltreïn était lancé, mais je l'interrompis :

— Vous parlez d'un corps qui tournait au ralenti,

mais Manon était déjà noyée, non? Ses poumons devaient être saturés d'eau.

— Justement non. C'est le deuxième facteur positif. La petite fille s'est asphyxiée, elle ne s'est pas noyée. Pas une goutte d'eau n'a pénétré sa gorge.

— Expliquez-vous.

— Les enfants possèdent un « diving reflex ». Pensez aux bébés nageurs. Lorsqu'on les immerge, ils ferment instinctivement leurs cordes vocales afin d'empêcher l'eau de pénétrer dans leurs poumons. Dans le puits, Manon s'est coupée de l'environnement extérieur et s'est mise à fonctionner en circuit fermé.

J'eus une vision, fantasmagorique, de l'intérieur du corps de Manon. Les organes rouges et noirs, battant à très faible rythme, préservant la moindre parcelle de vie dans l'eau glacée. Beltreïn rajusta ses lunettes :

— Il y a des théories au sujet de ce réflexe. Certains pensent qu'il s'agit d'un vestige archaïque, lié à nos origines aquatiques. Quand un dauphin ou une baleine plonge sous l'eau, un mécanisme inné coupe instantanément sa respiration et concentre son sang vers les organes vitaux. C'est exactement ce qui s'est passé pour Manon. Le temps de son immersion, elle s'est transformée en petit dauphin. Elle s'est réfugiée, pour ainsi dire, au fond d'elle-même. De là à évoquer une paléomémoire…

À nouveau, Beltreïn se tut, laissant planer les résonances de son discours. Le prodige de cette survie était plus spectaculaire encore qu'il ne le pensait. Une petite fille soi-disant possédée, assassinée

577

par sa mère, avait survécu grâce à sa mémoire de dauphin…

— À ce stade, reprit-il, il faut que vous compreniez un fait essentiel. Il n'y a pas eu lutte.

— Vous voulez dire entre Manon et son assassin ?

— Non. Entre Manon et la mort. Elle ne s'est pas débattue. Le froid l'a aussitôt saisie et pétrifiée. C'est à cela qu'elle doit sa survie. Le moindre effort aurait précipité sa noyade. D'une certaine façon, la petite fille a accepté la mort. C'est un des secrets de mes recherches. Si on accepte le néant, si on se laisse glisser vers lui, on peut demeurer en suspens dans une sorte… d'intermonde. Une demi-mort, qui est aussi une demi-vie…

Je songeai à cette parenthèse cruciale dans l'existence de la petite fille. Qu'avait vu Manon durant ce « temps d'arrêt » ? Le diable, vraiment ? Pour l'heure, je me concentrai sur les aspects physiologiques de sa traversée :

— Vous avez parlé de trois facteurs.

— J'aime les policiers, sourit-il. Vous êtes des élèves attentifs.

Il fit claquer ses lèvres :

— Le troisième facteur concerne la rémission complète de Manon. Malgré tout ce que je vous ai expliqué, on pouvait craindre de graves séquelles. Or, à son réveil, Manon était en parfaite possession de ses fonctions cognitives. Pas de problème d'élocution. Pas de difficultés de raisonnement. Seule sa mémoire marquait une relative amnésie. Mais son cerveau fonctionnait à merveille.

— Quelle est l'explication ?

— Son âge, encore une fois. Plus un cerveau est

jeune, plus il possède de cellules. Ce qui signifie qu'il dispose d'un vaste territoire pour répartir ses fonctions. Il est évident que l'organe de Manon a subi des lésions mais ses capacités mentales se sont naturellement placées ailleurs, là où les neurones étaient encore valides. C'est ce qu'on appelle la mobilité cérébrale. On a vu des enfants accidentés regrouper toute leur activité mentale dans un seul hémisphère.

Cette allusion à l'amnésie m'inspira une pure question de flic :

— À son réveil, elle se souvenait de la scène du crime ? A-t-elle dit quelque chose sur son agresseur ?

Il balaya d'un geste cette idée :

— Je ne l'ai pas questionnée sur ces faits. C'était le travail des enquêteurs.

— Ils l'ont interrogée ?

— Oui. Mais elle ne se souvenait plus de l'épisode du site d'épuration. Un blocage. C'est assez fréquent au sortir d'un coma. L'amnésie peut même être volontaire. Le cerveau profite, en quelque sorte, du traumatisme pour occulter un épisode qui lui est désagréable.

Manon avait effacé cette scène horrible, mais sa mère, elle, devait être encore sous le choc. Elle avait dû voir dans cette amnésie une deuxième chance pour elle. Et leur avenir. Si Manon ne se souvenait de rien, tout pouvait recommencer. Toujours le doigt de Dieu…

Beltreïn enchaîna, tombant à pic dans mon raisonnement :

— Quand j'ai annoncé la résurrection de Manon

à sa mère, elle a pris une décision étrange. Ne pas révéler cette survie. Peut-être craignait-elle la menace de l'assassin. Ou le battage médiatique, je ne sais pas. Dans tous les cas, nous nous sommes organisés avec le juge, le parquet, les enquêteurs, pour ne pas communiquer l'événement.

— J'ai enquêté à Sartuis. Je n'ai trouvé aucune trace de son existence secrète.

— Et pour cause. Manon est restée ici, en Suisse. Ses grands-parents se sont installés à Lausanne.

— Vous voulez dire les parents de Frédéric, le père de Manon ?

— Oui. Je crois que Sylvie, la mère, était orpheline.

Les virements bancaires effectués en Suisse. Les grands-parents, riches industriels, n'avaient pas besoin de cet argent mais Sylvie avait voulu payer, chaque mois, une pension. Une à une, les pièces de l'écheveau trouvaient leur place.

— Vous êtes resté en contact avec Manon ?

— Je ne l'ai jamais perdue de vue.

— Qu'a-t-elle fait ? Je veux dire : quelle a été sa vie ?

— Une existence tout à fait ordinaire. Une jeunesse helvétique, pleine de joie de vivre. Manon est la gaieté incarnée.

— Elle a suivi des études ?

— Biologie. À Lausanne. Elle est actuellement en maîtrise.

Je ressentis un pincement dans la poitrine. Beltreïn parlait de Manon Simonis au présent. La jeune fille vivait, respirait, riait quelque part. Mais j'éprouvais une obscure appréhension.

580

— Où est-elle aujourd'hui ?

Le médecin se leva sans répondre et se plaça devant la fenêtre. Je répétai, la voix altérée :

— Où est-elle ? Je peux la voir ?

Beltreïn repoussa ses lunettes, d'un coup d'index, et se tourna vers moi :

— C'est tout le problème. Manon a disparu.

Je bondis de mon siège :

— Quand ?

— Après la mort de sa mère. En juin dernier. Manon a été interrogée par les gendarmes français puis elle s'est évaporée.

À peine apparu, le fantôme m'échappait à nouveau. Je retombai dans mon fauteuil, ne pouvant y croire :

— Vous n'avez plus de nouvelles ?

— Non. Le meurtre de sa mère a réveillé les terreurs de son enfance. Elle a fui.

— Je dois la localiser. Absolument. Avez-vous une piste, un indice ?

— Rien. Tout ce que je peux faire, c'est vous donner son identité suisse et son adresse, à Lausanne.

— Elle a changé de nom ?

— Évidemment. Après sa résurrection, sa mère a souhaité la faire repartir à zéro. (Il écrivait sur son bloc d'ordonnances.) Depuis quatorze ans, Manon Simonis s'appelle Manon Viatte. Mais ces renseignements ne vous serviront à rien. Je la connais bien. Elle est assez intelligente pour ne pas se faire surprendre.

J'empochai les coordonnées. Le profil de Manon ne cadrait pas avec les portraits des autres

Sans-Lumière. A priori, il n'y avait rien de maléfique dans cette jeune fille.

— Vous avez une photo d'elle? Une photo récente?

— Non. Jamais de photo. Je vous ai dit que Manon menait une existence normale. Ce n'est pas tout à fait exact. Elle a vécu dans la peur, dans l'obsession du meurtrier de son enfance. Elle a suivi plusieurs psychothérapies, ici, à Lausanne. Elle était fragile. Très fragile. Sa mère et ses grands-parents la protégeaient. À sa majorité, Manon est devenue indépendante mais elle a continué à vivre sur ses gardes. Pour le moindre déplacement, elle prenait des précautions exagérées. Son appartement était un vrai coffre-fort. Et elle fuyait les appareils photo comme la peste. Elle ne voulait pas que son visage s'imprime quelque part. Elle ne voulait laisser aucune trace. Jamais. C'est dommage. (Il marqua un temps.) Elle me manque terriblement aujourd'hui.

Retour à la case départ, encore une fois.

— Pourquoi m'avoir raconté tout ça? fis-je avec étonnement. Je ne vous ai même pas montré ma carte officielle.

— La confiance.

— Pourquoi cette confiance?

— À cause de votre ami.

— Quel ami?

— Le policier français. Il m'avait prévenu que vous viendriez.

Luc m'avait donc précédé ici aussi. Et il était certain que j'allais marcher sur ses traces. Avait-il déjà prévu de se suicider? Je palpai mon manteau. J'avais encore sa photo, froissée dans ma poche.

— Vous parlez de cet homme ?

— Luc Soubeyras, oui.

— Vous lui avez tout raconté ?

— Je n'ai pas eu besoin. Il en savait déjà pas mal.

— Il savait que Manon était vivante ?

— Oui. Il était sur ses traces.

Un seul nom expliquait cette avance : Sarrazin. Le gendarme lui avait fait des révélations. Pourquoi à lui et pas à moi ? Luc possédait-il une monnaie d'échange ? Ou un moyen de pression sur le gendarme ?

— Que vous a-t-il dit d'autre ?

— Des choses délirantes. Il était, comment dire… exalté.

— Dans quel sens ?

— Si je peux me permettre, vous m'avez l'air plutôt nerveux mais votre ami, lui, frôlait la pathologie. Il prétendait que Manon était une miraculée. Et du diable, encore ! Comme une autre jeune fille, en Sicile.

— Qu'en pensez-vous ?

Beltreïn laissa fuser un rire sec :

— Je ne veux pas entendre ça. J'ai consacré mon existence à une méthode unique de réanimation. J'ai mis tout mon talent, toutes mes connaissances dans ces recherches. Ce n'est pas pour qu'on attribue mes résultats à des superstitions ou des soi-disant miracles !

— Luc vous a parlé des expériences de mort imminente ?

— Bien sûr. Selon lui, le diable avait communiqué avec Manon durant son coma.

— En tant que scientifique, que pensez-vous de cette hypothèse ?

— Absurde. On ne peut nier l'existence des NDE. Mais il n'y a rien de surnaturel ni de mystique dans ces expériences. Un banal phénomène biochimique. Une sorte d'éblouissement cérébral.

— Expliquez-moi.

— Les NDE ne sont provoquées que par l'asphyxie progressive du cerveau. Au seuil de la mort, le cerveau n'est plus irrigué. Il se produit alors une libération massive d'un neuromédiateur, le glutamate. On suppose que le cerveau, en réaction à cette saturation, libère une autre substance qui provoque le « flash ».

— Quelle substance ?

— Nous n'en savons rien. Mais des chercheurs suivent cette piste. Nous aurons, un jour ou l'autre, la réponse. Dans tous les cas, il ne s'agit pas d'une visite métaphysique. Ni de Dieu, ni du diable, ni d'aucun esprit frappeur !

La version de Beltreïn était rassurante. Mais je ne pouvais pas non plus y souscrire totalement. Toutes les révélations mystiques auraient pu être décrites de la même manière, en termes de sécrétions et de fusions chimiques. Cela n'enlevait rien à leur réalité ni à leur grandeur. Le médecin conclut :

— Luc Soubeyras m'avait prévenu que, lorsque vous viendriez, des choses graves seraient survenues. Que s'est-il passé ?

Encore une confirmation : Luc avait tout prémédité. Lorsqu'il avait visité Beltreïn, il savait déjà qu'il mettrait fin à ses jours. Ou craignait-il seulement d'être éliminé par ceux qui avaient essayé de me tuer ?

— Luc Soubeyras a tenté de se suicider.

— Il s'en est sorti ?

— C'est incroyable mais il a été sauvé par votre méthode. Il s'est noyé près de Chartres. Les urgentistes l'ont transféré dans un hôpital qui possédait une machine de transfusion sanguine. Ils ont appliqué votre technique. Actuellement, il est dans le coma.

Beltreïn ôta ses lunettes. Il se massa les paupières et je ne pus voir ses yeux. Lorsqu'il laissa tomber sa main, ses montures étaient déjà revenues en place. Il murmura d'une voix rêveuse :

— Extraordinaire, en effet... Il était tellement passionné par l'histoire de Manon. Il a donc été sauvé de la même façon. C'est une boucle fantastique pour votre affaire, non ?

Je me levai à mon tour, sans répondre. Je passai aux vérifications d'usage :

— Est-ce que le nom d'Agostina Gedda vous dit quelque chose ?

— Non.

— Raïmo Rihiimäki ?

— Non. Qui sont-ils ? Des suspects ?

— Il est trop tôt pour vous répondre. Les crimes se succèdent. Les coupables aussi. Mais une autre vérité se cache derrière cette série.

— Vous pensez que Luc avait découvert cette vérité ?

— J'en suis sûr.

— Ce serait la raison de son suicide ?

— Je n'ai plus aucun doute non plus à ce sujet.

— Et vous suivez la même route?

— N'ayez crainte. Je ne suis pas un kamikaze.

J'ouvris la porte. Beltreïn me rejoignit sur le seuil. Il m'arrivait à l'épaule mais il était deux fois plus large que moi :

— Si vous retrouvez Manon, faites-moi signe.

— Je vous le promets.

— Promettez-moi autre chose. Prenez des gants avec elle. C'est une jeune femme très… vulnérable.

— Je vous le jure.

— J'insiste. Son enfance l'a marquée à jamais.

Sa prévenance commençait à m'irriter. Je répondis sèchement :

— Je vous l'ai dit : je connais son dossier.

— Vous ne savez pas tout.

— Quoi?

— Je dois vous révéler une chose que je n'ai dite à personne. Même pas à sa mère.

Je lâchai la poignée et revins dans le bureau, tentant toujours d'attraper le regard du médecin, au-dessus de son masque d'écaille. Impossible.

— Lorsque Manon a intégré mon service, nous avons procédé à une auscultation détaillée.

— Et alors?

— Elle n'était plus vierge.

Mon sang se figea. Les anneaux du serpent se multipliaient encore une fois. Une nouvelle idée s'empara de moi. J'imaginais maintenant Cazeviel et Moraz dans la peau de terribles corrupteurs. C'étaient eux, et eux seuls, qui avaient débauché Manon. « Le diable sur son dos » n'était autre que ces deux salopards. Ils l'avaient influencée. Ils lui avaient donné des objets sataniques. Et ils l'avaient violée.

— Merci de votre confiance, fis-je d'une voix blanche.

En traversant les jardins zen, glacés de lumière, je me laissai aller à une autre spéculation. Si Sylvie Simonis avait connu ce fait à propos de sa fille, elle aurait soupçonné un autre coupable.

Satan en personne.

80

Fouiller l'appartement de Manon Simonis : cette recherche ne m'apporterait rien, j'en étais persuadé, mais je devais boucler cette piste. Auparavant, je devais régler un autre détail. Outre Sarrazin, une personne m'avait menti. Quelqu'un qui avait toujours connu la vérité sur Manon et qui m'avait laissé avancer dans la nuit : Marilyne, la missionnaire de Notre-Dame-de-Bienfaisance. J'entendais encore sa voix :

« Sylvie a été pardonnée. J'ai la preuve de ce que j'avance, vous comprenez ? »

Marilyne savait tout. Elle avait accompagné Sylvie Simonis dans sa rédemption, durant sa retraite à Bienfaisance. Je composai son numéro. Au bout de trois sonneries, son timbre nasillard claqua :

— Allô ? Qui est à l'appareil ?

Je revis les yeux d'huître et la pèlerine noire :

— Mathieu Durey.

— Que voulez-vous?

— Rétablir une situation. Je n'aime pas rester sur un mensonge.

— Je vous ai tout dit. Sylvie Simonis a séjourné à la fondation trois mois. La mort de sa petite fille...

— Nous savons vous et moi que Manon n'est pas morte.

Il y eut un silence. La respiration de la femme résonnait dans mon cellulaire. Elle reprit, d'une voix fatiguée :

— C'est un miracle, vous comprenez?

— Cela n'enlève rien au crime de Sylvie.

— Je ne suis pas là pour juger. Elle m'a tout raconté. À l'époque, elle était en lutte contre des forces... terribles.

— Je connais l'histoire, moi aussi. Sa version de l'histoire.

— Manon était possédée. Le geste même de Sylvie a été provoqué, indirectement, par le démon. Dieu les a sauvées toutes les deux!

— Quand Manon s'est réveillée, comment était-elle?

— Transfigurée. Elle ne manifestait plus aucun signe satanique. Mais il fallait rester sur ses gardes. Vous vous souvenez du livre de Job? Satan dit : « *J'ai fait le tour de la terre et je l'ai parcourue tout entière.* » Le diable est toujours là. Il rôde.

Maintenant, la question essentielle :

— Où est Manon aujourd'hui?

— Elle vit à Lausanne.

— Non. Je veux dire : actuellement.

— Elle n'est plus là-bas?

Elle ne simulait pas l'ignorance. Nouvelle impasse. Je changeai de voie :

— Manon, vous l'avez bien connue ?

— Je l'ai vue quelquefois, à Lausanne. Elle refusait de traverser la frontière.

— Se rendait-elle parfois dans un autre lieu ? Une maison de campagne ? Chez des amis ?

— Manon ne voyageait pas. Manon avait peur de tout.

— Elle n'avait pas un fiancé ?

— Je n'en sais rien.

Je marquai un temps, anticipant la violence de ma dernière question :

— Pensez-vous qu'elle ait pu tuer sa mère ?

— Le coupable, vous le connaissez. C'est Satan. Il est revenu se venger.

— À travers Manon ?

— Je ne sais pas. Je ne veux rien savoir. À vous de trouver. À vous d'anéantir la Bête, au fond des âmes.

— Je vous rappellerai.

Je tournai la clé de contact et cherchai la direction du centre-ville, où se trouvait le pied-à-terre de Manon. Au bout de quelques minutes, mon portable vibra. Je consultai l'écran. La ligne privée de Luc. Je n'eus pas le temps de dire « allô ».

— Il faut que je te voie. C'est urgent.

La voix de Laure, précipitée. Je crus que le pire était survenu.

— Qu'est-ce qui se passe ? Luc n'est pas… ?

— Non. Son état est toujours stationnaire. Mais je veux te montrer quelque chose.

— Dis-moi.

— Pas au téléphone. Je dois te voir. Où tu es ?

— Je ne suis pas à Paris.

— À quelle heure peux-tu être chez moi ?

Le ton n'appelait aucune esquive. Je réfléchis. Manon n'avait laissé aucun indice derrière elle. La fouille de son appartement n'allait rien donner. Je consultai ma montre : 14 h 40.

— Je peux être chez toi en fin de journée.

— Je t'attends.

Sous le ciel nébuleux, je filai à la gare centrale et déposai ma voiture de location. Un TGV partait pour Paris à 15 h 20. J'achetai mon billet et me réfugiai en première. Je redoutais ce voyage. Mes obsessions allaient encore m'assaillir. Je me rencognai dans mon siège et me concentrai sur les explications de Beltreïn. Oui, le retour à la vie de Manon était un miracle, mais son sauveur n'avait rien de divin ni de maléfique. Il portait des lunettes opaques et des Stan Smith.

À force de ruminer cette pensée, je finis par m'endormir. Quand je me réveillai, nous n'étions plus qu'à une demi-heure de Paris. Mes angoisses ressurgirent aussitôt. La pensée de Manon me déchira le ventre. Ange ou démon ? Je ne pouvais rester sur cette question. Par tous les moyens, je devais la retrouver.

Gare de Lyon, 19 heures.

Je filai dans une agence de location et choisis une Audi A3, pour ne pas être dépaysé. Direction rue Changarnier, près de la porte de Vincennes.

Il faisait moins froid qu'à Lausanne mais une averse violente battait le bitume.

Quand Laure m'ouvrit, j'éprouvai un choc. En huit jours, elle avait perdu plusieurs kilos. Tout son corps semblait brûlé, réduit sous une peau de cendre.

— Je viens de coucher les petites. Entre.

Boiseries claires, bibelots, livres : tout était en place. L'odeur de cire et de désinfectant aussi. Je m'installai sur le canapé. Laure avait préparé du café. Elle le servit en quelques gestes saccadés. Le temps que je prenne ma tasse, elle avait disparu. À son retour, elle tenait une grosse enveloppe kraft qui paraissait contenir des objets. Elle la posa sur la table basse puis s'assit en face de moi.

— J'ai décidé de vendre la maison de Vernay.

— Je peux fumer ? demandai-je.

— Non. (Elle posa ses mains à plat sur la table basse.) Écoute-moi. Hier, je suis retournée là-bas. Faire du rangement. Il y a longtemps que je voulais le faire, mais je n'avais pas le courage d'affronter la maison, tu comprends ?

— Tu es sûre que je ne peux pas fumer ?

Elle me foudroya du regard.

— J'ai retourné toute la baraque, du grenier au garage. Dans le grenier, voilà ce que j'ai trouvé.

Elle saisit l'enveloppe et la renversa. Des objets roulèrent : une croix inversée, un calice souillé de sang, des hosties croûtées de matières brunes et blanchâtres, des bougies, des figurines noires, rappelant les démons d'Asie Mineure. Un chapelet d'accessoires sataniques. Je m'interrogeai à voix haute :

— Qu'est-ce que ça veut dire ?

— Tu le sais très bien.

591

Je pris, du bout des doigts, les hosties. Les matières qui les maculaient devaient être de la merde et du sperme. Quant aux bougies, une tradition satanique voulait qu'on en concocte avec de la graisse humaine pour les célébrations sacrilèges.

— Luc effectuait des recherches sur le diable, fis-je d'une voix mal assurée. Ces trucs doivent être des pièces à…

— Arrête. J'ai trouvé des traces de sang dans le grenier. Et aussi des traces d'autre chose. Luc pratiquait des cérémonies. Il se branlait sur ces hosties. Il se sodomisait avec ce crucifix! Il invoquait le diable! Dans notre maison!

— Luc enquêtait sur des satanistes et…

Laure frappa la table de ses deux paumes :

— Luc pratiquait le satanisme depuis des mois.

Je restai sans voix. C'était absurde. Luc ne pouvait avoir versé dans de telles turpitudes. Voulait-il vérifier quelque chose? Était-il sous influence? Peut-être un nouveau pas vers les raisons de son suicide… Peu inspiré, je demandai :

— Que veux-tu que je fasse?

— Prends ces merdes et disparais.

Elle avait parlé avec hargne et épuisement. Je repoussai, de l'avant-bras, les objets dans l'enveloppe. J'éprouvais une véritable répulsion à les toucher. La voix de Laure trancha :

— Tout ça, c'était écrit. Et c'est aussi de ta faute.

— Qu'est-ce que tu veux dire?

— Votre religion. Vos grands discours. Vous vous êtes toujours crus au-dessus des autres. Au-dessus de la vie.

Je fermai l'enveloppe sans répondre. Elle continua, laissant aller ses larmes :

— Et ce sale boulot de flic… Il a toujours été une excuse. Cette fois, il faut accepter la vérité. Luc a perdu les pédales. Pour de bon. (Elle secoua la tête, riant presque entre ses larmes.) Le satanisme…

— Luc était un vrai chrétien, tu ne peux pas revenir là-dessus. Jamais il n'aurait basculé dans des pratiques pareilles.

Elle eut un mauvais sourire, entre deux sanglots :

— Fais un effort, Mathieu. La théorie des deux extrêmes, tu n'en as jamais entendu parler ?

Je distinguais des petits vaisseaux éclatés dans le blanc de ses yeux. Son nez coulait mais elle ne songeait pas à l'essuyer.

— À force d'excès, les contraires se rejoignent. À force d'être mystique, Luc est devenu satanique. Le principe est connu, non ? (Elle renifla.) Toutes les religions ont un versant extrême, qui finit par renverser leurs valeurs fondamentales.

Son discours m'étonnait. Je ne la voyais pas réfléchir sur les confins du mysticisme. Pourtant, elle avait raison. Moi-même j'avais étudié cette inversion des pôles dans la religion catholique. Les pages magnifiques de Huysmans à propos de Gilles de Rais, compagnon de Jeanne d'Arc, mystique passionné, devenu tueur en série. Huysmans analysait comment, à une certaine altitude, seul l'excès compte, et comment, dans ce vertige, on peut traverser le miroir.

— Donne-moi du temps, tentai-je encore. Je vais trouver une explication…

— Non, dit-elle en se levant. Je ne veux plus

entendre parler d'enquête. Et je ne veux plus que tu viennes à l'hôpital. Si, par bonheur, Luc se réveille, il ne sera plus jamais question ni de votre foi malsaine, ni de son boulot de flic !

Je me levai à mon tour, l'enveloppe sous le bras, et me dirigeai vers la porte :

— Tu ne m'as pas dit comment il allait.

— Pas de changement.

Elle marqua un temps, sur le seuil. Ses yeux étaient à nouveau secs. C'était maintenant la colère qui la consumait des pieds à la tête.

— Selon les médecins, ça peut durer des années. Ou finir demain. (Elle essuya ses mains sur sa jupe.) Voilà comment je vis !

Je me creusai les méninges pour trouver une phrase réconfortante. En vain. Je balbutiai quelques paroles d'adieu et disparus dans l'escalier.

Je m'arrêtai devant ma voiture, sous la pluie. Une feuille de papier était pliée sous l'un des essuie-glaces. Je lançai un regard autour de moi : la rue était déserte. Je saisis le document.

« Rendez-vous à la Mission Catholique Polonaise, 263 bis, rue Saint-Honoré. À 22 heures. »

Je relus plusieurs fois la phrase, l'intégrant lentement. Un rendez-vous dans une église polonaise. Un piège ? Je scrutai l'écriture manuscrite des pleins, des déliés réguliers, un graphisme sûr et apaisé. Rien à voir avec les « Je t'attendais » et « Toi et moi seulement » de mon diable.

Il était plus de 20 heures. J'empochai la feuille et montai en voiture. Une demi-heure plus tard, j'étais dans mon appartement. Je n'y avais pas mis les pieds depuis une semaine mais je n'éprouvai pas le moindre sentiment de réconfort. La même question me travaillait toujours. Qui avait écrit ce mot? Je songeai à Cazeviel, à Moraz. Un troisième meurtrier?

Une fois douché et rasé, j'endossai un costume. Nouant ma cravate, une idée me saisit. Une idée venue de nulle part, mais qui prit aussitôt la force d'une évidence.

Manon Simonis en personne m'avait donné ce rendez-vous.

Elle m'avait repéré, suivi, peut-être en Suisse, peut-être ailleurs. Maintenant, elle voulait me rencontrer. Cette idée, ne reposant sur rien, s'épanouit d'un coup dans mon esprit. Et me procura une étrange chaleur. Malgré le cauchemar qui s'approfondissait, malgré les cadavres qui s'amoncelaient et les soupçons qui pesaient sur la jeune fille, j'étais impatient, et heureux, de la rencontrer.

Je saisis mon arme. Je vérifiai que la chambre du magasin était vide – en position de voyage – et que le cran de sûreté était mis. Je fixai l'étui de ceinture sur ma gauche, la crosse tournée vers la droite, comme d'habitude, puis rabattis les pans de ma veste. J'éteignis les lampes, observant la rue brillante par la fenêtre, flattée par les luminaires. Une Camel, un nuage contre la vitre. Je n'étais plus qu'impatience. Rencontrer Manon Simonis, 22 ans, survivante des Limbes.

81

La rue Saint-Honoré, au niveau du 263, accumulait les boutiques de luxe et les travaux d'aménage-
ment de la chaussée. Dans ce bric-à-brac, l'église
polonaise jouait des coudes pour s'imposer, à l'angle
de la rue Cambon.

Je me garai sur un passage piéton puis courus
entre les flaques frémissantes. L'averse avait repris
de plus belle. J'enjambai les marches qui menaient
au seuil de l'église et m'ébrouai. L'édifice était
sombre et sale. Tout autour, les vitrines de luxe,
scintillantes, colorées, semblaient lui lancer un
regard réprobateur, l'enfoncer plus encore dans sa
crasse. Son porche ressemblait à un péristyle brûlé,
fermé de colonnes bancales. La pluie s'accumulait
entre ses dalles mal équarries.

Malgré l'heure, il régnait ici une certaine activité.
Des hommes patibulaires grognaient en polonais,
mains dans les poches, bonnets enfoncés jusqu'aux
yeux – sans doute des polacks illégaux, en quête
d'un boulot au noir. Une religieuse, dont le voile
crémeux flottait dans l'obscurité, épinglait soigneusement des petites annonces à l'intérieur d'une
vitrine.

Je poussai la porte en bois.

Franchis le premier sas et fis pivoter la porte
suivante.

L'église était ronde. Et noire. La nef et le chœur
formaient un grand ovale, où descendaient très bas
des lustres – couronnes de fer forgé qui soutenaient
des lampes de verre teinté, diffusant une lumière

anémique, couleur d'ambre. Je dus battre plusieurs fois des paupières pour apprivoiser les ténèbres. Des bancs occupaient l'espace, en rangs obliques, jusqu'au maître-autel, qui se résumait à une marche surplombée par une croix massive, quelques cierges et un grand tableau indéchiffrable. À droite, au fond de l'abside, la veilleuse rouge du Saint-Sacrement vacillait. Tout semblait vague, indistinct, suspendu dans l'ombre où circulaient des odeurs d'encens et de fleurs pourries.

J'effleurai l'eau du bénitier, me signai et fis quelques pas. À la faveur des lustres, j'aperçus les tableaux sur les murs. Les saints, les anges, les martyrs n'avaient pas de visage mais les cadres de vieil or, allumés par les cierges, semblaient se consumer à feux doux. Très haut, sous la coupole, des vitraux brillaient faiblement. La pluie battait les verres et les plombs, distillant un sentiment d'humidité écrasant.

Personne en vue.

Pas un fidèle sur les bancs, pas un pèlerin au pied de l'autel. Et surtout, pas de Manon. Je consultai ma montre : 22 heures. À quoi pouvait-elle ressembler ? Je me souvenais des portraits de la petite fille. Très blonde, cils et sourcils invisibles. Avait-elle toujours cette apparence d'enfant albinos ? Je n'imaginais rien. Mais une sourde excitation palpitait au fond de mes veines.

Sur ma gauche, un craquement de bois.

On venait de bouger, au premier rang. Je discernai des cheveux gris, des épaules trapues – et un col blanc. Un prêtre. Je m'approchai. Et m'arrêtai aussitôt, frappé par la perfection du tableau.

L'homme était à genoux, carrure parallèle aux angles des bancs, nuque argentée, inclinée comme pour recevoir une épée de sacrement. Je ne contemplais pas seulement un religieux en prière mais, j'en étais certain, un combattant. Un de ces prêtres-soldats polonais, lointains héritiers des ordres militaires des croisades. Un dur, un pur, venu de temps immémoriaux.

Il se leva et, après avoir effectué un signe de croix, rejoignit l'allée centrale. Dans la lumière parcimonieuse, je découvris son visage et reculai de surprise. Je connaissais cet homme.

C'était le prêtre en civil, aperçu à la messe de Luc.

L'homme à qui Doudou avait donné le plumier de bois noir.

L'homme qui s'était signé à l'envers.

J'esquissai un pas pour me dissimuler mais il m'avait déjà repéré. Sans hésiter, il s'avança vers moi. Son visage aux mâchoires solides coïncidait avec ses épaules d'athlète, engoncées dans la veste noire.

— Vous êtes venu.

La voix était nette, cléricale. Sans trace d'accent.

— C'est vous qui m'avez donné rendez-vous ? demandai-je stupidement.

— Qui d'autre ?

J'étais d'une lenteur effrayante :

— Qui êtes-vous ?

— Andrzej Zamorski, nonce apostolique du Vatican. Détaché dans plusieurs pays, dont la France et la Pologne. Un destin curieux que le mien : ambassadeur étranger dans mon propre pays.

À la deuxième écoute, un accent très léger affleurait. Si léger qu'on ne pouvait dire si cette inflexion provenait de sa langue maternelle ou de toutes celles qu'il avait parlées depuis. Je désignai la nef autour de nous :

— Pourquoi cette rencontre? Pourquoi ici?

Le prélat sourit. J'avais maintenant dans l'œil chaque détail de son visage. Des traits musclés, affûtés encore par la brosse argentée des tempes. Des pupilles claires, d'un bleu de glace. Le nez ne collait pas avec le reste : fin, droit, presque féminin, incongru dans ce visage d'instructeur commando.

— En réalité, nous ne nous sommes jamais quittés.

— Vous me suivez?

— Inutile. Nous marchons sur la même route.

— Au stade où j'en suis, je n'ai plus de patience pour les devinettes.

L'homme pivota puis effectua une brève génuflexion. Il désigna une porte latérale, au contour éclairé.

— Suivez-moi.

82

Tapissée de bois clair, la sacristie évoquait un sauna suédois. Le lieu sentait le pin et l'encens. L'analogie s'arrêtait là : il faisait ici un froid de canard.

— Donnez-moi votre imperméable. Nous allons le faire sécher.

Je m'exécutai docilement.

— Thé, café ?

Zamorski avait posé mon trench sur un maigre radiateur électrique. Il tenait déjà un Thermos, qu'il dévissa d'un geste rapide.

— Café, s'il vous plaît.

— Je n'ai que du Nescafé.

— Pas de problème.

Il versa une cuillerée de poudre dans un gobelet plastique, puis fit couler l'eau brûlante.

— Sucre ?

Je refusai de la tête et saisis avec précaution le gobelet qu'il me tendait.

— Je peux fumer ?

— Bien sûr.

Le Polonais posa un cendrier à côté de moi. Ces politesses, ces manières courtoises entre deux inconnus, sur fond de meurtres et de possession, étaient surréalistes.

J'allumai ma Camel, m'installant sur une chaise. J'en étais encore à digérer ma déception – pas de Manon, pas de femme secrète sous les vitraux. Mais cette nouvelle rencontre allait être fertile, je le sentais.

L'homme retourna un autre siège puis s'assit à califourchon, croisant ses bras sur le dossier – ses manchettes noires étincelaient. Son attitude sentait la mise en scène, la décontraction étudiée.

— Vous savez ce qui m'intéresse, n'est-ce pas ?

— Non.

— Alors, vous êtes moins avancé que je ne le pensais.

— À vous de m'aider. Qui êtes-vous? Que cherchez-vous?

— Les initiales « K.U.K » vous disent-elles quelque chose?

— Pas précisément.

— Un foyer d'intellectuels catholiques, créé à Cracovie, après la Seconde Guerre mondiale. Jean-Paul II, quand il s'appelait encore Karol Wojtyla, appartenait à ce club. À l'époque de Solidarnosc, ses membres ont contribué à changer la donne. Au moins autant que Walesa et sa bande.

— Vous êtes de ce groupe?

— Je dirige une branche spécifique, qui s'est créée dans les années soixante. Une branche… opérationnelle.

— Vous m'avez dit que vous étiez nonce pour le Vatican.

— J'occupe aussi des fonctions diplomatiques. Des fonctions qui me permettent de voyager et d'enrichir, disons, mon réseau.

Je devinai la suite. Un nouveau front religieux qui se préoccupait des Sans-Lumière et de leurs crimes. Mais sans doute d'une manière beaucoup plus musclée que van Dieterling le théoricien. Des flics ecclésiastiques.

— C'est mon dossier qui vous intéresse?

— Nous suivons votre enquête avec intérêt, oui. Pour un policier habitué à des affaires terre à terre, vous avez fait preuve d'une grande ouverture d'esprit.

— Je suis catholique.

601

— Justement. Vous auriez pu avoir les préjugés de votre âge. Ne jurer que par la psychiatrie et réduire les cas de possession aux seules maladies mentales. Cette attitude soi-disant moderne néglige le fond du problème. L'ennemi est là. Violent, omniprésent, intemporel. En matière de diable, il n'y a pas de modernité, d'évolution. La Bête est à l'origine, et elle sera là, à la fin, croyez-moi. Nous tentons seulement de la faire reculer.

Des mots, des images défilaient dans mon esprit : les prédictions de saint Jean et son Apocalypse, l'enfer grouillant qui s'ouvrait pour le Jugement dernier, des exorcistes au chevet d'enfants possédés, luttant, *mano a mano*, contre les démons, au Brésil, en Afrique… J'étais plongé malgré moi au cœur d'une croisade souterraine. Je rétorquai, d'un ton qui se voulait décontracté :

— On ne peut pas dire que vous m'ayez beaucoup aidé.

— Il y a des chemins qu'on doit parcourir seul. Chaque pas est une partie du but.

— Cela aurait pu sauver des vies.

— Ne croyez pas ça. Nous avions de l'avance sur vous, c'est vrai. Mais pas sur « lui ». Il est impossible de prédire où et quand il frappera.

Je commençais à en avoir marre d'entendre parler du diable comme d'un personnage réel et omnipotent. Je remis la balle au centre :

— Si vous connaissez mes informations, qu'est-ce qui vous intéresse ?

— D'abord, nous ne savons pas, exactement, où vous en êtes. Ensuite, vous avez avancé sur des territoires qui ne nous sont pas accessibles.

Van Dieterling et ses archives. Les deux groupes devaient être rivaux. Zamorski ne savait rien, ou presque, d'Agostina Gedda. J'allais peut-être avoir l'opportunité de « vendre » deux fois mon dossier d'enquête et de travailler pour deux entités, comme le Serviteur de deux maîtres de Goldoni. Le Polonais confirma, feignant un ton désolé :

— La synergie dans nos rangs est loin d'être ce qu'elle devrait. Surtout en matière de démonologie. Les Italiens du Vatican pensent avoir la mainmise sur ce domaine et refusent de coopérer.

Je n'avais aucune peine à imaginer les deux factions se tirant la bourre. Van Dierterling tenait son spécimen – Agostina. Zamorski devait posséder ses propres dossiers.

— Si vous voulez mes éléments, fis-je, proposez-moi une monnaie d'échange.

Le prêtre se leva. Son regard d'acier disait : « Attention où vous marchez. » Mais il prononça d'un ton calme :

— Vous avez une chance inouïe d'être encore en vie, Mathieu – et sain d'esprit. Sans le savoir, vous évoluez dans une véritable guerre.

— Vous voulez dire une « guerre interne », entre différents groupes religieux ?

— Non. Nos rivalités ne constituent qu'un épiphénomène. Je vous parle d'un vrai conflit, qui oppose l'Église à une secte sataniste puissante. Je vous parle d'un danger imminent, qui nous menace tous. Nous, les soldats de Dieu, mais aussi tous les chrétiens de la planète.

Je n'étais plus sûr de suivre :

— Les Sans-Lumière ?

Zamorski esquissa quelques pas, mains dans le dos :

— Non. Les Sans-Lumière sont plutôt l'enjeu de la bataille.

— Je ne comprends pas.

Le nonce s'approcha d'un vieux paper-board bancal, derrière des pupitres soutenant des partitions. Il attrapa un feutre :

— Connaissez-vous ce signe ?

Il traça un cercle, le barra d'un trait horizontal dans sa partie inférieure, puis dessina quelques maillons. Le tatouage de Cazeviel et l'ornement de la chevalière de Moraz. Ce symbole désignait donc une secte satanique.

— Je l'ai déjà vu deux fois.

— Où ?

— Tatoué sur le torse d'un homme. Gravé sur la bague d'un autre.

— Tous les deux morts, d'après mes informations.

— Si vous avez les réponses, pourquoi poser les questions ?

Zamorski sourit puis capuchonna son feutre :

— Patrick Cazeviel. Richard Moraz. Le premier est mort dans l'escalier du Vatican, le 31 octobre. Le second près de la maison du Dr Bucholz, aux environs de Lourdes, le lendemain. Vous les avez tués tous les deux. Si vous voulez qu'on passe un accord, vous devez jouer franc jeu avec moi.

— Qui a parlé d'accord ?

Il tapota sur le tableau :

— Vous ne voulez pas savoir ce que ce dessin signifie ?

— En cherchant, je trouverai par moi-même.

— Bien sûr. Mais nous pouvons vous faire gagner du temps.

L'ecclésiastique arpentait la pièce, d'une démarche posée, patiente. J'en avais déjà marre de ces circonvolutions :

— Comment s'appelle la secte ?

— Les Asservis. Ils se considèrent comme les esclaves du Démon. D'où leur symbole : le collier de fer. On les appelle aussi les Scribes. Les sectes sataniques sont ma spécialité. Mon vrai travail est de traquer ces groupes à travers le monde. Or, de tous ceux que j'ai croisés ou étudiés, les Asservis constituent le plus violent, le plus dangereux. Et de loin.

— Quel est leur culte ?

Zamorski eut un geste large, qui annonçait une digression :

— Dans la plupart des sectes sataniques, le diable n'est qu'un prétexte pour s'adonner à la dépravation, à la drogue, à différentes activités plus ou moins illicites. Parfois, ces pratiques vont plus loin et nourrissent les pages des faits divers. Meurtres, sacrifices, incitations au suicide... Mais je dirais qu'au fond, ces clans ne sont pas dangereux et se limitent le plus souvent à profaner des cimetières. Une simple variation de la délinquance. Il n'y a pas de transcendance ni d'enjeu supérieur dans tout ça. Et quand ces dépravés tentent d'entrer en contact avec leur « maître », c'est dans le cadre de cérémonies plutôt ridicules.

— Je suppose que les Asservis n'appartiennent pas à cette catégorie.

— Pas du tout. Les Asservis sont de véritables satanistes, qui vivent pour et par le mal. Ils mènent une vie ascétique, exigeante, implacable. Assassins, bourreaux, violeurs : ils pratiquent le mal à froid, dans l'ordre et la rigueur. Ils sont l'équivalent de nos moines. Puissants, nombreux – et invisibles. Pas question pour eux de forniquer sous un autel d'église ou d'embrasser le cul d'un bouc. Ce sont de vrais criminels, qui visent la transcendance par le mal et la destruction. Leur communion, c'est le meurtre, la souffrance, la dépravation. De plus, ils sont terriblement unis. Un projet secret les fédère.

J'allumai une nouvelle cigarette, histoire de nourrir notre petit enfer intime.

— Qui est…

— Recueillir les commandements du diable. Quand ils ne tuent pas, les Asservis traquent la parole de Satan.

Zamorski reprit son souffle. Il faisait toujours les cent pas. Plus que jamais, son allure martiale rappelait un général en campagne. Il continua :

— Voyez-vous, le dogme satanique souffre d'une lacune fondamentale : il n'a pas de livre sacré. Pas l'ombre d'un texte. Dans l'histoire du satanisme, vous trouverez une foule de bibles noires, de volumes de démonologie, de grimoires, de témoignages. Mais jamais un ouvrage qui prétend transcrire la parole du démon, au sens consacré du terme. Contrairement à ce qu'on raconte, le diable n'est pas bavard.

En un éclair, je revis le prêtre de Lourdes, en soutane élimée. « *Ils n'ont pas de livre, vous comprenez ?* » Le fanatique parlait des Asservis. Je demandai :

— Où se trouve cette parole ? Où est-elle écrite ?

Un reflet matois passa dans ses yeux :

— Vous me posez la question ? (Il ouvrit les mains.) Mais nous parlons du sujet même de votre enquête !

J'aurais dû y penser. Les Sans-Lumière. Les seuls êtres au monde à avoir eu un contact réel, durant leur coma, avec le démon.

— Les Asservis recherchent les Sans-Lumière ?

— C'est le sens de leur quête. Pour eux, ces miraculés sont dépositaires d'une parole unique. Une parole qu'ils doivent consigner dans leur livre. C'est pour cela qu'on les appelle aussi les « Scribes ». Ils écrivent sous la dictée du diable.

— Je suppose qu'ils cherchent en priorité à déchiffrer le Serment des Limbes ?

Zamorski approuva :

— Leur projet se résume à cet objectif : décrypter le Serment. Les mots qui permettent d'atteindre le Malin et de pactiser avec lui.

— Cazeviel et Moraz appartenaient à cette secte ?

— De longue date.

— Vous voulez dire : avant la noyade de Manon ?

— Bien sûr. Ce sont eux qui ont corrompu la petite fille. Ils l'ont conditionnée, lui ont soufflé les actes sataniques qu'elle commettait à l'époque. Nous ne savons pas ce qu'ils cherchaient à faire au juste. Sans doute former une espèce de créature malsaine, qui aurait attiré l'attention de Satan en personne.

— Quand ont-ils appris que Manon était vivante ?

— Au moment de la mort de Sylvie Simonis.

— Savez-vous comment ils l'ont appris ?

— Par Stéphane Sarrazin.

Le nom du gendarme me péta à la gueule :

— Pourquoi lui ? Pourquoi les aurait-il préve-nus ?

Le nonce réprima un sourire :

— Parce qu'il était leur complice. Stéphane Sarrazin, quand il s'appelait encore Thomas Lon-ghini, était un Asservi, lui aussi. Il faisait équipe avec les deux autres pour corrompre la petite fille.

Encore une vérité manquée. J'avais toujours senti la complicité des trois hommes, sans pouvoir la prouver. Le fameux axiome des 30%... Moraz, Cazeviel, Longhini avaient, à eux trois, et indirecte-ment, provoqué la mort de Manon. Mais j'étais encore sceptique :

— En 1988, repris-je, Thomas Longhini avait treize ans. Il était écolier. Moraz était horloger. Cazeviel casseur. Comment auraient-ils pu se connaître ?

— Vous n'avez pas suffisamment creusé leur passé. Richard Moraz n'était pas seulement horlo-ger. Il était collectionneur, et même receleur. C'est ainsi qu'il a connu Cazeviel, qui lui revendait des objets volés.

— Et Thomas ?

— Thomas était un pervers. Un vicieux. Ce qui l'excitait, c'était de pénétrer la nuit chez les gens. De les observer. Ou de leur subtiliser des bibelots. C'est par cette voie qu'il a rencontré Moraz. Il lui vendait des pièces dérobées.

Moraz, Cazeviel, Longhini trois oiseaux de nuit,

associés sur fond de vol et d'intrusion nocturne. Ils s'étaient découvert ensuite une autre aspiration commune : le culte du diable.

J'imaginais la suite. Thomas Longhini, au fil des mois, avait dû s'attacher à Manon et ne plus vouloir la dévoyer. Il avait pris peur. Il avait parlé à ses parents puis au psychiatre, Ali Azoun, sans pouvoir avouer la vérité complète. Il procédait par allusions mais l'essentiel était là. Longhini voulait stopper l'envoûtement de Manon. Ce qui avait commencé comme un jeu pervers – la corruption de l'enfant – devenait dangereux. Manon agissait réellement comme une possédée. Et sa mère, perdant tout contrôle, était prête à la détruire.

— Si je comprends bien, enchaînai-je, les trois complices ont découvert cet été seulement que Manon était vivante. Ils ont alors pensé qu'elle pouvait être une Sans-Lumière. Une créature que le démon avait sauvée jadis. Donc, un être qui les intéressait au plus haut point.

— Exactement. Sauf qu'entre-temps, Manon a disparu. Soit elle a senti la menace de ces fanatiques, soit elle craignait l'assassin de sa mère.

Je notai au passage : Zamorski n'envisageait pas la culpabilité de Manon. Ce fait me soulagea, d'une manière obscure, inexplicable. Je ne voulais déjà plus que Manon soit coupable…

Pour le reste, mes propres données cadraient avec ces éléments. Le trio cherchait Manon, comme moi. Moraz et Cazeviel avaient décidé de m'éliminer pour m'empêcher de la trouver avant eux. Longhini, alias Sarrazin, au contraire, avait décidé de s'associer avec moi. Pourquoi ? Prévoyait-il de me tuer ensuite, lorsque j'aurais rempli ma mission ? Ou comptait-il sur moi pour débusquer d'autres Sans-Lumière ?

Je revins au point primordial. Zamorski savait-il où Manon se cachait ? La question me brûlait les lèvres mais je voulais d'abord sonder ce partenaire éventuel :

— Pourquoi vous me racontez tout ça ?

— Je vous l'ai dit : vos informations m'intéressent.

— Vous avez l'air d'en savoir beaucoup plus que moi.

— Sur l'enquête Simonis. Mais il y a d'autres versants dans ce dossier.

— Agostina Gedda ?

— Par exemple. Nous savons que vous l'avez interrogée, à Malaspina. Nous voulons une transcription de ce témoignage.

— Van Dieterling ne coopère donc pas avec vous ?

— Nous possédons des vues différentes sur le problème, je vous le répète. Il vous a reçu à la curie romaine. Il détient, au sein de la bibliothèque apostolique du Vatican, des archives de la plus haute importance. Des documents que vous avez consultés.

Le cardinal ne m'avait rien laissé mais je décidai d'y aller au bluff :

— Je possède, c'est vrai, des textes qui pourraient enrichir vos dossiers. Mais vous ? Qu'avez-vous pour moi ? La révélation des Asservis n'est pas suffisante. Tôt ou tard, j'aurais découvert leur existence.

— C'était la partie gratuite de notre deal. De quoi vous convaincre que nous ne brassons pas du vide.

— Vous disposez d'une autre monnaie d'échange ?

— Une monnaie irrésistible.

— Quoi ?

— Manon Simonis.

— Vous savez où elle se trouve ?

— En vérité, nous la gardons sous notre protection.

Le coup me bloqua le souffle, mais je parvins à prononcer :

— Où ?

Zamorski attrapa mon imperméable et me le lança :

— Vous n'avez pas peur en avion ?

83

Au cœur de la nuit, l'aéroport du Bourget ressemblait à ce qu'il était désormais : un musée à ciel ouvert. Un Louvre de l'aéronautique, dont les sculptures étaient des Mirage, des Boeing, des fusées Ariane. On devinait, dans l'obscurité pluvieuse, les avions sous les bâches, les hangars aux machines volantes, les fuselages brillants et les ailes frappées de cocardes…

La Mercedes noire d'Andrzej Zamorski glissait dans l'allée détrempée. J'admirai, encore une fois, le luxe de l'habitacle : vitres fumées, sièges en cuir, plafond capitonné, portières ornées de bois de rose.

— Mon petit pays a des ressources, commenta l'émissaire du Vatican. On m'accorde les moyens nécessaires lorsqu'on m'envoie en terre hostile.

— La France est une terre hostile?

— Je n'étais que de passage. Venez. Nous sommes arrivés.

La voiture stoppa devant un bâtiment au rez-de-chaussée éclairé. J'attrapai mon sac dans le coffre – Zamorski avait accepté de passer à mon domicile pour me permettre de prendre quelques affaires, et surtout mon fameux dossier.

Dans la salle, deux pilotes relisaient leur plan de vol, des stewards aux allures de gardes du corps nous proposaient champagne, café et amuse-gueules. À une heure du matin, ils s'efforçaient d'avoir l'air frais comme des fleurs.

Un Falcon 50EX manœuvrait sur le tarmac désert, piquant la nuit de ses lumières. Debout devant les vitres, je réfléchissais. Un prélat capable d'affréter un jet privé en pleine nuit : Zamorski n'était décidément pas un religieux ordinaire. Mais je ne m'étonnais plus de rien. Je me laissais porter par les événements, bercer, même, par une sensation d'irréalité, observant les lueurs se refléter sur la piste détrempée.

— Venez. Le pilote s'impatiente.

— Il n'y a pas de contrôle des douanes?

— Passeport diplomatique, mon cher.

— Où allons-nous?

— Je vous expliquerai en vol.

Malgré moi, je me rebellai :

— Je ne mettrai pas un pied à bord sans savoir où nous partons.

Le Polonais saisit mon sac :

— Nous partons pour Cracovie. Manon y est cachée. Dans un monastère. Un lieu très sûr.

Je suivis l'ecclésiastique sur le tarmac. Son costume noir scintillait autant que le bitume humide. Scrutant son poing serré sur l'anse de mon sac, je me dis qu'une arme automatique dans cette main n'aurait pas fait tache. Par association, je songeai au Glock que je portais à ma ceinture. Ce départ clandestin avait un avantage : personne ne m'avait fouillé.

La cabine du Falcon abritait six sièges en cuir, accoudoirs et tablettes en acajou verni. Les plafonniers, minuscules, brillaient comme des pépites dorées. Des corbeilles de fruits nous attendaient, aux côtés de bouteilles de champagne millésimées, enfouies dans des seaux à glace. Six places, six privilèges au-dessus des nuages.

— Installez-vous où vous voulez.

Je choisis le premier siège sur ma gauche. Les deux prêtres qui nous accompagnaient depuis l'église polonaise s'assirent derrière moi. Deux colosses, qui n'avaient de religieux que le col romain et n'avaient toujours pas dit un mot. Zamorski se plaça en face de moi puis boucla sa ceinture. Le déclic fut comme un signal : les moteurs vrombirent aussitôt.

L'appareil prit son envol, toujours dans la même atmosphère de songe et de fluidité. Je contemplai par le hublot les premières brassées de nuages. Le ciel, entre ces nuées d'argent, étincelait d'un bleu sombre. Un miroir sans contour ni limite, que nous traversions en toute facilité. Ce n'était plus la nuit : c'était l'envers du monde.

— Vous buvez quelque chose ?

Zamorski plongeait déjà la main dans la glace pilée. Je refusai d'un geste. J'avais surtout envie d'une cigarette. Mon hôte me devina encore une fois :

— Vous pouvez fumer. C'est un des avantages de ces vols privés : nous sommes chez nous.

J'allumai une Camel, sentant ma méfiance revenir face à tant d'égards. Qui était au juste ce prélat, caché derrière ses manières policées ? Quelles étaient ses intentions ? Où m'emmenait-il exactement ? Je fonçais peut-être dans un piège, dont l'appât s'appelait Manon. Après une longue bouffée, j'ordonnai :

— Parlez-moi de Manon.

— Que voulez-vous savoir ?

— Comment avez-vous connu son cas ?

— Le plus simplement du monde. Par le curé de sa paroisse, le père Mariotte. Après la tentative d'assassinat, en 1988, il s'est confié au prêtre exorciste de Besançon. L'information est remontée jusqu'à moi. Nos réseaux sont très structurés.

— À l'époque, vous saviez que Manon était vivante ?

— Une brève enquête nous l'a appris, oui. À partir de là, nous avons toujours gardé un œil sur elle.

— Vous pensiez qu'elle était possédée ?

— Il y avait, disons, une forte présomption.

— Pourquoi ?

— Nous avons recueilli plusieurs témoignages sur son attitude, avant l'assassinat. Il y avait aussi les suspects de l'affaire : Cazeviel, Moraz, Longhini. Ils étaient déjà sur nos listes. Cette affaire baignait dans le satanisme.

— Ensuite ?

Zamorski eut un haussement d'épaules :

— La petite a grandi, sans histoire ni déviance. Pas le moindre signe d'emprise démoniaque.

— Elle a été suivie par des psychologues.

— Rien à voir avec le diable. Elle était simplement traumatisée par toute cette histoire. Ce qui est plutôt compréhensible.

Je n'avais plus le temps pour les précautions de langage :

— Pensez-vous qu'elle a tué sa mère ?

— Non.

— Pourquoi cette certitude ?

— Elle réside dans notre monastère depuis trois mois. Elle est innocente. Aucune femme ne pourrait simuler à ce point. C'est une vraie… source de lumière.

Agostina Gedda aussi avait été une source de lumière. Pour devenir finalement un monstre. Mais j'avais envie de croire Zamorski.

— Elle n'a donc pas vécu, selon vous, une expérience négative pendant son coma ?

— Manon ne conserve aucun souvenir de cette parenthèse. En tout état de cause, quoi qu'elle ait vécu durant sa plongée, cela n'influence pas sa personnalité d'aujourd'hui.

J'approuvai de la tête mais songeai aux avertissements qu'on m'avait assenés à Catane, à propos d'Agostina. Aux mises en garde de van Dieterling. Aux instructions du Rituel Romain : « *Innombrables sont les artifices et les fourberies du diable pour tromper les hommes...* » Qui pouvait-on croire dans un tel contexte ?

Je passai aux généralités :

— Pensez-vous, en votre âme et conscience, que les Sans-Lumière existent ? Je veux parler de meurtriers agissant sous une emprise démoniaque.

— L'expérience négative existe. Et elle peut être traumatisante.

— Au point de transformer celui qui la subit en être agressif, en assassin ?

— Dans certains cas, oui.

— Mais croyez-vous que le diable soit au fond de tout ça ? Je veux dire : une véritable entité négative ? Un agent corrupteur ?

Zamorski sourit. Les lumières de la cabine avaient baissé. Les fauteuils en cuir brillaient doucement sous les plafonniers. De temps à autre, les feux au bout des ailes, déchirant les nuages, venaient éclairer nos profils à travers les hublots.

— Nous étudions ces phénomènes depuis des années. Attendez d'être à Cracovie, vous comprendrez mieux notre position.

— Revenons aux cas spécifiques alors. Agostina Gedda est-elle une véritable possédée ?

— Selon van Dieterling, il n'y a aucun doute. Et d'après ce que je sais, tout concorde.

— Raïmo Rihiimäki : cela vous dit quelque chose ?

— Bien sûr.

— Un Sans-Lumière ?

— Il y a eu expérience négative, c'est certain. Raïmo s'est confié à un psychiatre. Il a raconté sa vision. Cette épreuve l'a transformé en machine à tuer.

— Agostina et Raïmo sont donc les auteurs des meurtres dont on les accuse ?

— Mathieu, vous brûlez les étapes. Encore une fois, attendez d'être à Cracovie. Nous...

— Ces miraculés sont-ils des assassins, oui ou non ? Ont-ils été capables d'utiliser des acides, d'injecter des insectes, de placer du lichen dans la cage thoracique de leur victime, d'agir exactement de la même façon, à des milliers de kilomètres de distance ?

Zamorski tenait une coupe de champagne perlée de gouttes. Il but une gorgée puis admit :

— Au fil des années, notre groupe s'est fait une opinion.

— Laquelle ?

— À côté de l'expérience négative, il pourrait exister un autre facteur. Une circonstance particulière.

— Je vous écoute.

— Un être extérieur, qui contacterait et aiderait ces tueurs... « révélés ».

Zamorski exprimait l'hypothèse que j'envisageais depuis le départ, sans l'avoir jamais approfondie. Un complice des Sans-Lumière. Un inspirateur, en chair et en os. Celui qui avait gravé dans l'écorce : « JE PROTÈGE LES SANS-LUMIÈRE »...

— Un homme les aiderait à tuer de cette façon ?

— Les y inciterait, en tout cas.

— Un homme qui se prendrait pour le diable ?

— Qui penserait agir au nom du diable, oui.

— Vous avez des preuves qui étayent cette hypothèse?

— Seulement des convergences. Le mode opératoire, d'abord. Jamais, auparavant, les Sans-Lumière
n'ont appliqué cette méthode. On peut imaginer
qu'un homme, une présence cachée, leur dicte maintenant cette technique.

Van Dieterling parlait de « mutation », de prophétie à déchiffrer, à travers la répétition de ces
meurtres rituels. Mon instinct de flic me faisait
pencher pour la version Zamorski, plus tangible :
l'intervention d'un tiers, un associé de l'ombre.

Il continuait :

— Ensuite, la multiplication des cas. Au cours
des siècles, les Sans-Lumière sont très rares. Or,
d'un coup, nous avons trois exemples en quatre
années : 1999, 2000, 2002... Et sans doute y en a-t-il
d'autres. Pourquoi cette accélération? Un homme a
peut-être favorisé cette série. Un criminel qui ne
serait pas le tueur à proprement parler mais l'inspirateur de ces traumatisés. Une sorte d'émissaire du
démon, qui les pousserait à passer à l'acte.

Mes suppositions, flottant jusqu'ici dans le vide,
trouvaient un écho concret auprès du nonce. Ce vol
de nuit me chauffait le cœur, à la manière d'un feu
de joie. Il était temps d'éclaircir les énigmes qui le
concernaient directement :

— Il y a quinze jours, je vous ai vu à la chapelle
Sainte-Bernadette. Une messe était célébrée en
l'honneur d'un flic dans le coma.

— Luc Soubeyras. Je le connais bien. Il menait la
même enquête que vous. Ou plutôt, pour être juste,
vous menez la même que lui.

— Il a tenté de se suicider. Savez-vous pourquoi?

— Luc était trop exalté. À bout de nerfs. Cette enquête a eu sa peau.

— C'est tout?

— Dans cette affaire, il faut être prêt à franchir certaines limites. À visiter certains confins. Mais surtout être capable d'en revenir! Luc, malgré sa passion, n'était pas assez fort.

Je ne répondis pas. Je songeai aux objets satanistes découverts par Laure. Luc avait-il passé une ligne rouge? Je revins à Zamorski, et à sa conversation avec Doudou, dans la chapelle. J'évoquai le coffret qui était passé entre leurs mains. Le plumier de bois sombre.

— Le dossier d'enquête de Luc, fit le Polonais. Entièrement numérisé sur des clés USB. Luc m'avait averti. En cas de problème, son adjoint me remettrait ses documents. D'une certaine façon, nous étions partenaires.

— Selon Doudou, votre mot de passe était : « J'ai trouvé la gorge. » Quel est le sens de cette phrase?

— Luc était obsédé par les NDE. Le gouffre, le puits, la gorge...

— C'est aussi ce qu'il a dit à sa femme avant de se suicider. Pourquoi à votre avis?

— Pour la même raison. Luc ne vivait que pour ce tunnel. C'était son idée fixe. Or, cette porte, cette fameuse « gorge », lui restait inaccessible. Au fond, je crois que son suicide est un aveu d'échec.

Zamorski se trompait. Luc ne s'était pas suicidé par simple désespoir. D'ailleurs, il n'avait pas échoué mais au contraire, il était allé plus loin que moi, j'en étais sûr. Trop loin ?

— À la messe de Sainte-Bernadette, je vous ai vu vous signer à l'envers.

— Simple précaution, sourit-il. Ce signe de croix inversé visait à me protéger des éléments sataniques du coffret. Soigner le mal par le mal, vous comprenez ?

— Non.

— Ce n'est pas grave. Un détail.

Il se pencha vers le hublot puis regarda sa montre :

— Nous allons arriver.

Je sentis mes tympans se comprimer. L'avion amorçait son atterrissage. Je ne lâchai pas le nonce :

— À l'église polonaise, vous m'avez dit que votre spécialité était les Asservis. Comment s'insèrent-ils dans l'affaire des Sans-Lumière ?

— Je vous l'ai déjà dit : ils les cherchent, ils les traquent.

— Et vous tentez de vous placer entre ces deux fronts ?

— En suivant les Sans-Lumière, nous croisons le chemin des Asservis, oui.

— Quels sont leurs rapports avec les Sans-Lumière ? Ils les vénèrent ?

— D'une certaine façon. Ils les considèrent comme des élus. Mais leur priorité est de leur arracher une confession. Pour cela, ils n'hésitent pas à les enlever. À les droguer, à les torturer. Leur obsession est la parole du diable. Tous les moyens sont bons pour décrypter cette voix.

— Lorsque vous dites que les Asservis constituent une des sectes les plus dangereuses, concrètement, qu'est-ce que ça veut dire ?

Zamorksi leva les sourcils, en signe d'évidence :

— Vous en avez eu une démonstration, avec Moraz et Cazeviel. Les Asservis sont armés, entraînés. Ils tuent, violent, détruisent. Ils respirent le mal comme nous respirons l'air qui nous entoure. Le vice est leur biosystème naturel. Ils s'automutilent, se défigurent aussi. Sadisme et masochisme sont les deux faces de leur mode d'existence.

— Comment possédez-vous ces éléments sur une secte aussi secrète ?

— Nous avons des témoignages.

— Des repentis ?

— Chez eux, il n'y a pas de repentis. Seulement des survivants.

Je jetai un coup d'œil aux nuages moirés derrière les hublots. Mes tympans craquaient encore.

— Y a-t-il des Asservis là où nous allons ? Je veux dire : à Cracovie ?

— Malheureusement, oui. Le phénomène est récent. Des faits divers se multiplient dans notre ville, révélateurs de leur présence. Des clochards torturés, démembrés, brûlés vifs. Des animaux mutilés, sacrifiés. Ce sillage de sang est leur marque.

— Savent-ils que Manon est à Cracovie ?

— Ils sont là pour elle, Mathieu. Malgré nos précautions, ils l'ont localisée.

— Ils sont donc convaincus qu'elle est une Sans-Lumière ?

Zamorski observait les lumières qui scintillaient sous l'aile du Falcon :

— Nous arrivons.

— Répondez-moi : pour les Asservis, Manon est une Sans-Lumière ?

Son regard se posa sur moi, plus dur qu'une sonde plantée dans le permafrost :

— Ils pensent qu'elle est l'Antéchrist en personne. Qu'elle est revenue des ténèbres pour clamer la prophétie du diable.

84

Cracovie, sculptée dans les ténèbres. Ses murs étaient fissurés, ses routes crevassées – des écharpes de brouillard s'effilochaient sur ses tours et ses clochers. Tout semblait prêt pour une « Walpurgisnacht ». Il ne manquait plus que les loups et les sorcières. Je voguais dans une nouvelle limousine comme dans un bateau fantôme. Toujours prisonnier de cette étrange sensation de confortable détachement.

La voiture stoppa au pied d'un grand bâtiment sombre, bordé par un jardin public, près d'une zone piétonnière aux ruelles étroites. Des prêtres nous attendaient. Ils prirent nos bagages, ouvrirent des portes. Leurs cols blancs s'animaient dans la nuit comme des feux follets. Je suivis le mouvement.

À l'intérieur, je distinguai un patio aux jardins taillés, des galeries de colonnes, des voûtes noires.

On emprunta un escalier extérieur, sur la droite – les galoches des prêtres produisaient un raffut de guerre. Impossible de ne pas penser à une forteresse militaire accueillant des renforts nocturnes.

On m'ouvrit une cellule. Murs de granit, décorés d'un crucifix. Un lit, un bureau et une table de chevet aussi noirs que les murs. Dans un coin, derrière un paravent de jute, une minuscule salle d'eau donnait froid dans le dos.

Mes guides me laissèrent seul. Je me brossai les dents, évitant mon reflet dans le miroir, puis m'enfonçai dans les draps humides. Avant que mon corps ne se réchauffe, je dormais sans rêve ni conscience.

Quand je me réveillai, une ligne de lumière traversait la chambre, chargée de particules immobiles. Je remontai à sa source : une petite fenêtre à meneaux verticaux, éclaboussée de soleil. Les deux battants de verre, incrustés de bulles translucides, amplifiaient cette clarté comme une loupe.

Je regardai ma montre : 11 heures du matin.

Je bondis hors du lit et restai figé par le froid de la pièce. Tout me revint. Le rendez-vous de Zamorski. Le voyage en jet privé. L'arrivée dans cette citadelle noire, quelque part en ville inconnue.

Je plongeai la tête sous l'eau glacée, endossai des vêtements propres puis sortis. Un couloir, aux larges lattes de parquet. Des tableaux sombres, aux reflets mordorés, des saints tourmentés, taillés dans du bois, des vierges hallucinées, polies dans du marbre. Je marchai jusqu'à une haute porte au cadre sculpté. Des anges déployaient leurs ailes, des martyrs, traversés de flèches ou portant leur tête sous le bras, bénissaient leurs bourreaux. Je songeai à la *Porte de l'Enfer* de Rodin.

Je tournai la poignée et me retrouvai dehors.

Quatre bâtiments fermaient le patio, partagé en pelouses régulières et bosquets coupés. Du solide. Un bastion de foi, qui avait dû tenir tête aux bombardements nazis et aux assauts socialistes. Chaque bloc de deux étages était ajouré en une série d'arcades aux balustrades pleines. Je me trouvais dans la partie du fond, au premier étage. Je remontai la galerie jusqu'à un escalier. Des lanternes et des barres de fer ponctuaient chaque voûte.

Tout était désert. Pas la moindre soutane en vue. J'avais à peine foulé les graviers de la cour que les cloches se mirent à sonner. Je souris et inspirai la lumière blanche et froide. Je voulais me remplir de cet instant si pur, qui tenait du prodige.

Les jardins évoquaient la Renaissance : des buissons élagués formaient carrés et rectangles, des cyprès se groupaient au centre, autour d'une place circulaire. Des bancs longeaient les galeries et, au fond des voûtes, des fenêtres à vitraux luisaient de reflets détourés. Je traversai la cour. Un brouhaha assourdi me parvint. Je bifurquai et poussai une nouvelle porte.

Le réfectoire était baigné de clarté, sillonné de longues tables. Des brocs d'eau étincelaient, des plats d'inox fumaient comme des locomotives. Attablés par groupes de huit, des prêtres mangeaient et buvaient. Leurs uniformes impeccables, austérité blanche et noire, contrastaient avec leurs éclats de rire et les bruits de ripaille. Il régnait ici une atmosphère débonnaire, de jeunesse et de bonne chère.

On disait que les prêtres polonais, durant la guerre froide, avaient été les seuls à bien manger – grâce à leurs potagers.

Un bras se leva dans l'assistance. Zamorski, installé à une table solitaire. Je me faufilai parmi les groupes et le rejoignis. Les autres ne me prêtaient aucune attention.

— Bien dormi?

Le Polonais me désigna le siège devant lui. Je m'assis, regrettant déjà de n'avoir pas grillé une cigarette dans les jardins. Maintenant, il était trop tard. Je baissai les yeux sur le déjeuner. La table, dressée pour deux, était recouverte d'une nappe damassée, sur laquelle brillaient verres de cristal et couverts d'argent. Je me passai la main sur le visage :

— Je suis désolé, dis-je, confus. Je n'ai pas vu l'heure…

— Je viens de me lever, moi aussi. Nous avons raté la messe. Sers-toi.

Le tutoiement, ce matin, sonnait juste. Je ne savais pas quoi choisir. C'était un menu slave. Poissons marinés, disposés en fines lamelles, caviar agglutiné en cônes, pain noir et pain blanc, assortis de malossols, et une multitude de fruits rouges : mûres, airelles, framboises. Je me demandais où les prêtres avaient pu dénicher de tels fruits en cette saison.

— Vodka? Ou il est trop tôt?

— Café, plutôt.

Le nonce eut un geste. Un prêtre sortit de l'ombre et me servit avec une discrétion de fantôme.

— Où sommes-nous?

— Au couvent Scholastyka, dans la vieille ville. Le fief des bénédictines.

— Des bénédictines?

Zamorski se pencha. Son nez pincé brillait au soleil :

— C'est l'heure de sexte, dit-il sur un ton de confidence. Pendant que les sœurs prient dans la chapelle, nous en profitons pour déjeuner.

— Vous partagez le monastère?

Il ouvrit un œuf à la coque d'un coup de cuillère :

— Une stricte cohabitation. Nous ne pouvons pratiquer aucune activité ensemble.

— Ce n'est pas très… orthodoxe.

Il creusa le blanc de la coquille qu'il tenait entre deux doigts :

— Justement. Qui chercherait des religieux, surtout de notre genre, dans un couvent de bénédictines?

— Quel est votre genre?

— Mange. Ce qui ne tue pas engraisse, comme on dit chez nous.

— Quel est votre genre?

Le nonce soupira :

— Tu es décidément un janséniste. Tu ne sais pas profiter de la vie.

Il vida son œuf en quelques cuillerées puis recula sa chaise :

— Prends ta tasse. Tu mangeras plus tard.

Je préférai boire mon café d'un trait. La brûlure explosa au fond de ma gorge. Le temps que j'encaisse la sensation, Zamorski franchissait déjà le seuil de la salle.

Dans la galerie, les rais du soleil et les ombres des piliers formaient un tableau en blanc et noir. Le froid, mystérieusement, aiguisait cette bichromie. Le prélat tourna sous un porche et emprunta un escalier qui paraissait descendre directement vers le Moyen Âge.

— Nous avons installé nos bureaux au sous-sol.

Un tunnel s'ouvrit, éclairé de manière uniforme, sans qu'aucune source de lumière soit visible. Les murs de pierre étaient patinés par les siècles. Pourtant, l'atmosphère de modernité et de technologie était plus forte. Quand Zamorksi plaça son index sur une plaque d'analyse biométrique, je n'eus plus de doute. J'avais eu une vue de surface de la forteresse. J'allais découvrir son cœur.

Une paroi d'acier s'ouvrit sur une grande pièce aux plafonds voûtés, qui ressemblait à une salle de rédaction de journal. Des écrans d'ordinateurs scintillaient ; des imprimantes bourdonnaient au pied des colonnes ; téléphones, fax, téléscripteurs sonnaient et vibraient partout. Des prêtres s'agitaient, en bras de chemise. Je songeai à une annexe de *L'Osservatore romano*, l'organe officiel de la Cité Pontificale, mais il flottait ici une ambiance militaire, un goût de Secret Défense.

— La salle de surveillance ! confirma Zamorski.

— Surveillance de quoi ?

— De notre monde. L'univers catholique ne cesse d'être menacé, agressé. Nous veillons, nous voyons, nous réagissons.

Le prélat s'engagea dans l'allée centrale. On pouvait sentir la chaleur des ordinateurs et le souffle des systèmes de ventilation. Des hommes en col blanc parlaient au téléphone, en arabe. Zamorski expliqua :

— Notre foi est confrontée à des ennemis de toutes sortes. Il n'est pas toujours possible de régler les problèmes avec la prière ou la diplomatie.

— S'il vous plaît : parlez plus clairement.

— Par exemple, ces prêtres sont en contact permanent avec les troupes rebelles du Soudan. Des animistes, qui sont aussi, j'espère, un peu chrétiens. Nous leur donnons un coup de main. Et pas seulement en sacs de riz. (Il dressa son index vers le plafond.) Faire reculer l'islam : rien d'autre ne compte !

— Cela me paraît un point de vue simpliste.

— Nous sommes en guerre. Et la guerre est un point de vue simpliste sur le monde.

Le nonce s'exprimait sans acrimonie, avec bonne humeur. La lutte dont il parlait allait de soi. C'était dans l'ordre naturel des choses. Sur notre droite, quatre prêtres s'exprimaient en espagnol :

— Ceux-là travaillent sur les territoires d'Amérique du Sud, où la situation est complexe. Là-bas, nous ne pouvons entrer en conflit avec ceux qui détiennent le pouvoir, celui de la drogue, des armes, de la corruption. Il nous faut négocier, temporiser, et parfois même nous allier avec les pires voyous. *Ad Majorem Dei Gloriam !*

Il s'approcha d'un autre groupe, qui lisait des journaux en langue slave :

— Un plus sale boulot encore, en Croatie. Protéger des tortionnaires, des bourreaux, des exécuteurs. Ils sont chrétiens et ils nous ont appelés. Le Seigneur n'a jamais refusé son aide, n'est-ce pas ?

Des coupures de presse me revenaient en mémoire. Les juges du Tribunal Pénal International pour l'ex-Yougoslavie soupçonnaient le Vatican et l'Église Croate de cacher des généraux accusés de crimes contre l'humanité dans des monastères franciscains. Ainsi, tout était vrai. Zamorski temporisa :

— Ne fais pas cette tête. Après tout, nous faisons tous les deux le même boulot, chacun à notre mesure. Tu n'es pas le seul à te salir les mains.

— Qui vous a dit que j'avais les mains sales ?

— Ton ami Luc m'a expliqué votre petite théorie sur le métier de flic.

— Ce n'est qu'une théorie.

— Eh bien, j'adhère à ce point de vue. Il faut bien que certains exécutent les basses besognes pour que les autres – tous les autres – puissent vivre l'âme pure.

— Je peux fumer ?

— Sortons alors.

Nous nous installâmes sous les voûtes noires, à quelques jets de pierre des jardins. Odeurs de résine, de feuilles humides, de cailloux chauffés par le soleil. Je tirai sur ma Camel et expirai la fumée avec jouissance. La première clope du jour… Une renaissance chaque fois intacte.

— Hier, repris-je, vous m'avez parlé du K.U.K. Vous m'avez dit que vous apparteniez à une branche spéciale. Quel est son nom ?

— Pas de nom. Le meilleur moyen de garder un secret, c'est qu'il n'y ait pas de secret. Nous sommes des moines-chevaliers, les héritiers des *milites*

Christi, qui protégeaient la Terre Sainte, mais nous n'avons pas d'ordre établi.

Des images, encore une fois. Des couvents-forteresses, dans l'Espagne de la Reconquista, au XIIe siècle, des châteaux dressés dans les déserts de Palestine, remplis de croisés suivant une règle monastique. Le cloître où je me trouvais appartenait à cette lignée.

— Vous vous chargez donc aussi des problèmes de satanisme?

— Nos ennemis sont multiples, Mathieu, mais le principal, le plus dangereux, le plus... permanent, est celui qui a réussi à nous faire croire qu'il n'existait plus.

Je ne relevai pas. La sempiternelle citation de Charles Baudelaire, tirée du « Spleen de Paris » : « *La plus belle ruse du Diable est de faire croire qu'il n'existe pas.* » Mais Zamorski déclama un autre texte :

— « *Le mal n'est plus seulement une déficience, il est le fait d'un être vivant, spirituel, perverti et pervertisseur. Terrible, mystérieuse et redoutable réalité.* » Sais-tu qui a écrit cela ?

— Paul VI, dans son audience générale du 15 novembre 1972. Le passage a fait beaucoup de bruit, à l'époque.

— Exactement. Le Vatican prenait déjà le diable au sérieux mais avec l'avènement de Jean-Paul II, notre position s'est encore renforcée. Tu sais que Karol Wojtyla a pratiqué lui-même des exorcismes ? (Il eut un bref sourire.) Tout ce que tu as vu en bas est financé par lui. Et la majeure partie de nos crédits sont consacrés à la lutte contre le diable.

Car en somme, c'est le combat central. L'œil du cyclone.

Je me plaçai sur le seuil de la galerie, dos au soleil. Zamorski s'était assis sur un angle de pierre, taché de lichen. Depuis que je visitais ce bunker, une question me taraudait :

— Luc Soubeyras est venu ici ?

— Une fois.

— Le lieu a dû lui plaire.

— Luc était un vrai soldat. Mais je te le répète : il manquait de rigueur, de discipline. Il croyait trop au démon pour le combattre efficacement.

Je songeai aux objets sataniques découverts par Laure. Le prélat poursuivit :

— Pour lutter contre Satan, il faut savoir le garder à distance. Ne jamais le croire, ne jamais l'écouter. C'est un paradoxe, mais pour l'affronter, dans toute sa réalité, il faut le traiter comme une chimère, un mirage.

J'écrasai ma cigarette contre la pierre, puis fourrai le mégot dans ma poche. Zamorski se tenait droit contre une colonne. Sa carrure, son col blanc, sa brosse grise : tout en lui distillait une netteté, une puissance de guerrier. On éprouvait à son contact une secrète fascination. Et un étrange sentiment de sécurité. Je demandai :

— Et vous, vous croyez au diable ? Je veux dire à sa réalité physique et spirituelle ?

Il éclata de rire :

— Pour te répondre, il me faudrait la journée. Et peut-être même la nuit prochaine. Tu as lu *Le Salaire de la peur* ?

— Il y a longtemps.

— Tu te souviens de la citation en exergue ?

— Non.

— Georges Arnaud écrit en substance : « L'exactitude géographique n'est jamais qu'un leurre : le Guatemala par exemple, n'existe pas. Je le sais : j'y ai vécu. » Je pourrais te répondre la même chose sur le diable. « Le Malin n'existe pas. Je le sais : cela fait quarante ans que je lutte contre lui. »

— Vous jouez avec les mots.

Zamorski se leva et libéra ses poumons en un long souffle, marquant ainsi sa lassitude :

— La réalité du démon est partout, Mathieu... Dans toutes ces sectes, où les pires valeurs sont incarnées par des hommes et des femmes corrompus. Dans les asiles psychiatriques, où des schizophrènes sont persuadés d'être possédés. Mais surtout en chacun de nous, à chaque détour de l'âme, quand le désir, la volonté, l'inconscient, choisit l'abîme. Ne peut-on pas en déduire qu'une force magnétique *réelle*, une sorte de trou noir immanent, aspire nos esprits ?

— Vous croyez donc à une figure maléfique qui préexisterait au monde ? Une puissance incréée, transcendante, qui serait la source du mal dans l'univers ?

Zamorski eut un sourire discret, furtif, comme tourné vers lui-même. Il fit quelques pas et revint vers moi :

— Je crois surtout qu'on a beaucoup de pain sur la planche. Viens. (Il regarda sa montre.) Ton rendez-vous approche.

— Quel rendez-vous ?

— À 17 heures, Manon t'attendra ici même, dans les jardins. Sur le banc que tu vois là-bas.

85

Le jour tombait plus tôt en Pologne. Ou bien un orage couvait. Ou bien ma perception de la lumière n'était plus la même. Quand je revins dans les jardins du cloître, à l'heure dite, il me semblait que les arbres, les buissons, les vitraux sombraient déjà dans l'obscurité. Seuls, des reflets de mercure persistaient entre les feuilles des cyprès, les branches de buis, les personnages aux contours de plomb des fenêtres.

J'avançai dans la cour. Soudain, je distinguai une tache blanche, au pied d'une colonne soutenant un saint Stanislas. Je repérai la chevelure claire, qui semblait faire écho à l'angle gris du banc. Impossible de ne pas penser à l'opéra de Massenet, *Manon*, que j'avais tant écouté durant mes études – cette phrase, lorsque l'héroïne rencontre pour la première fois le chevalier Des Grieux : « Quelqu'un ! Vite, à mon banc de pierre… »

Trois pas encore, et l'émotion me traversa comme une balle dans le torse.

Elle était là. Manon Simonis.

Le fantôme que je côtoyais depuis des jours sans savoir qu'il existait, *vraiment*. Elle était adossée au pilier, la tête penchée sur un livre. Je n'avais pas réussi à imaginer à quoi elle pouvait ressembler aujourd'hui, gardant en mémoire la petite fille aux sourcils blancs, mais en aucun cas, je n'aurais jamais pu envisager la silhouette qui se dessinait devant moi.

Manon était toujours blonde, plutôt châtain clair, mais sa stature n'avait plus rien à voir avec l'enfant chétive des photos. Elle était devenue une femme ronde, athlétique, aux épaules qui se posaient là. Sous un pull blanc à grosses torsades, ses formes étaient massives – et ses mains, à la distance où je me tenais, me paraissaient énormes.

J'avançai encore et discernai son profil. Alors seulement, je retrouvai les traits parfaits de l'enfant de Sartuis. Le nez à lui seul était un modèle de proportions. Droit, doux, il était surplombé par de longs yeux baissés. Manon lisait. Son expression était comme pointilleuse, rehaussée par un sourcil circonspect, sous ses cheveux coiffés en deux versants hippies.

Je toussai. Elle leva la tête et me sourit. Quelque chose de plus fort encore survint. Ce fut si violent qu'il me parut qu'on m'éjectait de moi-même. Un éblouissement. Mais ce n'était déjà plus moi qui l'éprouvais. J'étais devenu une conscience extérieure, un reflet évadé de moi-même, mesurant l'ampleur du phénomène exercé sur mon double. En même temps, une voix me soufflait : « Tu étais prêt pour cela. Toute ton enquête était écrite pour cette rencontre, cette commotion. »

— Vous êtes le flic français ?

Elle souriait et ses lèvres laissaient filtrer un léger reflet d'incisives. Manon s'écarta pour me laisser une place sur le banc. Ce mouvement fit saillir ses formes opulentes. La gamine anémique évoquait maintenant les pin-up blanches et roses des calendriers Playboy. Elle brandit son livre à la couverture jaunie :

— Ils ont ici quelques bouquins en français. Que des trucs religieux. Je les connais par cœur.

Elle énuméra des titres mais je ne les entendais pas. Tous mes sens étaient occultés par le choc de la rencontre. Comme lorsqu'une détonation vous assourdit les tympans, ou qu'une forte lumière vous aveugle. Je fis un effort pour revenir au moment présent.

— Vous savez pourquoi je suis là ? demandai-je.

— Andrzej m'a expliqué. Vous êtes venu m'interroger.

— Vous n'avez pas l'air étonnée par ma visite.

— Je me cache depuis trois mois. Je m'attendais bien à ce qu'on me retrouve. La police adore m'interroger.

Que savait-elle au juste des récents développements de l'enquête ? Était-elle au courant du suicide de Luc ? De la mort de Stéphane Sarrazin ? Non. Qui aurait pu l'informer ici, entre ces murs austères ? Certainement pas Zamorski.

Je m'assis à mon tour. Un goût de papier dans la bouche, je repris :

— Je ne suis pas enquêteur. Pas au sens où vous l'entendez. Je n'ai aucun rôle officiel.

— Qu'est-ce que vous faites là, alors ?

— Je suis un ami de Luc. Luc Soubeyras.

Elle secoua la nuque par petits à-coups. Son sourire était enfoui sous ses mèches très lisses. Dans le clair-obscur, elle rappelait les photos de

David Hamilton ou les images du « flower power » des Seventies. Colliers de graines et fleurs dans les cheveux. J'étais trop jeune pour avoir connu cette époque – mais je l'avais toujours imaginée comme une période bénie. Une ère d'idéalisme, de révolte, d'explosion musicale. Devant moi, se tenait une de ces fées de jadis.

— Comment va-t-il ? demanda-t-elle distraitement.

— Très bien, mentis-je. Il a été muté. C'est moi qui reprends l'enquête, en douce.

— Alors, vous avez fait le voyage pour rien.

— Pourquoi ?

— Je ne peux rien vous dire. Je ne suis qu'une mademoiselle « non-non ».

Elle pencha la tête de côté et énuméra, sur un ton mécanique :

— Vous rappelez-vous ce qui est arrivé, le 12 novembre 88 ? Non. Savez-vous qui a tenté de vous noyer dans le puits ? Non. Avez-vous des souvenirs du coma qui a suivi ? Non. Avez-vous des soupçons sur le meurtre de votre mère ? Non. Je pourrais continuer comme ça longtemps… À toutes les questions, je n'ai qu'une seule réponse.

Je fermai les yeux et respirai l'odeur de sève et de feuilles qui devenait plus intense. L'humidité s'était invitée avec l'ombre. C'était bien un orage qui couvait mais dans une version plus froide, plus oppressante que dans le Jura. Une version polonaise. Pour la première fois depuis une éternité, je n'avais pas envie de fumer. Je remarquai la couverture du livre : *La Porte étroite* d'André Gide.

— Ça vous plaît ? demandai-je, à court de sujet.

Elle eut une moue d'indécision. Ses lèvres

charnues me firent penser, comme une fine allusion, aux aréoles de ses seins. Comment étaient-elles? Tendres et roses comme cette bouche? Une force se levait en moi, lentement. Pas un désir aigu, tordu, honteux, comme celui que j'avais éprouvé auprès de la directrice de Malaspina. Mais une envie pleine, épanouie, détachée de toute pensée.

J'insistai, me concentrant sur le livre :

— Vous n'aimez pas cette histoire?

— Je la trouve… petite.

— Vous n'êtes pas d'accord avec la quête de la jeune femme?

— Pour moi, la religion, c'est une fenêtre grande ouverte. Certainement pas un truc étriqué comme dans ce roman.

Adolescent, j'avais lu vingt fois le bouquin de Gide. Le destin d'une jeune femme qui préférait Dieu à son fiancé, l'amour spirituel à toute relation charnelle. Aujourd'hui, je n'en avais aucun souvenir, à l'exception de deux adolescents qui s'exprimaient comme des pierres tombales.

Je hasardai un commentaire :

— Gide parlait du sacrifice de soi qu'exige la communion avec le Seigneur. Cette difficulté même est une porte, un passage, un filtre. Au bout, il y a la pureté qui…

Elle chassa ma réflexion d'un geste désinvolte. J'imaginai encore une fois ses rondeurs sous le pull, les veinules bleues à travers sa peau blanche. Une chaleur ne cessait de monter en moi. Irrépressible et familière. J'étais en érection.

— Quel sacrifice? demanda-t-elle d'une voix plus ferme. Il faudrait s'autodétruire pour atteindre

Dieu? C'est le contraire qui est vrai! On doit être soi, s'écouter pour trouver le salut. C'est ça, le message du Christ : le Seigneur est en nous!

— Vous êtes catholique?

— Si je ne l'étais pas, je le serais devenue. Y a rien d'autre à foutre ici!

Elle feuilleta machinalement ses pages. Son expression devint grave. Je compris que la première Manon n'était que l'antichambre d'une autre, plus profonde. Maintenant, son visage était dur, tendu, sombre. La jeune fille abritait, comme un secret, un second personnage : grave, sévère, angoissé, d'une beauté nocturne.

Je pris conscience qu'elle parlait toujours :

— Pardon? Excusez-moi, j'ai du mal à me concentrer...

Elle eut un rire rauque, presque masculin. La lumière revint aussitôt. Ses petites incisives brillaient entre ses lèvres, aussi vives qu'un fragment de neige éternelle :

— On peut se tutoyer, non? Je disais que j'ai pas souvent de visites, ici.

— Vous... tu t'ennuies?

— Je m'emmerde carrément, tu veux dire.

Nos répliques paraissaient réglées comme dans un film, sauf qu'elles n'avaient aucune logique, aucune cohérence : on avait mélangé les pages du script.

— Avant, reprit Manon, j'étais étudiante en biologie. J'avais des amis, des examens, des cafés où j'aimais traîner. J'étais guérie de mes peurs anciennes, de mon état d'alerte perpétuel...

Elle avait replié une jambe sous sa cuisse, et tirait sur les franges de son jean :

— Et puis, il y a eu l'été dernier. Ma mère a disparu. Je me suis retrouvée seule face aux flics, menacée par je ne sais quoi, je ne sais qui. Le cauchemar est revenu d'un coup. Andrzej est apparu et il m'a convaincue de venir me réfugier ici. Il est très persuasif. Aujourd'hui, je ne sais plus où j'en suis. Mais au moins, je me sens en sécurité.

La pluie. Une nouvelle fraîcheur se mit à tournoyer dans la galerie. Je conservai le silence. Mon expression devait être sinistre. Manon eut un nouveau rire et me caressa la joue :

— J'espère bien que tu vas rester! On s'emmerdera à deux!

Le contact de ses doigts m'électrisa. Mon désir disparut au profit d'une sensation plus vaste, plus universelle. Une ivresse qui ressemblait déjà à l'engourdissement de l'amour. J'étais pris au piège. Où était la Manon que j'avais imaginée? La petite possédée qui avait traversé la mort? La femme soupçonnée de meurtre, de pacte avec le diable, de propagation funeste?

— C'est l'heure de Radio Vatican! s'écria-t-elle en regardant sa montre. C'est la seule distraction, ici. On n'a même pas la télé. Tu le crois, ça?

Elle se leva. La pluie s'engouffrait dans la galerie avec une liesse bruyante, déposant des gouttelettes sur nos visages :

— Viens. Après, on se fera un petit bortsch!

86

Cette nuit-là, dans ma chambre monacale, j'affrontai mon ennemi le plus intime.

Le désert de ma vie sentimentale.

Dans ce domaine, j'avais connu deux périodes distinctes. Le premier âge avait été celui de l'amour de Dieu. Sans faille ni corruption. Jusqu'au séminaire de Rome, il n'avait pas été question pour moi d'aventures féminines. Je n'en éprouvais aucune souffrance, aucun manque : mon cœur était pris. Pourquoi craquer une allumette dans une église remplie de cierges ?

L'illusion tenait. Parfois, bien sûr, des pulsions venaient torturer ma conscience, des silex déchirer mon bas-ventre. J'entrais alors dans un cycle épuisant de masturbations, de prières, de pénitences. Une chambre de torture bien personnelle...

Tout avait changé en Afrique.

La terre, le sang, la chair m'attendaient là-bas. À la veille du génocide rwandais, j'avais franchi la ligne, au fond d'une cabane de tôle ondulée. Je ne m'en souvenais pas. Ou comme on se souvient d'une collision en voiture. Un choc, un bouleversement interne qui annulait toute circonstance extérieure. Je n'avais pas éprouvé la moindre jouissance, le moindre sentiment. Mais j'en avais retiré une certitude : cette femme, éclat de peau, éclat de rire, m'avait sauvé la vie.

J'avais ressenti pour elle une sourde reconnaissance, au nom de cette déflagration, de cette libération survenue en moi. Sans cette rencontre, à terme, je serais devenu fou. Pourtant, ce matin-là, j'avais pris la fuite sans un adieu. J'étais parti comme un voleur, les dents serrées, à travers la ville. Et dans les rues de Kigali, la radio des Mille Collines déversait toujours ses appels à la haine…

Je m'étais réfugié dans une église à Butamwa, au sud de Kigali, et j'avais prié sans dormir durant trois jours, implorant le pardon du ciel, tout en sachant que je ne pouvais rien effacer et que, d'une certaine façon, j'allais maintenant mieux prier, mieux aimer Dieu.

Désormais, j'étais libre. J'avais enfin accepté ma nature incapable de résister à la chair, à sa violence. Ce n'était pas un problème extérieur – la tentation – mais intérieur : je ne possédais pas ce verrou, cette capacité à dépasser mon propre désir. Enfin, j'étais sincère avec moi-même et j'accédais, d'une manière contradictoire, à une plus grande pureté d'âme. J'en étais là de mes réflexions quand, dans mon repaire, les premiers réfugiés arrivèrent.

On était le 9 avril.

L'avion du président Juvénal Habyarimana venait d'être abattu.

Tout de suite, j'avais songé à la femme – je l'avais quittée sans un regard, sans un baiser. Or, elle était tutsi. J'étais reparti à Kigali, la cherchant dans les églises, les écoles, les bâtiments administratifs. Je n'avais qu'une pensée : elle m'avait sauvé la vie et je n'étais pas là pour lui éviter la mort.

J'avais poursuivi mes recherches jour et nuit, m'enfonçant peu à peu parmi les cadavres. Le long des routes, dans les fossés, près des barrages, puis dans les charniers, où les morts s'entassaient, sanglants, débraillés, obscènes. Je plongeais mon regard, soulevais les têtes, les boubous. Mes mains puaient la mort. Mon corps puait la mort – et l'amour en moi, l'amour physique, me semblait être à l'image de ces victimes en décomposition. Un cadavre au fond de moi. Jamais je n'avais retrouvé la femme.

Les semaines suivantes, j'avais dérivé. Les massacres, les fosses ouvertes, les autodafés. Dans cet enfer, j'avais encore cherché l'amour. J'avais eu d'autres maîtresses, dans les camps humanitaires de Kibuye, à la frontière du Zaïre. Je ne cessais de penser à la disparue de Kigali. Le remords, le dégoût me submergeaient. Pourtant, parmi les miasmes de choléra et de pourriture, alors que les pelleteuses ensevelissaient les corps par milliers, je continuais à faire l'amour, au hasard, trouvant des partenaires sous les tentes aveugles, gagnant une nuit, une heure, contre le néant et la culpabilité. J'étais dans un état second et, comme tous les autres, submergé par l'effroi, la panique, le désespoir.

Ma crise de paralysie conclut cette frénésie sexuelle. Retour sanitaire en France. Transfert au Centre Hospitalier Sainte-Anne, à Paris. Là, le désir mourut avec la dépression – et les médicaments. Enfin, j'étais anesthésié. La bête était assommée.

Calme plat durant des années.

Plus la moindre attirance pour les femmes.

Puis mon orgueil chrétien était revenu à la surface. De nouveau, je jurai un amour exclusif à Dieu. Pas question de partager mon cœur, ni mon corps qui n'étaient destinés qu'au Seigneur. Je m'enfonçai dans une nouvelle impasse :

Je n'avais plus la force d'être prêtre.

Je n'avais pas le courage d'être un homme.

Mon métier de flic vint à mon secours. Capitaine à la BRP, les « mœurs », je commençai à croiser les seuls êtres qui pouvaient m'aider : les prostituées. L'amour sans amour telle était ma voie. Soulager mon corps sans engager l'esprit. C'était la solution tordue que j'avais trouvée.

J'avais gardé le goût de la peau noire – le sceau de la première fois. Je multipliai les rencontres au Keur Samba et au Ruby's. Je m'orientai aussi vers les réseaux cachés des agences de rencontres franco-asiatiques. Viets, Chinoises, Thaïes…

L'exotisme, les langues inconnues jouaient le rôle de filtres, de barrages supplémentaires. Impossible de tomber amoureux d'une femme dont on comprenait à peine le prénom. Je me livrais ainsi à mes fantasmes, exigeant l'humiliation, la possession, la domination de mes partenaires, les réduisant à de simples objets sexuels, glissant mon cœur dans une espèce de gangue protectrice abjecte. *Vous aurez mon corps, pas mon âme!*

L'illusion ne dura pas longtemps. J'avais renoncé à l'amour mais lui n'avait pas renoncé à moi. Lorsque je retrouvais ma lucidité, après une sordide séance de sexe, une tristesse de plus en plus aiguë m'oppressait. Cette nuit, j'avais encore manqué quelque chose. Et ce « quelque chose » me restait en travers de la gorge.

J'étais peut-être protégé par ma foi, par l'exotisme, par la chair elle-même, mais le manque était là, toujours plus profond, plus amer. Pire. Mes simulacres étaient sacrilèges. Je piétinais l'amour et, vicié, moqué, profané, l'amour me revenait en pleine gueule, sous la forme d'une blessure implacable…

22 heures.

Après la séance radio à la bibliothèque, je m'étais réfugié dans ma cellule, manquant le dîner et la prière du soir. À trente-cinq ans, j'éprouvais déjà une peur viscérale face à Manon qui, en deux sourires, m'avait mis au taquet. Menaçant à elle seule de faire s'effondrer toute ma stratégie de blindage, fragile et illusoire.

Je me décidai à reprendre mon enquête.

Toujours en trench, frissonnant, je m'installai au petit bureau où, seule concession aux temps modernes, un PC était installé. Sur Internet, je me connectai aux journaux qui m'intéressaient. En une de *La République des Pyrénées*, puis en page 4, on développait un article sur la découverte de deux corps près de Mirel, aux environs de Lourdes. On présentait le Dr Pierre Bucholz, figure majeure de la cité mariale, puis on évoquait le profil du « tueur » : Richard Moraz, ressortissant suisse, 53 ans, horloger. L'article énumérait ensuite les énigmes de l'affaire, notamment l'identité de l'assassin du tireur – qui avait tué Moraz ? – ainsi que le mobile du meurtre de Bucholz : pourquoi un artisan helvétique, à mille kilomètres de chez lui, avait-il visé un médecin à la retraite, spécialiste des miracles ?

Je passai au *Courrier du Jura*, qui consacrait un long article à Stéphane Sarrazin, capitaine de gendarmerie, retrouvé assassiné dans sa salle de bains. Aucune mention n'était faite de l'inscription au-dessus de la baignoire. Aucune allusion aux mutilations. Précaution des gendarmes ou du procureur? Un capitaine du Service de Recherche de Besançon avait été délégué : Bernard Brugen. Le magistrat instructeur aussi était nommé : Corine Magnan, la juge de l'affaire Simonis.

L'article ne se perdait pas en conjectures : ce crime était tout simplement inexplicable. Aucun mobile, aucun témoin, aucun suspect. Le journaliste dressait aussi un portrait de Sarrazin : officier modèle, aux états de service de surdoué. Je prenais note : on n'avait pas encore découvert la véritable identité du gendarme, alias Thomas Longhini, impliqué dans l'enquête Simonis de 1988.

Cela n'allait pas tarder. J'imaginais la réaction en chaîne. De Sarrazin, on remonterait à l'affaire Simonis mère. Puis au dossier de Simonis fille. De là à découvrir que Manon était toujours vivante, il n'y avait qu'un pas. Combien de temps avant que les médias ne soulèvent ce couvercle? Avant que les gendarmes de Besançon ne se remettent en quête de Manon?

J'attrapai mon cellulaire. Le réseau passait. J'écoutai mes messages. Rien, à l'exception de ma mère qui me remerciait du « contact » spirituel que je lui avais donné. Elle se sentait beaucoup plus « en phase avec elle-même » depuis qu'elle parlait avec le père Stéphane.

Je souris. Ces nouvelles me semblaient provenir d'une autre planète mais une visite auprès du prêtre ne m'aurait pas fait de mal non plus.

Sinon, aucune nouvelle de Foucault, de Malaspey, de Svendsen.

J'allais encore devoir secouer le cocotier.

Je composai le numéro de Foucault. Au son de ma voix, mon adjoint hurla :

— Putain, Mat, t'es où ?

— En Pologne. Je n'ai pas le temps de t'expliquer.

— Dumayet nous prend la tête et…

— Je vais l'appeler.

— T'as déjà dit ça une fois. C'est la merde ici.

— Tu n'as laissé aucun message : tu n'as pas avancé ?

— Tout le Jura est en ébullition. Un gendarme a été tué hier et…

— Je suis au courant.

— C'est lié à ton affaire ?

— C'est *mon* affaire.

— J'aimerais bien savoir de quoi il s'agit au juste.

— C'est tout ? Rien de neuf ?

— Svendsen a appelé. Il n'arrive pas à te joindre. Les gus du Jardin des Plantes ont confirmé les infos de Mathias Plinkh. Le scarabée peut provenir de plusieurs pays : Congo, Bénin, Gabon… On a fait le tour des sites d'élevage, dans le Jura. Pour que dalle.

J'avais un mal fou à suivre ses paroles. Ces pistes anciennes me paraissaient être à des années-lumière de mon présent. Je redoublai de concentration.

— On a gratté le milieu des collectionneurs, continuait le flic. Impossible de tracer leurs échanges. Ils s'envoient des œufs par la poste. Sans compter les mecs qui reviennent d'Afrique avec des spécimens dans le revers du pantalon. Ton scarabée peut avoir débarqué n'importe où, et de n'importe quelle façon.

646

J'étais de nouveau sur la juste longueur d'onde :

— Et le lichen, Svendsen a du nouveau ?

— Les botanistes ont identifié la famille. Une essence africaine. Un truc qui pousse à l'intérieur des grands arbres tropicaux, sous l'écorce, au moment de leur décomposition. Il paraît qu'on peut aussi en trouver dans certaines grottes, en Europe, si le taux de chaleur et d'humidité est suffisant. Mais selon les spécialistes, ce lichen est surtout fréquent en Afrique centrale.

— Dans les mêmes pays que le scarabée ?

— Pratiquement, ouais. Gabon. Congo. Centrafrique.

Gabon. On m'en avait déjà parlé une fois, au cours de l'enquête, mais je ne me souvenais ni quand, ni où, ni comment. De toute façon, c'était insuffisant pour considérer ce pays comme un élément récurrent. Mais le postulat d'un suspect qui avait séjourné en Afrique centrale tournait dans ma tête. Je dis :

— Essaie de voir s'il y a une communauté gabonaise, ou même centrafricaine, dans les départements du Jura. Cherche aussi s'il n'y a pas d'anciens « expats » dans ces régions.

— Ça va être coton.

— Utilise les réseaux administratifs. L'état civil. Les flics. L'ANPE… Vois aussi sur le Net, en confrontant ces mots-clés.

Foucault n'eut pas le temps de répondre. Je changeai de cap, l'esprit de nouveau connecté :

— Raïmo Rihiimäki ? T'as reçu le dossier ?

— Toujours pas. Mais j'ai reparlé aux flics de Tallinn. L'histoire est gore. Rihiimäki a commis au moins cinq meurtres connus, dont celui d'une femme et de sa môme, sept ans, dans un village du nord. Sans compter deux viols, trois casses, etc. Un genre de fou errant, à la Roberto Succo. Il n'a pas été abattu à bout portant comme j'avais cru comprendre. Il a été coincé par les flics d'un bled, un nom imprononçable, et battu à mort. Hémorragies des fonds d'yeux, fracture du crâne, multiples traumatismes, tu vois le genre… Les flics se sont défoulés. Le mec avait terrifié le pays pendant un mois.

— Et son coma?

— Quoi, son coma?

— Celui qu'il a subi après sa noyade.

— Mat, personne n'a fait de lien entre ce truc et ses crimes. Il n'y a que toi pour…

— Tu crois que tu pourrais récupérer son dossier médical?

— En estonien? Bonne chance, camarade!

— Tu peux le récupérer ou non?

— Je vais voir. Avec un peu de bol, il sera rédigé en russe!

Je ne pris pas la peine de rire :

— Tiens-moi au courant.

— Où?

— Mon portable. Je capte.

— Et toi? Si tu m'en disais un peu plus?

À moi de donner quelques biscuits à Foucault :

— Le meurtre du gendarme, dans le Jura. Son nom, c'est Stéphane Sarrazin. Mais c'est un nom d'emprunt. En réalité, il s'appelle Thomas Longhini.

— Le môme qu'on cherchait?

— Lui-même. Devenu gendarme, et sataniste à ses heures. Son meurtre est lié à mon affaire.

— De quelle façon?

— Je ne sais pas encore. Appelle le SRPJ de Besançon et demande-leur s'ils ont des renseignements sur les relevés scientifiques chez Sarrazin. Il y avait une inscription sanglante sur les lieux.

— Tu y étais ?

— C'est moi qui ai découvert le corps.

— On peut pas te laisser cinq minutes.

— Écoute-moi. Vérifie s'ils ont analysé l'inscription. S'il n'y avait pas des empreintes ou d'autres indices. Mais tu n'approches pas les gendarmes, compris ? Ils ne doivent pas savoir qu'on s'intéresse à ce coup. Encore moins la juge, une femme du nom de Corine Magnan.

— Rien d'autre, mon général ?

— Si. Contacte les Renseignements Généraux, leur groupe spécialisé dans les sectes. Vérifie s'ils ont un dossier sur un groupe satanique. Des mecs qui se font appeler les Asservis. Ou parfois les Scribes.

Silence. Foucault prenait des notes. En guise de conclusion, je dis :

— Avance sur tout ça. Je vais bientôt rentrer. Je te donnerai les détails à mon retour.

Je raccrochai. Ces coups de sonde ne menaient à rien mais j'étais de nouveau sur les rails. Et je nourrissais toujours l'espoir d'un croisement entre ces données. Un point d'intersection qui indiquerait non pas un nom, mais au moins une direction.

J'appelai Svendsen. Malgré l'heure tardive, son « allô » était vif. Dès qu'il reconnut ma voix, il piqua une gueulante :

— Qu'est-ce que tu fous ? Il n'y a pas moyen de te joindre ! Tu n'as même plus de messagerie !

— Je suis en Pologne.

— En Pologne?

— Laisse tomber. J'ai besoin que tu fasses un truc pour moi.

— J'ai pas mal de nouveau.

— Je sais. Je raccroche d'avec Foucault.

Le Suédois émit un grognement, déçu de ne pas livrer lui-même ses trouvailles.

— Il y a eu un meurtre, à Besançon, enchaînai-je. Un gendarme.

— J'ai lu ça. Dans *Le Monde* d'hier soir.

Le meurtre avait donc retenu l'attention des quotidiens nationaux. C'était un signe. L'affaire Simonis allait exploser. Mon équipe devait désormais éviter non seulement les gendarmes mais aussi les médias. Je poursuivis :

— Il va y avoir une autopsie. Je voudrais que tu appelles Guillaume Valleret, le légiste de l'hôpital Jean-Minjoz, à Besançon.

— Connais pas.

— Si. Souviens-toi : je t'avais demandé des infos sur lui.

— Le dépressif?

— Lui-même. Demande-lui des précisions sur le corps.

— Pourquoi il me répondrait?

— Il m'a déjà parlé, à propos de Sylvie Simonis.

— C'est la même affaire?

— Le même tueur, à mon avis. Il joue avec la dégénérescence des corps. Vois avec Valleret s'il n'y pas a eu un travail de ce type sur le gendarme.

— Le corps est déjà décomposé?

L'odeur dans les narines, les mouches autour de moi, la céramique tachée de sang.

— Pas au même point que Sylvie Simonis mais le meurtrier a accéléré le processus.

— Tu as vu le cadavre ?

— Appelle Valleret. Interroge-le. Rappelle-moi.

— Ce tueur, c'est le mec que tu cherches depuis le début ?

Sur les carreaux de la salle de bains : « TOI ET MOI SEULEMENT. » Sur le bois du confessionnal : « JE T'ATTENDAIS. » C'était plutôt lui qui me cherchait. Je m'arrachai à mes pensées et conclus :

— Vois avec le légiste. C'est toi qui dois obtenir des réponses.

— Je l'appelle à la première heure.

Je coupai mon portable. Allongé, j'observais les murs qui m'entouraient. Noirs, épais, indestructibles. Les mêmes murs qui protégeaient Manon...

Tout de suite, elle revint au centre de mes pensées. Auréolée de pensées frémissantes, de fébrilité adolescente... « Non », fis-je en secouant la tête. J'avais parlé à voix haute. Je devais me concentrer sur l'enquête et rien d'autre.

Interroger Manon Simonis.

Sonder sa mémoire et quitter la Pologne.

Avant de perdre toute objectivité à son sujet.

87

Mercredi 6 novembre.

Depuis deux jours, je déambulais dans Cracovie, toute la journée, prenant soin d'éviter Manon. Pas moyen d'affronter la princesse. J'avais contracté une maladie et me débattais encore, refusant de sombrer dans mon propre sentiment. On pouvait dire les choses autrement : j'étais déjà terrorisé à l'idée de ne pas lui plaire, de subir un échec...

J'en oubliais mon affaire, gaspillant ces journées à errer dans la ville, n'écoutant même pas mes messages. Ce matin pourtant, au réveil, j'avais décidé de m'y remettre. Je me levai et allumai mon cellulaire. J'écoutai ma boîte vocale. Foucault. Svendsen. Plusieurs fois, de plus en plus impatients. Je les rappelai aussi sec. Répondeurs. Il était 7 heures du matin.

Je m'habillai sans me doucher – trop froid – et allumai le PC. Mes e-mails. Toujours pas le dossier anglais de Raïmo Rihiimäki. Ni d'autre message notable. Je me connectai à mes journaux habituels. *République des Pyrénées. Courrier du Jura. Est républicain.* Les nouveaux articles sur les meurtres de Bucholz et de Sarrazin s'éteignaient à petit feu. Des coquilles vides.

Je revins au présent. Une idée me travaillait en sourdine, depuis cette nuit. Fureter un peu au sein du couvent-monastère, dont les activités me parais-saient de plus en plus obscures, malgré la visite guidée de Zamorski.

J'avais tenté de retourner dans le quartier général souterrain. Impossible. Capteurs biométriques, caméras, cellules photoélectriques. La zone était surprotégée, plus fermée qu'un centre militaire. D'autres pièces, au rez-de-chaussée, offraient aussi leur part de mystère. La veille, j'avais tracé un plan rapide du cloître. Les bâtiments, autour de la cour centrale, se divisaient en deux « L » dévolus aux deux ordres : les Bénédictines au nord-est, les prêtres au sud-ouest. Chaque zone possédait sa chapelle, aucune aire commune, à l'exception du réfectoire, où hommes et femmes prenaient leurs repas en alternance.

Je me concentrai sur la partie sud-ouest. J'avais grisé au crayon les parties déjà visitées. Au rez-de-chaussée, les bureaux administratifs. Ensuite, une bibliothèque. Des séminaristes y préparaient leur thèse sur des épisodes de l'histoire religieuse de la Pologne. Puis la chapelle et un espace de détente. Cela me laissait deux salles inconnues, à la jonction du L. Je pariai pour le bureau personnel de Zamorski et une salle de réunion secrète…

J'enfilai ma veste et me décidai pour un tour matinal. Les Bénédictines priaient – office de l'Angélus – et les prêtres prenaient leur petit déjeuner. L'heure idéale.

Je remontai la promenade et descendis. Le jour se levait avec peine. À l'angle des deux galeries, je m'arrêtai face à la porte qui correspondait à la plus grande pièce – a priori, la salle secrète. Je sortis mon passe. Fraîcheur de la pierre. Odeur du buis et des cyprès. Le froid isolait chaque sensation. Je glissai la première clé et me rendis compte que la porte n'était même pas fermée.

Une nouvelle chapelle.

Plus longue, plus étroite, plus mystérieuse.

Des fenêtres étrécies révélaient le bleu de l'aube. Des rangées de chaises, surmontées de pupitres aux couvercles fermés, se succédaient jusqu'au chœur. Pas d'autel, pas de croix. Seulement une rosace au vitrail blanc au fond, qui paraissait froissé comme du papier d'argent.

Je fis quelques pas. Ce qui frappait ici, c'était la qualité exceptionnelle du silence et la pureté du froid. Mes yeux s'habituaient à la pénombre. Je discernais maintenant des couleurs. Les colonnes étaient blanches, le sol en terre cuite, d'un ocre doux, l'enduit des murs vert pastel. Il n'y avait rien pour moi dans ce lieu mais une force me poussait à y rester.

Soudain, la lumière jaillit.

— Le blanc, le rouge et le vert. Les couleurs du prince Jabelowski, le fondateur du monastère.

Je me retournai. Zamorski se tenait sur le seuil de la salle, la main encore posée sur le commutateur. Je feignis la décontraction :

— Où sommes-nous ?

— Dans une bibliothèque.

— Je ne vois pas les livres.

Zamorski avança dans l'allée centrale et souleva le couvercle d'un pupitre. Des reliures de cuir y brillaient comme des lingots d'or griffé. Il saisit un ouvrage. Un cliquetis retentit : l'exemplaire était enchaîné. Une tige de fer noir courait le long du bois, où les anneaux s'enfilaient. J'avais entendu parler de ce genre de bibliothèques, datant de la Renaissance. Des lieux où les livres étaient prisonniers.

— La salle date du XVe siècle, confirma le nonce. Elle est restée en l'état, malgré les guerres, les invasions, le nazisme, le communisme. Un lieu symbolique, qui nous intéresse au plus haut point.

— Vous voulez en faire un musée? demandai-je sur un ton ironique.

Il lâcha le lourd in-folio, produisant un bruit lugubre.

— Ce lieu est emblématique de notre lutte, Mathieu. Dans les années 1450, après la guerre hussite qui avait détruit de nombreux sites religieux, le prince Jabelowski a fait construire ce cloître. Il avait un projet. Fonder une congrégation nouvelle, après avoir subi une expérience mentale, disons, particulière…

— Vous voulez dire…

— Un Sans-Lumière, oui. Après une chute de cheval, Jabelowski était tombé dans le coma. Quand il s'est réveillé, il a prétendu avoir vu le diable. Il devait être convaincant : de nombreux moines l'ont suivi et ont retourné leur robe. Leur monastère avait pour vocation de recueillir la parole du Malin. En ce sens, on peut considérer Jabelowski comme le fondateur de la secte des Asservis.

Tout était dans tout : un Sans-Lumière avait initié l'ordre des Asservis. Aujourd'hui, ces derniers pourchassaient les Sans-Lumière… Zamorski se tenait à plusieurs mètres de moi. Le froid de la nef se dressait entre nous.

— Si ce monastère est maudit, pourquoi vous y êtes-vous installés?

— Le goût du paradoxe, sans doute.

— Arrêtez de jouer avec moi. Aux yeux des Asservis, Scholastyka doit avoir une importance unique, non?

— C'est leur basilique Saint-Pierre, tu veux dire!

Jabelowski est soi-disant enterré sous les structures du bâtiment.

— Ils ne cherchent pas à l'acquérir? À le visiter?

Zamorski se fendit d'un sourire éloquent. Je compris enfin :

— Vous avez transformé ce lieu en bunker parce que vous attendez leur visite.

— On peut supposer qu'ils tentent un jour de pénétrer ici, oui.

— Vous espérez cette tentative. Ce monastère est un piège. Un piège dans lequel vous avez placé un appât : Manon.

Le Polonais éclata de rire :

— Tu te crois où? À Fort Alamo?

Il avait beau feindre l'amusement, je savais que j'avais vu juste. Les prêtres souhaitaient attirer les satanistes dans ce bastion. Une bataille du Moyen Âge se préparait. Je fis quelques pas dans sa direction. Nous étions maintenant face à face.

— Les Asservis ont bien d'autres activités, souffla-t-il. Nous cherchons surtout à entraver leur course.

— Quelle course?

— La course au mal. Aveugle, effrénée.

Il souleva un nouveau pupitre – il n'abritait plus des incunables enchaînés mais des classeurs à spirale métallique. Il ouvrit l'un d'eux sur une photographie plastifiée :

— Tu connais la citation : « Il n'y a pas d'idées, il n'y a que des actions. »

Il me tendit le classeur. Le visage d'un cadavre, bouche ouverte, un crochet vissé dans la langue. Je songeai aux Apocalypses, écrits apocryphes

656

décrivant l'enfer : « Certains de ceux qui étaient là étaient suspendus par la langue. »

Le Polonais tourna la page, faisant claquer la feuille. Un tronc humain, dont les quatre membres étaient dispersés sur une décharge publique. Nouveau claquement. Un corps d'enfant, minuscule, desséché comme une momie, tailladé, prisonnier d'un carcan. Puis un cheval aux yeux arrachés et aux parties génitales tranchées. La bête paraissait flotter sur une immense flaque noire.

Je relevai les yeux, à peine secoué. J'étais anesthésié contre l'horreur :

— Ce genre de faits relèvent plutôt de la police, non ?

— Bien sûr. Nous ne sommes que des sentinelles. Des observateurs. Nous guettons ces crimes. Nous en notons les lieux, leurs convergences sur la carte de l'Europe. D'après ce que nous savons, les Asservis se cantonnent aux frontières du Vieux Continent. Nous n'avons rien observé aux États-Unis, par exemple.

— Que faites-vous, concrètement ?

— Nous surveillons. Nous repérons les foyers. Dans le meilleur des cas, nous anticipons et avertissons les autorités. Mais alors, on ne nous prête qu'une oreille distraite. Les polices se moquent de guérir. Encore plus de prévenir.

— Comment pouvez-vous les repérer avant qu'ils n'agissent ?

— Les Asservis ont un talon d'Achille. Une faiblesse qui nous permet de les localiser. Ils se droguent.

— Quel genre de drogues ?

— Une substance spécifique. Les Asservis ne se contentent pas de traquer la parole du diable. Ils tentent eux-mêmes le voyage.

— Je ne comprends pas.

— Le voyage dans l'au-delà. La mort temporaire. Ils se plongent volontairement dans le coma, pour tenter d'approcher le démon.

— Il existe des drogues capables de provoquer de tels états?

— Une seule : l'iboga. Une plante africaine, très puissante, et très dangereuse, qu'on utilise pour certaines cérémonies. Son nom exact est la « Tabernanthe iboga ». Elle contient de l'ibogaïne, un stimulant psychédélique qui permet de recréer l'expérience de mort imminente. On l'appelle aussi la « cocaïne africaine ».

— Je peux imaginer une drogue provoquant une NDE, mais comment être sûr que cette expérience soit négative?

Zamorski sourit :

— J'aime discuter avec toi, Mathieu. Ta vivacité nous fait gagner du temps. Tu as raison. Il existe une drogue plus spécifique encore, qui garantit un résultat négatif. « L'iboga noir », la bien nommée. Une variété très rare de la plante. Pas un produit qu'on trouve facilement, crois-moi. Les Asservis sont toujours à la recherche de cette substance. Nous-mêmes sommes sur le marché. Nous guettons les trafiquants et, à travers eux, nos satanistes.

Une étincelle, au fond de mon cerveau. Comme une allumette qu'on craque. Cette piste africaine, inattendue, entrait en résonance avec d'autres éléments de mon enquête... Précisément, avec un dossier que j'avais abandonné depuis longtemps. Massine Larfaoui. Dealer de drogue. Lié au milieu africain. Abattu par un tueur professionnel une nuit de septembre 2002.

Se pouvait-il que ce premier dossier appartienne *aussi* à l'affaire ? Mais je devais d'abord comprendre le principe du voyage.

— Ce « trip », demandai-je, est réellement équivalent à l'expérience des Sans-Lumière ?

— Non, bien sûr. Rien ne peut remplacer la mort. La porte du néant. Mais les Asservis tentent tout de même de s'en approcher, au risque de perdre la raison ou même la vie. L'iboga noir est un produit excessivement dangereux.

— Comment la drogue fonctionne-t-elle ? Je veux dire sur le cerveau ?

— Je ne suis pas un spécialiste. L'ibogaïne est un alcaloïde qui bloque certains récepteurs des neurones. En ce sens, il provoque des sensations proches de celles vécues en situation d'asphyxie. Mais encore une fois, cette transe artificielle n'a rien à voir avec une véritable NDE négative. Pour voir le diable, il faut risquer sa peau. Voyager dans la mort.

— D'où vient exactement la plante ?

— Du Gabon, comme l'iboga ordinaire. Là-bas, l'iboga est au cœur du culte initiatique le plus populaire : le *bwiti fang*.

Le Gabon, lieu d'origine du scarabée et du lichen. Un nouvel éclair me traversa. Je savais maintenant quand j'avais déjà entendu parler du Gabon. Le clandé de Saint-Denis. Le danseur en transe. Le visage hilare de Claude, défoncé jusqu'aux yeux :

« Il a pris un produit local. Un truc de chez lui. »
L'homme avait ingéré de l'iboga.

Aucun doute, les fils se connectaient. La première enquête sur Larfaoui. Le milieu africain et ses drogues spécifiques. Les Asservis en quête du produit...

Je jouai cartes sur table :

— Luc Soubeyras enquêtait aussi sur le meurtre d'un brasseur.

— Massine Larfaoui. Nous sommes au courant.

— Larfaoui avait-il un lien avec l'iboga noir ?

— Et comment. Il était le fournisseur officiel de la plante. Le pourvoyeur des Asservis. Nous l'avions à l'œil, crois-moi.

— Savez-vous qui l'a tué ?

— Non. Une autre énigme. Peut-être un Asservi. Peut-être un client en manque. Il est toujours dangereux d'avoir de telles fréquentations.

— Larfaoui n'a pas été tué par un amateur. Il a été éliminé par un professionnel.

Zamorski eut un geste évasif :

— Nous sommes dans une impasse à ce sujet. Luc n'avait pas non plus avancé sur cette piste. Et d'ailleurs, rien ne dit que le meurtre soit lié à l'iboga.

Zamorski n'énonçait pas une autre possibilité – qu'un membre de sa propre brigade ait éliminé le dealer, pour une raison ou une autre. Après tout, Gina, la prostituée témoin du meurtre, avait parlé d'un prêtre... Une nouvelle fois, je visualisai le nonce un automatique à la main. L'image sonnait de plus en plus juste.

Je résumai :

— Tout cela n'est donc qu'une piste annexe. Les Asservis se concentrent avant tout sur les Sans-Lumière, correct?

— Correct. À leurs yeux, rien ne peut remplacer la confession de celui ou celle qui a « vu » le diable.

— Quelqu'un comme Manon?

Les yeux d'acier de Zamorski se posèrent sur moi. Il murmura :

— On ne sait toujours pas si Manon a réellement vécu une expérience négative.

— Pour le savoir, il faudrait qu'elle retrouve la mémoire.

— Ou qu'elle joue franc jeu.

— Vous pensez qu'elle ment? Qu'elle simule l'amnésie?

— À toi de me le dire. Tu étais censé l'interroger.

Sa voix avait changé. L'autorité filtrait sous les mots. C'était la confirmation d'un soupçon que j'éprouvais depuis mon arrivée : Zamorski se moquait de mon dossier. Il ne m'avait « importé » en Pologne que pour tirer les vers du nez à Manon. Gagner une confiance qu'il n'avait jamais su conquérir.

— À quoi joues-tu avec Manon? demanda-t-il, soudain irrité. Voilà deux jours que tu l'évites.

— Vous me faites suivre?

— Il n'y a pas de secret dans ce cloître. Je répète ma question : à quoi joues-tu? (Il cria soudain.) La clé de l'enquête se trouve au fond de sa mémoire!

Je reculai et fixai la rosace qui surplombait le

chœur. Le jour gris faisait vibrer ses pétales d'argent :

— Ne vous en faites pas. J'ai ma stratégie.

88

En fait de stratégie, je n'avais toujours pas vaincu ma peur.

Et aucun changement n'était en vue.

Je fonçai dans ma cellule et vérifiai mon portable.

Deux messages. Foucault, Svendsen.

J'appelai mon adjoint.

— Où en es-tu ? attaquai-je aussi sec.

— Le Jura ne donne rien. Les gendarmes piétinent sur l'affaire Sarrazin. Les scarabées restent bien cachés. Et les Gabonais se bousculent pas au portillon. Dans toute la Franche-Comté, j'en ai trouvé sept. Tous inoffensifs.

— Les expats ?

— Difficiles à repérer. On y bosse.

— Tu as trouvé des infos sur les Asservis ?

— Rien. Personne ne connaît. Si c'est une secte, c'est le groupe le plus secret de…

Je coupai Foucault, lui ordonnant d'abandonner cette voie. Autant m'en tenir aux données de Zamorski, spécialiste toutes catégories.

En revanche, je demandai :

— Tu as toujours le dossier Larfaoui sous le coude ?

— L'affaire des Stups ?

— Ouais. Il y a peut-être un lien avec notre histoire.

— « Notre » ? J'ai pas l'impression que tu partages beaucoup, pour l'instant.

— Attends mon retour. Reprends le profil du bonhomme, versant dealer. Essaie de voir avec les Stups s'ils connaissent ses fournisseurs, ses habitudes de livraison, ses clients réguliers. Remonte aussi ses derniers appels avant sa mort. Ses comptes. La totale. Et vois s'il a un remplaçant sur le marché. Fais-toi aider par Meyer et Malaspey.

— On cherche quoi ?

— Un réseau spécifique. Un truc qui tourne autour d'une drogue africaine : l'iboga.

— Elle vient du Gabon ?

— On ne peut rien te cacher. Ce pays joue un rôle, c'est clair. Mais je ne sais pas encore à quel point. Rappelle-moi ce soir.

Je raccrochai et contactai Svendsen.

— Y a du nouveau, dit le Suédois d'une voix excitée. Et du lourd. T'avais raison. Le corps de Sarrazin a été travaillé.

— Je t'écoute.

— Les viscères du mec étaient nécrosés. Sérieusement décomposés. Comme s'il était mort au moins un mois auparavant. Alors que ses épaules étaient à peine atteintes de *rigor mortis*.

— Tu as une explication ?

— Une seule. Le tueur lui a fait boire de l'acide. Il a attendu que les entrailles pourrissent, à l'intérieur de l'abdomen. Puis il lui a ouvert le ventre, de bas en haut.

Le meurtrier de Sarrazin avait donc joué aussi avec la mort. Était-il l'assassin de Sylvie Simonis? Un Sans-Lumière? Ou l'inspirateur des miraculés?

Je revis l'écorce gravée, sous les aiguilles de pin : JE PROTÈGE LES SANS-LUMIÈRE. Une seule certitude, et pas des moindres : ce n'était pas Manon qui avait tué Sarrazin. À cette date, elle était déjà en exil à Scholastyka.

Svendsen continuait :

— Le salaud a opéré à vif. Il a patiemment déroulé les entrailles de sa victime dans la baignoire, alors que le gars était encore vivant – et conscient.

La glace familière dans mes veines. Je me souvenais que le gendarme ne portait pas de marques de liens.

— Sarrazin n'a pas été ligoté.

— Non. Mais les analyses toxicologiques révèlent la trace de puissantes substances paralysantes. Il ne pouvait pas bouger, alors que l'autre le charcutait.

Je revis la scène de crime. Le corps recroquevillé, en position de fœtus. La baignoire remplie de viscères. Les mouches, vrombissantes, dans l'air empuanti.

— Et les insectes?

— On a trouvé des œufs de mouches *Sarcophagidae* et *Piophilidae* qui n'ont rien à foutre là. Je veux dire : quelques heures après la mort. C'est le même délire que pour ta bonne femme, Mat. Aucun doute là-dessus.

— Je te remercie. Ils t'ont envoyé le rapport?

— Valleret me le maile. Plutôt sympa.

— Étudie chaque détail. C'est très important.

— Et si tu m'en disais un peu plus?

— Plus tard. Tous ces faits dessinent une méthode. (J'hésitai puis continuai, précisant ma propre pensée à voix haute.) Une sorte de... supra-méthode qu'un homme développe à travers d'autres tueurs...

— Comprends rien, fit Svendsen, mais ça a l'air passionnant.

— Dès que je serai à Paris, je t'expliquerai tout.

— C'est le deal, vieux.

Je me plongeai à nouveau dans mon dossier, tentant de trouver, encore une fois, des faits implicites, des convergences entre toutes ces données.

Les cloches sonnaient onze heures dans le monastère quand je levai les yeux de mes notes. Je n'avais pas vu le temps passer. L'heure du déjeuner des bénédictines. Le juste moment pour m'éclipser – aucun risque de croiser Manon, qui partageait le repas des sœurs. J'enfilai plusieurs pulls les uns sur les autres, puis endossai mon manteau.

Je marchais au pas de course sous les arcades quand une voix m'interpella :

— Salut.

Manon était assise au pied d'une colonne, emmitouflée dans une parka matelassée. Une écharpe et un bonnet complétaient la panoplie. Je déglutis péniblement – mon gosier, d'un coup, à sec.

— Et si tu m'expliquais ?

— Expliquer quoi ?

— Où tu disparais toute la journée, depuis que t'es arrivé.

Je m'approchai. Son visage frémissait dans les tons roses. Le froid avait cristallisé son sang, buée légère sous ses joues.

— Je te dois des comptes?

Elle leva les deux paumes en l'air comme si mon agressivité était une arme pointée sur elle :

— Non, mais ne te fais pas d'illusions. Personne n'est libre de ses mouvements ici.

— C'est ce que tu crois. C'est ce qui t'arrange.

Elle se décolla de la colonne et s'étira. Sa nuque était à elle seule une grâce – une revanche pour toutes les épaules ployées, toute les silhouettes épaisses de l'univers.

Elle demanda en souriant :

— Tu peux développer?

Je me tenais planté devant elle, jambes écartées, corps tendu. La caricature du flic jouant les gros bras. Mais j'avais toujours la gorge sèche et dus m'y reprendre à deux fois pour prononcer :

— Cette situation te convient. Rester ici, planquée dans ce couvent. Alors qu'une enquête est en cours en France, sur le meurtre de ta mère.

— Tu veux dire que j'ai fui les flics?

— Tu as peut-être fui la vérité.

— Je n'ai pas l'impression que la vérité soit en vue. Je ne pourrais rien faire de plus là-bas.

— Tu ne veux donc pas savoir qui a tué ta mère?

— Tu t'en occupes, non?

Plus ses réponses sonnaient juste, plus l'irritation montait en moi. Son sourire persistait. Je la trouvai laide. Deux plis d'amertume barraient ses joues, la faisant paraître plus dure, plus âgée.

— Tu es décidément une petite étudiante stupide.

— Charmant.

666

— Tu n'as aucune conscience de ce qui se passe réellement!

— Grâce à toi. Tu ne m'as pas dit le quart de ce que tu sais.

— Pour ton bien! Nous sommes tous en train de te protéger! (Je frappai mon front.) Tu n'as rien dans la tête ou quoi?

Elle ne souriait plus. Ses joues avaient viré au rouge. Elle se leva et ouvrit la bouche pour me répondre sur le même ton. Mais soudain, elle se ravisa et demanda, d'une voix douce :

— Tu ne serais pas en train de me draguer, là?

Je restai subjugué par la question. Il y eut un silence, puis j'éclatai de rire :

— C'est plutôt réussi, non?

— Pas mal.

Cracovie – « Krakow » – constituait un monde en soi, avec ses teintes, ses lumières, ses effets de matière. Un univers aussi cohérent et spécifique que celui d'un grand peintre. Tons compassés de Gauguin, clairs-obscurs de Rembrandt… Un monde aux couleurs de terre, de boue, de brique, où les feuilles mortes semblaient répondre aux toitures sanguines et aux murs noircis de crasse.

Manon avait glissé son bras sous le mien. Nous marchions au pas de course, sans parler. Sur la grand-place du Marché, on ralentit sous la *Sukiennice*, la halle aux draps aux arcades jaunes et rouges, pure Renaissance. Vol de pigeons, rafales de froid. Une espèce d'intense suspens, de tension enflammée, planait dans l'air.

À la dérobée, j'observai le profil de Manon. Sous

l'anse des cheveux, le nez exquis, parfait, partageait une complicité mystérieuse avec l'enfance. Et aussi avec le règne marin. Petit galet poli par des siècles de ressac. Et toujours ce sourcil haut, en position d'étonnement, qui semblait interroger le monde, le placer face à ses vérités. La réalité en avait trop dit ou pas assez…

On reprit notre cadence. Je ne prêtais plus attention aux repères que j'avais notés les jours précédents. Nous suivions au hasard des rues, des avenues, des allées. On aurait pu nous agresser ici à n'importe quel moment – mais je n'étais pas inquiet : Manon n'avait pu sortir du monastère qu'à la condition expresse qu'un ou plusieurs anges gardiens nous suivent à bonne distance. Je ne les cherchais pas mais je savais qu'ils étaient là, veillant sur nous. Col romain, muscles tendus.

Nous parlions maintenant, aussi vite que nous marchions. Comme pour rattraper le temps perdu, ces jours manqués par ma faute. Cette agitation ne rimait à rien, car le temps ne passait plus. C'en était fini pour nous de la succession des minutes. L'impression exacte était que le même instant se répétait, toujours plus fort, toujours plus dense. Comme lorsqu'une particule frôle la vitesse de la lumière et se met à enfler, à gagner en énergie, sans pouvoir jamais franchir cette frontière. Nous étions parvenus à ce point extrême. L'excitation ne cessait de monter en nous, de s'amplifier, sans que nous puissions franchir une sorte de ligne de bonheur indicible.

Manon me mitraillait de questions :

— Tu aimes les romans policiers ?

— Non.

— Pourquoi?

— Les mots ne font jamais le poids face à la réalité.

— Et les jeux vidéo?

Mon seul contact avec cette activité avait été un stock de logiciels volés, retrouvé chez un homosexuel assassiné. En suivant cette filière, on avait pu remonter jusqu'à son complice, qui était aussi son amant et son meurtrier. J'inventai une réponse que j'espérais amusante :

— Tu fumes des joints?

Quelles que soient les questions de Manon, je tentais d'être drôle, léger, complice. J'essayais de m'arracher à ma gravité naturelle. Mes efforts étaient vains, je le savais. Je n'étais pas doué pour l'insouciance. Mais Manon était enjouée pour deux, et cette promenade semblait la ravir au-delà de ma présence – et de tout ce que je pourrais dire.

Nos pas s'arrêtèrent au sommet d'une colline, près du château du Wawel. Nous nous tenions face à la Vistule, fleuve sombre, immobile, englué dans sa propre masse. On avait le sentiment de découvrir d'un coup la matière première dans laquelle toute la ville avait été coulée, sculptée, travaillée.

La nuit tombait. Instant étrange, angoissant, que connaissent toutes les villes, au moment où l'ombre apparaît, alors que les réverbères n'ont pas encore pris le relais. Heure mystérieuse où la vraie nuit reprend ses droits, effaçant des siècles de civilisation.

Au-delà du fleuve, la cité s'enfonçait dans les ténèbres. Les tonalités des murs prenaient un reflet bleuté, s'assourdissant en un gris violacé. Les chaussées, les trottoirs glissaient dans les mauves, alors que les plaques de glace s'allumaient encore, aux derniers feux du soleil, lueurs rosâtres.

— On rentre ? demanda Manon.

Sans répondre, je la regardai. Le jour s'éteignait dans ses yeux, alors que la pénombre, par contraste, la rendait plus pâle. Elle frissonnait dans son anorak perlé de gouttelettes. Nous étions assis sur un banc. Comme je ne bougeais pas, elle me prit la main, à la manière d'une petite fille qui attire le monde à elle – le façonne à son désir.

— Viens.

Je résistai.

Je songeais à Manon Simonis, assassinée par sa mère parce qu'elle était possédée. À la petite fille violée, qui tuait des animaux et proférait des obscénités. À l'enfant morte qui avait ressuscité, grâce à Dieu ou au diable. Toute l'enquête de Sartuis me remontait à la gorge. Alors, sans même comprendre ce que je faisais, j'attirai Manon à moi et l'embrassai avec passion.

89

Taverne mordorée, banquettes de Skaï, lustres de verre coloré. Des Tsiganes jouaient frénétiquement du violon et du cymbalum sur une estrade. C'était le seul refuge qu'on avait trouvé, dans les ruelles du soir. Malgré le raffut, la fumée, les relents de graisse et d'alcool, nous nous sentions légers, et seuls au monde. Tête-à-tête exclusif, secret, subjugué.

À travers chaque remarque, à travers la manière même dont elle était formulée, je percevais une entente, une complicité unique entre nous. Manon me volait les mots de la bouche. Elle avait une façon bien à elle de relever le menton, de hausser la voix pour prendre la parole et prononcer, pile à cette seconde, ce que j'allais dire. Cette fusion nous propulsait dans un bonheur inconscient, surpassant notre différence d'âge, celle de nos destins, et le fait que nous venions de nous connaître.

Les heures filèrent. Les plats passèrent. Nos yeux pleuraient dans la vapeur. J'allumai une Camel au dessert, histoire d'en rajouter, et l'interrogeai, enfin, sur son passé.

Elle se raidit aussitôt :

— Tu essaies de me cuisiner ?

— Non, fis-je en exhalant une bouffée qui rejoignit les brumes du plafond. Juste savoir si tu as quelqu'un dans ta vie.

Elle sourit et s'étira dans cette posture qui lui était singulière. Elle parut se souvenir que désormais, la méfiance, la résistance n'avaient plus cours entre nous. Alors elle parla. Sans dévier ni éluder. Elle raconta son enfance traumatisée, ses années de pensionnat, hantées par la menace d'un assassin, les visites étranges de sa mère, qui ne cessait de prier. Puis son adolescence à Lausanne, ses études au lycée et à la fac, où elle s'était fortifiée. Elle avait alors un réseau d'amis et de lieux « sûrs » et s'appuyait toujours sur ses repères familiaux : sa mère, qui n'avait manqué aucun week-end depuis sa « renaissance », ses grands-parents paternels, installés à Vevey, et aussi le docteur Moritz Beltreïn, son sauveur, qui était devenu une sorte de parrain bienveillant.

Dix-huit ans.

Elle avait commencé à voyager, à laisser sa porte déverrouillée, à ne plus se retourner sans cesse, pour voir si elle était suivie. Une existence nouvelle avait débuté. Jusqu'à la mort de sa mère. D'un coup, tout s'était effondré. La paix, la confiance, l'espoir. Les terreurs anciennes étaient revenues, plus fortes encore. Ce meurtre démontrait que tout était vrai. Un danger pesait sur sa famille. Un danger qui l'avait frappée, elle, en 1988. Et qui avait ravi sa mère, en 2002.

Lorsque Zamorski lui avait proposé de partir en Pologne, en attendant que le tueur soit arrêté, elle avait accepté. Sans la moindre hésitation. Elle comptait maintenant les jours, attendant le dénouement de son propre mystère.

Tout cela, je le savais, ou je l'avais deviné. En revanche, ce qu'elle ignorait – parce qu'elle ne s'en souvenait plus – c'était qu'elle avait été corrompue par des pervers puis assassinée par sa propre mère. Ce n'était pas moi qui la renseignerais. Ni ce soir, ni demain. Je souris, hébété par la vodka, constatant que je n'avais toujours pas l'information qui m'intéressait.

— As-tu quelqu'un, oui ou non, à Lausanne?

Elle éclata de rire. Les effluves de graillon, la chaleur, la voix de la chanteuse, tout cela n'existait pas pour elle. Et pour moi non plus. J'étais comme au

672

fond de la mer, assourdi par la pression, mais distinguant certains bruits avec une acuité extraordinaire. Comme lorsqu'on perçoit, en pleine plongée, des cliquetis aigus ou des résonances graves portés par l'eau.

— J'ai eu une histoire, dit-elle. Un de mes profs à la fac. Un homme marié. Quelque chose qui n'a été qu'une longue galère, traversée de quelques flashes heureux. Moi-même, je n'étais pas claire.

— Qu'est-ce que tu veux dire ?

Elle hésita puis reprit d'une voix grave :

— Au fond, ce que j'aimais, c'était ce secret, cette douleur. Et la honte. Cette espèce de... dégradation. Comme quand on picole, tu vois ? On savoure chaque gorgée et en même temps, on sait qu'on est en train de se détruire, de tomber un peu plus bas à chaque verre.

Joignant le geste à la parole, elle vida sa vodka d'un trait et continua :

— Je crois... Enfin, ce goût de mort, d'interdit, me rappelait ma propre vie. Ma familiarité avec le néant, le secret. (Elle posa sa main sur la mienne.) Je suis pas sûre de pouvoir vivre une histoire limpide, mon ange. (Elle rit à nouveau, avec légèreté, mais sans gaieté.) Je suis faite pour le trash ! J'ai des goûts de zombie.

Si elle cherchait un mort vivant, j'étais son homme. Moi-même, depuis le Rwanda, j'appartenais à la mort. Toujours cette greffe qui n'avait pas pris mais qui était là, au fond de moi, parasitant chaque instant de mon existence... Les crissements du fer, la voix grésillante des radios, les corps rebondissant

673

sous mes roues, comme des battements de cœur. Et la femme que je n'avais pas su sauver…

Je remplis nos verres et trinquai, rassuré. Cet épisode n'altérait pas la pureté de Manon. Elle avait beau dire, rien n'entachait son innocence. Même si cette innocence provenait d'une enfance maléfique et d'un fait divers atroce. Même si son seul souvenir amoureux était une aventure adultère.

Je sentais chez elle une exigence, une rigueur que je reconnaissais. Une forme de transparence qui n'avait rien à voir avec la virginité mais qui tirait au contraire sa force des épreuves, des souillures. Une aspiration, un appel spirituel, qui s'élevait au-dessus des abîmes, et puisait sa beauté dans le combat.

Elle dit tout à coup, attrapant son manteau :

— On y va, non ?

On marcha dans le brouillard, planant au-dessus de nos propres corps. Toute la ville paraissait instable, irréelle. Immeubles, monuments, chaussées flottaient dans les brumes, comme une immense navette spatiale, décollant dans un nuage de fumée.

Je n'avais aucune idée de l'heure. Peut-être minuit. Peut-être plus tard. Mais je n'étais pas assez soûl pour oublier le danger, toujours présent. Les Asservis, qui rôdaient dans la ville à la recherche de Manon… Je ne cessais de me retourner, de scruter les impasses, les porches. J'avais emporté mon Glock ce soir, mais ma vigilance en avait pris un sérieux coup. Je priais pour que les cerbères de Zamorski soient toujours sur nos traces – et qu'ils aient moins bu que moi.

Le chemin n'en finissait pas. Le repère était le Planty, le grand parc qui ceinture la vieille ville. Une fois les jardins trouvés, il n'y avait plus qu'à les suivre et se laisser glisser vers le centre.

Sous le porche de Scholastyka, Manon attrapa la cloche. Un homme sans visage ni col romain nous ouvrit. Nous l'accueillîmes d'un éclat de rire, vacillant sur nos jambes en coton.

Nous marchâmes dans la galerie, en silence. Je ne riais plus. Je voyais approcher l'intersection des deux « L » avec angoisse. Le moment de se séparer, le moment de dire quelque chose… Je me triturais l'esprit pour trouver une formule, un geste, qui ne serait pas une action, mais une invitation.

La porte fut là alors que je me creusais encore la tête. Manon vivait dans la partie des bénédictines. J'allais balbutier quelques mots quand Manon posa ses doigts sur ma nuque. Sa langue glissa dans ma bouche et épela d'autres mots – ceux que je n'aurais jamais trouvés. Je reculai contre le mur. Je sentis la pierre froide, contre mon dos, alors que Manon pressait toujours mes lèvres à m'étouffer.

Je me dégageai de l'étreinte, tout en me tenant encore à elle. Il fallait que je me reprenne, sous peine de tomber dans les vapes. Manon m'observait dans l'ombre. Elle avait pris dix ans. Son émotion avait gravé ses traits, les avait transformés en rides de force. Ses yeux étaient devenus aussi noirs que des quartz volcaniques. Des panaches de vapeur s'échappaient de ses lèvres haletantes.

Je la sentais entre mes mains, ivre, décoiffée, volontaire, et je devinais une sorte d'effort de son visage pour ne pas disparaître, ne pas s'effacer dans la nuit. Cette fois, je pris les devants et plongeai de nouveau vers sa bouche.

Mais elle m'arrêta, murmurant :

— Non. Viens.

90

D'abord, le froid de sa chambre. Puis la porte, qui se referme dans son dos quand je l'embrasse, la poussant de mes lèvres contre le bois. Je lui ôte son manteau, elle arrache le mien. Nos gestes sont maladroits, entravés. Nos bouches sont rivées l'une à l'autre. Et toujours, l'immensité glacée nous entoure…

Nous tombons sur le lit. Je lui retire son pull. Sa respiration vrille mon oreille. Dans la pénombre, sa peau se dévoile, son soutien-gorge jaillit et j'ai physiquement mal – mon désir est un éclatement, une fissure. Son visage, plein de nuit, ne m'a jamais semblé aussi pur, aussi angélique, alors que son corps réveille en moi un empire, un monde enfoui que j'ai toujours récusé. Je chute, et je me nourris, intensément, de cette chute.

Nous sommes encore gênés par nos vêtements – empêtrés dans les manches, les boutons. Bientôt, elle se résume aux figures géométriques de ses sous-vêtements. Blanches, aiguës, implacables. Des pointes qui me blessent et m'attirent, me coupent et me fascinent. Je suis déjà prêt à exploser, au sens organique : jet de sang et de fibres.

Je tombe sur le dos. Au-dessus de moi, ses seins se dévoilent lourds, tendres, adorables. Des miracles de gravité qui s'affranchissent, créent leur propre chaleur. Leur frémissement me viole au plus profond de moi. Je me redresse. Elle me plaque à nouveau les épaules, plonge entre mes bras. Je perds définitivement tout contrôle. Plus rien n'a de sens. Excepté le fait que nous nous tenons l'un à l'autre, apeurés, affolés par le désir qui nous soulève.

Elle me frôle, me guide, me manipule. C'est comme si elle m'arrachait d'autres vêtements : les strates qui m'ont constitué durant tant d'années, les décisions qui m'ont forgé, les mensonges qui m'ont rassuré. La minute est si intense qu'elle concentre dans sa violence la dilatation des parcelles de temps déjà vécues, des années encore à vivre.

Je deviens fléchissement, faiblesse, langueur face à cet unique objet d'attraction – seins gonflés, si blancs, si libres, percés d'aréoles noires qui tremblent, effleurant mon visage. Mi-brûlant, mi-glacé, je remonte la main, cherchant ce contact.

Mais l'heure n'est plus aux caresses. Manon, accroupie sur mon ventre, cale ses mains sous ma nuque. Je ne comprends pas ce qui se passe. C'est la leçon de vie la plus violente de mon existence. Elle se cramponne à mon cou, penchée sur moi, et commence une quête étrange, obstinée, à coups de hanches.

Elle cherche son plaisir, l'approche, le perd, l'affleure encore. Un travail d'amour, à la fois brutal et délicat, précis et barbare, dont je suis exclu. Je m'adapte à son roulis et sens monter en moi la même recherche, le même entêtement. Nous nous accordons, solitaires dans notre effort pour voler ce que l'autre détient pour nous.

Tout s'accélère. Nos lèvres s'écrasent, nos doigts s'accrochent. Le point culminant est là, à portée de souffle, quelque part sous nos ventres. Chair contre chair, nous tanguons, nous cherchons, nous sondons. Elle se tient toujours à califourchon sur moi, talons plantés dans les draps, ignorant toute pudeur, toute retenue – et je sais que c'est la seule voie, le seul moyen d'atteindre le but. Rien ne compte plus que cette torsion volcanique, le frottement affolé de nos abîmes, les silex de nos sexes…

Soudain, elle se cambre et hurle. C'est moi alors qui l'attrape par les cheveux et la ramène à moi. Un tour encore, un millimètre, et je serai heureux. Ses seins reviennent, en force, en tourments, en vertiges. D'un coup, l'étincelle jaillit des pierres. La brûlure se concentre, remonte en moi. La jouissance passe dans mes membres comme un courant électrique, sans source ni limite. Une fraction de seconde encore. Je repousse son torse et la dévore des yeux pour la dernière fois : bras relevés, seins déployés, ventre tendu, papier de riz, pubis noir…

La chaleur éclate dans mon sexe.

À cette seconde, tout s'absout en moi.

L'instant d'après, je suis de nouveau moi. La transe est déjà loin. Mais je me sens neuf, pur, nettoyé. Je sombre dans le désespoir. La honte. La lucidité. Je pense au mensonge de mes quinze dernières années. L'amour exclusif à Dieu. La compassion dédiée aux autres. Le sexe réservé aux « petites camarades » exotiques. Bricolage illusoire… Mon désir d'homme mal étouffé dans mon amour de chrétien. J'en veux presque à Manon, de tant de vérités, de tant d'évidences, crachées à ma face, à mon corps, en quelques caresses. Puis je flotte sur une onde de chaleur. Je suis de nouveau heureux.

— Ça va ?

Sa voix éraillée portait la marque d'un soulagement, d'une bienveillance. Sans répondre, je tâtonnai mes frusques à la recherche d'une cigarette. Camel. Zippo. Bouffée. Je tombai à la renverse, en travers du lit. Manon posa son index sur mon visage, suivant la ligne du front, du nez. Plusieurs minutes passèrent ainsi. Le frigo de la chambre était devenu un four. De la buée couvrait les vitres. Je vidai mon paquet de clopes sur la table de chevet pour en faire un cendrier.

— On va jouer à un jeu, chuchota-t-elle. Dis-moi ce que tu préfères chez moi…

Je ne répondis pas. J'avais subi un flash. Un shoot d'héroïne pure. Je ne sentais plus en moi qu'un immense engourdissement, une courbature infinie.

— Allez, gronda-t-elle. Dis-moi ce que tu aimes chez moi…

Je me redressai sur un coude et la contemplai. Ce n'était pas seulement son corps qui était nu devant moi, mais tout son être. La nuit arrache les masques, et aussi les visages. Il ne reste que les voix. Et l'âme. Finis les tics, les conventions sociales, les mensonges ordinaires qui nous travestissent.

J'aurais pu lui dire que ce n'était pas l'amant qui était bouleversé à cet instant, mais le chrétien face à cette mise à nu. Nous étions comme après une confession. Délivrés de toute faute, nettoyés de tout faux-semblant. Tel était le paradoxe : sortant du péché de chair, jamais nous n'avions été aussi innocents.

Voilà ce que j'aurais pu lui murmurer… Au lieu de ça, je bafouillai quelques banalités sur ses yeux, ses lèvres, ses mains. Des mots si usés qu'ils en avaient perdu toute signification. Elle rit à voix basse :

— T'es nul, mais c'est pas grave.

Elle se mit sur le ventre puis planta son menton entre ses mains

— Je vais te dire, moi, ce que j'aime en toi…

Sa voix était chargée de reconnaissance, non pas pour moi mais pour la vie, ses surprises, ses bonheurs. Son souffle révélait qu'elle avait toujours cru dans ces promesses et que cette nuit venait de lui donner raison.

— J'aime tes boucles, commença-t-elle, en tournant son doigt dans mes cheveux. Elles ont toujours l'air humides, comme des petits souvenirs de pluie. (Elle passa son index sous mes yeux.) J'aime tes cernes, qui ressemblent aux ombres de tes pensées. Ton visage, qui traîne en longueur. Tes poignets, tes clavicules, tes hanches, qui font mal, et en même temps si souples, si doux, si cool…

Elle touchait chaque partie, comme pour s'assurer que tout était en ordre :

— J'aime ton corps, Mathieu. Je veux dire : sa vie, son mouvement. Cette façon que tu as d'exprimer tes sentiments à travers tes gestes. Comment tu hausses brusquement une épaule, en signe d'incertitude. Comment tu baisses ton menton sur deux doigts, pour donner un appui à tes paroles. Comment tu t'assois, effondré, prêt à t'endormir, et

680

en même temps trépignant, tendu à te rompre. J'aime comment tu allumes tes clopes avec ton gros briquet : la cigarette, au bout de tes doigts si fins… On dirait que tout s'enflamme : la main, le bras, le visage…

Elle continua, tout en frôlant mes tempes :

— J'aime tous ces déclics, ces ruptures, ces frémissements. On dirait que tu as toujours du mal à trouver ta place dans ce monde. Tu y entres chaque fois par effraction, au dernier moment, trop vite, trop brutalement. Sans jamais être sûr de ton coup… Le prends pas mal, Mathieu, mais il y a aussi un truc féminin en toi. C'est pour ça, je crois, que tu m'as fait autant jouir ce soir. Tu connaissais, d'instinct, mes petits secrets, mes points sensibles… Pour toi, c'était un terrain familier, qui s'est peu à peu révélé, sous tes doigts…

Elle éclata de rire, en me prenant la main et en la lissant :

— Fais pas cette tête ! Ce sont des compliments !

Elle prit un ton de confidence :

— Je sens aussi une distance, un respect, presque une frayeur vis-à-vis de moi, qui me procure un plaisir… irrésistible. Tu es un mâle, Mathieu : aucun doute là-dessus. Mais tu as une complexité qui me colle des frissons, des pieds à la tête. Tu réunis tant de contraires !

Chaud, froid, solide, instable, volontaire, timide, masculin, féminin… Le froid revenait. J'avais du mal à me convaincre que l'étranger qu'elle décrivait était moi. Elle passa son bras autour de mon cou et m'embrassa :

— Mais surtout, il y a au fond de toi un noyau qui te ronge et qui te donne une réalité, une présence que je n'ai jamais rencontrée chez aucun autre.

— Même pas chez Luc?

La question m'avait échappé. Elle se redressa :

— Pourquoi tu me parles de Luc?

— Je ne sais pas. Tu l'as bien connu, non? Il est venu ici?

— Il est resté plusieurs jours. Il ne te ressemblait pas. Beaucoup moins solide.

— Moins solide, Luc?

— Il avait l'air déterminé, comme ça, mais il n'y avait aucun point fort en lui, aucune fondation. Il était en chute libre. Alors que toi, tu es arc-bouté, cramponné à je ne sais quel fil...

— Il s'est passé quelque chose entre vous?

Nouveau rire :

— Tu as de ces idées! Il n'y avait pas de place chez lui pour l'amour. Pas cet amour-là en tout cas.

— Ce n'est pas ce que je te demande. Toi, tu as éprouvé quelque chose pour Luc?

Elle m'ébouriffa les cheveux :

— T'es jaloux? (Elle nicha sa tête au creux de mon épaule.) Non. Je n'aurais jamais eu cette idée. Luc était sur une autre planète. Il disait qu'il m'aimait mais cela sonnait creux.

— Il disait ça?

— Il n'arrêtait pas. Des déclarations sauvages. Mais je n'y croyais pas.

Une lumière explosa dans mon esprit. Une possibilité qui ne m'avait jamais effleuré. Un suicide d'amour. Luc s'était épris de Manon. Et c'était la raison de son suicide! Il s'était foutu en l'air parce qu'une jeune fille insouciante lui avait dit « non ». Luc avait aimé Manon, avec toute sa passion de fanatique, et elle l'avait repoussé d'un rire, le jetant aux enfers.

— Comment peux-tu être si sûre de toi? dis-je d'un ton sec. Luc t'aimait peut-être à la folie.

— Pourquoi tu en parles au passé?

Je ne répondis pas. Je venais de commettre une erreur. Celle qu'on attend du suspect, au cœur de la nuit, durant sa garde à vue. Manon me considéra gravement :

— Qu'est-ce qui se passe? Tu m'as dit que Luc avait été muté.

— Je t'ai menti.

— Il lui est arrivé quelque chose?

— Il s'est suicidé. Il y a deux semaines. Il s'en est sorti mais il est dans le coma.

Manon se mit à genoux, face à moi.

— Comment? Comment il s'est suicidé?

Je donnai les détails. La noyade, la ceinture de pierres, le sauvetage, l'utilisation de la machine de transfusion. Comme dans sa propre histoire.

Le silence s'imposa. Puis Manon se leva, nue, et contempla la nuit par la fenêtre, le front appuyé contre la vitre. Elle me tournait le dos quand elle murmura, d'une voix consternée :

— Tu es le flic le plus con que j'aie jamais rencontré.

Agostina Gedda m'avait déjà dit cela une fois. J'allais finir par m'en convaincre... Mais quelque chose ne collait pas dans cette réflexion. Je m'attendais à une engueulade – pour ne pas avoir

dit la vérité. Pas à ce ton de déception. Je répliquai :

— J'aurais dû t'en parler plus tôt, je sais, mais…

— Luc ne s'est pas suicidé. (Elle se retourna et
vint vers moi, le regard furieux.) Putain, comment
t'as pas compris ça ?

— Quoi ?

— Il ne s'est pas suicidé. Il a recréé, point par
point, ma noyade !

Je ne saisis pas ce qu'elle voulait dire. Toujours
debout, elle m'agrippa les cheveux, à deux mains,
avec violence :

— Tu piges pas ? Il s'est volontairement plongé
dans le coma pour voir ce que j'ai soi-disant vu, moi,
à l'époque ! Il a essayé de provoquer une Expérience
de Mort Imminente, en espérant qu'elle serait négative !

Je ne dis rien, attentif au bruit que faisaient les
éléments en s'assemblant dans ma tête. En quelques
secondes, tout se mit en place. Et je sus que Manon
avait raison. Elle hurla, penchée sur moi :

— Et tu prétends le connaître ? Qu'il est ton
meilleur ami ? Merde, tu es passé complètement à
côté ! Luc est un fanatique. Il était prêt à tout pour
obtenir des réponses à ses questions. Il a poursuivi
son enquête dans l'au-delà ! Il s'est tué pour voir lui-
même le diable !

Chaque mot, un éclat de lave.

Chaque pensée, un pieu dans le cœur.

Je ne pouvais plus parler – et d'ailleurs, il n'y avait
rien à dire. Manon, en une fraction de seconde, avait
deviné ce que j'avais ignoré depuis deux semaines.
« J'ai trouvé la gorge », avait dit Luc à Laure. Cela

signifiait qu'il avait trouvé le passage, le moyen d'entrer en contact avec le démon. Provoquer son propre coma pour rejoindre les limbes !

Luc était parti à la rencontre du diable, au fond de l'inconscient humain.

91

Dehors, la pluie avait repris. J'observais, à travers la lucarne, les filaments de lune qui s'écoulaient, épousant les impuretés du verre, contournant les bulles, glissant comme du sucre filé. Nouvelle cigarette. Je marchais mentalement au bord du vide mais à chaque pensée nouvelle, la terre se consolidait sous mes pas.

Les éléments se mettaient en place.

Luc avait tout organisé, tout combiné pour plonger dans le coma. Il avait reproduit chaque circonstance de la noyade de Manon – non pas pour couler, mais pour survivre. Il s'était lesté en calculant son poids, afin de s'immerger au plus vite et d'être aussitôt enveloppé de froid. Il avait ouvert la porte de l'écluse pour être emporté contre les rochers et y rester coincé. Encore le froid. Mais il avait pris soin de plonger cinq minutes avant l'arrivée du jardinier. Juste le temps nécessaire pour mourir.

Il y avait un autre détail dans son plan. Le médecin de Chartres m'avait précisé que, par chance, le SAMU était dans la région à ce moment. Un appel sans suite avait fait venir les urgentistes. Cet appel venait de Luc lui-même. Pour être emmené au plus vite à l'hôpital. Et pas n'importe lequel : l'Hôtel-Dieu de Chartres, qui abritait une machine « by-pass » capable de réchauffer son sang et lui sauver la vie.

Exactement comme Manon, en 1988.

D'autres détails, encore.

Luc n'avait aucune assurance de subir une Expérience de Mort Imminente. Encore moins négative. Mais en admettant qu'il parvienne à traverser la mort, il voulait la traverser par l'étage inférieur, l'angoisse, les ténèbres. Voilà pourquoi il avait pris soin d'invoquer le diable. Voilà pourquoi Laure avait retrouvé ces objets de culte satanique à Vernay. Luc s'était livré à des incantations juste avant de se noyer, donnant rendez-vous au diable au fond des Limbes !

Pourtant, malgré sa détermination, il devait aussi crever d'angoisse. Il avait voulu se parer d'une arme. Même symbolique. Ainsi s'expliquait la médaille de saint Michel dans son poing serré. Luc ne craignait pas d'aller en enfer, il avait choisi cette destination. Mais il espérait en sortir sans blessure, sans dommage spirituel, grâce à l'effigie de l'Archange. Cela semblait dérisoire, mais je ne pouvais plus juger le projet hors norme de Luc.

Le rouquin avait pris un risque inouï. Physique bien sûr, mais aussi psychique. Ce qui était possible pour une petite fille ne l'était plus pour un adulte. Selon Moritz Beltreïn, Manon s'en était sortie sans séquelle grâce à son âge et la mobilité géographique de son cerveau. Luc s'en tirerait-il indemne, à trente-cinq ans ? Se réveillerait-il même un jour ?

Son fanatisme était sidérant. Mais c'était la

cohérence de son destin qui me stupéfiait plus encore. Il avait toujours voulu voir le diable – prouver son existence à la face du monde. Toute son existence avait convergé vers ce pari, cette expérience : la plongée volontaire dans les abysses. Et sa remontée, preuves en main.

Nouvelle clope.

5 heures du matin.

Manon avait fini par s'endormir. Malgré sa colère contre moi. Malgré son désespoir au sujet de Luc. Malgré son anxiété croissante, à propos d'elle-même.

Car Luc, du fond de sa chambre d'hôpital, avait remis le feu aux poudres. Si un homme était capable d'un tel sacrifice, cela ne démontrait-il pas qu'il y avait une réalité à découvrir ? Que Manon elle-même avait *vu* quelque chose au fond de la « gorge » ?

J'attendais 6 heures du matin pour appeler Laure. L'heure des perquises. Vieux réflexe de flic. Quatre jours que je n'avais pas appelé. Maintenant, j'éprouvais un besoin irrépressible de m'informer. Aucune raison que la situation ait évolué mais le coma de Luc avait changé de nature. Il fallait que je parle à Laure, aux médecins, aux experts...

J'observai le cadran de ma montre, regardant passer chaque minute.

6 heures, enfin.

Au bout de cinq sonneries, une voix ensommeillée retentit.

— Laure ? Mathieu.

— Où tu es ? grommela-t-elle. Ça fait trois jours qu'on t'appelle.

— Désolé. Problème de portable. Je suis à l'étranger. Je…

— Mat… fit-elle dans un souffle. C'est incroyable… Il s'est réveillé !

Je mis une seconde à assimiler la nouvelle. Ni Foucault ni Svendsen n'étaient au courant. Sinon, ils m'en auraient parlé. Tout se précipitait. Mais au lieu de me réjouir de cette rémission, j'éprouvais déjà un obscur pressentiment, prévoyant le pire. Des lésions irréversibles. Luc réduit à l'état de légume.

Je demandai, d'une voix sans timbre :

— Comment va-t-il ?

— Parfaitement.

— Il n'a pas de séquelles ?

— Pas de séquelles, non.

Le ton impliquait une réticence.

— Quel est le problème ?

— Il dit… Enfin, il a vu quelque chose. Durant son coma.

Je pouvais sentir la glace sous ma chair brûler mes nerfs et figer mes membres. Je connaissais la suite mais je risquai :

— Quoi ?

— Viens. Il veut t'en parler lui-même.

— Je serai là ce soir.

Je raccrochai et réveillai Manon en douceur. Je lui expliquai la situation. Comme moi, elle n'eut pas le temps de se réjouir. Une autre menace pesait déjà : la présence du diable, au fond de l'esprit de Luc. S'il pensait avoir vu l'enfer, il en tirerait la certitude que Manon avait vu la même chose en 1988. D'un coup, elle deviendrait une Sans-Lumière.

La suspecte numéro un dans l'assassinat de sa mère.

Manon alluma la lampe et attrapa ses vêtements. Je notai un détail : des traces de piqûres sur ses bras.

— Qu'est-ce que c'est que ces marques ?

— Rien.

Elle enfila sa culotte, son soutien-gorge. Je lui saisis le bras et regardai mieux.

— Ce sont les toubibs, dit-elle en se dégageant. Ils me font des prises de sang.

— Il y a des médecins ici ?

— Non. Ils viennent d'ailleurs. Ils m'auscultent tous les jours.

— Ils t'ont fait d'autres analyses ?

— Je suis allée à l'hosto, plusieurs fois, dit-elle en passant son tee-shirt.

— Tu as subi des examens ?

— Des biopsies, des scanners. Je n'ai pas trop compris. (Elle sourit.) Ils veulent que je sois en superforme…

Toujours prévoir le pire, pour éviter les mauvaises surprises. Ce que je pressentais depuis mon arrivée se confirmait dans les grandes largeurs. Zamorski m'avait menti. Lui et sa clique ne protégeaient pas Manon : ils l'étudiaient comme un vulgaire cobaye. Persuadés qu'elle était possédée jusqu'à la racine des cheveux. Une créature maléfique, physiquement différente des autres êtres humains.

Envie de vomir. Le nonce, avec ses airs entendus et ses tirades de vieux guerrier, m'avait roulé dans la farine. Il était exactement comme van Dieterling. Il croyait aux Sans-Lumière et à la présence du démon au fond de l'âme humaine. Il était certain que Manon était une *Sine Luce*. Peut-être même l'Antéchrist en personne !

J'attrapai le téléphone fixe qui reposait sur la table de nuit. Je dévissai le combiné et trouvai un micro. Je soulevai la lampe de chevet et la retournai : un nouveau mouchard. Je faillis éclater de rire : on nageait en pleine caricature. J'orientai la veilleuse vers le plafond. Sans difficulté, je discernai l'œil d'une caméra infrarouge dans un angle. Je songeai à la nuit d'amour que nous venions de passer sous le regard attentif des prêtres. De rage, je balançai la lampe par terre.

— Qu'est-ce que tu fous ?

Impossible de répondre. Ma salive restait bloquée dans ma gorge. J'enfilai ma chemise, mon pantalon, mon pull. Le temps de chausser mes Sebago et j'étais dehors, dans la galerie. Je filai jusqu'à ma propre cellule.

Dans la cour, la pluie frappait, frappait, rebondissant sur les dalles, la toiture, les angles de pierre. Même ces trombes ne pourraient laver la merde qui régnait ici.

Dans ma chambre, j'attrapai mon .45 et sortis de nouveau. Je devinais où était le bureau du nonce – une chance non négligeable qu'il travaille déjà à cette heure.

Descendant un étage, je perçus à travers le fracas de l'averse la rumeur d'une agitation, dans l'aile opposée. Les bénédictines, bon pied, bon œil, déjà levées pour l'Angélus…

J'entrai sans frapper. Zamorski était assis à son bureau, visage penché sur son ordinateur, lunettes

sur le nez. Autour de lui, sur des étagères, des reli-
quaires se déployaient : coffres d'argent frappé et
vasques de cuivre.

— Qu'est-ce que vous trafiquez avec Manon ?

Le nonce ôta ses lunettes, lentement, sans marquer la moindre surprise.

— Nous la protégeons.

— Avec des scanners, des micros ?

— Nous la protégeons contre elle-même.

Je fermai la porte d'un coup de talon et avançai
d'un pas.

— Vous avez toujours pensé qu'elle était possédée.

— La question se pose, disons, raisonna-
blement.

— Vous en avez fait un rat de laboratoire ?

— Manon est un cas unique.

Le flegme de Zamorski était sans faille.

— Assieds-toi. J'ai encore des choses à t'expliquer.

Je ne bougeai pas. Le nonce prit un ton las, soigneusement calculé :

— Nous sommes obligés de maintenir cette…
veille physiologique.

J'éclatai d'un rire dur :

— Qu'est-ce que vous cherchez ? Un « 666 »
tatoué ?

— Tu fais semblant de ne pas comprendre.
Manon *est* la marque du diable. Chaque battement
de son cœur est un acte du démon. Chaque seconde
de sa vie est un don de Satan. Dans le monde de
Dieu, Manon devrait être morte ! Elle est une aberration, selon les lois de Notre Seigneur.

691

Les paroles de Bucholz, à propos d'Agostina : « la preuve physique de l'existence du diable ». Zarnorski confirma :

— Manon est une miraculée du diable. Elle est entrée en contact avec lui durant son coma. Elle a été sauvée par lui et a reçu ses ordres.

— Vous pensez donc qu'elle a tué sa mère ?

— Aucun doute. Sans l'aide de personne.

— Putain, fis-je en riant presque. Vous parliez d'un inspirateur, d'un homme de l'ombre !

— Pour ne pas t'effrayer. Mais il n'y a qu'un inspirateur : le diable lui-même.

J'éprouvai un immense épuisement. Je m'effondrai sur le siège face au bureau, mon arme entre les jambes. Je laissai échapper :

— Je connais le dossier à fond. Manon n'a pas les aptitudes pour commettre un tel crime. Le tueur est un chimiste. Un entomologiste. Un botaniste. Déjà, Agostina n'avait pas le profil – et malgré ses aveux, sa culpabilité ne tient pas. Mais Manon, c'est encore plus absurde !

Le sourire du Polonais revint. Un sourire à bouffer de la merde. Je serrai mon poing sur la crosse du Glock. Ce seul contact me soulageait les nerfs.

Le nonce se leva, contourna son bureau et prit un ton compatissant :

— Tu ne connais pas ton dossier si bien que ça. Biologie, chimie, entomologie, botanique : ce sont précisément les options de Manon, à la faculté de Lausanne. À croire qu'elle a suivi une formation en vue de son meurtre.

Des faits nouveaux, qui pouvaient m'intéresser en tant que flic. Mais la lassitude m'écrasait au point de ramollir mon cerveau. J'écoutais maintenant le prélat à travers une gangue de coton. Il en rajouta sur le mode réconfortant :

— Nous n'avons aucune certitude. Mais nous devons la surveiller.

— Vous croyez donc au diable ? À sa réalité... physique ?

— Bien sûr. C'est l'antiforce, Mathieu. Le versant négatif de l'univers. Tu penses être un catholique moderne mais tu as des préjugés du siècle dernier. Le siècle des sciences ! Tu crois qu'on peut résoudre ces problèmes avec un psychiatre ou une camisole chimique. Tu ne vois que la surface. Souviens-toi de Paul VI : *« Le mal n'est plus seulement une déficience, il est le fait d'un être vivant, spirituel, perverti et pervertisseur. »* Oui, Mathieu, le diable existe. Il a accordé la vie à Manon. La vie que Dieu lui avait ôtée.

— Mais pourquoi ces recherches physiques ? Ces analyses, ces prélèvements ?

— Si le diable est bien ce que la foi nous enseigne – une infection –, alors Manon porte la trace de la maladie. Elle est tout entière infectée.

— Qu'est-ce que vous cherchez ? ricanai-je encore. Un vaccin ?

Il posa sa main sur mon épaule :

— Ne plaisante pas. Manon, Agostina, Raïmo sont à la convergence de deux mondes : le physique et le spirituel. Un esprit est venu au secours de leur corps. Et leur corps porte maintenant la marque de cet esprit. L'esprit noir de la Bête. Manon abrite une cellule souche du Mal !

Je me levai : j'en avais assez entendu. Je me dirigeai vers la porte :

— Vous vous êtes trompé de siècle, Zamorski. Vous auriez fait un malheur sous l'Inquisition.

Avec une rapidité surprenante, le nonce me contourna et se planta devant moi :

— Qu'est-ce que tu vas faire ?

— Nous partons. Manon et moi. Nous rentrons en France. Et n'essayez pas de nous retenir.

— Manon sait quelque chose, dit le Polonais en blêmissant. Elle doit nous le dire !

— Elle ne sait rien. Elle ne se souvient de rien.

— Le message est au fond d'elle-même.

— Quel message ?

— Le Serment des Limbes.

— Vous en êtes donc là ? Vous cherchez la même chose que les Asservis ?

— Le pacte existe. (Sa voix montait.) Nous devons en connaître le contenu. Par tous les moyens !

— C'est pour ça que vous m'avez fait venir ?

Un sourire. Le nonce recouvrait son sang-froid :

— Manon n'a jamais eu confiance en nous. Nous avons pensé qu'un jeune homme venu de France… (Il s'arrêta.) Et nous avons eu raison. Après cette nuit…

Je rougis malgré moi. J'imaginais les prêtres en soutane, se rinçant l'œil face aux écrans de surveillance. Je tournai la poignée :

— Manon me fait confiance, c'est vrai. Mais j'utiliserai cette confiance pour la sortir de vos griffes !

— Si tu franchis ce seuil, je ne pourrai plus rien pour toi.

— Je suis assez grand pour me débrouiller seul.

— Tu ne sais rien. Tu n'imagines pas le danger qui vous attend dehors.

— Nous avons passé la journée et la nuit en ville. Il ne nous est rien arrivé.

Zamorski retourna à son bureau et saisit un journal polonais – l'édition de la veille de la *Gazeta Wyborcza*. En une, la photo d'un cadavre, dans une mare de sang, sur un trottoir.

— Je ne lis pas le polonais.

— « Nouveau meurtre rituel à Cracovie ». Le cinquième clochard tué en moins d'un mois. Dévoré par des chiens. Un pentagramme était dessiné avec ses viscères, sur le trottoir. Sans compter deux corps d'enfants trisomiques, retrouvés en amont de la Vistule, la semaine dernière. L'autopsie a révélé qu'on les avait forcés à se violer l'un l'autre.

— C'est censé me terrifier ?

— Ils sont là, Mathieu. Ils sont venus chercher Manon. Ce sont peut-être des clochards, dehors. Ou des prêtres priant dans l'église voisine. Ils sont partout. Ils attendent leur heure.

— Je vais tenter ma chance. Notre chance.

— Ils n'ont rien à voir avec les assassins que tu poursuis d'habitude. Ce sont des soldats, tu comprends ? Les héritiers de siècles d'abominations. La version moderne des démons qui accompagnent Satan, sur les façades des cathédrales.

J'ouvris ma paume sur mon automatique :

— Moi aussi, j'ai des arguments modernes.

— Je t'en conjure ne sors pas d'ici.

— Je rentre à Paris. Avec Manon. Et ne vous avisez pas de nous en empêcher. Je pourrais filer à mon ambassade et parler d'enlèvement, de séquestration, d'abus de pouvoir. Je vais reprendre mon enquête. C'est bien ce que vous vouliez, non ?

— Et elle ?

— Elle vivra chez moi.

Zamorski hocha lentement la tête.

— Tu es dans de beaux draps, Mathieu… Contre le diable, tu avais tout prévu. Sauf l'amour.

J'ouvris la porte en lui lançant un regard dur :

— Je ne vous laisserai pas l'utiliser. Vous en avez fait un sujet de recherche. Un appât pour les Asservis. Peut-être même pour le démon lui-même… Dans votre logique, vous espérez que Satan se réveillera à l'intérieur de son corps. Vous êtes prêt à tout pour provoquer cette venue. J'ai connu des flics dans votre genre. Des flics capables du pire, au nom du meilleur. Des flics qui se croyaient au-dessus des lois. Et d'une certaine manière, au-dessus de Dieu.

— Ne blasphème pas.

— Je vais continuer mon boulot, Zamorski. À ma façon. Sans mensonge ni manipulation.

Le nonce s'écarta, de mauvaise grâce :

— Si je m'en tenais à ces principes, je me contenterais de prier pour toi et Manon. Mais nous allons vous protéger, malgré vous.

— Je n'ai besoin de personne.

— En temps de paix, peut-être. Mais la guerre a commencé.

92

Midi. Et le jour ne s'était toujours pas levé.

Une brume épaisse écrasait la ville. Les rues n'existaient plus. Les immeubles ressemblaient à des masses minérales – des montagnes qui auraient dépassé des nuages, comme dans un tableau chinois. Quelques branches basses brillaient d'humidité mais leurs contours se perdaient dans la vapeur nacrée. Tout était désert. Cracovie s'était vidée. Seules quelques voitures glissaient dans le brouillard, phares allumés, puis s'évanouissaient comme des vaisseaux fantômes.

Je n'avais pas prévu ça. Nous quittions une oppression pour une autre. Le portail de Scholastyka se ferma lourdement derrière nous. Je pris la main de Manon et avançai sur le trottoir. Elle avait préparé un sac léger, pas plus épais que le mien. Regard à gauche, puis à droite. On ne voyait pas à trois mètres. J'esquissai quelques pas hésitants. Le monde n'avait pas seulement disparu : les vapeurs nous submergeaient pour nous effacer à notre tour…

Je crus me souvenir. En descendant à gauche et en attrapant la rue Sienna, on croiserait l'avenue Sw. Gertrudy. Même dans cette nuée blanche, on pourrait alors héler un taxi. Nos pas résonnaient sur le trottoir. L'humidité leur donnait une sorte de brillance sonore ; un claquement trempé qui montait dans l'air moiré.

Nous avancions en silence. Comme si le moindre mot pouvait libérer notre peur. Maintenant, les immeubles paraissaient s'être désancrés. Ils avançaient avec nous, déchirant lentement les crêtes d'argent à la manière de brise-glaces. Une voiture passa. Nous eûmes juste le temps d'effectuer un pas de côté. Sans le savoir, nous marchions sur la chaussée. Le véhicule nous dépassa, au ralenti. J'entendis ses essuie-glaces marquer la cadence, *tchac-tchac-tchac*..., puis s'évanouir.

Nous reprîmes notre chemin. Le voile de gaze s'ouvrait avec réticence et se refermait aussitôt sur nos pas. Je n'étais déjà plus sûr de suivre la rue Sienna. Impossible de lire la moindre plaque. Notre seul repère était la ligne des réverbères. Quelques lumières brûlaient aussi aux fenêtres, perçant l'opacité des étages. J'imaginais les foyers chauds, affairés, où se préparait le repas du midi. Cette image renforçait, par contraste, notre solitude.

Je creusai ma mémoire. Nous allions dépasser la rue Mikokajska, sur notre gauche, qui formait un grand virage. J'espérais discerner une série de luminaires qui tourneraient, nous confirmant qu'on était sur la bonne voie. Mais rien ne se passait – et d'ailleurs, on ne pouvait pas voir plus de deux lampadaires à la fois…

Soudain, je n'en discernai plus du tout. Avions-nous quitté la rue ? Le brouillard changea de nature. Plus épais, plus froid. Une odeur de terre mouillée, de pourriture figée s'élevait du sol. Bon sang. Nous n'étions plus dans la rue Sienna. Nous n'y avions peut-être jamais été… Je cherchai encore à me souvenir, dessinant mentalement une carte du quartier.

Alors, je compris.

Le Planty.

Le parc qui ceinture la vieille ville de Cracovie.

Dès le départ, j'avais pris la mauvaise direction. J'étais parti tout droit, tournant le dos au monastère. En guise de confirmation, du gravier crissa sous mes pieds. Des arbres apparurent, dessinant des lignes fantomatiques, suspendues, sans racines. Des bras, des têtes noires saillaient aussi – les sculptures des jardins. J'eus envie de hurler. Nous étions seuls, perdus, totalement vulnérables.

— Qu'est-ce qui se passe?

La voix de Manon, tout près de mon oreille. Pas le cran de lui mentir.

— On est dans le Planty. Le parc.

— Mais où exactement?

— Je ne sais pas. En le traversant, on pourra rejoindre l'avenue Sw. Gertrudy.

— Mais si on ne sait pas où on est?

Je serrai ses doigts sans répondre. De nouvelles lanternes flottaient dans l'air. Une allée. Je m'efforçai d'avoir un pas plus sûr, pour réconforter Manon qui tremblait dans son anorak.

Sensation de nager plutôt que de marcher... Je n'arrêtais pas de tendre le cou, de plisser des yeux, sans résultat. Par réaction, mon ouïe paraissait plus aiguë. Il me semblait percevoir la condensation des gouttes, le long des branches, le cliquetis de la glace, sur les statues, et même, plus profondément, le craquement de la terre gelée, sourdant sous nos pieds.

Tout à coup, un autre bruit, beaucoup plus présent.

Un raclement sur les cailloux. Je m'immobilisai et posai la main sur les lèvres de Manon. Le frottement stoppa. Je tentai encore l'expérience. Deux pas puis un arrêt. Le bruit se reproduisit et s'acheva aussitôt. C'était un écho, mais beaucoup trop proche à mon goût...

Je dégainai mon .45. Il n'y avait que deux possibilités. Les hommes de Zamorski ou les Asservis. Tout doucement, je levai le cran de sûreté du Glock, pariant mentalement pour les Satanistes. Ils guettaient les entrées et les sorties de « leur » monastère et ils venaient de décrocher le gros lot : Manon, la proie qu'ils espéraient depuis des semaines, sans protection, accompagnée seulement d'un étranger, se fourvoyant dans un parc noyé de brume.

Mon arme tremblait au creux de ma paume. Je ne trouvais plus en moi le sang-froid qui m'avait jusqu'ici sauvé des pires situations. Peut-être la fatigue. Ou la présence de Manon. Ou cette ville étrangère et invisible... Mes pensées devinrent chaotiques. Tirer à l'aveuglette, en direction des pas ? Je n'étais même pas sûr de leur provenance. Viser les réverbères afin de fermer complètement la nuit ? Absurde. Nous perdrions ainsi notre seule chance de nous orienter.

Le grattement reprit. Ils s'approchaient. J'imaginais des créatures surnaturelles aux yeux ardents. Des pupilles de soufre, capables de voir dans la brume. Je partis dans la direction qui me semblait la plus opposée aux pas. Mais déjà, je n'étais plus sûr de rien. Suivions-nous toujours l'allée ? Un luminaire flottait au loin – inaccessible.

J'accélérai, ne cherchant plus à me servir de mes yeux mais uniquement de ma main tendue. Sensation de pierre froide. Métal d'une balustrade. Je n'avais aucun souvenir d'un garde-fou dans ce parc. Je l'attrapai et le suivis avec fébrilité. Le réverbère me paraissait toujours aussi loin.

La rampe de fer s'arrêta. Je m'arrêtai avec elle. La seconde suivante, je perçus les pas des autres – beaucoup plus près. Je me tournai, comme si je pouvais voir quoi que ce soit. Mais le monde était toujours noyé de fumée. Pourtant, tout à coup, une faille s'ouvrit dans la brume – et je vis, en effet.

Des ombres avançaient, côte à côte.

Des ombres sans visage, qui faisaient corps avec le brouillard.

Mon cœur flancha. Il y eut un moment, très court, où tout me parut perdu. La panique m'avait vaincu. Même physiquement, je n'avais plus aucune consistance. À cette seconde précise, nos attaquants auraient pu gagner mais ils furent trop lents.

Déjà, je m'étais ressaisi, dressant un plan d'attaque. Aucune raison de penser qu'ils voyaient mieux que nous. Ils se repéraient simplement au bruit de nos pas. Le seul avantage qu'ils pouvaient avoir était le nombre – et une meilleure connaissance des jardins. Mais notre handicap – le manque de visibilité – était aussi le leur.

Je devais les priver de leur seul repère : les sons. J'empoignai Manon et bondis sur le côté. Au bout de trois enjambées, je sentis les feuilles d'un buisson puis un terrain différent – gazon ou humus. Une surface tendre, absorbant les bruits.

Une autre idée, tout de suite. Profiter du silence et avancer vers nos ennemis. Ils pouvaient imaginer qu'on allait se planquer sur les bas-côtés ou derrière un arbre. Mais pas qu'on marcherait à leur rencontre!

Je remontai la pelouse, utilisant ma main libre comme une sonde, frôlant les taillis, palpant les troncs d'arbre. Les pas, à nouveau. Ils n'étaient plus qu'à quelques mètres, sur notre gauche. J'avançai encore. Ma main trouva un flanc d'écorce. J'attirai Manon à moi, la plaçant entre le fût et mon corps. Elle s'arrêta de bouger, de respirer, et je sentis ses cheveux glacés me frôler le visage. Les cheveux d'une morte.

Alors, il se passa quelque chose.

Les lambeaux de brume s'ouvrirent et révélèrent clairement nos ennemis. Durant une seconde, qui me parut une éternité, je pus les observer. Ils portaient des manteaux de cuir noir tout droit sortis de la Werhmacht. De leurs manches, jaillissaient des crochets, des lames, des aiguilles. Des armes blanches comme greffées à même leurs chairs.

Ils évoquaient des blessés de guerre, qui auraient franchi une autre dimension. Des infirmes devenus à leur tour des machines à tuer. J'imaginai des membres amputés, des mains tronquées, remplacées par des dispositifs menaçants, prêts à couper, écorcher, arracher…

Ils composaient une sarabande, un carnaval d'épouvante. Un homme portait un masque à gaz, un autre celui des médecins du XVIIe siècle qui soignaient les pestiférés – long bec noir surmonté de deux trous. Un troisième marchait visage découvert, défiguré. Sa chair, blanche comme de la porcelaine de chiotte, portait des lacérations. Je sus, sans le moindre doute, qu'il s'était fait lui-même ces mutilations. Vivre pour et par le mal. La souffrance, infligée aux autres et à soi-même.

Les dents de Manon se mirent à claquer si fort que je lui plaquai la main sur la bouche. J'abandonnai toute stratégie. Fuir. N'importe où, à l'opposé de ce cauchemar. Je quittai notre planque, risquai un coup d'œil circulaire puis saisis la main de Manon. Elle me retint et me frôla la joue. Je me retournai pour la réconforter d'un regard mais ce n'était pas elle qui m'avait touché.

À sa place, un tueur serrait mes doigts et me caressait lentement le visage avec un croc de métal, comme pour en éprouver la tendresse.

La fraction de seconde explosa en mille détails superposés. Je vis tout. Ses cheveux longs. Ses cicatrices. L'appareil respiratoire qui lui traversait la face, là où un trou remplaçait le nez. Je vis son bras se lever. Au bout, le crochet relié à un dispositif de câbles.

La griffe siffla dans la vapeur. Je m'engloutis dans le nuage pour esquiver le coup. Une douleur me traversa, partant de l'épaule pour exploser sous mes côtes. Je lâchai mon automatique. Un goût de fer inonda ma bouche.

La lame s'éleva de nouveau, me rata et s'enfouit dans les feuillages. Sans comprendre ce que je faisais – je n'étais plus qu'irradiation de douleur –, je fonçai sur le crochet et l'écrasai avec mon épaule blessée, entraînant le tueur dans ma chute. Niant le sang et la brûlure qui fusaient de mon corps, j'attrapai à deux mains son poignet, plaçai mon genou dessus et retournai l'os en un craquement abject.

Je reculai aussitôt, rampant sur le dos. Le tueur

se tourna vers moi. Son manteau s'était ouvert. Dessous, il était torse nu. La peau de sa poitrine était si fine, si abrasée, qu'elle en était translucide. Je distinguai nettement son cœur battant à travers sa peau de poisson. Je plongeai dans le taillis et trouvai la lame propulsée, avec son mécanisme. Je l'attrapai à pleines mains et, m'entaillant la paume au passage, pivotai. Le monstre revenait déjà à l'attaque, brandissant de sa main gauche un autre crochet.

Il se jeta sur moi. Je balançai un coup de pied dans ses jambes. Il trébucha. Levant mon arme, je visai le cœur qui palpitait et fermai les yeux. Le fer s'enfouit dans la chair. Je sentis l'organe s'ouvrir. Le sang se déverser sur moi. J'ouvris les paupières pour découvrir la figure de la créature, à quelques centimètres de mon visage, masque arraché. Trous et crevasses grognaient de partout à la fois. De la buée pigmentée de sang s'ajoutait aux fragments de brouillard. Je me mordis les lèvres pour ne pas hurler et roulai sur le côté.

Le monstre se recroquevilla, tressautant dans son agonie. Sur un coude, je découvris Manon, blottie contre un arbre, les yeux hors de la tête. Je me précipitai vers elle, la serrai de toutes mes forces, sentant la douleur m'envahir en une arborescence de feu. À travers le sang qui cognait mes tempes, j'entendis tout à coup le raclement de gravier qui s'éloignait. Les Asservis n'avaient rien vu, rien entendu. Ils continuaient leur marche !

Mon Glock, par terre. Je palpai la pelouse jusqu'à sentir sa crosse. Je fourrai l'arme dans ma poche et jetai un regard circulaire. Personne. Nous avions gagné. Mais je n'eus pas le temps de savourer cette victoire. De nouveaux pas retentissaient sur les cailloux. J'aperçus, feux follets incertains, des cols blancs qui tranchaient le brouillard.

Des prêtres.

Les hommes de Zamorski, qui nous cherchaient à travers le parc.

À la même seconde, un pinceau lumineux nous balaya les pieds. Les phares d'une voiture. Nous n'étions donc qu'à quelques mètres d'une artère. Une vraie avenue avec de vrais véhicules !

J'attrapai Manon par le bras et traversai les buissons qui nous séparaient du monde humain et ordinaire. Les feuilles se refermèrent sur nous alors que j'imaginais le combat qui allait suivre dans le Planty.

Satanistes contre Soldats de Dieu.

L'apocalypse selon Zamorski.

93

Vivre avec ses morts.

J'avais beau me répéter les paroles de Zamorski : « Vous évoluez dans une véritable guerre », la consolation était mince. Qui m'absoudrait pour tout ce sang versé ? Quand finirait le massacre ?

Nous nous tenions dans le « salon VIP » de l'aéroport de Cracovie. Un titre ronflant pour un espace plutôt lugubre. Lumières anémiques, sièges déglingués, tarmac lézardé à travers les vitres sales... Pourtant, ce décor était réconfortant. Tout aurait été réconfortant après ce que nous venions de vivre.

Un vol pour Francfort décollait aux environs de 15 heures. Une connexion était possible pour Paris – arrivée à Charles-de-Gaulle à 19 heures. Lorsque l'hôtesse m'avait donné ces précisions, j'avais failli l'embrasser. Ses paroles avaient une tout autre signification : nous allions réussir à fuir !

Blottie dans mes bras, Manon demeurait pros-trée. Elle était encore trempée de brouillard, comme moi. Cette humidité, qui refusait de nous quitter, matérialisait notre détresse. Je fermai les yeux et sombrai dans un étrange réconfort, sentant encore les effets de l'anesthésique dans mes veines.

Sur la route, en taxi, nous avions trouvé un méde-cin. Il avait soigné mon épaule. La lame m'avait entaillé jusqu'à buter contre la clavicule, mais sans la briser ni couper aucun muscle. Après une piqûre antitétanique – j'avais parlé d'une machine agricole sur laquelle j'étais tombé –, le docteur avait fermé la plaie avec des points de suture puis enserré mon torse dans un pansement aussi solide qu'un plâtre. Selon lui, il n'y avait aucune complication à crain-dre. Un seul mot d'ordre : repos absolu. J'avais acquiescé, songeant à Paris et à la nouvelle donne.

L'autre source de paix était cette conviction : le problème des Asservis était réglé. Ils pourraient toujours nous suivre. Leur chance était passée. Manon était désormais sous ma protection. Et bien-tôt sur mon territoire. À Paris, elle serait surveillée 24 heures sur 24 par mes hommes, des flics aguerris capables d'affronter des cinglés aux prothèses meurtrières – et même, pourquoi pas, de les foutre en taule.

Mes pensées dérivèrent pour s'arrêter, encore et toujours, sur Luc. Son plan. Son machiavélisme. Sa folie. J'avais été, sans le savoir, un pion dans son jeu. Le flic digne de confiance qui accumulerait les preuves et retracerait son histoire. Il savait que je n'admettrais pas son suicide, que je reprendrais son enquête et que je suivrais, pas à pas, le chemin qui l'avait mené au sacrifice. J'étais son apôtre, son saint Matthieu, rédigeant l'évangile de son combat contre le diable.

Mon analyse avait changé sur certains détails. Ainsi, la médaille de saint Michel Archange. Je m'étais trompé. Luc ne l'avait pas utilisée pour se protéger mais uniquement pour me mettre sur la voie du démon. Il voulait que je trouve la gorge et que je saisisse, aussi vite que possible, l'enjeu de sa traversée. Luc n'avait pas mené une enquête comme les autres : il avait affronté l'ange des ténèbres !

La seule question qui importait maintenant était : que rapportait-il de son coma ? Revenait-il sans le moindre souvenir ou avait-il vécu au contraire une expérience décisive ? J'avais déjà la réponse. Laure : « Il a vu quelque chose. »

— Monsieur, votre vol est annoncé.

Nous suivîmes l'hôtesse, le pas mal assuré, jusqu'à la salle de départ. Passeport, carte d'embarquement. Nous effectuions chaque geste avec la vivacité d'un boxeur K.-O. Jusqu'à nous écrouler sur nos sièges, dans la cabine. Le temps que l'hôtesse explique les consignes de sécurité, nous dormions profondément.

Deux routards qui n'auraient pas vu un hôtel depuis des semaines.

À Francfort, nous jouâmes de nouveau les fantômes en transit. Cette fois, le salon First Class était flambant neuf, rempli d'hommes d'affaires plongés dans leur *Herald Tribune*. Je dédaignai leurs regards obliques, méfiants, à notre égard. J'installai Manon dans un fauteuil et partis chercher des vivres. Coca, café, amuse-gueules. On ne toucha pas à la nourriture, ni au café. Pour l'heure, nous carburions seulement au Coca, histoire de nous purifier les tripes de l'horreur accumulée.

Quelques heures plus tard, on survolait les lumières de Paris. Je me penchai vers le hublot et retrouvai la nuit, le froid – et le voile de pollution de la capitale. Même à travers la vitre, je pressentais qu'il ne s'agissait plus du même froid qu'à Cracovie. En Pologne, c'était une morsure permanente, une pétrification qui sublimait chaque détail – en révélait l'essence. À Paris, c'était une couche morne, boueuse, indifférente. Un limon qui emportait les rues et les heures dans la même grisaille. Pourtant, j'étais heureux de retrouver cette monotonie. Cet ennui chronique, c'était mon écosystème naturel.

19 heures, un vendredi.

Autoroute saturée. Pluie battante. J'ouvris la fenêtre du taxi et respirai à bloc. Odeurs de ciment mouillé, gaz d'échappement, bruit froissé des flaques. Et les conducteurs figés, à l'intérieur de leur bagnole, comme autant d'arrêts sur image.

Quand la voiture parvint enfin rue Debelleyme, je fus pris d'une angoisse de jeune marié. Comment

Manon allait-elle réagir à cette vie nouvelle ? À mon appartement ? Elle n'avait jamais mis les pieds à Paris.

Je lui fis les honneurs de mon fameux escalier à ciel ouvert. Elle l'accueillit avec un sourire poli, distrait. Elle était toujours en état de choc. La violence de Cracovie avait réveillé la petite fille terrifiée de jadis. Moi-même, j'étais toujours commotionné. Pourtant, sous la peur et l'atrocité, j'éprouvais une autre sensation. Une fébrilité, une excitation sans objet, associée à une étrange torpeur. L'amour ?

Manon s'assit dans le canapé du salon. Je lui proposai du thé, elle refusa. De l'alcool non. Pétrifiée, elle gardait sa veste matelassée. Le plus dur restait à faire – lui expliquer que je devais repartir aussi sec à l'Hôtel-Dieu. Sa réaction ne me surprit pas :

— Je viens avec toi.

C'était la première fois depuis Cracovie qu'elle articulait plus de trois mots d'affilée.

— Impossible, la raisonnai-je. Je dois prendre des dispositions à Paris. Te protéger.

— Je ne sais même pas où je suis.

Je fus pris soudain d'une immense pitié, dans le sens littéral du terme. Communion, empathie totale avec sa peine. Sa tristesse était ma tristesse. Son désarroi le mien. Je m'agenouillai face à elle et lui pris les mains :

— Tu dois me faire confiance.

Elle sourit. Une chaleur m'inonda. Une sorte d'hémorragie, à la fois sourde et délicieuse. Une déliquescence, au fond de moi, au goût mortifère et sucré. Je murmurai :

— Laisse-moi te protéger. Laisse-moi te...

Je ne pus achever ma phrase. Elle avait saisi mon visage et porté ma bouche à ses lèvres. Toute ma volonté fondit. La chaleur se libéra à travers tout mon corps. Mes forces vitales m'abandonnaient et c'était la sensation la plus suave que j'aie jamais connue...

Deux heures plus tard, je roulais vers l'Hôtel-Dieu. Souvenirs encore vifs sous ma peau. Manon. Ses mains sur mon corps. Le rythme de mon sang. Nos derniers instants. Elle touchait en moi des points inconnus, des surfaces insoupçonnées. Acupuncture légère et inédite de l'amour...

On avait transféré Luc Soubeyras dans un autre service.

Plus question de limbes, de lueurs glauques, de blouses en papier. Dans un grand couloir blanc, des baies vitrées s'ouvraient sur des chambres spacieuses. À l'intérieur, les patients étaient encore affublés de tubes et de capteurs, mais sous la lumière crue des néons.

Marchant dans le couloir, je revins enfin au temps présent. J'allais retrouver Luc, vivant et conscient. Quand je l'aperçus derrière la vitre, je faillis crier. Il avait toujours des tubes dans le nez, des électrodes sur le cou et les tempes, et il avait encore maigri. Mais ses yeux étaient ouverts.

Je me précipitai. Dans un élan d'enthousiasme, je lui saisis les deux mains :

— Mon vieux, je suis si...

— Je l'ai vu.

Je m'arrêtai. Sa voix n'était qu'un souffle. Il murmura encore :

— Je l'ai vu, Mathieu. J'ai vu le diable.

V

LUC

94

— Maintenant, fermez les yeux.

Luc était assis, torse nu, dans un fauteuil incliné. Une centaine d'électrodes criblaient son crâne rasé, surveillant le rythme de ses ondes cérébrales. Des patches constellaient sa poitrine, mesurant ses battements cardiaques, sa tension musculaire, la réponse galvanique de sa peau – « GSR » en anglais, m'avait-on précisé « Galvanic Skin Response », c'est-à-dire les microcourants électriques émis par son épiderme.

— Vous vous décontractez. Vous prenez conscience, lentement, de tout votre corps.

Son biceps gauche était équipé d'un brassard captant sa pression artérielle. Une pince à infrarouge autour d'un de ses doigts évaluait sa réponse à la saturation d'oxygène. Ces instruments devaient non seulement saisir ses évolutions physiologiques durant l'expérience mais aussi parer au danger : Luc sortait du coma et son état général restait précaire.

— Vos membres se détendent. Vos muscles se relâchent. Il n'y a plus aucune tension en vous.

Quelques jours après ma visite, Luc avait exigé de revivre son voyage psychique sous hypnose – et devant témoins. Gagner une nouvelle fois, par la mémoire, « l'autre rive » et que chaque détail soit consigné par écrit.

Éric Thuillier, le neurologue qui le soignait à l'Hôtel-Dieu, avait refusé : trop risqué. Mais Luc avait insisté et un psychiatre du nom de Pascal Zucca, chef de service à l'hôpital de Villejuif, avait donné un avis favorable. Selon lui, la séance pouvait même être salutaire : une telle catharsis permettrait à Luc de dépasser son traumatisme. Thuillier avait capitulé. À la condition expresse que tout se déroule à l'Hôtel-Dieu, dans son service et sous sa surveillance.

— Maintenant, vos mains, vos pieds s'alourdissent…

Nous étions le jeudi 14 novembre. Dans la cabine de contrôle, j'observais à travers la vitre mon meilleur ami, blanc comme un linge, perdu parmi ses patches et ses câbles. Une aberration de plus…

Il était installé au centre d'une salle vide, aux lambris de métal poli, tapissée de dalles d'insonorisation et de linoléum clair. À sa gauche, une table à roulettes supportait ampoules, seringues, et un défibrillateur électrique. Face à lui, Pascal Zucca, blouse blanche et larges épaules, nous tournait le dos. Voûté sur sa chaise, il ressemblait à un entraîneur de boxe, soufflant ses derniers conseils à son champion. Plusieurs caméras filmaient la scène.

Je me tournai vers mes voisins, formant un rang immobile dans la cabine. La juge Corine Magnan s'était transportée de Besançon, sur sa propre commission rogatoire. À ses côtés, Éric Thuillier observait les écrans de contrôle. Plus loin encore, un psychiatre, dont je n'avais pas compris le nom, avait été saisi par la magistrate en tant qu'expert. Expert de quoi ? Cette séance était une mascarade.

Derrière ces trois-là, se tenait Levain-Pahut, commissaire divisionnaire des Stups, venu vérifier qu'on ne torturait pas un de ses meilleurs hommes. Assis dans l'ombre, le greffier de Magnan prenait des notes manuscrites, alors que des infirmières s'affairaient auprès d'écrans de contrôle et de claviers d'ordinateurs.

Mais le meilleur, c'était, à l'extrême droite, l'invité spécial de Luc. Il s'était présenté : père Katz, prêtre exorciste de l'Archevêché de Paris, représentant de l'Église Catholique, Apostolique et Romaine. L'homme en noir était cramponné à un petit livre rouge, le *Rituel romain*. Je ne pouvais croire que Luc soit parvenu à tous nous réunir autour de son délire.

— Vos pieds s'enfoncent dans le sol. Vos doigts s'engourdissent…

J'aurais voulu éclater de rire – mais on n'en était plus là. La présence de Magnan et de son greffier démontrait que la magistrate bouddhiste prenait au sérieux ce témoignage. L'affaire Simonis avait hérité de la seule juge d'instruction à tendances ésotériques. La seule qui pouvait apporter le moindre crédit aux hallucinations de Luc Soubeyras…

Je m'étais renseigné : jamais en France un témoignage sous hypnose n'avait été retenu. Selon la loi française, un témoin doit toujours s'exprimer sous « consentement libre et éclairé » – ce qui exclut tout recours à une méthode de suggestion ou un quelconque sérum de vérité. Pourtant, Corine

Magnan était là – et son scribe n'en perdait pas une miette.

Zucca murmura – sa voix était transmise dans la cabine par des enceintes invisibles :

— Vous ressentez ce poids partout à l'intérieur de votre corps… Il atteint chacun de vos membres, chacun de vos muscles…

Luc paraissait se tasser dans son fauteuil, plus vulnérable que jamais. Sa peau tachetée de rouille était presque transparente – on croyait voir palpiter ses organes. Je songeai au monstre du Planty avec son cœur apparent, et chassai aussitôt cette image.

— Le poids devient lumière… Une lumière qui inonde votre esprit et votre corps… Vous n'éprouvez plus rien d'autre… Le poids, la lumière vous emplissent complètement…

Luc respirait avec lenteur, les yeux fermés. Il paraissait apaisé.

— La lumière est bleue. Vous la voyez ?

— Oui.

— La lumière bleue est un écran, sur lequel vous laissez venir des images, des souvenirs… Tant que ma voix sera là, les images se dérouleront. Vous êtes d'accord ?

— Oui.

Le psychiatre laissa passer quelques secondes puis reprit.

— Voyez-vous des images ?

Luc ne répondit pas. Le psychiatre se tourna vers la vitre et effectua un signe interrogatif à l'attention de Thuillier, qui s'adressa à son tour aux infirmières. Puis le neurologue chuchota dans un micro incrusté dans la console – Zucca portait une oreillette :

— On est bon.

Le psychiatre approuva, visage baissé, puis releva le menton :

— Luc, les images sont-elles là ?

Luc hocha la tête, lentement.

— Vous allez suivre ma voix et décrire ces images. D'accord ?

Nouveau « oui » de la nuque.

— Que voyez-vous ?

— De l'eau.

— De l'eau ?

Dans la cabine, il y eut des regards interloqués, puis chacun comprit.

La rivière.

Le voyage commençait.

95

— Soyez plus précis.

— Je suis au bord de la rivière.

— Que faites-vous ?

— J'avance. Le poids est là.

— Quel poids ?

— Le poids des pierres. À ma ceinture. J'entre dans l'eau.

Je ressentais chaque sensation. Le froid devenait une sonde au fond de mes os. Mais c'était le fanatisme de Luc qui me clouait vraiment la moelle. Je le revoyais au fond de sa bagnole, en décembre 2000, après mon flag manqué des Lilas, citant saint Jean de la Croix : « *Je meurs de ne pas mourir.* » Luc n'avait vécu que pour cette enquête. L'ultime sacrifice. Son rendez-vous avec le diable.

— Quelles sont vos sensations ?

— Pas de sensation.

— Comment ça ?

— Le froid annule tout.

— Continuez.

— Mon corps se dissout dans la rivière. Je suis en train de mourir.

— Suivez ma voix, Luc. Décrivez la scène.

Après un bref silence, Luc murmura :

— Je… je ne sens plus rien.

— Parlez plus fort.

— La rivière vient à moi. Elle frôle ma bouche. Je…

Luc se mordit les lèvres, comme pour empêcher l'eau de pénétrer sa gorge. Nouveau silence. Dans la cabine, la tension montait. Chacun de nous s'immergeait avec lui.

— Luc, vous êtes avec nous ?

Silence.

— Luc ?

Il ne bougeait plus. Sous les fils, ses traits s'approfondissaient, se pétrifiaient comme du plâtre. Zucca s'adressa à Thuillier, via son oreillette :

— On est à combien ?

Le neurologue lança un coup d'œil au Physioguard qui lançait ses bips, à la manière d'un sonar sous-marin :

718

— 38. Si son rythme cardiaque ne repart pas, on arrête tout.

Zucca effectua une nouvelle tentative :

— Luc, répondez-moi !

Thuillier se pencha vers le micro de la console :

— On est à 32. On arrête. On... Merde !

Le neurologue se précipita vers la porte et passa dans la salle. Tous les regards se tournèrent vers l'écran de contrôle – l'onde n'était plus qu'une ligne plate, diffusant un sifflement continu. Luc avait vécu mentalement sa mort – au point de mourir une nouvelle fois.

Les infirmières étaient déjà sur les talons de Thuillier. Tous s'affairaient près de la table roulante. Le neurologue ordonna, inclinant le fauteuil :

— Adrénaline. 200 milligrammes.

Debout, Zucca était penché sur Luc. Il répétait :

— Répondez-moi, Luc. Suivez ma voix !

Dans la cabine, l'électrocardiogramme sifflait comme une bouilloire. Les froissements des blouses nous parvenaient, amplifiés par les micros. Nous nous agitions nous-mêmes, ne sachant que faire. Zucca hurla :

— LUC RÉPONDEZ-MOI !

Thuillier l'écarta d'un coup d'épaule :

— Pousse-toi. Bon Dieu, il part ! L'injection, vite !

Une infirmière plaça dans la main du médecin la seringue puis ils plaquèrent le torse de Luc, qui semblait aussi dur qu'une souche de bois. Une autre femme brandissait les ventouses du défibrillateur – les soupirs sifflaient, se mêlant à la stridence du Physioguard. Thuillier jurait dans son col :

— Putain de Dieu… Il est en train de nous claquer dans les doigts.

Zucca était encore penché sur Luc, agrippant ses poignets :

— LUC! RÉPONDEZ-MOI!

— Je suis là.

Tous se figèrent. Zucca, arc-bouté sur le corps ; Thuillier, seringue en l'air ; les infirmières, gestes suspendus. Dans la cabine, le bip de l'électrocardiogramme avait repris un rythme en pointillés, très lent. L'hypnotiseur haleta :

— Luc, vous… vous m'entendez?

Il ne répondit pas tout de suite. Sa tête avait basculé en arrière, invisible. On devinait ses yeux fermés, ses cils roux – le bas du visage, minéralisé. Il ne restait plus qu'une empreinte de Luc. Le véritable être humain était ailleurs. Une voix creuse dit :

— Je vous entends.

Zucca fit signe à Thuillier de retourner dans la cabine. Le neurologue recula, à contrecœur. Les infimières posèrent le matériel en silence et l'imitèrent. Chacun reprit sa place dans la cabine. Le cercle de l'hypnose était de nouveau formé.

Le psychiatre redressa en douceur le dossier de Luc et s'assit de nouveau.

— Où êtes-vous, Luc? Où êtes-vous… Maintenant?

— J'ai quitté mon corps.

Le timbre était lointain, sinistre. Zucca ne reprit pas la parole. Il regroupait sans doute ses idées – et tirait les mêmes conclusions que nous. L'expérience de mort imminente commençait.

— Que voyez-vous?

— Je me vois, moi. Au fond de l'eau. Je dérive vers un rocher.

— Quelles sont vos sensations ? Je veux dire : les sensations de celui qui est hors de votre corps ?

— Je flotte. Je suis en apesanteur. Je vois une lumière.

— Décrivez-la.

— Blanche. Large. Immense.

Un soulagement se répandit dans la cabine. La lumière : signe d'une hallucination « classique ». On allait échapper au cauchemar.

Mais Luc se redressa :

— Elle disparaît… Je… (Il reprit, à voix basse :) Ce n'est plus qu'un point… Une tête d'épingle… Au bout d'un tunnel… Je crois que c'est moi qui m'éloigne, à toute vitesse… Je…

Luc émit une espèce de râle. Sa voix grinça :

— Je m'éloigne… Tout est noir… Je… Non, attendez…

Il déglutit, avec difficulté. Tournant le visage de droite à gauche, il cherchait sa respiration, par brèves bouffées, douloureuses.

— La lumière revient… Elle est rouge…

— Regardez mieux… Décrivez cette lumière.

— Elle est sourde… incertaine… Elle vit.

— Comment ça ?

— Elle clignote…

— Comme un phare, un signal ?

— Non… Elle bat… Comme un cœur…

Le silence dans la cabine, toujours plus profond. Notre fascination saturait la pièce. Une pression accumulée, capable de faire exploser la vitre. Je baissai les yeux sur la lumière rubis autour du doigt de Luc. Elle matérialisait le fanal dont il parlait.

— Elle m'appelle… La lumière m'appelle…

— Que faites-vous ?

— Je vais vers elle. Je flotte dans un couloir.

— Le couloir. Décrivez-le-moi.

— Ses parois sont vivantes.

— C'est-à-dire ?

Luc eut un rire sarcastique, puis se cambra comme s'il souffrait d'une douleur au dos :

— Les murs… Ils sont composés de visages… Des visages tapis dans l'ombre, prêts à bondir… Ils souffrent…

— Vous entendez leurs cris ?

— Non. Ils gémissent… Ils ont mal… Ils n'ont pas de bouche. Des blessures à la place…

Je songeai aux vers de Dante : la « *vallée d'abîme douloureuse* », qui « *accueille un fracas de plaintes infinies…* ». Je songeai aux témoignages du Vatican. Luc avait atteint son but – vivre une NDE infernale. Il était devenu un Sans-Lumière.

— Voyez-vous toujours la lumière rouge ? insistait Zucca.

— Elle se rapproche.

— Et maintenant ?

Luc ne répondit pas. Des gouttes de sueur perlaient sur son front. Il paraissait descendre en lui-même, traverser des couches intérieures, physiques et mentales…

— Luc, que voyez-vous ?

J'eus l'impression qu'une odeur se répandait dans la cabine. Une odeur âcre, médicamenteuse, mêlée de camphre et d'excréments. Je la reconnus aussitôt : l'odeur d'Agostina, à Malaspina. Luc éclata de rire. Le psychiatre monta le ton :

— Que voyez-vous ?

Luc tendit la main, comme s'il cherchait à toucher quelque chose. Sa voix s'amenuisa, filet à peine perceptible :

— La lumière rouge… C'est une paroi. Du givre… Ou de la lave… Je ne sais pas. Des formes s'agitent derrière…

— Quelles formes ?

— Elles vont et viennent, tout près de la plaque. On dirait… On dirait qu'elles nagent… dans une eau glacée. En même temps, je le sens, c'est brûlant là-dessous, comme dans un cratère…

Une croûte glaciaire qui aurait préservé la douleur pure. Un magma rougeoyant, abritant l'agonie des âmes. Le « cratère » de Luc se présentait comme une porte ouverte sur un monde foisonnant, infini, intemporel. L'enfer ?

— Décrivez-moi ce que vous voyez. Même s'il s'agit de fragments. De détails.

— Je vois… un visage… Il brûle. Je sens sa chaleur, je…

— Décrivez le visage, Luc. Concentrez-vous !

— Je ne peux pas. Je sens la chaleur et le froid. Je…

— Suivez ma voix et fixez ce que vous voyez…

Luc se tordait dans son fauteuil. Les câbles autour de son crâne vibraient. Sa figure était ravagée de tics, de sursauts de terreur.

— Suivez ma voix, Luc !

— Des yeux… des yeux injectés derrière le givre… (Luc était au bord des larmes.) Le visage… Il est blessé… Je vois du sang… des lèvres arrachées… des pommettes tailladées… Je…

— Continuez. Suivez toujours ma voix.

Sa tête tomba, inerte, sur son torse.

— Luc?

Il avait les yeux ouverts. Des larmes coulaient sur ses joues. En même temps, il souriait. Il ne paraissait plus souffrir, ni même avoir peur. Ses traits étaient épanouis. Il ressemblait aux portraits des saints de la Renaissance, auréolés de lumière céleste.

— Que se passe-t-il?

Le sourire se tordit, malfaisant :

— Il est là.

Quelque chose d'inexprimable s'insinua dans la pièce. L'odeur de pourriture me parut s'intensifier. Je regardai les autres. Corine Magnan tremblait. Levain-Pahut se frottait la nuque. Katz l'exorciste manipulait son *Rituel romain*, prêt à l'ouvrir.

— Luc, qui est là? De qui parlez-vous?

— Pas de question de ce genre.

La voix de Luc avait encore changé. Une espèce de grondement autoritaire. Le psychiatre ne se laissa pas intimider :

— Décrivez-moi celui que vous voyez.

Luc ricana, menton baissé. Ses yeux fixaient Zucca, par en dessous, les pupilles chargées de haine :

— J'ai dit : pas de question de ce genre.

Zucca se pencha encore. Le vrai combat commençait :

— Vous n'avez pas le choix, Luc. Suivez ma voix et décrivez-moi celui qui est derrière la plaque de givre. Ou de lave.

Luc se renfrogna. Son visage était maintenant

hideux, froid, mauvais. Une expression malveillante était incrustée dans ses traits.

— Il n'y a plus de givre, souffla-t-il.

— Quoi d'autre ?

— Le couloir. Seulement le couloir. Noir. Nu.

— Y a-t-il quelque chose à l'intérieur ?

— Un homme.

— Comment est-il ?

Luc chuchota avec douceur :

— C'est un vieillard.

Zucca lança un coup d'œil vers la vitre. Son visage trahissait l'étonnement. Nous-mêmes, on ne comprenait plus rien. Chacun s'attendait à une image consacrée du diable : cornes, bouc, queue fourchue…

— Comment est-il habillé ?

— En noir. Il porte un costume noir. Il se confond avec l'obscurité. À part les filaments.

— Des filaments ?

— Ils brillent. Au-dessus de sa tête. Il a des cheveux phosphorescents, électriques.

Le malaise s'intensifiait dans la cabine. L'odeur excrémentielle était de plus en plus prégnante, portée par un courant épais, glacé.

— Décrivez son visage.

— Sa peau est blanche. Livide. C'est un albinos.

— Ses traits à quoi ressemblent-ils ?

— Un rictus. Son visage n'est qu'un rictus. Ses lèvres… Elles s'écartent sur ses gencives. Des gencives blanches. Sa chair ne connaît pas la lumière.

Luc parlait maintenant d'un ton mécanique. Il livrait un rapport froid et neutre.

— Ses yeux. Comment sont ses yeux ?

— Glacés. Cruels. Bordés de sang, ou de braise, je ne sais pas.

— Que fait-il? Il est immobile?

Luc grimaça. Son expression était comme l'ombre portée de l'homme du couloir. Le reflet de l'intrus au fond de son esprit.

— Il danse… Il danse dans le noir. Et ses cheveux brillent au-dessus de sa tête…

— Ses mains? Vous voyez ses mains?

— Crochues. Recroquevillées sur son ventre. Elles ressemblent à son rictus, à sa bouche tordue. Tout est atrophié chez lui. (Luc sourit.) Mais il danse… Oui, il danse en silence… Et c'est le Mal qui s'agite… Dans le sang universel…

— Vous parle-t-il?

Luc ne répondit pas. Corps arqué, cou dressé, il paraissait tendre l'oreille. Il n'écoutait pas Zucca mais le vieillard au fond de la gorge.

— Que vous dit-il? Répétez ce qu'il vous dit.

Luc murmura quelques mots, inintelligibles. Zucca éleva la voix :

— Répétez. C'est un ordre!

Luc releva la tête, comme sous l'effet d'une violente douleur. Son visage n'était plus qu'une convulsion. Sa voix craqua :

— Dina hou be'ovadâna. (Il hurla :) DINA HOU BE'OVADÂNA!

Dans la cabine, tout se fixa. La puanteur. Le froid. Plus personne ne bougeait. Chacun pouvait sentir, je le savais, une présence. QUELQUE CHOSE.

— Qu'est-ce que ça signifie? tenta encore Zucca. Cette phrase qu'est-ce que ça veut dire?

Luc partit d'un fou rire, feutré, rentré, à son strict usage personnel. Puis sa tête retomba, sans connaissance. L'hypnotiseur l'appela encore. Aucune réponse. La séance était finie – la « vision » de Luc s'était refermée sur ces mots incompréhensibles.

Zucca toucha son oreillette :

— Il s'est évanoui. On retire le matos et on le transfère en salle de réveil.

Sans un mot, Thuillier et les infirmières passèrent dans la salle. Les autres demeuraient encore immobiles. Il me parut que l'odeur et le froid reculaient. Une rumeur les remplaçait. On échangeait quelques mots, pour se rassurer, partager une certaine chaleur. Et surtout revenir, en urgence, à la *réalité*.

Sous les voix, je perçus un murmure diffus. Je tournai la tête. Le père Katz, les yeux fixes, les mains serrées sur son *Rituel*, marmonnait : « ... *Deus et Pater Domini nostri Jesu Christi invoco nomen sanctum tuum et clementiam tuam supplex exposco...* »

À petits gestes, il balançait de l'eau sur la console et les machines de la cabine.

De l'eau bénite, à tous les coups.

Le prêtre exorciste faisait le ménage après le passage du diable.

96

— Ridicule.

— Je te raconte simplement ce qui s'est passé.

— Vous êtes des bouffons.

Manon paraissait enrhumée – sa voix était nasale. Je venais de lui raconter la scène de l'Hôtel-Dieu. Elle était assise en tailleur, pieds nus, sur le lit. Elle avait parfaitement rangé la chambre. La couette n'était même pas froissée. En quelques jours, Manon avait trouvé ses marques dans mon appartement et ne cessait de l'astiquer.

— Là-bas, ils avaient l'air très sérieux.

— J'ai passé ma vie entourée de fous. Ma mère et ses prières, Beltreïn et ses machines… Et voilà que vous, les flics, vous êtes encore pires !

Elle m'associait volontairement aux agresseurs. Je laissai glisser. Manon oscillait sur le lit, les mains crispées sur ses jambes repliées. Le demi-jour m'offrait des fragments de son visage, puis les reprenait aussitôt : courbe de la joue, bandeau du front, regard noir. Dehors, une pluie sombre tombait sans bruit.

— De toute façon, reprit-elle, le délire de Luc ne prouve pas que j'ai vécu la même chose.

— Pas du tout. Mais le meurtre de ta mère nous ramène toujours à cette expérience négative. Le tueur a peut-être agi sous l'influence d'un trauma-tisme psychique de ce genre et…

— Moi ?

Je ne répondis pas. Du pied, j'écartai un carton du mur, le plaçai en face de Manon et m'assis dessus.

— La juge envisagera toutes les possibilités, repris-je d'un ton rassurant. Elle a l'air sensible à ce genre de…

— Vous êtes tous dingues.

— Elle n'a rien, tu comprends ? Pas le moindre indice, ni le moindre mobile…

— Alors, il vous reste la petite orpheline.

— Tu n'as pas à t'inquiéter. Magnan t'a déjà interrogée. Sarrazin a rédigé un procès-verbal. Tout le monde est convaincu de ta bonne foi.

Elle hocha la tête, sans conviction. Ses cheveux étaient parfaitement séparés en deux rivières lisses. Une illustration de conte.

— Et Luc, pourquoi fait-il tout ça?

— Il veut aller jusqu'au bout de son enquête. Il est certain que le meurtre de ta mère appartient au cycle des Sans-Lumière.

— Et il croit que j'appartiens à cette bande de tarés. Il croit que je suis l'assassin.

Ce n'était pas une question. Elle ajouta :

— Finalement, pour convaincre tout le monde, il faudrait que je tente le même truc, non? Que je fouille mes propres souvenirs sous hypnose?

— Il est trop tôt pour envisager une telle démarche.

Une seconde trop tard, je compris que Manon m'avait tendu un piège. Elle voulait seulement savoir si j'avais déjà pensé à cette possibilité ou si, au contraire, l'idée me ferait bondir. J'étais tombé dans le panneau, l'évoquant sans broncher.

— Allez vous faire foutre, murmura-t-elle. Jamais je ne me prêterai à vos délires.

Elle se laissa tomber en arrière, sur le lit, puis se couvrit le visage d'un oreiller. Dans son mouvement, son pull s'était relevé, laissant apparaître son nombril. Je frissonnai. Même au cœur de cette tension, mon désir affluait, plein, neuf, omniprésent. Mais il n'était plus question de ça entre nous. J'étais devenu un ennemi parmi d'autres.

Elle se redressa tout à coup et écarta l'oreiller. Son regard ruisselait de larmes :
— VA TE FAIRE FOUTRE !

Direction le 36.

Dans ma nouvelle voiture de location, je rassemblai mes idées. Depuis mon retour à Paris, j'avais gratté sur la formation universitaire de Manon et son absence d'alibi pour le meurtre. Zamorski disait vrai. Personne ne l'avait vue durant la période présumée du meurtre – soit près d'une semaine. J'avais questionné par téléphone le flic helvétique qui l'avait interrogée avant sa confrontation avec Magnan. Manon avait été découverte dans son appartement le 29 juin, deux jours après la découverte du corps. Elle avait été incapable de préciser son emploi du temps durant les derniers jours.

Quant à sa formation universitaire, le Polonais avait encore raison. J'avais obtenu, par fax, son cursus complet. Un mastère en « biologie, évolution et conservation » à quoi s'ajoutaient trois certificats d'études complémentaires en toxicologie, botanique et entomologie. Elle avait également une licence en sciences pharmaceutiques. Cela ne prouvait rien, sauf que Manon avait les compétences pour torturer un corps humain comme l'avait été celui de sa mère…

Corine Magnan devait savoir tout cela, mais il n'existait aucune preuve directe contre Manon. La magistrate avait dû abandonner cette piste. Elle devait même s'apprêter à classer l'affaire. Mais maintenant, l'intervention de Luc rallumait tous les doutes. Manon avait-elle vu « quelque chose » lors de sa NDE, en 1988? Cette expérience ancienne l'avait-elle transformée, comme Agostina? Avait-elle provoqué une schizophrénie qui pouvait cacher une seconde personnalité – violente, cruelle, vengeresse?

Je pénétrai dans mon bureau et déposai le tas de paperasses que j'avais récupéré dans mon casier. Sur mon répondeur, plusieurs messages, dont deux de Nathalie Dumayet. Elle voulait des nouvelles de la séance de ce matin. Depuis mon retour, la commissaire me faisait la gueule. Elle n'avait pas apprécié ma disparition ni les explications laconiques que je lui avais servies à mon retour.

Je ressortis aussitôt du bureau.

Autant me débarrasser tout de suite de cette corvée.

En quelques mots, je résumai l'expérience du matin. Pour conclure, je lui suggérai d'appeler Levain-Pahut pour un complément d'informations. Je reculais déjà vers la sortie quand elle me proposa un thé. Je refusai.

— Fermez la porte.

Elle avait dit cela en souriant, mais d'un ton sans appel.

— Asseyez-vous.

Je m'installai sur le siège face à elle. Elle me lança son fameux regard clair :

— Qu'est-ce que vous pensez de tout ça, vous?

— C'est l'affaire des psychiatres. Il faut qu'on sache s'il peut s'en tirer sans séquelles et…

— Il s'agit justement de ces séquelles. Pensez-vous que Luc va sortir indemne de cette expérience?

731

Geste vague de ma part. À mon retour, je ne lui avais livré que les grandes lignes de mon enquête. Les dossiers Simonis, Gedda, Rihiimäki, réduits à leurs points communs. J'avais évoqué des meurtres sataniques mais pas les Sans-Lumière ni les Asservis. Pourtant, elle reprit :

— Je ne crois pas au diable. Encore moins que vous, puisque je ne crois même pas en Dieu. Mais on peut imaginer qu'une telle hallucination tranforme celui qui la vit et le pousse à commettre un crime… singulier.

Je ne répondis pas.

— Je ne fais qu'énoncer vos propres conclusions.

— Je ne vous ai pas donné de conclusions.

— Implicites. Vous avez mis au jour trois meurtres, aux quatre coins de l'Europe, dont la méthode est identique. Dans deux cas au moins, nous connaissons les meurtriers. Des sujets qui ont chacun vécu une NDE négative. C'est bien ça, non ?

Une pause. Elle continua :

— Or, Luc est aujourd'hui dans ce cas. En pleine… mutation.

— Rien ne dit qu'il va se transformer.

— Il est bien parti, il me semble.

— Votre analyse se situe au premier degré.

— Vous avez une autre hypothèse ?

— Il est trop tôt pour que j'en parle.

— Trop tôt ? Je pense plutôt qu'il est un peu tard. Il y a d'autres affaires sur le feu ici. Vous devez vous remettre au boulot.

— Vous m'aviez dit…

— Rien du tout. Je vous ai déjà accordé une

semaine de vacances. Vous avez disparu dix jours et vous ne vous êtes pas vraiment remis au boulot depuis votre retour. Vous vouliez trouver la raison du suicide de Luc. Nous savons ce qu'il en est aujourd'hui. Le dossier est clos.

Je montai au filet :

— Donnez-moi encore quelques jours. Je…

— Comment va votre protégée ?

— Ma protégée ?

— Manon Simonis. Suspecte numéro un dans le meurtre de sa mère.

— Vous ne connaissez pas le dossier, dis-je en me raidissant. Manon n'est pas suspecte. Il n'y a pas de preuve, pas de mobile.

— Et si elle avait vécu une expérience négative, comme votre Italienne ou votre Estonien ? Dans cette histoire, le mobile se limite à un traumatisme psychique.

Je conservai le silence.

— Je ne cherche pas à l'enfoncer, Mathieu. Je veux simplement vous prévenir. Corine Magnan a saisi les flics de la première DPJ. Ils m'ont téléphoné. Elle s'apprête à interroger une nouvelle fois Manon Simonis.

— Pour quel motif ?

— L'aventure de Luc a semé le trouble.

— Pourquoi répondrait-elle autre chose que la première fois ?

— Demandez-le à Magnan.

— Ils comptent la mettre sous hypnose ? Lui injecter un produit ?

— Je n'en sais rien, je vous le répète. Mais la juge a parlé d'une expertise psychiatrique.

Je me mordis les lèvres. Dumayet ajouta :

— Méfiez-vous d'elle, Mathieu.

— Vous savez autre chose ?

— Elle a contacté le parquet de Colmar. Elle veut récupérer le dossier David Oberdorf.

— Qui est-ce ?

— Un type qui a tué un prêtre, en décembre 96. Une affaire de possession.

Je me levai et marchai vers la porte :

— C'est absurde. Cette juge est cinglée.

— Mathieu, attendez.

Je stoppai sur le seuil :

— J'ai tout de même une bonne nouvelle. Condenceau, le gars de PIGS, a bouclé le dossier Soubeyras.

— Quelle est sa conclusion ?

— Tentative de suicide. Ça simplifie l'affaire, non ? Luc s'en sortira avec quelques rendez-vous chez le psy.

— Et Doudou et les autres ?

— Rien n'a été retenu contre eux. Levain-Pahut balaiera devant sa porte.

Je tournais la poignée quand Dumayet dit encore :

— À ce propos, vous aviez gratté sur l'assassinat de Massine Larfaoui, non ?

— Et alors ?

— Vous n'avez rien découvert ?

— Rien de plus que Luc et ses hommes.

— Vraiment ?

Soit Dumayet avait ses sources, soit elle lisait dans ma tête. Je ne lui avais pas parlé de l'iboga ni du rôle de cette drogue dans l'affaire. Je concédai :

— Il y a peut-être un lien avec l'affaire Simonis. Enfin, avec la série de meurtres.

— Quel lien?

— J'ai besoin de temps.

— Magnan va agir, d'une façon ou d'une autre. Remplissez les vides de votre dossier avant qu'elle ne le fasse elle-même. Avec les silences de votre petite chérie.

97

13 heures.

Je verrouillai mon cagibi. Je voulais maintenant régler un point qui me taraudait depuis ce matin. Je composai le numéro direct du préfet Rutherford, à la Cité Vaticane. Malgré le jour gris, je n'avais pas allumé mon bureau.

Une minute plus tard, je parlais au responsable de la bibliothèque. Il ne semblait pas disposé à me passer le cardinal van Dieterling. Je dus évoquer des « révélations capitales » pour que, enfin, ma communication prenne le chemin du bureau de son Éminence.

— Que voulez-vous, Mathieu?

La voix rauque du Flamand. Pas de préambule, pas de formule de courtoisie. Je préférais cela :

— Je poursuis mon enquête, Éminence. J'ai un renseignement à vous demander.

— Vous ne deviez pas d'abord me communiquer des informations?

Depuis ma visite au Vatican, je ne lui avais donné aucun signe de vie. Le cardinal enchaîna :

— À moins que vous n'ayez changé de camp ? Que vous n'ayez fait alliance avec d'autres ?

Allusion transparente à mon séjour en Pologne.

— Je ne fais alliance avec personne, répondis-je d'un ton ferme. Je trace ma route, c'est tout. Quand je connaîtrai la vérité, je la livrerai à tous.

— Qu'avez-vous appris ?

— Donnez-moi encore quelques jours.

— Pourquoi vous ferais-je confiance, une nouvelle fois ?

— Éminence, je me permets d'insister. Je suis près d'une découverte capitale. Un nouveau cas de Sans-Lumière est au cœur de mon enquête.

— Son nom ?

— Quelques jours.

Le cardinal eut un roulement de gorge – une sorte de rire :

— Je vous accorde encore ma confiance, Mathieu. Pourquoi, je ne sais pas. Que voulez-vous savoir ?

— Vous avez interrogé Agostina Gedda sur son Expérience de Mort Imminente ?

— Bien entendu. Mes spécialistes ont eu plusieurs entretiens avec elle.

— Vous a-t-elle parlé de celui qu'elle a vu, au fond du « couloir » ?

Je perçus une hésitation.

— Que voulez-vous savoir ? Allez droit au but.

— À quoi ressemblait le visiteur d'Agostina ?

— Elle a parlé d'un jeune homme pâle, très grand. Selon elle, il flottait dans le tunnel. À la manière

736

d'un ange. (Il répéta avec une nuance de consternation :) « Un ange » : ce sont ses propres termes.

— Elle n'a pas parlé d'un vieillard ?

— Non.

— Elle n'a pas évoqué des cheveux électriques, luminescents ?

— Pas du tout. C'est la description que vous a donnée votre Sans-Lumière ?

J'éludai la question :

— Cet ange, il ne présentait aucun aspect terrifiant ? Aucun détail maléfique ?

— C'était un monstre, vous voulez dire. Selon Agostina, il n'avait pas de paupières et portait un écarteur dentaire. Sa bouche était ouverte sur des dents aiguës, coupantes comme des rasoirs. Il y avait aussi autre chose, je me souviens... Il arborait une espèce de faux sexe, énorme, en aluminium... Ou un monstrueux étui pénien, ce n'était pas clair. Vous avez rencontré Agostina : vous connaissez les désirs malsains qui l'habitent.

— C'est tout ? Pas d'autres détails horribles ?

— Ça ne vous suffit pas ? Sa description était très précise. En soi, c'est déjà un fait nouveau.

— Un fait nouveau ?

— Rappelez-vous : jusqu'à maintenant, les Sans-Lumière étaient incapables de décrire leur démon. Aujourd'hui, leurs souvenirs sont très précis. Cela fait partie de la mutation.

Toujours sa théorie de l'évolution. Les Sans-Lumière avaient un profil nouveau, caractérisé par le rituel des acides et des insectes. Mais aussi un souvenir plus précis de leur NDE. Je réfléchis à voix haute :

— À votre avis, pourquoi ces possédés voient-ils tous un diable différent ? Une créature qui n'a rien à voir avec l'image convenue du démon, cornes et queue de bouc ?

— « *Je m'appelle Légion, parce que nous sommes plusieurs.* » Satan aime revêtir des apparences variées. Mais c'est toujours la même puissance à l'œuvre.

— Chaque Sans-Lumière voit un être distinct, presque... personnel.

— Que voulez-vous dire ?

— Ce « visiteur » pourrait être inspiré par un acteur de leur passé. Une sorte de construction psychique, fondée sur leurs souvenirs.

— Nous y avons pensé. Nous avons cherché dans l'histoire d'Agostina. Pas l'ombre d'un ange au teint pâle. Aucune trace d'écarteur ni de dents de vampire. À quoi riment ces questions, Mathieu ? Vous êtes un policier. Vous êtes censé enquêter sur le terrain.

— Nous y sommes en plein, Éminence. Je vous rappelle très vite.

Je cherchai dans mes notes. Foucault m'avait laissé les coordonnées du psychiatre de Raïmo Rihiimäki : Juha Valtonen. L'homme qui l'avait interrogé à son réveil du coma. Je composai les dix chiffres, incluant l'indicatif du pays. Le numéro était celui d'un téléphone mobile – où qu'il soit, je cueillerais le médecin.

Le timbre retentit. Neigeait-il déjà à Tallinn ? Je ne savais rien de ce pays, sinon qu'il était le plus septentrional des pays Baltes. J'imaginais des côtes grises, des rochers noirs, une mer sombre et glacée.

738

— *Hallo ?*

Je me présentai en anglais. L'homme enchaîna dans la même langue, sans problème. Il avait déjà parlé à Foucault. Il était au courant de notre enquête et disposé à m'aider. La connexion était claire, cristalline, comme astiquée par le vent du large. Tout de suite, j'orientai mes questions sur la NDE de Raïmo.

— Il avait quelques souvenirs, confirma le psychiatre.

— Vous a-t-il décrit son visiteur ?

— Raïmo parlait d'un enfant.

— Un enfant ?

— Un adolescent, plutôt. Un personnage assez jeune, rondouillard, qui flottait dans le noir.

— Vous a-t-il décrit son visage ?

— Je me souviens, oui. Un visage écrasé. Ou écorché. Raïmo parlait de chairs pendantes. Un museau de bouledogue sanglant…

Nouvelle scène d'horreur. Mais rien à voir avec le vieillard de Luc, ni l'ange d'Agostina. À chaque Sans-Lumière, un démon spécifique.

Je suivis mon idée :

— Pensez-vous que cette créature ait pu lui être inspirée par un proche ?

— De quelle manière ?

— Un personnage de son passé, qui aurait ressurgi, déformé par la vision ?

— Non, j'ai enquêté sur son histoire, son entourage. Personne, que je sache, ne ressemblait à une telle créature autour de lui. D'ailleurs, qui pourrait se rappeler un tel cauchemar ?

Ma piste psychanalytique était une impasse. Valtonen enchaîna :

— Vous avez d'autres témoignages de ce genre?

— Quelques-uns, oui.

— Ça m'intéresserait de les lire. Existent-ils en version anglaise?

— Oui, mais nous travaillons dans l'urgence. Dès que j'aurai plus de temps, je vous enverrai toute la documentation. Promis.

— Merci. J'ai une dernière question.

— Dites.

— Vos autres témoins, sont-ils tous devenus des meurtriers?

Je songeai à Luc. Et, malgré moi, à Manon. Je répondis d'un ton sec :

— Pas tous, non.

— Tant mieux. Sinon, ça s'apparenterait à une épidémie de rage.

Je raccrochai en le remerciant encore.

14 heures.

Il était temps d'aller à la pêche.

De remonter l'enquête qui m'avait précédé et de boucler tous ses chapitres.

Il était temps d'interroger Luc.

98

Luc séjournait désormais au Centre Hospitalier Spécialisé Paul-Guiraud, à Villejuif. Le terme « spécialisé » était un euphémisme pour désigner un asile de fous. Luc avait lui-même signé son ordre d'internement en « hospitalisation libre » : il pouvait donc sortir quand il voulait.

15 heures. Je parvins à l'institut alors que le jour reculait déjà. Une vaste enceinte noire, coupant droit dans une banlieue pavillonnaire. Pascal Zucca, le psychiatre-hypnotiseur, m'avait expliqué où je pouvais trouver Luc. Je franchis le portail, tournai à gauche et longeai l'allée ponctuée de bâtiments à deux étages. Chaque pavillon ressemblait à un hangar d'avion – murs beiges et toit bombé.

Je trouvai le pavillon 21. À l'accueil, une assistante saisit son trousseau de clés puis me guida dans le bâtiment. Un espace tout en longueur, coupé de portes à hublot, qui rappelait l'intérieur d'un sous-marin. Il fallait traverser chaque pièce pour atteindre la suivante : réfectoire, salle de télévision, atelier d'ergothérapie... Tout était fait à neuf : murs jaunes, portes rouges, plafonds blancs, abritant des rampes d'éclairage. Nous marchions sans bruit sur le linoléum couleur ardoise.

Sur chaque seuil, la femme jouait d'une clé. Je croisai des patients qui contrastaient avec l'architecture moderne des lieux. Ils n'avaient pas été, eux, remis à neuf. La plupart me fixaient, bouche bée. Visages sans expression et regards vides.

Un homme avait la figure tirée d'un côté, comme par un hameçon. Un autre, plié en deux, m'observait avec un œil torve, planté en haut du front, alors que l'autre était baissé vers le sol. J'avançai en évitant de regarder ces patients. Les plus terrifiants étaient ceux que rien ne distinguait. Des personnages gris, éteints, dont l'abcès semblait enfoui à l'intérieur d'eux-mêmes. Invisible.

L'un d'eux m'adressa un signe de la main, au-dessus de petits pliages en papier. La femme glissa un commentaire, ouvrant une nouvelle porte.

— Un dentiste, Il est là depuis six mois. Il passe ses journées à plier ces feuilles. On l'appelle « Origami ». Il a tué sa femme et ses trois enfants.

Dans le nouveau couloir, je finis par remarquer :

— Je ne vois pas de sonnette d'alarme. Il n'y a pas de système de ce genre ?

La femme brandit son trousseau :

— Il suffit de toucher avec une clé n'importe quel objet métallique de l'espace pour déclencher l'alerte.

Nous étions parvenus dans le quartier des chambres. Je comptai six hublots, s'ouvrant sur autant de cellules, avant que l'assistante stoppe devant une porte :

— C'est ici.

Elle manipula encore une fois son trousseau.

— Il est enfermé ?

— C'est lui qui l'a demandé.

Je pénétrai dans la chambre. L'assistante referma la porte et la verrouilla. Luc était là, entouré de quatre murs blancs et nus. Cinq mètres carrés de sol clair, une fenêtre sur les jardins, un lit au cordeau. Rien ne distinguait cette pièce d'une autre chambre d'hôpital. Je remarquai seulement qu'il n'y avait pas de poignée au châssis de la fenêtre.

Luc, laine polaire et pantalon de survêtement bleu ciel, était en train d'écrire, sur une tablette coincée dans l'angle, à droite.

— Tu bosses ? demandai-je d'un ton chaleureux.

Il se retourna de trois quarts, sans se lever. Sa

grande carcasse était tout entière voûtée sur son stylo-plume. Son crâne rasé ressemblait à un astre sec, perdu parmi des vents solaires.

— Je consigne tout par écrit, souffla-t-il. C'est important.

J'attrapai l'unique fauteuil et m'assis à un mètre de lui. L'ombre du soir entrait dans la pièce en une lente inondation.

— Comment tu te sens ?

— Crevé, vidé.

— Ils te donnent des médicaments ?

Il me gratifia d'un sourire si mince qu'on aurait pu voir à travers.

— Quelques-uns, oui.

Il revissa lentement le capuchon de son stylo. Machinalement, je tapotai mes poches. Luc déchiffra mon geste et dit :

— Tu peux fumer, mais ouvre la fenêtre. Ils m'ont filé un truc pour la crémone.

Il me lança une tige carrée qui s'insérait dans le mécanisme et permettait d'ouvrir les battants. Après avoir pincé une Camel entre mes lèvres, je lui tendis mon paquet. Il fit « non » de la tête :

— Je n'y ai pas touché depuis mon réveil.

— Bravo, dis-je sans en penser un mot.

Je fis claquer mon Zippo. J'inhalai la fumée à pleins poumons, rejetant la tête en arrière, puis expirai la bouffée brûlante, à contre-courant de l'air glacé. Il murmura dans mon dos :

— Merci, Mat.

— De quoi ?

— Ce que tu as fait. Pour Laure, pour moi, l'enquête.

— C'est bien ce que tu attendais, non?

Il eut un rire bref :

— C'est vrai. J'étais certain que tu n'accepterais pas l'idée de mon suicide. Je pouvais crever tranquille... Tu expliquerais la vérité à tout le monde.

— Ça n'aurait pas été plus simple de me donner un dossier complet, comme à Zamorski?

— Non. Tu devais mener l'enquête toi-même. Sinon, tu n'aurais cru à rien. Personne n'y aurait cru.

— Je ne suis toujours pas sûr d'y croire.

— Tu y viendras.

Je me tournai vers lui et m'adossai à la fenêtre :

— Luc, je suis venu faire le point avec toi. J'ai besoin de mettre toutes les pièces en place.

— Tu as déjà fait le boulot.

— Je veux connaître ton propre chemin. À nous deux, on peut y voir plus clair.

Il referma son cahier avec précaution puis me résuma son histoire. Il ne dit rien que je n'avais déjà deviné. Tout avait commencé en juin dernier, avec le meurtre de Sylvie Simonis. Luc surveillait cette région, réputée pour ses activités sataniques. Il avait mené l'enquête – exactement la même que moi, sauf qu'il s'était associé avec Sarrazin dès le départ. Peu à peu, il avait découvert la piste des Sans-Lumière, Agostina Gedda, puis celle de Zamorski et de Manon...

— Et Massine Larfaoui?

— La cerise sur le gâteau. Le coup est tombé en septembre, alors que j'étais déjà plongé dans l'affaire. Je connaissais les Asservis. Je connaissais l'iboga. Je n'ai pas eu de mal à recoller les morceaux.

744

— Tu sais qui l'a tué?

— Non. C'est une des énigmes du dossier.

— Et l'unital6?

Il eut un sourire qui refusa de s'épanouir :

— De simples escrocs. Rien d'intéressant.

— Pourquoi les avoir contactés juste avant ta disparition?

— Un de mes petits cailloux blancs. À ton intention. C'est tout.

— Comme la médaille de saint Michel?

— Entre autres, oui.

Je ne savais pas si je devais éprouver de la compassion pour mon ami ou simplement de la colère. Je demandai :

— Et la piste des Asservis, où en étais-tu?

— Les Asservis n'ont pas d'intérêt. Des satanistes, seulement plus cruels que d'autres. C'est tout. Le seul élément important de ce côté était l'iboga.

— Dans quel sens?

— Il y avait là quelque chose à tenter.

— Tu veux dire...

— Que j'ai fait ce voyage, oui. Plusieurs fois. Sous une forme adaptée, l'injection. Je me suis fait aider par des pharmacologues.

Je me souvenais maintenant des mystérieuses traces de piqûres sur les bras de Luc. Il avait tenté cette expérience plusieurs semaines avant d'effectuer le grand saut.

— Et alors? demandai-je d'une voix neutre.

— Rien. J'ai surtout été malade. Mais je n'ai pas vu ce que j'attendais.

— Où as-tu trouvé la plante?

— Chez Larfaoui. Il gardait un stock d'iboga noir chez lui. Son meurtrier n'y a pas touché.

La question restait donc intacte : pourquoi le tueur n'avait-il pas fouillé le pavillon du Kabyle ? Ne cherchait-il pas la drogue ? N'avait-il aucun lien avec les Asservis ? Ou avait-il été dérangé par la présence de la prostituée ?

Luc reprit, sur un ton rêveur :

— L'iboga n'a eu qu'une vertu. Précipiter ma décision. J'ai compris que, pour voir le diable, il fallait, réellement, risquer sa peau. Le démon n'aime pas les demi-sel, Mat. Il veut qu'on crève. Il veut décider, seul, du sauvetage et de sa propre apparition.

Je ne relevai pas ces propos d'illuminé :

— Pourquoi avoir pris tant de risques ?

— C'était la seule solution. L'expérience négative est la clé de voûte de l'enquête. La source noire qui donne naissance aux meurtriers. Les Sans-Lumière.

— Tu penses donc que Manon est une Sans-Lumière ?

— Aucun doute.

— Tu crois qu'elle s'est vengée de son assassin, sa mère ?

— Je ne le crois pas. Je le sais, c'est tout.

Luc planta ses yeux dans les miens :

— Écoute-moi, Mat. Je ne me répéterai pas. J'ai plongé dans les ténèbres par amour pour Manon. J'ai visité les Enfers comme Orphée. J'ai risqué ma peau. Et mon âme. Tout ça, je l'ai fait pour elle. Et contrairement à ce que tu pourrais croire, j'ai prié pour ne rien trouver au fond du gouffre. Pour l'innocenter. Mais c'est le pire qui est survenu. J'ai vu le diable et je connais maintenant la vérité. Manon a vécu ce que j'ai vécu et c'est une meurtrière.

Je balançai mon mégot par la fenêtre. Je ne voulais pas entrer dans ce conflit.

— Tu es donc, toi aussi, un Sans-Lumière?

— En devenir.

— Tu as invoqué le diable avec trois bibelots, tu as plongé dans l'eau glacée, et voilà, c'est tout?

— Je n'ai pas à te convaincre.

— As-tu entendu le Serment des Limbes?

— Je ne peux pas répondre à cette question.

J'élevai la voix, malgré moi :

— De qui vas-tu te venger? De toi-même? Ou tu penses simplement attaquer une série de meurtres gratuits?

— Je comprends tes doutes. Tu m'as accompagné jusqu'à un certain point. Je n'espérais pas que tu irais au-delà.

Il reprit son souffle puis désigna son cahier :

— Tant que je le peux, j'écris. Je consigne tous les détails de mon évolution. Bientôt, il n'y aura plus rien à faire. Je serai passé de l'autre côté. Il ne faudra plus m'écouter, plus me croire. Il faudra simplement... m'enfermer.

J'avais ma dose pour aujourd'hui. Je lui pressai l'épaule :

— Tu dois te reposer. Je reviendrai demain.

Il saisit mon bras :

— Attends. Je veux te dire autre chose. Tu ne t'es jamais demandé pourquoi j'étais obsédé par le diable?

— Chaque matin. Depuis que je te connais.

— Tout vient de mon enfance.

747

Je soupirai. Qu'est-ce qu'il allait encore me sortir ? J'espérais tout à coup qu'il évoquerait un vieillard croisé durant ses jeunes années. Un vieillard qui ressemblerait à sa vision, mais il dit :

— Tu te souviens de mon père ?

Je revis la photo dans son bureau : Nicolas Soubeyras, le conquérant des abîmes, portant combinaison et lampe frontale. Sans attendre de répondre, il ajouta :

— Le pire salopard que j'aie jamais connu.

— Je croyais que tu l'admirais.

— À onze ans, on admire toujours son père. Même quand c'est une ordure.

J'attendais la suite.

— Un salopard, qui frappait ma mère, qui nous infligeait une discipline de fer, obsédé par ses records, ses performances. À cette époque, je souffrais d'une lésion du nerf trijumeau. Une affection très rare chez les enfants, qui provoque une douleur atroce. Mon père me cachait mes analgésiques, mes anti-inflammatoires, histoire de m'aguerrir. Tu vois le genre ?

Ce que je ne voyais pas, c'était le rapport entre cette nouvelle histoire et la hantise du diable. Luc avait-il fini par prendre son père pour un démon ? Il continua :

— Tu sais comment il est mort ?

— Il s'est tué dans une expédition de spéléologie, non ?

— Le gouffre de Genderer, dans les Pyrénées, en avril 1978. Pas loin de Saint-Michel-de-Sèze. Il est descendu à moins mille mètres de profondeur. Son objectif était de rester soixante jours sous la terre, sans repère temporel ni contact avec la surface, afin d'étudier sa propre horloge interne. Il n'est jamais remonté. Un éboulement l'a enseveli dans une grotte. Il est mort asphyxié, bloqué dans une salle par les quartiers de roche.

Je conservai le silence. Toujours pas de rapport avec Satan.

— Près du corps, les sauveteurs ont découvert un carnet d'esquisses. Quand j'ai vu ces dessins, Mat, j'ai su que ma vie ne serait plus jamais la même.

— Que représentaient-ils?

— Les ténèbres.

— Comprends pas.

— Emprisonné dans la grotte, mon père avait dessiné chaque jour le décor qui l'entourait, à la lueur de sa lampe. Les stalactites, les contours de la cavité, les poches d'ombre.

— C'était toujours le même dessin?

— Justement, non. Au fil des jours, les roches se transformaient. Les stalactites se déformaient. Elles devenaient des griffes qui s'approchaient pour l'emporter.

J'imaginai Nicolas Soubeyras, emmuré vivant, agonisant, frappé de visions. S'obstinant à dessiner à la lueur déclinante de sa lampe, il avait vu son environnement changer peu à peu. Le dernier effroi avant le ticket de sortie.

Luc souffla, d'une voix qui semblait provenir du gouffre lui-même:

— Sur les derniers croquis, la voûte s'était transformée en ailes de chauve-souris, les stalactites en nervures noires. Le fond d'ombre révélait son visage.

— Quel visage?

— Celui que mon père a vu, avant de mourir.

La frousse me prit. Luc chuchota, jouant nerveusement avec le capuchon de son stylo :

— Le diable. Mon père a vu Satan, avant de cracher son dernier souffle. L'ange des ténèbres, jailli du fond de la terre pour l'emporter. Jamais je n'oublierai ce visage. Ce carnet de croquis a été ma bible noire…

Luc m'avait toujours raconté qu'il avait vu Dieu, miroitant à flanc de falaises, lors d'une randonnée avec son père. Je comprenais qu'il avait aussi vu le diable, dessiné par Nicolas Soubeyras, à l'intérieur de ces mêmes montagnes.

— Il faut que tu te reposes.

— Ne me parle pas comme à un malade! Je ne suis pas fou. Pas encore. Je vais te dire une dernière chose. J'ai rappelé Corine Magnan. Je veux la revoir.

— Qu'est-ce que tu vas lui dire?

— Elle doit m'observer. Ma transformation est la pièce maîtresse du dossier. Il faut m'étudier, analyser ma métamorphose, pour discerner la vraie personnalité de Manon.

Je tressaillis. Il continua :

— Elle est possédée, Mat. Je le sais, parce que je suis du même côté qu'elle. Elle ne cesse de mentir, de séduire, de manipuler, au nom du mal. Comme moi, bientôt…

J'étais debout, trench-coat à la main – et réalisais

enfin la situation. Le schisme était consommé : c'était désormais lui ou Manon.

Je lui serrai l'épaule, encore une fois, et murmurai entre mes dents :

— Tu n'es pas près de sortir d'ici.

99

— Le professeur Zucca est là?

Je voulais profiter de ma présence à l'institut pour interroger le psychiatre. La secrétaire me répondit d'un sourire :

— C'est l'heure de son jogging.

— Il est déjà parti?

— Non, il court dans le parc. Ici même.

Je quittai le hall jaune et rouge puis contournai le pavillon 21. Il faisait presque nuit. Je m'installai sur les marches de l'entrée latérale, qui donnait sur l'allée du campus. Zucca devait effectuer plusieurs fois le tour des blocs : j'étais certain de le croiser ici avant qu'il n'ait fini son entraînement.

Je saisis une Camel et la tapotai sur ma marche. J'appelai Corine Magnan sur son portable. Répondeur. Je laissai un message, lui demandant de me contacter au plus vite. Je composai ensuite le numéro du cellulaire de Manon. L'accueil fut moins hostile que je ne le redoutais. Je la réveillais. Depuis notre arrivée à Paris, Manon était frappée de véritable crises d'endormissement. Son sommeil était lourd, profond, avec quelque chose de léthargique.

La télévision ronronnait derrière elle. Je lui promis de rentrer pour le dîner. Elle raccrocha sur un « j't'embrasse » terne, qui ne signifiait rien.

J'allumai ma cigarette et m'efforçai au calme, prenant la mesure du paysage qui s'éteignait devant moi. Des surfaces de gazon pelé, des feuilles mortes, des bosquets de charmilles. Pas une âme sur la voie, personne sur les terrains de sport qui faisaient face aux pavillons, pas même l'ombre d'une voiture. Je songeai à Manon prisonnière de mon appartement depuis près d'une semaine : où allions-nous tous les deux ?

Au bout de quelques minutes, Zucca apparut, courant à petites foulées. Il était vêtu des pieds à la tête en K-way. Je me levai et balançai ma cigarette. Quand le psychiatre me repéra, il trottina vers moi, bouche entrouverte, comme un chien de chasse haletant. Il avait le teint enflammé par l'effort.

— Vous êtes venu voir votre pote ? demanda-t-il entre deux souffles.

— Je voulais aussi vous parler.

D'un signe de tête, il désigna la Camel que je venais de jeter par terre :

— Vous en avez une pour moi ?

— Vous courez et vous fumez ?

— Je suis un cumulard.

Il piqua une cigarette dans mon paquet. Il ne cessait d'effectuer des petits pas stationnaires. Il se pencha sur mon briquet. Ses traits portaient des plaques rouges qui semblaient le protéger de toute expression. Un visage blindé, doté de pare-feux brûlants. Il grimaça en inhalant sa première bouffée.

— Qu'est-ce que vous voulez savoir ?

— Votre avis sur Luc. Sur son état psychique. Cela va-t-il empirer ?

— Trop tôt pour le dire.

— Écoutez. Luc Soubeyras est mon meilleur ami et…

Il me stoppa d'un geste :

— On va faire simple. Vous m'épargnez la litanie sentimentale et, de mon côté, j'évite le bla-bla scientifique. On gagnera du temps tous les deux. Je suis sûr que vous avez en tête des questions précises. Des petites théories personnelles…

Il reprit le chemin bitumé, sans cesser de courir sur place. Ce matin, il m'avait fait penser à un entraîneur de boxe. Ce soir, il ressemblait au boxeur lui-même.

— Je ne crois pas à l'expérience négative de Luc, commençai-je. Je pense qu'il est victime de ses convictions. Il s'est volontairement plongé dans le néant pour « voir » le démon. Maintenant, il est persuadé d'avoir réussi. Mais il est peut-être simplement emporté par son… imagination.

— Je ne suis pas d'accord.

Zucca regarda sa Camel rougeoyante dans le vent et poursuivit :

— Nous avons surveillé pas mal de paramètres physiques et psychiques durant la séance. Des paramètres qui s'apparentent aux techniques de détection de mensonge. Luc Soubeyras ne mentait pas. Il se souvenait. Les machines ont été claires.

— Il était peut-être sincère. Il a cru vivre ces…

— Non. Les électrodes nous ont permis de détailler les ondes émises par son cerveau. Ce serait un peu compliqué à vous expliquer mais Luc était

753

en train de se souvenir. Aucun doute là-dessus. Sans compter que la technique de l'hypnose est fiable. On ne peut pas jouer avec elle. Luc a laissé parler sa mémoire. Il revivait une NDE.

Je pensais trouver ici un allié – c'était raté. Je pris une nouvelle clope :

— Il aurait donc vu le diable ?

— Il a vu l'étrange bonhomme, le vieillard, en tout cas.

— D'un point de vue psychiatrique, comment expliquez-vous une telle vision ?

Le médecin s'arrêta, les sourcils froncés.

— Ces informations ont vraiment une importance pour votre enquête ? Vous ne vous occupez pas plutôt de faits concrets, de pièces à conviction ?

— Dans cette affaire, il n'y a plus de distinguo entre le concret et le mental, le réel et le transcendant. Je veux comprendre ce qui s'est passé dans la tête de Luc.

Zucca reprit une marche normale. Sa respiration ralentissait :

— D'un point de vue psychique, les NDE sont banales.

— Les négatives sont beaucoup plus rares.

— Exact. Mais qu'elles soient positives ou négatives, nous en connaissons le processus.

Je me souvenais des commentaires techniques de Beltreïn. Zucca répéta à peu près la même chose : surchauffe des neurones et sécrétions chimiques. En réalité, je ne m'intéressais pas à l'explication « mécanique » de la manifestation.

— Mais les visions en elles-mêmes ? insistai-je.

Comment expliquez-vous ces... fantasmes? Pourquoi, durant l'expérience négative, voit-on toujours un... démon?

— La surchauffe dont je vous parle favorise peut-être l'émergence d'images appartenant à notre inconscient collectif. Des figures culturelles ancestrales, profondes.

— Justement. Il y a un problème. La créature aperçue par les sujets devrait répondre à un archétype. Avoir, par exemple, l'allure traditionnelle du diable. Des cornes, un bouc, une queue fourchue...

— Je suis d'accord.

— Or, ce n'est pas le cas. Nous l'avons constaté ce matin. Et d'après mes renseignements, chaque survivant « voit » un personnage différent. Chaque rescapé rencontre son propre diable. Comment expliquez-vous cette singularité?

— Je ne l'explique pas. Et c'est ce qui me glace le sang.

— Pourquoi?

— Tout se passe comme si Luc Soubeyras s'était souvenu d'une chose qui lui est réellement arrivée. Pas un mirage, pas une illusion stéréotypée, mais une *vraie* rencontre. Avec une créature unique, une incarnation du mal, que personne d'autre n'aurait pu imaginer et qui l'a cueilli au fond des limbes.

C'était le moment de soumettre ma théorie psychanalytique :

— J'avais imaginé une explication pour ces « rencontres ».

— Dites-moi, sourit-il. Je suis sûr que vous êtes là pour ça.

— Le sujet donne peut-être à son visiteur le

visage ou l'apparence d'un être qui appartient à son passé. Un personnage qu'il déteste ou qu'il craint.

— Continuez.

— Cet intrus ne serait qu'un souvenir recyclé. La déformation d'un proche qui lui aurait fait du mal ou qui l'aurait terrifié durant l'enfance. La NDE susciterait l'émergence d'une construction individuelle, mi-souvenir, mi-hallucination.

Zucca acquiesçait, mais d'une manière ironique.

— Vous pensez à la figure du père, non?

— Oui. Mais je me suis déjà renseigné pour les cas que je connais : ni le père, ni même un membre de l'entourage des témoins ne ressemble à leur « diable ».

— Vous avez une autre clope?

La flamme de mon Zippo virevolta dans la nuit. Zucca cracha une nouvelle bouffée, respecta une pause, puis avoua :

— Je pense que la vérité est plus simple. Plus simple et plus terrifiante.

Avec sa cigarette, il indiqua le pavillon 21 – nous avions fait le tour des bâtiments.

— Dans une certaine mesure, je suis d'accord avec vous. L'allure du diable dans ces visions est liée au passé des sujets. Il y a quelque chose d'enfoui, de secret, qui ressort, c'est évident. C'est une représentation individuelle du mal. Une mise en scène intime d'un personnage du passé. Mais je ne suis pas d'accord avec vous sur la nature du metteur en scène.

— Qu'est-ce que vous voulez dire?

— Pour vous, tout cela ne serait qu'une production de l'inconscient. Une illusion de la psyché, une

756

boucle fermée. Pour moi, un agent extérieur intervient.

Je frissonnai. Le froid, la nuit – et ma peur.

— Vous croyez à une intervention... surnaturelle?

— Oui.

— Plutôt inattendu de la part d'un psychiatre.

— Un psychiatre n'est pas un ingénieur qui résume le fonctionnement cérébral par des sécrétions chimiques ou un ensemble de structures mentales. Notre cerveau est un poste récepteur. Une sorte de radio. Il capte des signaux.

J'étais venu chercher un soutien rationnel. J'avais décidément fait fausse route. Il continua, changeant de ton :

— Mon idée, c'est que la surchauffe des neurones réactive une perception primitive. Ouvre une porte, si vous voulez, sur une réalité parallèle. Pour faire court, je dirais : sur l'au-delà.

Je me sentais de moins en moins à l'aise. Moi aussi, bien sûr, je croyais à cette porte. C'était une des clés de la foi chrétienne. L'extase de saint Paul, sur le chemin de Damas, les apparitions de saint François d'Assise, les visions de sainte Thérèse d'Avila n'étaient rien d'autre que des éclats transcendants jaillis par cette ouverture.

Zucca continua :

— Luc s'est approché de la fin, non? Pourquoi ne pas imaginer que son cerveau ait été en position « d'hyperréceptivité » et qu'il ait entrevu l'autre rive?

Les mots firent leur chemin dans mon cerveau et

prirent tout leur sens. J'étais en train d'entrevoir une vérité pire que toutes les autres. Je répliquai :

— Si je vous suis, il y aurait donc un démon qui nous attendrait de l'autre côté de la vie ? Ou plutôt, des personnages détestés de notre existence terrestre qui nous guetteraient dans la mort pour nous faire souffrir… éternellement ?

— C'est ce que laisse penser la séance de ce matin, oui.

— Vous savez de quoi vous êtes en train de parler ? Il me dévisagea froidement, toujours planqué derrière ses plaques rouges :

— Bien sûr.

— Vous êtes en train de parler de l'enfer.

— Depuis le départ, personne ne parle d'autre chose.

100

La nef des fous.

Je naviguais à bord d'un vaisseau de cinglés et il n'y avait plus moyen de descendre. De la juge bouddhiste au psychiatre visionnaire, en passant par le flic possédé. Je me sentais seul parmi ce cercle de déments, désespérément cramponné à la raison comme à un bastingage en pleine tempête.

Pourtant, la tentation du surnaturel était de plus en plus pressante. Zucca avait raison. En un sens, c'était la solution la plus simple. Un vieillard aux cheveux luminescents. Un ange aux crocs agressifs.

Un enfant aux chairs sanglantes. Oui, face à de telles créatures, il y avait de quoi plonger. Le diable et son armée constituaient l'explication la plus plausible.

Mais je résistais encore. Je devais trouver une clé rationnelle à ce chaos. Je filais droit vers le centre de Paris, sirène hurlante, les mains crispées sur le volant. Aux abords de Notre-Dame, rive gauche, je tournais sur le pont Saint-Michel en direction du quai des Orfèvres, quand il me vint une autre idée. Ce matin, le père Katz, le prêtre exorciste, m'avait donné sa carte. Son bureau, au centre diocésain parisien d'exorcisme, était à cinquante mètres, rue Gît-le-Cœur.

Nouveau coup de volant.

Je continuai sur la rive gauche, vers cette adresse.

Je revoyais le petit homme noir balancer en douce ses giclées d'eau bénite.

Autant en finir aujourd'hui avec la liste des allumés.

— Le diable, c'est l'adversaire, répéta le père Katz, l'index dressé vers le plafond. L'obstacle. « Satan » provient de la racine hébraïque « stn » : « l'opposant », « celui qui fait obstacle ». Qu'on a ensuite traduit par le grec « diabolos », du verbe « diaballein » : « faire obstacle »...

Je hochai la tête, poliment, contemplant la cellule de l'exorciste. Étroite, tout en longueur, elle s'ouvrait à son extrémité sur une fenêtre en demi-lune, qui parachevait la ressemblance avec une cabine de galion de pirates. Pourtant, on était bien chez un soldat de Dieu. Rien ne manquait ici : les vieux livres ésotériques, la paperasse jaunie, la croix au mur et, au-dessus du bureau, le petit tableau représentant une Descente de Croix.

Katz continuait son cours magistral :

— On ne le dit pas assez, mais le diable est quasiment inexistant dans l'Ancien Testament. Il est absent parce que Dieu, Yahvé, n'est pas encore totalement bon ! Il assume le mal qu'Il fait. Il n'a pas besoin d'un responsable pour ses basses besognes. Souvenez-vous d'Isaïe : « *Dieu fait le bien, Il crée aussi le mal...* » C'est dans le Nouveau Testament que Satan apparaît. Il y est même omniprésent. Pas moins de 188 citations ! Cette fois, Dieu est parfait et il faut bien trouver un coupable pour le mal qui règne sur terre. Il y a une autre raison. On dirait aujourd'hui : un problème de casting. Si le fils de Dieu est descendu sur terre, ce n'est pas pour affronter du menu fretin. Il lui faut un adversaire de son calibre. Un être surnaturel, puissant, déviant, qui tente d'imposer sa loi. Ce sera le Prince des Ténèbres. Jésus était un exorciste, ne l'oublions pas ! Au fil des pages des évangiles, il ne cesse d'extraire les mauvais esprits du corps des possédés qu'il rencontre...

Je n'apprenais rien mais ce discours d'introduction était le prix à payer pour les réponses plus précises que j'espérais. Dans tous les cas, installé dans un fauteuil de cuir râpé, je révisais mon jugement sur le petit père. Ce matin, il m'avait paru exalté, obsédé, dangereux. Ce soir, il était souriant et débonnaire. Un passionné qui parlait à Satan comme Don Camillo parlait à Jésus.

Le vieil homme se résumait à son nez, énorme.

Tout ses traits s'y groupaient à sa base comme un village autour d'un clocher. C'était une courbe busquée, partant d'un coup du front haut pour fendre le visage gris, jusqu'à s'enrouler au-dessus des lèvres sèches.

Il était temps d'entrer dans le vif du sujet :

— Mais vous, fis-je en le désignant du doigt, qu'avez-vous pensé de la séance de ce matin ?

Il me regarda en silence, sourire en coin. Ses iris pétillaient, éclairant sa figure.

— Nous avons eu droit à un flagrant délit. Un flagrant délit d'existence !

— Du diable ?

Il se voûta au-dessus de son bureau :

— On pense aujourd'hui que Lucifer n'a jamais existé. Dans un monde où Dieu survit à peine, le démon est réduit au rôle de superstition. Un cliché d'un autre âge. Quant aux cas de possession, ils relèveraient tous de l'aliénation mentale.

— Il s'agit plutôt d'un progrès, non ?

— Non. On a jeté le bébé avec l'eau du bain. Ce n'est pas parce que l'hystérie existe que le diable n'existe plus. Ce n'est pas parce que nos sociétés industrialisées ont enterré cette peur ancestrale que son objet a disparu. En vérité, beaucoup de religieux pensent que l'Antéchrist, au XXᵉ siècle, a triomphé. Il a réussi à nous faire oublier sa présence. Il s'est insinué dans les rouages de nos sociétés. Il est partout, c'est-à-dire nulle part. Dilué, intégré, invisible. Il progresse sans bruit ni visage mais n'a jamais été aussi puissant !

Katz semblait subjugué par son propre discours. Je revins à mon sujet :

— L'expérience de Luc a donc été une sorte de fenêtre sur un être réel ?

— Une fenêtre sur cour, ricana-t-il. Oui. Le diable, le vrai, nous est apparu ce matin. Un être mauvais, hostile, cruel, un maître de l'apostasie qui s'active au fond de chaque esprit. « *La bête immonde tapie au fond de nos entrailles.* » Luc Soubeyras, en mourant, l'a approchée. Il l'a vue et écoutée. Il est maintenant imprégné par cette présence. Possédé, au sens fort du terme.

— Mais que pensez-vous de la créature qui lui est apparue ? Ce vieillard aux cheveux luminescents ? Pourquoi cette apparence ?

— Le diable est mensonge, mirage, illusion. Il multiplie les visages pour mieux nous confondre. Nous ne devons pas nous arrêter à ce que nos yeux voient, à ce que nos oreilles entendent. Saint Paul nous exhorte : « *Revêtez l'armure de Dieu, afin d'être capables de résister aux ruses du démon* » !

Pas moyen de stopper ce puits de citations. Je pris mon élan et posai la seule question, au fond, qui m'importait à ce moment :

— À la fin de la séance, quand Luc a hurlé, c'était de l'araméen, non ?

Katz sourit encore. Un sourire qui irradiait de jeunesse :

— Bien sûr. De l'araméen biblique. L'araméen des manuscrits de la mer Morte. La langue de Satan, quand il s'est adressé à Jésus, dans le désert. Son utilisation par votre ami pourrait être considérée comme un symptôme officiel de possession, dans la mesure où il ne connaissait pas ce langage…

— Il le connaissait. Luc Soubeyras a suivi un

cursus à l'Institut Catholique de Paris. Il a travaillé sur plusieurs langues anciennes.

— Dans ce cas, nous sommes bien dans le pire des cas. Une possession invisible, sans symptôme, sans signe extérieur, absolument... intégrée!

— Vous avez compris ce que cela voulait dire?

— « Dina hou be'ovadâna ». La traduction littérale serait : « La loi est dans nos actes. »

— « La loi est ce que nous faisons », ça pourrait convenir?

— Oui. Mais il n'existe pas de temps présent en araméen. Ce serait, disons, un présent universel.

La phrase d'Agostina. La phrase du Serment des Limbes. LA LOI EST CE QUE NOUS FAISONS. La liberté totale du mal, érigée en loi. Pourquoi Luc répétait-il ces mots? Comment les connaissait-il? Les avait-il vraiment entendus au fond du néant? Chaque élément renforçait la logique de l'impossible.

— Dernière question, fis-je en me concentrant sur mes paroles, vous aviez parlé à Luc avant l'expérience de ce matin?

— Il m'avait appelé, oui.

— Vous a-t-il demandé à être exorcisé? Il fit un geste de dénégation

— Non. Au contraire.

— Au contraire?

— Il semblait, comment dire, satisfait de son état. Il s'observe lui-même, voyez-vous. Il est le théâtre d'une expérience. Le sujet de sa propre damnation. *Lux aeterna luceat eis, Domine!*

101

Dans la rue, je vérifiai mon portable. Pas de message. Merde. Je retrouvai ma bagnole et décidai de
rentrer directement chez moi. En route, je ne pouvais pas passer une vitesse sans la faire craquer. Je
pilais pour freiner et calais pour démarrer. Chaque
fois que je tournais le volant, ma douleur à l'épaule
se réveillait. Il était temps que je me repose – une
vraie nuit.

À la maison, nouvelle déception. Manon dormait
encore. Je laissai tomber flingue et holster et me
dirigeai vers la cuisine. Elle avait préparé un repas
selon mes goûts. Pousses de bambou, haricots verts,
huile de soja, riz blanc et graines de sésame. Un
thermos de thé était rempli. Je contemplai le service et les couverts, soigneusement disposés sur le
comptoir : le bol en bois de jujubier, les baguettes
de laque, les coupelles, la tasse… Malgré moi, je vis
derrière ces attentions délicates un sens caché.
Toujours le même : « Va te faire foutre. »

J'attaquai mon repas debout, sans le moindre
appétit. Mes idées sombres ne reculaient pas. Toute
la journée, j'avais évolué parmi les dingues, mais je
ne valais pas mieux qu'eux. Pourquoi avoir perdu
douze heures au nom d'hypothèses foireuses ? Avoir
passé tout ce temps sur les visions de Luc, simple
mirage psychique ? J'aurais dû au contraire me
concentrer sur l'enquête concrète : trouver l'assassin de Sylvie Simonis, puisque c'était la seule question importante.

Celle qui pouvait innocenter Manon.

Depuis mon retour, je n'avais pas avancé d'un pas dans ce sens. J'étais incapable de guider mes hommes vers des pistes constructives. Le Jura n'avait rien donné. Le Gabon non plus. Et pendant ce temps, de nouvelles affaires tombaient à la BC... Les gars de mon équipe revenaient aux dossiers en cours. Dumayet avait raison : j'étais hors sujet.

Je stoppai mon simulacre de dîner, plaçai la nourriture dans le réfrigérateur et glissai assiettes, bols et baguettes dans le lave-vaisselle. Je pris la bouteille de vodka au fond du congélateur et en remplis ma tasse. Je m'enfilai une rasade. Brûlure de chaudière. J'emportai la bouteille et m'écroulai sur le canapé.

Je n'avais pas allumé. Je restai dans la pénombre, observant les poutres noires du plafond. Je percevais, derrière les vitres, la rumeur de la pluie et de la circulation. Trouver des nouvelles voies d'enquête. Abandonner les visions de Luc et la soi-disant existence du diable. Dégoter des solutions pour avancer dans le Jura, sur les insectes, le lichen, les acides... Je devais circonscrire mon investigation. Après tout, je tenais une coupable en Italie. Un autre en Estonie. Il fallait me concentrer sur celui de Sartuis. Quand je tiendrais ma série de meurtriers, il serait toujours temps de faire de la métaphysique.

Je portai ma tasse à mes lèvres et m'arrêtai net. Une idée venait de me traverser l'esprit. Depuis longtemps – depuis que j'avais découvert l'existence des Sans-Lumière –, je soupçonnais un homme de l'ombre, une espèce de « coach » qui aidait et soutenait ces « visionnaires ». Au fond de moi, je n'avais jamais cru à la culpabilité complète d'Agostina, pas plus qu'à celle de Raïmo. Ni l'un ni l'autre n'avaient les compétences pour mener à bien le sacrifice aux insectes.

Mais je n'étais pas allé assez loin dans mon raisonnement.

Un homme caché, oui, mais pas seulement.

Un véritable tueur.

Un meurtrier qui assassinait à la place des Sans-Lumière et qui parvenait, d'une manière ou d'une autre, à les convaincre de leur culpabilité.

Van Dieterling avait évoqué un « suprameurtrier ».

Zamorski un « inspirateur ».

Mais ils parlaient chaque fois du diable en personne.

La vérité était différente : un homme, un simple mortel, tuait, dans l'ombre des Sans-Lumière. Un dément qui repérait les cas de survivants à travers l'Europe et les vengeait. L'inscription sur l'écorce, à Bienfaisance, ne disait-elle pas : « JE PROTÈGE LES SANS-LUMIÈRE »?

Je ne devais pas chercher un coupable pour l'affaire Sylvie Simonis.

Mais un assassin pour les trois affaires – et sans doute d'autres encore !

Un meurtrier qui vivait dans le Jura, j'en étais certain, et qui rayonnait dans toute l'Europe. Non seulement un manipulateur d'acides et un éleveur d'insectes, mais aussi un homme capable de pénétrer dans le cerveau des Sans-Lumière pour leur faire croire qu'ils avaient tué à sa place…

Nouveau déclic en moi. Et si cet homme créait, tout simplement, chaque Sans-Lumière? S'il parvenait à pénétrer dans leur inconscient et à leur imprimer ces visions négatives ?

Non pas un démon, mais un démiurge.

Un homme qui tirait les ficelles des trois meurtres.

Un homme orchestrait les visions qui semblaient les précéder.

Je trouvai un nom à mon « super-suspect ».

Le Visiteur des Limbes.

Oui, il fallait ramener tout ce théâtre maléfique sur terre. Le vieillard luminescent, l'ange carnassier, l'enfant écorché : ces visions composaient le visage d'un seul homme. Un fou qui se grimait, se déguisait et triturait les consciences. Un assassin qui torturait les corps et multipliait les marques du diable. Un dément qui se prenait pour Satan et fabriquait ses propres Sans-Lumière !

Nouvelle rasade de vodka.

Nouvelles réflexions brûlantes.

Comment faisait-il pour suggérer aux miraculés leurs visions ?

Comment leur apparaissait-il ? Aucune réponse. Pourtant, je laissai se diluer en moi – onde chaleureuse, bienveillante – ma nouvelle certitude.

Le Visiteur des Limbes.

Un tel salopard existait et j'allais mettre la main dessus.

C'était lui qui m'avait écrit « JE T'ATTENDAIS » puis « TOI ET MOI SEULEMENT ». Ce diable attendait son saint Michel Archange pour le grand duel !

Je me servis un nouveau verre à la santé de mon concept.

La vibration de mon portable me fit sursauter.

Je pensai à Corine Magnan. C'était Svendsen.

— J'ai peut-être du nouveau.

— Sur quoi?

— Les morsures.

J'avais vidé la moitié de la bouteille de vodka et j'avais encore la tête emplie de théories : je ne voyais pas de quoi mon légiste parlait. Au bout de quelques secondes, enfin, je compris. Des siècles que personne ne m'avait parlé de cet aspect spécifique des meurtres : les marques de dents. Par ma faute : j'avais toujours écarté cet indice, de peur de découvrir des preuves physiques de l'existence de Pazuzu, le diable à tête de chauve-souris.

Le légiste continua :

— Je sais peut-être comment il fait.

— Tu es à la Rapée?

— Où veux-tu que je sois?

— J'arrive.

Je me levai avec difficulté, replaçai la bouteille au congélateur puis attrapai mon imper et fixai mon holster à ma ceinture. Je contemplai la porte de la chambre. Je rédigeai un mot, expliquant que je devais partir « pour l'enquête », et le posai sur la table basse du salon. Je m'éclipsai sans un bruit.

Je traversai la rue et frappai à la fenêtre des gars en planque devant chez moi. Depuis notre arrivée à Paris, j'avais réquisitionné une équipe pour surveiller mon immeuble et les déplacements de Manon. La vitre s'abaissa. Odeurs de MacDo et de café froid.

— Je suis de retour dans une heure ou deux. Ouvrez l'œil.

Un flic au teint de papier mâché acquiesça, sans même user sa salive.

Je filai vers ma voiture. Machinalement, je levai les yeux vers mes fenêtres. Soudain, il me parut distinguer une forme, agile, rapide, qui bondissait derrière les rideaux de la chambre. J'observai les plis de toile en fronçant les sourcils. Manon s'était-elle réveillée ou était-ce un reflet? Le passage de phares?

J'attendis une bonne minute. Rien ne se passa. Je me remis en route, n'étant même plus sûr de ce que j'avais aperçu.

22 heures.

Circulation fluide, chaussé brillante. J'allumai une cigarette. Le goût de vodka s'évaporait, ma lucidité revenait. Cette sortie imprévue avait des airs de fête.

Pourtant, quand je pénétrai dans la morgue, le malaise me tomba dessus aussi sec. Svendsen m'attendait avec deux machettes posées devant lui, sur une table d'autopsie. Le Rwanda me remonta dans la gorge. Une brûlure acide, chargée de vodka et de terreur. Je m'appuyai contre une table roulante.

— Qu'est-ce que c'est que ça?

Ma voix était altérée. Le Suédois sourit :

— Ta solution. Démonstration.

Il attrapa un pot de glu industrielle puis en badigeonna une des lames. Ensuite, il attrapa une poignée de morceaux de verre qu'il répandit sur la colle. Enfin, il écrasa la deuxième machette sur l'ensemble, comme une tranche de pain sur le jambon d'un sandwich.

— Et voilà.

— Voilà quoi ?

Il entoura les deux manches de ruban adhésif jusqu'à les souder en une seule garde. Puis il se tourna vers une forme sous un drap. Sans hésiter, il dénuda le buste d'un vieil homme aux traits bouffis. Il leva son arme et l'abattit violemment sur le torse. J'étais sidéré. Svendsen était parfois incontrôlable.

Avec effort, il extirpa les crocs de verre de la chair puis ordonna :

— Approche.

Je ne bougeai pas.

— Approche, je te dis. T'en fais pas. Ce corps est ici depuis une semaine. Un SDF. Personne ne viendra se plaindre du préjudice.

À contrecœur, je fis un pas et observai la blessure. Elle simulait parfaitement des traces de morsures. Du moins de « mes » morsures. Hyène ou fauve, déchaîné contre le cadavre de Sylvie Simonis.

— Tu as compris ?

Il brandissait avec fierté son double râtelier. Autour de nous, les murs d'acier brillaient faiblement sous les rampes d'éclairage.

— Et encore, reprit-il, si j'avais eu le temps de trouver de vraies dents de fauve, l'illusion aurait été parfaite.

La crête d'éclats de verre étincelait dans la lumière argentée. Le Rwanda s'effaça au profit d'autres horreurs. La double lame qui s'abat sur Sylvie Simonis. Les bruits mats des coups. Le ahan ! du tueur, à court de souffle. Les chairs de Sylvie meurtries, déchiquetées.

— D'où t'est venue cette idée ?

— Un règlement de comptes entre Blacks, à République. La forme des mutilations m'a incité à passer quelques coups de fil. Des toubibs, qui s'étaient farci les conflits récents. Rwanda, Sierra Leone, Soudan…

— Personne n'utilisait cette technique au Rwanda.

Il releva la tête :

— C'est vrai : tu connais. En fait, je te parle de la Sierra Leone. Je me suis renseigné. Les années quatre-vingt-dix. Les milices de Foday Sankoh. Certains groupes usaient de cette méthode pour faire croire aux populations qu'ils s'étaient adjoint l'aide des animaux de la forêt. T'es allé dans ces coins-là, je te fais pas un dessin.

J'ignorais tout de la Sierra Leone mais je me souvenais que les hommes de ces milices s'affublaient de masques effrayants. Images célèbres des soldats bardés de cartouchières, brandissant des fusils automatiques, arborant des faciès et des postiches abominables.

J'observai encore la double machette de Svendsen. Cette arme abjecte me réconfortait. Elle donnait corps à mes hypothèses pragmatiques.

Un seul et même tueur.

En Estonie, en Italie, en France, utilisant chaque fois ce « machin » bricolé.

C'était aussi un nouveau signe en direction de l'Afrique. Mon visiteur avait vécu là-bas. Il avait fait ses armes sur le continent noir. Il avait traversé des conflits, étudié les insectes, la botanique de ces pays.

Un homme bien réel se rapprochait.

Et Pazuzu sortait du cadre.

Je félicitai Svendsen et partis au pas de course. Plus que jamais, je devais reprendre l'enquête sur des bases concrètes. Le Visiteur s'était donné beaucoup de mal pour ressembler au diable et faire croire à une existence supraréelle. Mais chaque détail de sa technique se dévoilait et j'allais remonter le cauchemar jusqu'à sa source.

102

Je consultais ma messagerie. Corine Magnan m'avait appelé. Enfin. Je composai son numéro dans la cour de la morgue, sous une fine bruine.

— Je vous ai rappelé assez tard, commença-t-elle, excusez-moi. Mes journées à Paris n'en finissent plus. Que puis-je faire pour vous ? Pas grand-chose, j'en ai peur. Je n'ai même pas le droit de vous parler.

Le ton était donné. Je hissai le drapeau blanc :

— Je voulais vous proposer mon aide.

— Durey, je vous en prie : restez en dehors de tout ça. J'ai déjà fermé les yeux sur votre intervention dans le Jura. Je vous rappelle que vous n'avez aucune légitimité dans cette affaire !

La voix était sèche mais je sentais que cette attitude était une défense. Seule à Paris, sans soutien ni connaissances, entourée par les cerbères de la 1re DPJ, Corine Magnan montrait les griffes pour mieux s'affirmer.

— O.K., fis-je sur un ton conciliant. Alors dites-moi seulement ce que vous faisiez ce matin, à l'hôpital. Vous instruisez le dossier du meurtre de Sylvie Simonis : quel rapport avec les délires de Luc ?

Il y eut un bref silence. Magnan faisait le tri parmi ses informations. Ce qu'elle pouvait me révéler ou non. Elle finit par dire :

— L'expérience de Soubeyras apporte un éclairage transversal à mon enquête.

— Vous croyez donc à ces histoires de visions, de possession ?

— Peu importe ce que je crois. Ce qui m'intéresse, c'est l'influence de ces traumatismes sur les protagonistes de mon affaire.

— Soyez claire. Quels protagonistes ?

— Mon suspect principal est Manon Simonis. Cette jeune femme aurait pu connaître la même expérience que Luc Soubeyras. En 1988, lors de son coma.

— Manon n'a aucun souvenir de ce genre.

— Cela n'exclut pas qu'elle ait vécu une NDE négative.

— En admettant qu'elle l'ait vécue et que cette expérience l'ait transformée en meurtrière, ce qui est déjà dur à avaler, quel serait son mobile ?

— La vengeance.

Je continuai à jouer l'imbécile :

— De quoi ?

— Durey, arrêtez ce jeu. Vous savez comme moi que c'est sa mère qui a tenté de la tuer, en 1988. Manon pourrait s'en souvenir, malgré ce qu'elle dit.

Picotements glacés sur le visage. Corine Magnan

en savait beaucoup plus long sur le dossier que je ne le pensais. J'enchaînai, sur un ton sceptique :

— Laissez-moi résumer. Manon aurait vécu une NDE négative lors de sa noyade. Cette épreuve l'aurait lentement transformée en monstre vengeur, qui aurait attendu quatorze ans pour frapper ?

— C'est une hypothèse.

— Et votre seul indice, c'est l'état de choc de Luc Soubeyras ?

— Et son évolution, oui.

— Il faut des preuves concrètes pour arrêter les gens.

— C'est pourquoi, pour l'instant, je n'arrête personne.

— Vous voulez interroger à nouveau Manon ?

— Je veux l'entendre avant de rentrer à Besançon, oui.

— Elle ne le supportera pas.

— Elle n'est pas en sucre. (Sa voix s'était encore radoucie.) Durey, dans cette histoire, vous êtes juge et partie. Et vous m'avez l'air à cran. Si vous voulez vraiment aider Manon, sortez du cercle. Vous ne pouvez qu'envenimer les choses.

Ma colère revint, dans les graves :

— Comment pouvez-vous tirer quoi que ce soit du témoignage d'un homme qui sort tout juste du coma ? Je connais Luc depuis vingt ans. Il n'est pas dans son état normal.

— Vous faites semblant de ne pas comprendre. C'est justement cet état qui m'intéresse. L'influence psychique d'une NDE infernale. Je dois découvrir si un tel traumatisme peut réellement pousser au

774

crime. Et si Manon, lors de sa mort temporaire, a vécu une aventure similaire…

La situation était de plus en plus claire. Mon meilleur ami comme preuve à charge contre la femme que j'aimais. Un vrai dilemme cornélien. Corine Magnan ajouta, comme pour m'achever :

— Je sais beaucoup plus de choses que vous ne croyez. Agostina Gedda. Raïmo Rihiimäki. Ce ne serait pas la première fois qu'une vision infernale précède un meurtre de ce type.

— Qui vous a parlé de ces cas?

— Luc Soubeyras n'a pas seulement témoigné, il m'a donné son dossier d'enquête.

Je vacillai sur la berge. J'aurais dû penser à tout ça. Je balbutiai :

— Son travail n'est qu'un tissu de suppositions sans fondement. Vous n'avez rien contre Manon !

— Alors, vous n'avez pas à vous inquiéter, cingla-t-elle d'une voix ironique. Commandant, il est tard. Ne m'appelez plus.

Je hurlai pour de bon, jouant ma dernière carte :

— Un témoignage sous hypnose n'est juridiquement pas recevable Que faites-vous du « consentement libre et éclairé » du témoin? En matière pénale, la preuve doit être libre !

— Je vois que vous avez fait du droit, c'est bien, dit-elle, sarcastique. Mais qui vous parle de témoignage? J'ai enregistré l'audition de Luc Soubeyras dans le cadre d'une expertise psychiatrique. Luc est un témoin volontaire. Je dois d'abord vérifier son état mental. Dans ce contexte, l'hypnose ne pose pas de problème. Renseignez-vous : il y a eu des précédents.

Magnan triomphait. Je répliquai, sans conviction :

— Votre instruction est un château de cartes.

— Bonsoir, commandant.

La tonalité résonna dans ma main. Je regardai stupidement mon portable. J'avais perdu cette manche et j'étais sûr que Magnan ne m'avait pas tout dit. Je composai un autre numéro. Foucault.

À minuit trente, sa voix était claire.

— Je finis à peine ma journée, rit-il.

— Sur quoi tu bosses ?

— Une histoire à L'Isle-Adam. Un noyé. Le genre qui n'a pas d'eau dans les poumons. Et toi, qu'est-ce que tu fous ? Depuis une semaine, tu…

— Une partie de pêche, ça te branche ?

— Quel genre ?

— Pas au téléphone. Tu es à la boîte ?

— Je partais chez moi.

— Rejoins-moi au square Jean-XXIII.

Je bondis dans ma voiture et traversai le pont d'Austerlitz. Les quais en direction de Notre-Dame – le square jouxtait la cathédrale. Je me garai près de l'église Saint-Julien-le-Pauvre, rive gauche, puis franchis de nouveau la Seine, à pied, incognito, sur le pont de l'Archevêché.

J'enjambai les grilles. Foucault était déjà là, assis sur le dossier d'un banc. Sa tignasse bouclée se détachait sur le mur gris de la cathédrale, au fond des jardins.

— C'est quoi, ricana-t-il, un complot ?

— Un service.

— Je t'écoute.

— Une magistrate de Besançon, actuellement à Paris.

— Celle de ton affaire ?

— Corine Magnan, oui.

— Où elle s'est installée ?

— À toi de me le dire. Je l'ai croisée ce matin. Elle a saisi les mecs de la 1re DPJ mais je ne suis pas sûr qu'elle soit dans leurs locaux.

— Je la loge, O.K. Et qu'est-ce que je fais ?

— Je veux savoir ce qu'elle a sur la fille de Sylvie Simonis, Manon.

— Celle qui vit chez toi ?

Les nouvelles allaient vite. Par mesure de discrétion, j'avais tapé dans la BAC – la Brigade Anti-Criminalité – pour enrôler mon équipe de surveillance. Mais il n'y a pas de secret dans la police. J'ignorai la question et continuai :

— Il me faut son dossier.

— Rien que ça ? Elle doit le garder avec elle. Jour et nuit.

— Sauf s'il pèse une tonne.

— S'il pèse une tonne, je ne pourrai pas le sortir. Ni le copier.

— Tu te démerdes. Tu scannes les passages qui concernent Manon. Je veux savoir ce qu'elle a contre elle.

D'un bond, Foucault toucha le sol.

— Je tape tout de suite. Je te rappelle demain matin.

— Non. Dès que tu auras du nouveau.

— Sans faute.

Je lui pressai le bras :

— J'apprécie.

Je le regardai disparaître sous les saules pleureurs

du square, alors que le vent et les odeurs d'asphalte humide revenaient m'envelopper. Je grelottais et pourtant, je percevais dans ces sensations une familiarité chaleureuse. Paris était là, se rappelant à mon bon souvenir.

Je m'assis à mon tour sur le banc. La pluie était devenue une bruine très fine, presque imperceptible, qui vaporisait la nuit. Je repris mes réflexions là où je les avais laissées deux heures auparavant. L'hypothèse d'un seul tueur, capable à la fois de décomposer un corps vivant et de s'immiscer dans les consciences. Le Visiteur des Limbes…

Les questions ne manquaient pas. Comment faisait-il pour imprégner les esprits ? Était-il parvenu à recréer une Expérience de Mort Imminente ? Dans ce cas, pourquoi ses victimes étaient-elles persuadées d'avoir vécu ce « voyage » juste avant ou après leur période d'inconscience ? Avait-il réussi aussi à semer la confusion dans leurs souvenirs ?

Dans tous les cas, il fallait gratter du côté technique de cette hallucination – les produits chimiques, les drogues, ou les méthodes de suggestion, qui permettraient d'induire de tels mirages.

Soudain, j'eus une nouvelle révélation.

Une seule substance, je le savais, pouvait créer de telles hallucinations. L'iboga noir. Grâce à elle, le Visiteur créait peut-être ses propres limbes pour « apparaître » aux miraculés. Il les projetait aux confins de la mort puis surgissait devant eux, en chair et en os, se mêlant à leur transe.

Une nouvelle boucle dans mon enquête.

L'iboga, la plante par laquelle l'affaire avait commencé pour moi…

Enfin une connexion directe entre le meurtre de Massine Larfaoui, dealer d'iboga, et les meurtres de Sylvie Simonis, d'Arturas Rihiimäki, de Salvatore Gedda... Le Visiteur des Limbes achetait peut-être l'iboga noir à Larfaoui. De là à imaginer qu'il était aussi l'assassin du Kabyle, il n'y avait qu'un pas.

Je me levai et inspirai profondément.

Il fallait que je me replonge dans le dossier Larfaoui.

Que je creuse la piste de l'iboga.

Mais d'abord, vérifier si mon hypothèse tenait debout « médicalement ».

103

Un nom me vint tout de suite à l'esprit : Éric Thuillier. Le neurologue qui s'occupait de Luc depuis son transfert à l'Hôtel-Dieu.

Je regardai ma montre – 1 h 30. Je composai le numéro de l'hôpital, et demandai à parler au Dr Éric Thuillier. Une chance sur dix pour qu'il soit de garde cette nuit.

Il était bien là, mais on ne pouvait pas me le passer : un problème l'avait appelé dans les chambres. Je raccrochai sans laisser de message : je marchais déjà en direction de l'Hôtel-Dieu, situé à cinquante mètres.

Service de Réanimation, le retour.

Je stoppai face au couloir, derrière les portes vitrées. Lueurs verdâtres, reflets d'aquarium. Odeurs de goudron et de désinfectant. Je me contentai d'observer le décor étouffant derrière, guettant le neurologue qui allait sortir d'une des cellules.

Une ombre apparut dans le corridor. Je reconnus mon fantôme, malgré la blouse, le masque et les chaussons. Thuillier avait à peine franchi les portes que je le saluai. Il baissa son masque et ne parut pas surpris de me voir. À cette heure, et dans ce service, rien n'était surprenant. Il ôta sa blouse, debout dans le hall.

— Une urgence? demanda-t-il, en roulant en boule ses vêtements de papier.

— Pour moi, oui.

Il lança le ballot dans la poubelle vissée au mur.

— Je voulais simplement vous parler d'une de mes théories.

Il sourit :

— Et ça ne pouvait pas attendre demain?

Je souris en retour. Je retrouvais le premier de la classe que j'avais rencontré au début de mon enquête. Col Oxford et petites lunettes, pantalon de velours côtelé trop court.

— On peut fumer, ici?

— Non, fit Thuillier. Mais j'en veux bien une.

Je lui tendis mon paquet. Le neurologue siffla avec admiration

— Des sans-filtre? Vous les achetez en contrebande ou quoi? (Il piqua une cigarette.) Je ne savais même pas qu'on pouvait encore en trouver.

J'en pris une à mon tour. En tant que flic, je connaissais l'importance des entrées en matière. Une audition se réglait souvent dès la première minute. Cette nuit, le charme opérait. Nous étions sur la même longueur d'onde. Thuillier désigna une porte entrouverte, dans mon dos :

— Allons par là.

Je lui emboîtai le pas. On se retrouva dans une salle sans fenêtre, ni mobilier. Un rebut du bâtiment, ou simplement la pièce réservée aux fumeurs.

Thuillier s'installa sur l'unique banc qui traînait et sortit de sa poche une boîte en fer de bonbons des Vosges – le kit du parfait accro au tabac.

— Alors, cette théorie ?

— Je voudrais vous parler de l'expérience de Luc Soubeyras. Celle qu'il nous a racontée ce matin.

— Flippant. Et pourtant j'en ai vu, croyez-moi.

J'approuvai d'un signe de tête et commençai :

— Une question chronologique, d'abord. Luc a raconté son voyage psychique comme s'il l'avait vécu au moment de sa noyade. Pensez-vous qu'il ait pu au contraire la vivre lors de son réveil ?

— Peut-être. Il pourrait confondre les deux périodes : perte de conscience et réanimation. C'est fréquent. Ce sont des régions confuses, marquées par un trou noir.

— Aurait-il même pu éprouver cette hallucination dans les jours qui ont suivi, lorsque son esprit était encore… brumeux ?

— Je ne vous suis pas très bien.

Je m'approchai et plaçai toute ma force de persuasion dans mes mots :

— Je me demande si sa NDE n'a pas été provoquée par un tiers.

— Comment ça ?

— J'imagine qu'on lui a « injecté » une sorte… d'illusion mentale.

— De quelle façon ?

— Dites-moi déjà si c'est envisageable.

Le neurologue inhala une bouffée blonde, prenant le temps de réfléchir. Il paraissait amusé :

— On peut toujours droguer quelqu'un. Ou utiliser une technique de suggestion. Zucca, ce matin, en a donné un bon exemple. Il tenait, véritablement, l'esprit de Luc dans sa main.

— De plus, la conscience d'un homme qui sort du coma est particulièrement influençable, non ?

— Bien sûr. Durant plusieurs jours, le réanimé ne fait aucun distinguo entre rêve et réalité. Et sa mémoire est imprécise. C'est le potage complet.

— Luc était donc une proie facile pour une telle manipulation ?

— Je voudrais être sûr de comprendre. Un intrus serait entré dans sa chambre et lui aurait administré je ne sais quel cocktail hallucinogène ?

— C'est ça.

Thuillier eut une moue sceptique :

— D'un point de vue pratique, ça me paraît difficile. Notre service est un vrai blockhaus, surveillé vingt-quatre heures sur vingt-quatre. Personne ne peut approcher un patient sans signer un formulaire ni croiser une infirmière.

— Personne, à l'exception des médecins.

— Vous êtes sérieux, là ?

— Je réfléchis à voix haute.

Le neurologue écrasa sa cigarette dans sa petite boîte :

— Admettons. Mais quel serait le but de la manœuvre ? Droguer ou hypnotiser un type qui sort du coma, c'est un peu comme pousser un accidenté de la route, à peine remis de ses blessures, dans un précipice. Il faudrait vraiment être sadique.

— Mais en théorie, c'est possible.

Il me lança un regard en coin :

— Vous avez juste des soupçons ou déjà des indices ?

— Je pense que mon homme aurait pu utiliser une plante africaine. L'iboga.

— Vous y allez fort. L'iboga est un puissant psychotrope. Votre docteur Mabuse aurait fait prendre cette substance à Luc, dès son réveil, pour lui faire croire qu'il avait subi une NDE ?

— C'est possible ou non ?

— Je ne pense pas, non. L'iboga a des effets violents. Des vomissements, des convulsions. Luc se souviendrait de ces dommages indirects. Il y a aussi le problème de l'ingestion. Ce truc s'ingère plutôt sous forme de breuvage et…

— On m'a parlé d'une préparation injectable.

— Pour concocter un tel truc, il faut être un spécialiste. Isoler le principe actif. Traiter la molécule. Par ailleurs, l'iboga est une plante dangereuse, un vrai poison. On ne compte plus ses victimes en Afrique.

Je levai la main :

— La question ne se pose pas en ces termes. Le suspect que j'imagine est de toute façon un tueur psychopathe. Un homme qui se prend pour le diable et agit sans la moindre considération morale.

— Vous commencez à me filer les jetons.

— Continuons à imaginer l'opération. Est-il possible d'associer l'iboga à d'autres produits anesthésiants ?

— Si on a affaire à un expert, oui.

Un chimiste. Un botaniste. Un entomologiste. Et maintenant un pharmacologue ou un anesthésiste. Et aussi un médecin capable de pénétrer dans le service de réanimation de l'Hôtel-Dieu. Mon profil se resserrait de plusieurs tours.

Je continuai :

— Vous êtes donc d'accord avec mon hypothèse?

— Ça me paraît tiré par les cheveux. Et excessivement compliqué. Il faudrait mélanger plusieurs produits : un pour engourdir le patient, un autre pour prévenir les effets indirects de l'iboga, puis l'iboga lui-même, dilué dans un composé...

— Et aussi quelque chose pour faciliter le pouvoir de suggestion.

— Comment ça?

— Durant l'opération, mon manipulateur apparaît au survivant, grimé, déguisé, à la manière d'un diable. Il se mêle à la transe, si vous voulez. Il s'intègre lui-même à l'hallucination, lors du rituel biochimique.

— Comme le vieillard dont a parlé Luc?

— Exactement. Au moment de l'expérience, quand le sujet a l'impression de sortir de son corps et qu'il aperçoit le tunnel, alors mon tueur surgit, maquillé, déguisé...

— Mais si votre sujet est inconscient?

— Il ne le serait pas tout à fait. C'est une question de dosage des produits, non? Mon apprenti sorcier provoque peut-être un état de semi-conscience...

Thuillier rit nerveusement :

— Vous ne croyez pas que vous chargez la mule, non? Pourquoi organiser un tel bordel?

— Je pense avoir affaire à un criminel de génie, un meurtrier qui joue avec la pathologie des victimes. Un homme qui crée son propre univers maléfique, loin de l'espèce humaine. Une sorte de tueur métaphysique.

— Luc Soubeyras aurait été drogué à son réveil?

— C'est ce que je suppose.

— Dans mon service?

— Je comprends que l'idée puisse vous choquer. D'ailleurs, je n'ai pas l'ombre d'une preuve, ni même un indice. Sauf la présence de l'iboga, à la périphérie de mon enquête.

Thuillier paraissait réfléchir.

— Vous avez une autre clope? demanda-t-il enfin.

Je lui lançai mon paquet froissé puis en attrapai une à mon tour. La salle commençait à ressembler à un hammam. À travers le premier nuage bleuté, il murmura :

— Vous évoluez dans un monde plutôt… terrifiant.

— C'est le monde de celui que je cherche. Pas le mien.

Pendant quelques secondes, nous expulsâmes nos bouffées en silence. Ce fut moi qui repris – mes idées s'ordonnaient :

— Si j'ai raison, cela signifie que mon visiteur s'est introduit sous un prétexte quelconque dans votre service. Ou bien alors, il fait partie des spécialistes qui ont soigné Luc. Pourrais-je avoir la liste des médecins qui l'ont approché ?

— Aucun problème. Mais croyez-moi, je connais les toubibs qui...

— En tout état de cause, mon homme a été informé du réveil de Luc. Qui était au courant ?

Thuillier se passa la main dans les cheveux :

— Il faudrait dresser une liste. Les docteurs, mais aussi le réseau des infirmières, les pharmacologues, les administrateurs... Pas mal de monde, en fait. Sans compter le Net. La nouvelle a pu être annoncée de plusieurs manières. Ne serait-ce que dans le cadre d'une commande de médicaments spécifiques.

Je notai déjà mentalement ces différentes voies. Thuillier releva la tête :

— Si j'ai bien compris, Luc ne serait qu'une victime parmi d'autres ?

— Je soupçonne une série, oui.

— Votre bonhomme serait chaque fois au chevet du réanimé ?

— Pas toujours, non. Je crois qu'il a aussi conditionné des rescapés bien après leur réveil. Il profite de la fragilité de leur esprit. Lorsque le sujet subit cette hallucination, des années plus tard, il pense naturellement se remémorer une NDE survenue au moment de son coma. Comme si un voile se levait d'un coup sur sa mémoire.

Tout en énonçant mes suppositions, je sentais mon cœur qui s'accélérait. J'avais le sentiment que mon sang foutait le camp. Sous mes mots, sous mes réflexions, le Visiteur des Limbes prenait corps.

Un créateur de Sans-Lumière.

Un diable incarné sur terre, fabriquant son armée avec patience.

Le neurologue se leva et me donna une claque amicale sur l'épaule :

— Venez, on va prendre un café. Votre m'avez l'air sous pression. Je vais vous écrire ma liste. Et vous donner aussi de la doc sur l'iboga. Un de mes étudiants a travaillé là-dessus, l'année dernière. Il y a toujours des amateurs pour ces histoires psychédéliques !

104

Le vendredi soir, la rue Myrrha tenait ses promesses. Bars déglingués, conciliabules sur les trottoirs, junkies rasant les murs, putes anglophones frigorifiées sous les porches – et patrouilles de flics régulières. La pluie brouillait la nuit mais jamais je n'avais vu aussi clair. Je tenais mon fil rouge. L'iboga. Comme les Asservis, mon Visiteur avait besoin de cette plante.

Retour à la case départ.

Chez Foxy la sorcière.

La cage d'escalier brillait de mille feux minuscules. Par les trous colmatés, les portes fissurées, les failles des parquets, chaque appartement scintillait – ampoules crues, lampes à gaz, chandelles, formant une féerie de misère. Je grimpai dans cette spirale, affrontant déjà les odeurs de manioc, d'huile frite et d'urine.

Le malabar à l'étage de Foxy me reconnut. Il s'effaça, me laissant plonger dans le squat avant de m'emboîter le pas. Traversant le dédale des pièces, j'aperçus les filles qui se préparaient – à genoux sur leurs nattes, comme pour la prière, s'observant dans de petits miroirs ou se faisant les ongles avec un soin d'artiste.

Nouveau cerbère, le visage mangé d'ombre. Mon compagnon lui fit signe et je pus passer. Je soulevai le rideau de toile. Les bibelots racornis, les coffres, les bouteilles, les fumées lentes : chaque détail était au rendez-vous. Un monde rampant et magique, sur lequel planaient des pattes de bestioles, des bouquets de plantes, des chapelets de coquillages…

Foxy était seule. Assise sur le sol, boubou déployé, elle manipulait des morceaux de ruches d'abeilles qu'elle craquait comme des galettes. Elle gloussa avant que je ne m'approche :

— *Honey*, tu as retrouvé mon chemin, dit-elle en anglais.

— Beaucoup de chemins mènent à toi, Foxy.

— Qu'est-ce que tu veux, mon prince ?

— Toujours la même chose. Des informations sur Massine Larfaoui.

— De la vieille histoire.

— Tu ne m'as pas tout dit, l'autre fois. Tu ne m'as pas parlé de l'iboga noir.

Elle brisa les alvéoles, le miel coula entre ses doigts. Je posai un genou à terre :

— Je me fous de ton trafic, Foxy. Tu vends ce que tu veux, à qui tu veux.

— Je ne vends pas d'iboga noir. C'est une plante

788

sacrée. Dangereuse pour l'esprit. Tu trouveras personne pour t'en vendre.

Elle ne mentait pas : l'iboga noir était sans doute tabou. Pourtant, le produit avait circulé à Paris. Zamorski me l'avait certifié et je faisais confiance à ses sources.

— Larfaoui s'en procurait. Comment faisait-il ?

— Il y a eu embrouille. Je veux pas parler de ça.

— Ça restera entre nous.

Elle lâcha ses nids dorés et saisit ma main. Ses doigts poissaient. Elle murmura, d'un ton nonchalant :

— Tu te souviens de notre accord ?

J'acquiesçai. Ses cicatrices brillaient à la lueur des bougies. Elle fit claquer sa langue rose :

— C'est à cause de mes filles.

— Tes filles ?

Elle hocha la tête, mimant une gamine désolée :

— Larfaoui leur demandait d'en trouver.

— Chez toi ?

— Je te répète que je touche pas à ça ! Et cette racine pousse pas dans mon pays. Elles avaient d'autres contacts.

— Des Gabonais ?

— D'autres filles, ouais, qui connaissaient un marabout. Des histoires de négresses.

— Quand as-tu découvert le trafic ?

— Juste avant la mort de Larfaoui.

— Comment ?

— Le vendeur de bière, il est venu me voir. Il avait besoin de maman.

— Pourquoi ?

— Il cherchait de l'iboga noir. Il pensait que je pouvais l'aider. Il se trompait.

— Pourquoi te demander à toi? Il t'a parlé du trafic de tes filles?

— Larfaoui m'a tout balancé. Il était à cran. Il lui fallait la plante. Pour un client... spécial.

Mon sang grésilla au fond de mes veines. À tort ou à raison, je sentais que je me rapprochais du Visiteur des Limbes.

— Sur ce client, qu'est-ce qu'il t'a dit?

— Rien. Sauf qu'il en voulait toujours plus. Et le Kabyle avait peur.

— C'était quand, exactement?

— Je te dis : deux ou trois semaines avant sa mort.

— Larfaoui, il avait l'air de craindre pour sa vie?

Elle leva vers moi ses grands yeux lents. Elle avait abandonné mes mains et repris son manège avec ses alvéoles. J'insistai :

— Réponds-moi. Tu penses que ce client aurait pu buter Larfaoui?

— Tout ce que je peux dire, c'est que ceux qui cherchent l'iboga noir sont dangereux. Des possédés. Des satanistes. Et Larfaoui n'a pas trouvé la plante. De ça, j'en suis sûre...

Foxy se trompait. Sur la scène de crime, Luc avait trouvé un stock d'iboga noir. J'imaginai un autre scénario : le Visiteur des Limbes et le tueur du samedi ne faisaient qu'un. Larfaoui avait honoré la commande mais, pour une raison inconnue, le Visiteur l'avait tué et n'avait pas cherché l'iboga.

— Larfaoui, fis-je, il n'a pas parlé de son client à

tes filles? Il n'a pas dit quelque chose qui me permettrait de l'identifier?

Elle fit couler un liquide visqueux dans la vasque – du sang vermeil, maintenu à température, puis elle saisit un pilon de bronze. Elle répondit de sa voix sépulcrale :

— Larfaoui a parlé aux filles, oui. Il crevait de trouille. Il disait que l'homme était... différent.

— Différent dans quel sens?

Sa tête dodelina sur son long cou noir. Cette conversation l'irritait – ou l'inquiétait :

— D'après Larfaoui, il poursuivait un but.

— Quel but?

— *Honey* : n'insiste pas. C'est pas bon d'évoquer tout ça.

— La première fois, tu m'as dit que le tueur de Larfaoui était un prêtre. Tu penses qu'il pourrait être ce client?

— Laisse-moi. Je dois préparer des protections pour mes filles...

Je ruisselais de sueur. Les fumées d'encens me piquaient les yeux. Tout paraissait rouge, comme si mes yeux injectés teintaient ma propre vision. À travers cet écran, le Visiteur des Limbes se matérialisait. Je l'imaginais, sans visage, achetant l'iboga noir pour concocter ses cocktails chimiques, les injections qu'il pratiquait sur les futurs Sans-Lumière.

Je me relevai. Foxy pilonnait toujours, lentement, les yeux baissés sur sa vasque : *tac-tac-tac...* Elle murmura :

— Il garde un œil sur nous. Il nous traque.

— Qui?

— Celui qui a tué ma fille. Celui qui a tué Larfaoui.

Ma gorge brûlait, comme si j'avais fumé un joint d'encens. Je rétorquai :

— C'est moi qui le traque.

La sorcière ricana. Je montai le ton – ma voix n'était plus qu'un grincement :

— Ne me sous-estime pas. Personne n'a encore gagné la partie !

— Tu sais pas qui tu as en face. (Elle prit une expression de pitié moqueuse.) *Honey*, t'as rien compris à cette histoire !

105

4 heures du matin.

Coup de fil.

La voix de Foucault :

— J'ai logé ta comique. Rue des Trois-Fontanots, à Nanterre.

L'adresse d'une importante annexe du ministère de l'Intérieur, abritant plusieurs Offices centraux.

— Tu y vas, là ?

— J'en viens. C'est plié.

— Tu as ce que je t'ai demandé ?

— Tout le dossier scanné, mon petit père. La partie qui concerne Manon.

— Où tu es ?

— J'arrive chez moi. J'aimerais dormir quelques heures, si ça ne te dérange pas.

Foucault habitait le quinzième arrondissement, derrière le quartier de Beaugrenelle.

— Je suis à République, dis-je en tournant la clé de contact. En bas de chez toi dans dix minutes?

— Je t'attends.

Je filai sur les quais de la rive gauche. La pluie avait cessé. Une atmosphère d'aube, lointaine encore, planait sur le Paris miroitant. Personne dans les rues ni dans le monde conscient. J'aimais cette sensation. Celle du cambrioleur, seul et libre. Du casseur qui vit à rebours des autres hommes, sur l'axe de l'espace et celui du temps.

Je dépassai Beaugrenelle et tournai à gauche, avenue Émile-Zola, jusqu'à croiser la rue du Théâtre. Je repérai la Daewoo de Foucault, phares éteints. Dès qu'il m'aperçut, il jaillit dehors et me rejoignit dans ma voiture.

À peine assis, il me lança une clé USB.

— Il y a tout. J'ai shooté les PV d'audition et je les ai compressés.

— C'est compatible avec MacIntosh?

— Aucun problème. Je t'ai joint un plug'in de transcription.

Je regardai le rectangle argenté, au creux de ma paume :

— Pour accéder au bureau de Magnan, comment t'as fait?

— J'ai montré ma carte. Aller au plus simple, toujours : c'est toi qui m'as appris ça. Le planton dormait à moitié. Je lui ai dit qu'on était en pleine garde à vue et qu'on avait besoin d'un dossier. Je lui ai même montré le trousseau de chez moi en lui affirmant que le juge m'avait filé les clés de son bureau.

J'aurais dû le féliciter, mais ce n'était pas prévu dans nos accords. Il enchaîna :

— J'ai jeté un œil aux auditions. Ils n'ont rien contre elle.

— Merci.

Foucault ouvrit la portière. Je l'arrêtai :

— Je veux vous voir demain matin, toi, Meyer, Malaspey. 9 heures.

— À la boîte ?

— À l'Apsara.

— Conseil de guerre ? demanda-t-il en souriant.

Je lui répondis d'un clin d'œil :

— Dis-le aux autres.

Il acquiesça et referma la portière. Je traversai la Seine et empruntai la voie express en sens inverse. Dix minutes plus tard, j'étais rue de Turenne. Épuisé, hagard – mais impatient de lire les éléments de Magnan.

Je me rangeai sur les clous, au coin de ma rue. Je composais le code de mon porche quand j'aperçus la voiture de mes BAC. Un sixième sens m'avertit qu'ils roupillaient – la masse de la bagnole, les vitres embuées. Une espèce d'inertie indéfinissable. Je frappai au carreau. L'homme fit un bond à l'intérieur, se cognant au plafonnier.

— C'est comme ça que vous surveillez l'immeuble ?

— Désolé, je…

Je n'attendis pas ses explications. Je montai mon escalier quatre à quatre, pris soudain d'une angoisse. Je déverrouillai la porte, traversai le salon. Je passai dans la chambre, retenant mon souffle : Manon était là, endormie.

Je m'adossai au chambranle et me détendis. Je contemplai sa silhouette, suggérée par la couette. De nouveau, cet état étrange, confus, qui ne me quittait pas depuis la Pologne. Mi-excitation, mi-engourdissement. Une fébrilité au bout des membres, qui m'électrisait et m'anesthésiait à la fois.

Je revins vers le vestibule, ôtai mon imper et posai mon arme. La pluie furieuse frappait le toit, les vitres, les murs – tout l'espace était plongé dans une immersion crépitante, cadencée.

Je m'installai derrière mon bureau et glissai la clé USB dans mon Mac. L'icône du dossier apparut. J'intégrai le programme donné par Foucault puis ouvris les pages de la magistrate.

Foucault avait dit vrai : Corine Magnan n'avait rien.

Ni contre Manon, ni contre qui que ce soit.

Je lus. L'audition de Manon, recueillie à Lausanne, deux jours après la découverte du corps de sa mère, le 29 juin 2002. D'autres témoignages, collectés par la juge dans la ville suisse. Le recteur de l'université de Lausanne. Les voisins de Manon, les commerçants de son quartier… Il y avait bien un trou dans l'emploi du temps de Manon mais l'absence d'alibi n'a jamais fait un coupable. Quant à sa formation universitaire, ce n'était qu'une présomption de plus.

Je fermai mon ordinateur, rasséréné. Même si la rouquine s'amusait encore à interroger Manon à Paris, elle n'obtiendrait rien de plus qu'à Lausanne.

Et le témoignage de Luc ne changerait pas la donne.

5 h 30 du matin.

Je m'étirai et me levai, en direction de la salle de bains. À cet instant, un bruissement s'échappa de la chambre. Je m'approchai et souris. À travers le clapotis de l'averse, Manon parlait dans son sommeil. Un chuchotement léger, un babil de princesse endormie…

Je tendis encore l'oreille et d'un coup, un étau d'acier crispa mon cœur.

Manon ne parlait pas français.

Elle parlait latin.

Je dus m'accrocher au châssis pour ne pas hurler.

Le murmure me vrillait le crâne :

— *Lex est quod facimus… lex est quod facimus… lex est quod facimus… lex est quod facimus…*

Manon répétait la litanie du Serment des Limbes.

Comme Agostina.

Comme Luc.

Comme tous les Sans-Lumière !

Mon édifice s'écroulait encore une fois. Mes théories, mes hypothèses, mes tentatives pour innocenter Manon – et inventer, coûte que coûte, un autre tueur.

Dos au mur, je me laissai tomber sur le cul. La tête entre les bras, je me mis à chialer comme un môme. Le désespoir me submergeait. Luc avait raison. Manon avait bien subi une NDE négative. Elle abritait ce souvenir maléfique au fond d'elle, comme un noyau d'infection. De là à conclure qu'elle avait tué sa mère…

Je me redressai. Non. C'était trop facile. Je pouvais encore défendre ma théorie. Si Manon avait été conditionnée par le Visiteur des Limbes, des fragments de l'expérience pouvaient lui échapper dans son sommeil : cela ne prouvait pas sa culpabilité. C'était lui, le démiurge, le tueur de l'ombre, qui avait sacrifié Sylvie Simonis et endoctriné Manon à son insu !

Je me relevai et essuyai mes yeux.

Identifier le Visiteur.

Le seul moyen de sauver Manon.

D'elle-même et des autres.

106

8 h 30, vendredi 15 novembre.

Pas fermé l'œil de la nuit.

Manon s'était levée à 7 heures. Je lui avais préparé un petit déjeuner – croissants et pains au chocolat, achetés chez le boulanger – puis j'avais passé une demi-heure à la rassurer sur la tournure des événements. Manon n'était pas convaincue. Sans compter qu'elle devenait claustrophobe dans mon appartement. Je l'avais embrassée, sans une allusion à ses paroles de la nuit, et lui avais promis de repasser à l'heure du déjeuner.

J'étais maintenant rue Dante, sur la rive gauche, juste en face de la cathédrale Notre-Dame. À quelques mètres du square de la veille. Je me garai en double file, devant mon adresse.

L'Apsara est un salon de thé, mi-indien, mi-indonésien. J'y donnais rendez-vous à mes flics quand une réunion secrète s'imposait – personne n'aurait eu l'idée de chercher des gars de la Crime dans un lieu où on ne pouvait boire que du thé parfumé au gingembre et du lassi à la mangue.

Le salon était fermé. C'était une tolérance de la part du patron de nous recevoir si tôt. La décoration évoquait l'intérieur d'une feuille de palme : tentures émeraude, nappes Véronèse, serviettes en papier vert d'eau. Tout le mobilier était en osier.

La planque parfaite.

Seul problème : il était interdit d'y fumer.

J'étais le premier. Je fermai mon portable et commandai un thé noir. Sirotant mon Keemun, je ressassai ma stratégie d'urgence. Il était temps de mettre au parfum mes hommes, dans le détail. J'avais déjà perdu un temps inouï – une semaine, jour pour jour, depuis mon retour de Pologne. Il fallait maintenant leur expliquer toute l'affaire et leur assigner des missions précises pour les deux jours à venir. Ce n'était pas possible qu'on ne décroche pas un indice, un seul, sur le Visiteur des Limbes !

Foucault, Meyer et Malaspey arrivèrent, fragilisant le décor par leur seule présence. À voir leurs carrures, manches de cuir et revers de parka, on craignait pour les sculptures de porcelaine et autres délicats bibelots du restaurant.

Dès qu'ils furent assis, j'attaquai mon exposé.

Chapitre un : le meurtre de Massine Larfaoui. Chapitre deux : l'affaire Sylvie Simonis, dans le Jura.

Chapitre trois : les autres meurtres selon le même rituel, puis je parlai des « Near Death Experiences », des Sans-Lumière... Je leur livrai, clés en main, l'étage métaphysique de l'affaire : l'expérience négative, l'intervention du diable, le Serment des Limbes.

Mes gars ouvraient des yeux ronds.

Enfin, j'exposai mon hypothèse rationnelle. Un homme, et un seul, derrière le cauchemar. Un dément qui se prenait pour Satan, créant ses propres Sans-Lumière et les vengeant à coups d'acides et d'insectes.

Je laissai reposer les informations dans les esprits, puis repris :

— En résumé, je cherche un tueur unique. Et je suis certain que le mec vit dans le Jura. C'est lui qui a dessoudé Sylvie Simonis, Salvatore, le mari d'Agostina Gedda, et le père de Raïmo Rihiimäki. C'est lui qui conditionne les miraculés, leur inculquant des souvenirs sataniques. Plus ça va, plus je pense qu'il s'agit d'un médecin, disposant de solides connaissances dans d'autres domaines : chimie, botanique, entomologie, anesthésie. À mon avis, il a vécu en Afrique centrale. Il a le moyen de connaître les cas spectaculaires de réanimés et de se retrouver à leur chevet. Et il peut se glisser incognito dans un hôpital.

Après un temps, je lâchai un autre scoop :

— Je pense que c'est lui aussi qui a manipulé la mémoire de Luc, à son réveil du coma.

Nouveau silence. Personne n'avait touché à sa tasse de terre cuite. C'était l'affaire la plus dingue que chacun de nous ait jamais croisée. Enfin, Foucault prit la parole, se trémoussant sur son siège :

— Qu'est-ce qu'on peut faire ?

— On reprend l'enquête à zéro, en se concentrant sur les faits concrets.

— J'ai ratissé ta vallée, Mat. Tes histoires de scarabée et de…

— Il faut recommencer. Le mec est là, j'en suis certain. (Je me tournai vers Meyer.) Toi, tu grattes à nouveau sur les insectes, le lichen, les Africains du Jura. Foucault t'expliquera. J'ai la conviction qu'un fait, un nom, sortira en croisant ces données. Ce n'est pas possible autrement.

Je passai à Malaspey :

— Toi, tu suis la filière Larfaoui. Tu te concentres sur la drogue africaine, l'iboga noir, très difficile à trouver. Un produit que le Kabyle vendait à quelques initiés. J'ai un dossier là-dessus, que je t'ai apporté. Essaie de voir s'il existe d'autres réseaux pour se procurer la défonce. Mon tueur en cherche, j'en suis sûr, pour ses expériences. Il va contacter d'autres dealers.

Malaspey prenait des notes, pipe aux dents. Je pouvais lui faire confiance : il avait passé plusieurs années aux Stups. Foucault intervint :

— Et moi ?

— Selon ma théorie, le tueur localise les cas de réanimations à travers l'Europe. Il possède donc un moyen de les identifier. C'est notre piste la plus sérieuse. D'une façon ou d'une autre, il repère les survivants. On doit découvrir comment il fait.

— Concrètement, je contacte qui ?

— Les associations qui recensent les cas de NDE

ou simplement les expériences de décorporation. L'IANDS par exemple : l'International Association for Near Death Studies.

— C'est américain ?

— Il y a un bureau aux USA, mais aussi en France et dans plusieurs pays d'Europe. Tu interroges chaque branche. Ils se souviendront peut-être d'un mec intéressé par les expériences négatives. Ou simplement d'un personnage suspect. Comme tu es à l'aise avec les langues étrangères, tu n'auras pas de problème.

Foucault tira la gueule. Je continuai :

— Élargis ta recherche à tous les rescapés spectaculaires, même s'ils n'ont pas eu de visions. Après tout, si j'ai raison, mon tueur se charge de leur imprimer le cerveau. Il doit exister des associations s'occupant des rescapés du coma.

J'allumai une Camel – tant pis pour l'atmosphère épurée du salon.

— De mon côté, fis-je, je récupère les dossiers médicaux de Raïmo Rihiimäki, d'Agostina Gedda, de Manon Simonis. Un nom commun à ces trois dossiers va peut-être sortir. Un médecin, un expert, un spécialiste.

Meyer risqua :

— Mat, c'est bien beau de partir comme ça, avec sa bite et son couteau. Mais on a d'autres affaires au feu.

— Vous arrêtez tout.

— Et Dumayet ? demanda Foucault.

— Je m'en charge. Cette enquête est notre priorité absolue. Je vous veux tous les trois au taquet.

801

Point d'orgue. J'éclatai de rire. Je fis signe au serveur :

— Passons aux choses sérieuses. Ils doivent bien planquer une bouteille ici !

107

Une bombe m'attendait dehors.

Un message de Manon, laissé à 9 h 10.

— Où t'es ? Ils m'arrêtent, Mat ! Ils me mettent en garde à vue ! Je sais pas où je vais. Viens me chercher !

La communication finissait sur un souffle bref, haletant – celui d'un animal apeuré. Magnan avait donc agi plus vite que prévu. Et opté pour le pire : la garde à vue. Vingt-quatre heures d'incubateur, renouvelables une fois, avec fouille à corps et confiscation de tout objet personnel. Qui allait l'interroger ? Je songeai aux gars de la 1re DPJ – les plus durs de tous.

Je rappelai Manon. Répondeur. Je composai le numéro de la magistrate. Répondeur aussi. Putain de merde. Je passai deux autres coups de fil et obtins confirmation que l'audition se déroulait rue des Trois-Fontanots, à Nanterre.

Je branchai ma sirène, plaquai mon gyrophare sur mon toit et pris la direction de la Défense. À fond. Les révolutions de lumière saturaient mon habitacle d'un bleu polaire. Sans lever le pied de l'accélérateur, je me dis que, malgré tout, je ne devais pas oublier mon enquête. Je m'arrachai aux images de Manon en larmes, perdue, et revins à l'autre priorité : les dossiers des miraculés.

J'appelai Valtonen, le psychiatre de Raïmo Rihiimäki. Je lui expliquai l'urgence en hurlant – m'envoyer le plus vite possible le dossier médical de Raïmo, comprenant les noms de tous les médecins et spécialistes qui l'avaient approché.

Valtonen les avait déjà numérisés. Il pouvait me les mailer immédiatement mais attention : il n'avait pas retrouvé la version anglaise. Tout était rédigé en estonien. Pas de problème : je cherchais un nom, pas un commentaire scientifique.

Toujours dans le fracas de la sirène, je contactai le Bureau des Constatations médicales à Lourdes, afin d'obtenir les noms des experts qui avaient entériné le miracle d'Agostina Gedda. On m'expliqua que ces documents étaient actuellement sous scellés, pour cause d'enquête criminelle. Pierre Bucholz, le médecin qui avait suivi Agostina, venait d'être assassiné.

Je raccrochai sans m'expliquer ni donner mon nom. Merde de merde de merde. Je songeai à van Dieterling : lui aussi possédait le dossier. Mais c'était encore lui demander une faveur et je ne voulais plus négocier avec l'homme en pourpre.

Restait le diocèse de Catane. J'appelai Mgr Corsi. Je coupai ma sirène et parlai à deux prêtres avant d'avoir l'archevêque en ligne. Il se souvenait de moi et ne voyait pas de difficulté à m'envoyer le rapport d'expertise du Saint-Siège. Mais il voulait me poster des photocopies, ce qui impliquait un délai d'une semaine minimum. Conservant mon sang-froid, j'expliquai l'urgence de mon enquête et obtins qu'un de ses diacres me faxe le dossier dans la matinée. Je me confondis en remerciements.

Dans la foulée, je composai le numéro de l'hôpital universitaire de Lausanne. Je devais aussi me procurer les documents sur le sauvetage et le traitement de Manon Simonis. Le Dr Moritz Beltreïn était en séminaire et ne rentrait que le soir. Or, lui seul savait où se trouvait le dossier. Voulais-je laisser un message ?

Je demandai à parler à la stagiaire que j'avais croisée la première fois – je me souvenais de son nom : Julie Deleuze, Elle ne travaillait que le week-end et ne commençait sa permanence que le vendredi soir, dans quelques heures. Je raccrochai, me jurant de rappeler en fin d'après-midi.

Porte Maillot.

Je fis mes comptes. J'obtiendrais les dossiers de Raïmo et d'Agostina aujourd'hui. Par ailleurs, Éric Thuillier allait me faire porter la liste de tous ceux qui avaient approché Luc Soubeyras depuis son réveil. Il ne me manquerait plus que le bilan de Manon pour comparer toutes ces données et voir si un nom ressortait.

J'évitai le tunnel en direction de Saint-Germain-en-Laye et empruntai le boulevard circulaire, qui me conduisit directement à la sortie « Nanterre-Parc », la voie la plus rapide pour gagner le quartier général de la flicaille à Nanterre.

Des gardes en uniforme m'interdirent l'accès aux bureaux. Je n'avais pas rendez-vous et ne possédais aucune convocation. J'avais moins de chance que Foucault, qui était entré la veille ici comme dans un moulin. Je demandai qu'on prévienne Corine Magnan de ma présence.

Cinq minutes plus tard, la juge aux cheveux roux apparut. Ses joues n'étaient plus couleur de rouille, mais de flammes. Elle ne me dit même pas bonjour.

— Qu'est-ce que vous faites ici ? lança-t-elle en franchissant le portique antimétal.

Le ton bouillait de colère. La sonnerie du système fit écho à ses paroles, ajoutant à l'agression de la voix.

— Je veux parler à Manon.

Elle eut un rire forcé, qui s'arrêta net. Je fis un pas vers elle :

— Vous prétendez m'en empêcher ?

— Je ne prétends rien, dit-elle. Vous ne pouvez pas la voir : vous le savez bien.

— Je suis commandant à la Criminelle !

— Calmez-vous.

J'avais hurlé dans l'espace rempli de flics. Tous les regards tombèrent sur moi. Je me passai la main sur le visage, moite de sueur. Mes doigts tremblaient. Magnan me prit par le bras et proposa, un cran plus bas :

— Venez. Allons dans un bureau.

Le barrage de sécurité puis, sur la droite, un couloir ponctué de portes. Salle de réunion. Table blanche, sièges en rangs, murs beiges. Un terrain neutre.

— Vous connaissez la loi aussi bien que moi, dit-elle en fermant la porte. Ne vous couvrez pas de ridicule.

— Vous n'avez rien contre elle !

— Je veux simplement l'interroger. Je n'étais pas certaine qu'elle accepte de venir sans mesure coercitive.

— Témoigner sur quoi, bon sang?

— Sa propre expérience. Je veux fouiller encore ses souvenirs.

Je marchai le long des sièges sans m'asseoir, à vif.

— Elle ne se rappelle rien. Elle l'a dit et répété. Putain, vous êtes bouchée ou quoi?

— Calmez-vous. Il faut que je sois sûre qu'elle n'a pas vécu d'expérience similaire à celle de Luc, vous comprenez? Il y a du nouveau.

— Du nouveau?

— J'ai vu Luc Soubeyras hier soir. Son état empire.

Je blêmis :

— Qu'est-ce qui s'est passé encore?

— Une sorte de crise. Il a voulu me parler, en urgence.

— Comment était-il?

— Allez le voir. Je ne peux pas décrire ce que j'ai vu.

Je frappai la table des deux mains :

— Vous appelez ça du nouveau? Un homme en plein délire?

— Ce délire même est un fait. Luc prétend que Manon Simonis a subi le même traumatisme. Il dit qu'elle est, disons, sous l'emprise de cette expérience ancienne. Un choc qui pourrait avoir libéré en elle des instincts meurtriers.

— Et vous croyez à ces conneries?

— J'ai un cadavre sur le dos, Mathieu. Je veux interroger Manon.

— Vous pensez qu'elle est folle ?

— Je dois m'assurer qu'elle est tout à fait... maîtresse d'elle-même.

Je compris une autre vérité. Je levai les yeux vers le plafond :

— Il y a un psychiatre là-haut ?

— J'ai saisi un expert, oui. Manon le verra, après que je l'aurai auditionnée.

Je m'écroulai sur un siège :

— Elle ne tiendra pas le coup. Putain, vous ne vous rendez pas compte...

Corine Magnan s'approcha. Sa main effleurait la table de réunion, au-dessus de la rangée de chaises :

— Nous travaillons en douceur. Je ne peux exclure qu'une clé de l'affaire se trouve dans cette zone noire de son esprit.

Je ne répondis pas. Je songeai aux paroles prononcées par Manon en latin, quelques heures auparavant. « *Lex est quod facimus...* » Moi-même, je n'étais sûr de rien.

Corine Magnan s'assit en face de moi :

— Je vais vous faire une confidence, Mathieu. Dans cette affaire, j'avance sans biscuit. Et je crée le mouvement en marchant. Je ne dois négliger aucune hypothèse.

— Manon possédée : ce n'est pas une hypothèse, c'est n'importe quoi.

— Toute l'affaire Simonis est hors norme. La méthode du meurtre. La personnalité de Sylvie, une fanatique de Dieu, soupçonnée d'infanticide. Sa fille, victime d'un assassinat, traversant la mort et ne se souvenant de rien. Le fait que le meurtre qui nous occupe soit la copie conforme d'autres assassinats, tout aussi sophistiqués. Et maintenant Luc Soubeyras qui se plonge volontairement dans le coma jusqu'à perdre la raison !

— Il est si mal en point ?

— Allez le voir.

J'observai son visage de près – ces éclaboussures de son qui me rappelaient Luc. Cette peau laiteuse, sèche, minérale, qui abritait une espèce de douceur neutre, et aussi un mystère. Magnan n'était pas si antipathique – seulement perdue dans son dossier. Je changeai de ton :

— L'interrogatoire : combien de temps ça va durer ?

— Quelques heures. Pas plus. Ensuite, elle verra le psychiatre. En fin d'après-midi, elle sera libre.

— Vous n'allez pas utiliser l'hypnose ou je ne sais quoi ?

— Le dossier est suffisamment bizarre. N'en rajoutons pas.

Je me levai et me dirigeai vers la porte, les épaules basses. La magistrate me guida jusqu'au hall. Là, elle se tourna et me serra le bras amicalement :

— Dès que nous avons fini, je vous appelle.

Lorsque je poussai les portes vitrées du dehors, un trait de lumière me transperça le cœur. J'abandonnais celle que j'aimais. Et je ne savais même pas qui elle était au juste.

Aussitôt, ma résolution vint me serrer la gorge.

Je devais faire vite.

Trouver, coûte que coûte, le Visiteur des Limbes.

Mais d'abord, j'avais une petite visite à effectuer. *Midi quinze.*

Je me donnais une heure, pas une seconde de plus, pour ce détour.

108

— Nous avons eu un problème.

— Quel problème?

— Luc est maintenant en HO. Hospitalisation d'Office. Il est devenu dangereux.

— Pour qui?

— Pour lui-même. Pour les autres. Nous le gardons en cellule d'isolement.

Pascal Zucca n'était plus rouge, mais blanc. Et très loin de la décontraction de notre rencontre de la veille. Une tension couvait sous son expression figée. Je répétai :

— Qu'est-ce qui s'est passé?

— Luc a eu une crise. Très violente.

— Il a frappé quelqu'un?

— Pas quelqu'un. Il a détruit du matériel sanitaire. Il a arraché un lavabo.

— Un lavabo?

— Nous avons l'habitude de ce genre de prouesses.

Il sortit une cigarette de sa poche – une Marlboro Light. Je fis claquer mon Zippo. Après une bouffée, il murmura :

— Je ne m'attendais pas à une progression aussi… rapide.

— Il ne peut y avoir simulation ?

— Si c'en est une, c'est bien imité.

— Je peux le voir ?

— Bien sûr.

— Pourquoi « bien sûr » ?

— Parce que c'est lui qui veut vous voir. C'est pour ça qu'il a tout pété dans sa cellule. Il a d'abord parlé à la magistrate puis il a exigé que vous veniez. Je n'ai pas voulu céder à son nouveau chantage. Résultat, il a tout cassé.

Nous reprîmes le chemin aux hublots, sans un mot. Zucca marchait d'une manière mécanique, qui n'avait rien à voir avec le coureur délié de la veille. Il me fit pénétrer dans une salle de consultation. Un bureau, un lit, des armoires à pharmacie. Zucca releva le store d'une fenêtre intérieure qui s'ouvrait sur une autre pièce.

— Il est là.

Je plongeai mon regard entre les lamelles. Luc était nu, assis par terre, enveloppé dans une couverture blanche et épaisse qui rappelait un kimono de judo. Dans la cellule, il n'y avait rien. Pas de mobilier. Pas de fenêtre. Pas de poignée de porte. Les murs, les plafonds, le sol étaient blancs, et n'offraient aucune prise.

— Pour l'instant, il est calme, commenta Zucca. Il est sous Haldol, un antipsychotique qui lui permet, a priori, de séparer la réalité de son délire. Nous lui avons injecté aussi un sédatif. Les chiffres ne vous diraient rien, mais nous en sommes arrivés à des doses impressionnantes. Je ne comprends pas. Une telle dégradation, en si peu de temps…

J'observai mon meilleur ami à travers la vitre. Il

était prostré sous sa couverture, immobile. Sa peau glabre, son crâne rasé, son visage absent, dans cet espace absolument vide. On aurait dit une performance d'art contemporain. Une œuvre nihiliste.

— Il pourra me comprendre ?

— Je pense, oui. Il n'a pas desserré les dents depuis ce matin. Je vais vous ouvrir.

Nous sortîmes de la salle. Alors qu'il glissait la clé dans la porte, je demandai :

— Il est vraiment dangereux ?

— Plus maintenant. De toute façon, votre présence va l'apaiser.

— Pourquoi ne m'avez-vous pas contacté plus tôt ?

— On vous a laissé un message à votre bureau, cette nuit. Je n'avais pas votre portable. Et Luc ne parvenait pas à s'en souvenir.

Il saisit la poignée et se tourna vers moi :

— Vous vous rappelez notre conversation d'hier ? Sur ce qu'a vu Luc au fond de son inconscience ?

— Je ne suis pas près de l'oublier. Vous avez parlé de l'enfer.

— Ces images le hantent aujourd'hui. Le vieillard. Les murs de visages. Les gémissements du couloir. Luc est terrifié. La force dont il a fait preuve cette nuit s'explique par cette terreur. Littéralement, elle le dépasse.

— C'était donc une crise de panique ?

— Pas seulement. Il est agressif, cruel, ordurier. Je ne vous fais pas un dessin.

— Vous voulez dire qu'il ressemble à un... possédé ?

— À une autre époque, il était bon pour le bûcher.

— Vous pensez que son état va empirer ?

— On parle déjà de l'interner à Henri-Colin. Notre unité pour malades difficiles. Mais pour moi, il est trop tôt. Tout peut encore s'arranger.

Je pénétrai dans la chambre alors que la porte se refermait. Chaque détail me frappa comme une gifle. La blancheur de la lumière, intégrée au plafond. Le seau rouge, posé dans un coin, pour les besoins naturels. Le matelas sur lequel Luc était assis, qui ressemblait à un tapis de gymnase.

— Ça va ? demandai-je d'un ton décontracté.

— Au poil.

Il partit d'un bref ricanement, puis s'enfouit sous la couverture, comme s'il avait froid. En réalité, la chaleur était suffocante. Je desserrai ma cravate :

— Tu voulais me voir ?

Luc eut un spasme, tête baissée. Sa jambe apparut entre deux plis de toile. Il la gratta avec violence. Je répétai, posant un genou au sol :

— Pourquoi voulais-tu me voir ? Je peux t'aider ?

Il leva les yeux. Sous ses sourcils roux, ses pupilles avaient un éclat jaunâtre, fiévreux.

— Je veux que tu me rendes un service.

— Dis-moi.

— Tu te souviens de la parabole de l'arrestation du Christ ?

Il se mit à déclamer, les yeux au plafond :

« Puis, s'adressant aux princes des prêtres, aux capitaines des gardes du Temple, et aux sénateurs

812

*qui étaient venus pour le prendre, il leur dit : "Quoi-
que je fusse tous les jours avec vous dans le temple,
vous ne m'avez point arrêté, mais c'est ici votre
heure, et la puissance des ténèbres." »*

— Je ne comprends pas.
— C'est l'heure des ténèbres, Mat. Le mal a triom-
phé. Il n'y aura pas de retour en arrière.
— De quoi tu parles ?
— De moi.

Il frissonna. Le froid semblait l'avoir gagné, conta-
miné jusqu'aux os. Un matériau constituant de son
être.

— Je me suis sacrifié, Mat. Je suis mort à moi-
même, comme quand j'ai pris les armes, à Vukovar,
mais cette fois, il n'y aura pas de rachat, pas de
résurrection. Satan est le grand vainqueur. Il est en
train de m'envahir. Je perds tout contrôle.

Je tentai de sourire mais rien ne vint. Luc était un
martyr absolu. Il avait non seulement sacrifié sa vie,
mais aussi son âme. Il ne connaîtrait pas de salut au
ciel, puisque son martyre consistait justement à
avoir renoncé à ce salut.

Un rire déchiqueta sa bouche :

— Au fond, je me sens libéré. Je ne ressens plus
cette éternelle contrainte du bien. J'ai lâché la barre
et je me sens dériver…

— Tu ne dois pas te laisser aller.

— Tu n'as rien compris, Mat. Je suis un Sans-
Lumière. Tout ce que je peux faire, c'est témoigner.
(Il posa son index sur sa tempe.) Décrire ce qui se
passe ici, dans ma tête.

Il s'arrêta une seconde, voûté, attentif, comme s'il

considérait l'intérieur de son esprit au micros-
cope :

— Il y a encore une part en moi qui mesure ma
chute. Une part effrayée. Mais l'autre partie, de plus
en plus grande, jouit de cette libération. C'est
comme une poche d'encre qui se répand dans mon
cerveau. (Il ricana.) Je suis infiltré, Mat. Infiltré chez
les damnés. Dans peu de temps, je serai perdu pour
la cause…

Je sentis monter l'irritation en moi. Toute ma
démarche était à l'opposé de ce discours, de cette
position. Je voulais tirer cette enquête vers le
rationnel, le concret, et Luc se roulait dans les diableries.

— Tu as parlé d'un service, dis-je avec impatience. Qu'est-ce que c'est ?

— Protège ma famille.

— De qui ?

— De moi. Dans un jour ou deux, je répandrai la
violence et la terreur. Et je commencerai par mes
proches.

Je posai ma main sur son épaule :

— Luc, tu es soigné ici. Il n'y a rien à craindre.
Tu…

— Ta gueule. Tu ne sais rien. Bientôt, ce n'est
pas cette chambre d'isolement qui pourra m'empêcher d'agir. Bientôt, vous me ferez tous de nouveau
confiance. En apparence, j'aurai retrouvé ma santé
mentale. Mais c'est alors que je serai vraiment dangereux…

Je soupirai :

— Concrètement, que veux-tu que je fasse ?

— Mets des gars devant chez moi. Protège Laure. Protège les petites.

— C'est absurde.

Il me lança un regard aigu, comme s'il voulait entrer dans ma tête.

— Je ne suis pas la seule menace, Mat.

— Qui d'autre?

— Manon. Elle va vouloir se venger.

C'était le délire de trop. Je me relevai :

— Il faut que tu te soignes.

— Écoute-moi!

Un bref instant, il fut défiguré par la haine. Un bref instant, je crus au règne de Satan.

— Tu crois qu'elle va me pardonner d'avoir témoigné contre elle? Tu ne la connais pas. Tu ne sais rien de son esprit. Tu ne sais rien de Celui qui l'habite. Dès qu'elle le pourra, elle agira. Elle détruira ce que j'ai de plus cher. Son air d'innocence est un masque. Elle est saturée par le diable. Et lui ne peut me pardonner. Je suis en train de trahir leur secret, tu piges? Il va vouloir arrêter ça. Et se venger sur les miens!

— Tu délires complètement.

— Fais-le. Au nom de notre amitié.

Je reculai d'un pas. Je savais que Zucca nous observait à travers le store. Il allait revenir m'ouvrir la porte. J'avais prévu d'interroger Luc sur ses souvenirs d'après son réveil. Je voulais savoir s'il ne se rappelait pas un médecin en particulier, qui serait revenu plusieurs fois auprès de lui. Un possible Visiteur des Limbes.

Mais je renonçai à toute question.

Haldol ou non, Luc ne faisait plus aucun distinguo entre la réalité et son délire.

La porte se déverrouilla dans mon dos. Luc se dressa sur son matelas :

— Envoie des mecs. Je t'en prie. Tu peux faire ça, non ?

— Aucun problème. Compte sur moi.

109

Retour à la boîte.

Mes dossiers étaient arrivés, par fax et par mail.

Le rapport de la commission internationale d'experts à propos d'Agostina Gedda.

Le dossier médical et psychiatrique de Raïmo Rihiimäki.

La liste de tous ceux qui avaient approché Luc à l'Hôtel-Dieu.

Gardant mon manteau, j'imprimai les deux derniers documents, reçus par mail, et commençai ma lecture du fax affichant la liste des experts qui avaient attesté le miracle d'Agostina. Le fameux Comité Médical International :

— Prof. Andreas Schmidt
Universität zu Köln
Albertus-Magnus-Platz
50923 KOLN — DEUTSCHLAND

— Dr.ssa Maria Spinelli
Policlinico Universitario
Viale A. Doria – 95125 CATANIA-ITALIA

— Dr. Giovanni Ponteviaggio
Ospedale dei bambini G. di Cristina
piazza Porta Montalto – 8 90134 PALERMO-ITALIA

— Prof. Chris Hartley
King's College London
Strand, London WC2R 2LS – ENGLAND, UNITED KINGDOM

— Dr. Martin Gens
Centre Hospitalier Psychiatrique de Liège
Site du Petit Bourgogne
Rue Professeur -Mahaim 84
4000 LIÈGE BELGIQUE

— Prof. Moritz Beltreïn
Centre Hospitalier Universitaire Vaudois
Rue du Bugnon 46
1011 LAUSANNE – SUISSE

— Mgr. Filippo de Luca
Caritas Diocesana di Livorno
Via del seminario, 59
57 122 LIVORNO – ITALIA

— Pierre Bucholz
Bureau des Constatations Médicales
Les Sanctuaires
1, avenue Monseigneur-Théas
65108 LOURDES CEDEX – FRANCE

Un nom me sauta au visage : Moritz Beltreïn. Que foutait-il sur cette liste ? En tant que spécialiste international du coma, il n'était pas si étonnant que la Curie romaine l'ait sollicité pour étudier le cas d'Agostina mais je me souvenais lui avoir soumis le nom de la miraculée de Catane : il avait prétendu ne pas la connaître. Pourquoi avait-il menti ?

Je pris les feuilles concernant Raïmo Rihiimäki, fraîchement imprimées. J'attrapai un feutre surligneur et relevai, au fil du texte estonien, les noms propres. Je passai sur chacun d'eux un trait de couleur – ce n'étaient que des noms d'origine balte, qui ne me disaient rien.

À la fin du rapport, je tombai sur un passage rédigé en anglais. Un bilan signé par un expert étranger, venu en renfort pour constater la rémission de Raïmo.

Je faillis hurler.

La signature indiquait : Moritz Beltreïn !

Les lignes se brouillèrent devant mes yeux. Le Suisse pouvait-il être le Visiteur des Limbes ? Ou du moins avoir un lien avec la série des meurtres ? Ce professeur terre à terre, qui m'avait ri au nez quand je lui avais parlé de miracle et de diable ?

J'attrapai dans l'imprimante la liste d'Éric Thuillier – les médecins, spécialistes et infirmières qui avaient approché Luc Soubeyras depuis son réveil. Une trentaine de noms au total.

Je suivis la liste des patronymes de mon Stabilo. En haut de la deuxième page, quatre syllabes m'arrachèrent un gémissement : Moritz Beltreïn. Présent dans le service de réanimation de l'Hôtel-Dieu les 5, 7 et 8 novembre !

Présent dès le premier jour d'éveil de Luc Soubeyras.

Mes pensées battaient au rythme de mon cœur.

Saccades et cataractes.

Moritz Beltreïn en Visiteur des Limbes.

Le bonhomme indéchiffrable. Le sosie d'Elton John. Le créateur des Sans-Lumière, vraiment? Le manipulateur qui se glissait dans l'inconscient des rescapés et tuait selon un rituel démoniaque?

Je décrochai mon téléphone et appelai Thuillier. J'attaquai aussi sec :

— Je voulais vous parler d'un médecin suisse. Moritz Beltreïn.

— Oui. Et alors?

— Vous le connaissez?

— Bien sûr. Une sommité.

— Je vois sur votre liste qu'il est venu à l'Hôtel-Dieu, quand Luc s'est réveillé.

— Un hasard. Il était de passage à Paris. Il a interviewé Luc pour un bouquin qu'il écrit sur le coma. Ou un article, je ne sais plus.

— Que pensez-vous de lui?

— Un génie. À lui seul, il a révolutionné les techniques de réanimation. Pas un fait ne se passe dans ce domaine sans qu'il soit au courant.

Alternance de fouets brûlants et glacés sur mon visage. Beltreïn cadrait parfaitement avec le profil du Visiteur. Il était informé des cas de réanimation les plus spectaculaires à travers le monde. Il disposait d'un solide réseau international. Son regard était tourné en permanence vers ces confins inexprimables de l'esprit. Le coma. La mort. Le réveil. Un homme qui, derrière ses allures de médecin cartésien, devait être fasciné par les limbes de l'inconscience…

— Savez-vous s'il a vu plusieurs fois Luc?

— Pourquoi ces questions ?

— Essayez de vous souvenir.

— Il est venu plusieurs fois, oui. Il est ami avec le directeur de notre service. Je vous répète qu'il prépare un livre.

Un spécialiste de la réanimation. Un expert en anesthésie. Un médecin qui pouvait jouer avec les frontières de l'esprit humain. D'un coup, je le visualisai : debout dans la chambre, injectant à Luc un composé à base d'iboga, puis réapparaissant, grimé, luminescent, dansant dans l'obscurité…

Le diable albinos du couloir.

— La première fois, fis-je à court de souffle, vous m'avez parlé de traces d'injection sur les bras de Luc.

— Et alors ?

— Ces derniers jours, en avez-vous remarqué de plus récentes ?

Thuillier comprit enfin où je voulais en venir :

— Vous pensez que Beltreïn est votre docteur Mabuse ?

— Y avait-il des traces toutes fraîches ou non ?

— Impossible à dire. Un réanimé est une vraie passoire. Les perfusions, les traitements, les…

— Merci, docteur.

— Attendez. Je connais Beltreïn depuis longtemps et…

— Je vous rappelle.

Je raccrochai sans reculer sur mes soupçons. D'une façon ou d'une autre, Beltreïn était lié aux Sans-Lumière. Je regardai ma montre : 14 h 40. Et toujours aucune nouvelle de Manon.

Dans l'ébullition de mon crâne, un plan se faisait

jour. Prendre le premier TGV pour Lausanne afin d'interroger Beltreïn à son retour de séminaire. Mieux encore : fouiller son appartement avant son arrivée.

Peut-être une manière stupide de brûler huit heures de la journée. Peut-être au contraire l'ultime chapitre de mon enquête.

J'appelai Foucault et lui demandai de réceptionner Manon à sa sortie de garde à vue et de rester auprès d'elle. Je savais qu'il saurait gagner sa confiance. Il n'avait pas raccroché que je composais déjà le numéro de la gare de Lyon.

110

TGV, en première.

Long fuselage de confort, plongeant dans les forêts, les plaines, les collines. Front collé à la vitre, je songe à une scie monstrueuse qui découpe le paysage, l'ouvre comme un ventre plein. Dans ma chair, le bourdonnement du vent, le glissement sourd des rails – qui renforcent encore l'impression de coffre, de bunker lancé à pleine vitesse.

Autour de moi, des hommes en cravate, les yeux rivés sur leur ordinateur, le visage penché sur leur cellulaire. Conversations téléphoniques. Toujours le même ton grave, entendu, raisonneur, les mêmes sujets commerciaux, le même matérialisme acharné. Tout cela capté à travers mon propre cauchemar…

Qui pourrait croire que je roule vers un tueur sauvage?

Moritz Beltreïn en Visiteur des Limbes.

Pour la centième fois, je pèse le pour et le contre.

Pour. Sa présence auprès des quatre suspects de l'affaire. Son mensonge à propos d'Agostina et de Raïmo, lors de notre première rencontre. Sa connaissance du coma, de la réanimation, de la pharmacologie. Et son lieu d'existence, non loin des vallées du Jura, une région qui m'est toujours apparue comme le berceau du tueur...

Contre. Spécialiste mondial de la réanimation, Beltreïn peut avoir croisé la route des rescapés pour raisons professionnelles. Son signalement physique : comment le petit homme à grosses lunettes pourrait-il être devenu un ange filiforme, un vieillard luminescent, un enfant aux chairs arrachées?

Encore une fois, je me prends à douter. Après tout, même mon postulat de départ, mon Visiteur des Limbes, ne repose sur rien. Tout ça n'est peut-être qu'un mirage... Un délire personnel...

Je plonge la main dans mon cartable et extirpe la documentation sur Beltreïn que j'ai imprimée avant de partir. Une biographie complète, bricolée avec des fragments trouvés sur le site Internet de l'hôpital universitaire de Lausanne et des articles glanés dans les quotidiens suisses.

Né en 1952, dans le canton de Lucerne. Études à Zurich. Faculté de médecine, chirurgie cardiovasculaire, jusqu'en 1969. Puis Harvard (PBBH), de 1970 à 1972. Ensuite, la France, où il intègre l'équipe de chirurgie de l'hôpital de Bordeaux (1973-1978).

Retour en Suisse enfin, à l'Hôpital Universitaire de Lausanne, où il devient chef du service de Chirurgie cardio-vasculaire en 1981.

Je passe sur les distinctions à rallonge, les conférences et séminaires à travers le monde. Parmi les articles, je cherche une ombre, une faille entre les lignes. Rien. Pas la moindre croyance ésotérique. Pas le moindre problème dans les établissements où il a travaillé. Pas le moindre soupçon, la moindre tache, dans aucun domaine.

Célibataire, sans enfant, l'homme est entièrement dévoué à son métier. Un chercheur de génie, une fierté nationale, qui sauve des vies comme d'autres vont pointer à l'usine.

Je contemple les photographies des articles. Visage rond, frange basse, carreaux épais. Une tête de caniche chevelu, avec quelque chose d'opaque, d'abstrait, de dissimulé. Le Visiteur des Limbes ?

Impossible de faire pencher la balance.

Ni dans un sens, ni dans un autre.

Lausanne.

À la première agence de location de voitures, je choisis une classe E, histoire de me fondre parmi les berlines suisses. Je consulte ma boîte vocale avant de démarrer. Pas de message. Aucune nouvelle de Manon, ni de mes hommes.

Je démarre en ravalant ma rage.

Si Corine Magnan la garde cette nuit, j'irai moi-même la chercher.

Je prends la route du CHUV, sillonnant les pentes et les avenues surplombées par les câbles de tramway. L'annexe des Champs-Pierres apparaît. Ses façades blanches, ses jardins zen, ses globes lunaires et ses petits pins.

Je monte au service cardio-vasculaire et surprends mon étudiante, fidèle à son poste. Avec sa boîte de Tic-Tac.

— Salut! s'exclame-t-elle. Vous m'aviez promis de ne pas revenir.

— Comme quoi, dis-je bêtement. Je dois absolument voir le Dr Beltreïn.

— Vous venez de le manquer. Il est passé et reparti aussi sec.

— Vous avez son adresse personnelle?

Elle se lève, hissant un délicieux sourire au sommet de sa silhouette :

— Mieux que ça. Il n'est pas rentré à son appartement de Lausanne. Il est parti dans son chalet. À Riederalp.

Je sors de ma poche le plan de l'agence de location et l'ouvre sur le comptoir :

— Où est-ce?

La jeune femme remarque que mes mains tremblent mais s'abstient de tout commentaire. Elle pose son index sur la carte :

— Ici, après Bulle.

J'attrape un stylo et entoure le nom du village.

— Une fois là-bas, comment je trouve le chalet?

— Facile, dit-elle en prenant mon stylo et traçant la route. Vous continuez en direction de Spiez. À Wessenburg, vous montez sur la gauche. Villa Parcossola : c'est indiqué, sur le versant du mont Gantrish. Parcossola, c'est le nom de l'architecte qui a dessiné la baraque. C'est connu dans la région.

Elle me paraît bien au courant. Un bref instant, je me demande si elle ne fricote pas avec Beltreïn le week-end... La fraîcheur de son haleine au Tic-Tac aiguise mes sens.

— Vous reviendrez encore?

La balance oscille toujours sous mon crâne.

Beltreïn en prédateur : pour ou contre?

— Cette fois, il y a vraiment peu de chances.

— Vous avez déjà dit ça la dernière fois.

— C'est vrai. Inch'Allah!

Je repars au pas de course.

Suée glacée, souffle court.

Je longe de nouveau le lac et retrouve le paysage de mon premier périple. Les lumières lointaines, sur les versants des collines, scintillent avec douceur, comme des braises éparpillées.

À Vevey, je bifurque vers Bulle, prenant l'autoroute E27, puis quitte la voie rapide et monte vers les sommets, en direction de Spiez. Je pense à ma traversée du col du Simplon : plusieurs siècles semblent avoir passé depuis la course des tunnels.

Wessenburg.

Julie Deleuze a dit vrai : la direction de la Villa Parcossola est indiquée. Je quitte la chaussée brillante pour une route enneigée. L'humeur du paysage change comme celle d'un visage. Des sapins, de plus en plus serrés, de plus en plus noirs. Des congères mates, bleutées, faisant écho aux nuages couleur d'inox, au-dessus des bois.

Un panneau apparaît, désignant un chemin de gravier pâle. Une veine blanche dans le corps sombre de la forêt. Je me glisse sous les conifères. Je croise une centrale électrique. Bloc gris émergeant des buissons et renforçant, mystérieusement, la solitude des lieux.

Au détour d'un virage, les arbres s'ouvrent et révèlent la villa.

Structurée en plusieurs terrasses de béton, elle enjambe une cascade, la laissant filer entre ses fondations. J'éteins mes phares et attends que la demeure se précise sous la clarté de la lune. Elle rappelle une construction célèbre de Frank Lloyd Wright, la « Fallingwater », conçue sur le même principe. En suspens au-dessus des eaux.

Je stoppe à une cinquantaine de mètres de l'aire de stationnement. Aucune voiture sur le parking. J'attrape ma torche électrique, des gants de latex et me jette dehors.

Je marche vers la résidence, restant dans les ornières d'ombre. Le vacarme du torrent couvre mes pas sur les graviers.

J'englobe maintenant la villa d'un seul regard. Chaque niveau, bordé d'un balcon de ciment, s'avance de plus en plus loin au-dessus du torrent, défiant les lois de la physique. La maison, massive à l'arrière, fait contrepoids. Tout est éteint. À gauche, deux tours carrées, en briques, encadrent un hall vitré étroit. Les flots d'argent et les sapins noirs se reflètent sur le verre, donnant l'illusion d'avoir pénétré la demeure.

J'avance encore et remarque un détail. Les baies vitrées ne sont pas éteintes, mais obturées par des volets roulants. Beltreïn est-il derrière? Je plonge sous les terrasses et emprunte une coursive surplombant le torrent. Le souffle des eaux emplit tout l'espace et me fouette le visage.

Je passe sous le corps du bâtiment. Au bout de la passerelle, un escalier bétonné conduit au rez-de-chaussée, vers une pelouse argentée. J'avance et me retourne. La façade principale de la résidence est là. Avec son portail, sa sonnette, sa caméra vidéo. Le gravier brille sous la lune. On dirait un décor.

Je reviens aussitôt près de l'édifice, longe le mur vers la gauche jusqu'à l'angle, en quête d'une porte de service – ou même d'une lucarne à fracasser. J'aperçois un autre escalier, qui passe encore sous les fondations. Mû par un instinct, je l'emprunte et découvre, à mi-chemin, une porte de fer.

L'accès au sous-sol ou à un garage.

Fourmillement dans mon sang. Je dégaine mon Glock et fais sauter le cran de sûreté. Mon manteau me colle à la peau, trempé et glacé à la fois. D'un geste réflexe, je palpe le X d'acier qui barre la porte. Impossible de forcer une telle paroi. J'actionne la poignée à tout hasard. La porte pivote sur ses gonds. C'est ouvert.

Tout simplement ouvert !

Je fais monter une balle dans mon canon et me glisse dans l'ombre.

111

Un couloir.

Absolument noir.

J'avance dans les ténèbres, toute pensée arrêtée, laissant derrière moi la porte entrouverte sur le bruit du torrent. Tout de suite, je sais que je ne suis pas dans un simple lieu de débarras, garage ou hangar. Je suis dans l'antichambre d'un sanctuaire. Un lieu de béton et de silence, où on dissimule les pires secrets.

Mes yeux s'adaptent à l'obscurité. Une autre porte, au fond du boyau. À chaque pas, mon cœur descend plus bas sous mes côtes. Une chaleur vient à ma rencontre. Une moiteur qui n'a rien à voir avec la saison ni le froid du dehors. Il y a aussi l'odeur, que je reconnais sur-le-champ.

La chair crue.

La viande faisandée.

Enfin, j'y suis. Dans l'antre du Visiteur des Limbes. J'avance encore. Plus un bruit, à l'exception d'un bourdonnement provenant d'une chaudière ou d'un système de ventilation. La chaleur augmente. La porte, face à moi. Le cauchemar m'attend de l'autre côté. Cette évidence – cri silencieux dans ma tête – m'anesthésie d'un coup. La main sur la poignée, je suis très calme, comme détaché de la réalité.

La porte s'ouvre sans résistance. Tout est trop facile. Loin, très loin dans mon esprit, une sonnette d'alarme résonne : cette fluidité sent le piège, l'étau qui va se refermer sur moi. Beltreïn est là et m'attend. « TOI ET MOI SEULEMENT. »

La pièce est plongée dans l'ombre. J'attrape la lampe dans ma poche et l'allume. Je m'attendais à un vivier d'insectes, une serre remplie de lichen. C'est un simple laboratoire de photographie numérique. Boîtiers, objectifs, scanners, imprimantes.

Je m'approche d'une planche posée sur des tréteaux : des tirages y sont accumulés en désordre. Je pose ma torche, rengaine mon arme, enfile des gants de latex. Je reprends ma Streamlight et l'oriente vers les clichés. Des retrouvailles. Le visage déformé de Sylvie Simonis. Son corps rongé par les vers et les mouches. Sauf que sur ces images, la femme vit encore…

Maîtrisant mes tremblements, je passe aux autres photos. Un homme en décomposition, dont le visage se résume à une bouche hurlante. Salvatore Gedda. D'autres tirages encore. Un vieillard agonisant, verdâtre, dont les chairs craquent sous la pression des gaz. Sans doute le père de Raïmo.

D'autres visages, d'autres corps. Autant de confirmations. Depuis des années, aux quatre coins de l'Europe, Beltreïn frappe, guidé par sa spécialité, conditionnant des réanimés, torturant, décomposant, assassinant des victimes décrétées coupables, vengeant les Sans-Lumière au nom du diable.

Je voudrais que ce moment soit historique.

Que le monde entier sache.

Vendredi 15 novembre 2002, 20 heures, le commandant Mathieu Durey identifie, sur le versant du mont Gantrish, l'un des tueurs en série les plus retors du siècle naissant.

Mais non.

Personne ne sait que je suis ici.

Personne ne soupçonne même l'existence de ce tueur unique.

Je lève les yeux. Devant moi, une autre porte, peinte en noir. La suite de l'enfer. Je contourne la table. L'odeur de chair morte, de plus en plus présente. Un film de sueur colle mes vêtements à ma peau. Mes couilles, rentrées dans le bas-ventre. Mes poumons, écrasés, pas plus gros que des poings. Et toujours cette pensée d'alerte, dans mon cerveau : Beltreïn n'est pas loin.

C'est une porte coupe-feu, aux joints calfeutrés. J'inspire une goulée d'air et rentre, sans difficulté. Aucun doute : j'avance dans un piège. Mais il est trop tard pour reculer. Je suis hypnotisé, aspiré par l'imminence de la vérité, du dénouement final.

L'odeur de viande pourrie monte ici en tempête. Je ne respire plus que par la bouche. C'est une immense pièce rectangulaire, faiblement éclairée, dont les deux murs latéraux sont tapissés de cages voilées de gaze – exactement comme chez Plinkh. Le plafond et la partie supérieure des murs sont recouverts de papier kraft, abritant de la laine de verre. La chaleur est suffocante, pleine des effluves de chair en décomposition. De gros humidificateurs trônent aux quatre coins du sol.

Sur le mur du fond, les photographies affichées viennent de la collection de la salle précédente. Je m'approche. Visages rongés, chairs grouillantes, plaies purulentes. Mais aussi des images découpées dans des manuels de médecine légale, des livres d'anatomie. Des gravures, des planches d'insectes prédateurs, détaillées à la plume. Tout est exactement comme chez Plinkh. En version barbare et criminelle.

Au centre de la pièce, une paillasse supporte des bocaux, des aquariums, tous recouverts de tissus ou de sacs-poubelle. Je n'ose imaginer ce qu'il y a là-dessous – la nourriture des légions de Beltreïn.

Je me concentre sur mon rôle de flic. Je suis le commandant Durey. Je suis en mission et je dois procéder à une fouille en règle. Il ne peut rien m'arriver.

Je soulève les chiffons et contemple l'intérieur des récipients de verre. Un pénis arraché, des yeux, en suspens dans le formaldéhyde. Un cœur, un foie, brun-marron, à peine visibles dans un liquide fibreux.

Ces restes humains ne sont pas ceux de victimes, je le sais. Le toubib est aussi un détrousseur de cadavres. Un violeur de sépultures. Grâce à ses fonctions officielles, il a accès aux listes des décès, non seulement dans son hôpital, mais partout à Lausanne et dans sa région. Déterre-t-il lui-même les corps pour en nourrir ses armées ? Je songe aux familles suisses qui viennent se recueillir sur des tombes vides.

— Je pourrais leur donner des charognes animales, mais ce n'est pas l'esprit du lieu.

Je me retourne. Moritz Beltreïn se tient à l'entrée. Il porte une blouse sale, ouverte sur sa laine polaire, les deux mains glissées dans les poches de son jean. Toujours l'air d'un thésard en Stan Smith. Sa tête est plus que jamais comique, avec sa frange de caniche et ses grosses lunettes.

J'ordonne, braquant mon Glock :

— Sortez lentement vos mains de vos poches.

Il s'exécute, avec nonchalance. Je crie tout à coup :

— Pourquoi ? (Je lance un regard exorbité autour de moi.) Pourquoi tout ça ? Ces morts ? Ces tortures ? Ces insectes ?

— Tu as mené une enquête unique, Mathieu. La seule qui concerne le sujet primordial.

831

— Le diable?

— La mort. Au fond, les flics, les juges, les avocats ne parlent jamais du fait principal, du thème essentiel : les morts. Que pensent-ils des meurtres dont ils ont été victimes? Que feraient-ils s'ils pouvaient se venger?

Ses lunettes embuées reflètent les cages vertes – impossible de voir ses yeux. Il est passé au tutoiement : après tout, nous sommes des ennemis intimes.

— Pour la première fois, reprend-il, grâce au Maître, les morts ont la parole. Une seconde chance. Je les aide à revenir et à se venger de la cruauté des vivants.

J'ai envie de hurler. Beltreïn parle encore comme si les Sans-Lumière exécutaient leurs propres crimes. Pas question de me laisser embobiner. Je reprends mon souffle et articule, plus calmement :

— C'est vous qui avez tué Sylvie Simonis, Salvatore Gedda, Arturas Rihiimäki. Et bien d'autres!

— Tu n'as rien compris, Mathieu. Je n'ai tué personne. (Il ouvre les mains, prenant un air modeste.) Je ne suis qu'un pourvoyeur. Un intercesseur, si tu veux. Je ne fais que fournir les... matières premières.

Je n'en crois pas mes oreilles. J'ai enfin trouvé le tueur, le cinglé, le Visiteur des Limbes – et le taré me sert encore un baratin sur la culpabilité des Sans-Lumière.

— Je sais tout, dis-je, entre mes dents serrées. Vos intrusions dans l'esprit des réanimés. Votre méthode pour recréer une NDE. L'utilisation de la suggestion, de l'iboga, et de je ne sais quelles substances encore. Vous avez conditionné ces gens. Vous leur avez fait croire qu'ils avaient vu le diable. Vous avez truqué leurs souvenirs. Vous les avez persuadés de leur culpabilité. Mais c'est vous, et personne d'autre, qui torturez et tuez. Vous fabriquez des Sans-Lumière. Vous organisez leur vengeance. Vous répandez le mal et la mort !

— Je suis déçu, Mathieu. Tu es parvenu jusqu'à moi et pourtant, une grande part de la vérité t'échappe encore. Parce que tu refuses, même aujourd'hui, l'évidence. La puissance de Satan. Lui seul les a sauvés et ils se sont ensuite vengés. Un jour, un livre sera écrit, à propos des Sans-Lumière.

C'est moi qui suis déçu. Je n'obtiendrai aucun discours rationnel de la part de ce meurtrier. Beltreïn est prisonnier de sa folie. Bon pour l'asile et l'acquittement. Je songe aux corps convulsés de souffrance, au cadavre castré de Sarrazin, à la folie sans retour de Luc – et je lève le chien de mon arme.

— C'est terminé, Beltreïn. Je suis la fin de l'histoire.

— Rien n'est terminé, Mathieu. La chaîne va continuer. Avec ou sans moi.

Une vibration me passe sous la chair. Mon portable. Je reste paralysé. Le médecin sourit :

— Réponds. Je suis sûr que cet appel va t'intéresser.

Sa voix confiante m'effraie. Ce coup de téléphone paraît avoir sa place dans un plan mûri de longue date. Je songe à Manon. Tâtant ma poche, je trouve mon cellulaire. Foucault :

— Où t'es ?

— En Suisse.

— En Suisse, mais qu'est-ce que tu fous ?

La voix de mon adjoint ne cadre pas. Il est arrivé quelque chose.

— Qu'est-ce qui se passe ?

Le flic ne répond pas. Son souffle, dans le combiné. Comme s'il retenait des sanglots. Je ne quitte pas Beltreïn des yeux, toujours en joue.

— Qu'est-ce qui se passe, merde ?

— Laure est morte, putain. Laure et ses deux filles.

La pièce chavire. D'un coup, le sang quitte entièrement mon corps. Beltreïn me sourit toujours sous sa frange et ses lunettes. Je m'appuie contre la paillasse et touche un bocal. Je retire vivement mes doigts.

— Qu'est-ce... qu'est-ce que tu racontes ?

— Égorgées. Toutes les trois. Je suis chez elles. Tout le monde est là.

— Quand ça s'est passé ?

— D'après les premières constates, il y a une heure.

Mes yeux s'emplissent de larmes. Ma vision devient trouble. Je ne comprends plus rien. Mais une évidence palpite déjà au fond de mon esprit : l'auteur du massacre ne peut pas être Beltreïn. Je trouve la force de demander :

— Vous êtes sûrs ?

— Certains. Les corps sont encore chauds.

Aucun suspect pour ce nouveau carnage. Aucune explication pour cette ultime horreur. Puis, comme un poison, la voix de Luc : « *Manon. Elle va vouloir se venger.* » Soudain, je me souviens. Luc m'a

834

demandé de protéger sa famille et je n'ai pas bougé un doigt. Je n'ai même jamais repensé à sa requête. Ma voix tremble :

— Où est Manon ?

— Dans la nature. Elle a été libérée il y a cinq heures.

— Putain, je t'avais dit de…

— Tu ne piges pas : quand tu m'as appelé, elle était déjà sortie.

— Et tu ne sais pas où elle est ?

— Personne ne le sait. Tous les flics la cherchent.

— Pourquoi ?

— Mat, t'es à la ramasse. Pendant sa garde à vue, Manon est devenue folle. Hystérique. Elle a juré qu'elle se vengerait de Luc. Qu'elle détruirait sa famille. On a déjà trouvé ses empreintes partout dans l'appart.

— QUOI ?

— Bon Dieu, réveille-toi ! C'est elle qui les as tuées ! Toutes les trois. C'est un monstre ! Un putain de monstre en liberté !

Longue chute libre au fond de moi. Et toujours Beltreïn et son sourire. Sa silhouette trapue à travers mes larmes. Une spirale m'emporte, m'aspire. Le Mal est un défaut de lumière. Ce défaut m'absorbe maintenant, tel un gigantesque trou noir…

Je perds conscience. Une fraction de seconde. Et me reprends aussitôt. Beltreïn n'est plus là. Par réflexe, j'empoche mon cellulaire et braque mon arme. Derrière moi, la voix retentit :

— Convaincu, maintenant ?

Volte-face. Beltreïn se tient devant le mur du fond,

entre les photos d'horreur. Dans sa main, un automatique énorme : un Colt .44.

Ce n'est pas si grave.

Plus rien n'est grave désormais.

Nous allons mourir ensemble.

— Manon les as tuées, n'est-ce pas ? demande-t-il d'une voix suave. Elle s'est vengée. J'attendais un appel de ce genre.

— C'est impossible. Elle était en garde en vue…

— Non. Et tu le sais. Il est temps que tu regardes la vérité en face.

Je ne trouve rien à répondre. Ma faculté de penser, bloquée. Détruite.

— Elle est Sa créature, enchaîne-t-il. Plus rien n'arrêtera sa marche. Elle est libre. Intensément libre. *« La loi est ce que nous faisons. »*

J'émets une sorte de râle, à mi-chemin entre rire et sanglot.

— Que lui avez-vous fait ? Que lui avez-vous injecté ?

Son sourire s'étire sous ses verres, frauduleux, malveillant.

— Je ne lui ai rien fait du tout. Je ne lui ai même pas sauvé la vie.

— Et votre machine ?

— Tu es rivé à ta logique, Mathieu. Tu n'as jamais vu plus loin que ta raison. Manon a été sauvée par le diable. Si on t'avait dit qu'elle avait été sauvée par Dieu, tu aurais fermé les yeux et récité un *Notre Père*.

Je voudrais hurler « non ! » mais rien ne sort de ma gorge. Je prends enfin conscience de notre fin imminente – arme contre arme, nous allons nous entre-tuer. Mon détachement recule déjà : je ne dois pas mourir. L'enquête n'est pas finie. Je dois arracher Manon à ce cauchemar. Prouver son innocence. Je dois me réveiller et neutraliser le salopard.

— Tu cherches un assassin terrestre, poursuit-il. Tu as toujours refusé les enjeux de ton enquête. Ton seul ennemi est notre Maître. Il est là, enfoui en nous. Peu importe qui a tué ou qui est tué. Ce qui compte, c'est Sa puissance à l'œuvre, qui révèle les rouages secrets de l'univers. Les Sans-Lumière sont des phares, Mathieu. Je ne fais que les aider. Je les attends à la sortie de la gorge. Même eux ne m'intéressent pas. Ce qui m'intéresse, c'est la lumière noire qui scintille au fond de leur âme. Satan derrière leurs actes !

Je n'écoute plus son délire. Si Beltreïn était en Suisse, qui a tué Laure et ses filles ? L'histoire n'est pas terminée. L'enquête n'est pas close...

— Et n'oublie jamais cette vérité, Mathieu : Manon Simonis est la pire de la lignée.

— Je ne veux pas entendre ça ! dis-je en avançant. C'est toi le seul assassin de cette affaire ! C'est toi qui les as tués. Tous !

En guise de réponse, il lève son bras et presse la détente. Je suis sur lui. Mon épaule détourne son tir. Un bocal éclate dans mon dos. Des organes tombent à mes pieds alors que je fais feu à mon tour. Beltreïn m'a déjà saisi le poignet en poussant un hurlement aigu. Ma balle se perd dans les cages. Je coince ma crosse sous sa gorge, bloquant son bras armé de mon épaule droite. La douleur de ma blessure se réveille. On bute contre la paillasse. Des bocaux roulent à terre. Nous pataugeons dans le formol et les chairs mortes. Beltreïn s'écarte du comptoir. Je m'accroche à lui, lui interdisant tout recul pour tirer. Nous pivotons ensemble jusqu'à rebondir contre les cages puis de nouveau contre l'angle de faïence.

Beltreïn glisse à terre. Je tombe avec lui. Splash visqueux dans le formol, les organes, les tessons. Il fait feu à deux reprises, à l'oblique, visant ma gorge. Manqué. Une pluie de verre, de chairs, de liquide froid s'abat sur nous. Je pousse un cri au contact des fragments humains qui poissent ma nuque mais ne lâche pas prise – Beltreïn ne cesse de glapir. Nouvelles détonations. Je ne sais même plus qui tire. Nous sommes entremêlés, à battre des bras, des jambes, barbotant dans la flaque immonde.

Je bascule sur le dos. Beltreïn se rue sur moi, toutes dents dehors – ses grosses lunettes sont de travers, tachées de franges brunes. Je le propulse en arrière. Une cage s'effondre entre nous. À travers la gaze et les mouches, Beltreïn ajuste son calibre.

Je groupe mes jambes et les détends de toutes mes forces dans les débris de la cage. Le dément appuie sur la détente : le châssis de bois dévie sa main, la balle se perd encore une fois. Beltreïn écarte les fragments, parmi les insectes bourdonnants. Je roule sous la paillasse. Des centaines de vers rampent sur mes mains, glissent dans mes manches.

Le souffle rauque de Beltreïn, tout proche. Grognant, riant, il se penche pour me repérer. Sous la table, je ne vois plus que ses jambes. J'ai perdu mon arme. J'aperçois un tesson de bouteille. Je l'attrape et le plante dans le mollet du tueur, jusqu'à buter contre son os. Le monstre pousse un hurlement aigu. J'abandonne le fragment dans ses chairs et me glisse de l'autre côté du comptoir.

Les cris de Beltreïn emplissent la salle. J'ai perdu tout sens de l'orientation. Je ne vois rien, à l'exception de la gaze, des organes, des vers. Mon adversaire, hurlant toujours, fait le tour de la paillasse en traînant sa jambe ensanglantée. Je roule à nouveau dessous et tente une sortie de l'autre côté. Je me relève, m'appuyant sur les carreaux. Beltreïn est à quelques mètres. Il ne me cherche plus. Il se débat parmi les insectes, agitant son flingue comme un chasse-mouches.

Je traverse le nuage bourdonnant, contourne la table et empoigne sa grosse tête. Je la fracasse plusieurs fois contre l'angle du comptoir. Ses lunettes tombent. Les mouches s'enfouissent aussitôt sous ses paupières mais s'acharnent aussi sur moi. Je ne vois plus rien. J'ai seulement cette tête entre mes mains et les couinements du salopard qui résonnent sous ma peau, vibrant jusqu'au bout de mes terminaisons nerveuses.

Le dément se débat toujours. Nous chutons encore. Il est sur moi, traits ensanglantés, tapissés d'insectes. Je ne sais par quel prodige, il tient toujours son arme. Je trouve à tâtons une baguette de bois arrachée, provenant d'une des cages. Je ferme les yeux, assailli de mouches, dresse mon bras et palpe sa figure. Je cherche le point sensible de sa tempe, là où l'os conserve une tendresse de nouveau-né. Je plante la baguette dans ce point exact et l'enfonce jusqu'à ce que le bois pète entre mes doigts. Je recule et ouvre les paupières. Les mouches m'abandonnent déjà. Elles sont rivées à la cervelle rosâtre de Beltreïn qui jaillit de son crâne percé, formant une sorte de tumeur vivante.

112

Je dévalai la pente, trébuchant et me relevant plusieurs fois. Sans me retourner. Je ne voulais plus voir le bunker – le tombeau du démon. Rengainant mon Glock que j'avais récupéré, je parvins à ma voiture. Je sentais les assauts glacés du vent, collant mes vêtements trempés de formol et de sang. Ces à-coups étaient comme les plaques d'acier qu'on utilise en radiographie, si froides qu'elles brûlent la chair. J'aimais ce contact. Il balayait les mouches, les vers, les particules d'organes. Les empreintes du fou sur ma peau.

Derrière mon volant, je marmonnai des prières, me balançant d'avant en arrière, façon sourates, tentant l'impossible : pardonner à Beltreïn. Je psalmodiai, les yeux fermés, le corps tendu, mais le cœur n'y était pas. Plus la moindre compassion chrétienne dans mon esprit. Ni pour lui, ni pour moi.

Je démarrai. L'idée des empreintes de pneus me fit penser à celles que j'aurais pu laisser à l'intérieur de la villa – je regardai mes mains. J'avais gardé mes gants de latex. Je les arrachai et les fourrai dans ma poche, avec soulagement.

Je fonçai pied au plancher, dévalant les lacets qui me ramenaient à la vallée. Mes phares. J'avais oublié d'allumer mes phares. Quand les lumières jaillirent, j'eus l'impression que les sapins s'écartaient, effrayés par mon passage. Malgré mon état de déliquescence, une pensée ne me lâchait pas. La dernière avant l'épilogue.

Un meurtrier courait toujours.

Celui de Laure et des enfants.

Rien n'était fini.

Aussitôt, je songeai à une autre urgence : Manon. Lui mettre la main dessus avant les flics. Trouver une explication – ses empreintes sur la scène de crime – et la placer hors de tout soupçon.

J'empruntai un sentier et roulai dans la forêt. Je sortis de la voiture, plongeai mon visage dans les feuilles, les épines, le frottant jusqu'à le faire saigner. J'enlevai mon manteau, le secouai, le battis. J'arrachai ma chemise, la retournai, chassai les derniers vers entre les plis détrempés. Enfin, la peau rougie par le froid, secoué de spasmes, je tombai à genoux et attendis que le vent me lave de la mort et de mes péchés. Je priai pour que la tempête purifie mon âme…

Hébétude. Abolition du temps. Je gelais sur place, torse nu, sans que la moindre sensation vienne à mon secours. Puis, lentement, une image se dessina dans mon esprit. Camille et Amandine, au réveil, chemises de pilou, visages ensommeillés, doudou à la main, se versant des corn-flakes dans un bol. J'éclatai en sanglots, face contre terre.

Combien de temps s'écoula ainsi ? Impossible à savoir. Je me relevai avec effort. Claquant des dents, je me traînai à l'intérieur de la voiture. Mis le contact et réglai le chauffage à fond. Au bout d'une éternité, alors que la chaleur me ramenait à moi-même, j'appelai Foucault.

— C'est moi, râlai-je. Vous avez retrouvé Manon?

— Non.

— T'es passé chez moi?

— Elle n'y est pas. Y a des flics partout. Putain. Tout ce qui porte un uniforme à Paris la cherche!

L'idée me fit mal. Manon perdue dans la ville, s'incrustant dans les ombres des porches, s'insinuant dans la foule du vendredi soir. Pourquoi ne m'appelait-elle pas? L'air chaud saturait l'habitacle mais je grelottais toujours.

— Et Luc?

— Va falloir ajouter des barreaux à sa cellule quand il saura. Qui va le lui dire?

— Je ne sais pas. Les toubibs. Ou Levain-Pahut.

J'étais soulagé à l'idée de ne pas avoir à le faire. Je songeai encore une fois aux deux petites filles. Deux grâces avaient disparu de la Terre. Je reconnaissais maintenant mon désespoir. Son visage particulier.

Celui du Rwanda.

Le désespoir de l'absence de Dieu.

— Et toi, reprit Foucault, où t'en es?

— Il y a un autre mort.

— En Suisse?

— Je te file l'adresse. Préviens les flics de Lausanne.

— Qui c'est?

— Moritz Beltreïn. Un toubib.

842

— Qu'est-ce qui s'est passé ?

— Tu notes ?

Je lui dictai les coordonnées de la villa Parcossola et précisai :

— Appelle d'une cabine. Incognito.

L'image du médecin dévoré par les mouches reflua dans ma mémoire.

— Et dis-leur de se magner s'ils veulent retrouver quelque chose du cadavre.

— Pourquoi ?

— Ils verront par eux-mêmes.

— Tu rentres quand ?

— Cette nuit, en voiture. Foucault : tu dois trouver Manon avant les autres.

Il souffla, trahissant l'épuisement et la résignation :

— Si je la loge, je la livre.

— Non. Tu la gardes jusqu'à mon retour ! On l'amènera ensemble au juge.

Foucault marmonna un salut. Je repris ma route vers Lausanne. Le calme revenait dans mes veines. Un calme proche du néant. Un état post-traumatique. Je me concentrai sur les lumières de l'autoroute. Ce seul effort suffisait à emplir ma conscience.

Aux alentours de Vevey, mon cellulaire sonna.

— C'est moi.

Mon cœur se décrocha dans ma poitrine.

La voix de Manon.

— Où tu es ?

— Chez maman.

— Où ?

— Chez maman, à Sartuis.

Je cherchai une logique à ses paroles. Je n'en trouvai pas et m'accrochai à un détail pratique :

— Tu as pris le train ?

— Gare de l'Est.

— À quelle heure ?

— Je sais pas. Quand je suis sortie du bureau du juge.

— Tu es allée directement à la gare ?

— Oui.

— Tu n'es pas allée chez Luc ?

— Non. Pourquoi ?

Je songeai à ses empreintes dans l'appartement de la rue Changarnier.

— Tu n'y es jamais allée ?

— Mais non !

Une évidence sous ses réponses : elle ignorait tout des meurtres. Calcul rapide. Il était 22 heures. Il fallait au moins cinq heures pour atteindre Besançon et une heure de plus pour rejoindre Sartuis. Manon avait été libérée aux environs de 15 heures, avant que j'appelle Foucault pour qu'il la récupère. Cela signifiait qu'elle avait aussitôt pris le train et qu'elle venait d'arriver à Sartuis. Ce timing lui fournissait un alibi indiscutable pour le massacre de la famille Soubeyras. Une onde de chaleur se diffusa dans mon corps.

— Quelqu'un t'a vue ? demandai-je.

— Non.

— De Besançon à Sartuis comment tu as voyagé ?

— En taxi.

Ce chauffeur pourrait témoigner qu'il l'avait prise à Besançon. À l'heure même du crime de Paris ! Dès cette nuit, se mettre en quête du conducteur. Puis expliquer la présence des empreintes de Manon sur la scène de crime. Une machination.

Mais d'abord, la sauver.

— Pourquoi tu es allée là-bas?

— J'avais peur. Ils m'ont cuisinée des heures, Mat.

— Pourquoi tu ne m'as pas appelé?

— J'ai cru que t'étais dans le coup. Je voulais pas retourner chez toi. Et pas non plus chez moi, à Lausanne.

Manon parlait à toute vitesse, comme une petite fille chuchotant sous ses draps, au cœur de la nuit. Ma voix avait retrouvé vigueur quand je dis :

— Tu ne bouges pas. J'arrive.

113

Deux heures plus tard, je franchissais la frontière à Vallorbe. L'E23 jusqu'à Pontarlier puis la direction de Morteau, le long du Doubs. Une heure encore et j'étais en vue de Sartuis. Au fond de toute cette souffrance, une lueur palpitait : j'allais retrouver Manon et la mettre à l'abri.

Alors que je descendais vers la vallée, j'aperçus en contrebas un fourgon de la gendarmerie qui filait vers le quartier résidentiel de Sartuis, gyrophare allumé, mais sans sirène. J'attrapai mon portable.

— Foucault?

— Elle est introuvable, Mat.

— T'as aucune piste ?

— Non.

— Et les autres ?

— Rien. On pense qu'elle est repartie dans le Jura.

— Pourquoi ?

— C'est une idée de Luc.

— Luc ?

— Corine Magnan lui a annoncé la nouvelle. Il a encaissé sans un mot. De plus en plus dingue. Il a simplement dit que c'était Manon qui les avait tuées et qu'il fallait chercher à Sartuis. Il a dit qu'elle retournerait à la source. Dans la maison de sa mère.

Luc était un véritable voyant. Je raccrochai et accélérai encore. Le gyrophare bleu des gendarmes éclaboussait les versants des montagnes. Arriver avant eux. Sauver Manon. J'enfonçai encore la pédale d'accélérateur.

À l'entrée de la ville, je braquai à gauche. Je me souvenais d'une route, le long de la voie ferrée, sans carrefour ni feu rouge. J'enclenchai la quatrième et dépassai les cent trente kilomètres-heure. Mes phares semblaient arracher les arbres du bord de la route.

Quatre minutes plus tard, je traversais le quartier friqué de Sartuis. Les lumières du fourgon sillonnaient la plaine. Mais derrière moi. Je les avais devancés. Je ne disposais maintenant que de deux minutes pour retrouver Manon.

Je repérai la maison pyramidale. Son pignon de crépi blanc, sa grande baie vitrée. Pas de lumière.

Je pilai derrière la maison et appelai Manon sur son portable.

— Je suis arrivé. Où tu es ?

— Dans le garage.

Je courus jusqu'au box qui jouxtait la maison. L'éclair bleu du véhicule des gendarmes s'amplifiait toujours, semblant éclairer toute la vallée. Je frappai à la porte pivotante. Lentement, trop lentement, la paroi s'ouvrit.

Chaque seconde m'arrachait un fragment de chair.

Manon apparut dans le noir. Visage clair, brouillé par la buée des lèvres. Elle murmura :

— Je sais pas pourquoi je suis venue ici. Cette baraque me fout la trouille. Je…

— Viens.

Manon sortit sur le seuil. Elle avait les gestes courts et craintifs qu'ont les rescapés des catastrophes. Les éclairs du fourgon la pétrifièrent.

— C'est qui ? La police ?

— Magne-toi, je te dis.

— Ils savent que je suis ici ?

— Il y a du nouveau.

— Quoi ?

Les gendarmes n'étaient plus qu'à quelques centaines de mètres. Je soufflai :

— Laure, la femme de Luc. Elle a été tuée. Avec ses deux filles.

Manon émit un gémissement. Ses yeux s'allumèrent en direction du fourgon :

— Ils pensent que c'est moi qui ai fait ça ?

Sans répondre, je pris sa main et fis un pas vers la voiture. Elle résista. Je me tournai pour hurler :

847

— Viens, merde !

Trop tard. Le fourgon jaillit au détour de l'allée. J'attirai Manon, ouvris la portière et la poussai dans la voiture, côté conducteur. Je lui fourrai mes clés dans la main. Pas question qu'elle passe encore une nuit entourée d'uniformes. Elle se cacherait jusqu'à demain, le temps de retrouver le chauffeur de taxi et de la disculper.

— Pars sans moi. Roule.

— Et toi ?

— Je reste ici. Je gagne du temps.

— Non, je…

Je serrai ses doigts sur mes clés :

— Fonce vers la Suisse. Tu m'appelles dès que tu as franchi la frontière.

Elle démarra, à contrecœur. Je criai :

— Fonce ! Et appelle-moi.

Elle me regarda à travers la vitre, comme si elle voulait graver dans sa mémoire les moindres détails de mon visage. Les éclairs stroboscopiques du fourgon jetaient déjà des ombres inquiètes sur ses traits. La seconde suivante, elle avait enclenché la marche arrière et faisait ronfler le moteur.

Je me retournai et avançai sur la route. Le fourgon stoppa. Des gendarmes bondirent sur la chaussée et coururent vers moi, arme au poing. L'un d'eux hurla :

— Qu'est-ce que vous faites là ?

J'esquissai un geste pour sortir mes papiers.

— On ne bouge plus !

J'avais déjà attrapé ma carte. Je la brandis dans le faisceau de leurs phares :

— Je suis de la police.

Les hommes ralentirent le pas alors qu'un officier, emmitouflé dans un anorak noir, prenait la tête du cortège.

— Ton nom?

— Mathieu Durey, Brigade Criminelle de Paris.

Le chef saisit ma carte de flic :

— Qu'est-ce que tu fous là?

— Je travaille sur une enquête. Je…

— À huit cents bornes de chez toi?

— Je vais vous expliquer.

— Vaudrait mieux, ouais. (Il fourra mon document dans sa poche puis lança un regard, par-dessus mon épaule, vers la porte du garage ouverte.) Parce que tout ça ressemble à une violation de domicile.

Il s'adressa à ses hommes :

— Fouillez la baraque, vous autres! (Il revint vers moi.) Où est ta bagnole?

— J'ai eu une panne sur la route. Je suis venu à pied.

L'officier m'observait en silence. Le manteau trempé de formol, le visage sanglant, le col ouvert. Le gendarme respirait avec lenteur. Je ne voyais pas ses traits, à contre-jour des phares. Son col de fourrure synthétique scintillait dans la nuit.

— T'es pas clair, mon vieux, finit-il par marmonner. Va falloir tout nous raconter, et en détail.

— Aucun problème.

Un gendarme accourut derrière lui.

— Elle est pas là, capitaine.

Le gradé recula d'un pas, comme pour mieux me jauger. Il demanda à l'autre, sans me quitter des yeux :

— Le garage?

— Rien à signaler, mon capitaine.

Il frappa dans ses mains, avec entrain.

— Bon. On repart à la gendarmerie. Et on emmène monsieur. Il a plein de choses à nous raconter. Des choses qui concernent Manon Simonis.

Il tourna les talons et se dirigea vers un break bleu marine que je n'avais pas remarqué. Il ouvrit la portière passager et se pencha à l'intérieur. Il cracha dans une radio :

— Brugen ici. On rentre… Non, elle est pas là. (Il me jeta un nouveau coup d'œil.) Mais quelque chose me dit qu'elle est plus très loin…

Brugen. Je me souvenais de ce nom. Le capitaine de gendarmerie qui avait repris les dossiers de Sarrazin et qui dirigeait l'enquête sur son meurtre. Je ne savais pas si c'était une bonne ou une mauvaise nouvelle.

Deux gendarmes me guidèrent vers le fourgon. Je n'avais pas droit à la voiture. Ils ouvrirent la double porte arrière. L'odeur de tabac froid et de métal graisseux m'assaillit. J'entendais la voix de l'officier, parlant à la radio :

— Je veux un barrage sur tous les axes routiers. Besançon, Pontarlier, la frontière… Vous arrêtez chaque véhicule. C'est ça… Et n'oubliez pas elle est peut-être armée !

Combien de chances pour Manon d'échapper à ce dispositif ? Je priai pour qu'elle soit déjà près de la frontière. Elle m'appellerait alors, dormirait quelques heures, à l'abri dans la voiture, et je serais à ses côtés à son réveil, avec toutes les solutions.

114

— Qu'est-ce que tu foutais chez Sylvie Simonis?
Le tutoiement, première marque d'humiliation.

— Je mène une enquête.

— Quelle enquête?

— Le meurtre de Sylvie Simonis est lié à d'autres affaires sur lesquelles je travaille, à Paris.

— Tu me prends pour un con? Tu crois que je connais pas le dossier?

— Alors, vous savez de quoi je parle.

Je m'en tenais au vouvoiement. Je connaissais les règles : mépris pour lui, déférence pour moi. Le bureau de Brugen était étroit et froid. Des murs en contreplaqué, un mobilier en fer, des relents de vieux mégots. C'était presque comique de se retrouver de l'autre côté de la table. Je demandai, sans illusion :

— Je peux fumer?

— Non.

Il sortit une cigarette pour lui-même. Une Gitane sans filtre. Il l'alluma sans se presser, inhala une bouffée puis la recracha dans mon visage. Pour mes débuts dans la peau d'un suspect, j'avais droit à une vraie caricature.

— Dans tous les cas, reprit-il, cette affaire ne te concerne pas. Mais je sais qui tu es. La juge Magnan m'a appelé tout à l'heure. Elle m'a parlé de toi et de tes relations avec Manon Simonis…

Le capitaine Brugen bavait aux commissures des lèvres. Sa cigarette s'y collait comme un coquillage sur un rocher. Il n'avait pas quitté sa parka au col de fourrure.

— Jusqu'ici, Sarrazin a couvert tes magouilles. Je me demande bien pourquoi.

— Il avait confiance en moi.

— Ça lui a pas porté chance, apparemment.

Je songeai à Manon. Mon portable ne sonnait pas. Elle aurait déjà dû avoir atteint Le Locle, dans le canton de Neuchâtel. Je me penchai sur le bureau et changeai de ton, utilisant mon sempiternel argument :

— Cette affaire est complexe. La présence d'un flic supplémentaire ne peut pas faire de mal. Je connais le dossier mieux que…

Le gendarme éclata de rire :

— Depuis que t'es dans notre région, t'as pas arrêté de foutre la merde. Les morts s'accumulent et t'as pas eu le moindre résultat.

Je songeai à Moritz Beltreïn. Les flics helvétiques devaient être maintenant à la Villa Parcossola. Mais il n'y avait aucune raison pour qu'ils préviennent les gendarmes français. Brugen poursuivit :

— T'es plus protégé, mon vieux. On va pas se laisser emmerder par un flic de Paris.

— C'est à Paris que l'enquête se poursuit.

— Où est Manon Simonis ?

— Je n'en sais rien.

— Que faisais-tu dans la maison de sa mère ?

— Je vous le répète : je poursuis mon enquête.

— Qu'est-ce que tu cherchais ?

Je ne répondis pas. Il continua :

— T'es entré par effraction dans la maison d'une victime. T'es très loin de ta juridiction et t'as aucune autorité, à aucun niveau que ce soit. Sans compter ton allure qui laisse franchement à désirer. On pourrait se lancer dans l'analyse de tes vêtements. Je suis sûr qu'on aurait des sacrées surprises. T'es mal barré, mon gars. (Il fit balancer son siège jusqu'à s'appuyer contre le mur, les bras croisés : un numéro très au point.) Pourtant, je peux passer l'éponge si tu me dis ce que tu cherchais chez Sylvie Simonis.

Je changeai de tactique. Après tout, peu importait ce qui m'arrivait ici. À condition que Manon soit en lieu sûr, c'est-à-dire en Suisse.

— Je ne peux rien dire, fis-je d'un ton désolé. Appelez mon commissaire divisionnaire, Nathalie Dumayet, à la Brigade Criminelle. Nous…

— Je vais surtout te foutre en cellule.

— Ne faites pas ça.

Il détacha une particule de tabac de sa lèvre puis aspira une nouvelle bouffée :

— Pourquoi pas ?

N'y tenant plus, je sortis mon cellulaire, vérifiant son écran. Pas de message.

— Tu attends un appel ?

Le ton sardonique me vrilla les nerfs. Brugen se balança à nouveau et s'accouda au bureau. Je pouvais sentir son haleine : pas le moindre soupçon d'alcool. Par ce froid polaire, c'était presque un exploit.

— Où est ta voiture ?

— Je vous ai expliqué. Je suis tombé en panne.

— Où ?

— Sur la route.

— D'où tu venais ?

— De Besançon.

— Mes hommes ont cherché : ils n'ont pas trouvé de bagnole.

— Je ne sais pas.

— Et ces taches sur ton manteau ?

— Je suis tombé sur la route.

— Dans une flaque de formol ? (Il ricana.) Tu pues la morgue, mon vieux. Tu…

La sonnerie du téléphone fixe l'interrompit. Brugen parut se souvenir de sa cigarette. Il l'écrasa lentement dans un cendrier en aluminium qui traînait puis décrocha, sans se presser.

— Ouais ?

D'un coup, son sourire disparut. Son teint rougeâtre vira au rose pâle. Quelques secondes passèrent. L'expression du gendarme ne cessait de se pétrifier. Il grommela :

— Où, exactement ?

Le sang quittait les milliers de vaisseaux de son visage. Une ombre voilait maintenant ses yeux. Il conclut dans un souffle :

— Je vous rejoins là-bas.

Il raccrocha, fixa un instant la surface du bureau, puis attrapa mon regard :

— Une mauvaise nouvelle.

Une sourde appréhension m'étreignit le cœur. Il murmura, baissant les paupières :

— Manon Simonis est morte.

Le gendarme ouvrit les bras pour exprimer sa surprise et son impuissance puis il me tendit son paquet de cigarettes. Je captais ses mouvements au ralenti. L'instant semblait décomposé.

Puis les mots m'atteignirent enfin. Un craquement survint dans ma boîte crânienne. Un caillot de néant s'ouvrit en moi. En un éclat de seconde, j'étais devenu un fossile. Un mort calcifié.

— Elle a voulu forcer un barrage, sur la D437, aux environs de Morteau. Mes hommes ont tiré. Sa bagnole est allée s'écraser contre un mélèze. Sa tête a frappé le tableau de bord. Je… Enfin… (Il ouvrit encore les mains.) Tout est fini, quoi… On va…

Je n'entendis pas la suite. Je venais de m'évanouir.

115

Saint Thomas d'Aquin écrit : « *Dieu est bien connu quand il est connu comme inconnu.* » La prière est d'autant plus fervente que Dieu est loin, obscur, inaccessible. Le croyant ne prie pas pour comprendre le Seigneur. Il prie pour se fondre dans Son mystère, Sa grandeur. Peu importe que le seuil de souffrance soit dépassé, que le sentiment d'abandon soit écrasant. Au contraire, moins on saisit les voies du Seigneur, mieux on Le prie. Cette incompréhension même est une passerelle vers Son mystère. Une manière de se résoudre dans Son énigme. D'y brûler sa révolte, son orgueil, sa volonté. Même au Rwanda, alors que les raclements de machettes et les sifflets hurlaient au-dehors, je priais avec intensité. Sans espoir. Comme aujourd'hui…

Depuis l'aube du samedi, j'avais retrouvé la mémoire des mots.

La mémoire de la foi.

En vérité, ce credo était une attitude de surface. Une tentative pour m'abrutir, pour retourner, justement, à une incompréhension, une humilité que j'avais perdues.

En vérité, je n'étais plus un chrétien, ni même un être humain. Je n'étais plus qu'un hurlement. Une plaie béante, qui ne trouverait jamais moyen de cicatriser. Une existence atrophiée, qui s'infectait, pourrissait chaque jour davantage. Sous ma prière, sous les mots, il y avait la gangrène.

Manon.

J'avais beau me dire que la vraie vie commençait pour elle – l'éternité – et que je la retrouverais quand mon heure sonnerait, je ne pouvais admettre ce qu'on m'avait volé. Notre chance sur la Terre. Lorsque j'imaginais les années heureuses que nous aurions pu vivre, j'éprouvais la sensation physique qu'on m'avait arraché cette grâce. Comme un organe, un muscle, un morceau de chair, prélevé sans anesthésie.

La plaie avait ses variantes. Parfois, je songeais aux petites filles – Camille et Amandine. Ou à Laure, que je n'avais jamais respectée et qui maintenant venait me torturer jusqu'au bout de mes nuits blanches.

À l'aube du samedi, les gendarmes m'avaient libéré. J'avais encore dû mentir – prétendre que Manon m'avait volé ma voiture de location. J'éprouvais un remords supplémentaire à la trahir mais je devais fournir aux gendarmes une explication présentable.

En fait, ils ne demandaient plus qu'à me libérer. « *Vanitas vanitatum et omnia vanitas...* » Les gendarmes ne connaissaient ni l'Ecclésiaste ni Bossuet mais ils pouvaient sentir la totale vanité de leur interrogatoire, de leur enquête, de leur autorité.

À 8 heures du matin, j'étais libre.

Le même jour, je m'étais rendu à la morgue de l'hôpital Jean-Minjoz pour identifier le corps. Je ne conservais aucun souvenir de cette dernière rencontre. J'avais seulement assimilé deux faits pratiques, très loin, au fond de ma conscience. C'était moi qui m'occuperais des obsèques de Manon. Ce qui signifiait que je manquerais celles de la famille de Luc.

Avant de quitter la chambre froide, j'avais demandé à Guillaume Valleret, le médecin légiste de l'hôpital, de me prescrire une bonne dose d'anxiolytiques et d'antidépresseurs. Il ne se fit pas prier. Nous étions faits pour nous entendre. Un médecin des morts soignant un zombie.

J'avais ensuite cherché refuge à Notre-Dame-de-Bienfaisance, l'ermitage de Marilyne Rosarias. Lieu idéal pour m'effondrer, pleurer mes défunts parmi d'autres chrétiens en deuil, plonger dans la méditation et la prière.

Durant ma retraite, je n'avais lu aucun journal. Je ne m'étais soucié ni de l'enquête sur la mort de Beltreïn, ni de ce qu'on avait pu raconter pour conclure – tenter de conclure – l'affaire Simonis. J'avais simplement suivi, via Foucault, l'évolution du dossier Soubeyras. L'auteur du massacre était introuvable. Ce qui n'avait rien d'étonnant.

Tout cela, je le captais à travers les brumes chimiques de mon esprit et les litanies de mes prières. J'étais devenu une coquille vide, comme on en voit blanchir sur les grèves. Un autre que moi-même avait pris les commandes. Une sorte de pilote automatique, fervent, religieux, recueilli, et je le laissais faire, impuissant.

Un matin de dévotion, pourtant, une évidence me frappa. Je devais choisir un ordre monastique. Quitter ce monde de péché et de blasphème, qui m'avait vaincu. Vivre dans la pénitence, l'humilité, la soumission, au rythme des offices. Retourner à la solitude et à la connaissance la plus intime de mon âme pour renouer avec Dieu. Saint Augustin, encore et toujours : « *Ne t'en va pas au-dehors ; rentre en toi-même.* »

À partir de ce moment, ce fut la seule idée qui me tint debout.

L'enterrement de Manon eut lieu à Sartuis, le mardi 19 novembre, dans un cimetière désert. Quelques journalistes étaient là et c'était tout. Chopard, le vieux reporter, faisait de la figuration. Le père Mariotte avait accepté de bénir le cercueil et de prononcer une oraison funèbre – il devait bien ça à Manon.

Marilyne Rosarias m'avait accompagné. Quand la sépulture fut scellée, elle murmura :

— Rien n'est fini.

Je tournai la tête, sans réagir. Mon cerveau fonctionnait en première.

— Le diable est toujours vivant, continua-t-elle.

— Comprends pas.

— Bien sûr que si. Ce carnage, ce gâchis, c'est son œuvre. Ne le laisse pas triompher.

Sa voix m'atteignait à peine. Toute ma pensée était oblitérée par Manon. Un destin marqué par une étoile noire. Et quelques souvenirs, pour moi aussi sinistres qu'une poignée d'osselets dans ma main. Elle poursuivit, en désignant la tombe :

— Lutte pour elle. Que le démon ne puisse pas emporter sa mémoire. Prouve qu'elle était ailleurs et que lui seul a tué les enfants. Trouve-le. Anéantis-le.

Sans attendre de réponse, elle fit volte-face. Les lignes coupantes de sa pèlerine fendirent l'air gris. Je la regardai s'éloigner. Elle venait de prononcer tout haut ce qu'une petite voix ne cessait de me murmurer, malgré mes vœux monastiques.

La moisson de terreur n'était pas achevée.

Avant d'abdiquer, je devais agir.

Je ne pouvais laisser le dernier mot au diable.

Il me restait à le trouver et à l'affronter.

116

Vendredi 22 novembre. Retour à Paris.

La ville arborait déjà ses parures de Noël. Guirlandes, boules, étoiles : ultime affront à mes propres ténèbres. Ces lumières, ces scintillements, qui peinaient à vaincre le jour terne, ressemblaient à une galaxie miteuse dans un ciel de cendres. Je conduisais maintenant une Saab – une nouvelle voiture de location.

En route pour Villejuif, je m'arrêtai d'abord porte Dorée. Je voulais me recueillir sur les tombes de

Laure et des petites filles, enterrées au cimetière sud de Saint-Mandé.

Je trouvai sans difficulté la sépulture de granit, surmontée d'une stèle plus claire. Trois portraits étaient disposés en triangle, soulignés par ces mots :

« *Ne pleure pas sur les morts. Ils ne sont plus que des cages dont les oiseaux sont partis.* »

Je reconnus la citation. Musluh al-Dîn Saadi, poète persan du XIIIe siècle. Pourquoi un auteur profane? Pourquoi aucun signe catholique? Qui avait choisi cette phrase? Luc était-il en état de décider quoi que ce soit?

Je m'agenouillai et priai. J'étais hagard, dans un état second, ne comprenant même plus ce que signifiaient ces portraits sur la pierre, mais je murmurai les mots :

« *De toi Seigneur,*
De toi vient notre espoir
Quand nos jours sont obscurcis
Et que notre existence est déchirée... »

Je repris la route de Villejuif. Luc Soubeyras. Depuis le carnage, je ne lui avais pas parlé directement. Je lui avais seulement laissé deux messages à l'hôpital, restés sans réponse. Plus que sa détresse, je redoutais sa colère, sa folie.

À 11 heures du matin, je retrouvai le mur aveugle de l'institut Paul-Guiraud, les terrains de sport, les pavillons en forme de hangars aériens. Je m'arrêtai au pavillon 21, craignant que Luc ait déjà été transféré à Henri-Colin, l'unité pour malades difficiles. Mais non. Il était de nouveau installé dans une chambre standard du pavillon, en Hospitalisation Libre. En réalité, il n'avait passé que quelques heures en « HO ».

— Je suis désolé de n'avoir pas été là à l'enterrement.

— Tu n'étais pas là ?

Luc paraissait sincèrement étonné. En jogging bleu clair, il était allongé sur son lit, dans une attitude de décontraction. Il paraissait plongé dans ses pensées, manipulant quelques brins de corde, sans doute piqués à l'atelier d'ergothérapie.

— J'ai dû m'occuper des funérailles de Manon.

— Bien sûr.

Il ne quittait pas des yeux son bricolage de noeuds. Il parlait avec douceur, mais aussi une autre nuance : distance, ironie. J'avais préparé un discours – une tirade chrétienne sur le sens caché des événements – mais il valait mieux m'abstenir. Je n'avais pas protégé sa famille. Je n'avais prêté aucune attention à sa requête. Je risquai :

— Luc, je suis désolé. J'aurais dû réagir plus vite. J'aurais dû placer des hommes, je…

— Ne parlons plus de ça.

Il se redressa et s'assit sur le bord du lit, en soupirant. Incapable de me contenir, j'en vins directement à mon obsession :

— Ce n'est pas elle, Luc. Elle n'était pas à Paris quand Laure et les petites ont été tuées.

Il tourna la tête et me regarda, sans me voir. Ses

pupilles dorées n'étaient pas mortes, pourtant. Elles frémissaient, sous les brefs cillements.

Face à son silence, j'ajoutai, presque agressif :

— Ce n'est pas elle et ce n'est pas de ma faute !

Luc s'allongea à nouveau et ferma les yeux :

— Laisse-moi. Je dois me reposer.

Je lançai un coup d'œil autour de moi – la cellule blanche, le lit, la tablette. Pas de cahier noir. Pas de livre. Pas de télévision. Je demandai, d'une manière absurde :

— Tu… tu n'as besoin de rien ?

— Je dois me reposer. Avant d'accomplir ma mission.

— Quelle mission ?

Luc rouvrit les paupières et conserva le regard fixe. Ses cils semblaient saupoudrés de sucre de canne.

Un sourire fendit le bas de son visage :

— Te tuer.

117

De retour à mon bureau du 36, je verrouillai ma porte et regroupai mon dossier d'enquête. Tout ce que j'avais collecté depuis le 21 octobre dernier, depuis mes notes sur le meurtre de Larfaoui jusqu'aux renseignements imprimés concernant Moritz Beltreïn, en passant par les articles de Chopard, le rapport d'autopsie de Valleret, les notes prises au Vatican, les articles et les photos de Catane, le bilan de Callacciura, les dossiers médicaux des Sans-Lumière, les rapports de Foucault, de Svendsen...

Il y avait une clé cachée parmi ces documents.

Le venin noir de l'histoire n'était pas totalement extrait.

13 heures.

Je me jurai de ne pas sortir de là avant d'avoir trouvé un signe, un élément, qui me donne un début de piste pour expliquer comment la famille de Luc avait pu être massacrée alors que le tueur de l'affaire, Moritz Beltreïn, se trouvait à mille kilomètres du lieu du crime.

Avant de prendre le train, à Besançon, j'étais passé voir Corine Magnan. Elle était rentrée dans son fief deux jours après la mort de Manon. Elle avait aussitôt traversé la frontière pour auditionner les équipes fédérales chargées des constatations dans la villa de Moritz Beltreïn. Le meurtre de Sylvie Simonis était une affaire sortie. Le coupable était identifié. Toutes les preuves avaient été retrouvées chez lui : les photographies, les insectes, le lichen, un stock d'iboga...

La magistrate avait exposé ces éléments lors d'une conférence de presse, à Besançon, le mardi 19 novembre. Je n'y étais pas allé mais elle m'avait résumé ses conclusions. Moritz Beltreïn, spécialiste de la réanimation, avait vengé ses « pupilles », en tuant les responsables de leur plongée dans le coma. Parallèlement, il avait conditionné ces survivants grâce à un arsenal chimique et les avait persuadés qu'ils avaient eux-mêmes tué ses victimes. Le dément avait aussi éliminé Stéphane Sarrazin, qui menaçait de découvrir sa culpabilité.

Corine Magnan n'avait pas évoqué les Sans-Lumière. Elle n'utilisait jamais ce nom. Elle éludait même toute dimension métaphysique dans l'enquête – les miracles du diable, l'évolution maléfique des « soldats » de Beltreïn, leur possession... Finalement, la bouddhiste s'en était tenue à une version cartésienne des faits.

Lors de notre entrevue, elle ne m'avait pas non plus parlé des Asservis. Pour une raison très simple : elle ignorait l'existence de cette secte. À cet égard, les disparitions de Cazeviel et de Moraz demeuraient extérieures à son dossier d'instruction. Deux victimes reléguées aux oubliettes, en marge d'une affaire mal bouclée.

Car une question demeurait : qui avait tué Moritz Beltreïn ?

Magnan n'avait pas de réponse. Du moins officielle. L'état du cadavre, à moitié dévoré par les insectes, n'avait pas permis de détailler les circonstances exactes de sa mort. Pourtant, la juge me semblait avoir une idée sur l'identité du coupable... Mais j'avais compris, d'une manière implicite, que je ne serais jamais inquiété. En réalité, une seule personne pouvait établir un lien entre ce cadavre et moi : Julie Deleuze, l'assistante de Beltreïn. Et à l'évidence, mademoiselle Tic-Tac n'avait pas parlé.

Restait une autre énigme.

Qui avait assassiné Laure Soubeyras et ses deux filles ?

Magnan ne se préoccupait pas de ce mystère, du moins sur le plan professionnel. L'affaire ne la concernait plus : le dossier était instruit par un magistrat parisien. J'avais contacté ce dernier, lorsque j'étais encore en retraite à Bienfaisance. Je lui avais donné les coordonnées du chauffeur de taxi que j'avais identifié – celui qui avait conduit Manon à Sartuis aux environs de 20 heures, le 15 novembre. Ainsi, c'était officiel : Manon Simonis était innocente.

Nous nous étions quittés, Magnan et moi, sur un long silence, sachant tous deux qu'un élément majeur nous avait échappé. Sans doute même l'épicentre de toute l'affaire. Un tueur courait toujours, dans l'ombre de Moritz Beltreïn. C'était peut-être une illusion mais j'avais senti qu'elle me passait, tacitement, le relais.

À moi de le trouver.

À moi de le juger, d'une façon ou d'une autre.

Maintenant, j'étais devant mon propre dossier, qui offrait lui aussi une vraie cohérence. Mais cette cohérence était une illusion. Il y avait, entre ces pages, ces lignes, ces clichés, un secret – une entrée cachée.

Je repris la chronologie, ordonnant chaque document. Je notai tout, traçai des diagrammes, reliai chaque fait, chaque date, chaque lieu.

Puis je commençai à lister les détails qui ne collaient pas.

À 16 heures, je tenais ma série d'anomalies.

Les grains de sable qui grippaient toute la machine.

Premier grain de sable : le meurtre de Massine Larfaoui.

Dans ma théorie, c'était Moritz Beltreïn, le client

mystérieux, qui avait tué le Kabyle après un affrontement dont j'ignorais l'objet. Peut-être que Larfaoui faisait chanter Beltreïn, pensant qu'il utilisait l'iboga noir sur ses patients. Peut-être même avait-il découvert ses activités meurtrières… On pouvait imaginer un mobile de ce genre mais les questions restaient nombreuses. Pourquoi Gina, la prostituée, avait-elle pris l'assassin pour un prêtre ? Elle avait parlé d'un grand type, « tout en longueur »… Rien à voir, physiquement, avec Beltreïn.

La méthode du meurtre posait aussi problème. Le Suisse était un assassin, usant de techniques singulières, mais il aurait été incapable de trafiquer une arme automatique de combat – il n'avait aucune formation militaire. Et d'ailleurs, on n'avait retrouvé chez lui aucun matériel de ce genre.

Deuxième grain de sable : les apparitions psychiques.

Toujours selon ma théorie, Beltreïn droguait ses victimes puis se présentait à eux sous des déguisements distincts – ses rôles de « démon ». Mais, même grimé, même au cœur d'une transe, comment le médecin trapu avait-il pu se faire passer pour un vieillard luminescent, un ange très grand, ou un enfant défiguré ?

Troisième grain de sable : la mobilité du tueur.

J'avais noté la date et le lieu de chaque meurtre – non seulement ceux des « décomposés », mais aussi ceux de Larfaoui et de Sarrazin. D'Arturas Rihiimäki, en 1999, jusqu'à l'élimination du capitaine de gendarmerie, cela faisait beaucoup d'assassinats pour un seul homme. Sans compter qu'il y avait eu d'autres victimes – les photos chez Beltreïn l'attestaient. Tous ces voyages, ces préparatifs, étaient-ils compatibles avec les responsabilités du professeur ? Cela frôlait le don d'ubiquité.

Quatrième grain de sable : la concentration des faits.

Que je sache, les crimes du Visiteur des Limbes avaient commencé en 1999. Beltreïn avait donc attaqué son activité criminelle à l'âge de quarante-sept ans. Pourquoi si tard ? Un tueur en série révèle toujours sa nature meurtrière entre vingt-cinq et trente ans. Jamais à l'aube de ses cinquante ans. Beltreïn avait-il eu une activité criminelle qu'on ignorait depuis les années quatre-vingt ? Ou n'était-il pas seul à agir ?

Cinquième grain de sable : Beltreïn n'avait pas avoué.

Alors qu'il s'apprêtait à m'exécuter, le médecin avait encore prétendu n'être qu'un « pourvoyeur », un « intercesseur ». Il avait laissé entendre qu'il ne faisait qu'aider les Sans-Lumière dans leur vengeance. Il mentait. Ni Agostina ni Raïmo n'auraient été capables de sacrifier leurs victimes de cette façon. Quant à Manon, je savais qu'elle n'avait pas tué sa mère. Si ce n'était pas Beltreïn ni les miraculés, qui ?

L'idée d'un complice prenait corps. Plus qu'un complice : le véritable assassin. Beltreïn n'était peut-être en effet qu'un comparse. Il aidait, soutenait, pourvoyait celui qui se grimait en ange ou en vieillard. Celui qui torturait ses victimes durant des jours entiers. Celui qui avait la trentaine à la fin des années quatre-vingt-dix…

18 heures.

La nuit était tombée. J'avais seulement allumé ma lampe de bureau, diffusant une lumière rasante sur mes notes, mes rapports, mes photos. J'étais complètement immergé dans ma réflexion. Je sentais, viscéralement, l'imminence d'une découverte capitale, obtenue à la seule force de ma concentration.

Je songeai à un ultime grain de sable et décrochai mon téléphone.

— Svendsen ? Mathieu.

— Où t'étais ? Tu avais encore disparu.

— Je suis rentré ce matin.

— Personne n'a compris ton absence à l'enterrement de…

— J'ai mes raisons. Je ne t'appelle pas pour ça.

— Je t'écoute.

— C'est toi qui as fait les autopsies de Laure et des petites ?

— Non. J'ai refusé. Ces mômes ont joué sur mes genoux, tu comprends ?

Je ne reconnaissais plus mon Svendsen. Ce n'était pas le style du bonhomme. Mais quels que soient ses états d'âme, il fallait qu'il m'aide sur ce coup.

— L'affaire n'est pas terminée, dis-je d'une voix ferme. Est-ce que tu pourrais…

— La réponse est non.

— Écoute. Quelque chose déconne dans tout ça.

— Non.

— Je te comprends. Mais le type qui a tué les petites est en liberté. Je ne peux pas accepter ça. Et toi non plus.

Bref silence. Le Suédois demanda :

— Qu'est-ce que tu cherches exactement?

— D'après ce que je sais, elles ont été égorgées. Si ces meurtres appartiennent à la même histoire, comme le dit Luc, il doit y avoir autre chose. Un symbole satanique. Ou un jeu avec la décomposition des corps.

— Tu penses aussi qu'il y a un lien avec les autres?

— Je pense qu'il s'agit du même tueur.

— Et Beltreïn?

— Beltreïn n'était peut-être pas le meurtrier aux insectes. Ou bien il n'agissait pas seul. Il élevait les bestioles, préparait les produits, pour un autre coupable. Celui qui a égorgé la petite famille et qui a dû laisser sa signature.

Nouveau silence. Svendsen réfléchissait. Je profitai de l'avantage.

— Si j'ai raison, si le meurtrier des Soubeyras est aussi celui du rituel des insectes, alors il a dû placer un secret dans leurs corps. Un jeu sur la chronologie. Un pourrissement accéléré. Quelque chose qui signe son style.

— Non. Quand on les a retrouvés, les corps étaient encore chauds. Elles baignaient dans leur sang. Je n'ai rien entendu à propos d'un fait qui...

— Vérifie. Le légiste a peut-être manqué un détail.

— Les corps sont enterrés depuis des jours. Si tu penses à une exhumation, tu...

— Un coup d'œil aux rapports, c'est tout ce que je te demande. Étudie-les du point de vue de la décomposition. Les chiffres, les analyses, le moindre élément sur l'état des cadavres lors de leur découverte. Vérifie s'il n'y a pas un signe qui pourrait appartenir à l'univers tordu des autres meurtres.

Un dernier intervalle s'écoula. Enfin, le Suédois concéda :

— Je te rappelle.

J'allai chercher un café à la machine, longeant les murs pour éviter toute rencontre avec les collègues. Retour au dossier. Un autre chapitre à disséquer – le profil de Moritz Beltreïn. Sa vie, ses passions, ses rencontres. Je l'avais déjà fait, en profondeur, mais je cherchais maintenant autre chose. Un personnage récurrent dans son entourage. Un homme de l'ombre.

Je plongeai encore une fois dans sa biographie. L'homme avait passé sa vie à réanimer les morts. Il avait inventé une machine d'exception pour les tirer du néant. Il s'était toujours tenu sur ces confins, tendant la main à ceux qui pouvaient être repêchés. Il avait sauvé des dizaines de vies, prodigué le bien pendant trente années, dispensé son savoir aux États-Unis, en France, en Suisse. Une existence sans tache.

Je traquai pourtant, jusqu'à m'en brûler les yeux, un nom qui reviendrait, une zone d'ombre, un événement singulier. Quelque chose, n'importe quoi, qui puisse expliquer sa psychose ou désigner un partenaire criminel. Chaque mot semblait battre au plus profond des minuscules vaisseaux de mon cerveau.

Mais je ne trouvai rien.

Pourtant, je le sentais, quelque chose passait entre ces lignes. Un détail, une faille, qui courait sous mes yeux et que je ne parvenais pas à identifier.

20 heures.

Nouveau café. Les couloirs de la Crime étaient maintenant déserts. Ici comme partout ailleurs, le vendredi soir, on rentrait chez soi plus tôt.

Retour au bureau.

Je repris, une troisième fois, les données par le début. Étudiai en détail les circonstances du premier sauvetage de Beltreïn, en 1983. Lus l'article incompréhensible, rédigé en anglais, que le médecin avait publié, deux années plus tard, dans la revue scientifique *Nature*. Je me farcis la liste des conférences que le spécialiste avait données, pays après pays.

Une heure passa encore.

Je ne trouvais rien.

J'allumai une nouvelle Camel, me massai les paupières et repartis pour un tour.

Les dates. Les noms. Les lieux.

Et soudain, je sus.

Dans chaque biographie, on citait la première utilisation de la machine « by-pass » : une jeune femme, noyée dans le lac Léman, en 1983. Or, un souvenir me revenait maintenant. Lors de notre rencontre à l'hôpital, Beltreïn m'avait dit, afin de démontrer sa longue expérience, qu'il avait tenté cette opération, une première fois, en 1978, « sur un petit garçon mort d'asphyxie ».

1978.

Pourquoi les articles ne mentionnaient-ils jamais cette intervention ? Pourquoi ces hagiographies faisaient-elles toujours démarrer les débuts du toubib en 1983 ? Pourquoi Beltreïn avait-il lui-même occulté, dans ses interviews, son curriculum vitae, cette expérience? Et *pourquoi*, s'il avait quelque chose à cacher, m'en avait-il parlé?

Je me connectai sur Internet et accédai aux archives de la *Tribune de Genève*. Les mots-clés pour l'année 1978 : « Beltreïn », « sauvetage », « asphyxie ». Aucun résultat. Je tentai la même expérience avec *L'Illustré suisse*, *Le Temps*, *Le Matin*. Que dalle. Aucune trace d'une opération spectaculaire. Merde.

Un autre souvenir, à mon secours. 1978 était la dernière année que Beltreïn avait passée en France, à Bordeaux. J'effectuai la même recherche dans les archives de *Sud-Ouest*.

L'article me péta à la gueule : SAUVETAGE MIRA-CULEUX PAR UN MÉDECIN SUISSE. On y racontait en détail comment Moritz Beltreïn avait utilisé, pour la première fois, la machine de transfusion sanguine pour réanimer un petit garçon mort d'anoxie.

Du feu dans les veines.

L'enfant avait été récupéré au fond du gouffre de Genderer, dans les Pyrénées. Il avait été transféré en hélicoptère au CHU de Bordeaux, où Beltreïn avait proposé sa méthode. Déjà, les lignes dansaient devant mes yeux. Je ne comprenais plus rien.

Parce qu'un nom éclaboussait tous les autres mots en ondes de terreur.

Le nom de l'enfant réanimé.

Le dernier auquel je me serais attendu.

Luc Soubeyras.

Je secouai la tête, en murmurant : « Non, impossible », mais lus en détail. En avril 1978, Moritz Beltreïn avait arraché Luc, alors âgé de onze ans, aux griffes de la mort. La coïncidence était trop dingue. Les routes des deux personnages – Luc et Beltreïn – s'étaient croisées, vingt-quatre ans avant que tout commence!

Je me forçai à relire l'article à froid, tenant à distance les multiples implications de cette découverte. À la base, un fait que j'ignorais: Luc était avec son père lorsque le spéléologue était descendu dans le gouffre de Genderer, en 1978. Sans doute Nicolas Soubeyras avait-il voulu initier son fils aux sensations de cette discipline. Et encore une fois, le mettre à l'épreuve.

Mais la plongée dans les abîmes avait mal tourné.

Un éboulement avait bloqué l'issue par laquelle le père et le fils étaient descendus. Les pierres avaient tué Nicolas Soubeyras sur le coup. Luc avait survécu mais il avait été lentement asphyxié par les gaz de décomposition du cadavre de son père. Quand les deux corps avaient été découverts, l'enfant venait de mourir. Beltreïn, à l'hôpital de Bordeaux, avait alors tenté, pour la première fois, d'utiliser, de manière inversée, la machine de refroidissement. Il avait réussi à ramener l'enfant à la vie – un enfant dont le cœur avait cessé de battre durant au moins deux heures. Le plus beau sauvetage de Beltreïn: le premier, celui qu'il dissimulait au fond de sa biographie.

Et maintenant, les déductions.

Lors de cet accident, Luc avait vécu une NDE négative. À onze ans, il avait vu le diable. Sa « révélation » mystique n'était pas celle qu'il m'avait toujours racontée, sur les falaises des Pyrénées, quand

873

la lumière avait dessiné le visage de Dieu. Elle avait eu lieu au fond d'un gouffre, alors que les ténèbres l'enserraient et que son père pourrissait à ses côtés.

Luc était un Sans-Lumière.

Le seul véritable possédé de l'affaire.

Les faits, à reprendre à rebours.

Luc Soubeyras n'avait donc pas rencontré Satan quelques semaines auparavant, lorsqu'il s'était immergé dans la rivière. Tout cela était feint, calculé, truqué. Sa noyade, sa vision, son réveil maléfique : des mensonges. Lors de sa séance d'hypnose, Luc n'avait raconté que ses souvenirs d'enfant, qui dataient de Genderer !

Depuis cette première expérience, Luc tirait les ficelles. L'enfant maudit était devenu le mentor de Beltreïn. C'était lui qui avait tout monté, tout inventé. « Je ne suis qu'un pourvoyeur, un intercesseur » : Beltreïn avait dit vrai. Depuis le début, il était au service d'un enfant diabolique – celui que j'avais rencontré trois ans plus tard à Saint-Michel-de-Sèze et qui n'avait jamais caché sa passion pour le diable, prétendant qu'il fallait connaître l'ennemi pour mieux l'affronter.

Mais Luc n'avait qu'un ennemi : Dieu lui-même.

C'était Luc, et Luc seul, qui tuait ses victimes selon le rituel organique. Lui, et lui seul, qui créait des Sans-Lumière et leur apparaissait, derrière des masques, après leur avoir injecté de l'iboga noir. Marqué à jamais par le double traumatisme de la caverne et du coma, il n'avait plus cessé de former des hommes et des femmes à son image – des Sans-Lumière. Il avait tué en reproduisant les tourments

qu'il avait affrontés au fond de la grotte – les chemins de la décomposition. Luc se prenait pour le
Prince des Ténèbres, ou pour un de ses émissaires,
et c'était un démon obsédé par la putréfaction, la
dégénérescence de la mort.

Mais pourquoi avoir inventé cette noyade ? Cette
deuxième NDE négative ? Pourquoi m'avoir placé,
moi, sur ses traces ? Pour révéler au grand jour ses
manœuvres ? Pour me provoquer ? Piétiner Dieu
sous mes yeux ? *TOI ET MOI SEULEMENT…*

J'entrevoyais le mobile de Luc. Son goût de la
théâtralité, de la représentation. S'il était un émissaire de Satan, alors il fallait que les mortels découvrent son règne, l'ampleur de sa force de nuisance.
Il avait besoin d'un témoin, d'un relais pour son
œuvre. Pourquoi pas un catholique, un ami, qu'il
n'avait jamais cessé de pervertir ? Un cœur innocent, naïf, qui deviendrait malgré lui son scribe, son
apôtre ?

J'attrapai mon téléphone fixe pour joindre l'hôpital de Villejuif. Au même instant, mon portable
sonna. Je décrochai.

— Svendsen. Tu avais raison. Il y a une anomalie.
Dans l'état des corps.

Un ulcère fulgurant, au fond de mes entrailles.

— Parle.

— Les conclusions du premier toubib sont fausses. Les victimes ne sont pas mortes au moment où
on l'a cru.

— Qu'est-ce qui te fait dire ça ?

— Les organes internes sont dilatés. Les vaisseaux ont éclaté. Et certaines lésions des tissus

pourraient être liées à l'apparition de cristaux de glace.

— Ce qui signifie ?

— C'est complètement dingue.

— Accouche, merde !

— Les corps ont été congelés.

Un grand bruit blanc sous mon crâne. Svendsen continua :

— Congelés puis réchauffés. Laure et les petites ont été tuées plus tôt qu'on ne pense.

— Quand ?

— Difficile à dire. La congélation a tout brouillé. Mais je dirais qu'elles ont été refroidies durant au moins vingt-quatre heures.

— Elles ont donc été tuées à la même heure, le jeudi ?

— À peu près, oui.

Je fis mes comptes. Le jeudi 14 novembre, en fin d'après-midi, Manon était chez moi. Je lui avais téléphoné plusieurs fois et deux flics la surveillaient en permanence. En aucun cas, elle n'avait pu se rendre rue Changarnier – pas plus qu'elle n'aurait pu congeler les corps puis les replacer dans l'appartement, le lendemain. Je demandai dans un souffle :

— T'es sûr de ton coup ?

— Il faudrait exhumer les dépouilles. Procéder à d'autres analyses. Sur la base de mes calculs, on peut tenter d'en parler au juge et…

Je n'écoutais plus. Mes pensées gravitaient autour d'un autre gouffre.

Un autre suspect pour les meurtres.

Luc lui-même !

Le jeudi 14 novembre, il n'était pas encore en

cellule d'isolement. Cela signifiait qu'il avait pu partir à Paris pour massacrer sa propre famille, congeler les corps, d'une manière qui restait à découvrir. Ensuite, il était revenu à l'hôpital, avait simulé sa crise et avait été enfermé – seulement quelques heures, je le savais.

Dès l'après-midi du vendredi, il avait été libéré. Il était alors discrètement retourné rue Changarnier, il avait disposé les corps, puis était rentré encore une fois au bercail. La chaleur de l'appartement avait achevé le processus. Les cadavres étaient « morts » une deuxième fois, alors que Luc dînait avec ses amis les fous à Villejuif.

Je remerciai, ou crus remercier Svendsen, puis raccrochai.

Luc s'était fabriqué un alibi parfait. Et plus encore. Grâce à cette méthode, il était resté cohérent avec son propre sillage de violence. Encore une fois, il avait joué avec la chronologie de la mort !

Quelle était la prochaine étape de son plan ?

Me tuer, comme il m'en avait averti ?

118

J'appelai l'hôpital Paul-Guiraud et demandai à parler à Zucca. Je devais vérifier l'emploi du temps de Luc, du jeudi au vendredi. Le psychiatre confirma mes hypothèses. Son patient était sorti de cellule d'isolement le vendredi, à 16 heures. On lui avait donné des sédatifs puis on l'avait replacé dans une chambre standard afin qu'il dorme jusqu'au lendemain.

Bien sûr, Luc n'avait pas avalé les drogues. Il était reparti à son domicile pour achever sa mise en scène. L'aller et retour dans le douzième arrondissement ne lui avait pas demandé trois heures.

Restait la question centrale : comment avait-il fait pour les congeler ?

Plus tard.

Je réalisai que Zucca me parlait encore.

— Qu'est-ce que vous dites ?

— Je demandais : pourquoi ces questions ?

— Où est Luc actuellement ? Toujours dans sa chambre ?

— Non. Il est sorti aujourd'hui. À midi.

— Vous l'avez laissé filer ?

— On n'est pas dans une prison, mon vieux ! Il a signé sa feuille de sortie. Et voilà.

— Vous a-t-il dit où il allait ?

— Non. J'ai juste eu le temps de lui serrer la main. À mon avis, il est parti se recueillir sur les tombes de sa famille.

Je n'arrivais pas à accepter la situation. Un dossier en trompe-l'oeil. Des erreurs accumulées. Mon coupable en liberté. Je montai le ton :

— Comment avez-vous pu le laisser partir ? Vous m'aviez dit que son état empirait !

— Depuis qu'on s'est parlé, Luc s'est calmé. Sa cohérence mentale est revenue. L'Haldol a eu un effet très positif, semble-t-il, je…

Mes propres pensées couvraient ses paroles. Luc n'avait jamais été fou. Du moins pas de cette façon-là. Et il n'avait jamais pris la moindre pilule.

Une idée me traversa :

— Pour chaque patient, vous vous renseignez sur son passé psychiatrique, non ?

— On essaie, oui.

— Vous avez effectué une recherche pour Luc ?

— C'est drôle que vous me demandiez ça. Je viens de recevoir le rapport d'un hôpital, datant de 1978. Le Centre Hospitalier des Pyrénées, près de Pau.

— Que dit ce rapport ?

— Luc Soubeyras a eu un accident, en avril 1978. Coma. État de choc. Il conservait des séquelles de cette expérience.

— Quel genre ?

— Des troubles mentaux. Le rapport n'est pas explicite. (Zucca prit un ton songeur.) Étrange, non ? Luc a donc déjà vécu toute cette histoire une première fois…

Étrange : le mot était faible. Luc avait tout écrit, tout organisé, tout agencé, pour un « bis » d'apocalypse.

Zucca ajouta :

— En un sens, ça change mon diagnostic. Nous assistons aujourd'hui à une sorte de… récidive. Il se pourrait que Luc soit plus dangereux que je ne l'aie cru.

Je faillis éclater de rire.

— Ça se pourrait, oui.

Gyrophare sur le toit, pleins phares, sirène à fond. Les sensations, en staccato. Peur. Excitation, Nausée. Je fonçai rue Changarnier, espérant surprendre Luc dans son appartement en train de préparer son dernier acte.

Je ne mis que sept minutes pour rejoindre le cours de Vincennes. J'éteignis mes feux d'alerte, me faufilai sur le boulevard Soult, jusqu'à atteindre, à gauche, la rue du domicile. Les immeubles de briques se refermèrent sur moi comme un étau de sang figé.

Le code du premier portail me vint sous les doigts. Cœur de ciment, fontaines circulaires, pelouses. Nouveau code, pour l'immeuble, puis ascenseur grillagé. Je dégainai mon .45 et fis monter une balle dans le canon. À mesure que les étages défilaient, je sentais une encre noire, un goudron s'écouler en moi, jusqu'à me boucher veines et artères.

Couloir, pénombre. Je n'allume pas. La porte est barrée d'un ruban de non-franchissement. Personne ne semble être entré ici depuis la visite de la police scientifique.

Une oreille contre la porte. Pas un bruit.

J'arrache le ruban jaune. Une poussée vers le haut, une poussée vers le bas. Pas de verrou, à l'exception de la serrure centrale, même pas fermée. Trousseau de passes, direct, dans ma main. La troisième lame est la bonne. J'actionne le crochet de la main gauche, mon Glock dans la droite. Déclic. Je pénètre dans l'appartement.

Tous mes signaux sont au rouge.

Le mobilier bon marché, le parquet flottant, les bibelots mochards. Tout est faux ici. Luc Soubeyras a fait semblant de vivre ici, comme il a fait semblant d'être flic, d'être chrétien, d'être mon ami.

Le salon : rien à signaler. Je m'oriente vers le bureau. Inconsciemment, j'évite la chambre de Laure, où les trois corps ont été retrouvés. Les tiroirs sont vides. Les armoires, qui abritaient les dossiers marqués de la lettre « D », aussi. À la lueur des réverbères, les façades de briques se reflètent dans les vitres. Tout l'espace est rembruni. J'éprouve un pur délire olfactif. Je sens flotter ici l'odeur cuivrée de l'hémoglobine.

Retour dans le couloir.

Je bloque ma respiration et pénètre dans la chambre du crime. Parquet noir, meubles blancs. Lit nu, sans drap ni couverture, comme en suspens, dans la pénombre. Et, sur la droite, lézardant le mur, les traces de sang. Les trois corps, d'abord assis contre le mur, puis glissant sur le sol… La tremblote. J'imagine Laure et ses filles, serrées les unes contre les autres, saturées de peur. J'interroge à voix haute :

— Luc, pourquoi ? POURQUOI ?

En guise de réponse, une lueur prend corps, sur ma gauche, alors que mes yeux s'adaptent à la demi-obscurité. Je me tourne et mes tremblements se transforment en sursauts glacés.

Sur le mur opposé, derrière le lit, une phrase, en lichen fluorescent :

LÀ OÙ TOUT A COMMENCÉ.

D'un coup, je saisis deux vérités.

La première, c'est que Luc n'a pas cessé de me pister, tout au long de mon enquête. Cette écriture tordue, frénétique, c'est celle du confessionnal, celle de l'arbre de Bienfaisance, celle de la salle de bains de Sarrazin. Luc est le tueur – le seul, l'unique.

Par quel prodige, dans le coma, a-t-il pu m'écrire ?

Agissait-il par le bras de Beltreïn ?

L'autre vérité est plus brève, plus fulgurante.

Luc me donne rendez-vous. LÀ OÙ TOUT A COMMENCÉ…

Saint-Michel-de-Sèze.

L'internat où nous nous sommes connus.

Où nous avons uni notre passion pour Dieu.

En réalité, là où s'est initié notre duel.

Dieu contre le Diable.

119

Boulevard périphérique. Pied au plancher. Je peux rejoindre Pau en six ou sept heures. Arriver au pensionnat aux environs de 3 heures du matin.

Autoroute A6, puis A10, direction Bordeaux.

Je déclenche mon cruiser mental, réglé sur 200 kilomètres-heure. La route est déserte, gouffre noir percé par les seuls marquages au sol, avalés, engloutis par ma propre vitesse.

J'enchaîne clope sur clope, repoussant toute pensée. Je file vers l'ultime affrontement – et c'est tout. Pourtant, des visions jaillissent aux marges de mon esprit. Les marques de sang sur le mur de la chambre, dessinant les silhouettes des victimes. Le corps de Manon, fracassé parmi les tôles de ma propre voiture. Sarrazin, dans sa baignoire emplie de viscères. Ces fantômes flottent avec moi dans la voiture – mes seuls compagnons.

23 heures.

La fatigue me tombe dessus. J'allume la radio, pour fixer mon attention. France Info. Plus un mot sur le triple meurtre de la rue Changarnier. Étrange sentiment, vertige. Je suis le seul au monde à posséder la clé de l'énigme.

Minuit.

J'ouvre ma fenêtre pour me gifler le visage. Rien à faire. Mes paupières tombent d'elles-mêmes, mes membres s'ankylosent. Le sommeil, avec son poids d'étoile morte, fond sur moi.

Je braque sur une aire de parking.

Coupe le contact et sombre aussitôt.

À mon réveil, l'horloge du tableau de bord indique : 2:45. J'ai dormi près de trois heures. Je démarre et trouve une station-service. Le plein. Un café. J'ai couvert six cents bornes en quatre heures. Je suis à proximité de Bordeaux. Après le pont d'Arcins, il me restera deux cents kilomètres avant Pau. À l'aube, je serai à Saint-Michel-de-Sèze.

Luc m'attend-il vraiment là-bas ? Un éclair, et je nous revois, quatorze ans, au pied des statues des apôtres. Les meilleurs amis du monde, unis par la foi et la passion… Je balance mon gobelet dans la poubelle – le café a un goût de vomi – et repars.

J'avale les derniers deux cents kilomètres à moindre vitesse, les yeux écarquillés. Aux environs de 6 heures, la sortie de Pau se détache sur la droite.

J'emprunte d'abord la direction de Tarbes, sur l'A64-E80, puis la D940 vers Lourdes, plein sud.

Soudain, je reconnais la route.

Quinze kilomètres encore et la colline familière jaillit. Rien n'a changé. L'avancée claire du monastère, au sommet. Son clocher en forme de crayon de bois. Les bâtiments modernes, disséminés sur le versant. Si le rendez-vous est ici, je devine où, précisément.

Je gravis le lacet, longe le campus et stoppe sur l'aire de stationnement de l'abbaye. Je m'achemine à pied vers le portail du mur d'enclos. Plusieurs centaines de mètres plus bas, au pied de la colline, l'internat dort. Atmosphère lunaire. Je ne sens pas le froid. Je suis si froid moi-même que le vent glacé ne peut rien contre moi.

J'escalade la grille et remonte le chemin de cailloux jusqu'au cloître. Je ne prends aucune précaution. Nouveau mur. Aucun problème : je connais le chemin. Je marche sur la droite jusqu'à trouver la première meurtrière, située à un mètre cinquante du sol. Je m'y glisse de profil et bascule de l'autre côté, sur la pelouse constellée de givre.

Cette fois, je reste à couvert, dans l'ombre du mur. Pendant plus de cinq minutes, j'observe le monastère. Pas le moindre frémissement. Je me mets en marche. Je sens crisser l'herbe gelée sous mes pas. Les panaches de buée qui s'exhalent de mes lèvres. Mes battements de cœur, concentration de vie isolée sur cette colline, entre ciel et terre.

Est-il là, lui aussi ?

Sommes-nous deux à retenir notre souffle ?

À l'angle du cloître, je m'arrête. Je dégaine à

nouveau mon arme. Pas un bruit, pas un mouvement. Je traverse la galerie et accède au patio intérieur. Un carré d'herbe bleue, nappé de silence. De part et d'autre, les arches du cloître, enténébrées. Et, droit devant, les statues. Saint Matthieu avec sa hachette ; saint Jacques le Majeur, tenant son bâton de pèlerin ; saint Jean, portant son calice…

Ces saints étaient nos modèles. Nous voulions devenir des pèlerins, des apôtres, des soldats. Seul, ce vœu n'a pas été trahi. À notre façon, nous sommes devenus des combattants. Non pas des alliés, comme je l'avais cru, mais des adversaires.

Le froid commence à m'engourdir. Je me donne encore cinq minutes pour voir si l'ennemi est là. Au bout de deux, mes sensations s'amenuisent. Je ne tremble plus. Le froid m'enveloppe, à la manière d'une anesthésie.

Je dois bouger, sous peine de geler, comme au col du Simplon. Je m'engage sous la voûte. Je ne suis pas vraiment sur mes gardes – je sais que Luc voudra me parler avant de me tuer. Ce discours, cette explication, c'est l'épilogue obligé. La conclusion logique de sa machination. La vraie victoire du Mal sur le Bien, quand Satan achève sa proie par la parole.

Quatre minutes.

Je me suis trompé. Luc n'est pas là. Mon bras retombe, mon index se pose le long du pontet de mon arme. L'impasse. Luc a disparu et je n'ai plus la moindre piste. Je n'ai pas su comprendre son message.

Alors, je réalise mon erreur. LÀ OÙ TOUT A COMMENCÉ.

L'histoire n'a pas débuté ici, dans ce monastère,

mais bien avant. La réelle source de la légende de Luc est son accident. Il ne m'a pas donné rendez-vous dans le berceau de notre amitié-rivalité, mais à la naissance de son expérience fondatrice.

Dans le gouffre de Genderer.

Là où il a reçu la révélation du diable.

120

D'après l'article sur le sauvetage de Luc, le gouffre se situe à trente kilomètres au sud de Lourdes, dans le parc national des Pyrénées occidentales. Je contourne la cité mariale et file sur la N21. Argelès-Gazost. Pierrefitte-Nestalas. Les montagnes surgissent, plus denses que l'obscurité elle-même. Cauterets. Dans le centre-ville, un panneau indique la direction de Genderer. La route monte. Gagner en altitude pour mieux plonger dans les abîmes.

Cinq kilomètres plus tard, je parviens en vue du lac de Gaube. Une départementale, sur la droite, s'enfouit sous des arbres nus. Je rétrograde pour monter encore. Après un tournant, et quelques échappées sur des maisons isolées, il ne reste plus rien, sinon une flèche : Genderer.

La chaussée s'arrête net sur un parking.

Je verrouille ma voiture et me dirige vers le bâtiment d'entrée. Une série d'arches d'acier futuristes, intégrées dans la haute falaise. Le froid a changé de nature. C'est une morsure sèche, implacable, un nouveau cran sur l'échelle de la dureté. Les bourrasques font claquer mon manteau. Je me visualise comme un ange rédempteur, en marche vers la dernière bataille.

Sous les voûtes, des devantures : billetterie, boutique de souvenirs, bar-restaurant. Fermées par une seule grille. Pourtant, près du guichet de vente, j'aperçois une lumière sous une porte. Et aussi, en tendant l'oreille, la rumeur d'une radio matinale. Je secoue la grille jusqu'à produire un raffut d'enfer.

Un homme apparaît. Hirsute, mal rasé, ébahi – le même modèle que le gardien de la mairie de Sartuis.

— Ça va pas, non ?

Je lui fourre ma carte sous le nez, à travers les mailles de fer. Il s'approche, son haleine pue le café.

— Qu'est-ce vous voulez ?

— Descendre.

— À c't'heure-ci ?

— Ouvrez.

En râlant, le type actionne un système avec le pied. La grille s'élève. Je passe en dessous et me redresse face à lui. Sa barbe luit comme de la paille de fer.

— Prenez une lampe et emmenez-moi en bas.

— Vous avez un papier, un mandat, quelque chose ?

Je le pousse devant moi :

— Fringuez-vous. Et n'oubliez pas la torche.

Le gars pivote et repart d'une démarche de crabe. Je le suis pour vérifier qu'il n'appelle pas les gendarmes ou je ne sais qui. Il disparaît dans sa loge et revient avec un phare à main, doté d'une bretelle d'épaule. Vêtu d'un ciré de pluie kaki, il m'en tend un autre :

— Ça doit être vot'taille. En bas, c'est plutôt humide.

J'enfile le poncho : il me va comme un suaire.

— J'ai allumé en bas. Y a l'électricité. C'est tous les jours Noël !

Il me contourne et emprunte le couloir qui s'enfonce dans la grotte. Au bout, les croisillons noirs d'une nouvelle grille. Un monte-charge, comme ceux des mineurs de jadis. Mon guide manipule son trousseau et déverrouille le rideau de fer monté sur glissière.

— Par ici, la visite.

Je pénètre dans la cabine. Mon groom me suit et referme la grille. Il manipule le tableau de bord, à l'aide d'une autre clé. Déjà, un souffle d'humidité s'exhale, trahissant le gouffre sous nos pieds. La plate-forme tangue puis fléchit. Nous chutons dans un mouvement fluide, souple, détaché. Passé les premiers mètres, lissé par une paroi de métal, la roche défile devant nous. J'ai le sentiment de plonger non seulement dans les profondeurs de la terre, mais aussi dans des couches oubliées du temps – les âges glaciaires du monde.

Le gardien débite son discours de vieux briscard :

— On descend à vingt kilomètres-heure. À ce rythme, on aura atteint en trois minutes une profondeur de mille mètres et…

Je n'écoute pas. Mon corps me renseigne. Mes poumons se vident, mes tympans craquent. La pression. La croûte rocheuse file toujours, noire, suintante, à une vitesse vertigineuse. Mon guide renchérit :

— Surtout, tendez pas la main. On a eu des accidents. La puissance d'aspiration...

— Cette nuit, vous n'avez rien entendu ?

— Comme quoi ?

— Un intrus. Un visiteur.

Il ouvre des yeux ronds. La plate-forme a atteint le point le plus rapide de la chute. J'éprouve une sorte d'ivresse. Nous filons en apesanteur. Enfin, l'engin ralentit, dans un raclement de câbles. Mon corps se tasse. Mes entrailles remontent au fond de ma gorge puis se replacent, avec un relent de nausée. L'homme ouvre :

— Moins mille mètres. Tout l'monde descend...

Sur le seuil, je vacille. Un poids mystérieux oblitère le battement de ma circulation sanguine. Devant moi, un carrefour se déploie en plusieurs galeries. Des néons sont plantés à même la roche. Une des ouvertures porte un panneau « sens de la visite ». Je réalise que je ne connais pas le lieu exact du rendez-vous. *LÀ OÙ TOUT A COMMENCÉ.* Je demande :

— Nicolas Soubeyras, ça vous dit quelque chose ?

— Qui ?

— Nicolas Soubeyras. Un spéléologue. Mort dans ce gouffre, en 1978.

— Je bossais déjà ici, grimace l'homme. On évite d'en parler. C'est pas d'la bonne publicité.

— Vous savez où ça s'est passé ?

Il frappe le sol du talon :

— Droit en dessous. Dans la salle de bal. À moins cinq cents mètres encore.

— C'est accessible ?

— Non. C'est réservé aux professionnels.

— Il y a un accès ?

Il secoue la tête :

— À partir d'ici, il y a un parcours fléché, qui descend à moins deux cents mètres. À mi-chemin, y a un escalier, pour le personnel, qui plonge encore cent mètres plus bas. Mais après ça, c'est de la spéléo pure. Faut passer par des siphons, des cheminées. Un vrai bordel.

— J'ai des chances d'y parvenir ?

— Vous avez des notions de spéléologie ?

— Aucune.

— Alors, oubliez. Même les pros ont du mal. Un gars comme vous, au premier siphon, vous y restez.

Deux possibilités. Soit je me suis trompé et je renoncerai au premier obstacle. Soit Luc m'attend au fond, et il aura équipé le passage d'une manière ou d'une autre. Je prends conscience de deux sensations simultanées : l'humidité intense et le bruit de la ventilation artificielle.

— Indiquez-moi le chemin.

— Quoi ?

— Pour descendre vers la salle de bal.

Le gardien soupire :

— Au bout de la galerie, prenez l'escalier et suivez les panneaux. C'est éclairé. Ensuite, ouvrez l'œil. Y aura une porte de fer, sur la gauche. Le passage que je vous ai dit. Si vous êtes toujours d'attaque, passez de l'autre côté. Là, allumez les lampes avec le commutateur. Faites gaffe : assez rapidement, y a un puits.

— Je peux y descendre?

— Pas facile. Des échelons sont fixés dans la roche, genre *via ferrata*. Au fond, vous trouverez une grande salle puis un premier siphon, où la flotte tombe de partout. Après, y a un autre puits, très étroit, qui s'ouvre sur une deuxième salle. Je suis même pas sûr : j'y suis jamais allé. Si par miracle vous êtes toujours en vie, vous devrez renoncer tout de même. À cause du lichen.

— Quel lichen?

— Une variété qui émet un gaz toxique. Un truc luminescent. C'est ce genre de mousses qui empoisonnaient les égyptologues et...

— Je connais. Ensuite?

— Y a pas d'ensuite. Vous arriverez pas jusque-là.

— Admettons que j'y sois.

— Eh ben vous serez plus très loin. À l'époque, l'éboulement avait poussé Soubeyras et son môme dans une chambre close. C'est là qu'ils sont morts. Depuis, on a creusé un passage pour accéder à la salle de bal – c'est superbe, j'ai vu des photos.

Sous mon poncho, mon corps est secoué de décharges. Terreur ou impatience : je ne sais pas. Le lichen est l'indice. Le dernier élément qui boucle le cercle. Luc m'attend dans cette salle, juste après l'antichambre de sa première mort.

— Vous avez parlé d'une porte en fer. Elle est fermée à clé?

— Y a intérêt.

— La clé.

Le bonhomme hésite. De mauvaise grâce, il sort son trousseau et détache un passe. Je l'attrape, ainsi

891

que le phare à main puis repousse le guide dans la cabine du monte-charge. Il tente de protester :

— J'peux pas vous laisser faire ça. Vous êtes pas couvert par les assurances !

— Je suis jamais couvert, dis-je en rabattant la grille. Si je ne suis pas de retour dans deux heures, appelez ce numéro.

Je griffonne les coordonnées de Foucault sur un des reçus d'autoroute et le glisse entre les treillis.

— Dites-lui que Durey a des problèmes. Durey : compris ?

L'homme ne cesse de dodeliner de la tête.

— Si jamais vous arrivez au siphon, attention au lichen. Soit vous passez en moins de dix minutes, soit vous y restez.

— Je m'en souviendrai.

— Vous êtes sûr de votre coup ?

— Attendez-moi là-haut.

Il hésite encore puis, enfin, se résout à actionner son tableau de bord :

— J'vous renvoie l'ascenseur. Bonne chance !

La cabine disparaît dans un tremblement de ferraille. Le vide s'abat sur moi, infiltré par le bruit de la ventilation et le clapotis des gouttes. Je tourne les talons, la lampe à l'épaule, et me mets en marche.

À cinquante mètres, un escalier à pic. Plusieurs centaines de marches, pratiquement à la verticale. Je m'accroche à la rampe. Des coulées brillent sur les murs, le plafond scintille de flaques, l'humidité est partout, pénétrante, gorgeant l'air comme une éponge.

En bas, nouveau panneau : « sens de la visite ».

Le rythme régulier des néons, fixés en hauteur, évoque un tunnel de métro. Au bout de cent mètres, je repère la porte, sur la gauche. Je fais jouer ma clé et cherche le commutateur. Une série d'ampoules, reliées entre elles par un seul câble, s'allument faiblement. De plus en plus lugubre : le boyau est noir, légèrement en pente. Je repousse mes appréhensions et avance, sans voir vraiment où je mets les pieds. Mes épaules accrochent les lampions, qui oscillent sur mon passage.

Soudain, la pente se casse à angle droit. Le puits. J'allume ma lampe et aperçois les échelons de fer sur la paroi opposée. Je teste du talon les premiers barreaux, éteins ma torche, la glisse en bandoulière puis attaque ma nouvelle plongée à reculons.

Une centaine de barreaux plus tard, je touche la terre ferme. Je ne vois rien mais l'air frais me renseigne : je me trouve dans un grand espace. « La première salle ». J'attrape mon phare et l'allume à nouveau. Je me tiens sur une coursive. À mes pieds, une caverne immense. Une vallée circulaire, qui rappelle un amphithéâtre romain.

Les plis dans la roche décrivent des myriades d'ornements. Des pics s'élèvent, des pointes s'abaissent, formant franges, piliers, dentelles. D'une manière absurde, mon esprit récite une vieille leçon de Sèze. « Stalactites : concrétions calcaires qui se forment à la voûte d'une grotte par l'évaporation de gouttes d'eau » ; « stalagmites : concrétions qui s'élèvent en colonnes du sol… »

Je me déplace sur la gauche, dos à la muraille, maintenant ma lampe devant moi, sans l'abaisser pour ne pas éclairer le vide.

Une autre galerie. J'avance, voûté, parfois presque accroupi. Des éboulis roulent sous mes semelles. Mes chevilles se tordent sur des arêtes, s'enfoncent dans des flaques. Mon champ de visibilité se limite au rayon de ma lampe. Des bruits de ruissellement me confirment que je suis sur la bonne voie – le guide a parlé d'un siphon…

Enfin, devant moi, le torrent. J'hésite un instant puis replace ma lampe sur mon épaule, cale mes pieds sur les côtés du boyau, juste au-dessus de l'eau. Nouvelle descente. L'eau est partout. L'eau est le sang de la grotte. Ses galeries sont ses veines, ses artères. Et je suis au cœur de cette circulation.

Enfin, une surface plate. Coup de torche : un sas de roches noires. Des blocs jonchent le sol, des stalactites lèchent les murs : aucune issue. Quelques pas encore. Soudain, une bouche. Le deuxième puits dont a parlé le gardien. Mais cette fois, aucun échelon, aucune prise. Sans matériel, impossible de descendre.

À ce moment, j'aperçois un scintillement. Un mousqueton. Je dirige mon faisceau et découvre un harnais, relié à une corde. La confirmation. Luc m'a préparé la route. Il est là, tout près, m'attendant pour l'ultime affrontement.

Je me harnache, m'empêtrant dans mes vêtements mouillés. Je n'ai aucun expérience en alpinisme, mais je trouve au fond de ma peur quelques parcelles d'esprit pratique. Une fois attaché, je me laisse aller, dos au vide. D'abord, rien ne se passe. Je reste suspendu, tournant sur moi-même, les deux mains serrées sur la corde. Puis celle-ci se met à coulisser, m'emportant lentement dans l'obscurité.

Je ne réfléchis plus. Je plane, les yeux fermés. Je suis en train de plonger, physiquement, dans l'enfer de Luc.

Mes pieds retrouvent la terre ferme. Je m'extrais du harnais, braque ma torche. La deuxième salle. Même arc de cercle, mêmes stalactites. Mais le halo de ma lampe verdit. D'un geste, je l'éteins. La lueur verdâtre demeure. Une odeur phosphorée me pique les narines. Le lichen. Partout autour de moi.

Des semaines d'analyses, de recherches, de conjectures pour saisir l'origine de cette mousse. Maintenant, elle est là. Je suis à la source du mystère, comme les égyptologues le furent au fond du tombeau de Toutankhamon et y laissèrent leur peau.

Quelques mètres encore. Je n'ai pas rallumé mon phare. La nuit change de nature. Je discerne maintenant un halo rougeâtre. Je songe aux visions des Sans-Lumière. Le givre incandescent. Le phare palpitant... Le diable va-t-il m'apparaître ?

La lueur provient d'une des galeries. Toujours sans allumer, j'avance à l'intérieur, à quatre pattes. Mes paumes m'envoient un nouveau signal : la pierre est chaude. Une lignite ou je ne sais quel minéral, conservant le souvenir du magma immémorial. J'ai l'impression d'approcher du cœur incandescent de la Terre.

Une nouvelle niche.

Une cavité circulaire, de quelques mètres carrés, très basse.

On a dressé ici un autel, ponctué de lampes-tempête.

Mais ce n'est pas la mise en scène qui me fascine.

Ce sont les dessins sur les murs.

Des pictogrammes serrés, comme jaillis de la Préhistoire.

Je devine que je me trouve devant les esquisses dont m'a parlé Luc – les figures que Nicolas Soubeyras a soi-disant tracées avant de mourir. Je sais maintenant que ces œuvres sont celles de Luc lui-même. Elles n'ont jamais été dessinées sur un cahier mais sur les parois du caveau. Les croquis d'un Luc âgé de onze ans, mort de peur, emmuré vivant, en train d'étouffer près du cadavre de son père.

Je m'approche. Les motifs rappellent ceux de Lascaux ou de Cosquer. L'enfant a utilisé des feutres, dont il a écrasé la pointe. Des rouges, des ocres, quelques noirs. Les couleurs des premiers artistes de l'histoire humaine.

La fresque répète toujours la même scène. Une silhouette, limitée à quelques traits, une sorte de Y. Un enfant. À ses côtés, une autre figure, allongée. Le père. Au-dessus, une coupole les surplombe, hérissée de stalactites. Les tableaux répètent la même scène : l'enfant, le père, la voûte.

Le seul élément qui change est la forme des stalactites qui, peu à peu, s'allongent, se distordent, se transforment en griffes. Sur les dernières variations, les serres de pierre forment un visage, les traits d'un vieillard, soulignés de blanc et de rouge. Avant même de sombrer dans le coma, Luc a donc vu le Prince des Ténèbres venu l'enlever…

Une voix derrière moi :

— C'est ici que nous sommes morts, mon père et moi.

Je me retourne. Luc est là, vêtu d'une combinaison bleue de spéléologue. La même que celle de son
père, sur le portrait triomphant de son bureau. Assis
sur le sol, cerné par les lampes-tempête. Il n'est pas
armé. Notre combat se situe au-delà des armes, du
sang, de la violence.

Notre combat est eschatologique.

Nous sommes tous les deux déjà morts.

Morts et enterrés.

— Que penses-tu de ma fresque ? demande-t-il.
La passion selon saint Luc !

La voix est ambiguë. Sarcastique, désespérée.
Je retrouve l'adolescent contradictoire de Saint-
Michel-de-Sèze. Fragile et dominateur, fiévreux et
désabusé.

— J'espère que tu as compris où nous sommes.
Un jour, on parlera de cette grotte comme on parle
du jardin milanais pour saint Augustin ou de Notre-
Dame pour Claudel. Le théâtre d'une conversion.
En fait, l'antichambre du mystère. Cette niche n'a
été qu'un préambule aux vraies ténèbres. (Il pointe
un index sur sa tempe.) Celles du coma, là où « Il »
est venu me chercher.

Luc contemple la fresque quelques secondes,
rêveur, dans mon dos. Il reprend :

— Il faut d'abord que tu imagines ma terreur
quand je suis descendu ici (Il a un bref ricanement.)
J'étais claustrophobe. Mon père le savait et il m'a
tout de même emmené dans ce gouffre. Pour que je
devienne un homme ! Tu t'imagines mon angoisse,

ma détresse? J'en étais malade. Pourtant, la véritable épreuve a commencé après l'éboulement. Quand j'ai compris que j'étais emmuré avec le cadavre de mon père.

Il n'y a plus aucun bruit. Ni clapotis, ni ruissellement. Un nouvel écosystème, où règne une chaleur doucereuse, une sécheresse étrange.

— Viens, dit-il en se levant. On peut accéder à la grande salle.

Je lui emboîte le pas, penché sous la voûte. Nous pénétrons dans une grotte immense. La salle de bal. Sur une coursive naturelle, des lampes s'échelonnent encore et éclairent les lieux. Des colonnes gigantesques jaillissent des ténèbres pour soutenir la voûte. Des groupes de stalactites descendent, simulant des lustres de cristal. Les parois sont noires, plissées, charbonneuses. J'ai le sentiment d'admirer une cathédrale maudite, parfaitement appropriée au culte de Luc.

Nous avançons sur la passerelle. En contrebas, sur des avancées rocheuses, des objets trahissent une présence humaine. Une tente, un sac à dos, un réchaud. Tout est installé pour un séjour spéléologique. Luc doit revenir ici de temps en temps, à la source.

— Installe-toi. La vue d'ici est prodigieuse.

Je m'assois sur le parapet, évitant de regarder le vide sous mes pieds.

— Tu sens la chaleur? La lignite, Mat. L'haleine de la Terre. Crois-moi, ici, le corps de mon père n'a pas mis longtemps à pourrir. Ces chairs gonflées, crevées… Elles ne m'ont plus jamais quitté. Quand ma lampe s'est éteinte, je suis resté avec les odeurs, les gaz, la mort. J'ai sombré avec soulagement. C'est là, au fond de l'inconscience, que l'initiation a eu lieu.

— Qu'est-ce que tu as vu?

— Tu commences à avoir ta petite idée, non?

— C'est ce que tu as raconté sous hypnose?

— Je me suis inspiré de mes vrais souvenirs, oui.

— Ce vieillard, ces cheveux luminescents, pourquoi?

— Nous sommes arrivés au bout du chemin, Mat, et tu n'as toujours rien compris.

— Réponds à ma question. Qui est ce vieillard?

— Il n'y a pas de réponse. Il faut s'incliner devant un mystère. Songe à ta propre foi. Pourrais-tu la décrire en termes rationnels? Pourrais-tu l'expliquer? Et pourtant, tu n'as jamais douté de l'existence de Dieu.

— Et le Serment des Limbes?

Luc sourit.

— Intraduisible. Ni en mots ni même en pensées. Tu imagines sans doute un pacte, un marché, toutes ces conneries à la Faust. Mais le Serment des Limbes est une expérience indicible. Une puissance qui t'emplit au point de devenir ton seul élan vital. Quand Satan m'a sauvé, il n'a pas sauvé celui que j'étais. Il a donné naissance à un être nouveau.

Je joue l'ironie:

— Tu n'es donc qu'un Sans-Lumière parmi d'autres?

— Beaucoup plus que cela, et tu le sais. Un messager. Un émissaire. Je me glisse dans les consciences et diffuse Sa parole. Je crée mes propres possédés. J'organise ma légion !

Les questions se précipitent sur mes lèvres. Il me faut toute l'histoire. Mais c'est Luc qui demande, d'un ton amusé :

— Tu te souviens de Kurzef ?

— Notre prof d'histoire ?

— Il disait : « On livre les premières batailles pour sa patrie ou la liberté. Les dernières pour la légende. » C'est notre dernière bataille, Mat. Celle de notre légende noire. Quand tu sauras la vérité, tu comprendras que je t'ai créé. Je suis ta seule raison d'exister.

— Raconte-moi tout. Et laisse-moi seul juge.

Luc laisse aller sa tête en arrière.

D'un ton détaché, presque absent, il déroule son odyssée.

Avril 1978.

Quand l'enfant se réveille du coma, Moritz Beltreïn est auprès de lui, bouleversé. Luc, âgé de onze ans, revenu à la vie après une mort clinique, est sa victoire. Son vaccin contre la rage, sa pénicilline, sa trithérapie. La prouesse qui l'inscrira dans les manuels d'histoire de la médecine.

Pendant deux années, Beltreïn installe Luc dans sa maison, à Lausanne, tout en versant une indemnité à la mère ivrogne. Il l'inscrit à l'école, le nourrit, l'élève. Mais surtout, il l'interroge.

Il veut savoir ce que l'enfant a vu sur l'autre rive.

Depuis des années, Beltreïn cache son jeu. Célibataire, sans vie personnelle ni autre passion que son métier, il passe pour le savant parfait, dévoué à ses travaux. En réalité, c'est un maniaque, un pervers, obsédé par le mal et sa transcendance. Il pense que l'expérience du coma est une *Camera oscura* où se révèlent les images venues d'un autre monde, positif et négatif. Beltreïn est hanté par le versant noir de l'au-delà. Il veut découvrir les forces du mal de la conscience humaine. Il veut être un pionnier sur les terres de Satan.

Mais Luc ne se souvient de rien. En revanche, ses actes parlent pour lui. Tortures sur des animaux. Sexualité morbide. Goût de la solitude. Luc est un tueur en puissance. Un abcès prêt à crever. Beltreïn suit cette transformation avec avidité et la nourrit – c'est l'ombre portée des ténèbres, la force noire revenue sur terre pour le renseigner.

Un jour, enfin, Luc se souvient. Le tunnel. La lumière rouge. Le givre brûlant. Le vieillard albinos. Beltreïn prend des notes. Enregistre le gamin. L'étudie sous toutes les coutures.

Luc est son cobaye.

Mais aussi son conteur, son navigateur, son Homère.

Et bientôt, son maître.

À douze ans, Luc tue le chien de Beltreïn, par jeu, par provocation. Le médecin n'a plus de doute : l'enfant est bien un messager du diable. Il lui jure allégeance. Il est prêt à suivre ses ordres, qui ne sont que les volontés de « là-bas ».

1981.

Beltreïn décide d'adopter officiellement Luc – sa mère vient d'être internée pour alcoolisme chronique. Puis il se ravise : il devine que l'enfant aura besoin d'une couverture discrète, anonyme. Il faudra le protéger contre les lois, la justice, le pauvre système des humains.

Luc est un monstre.

Un envoyé du diable.

Beltreïn sera son ombre, son apôtre, son protecteur.

Il inscrit le jeune garçon à Saint-Michel-de-Sèze.

Luc découvre l'éducation catholique. Il s'infiltre chez l'ennemi et il aime ça. C'est à ce moment qu'il rencontre un jeune croyant naïf et idéaliste – moi. « Tu es devenu mon sujet d'observation, souligne Luc. Mon sujet d'expériences. »

Le mal progresse en lui. Les meurtres d'animaux ne suffisent plus : il doit passer au sacrifice humain. Dès qu'il le peut, il s'enfuit de Saint-Michel et rôde dans les villages voisins, en quête de victimes. Un jour, il rencontre Cécilia Bloch, neuf ans. Il l'attire dans une forêt et la brûle vivante en la pulvérisant avec un aérosol enflammé.

Cécilia Bloch.

La petite qui m'a tant obsédé.

Le crime qui hante mes nuits depuis vingt ans. Luc Soubeyras est donc l'auteur du meurtre fondateur. Mensonge absolu de mon destin. Je me sens emporté par un torrent de boue et perds le fil de son discours. Je dois faire un effort surhumain pour me concentrer à nouveau sur sa voix.

Cette nuit-là, après l'autodafé, Luc disparaît. Le recteur du collège prévient Beltreïn. Fou d'angoisse, le médecin fait le voyage et ratisse les forêts avoisinantes : il connaît le goût de Luc pour les lieux sauvages, les ténèbres, la solitude. Il ne le trouve pas. Il plonge finalement dans le gouffre de Genderer et découvre l'enfant, prostré dans la grotte aux dessins. Affamé, perdu, Luc avoue son crime mais il est trop tard pour faire le ménage. Le corps est découvert. Par chance, Luc n'est pas soupçonné. Mais qui pourrait soupçonner un enfant d'un tel meurtre?

Les années passent. Luc multiplie les assassinats. Chaque fois, Beltreïn s'occupe du corps, nettoyant la scène de crime. Luc est à la fois son maître et sa créature.

Pour l'enfant, chaque crime est un rituel de passage.

Un nouvel anneau du serpent, avant la mue complète.

1986.

Luc s'installe à Paris. Il a dix-huit ans. Il tue encore, de manière sporadique. Sans cohérence ni fil rouge. Il n'a pas encore saisi la logique interne de son destin.

Pour son anniversaire, Beltreïn lui fait une terrible révélation. Luc n'est pas seul dans son cas. Le médecin suisse lui parle des Sans-Lumière, sur lesquels il a effectué des recherches. Luc comprend qu'il a une « famille ». Il devine aussi qu'il a hérité d'une mission plus profonde.

Pas seulement faire le mal, mais l'engendrer, le multiplier...

Créer d'autres Sans-Lumière.

Devenir un pôle de lumière négative.

1988.

Beltreïn, chef de service au CHUV de Lausanne, sauve une autre enfant : Manon Simonis. Dès le lendemain, sa mère, bouleversée, lui révèle que l'enfant était possédée. Beltreïn la raisonne mais se dit que Manon est peut-être, elle aussi, une Sans-Lumière. Il convainc Sylvie de ne pas dévoiler sa survie. Il installe Manon dans un pensionnat suisse sous un nom d'emprunt et tente de reproduire l'histoire de Luc.

Mais la petite ne montre aucun signe de possession, aucune trace de pulsions négatives. Beltreïn refuse l'idée qu'il se soit trompé. Manon revient d'entre les morts. Elle est marquée par le diable. Il doit être patient : la pulsion maléfique se révélera plus tard.

Alors, il scellera les fiançailles du Mal : Luc et Manon.

Pendant ce temps, Luc poursuit son apprentissage.

1991.

Le Soudan d'abord puis, surtout, Vukovar.

Dans la ville assiégée, la violence est partout. Femmes enceintes brûlées vives, nouveau-nés arrachés des ventres au couteau, enfants aux yeux crevés. Une litanie d'horreurs dans laquelle Luc exulte. Il participe à ces orgies de sang. Il est pris d'une ivresse, d'une allégresse sans limites. Satan est bien le Maître du monde !

Luc retourne en Afrique. Quelques mois au Liberia, après l'assassinat de Samuel K. Doe. Il y contracte un goût nouveau : le déguisement. Il se mêle aux tueurs affublés de masques. Il arbore lui-même des trognes de grand-mère ou de zombie quand il tue, viole, pille…

« Je m'appelle Légion, parce que nous sommes plusieurs. »

1992.
Nouvelle métamorphose. Luc devient flic. Il sème la terreur, la corruption, la violence, en toute impunité. Parfois, il mène l'enquête sur ses propres crimes. D'autres fois, il traque des concurrents – des tueurs. S'ils sont médiocres, il les arrête. S'ils possèdent quelque vice particulier, une originalité, il les laisse courir. C'est une période faste. Luc tire les ficelles. Il saborde le système judiciaire de l'intérieur. Il est aux premières loges pour truquer, voler, tuer, et miner la société humaine.

Il est à la fois l'esprit du Malin et son instrument.

Luc prend soin aussi de se marier, puis d'avoir deux enfants. Un nouveau masque. Infaillible. Qui suspecterait un honnête père de famille, flic intègre, catholique pratiquant ?

Mais Luc n'a pas oublié son projet : créer ses propres Sans-Lumière.

Au milieu des années quatre-vingt-dix, Beltreïn entend parler de l'iboga noir. Il connaît déjà les substances chimiques qui peuvent reproduire des états proches de la mort, mais il n'a jamais étudié les propriétés de la plante africaine. Beltreïn se renseigne à Paris. Il plonge dans le milieu africain. Il rencontre Massine Larfaoui qui lui procure la plante psychoactive.

Sans hésiter, Luc s'injecte le poison et n'en retire qu'une déception. L'iboga noir est une imposture. Rien à voir avec ce qu'il a connu, lui, au fond de la caverne. Pourtant, la racine peut lui permettre de « préparer » ses Sans-Lumière, moyennant quelques aménagements.

Avril 1999.

Beltreïn est appelé au chevet d'un miraculé en Estonie : Raïmo Rihiimäki. Le cas est parfait. Un jeune musicien gothique nourri de rock satanique, défoncé jusqu'aux yeux. Son père soûlard a tenté de le tuer, à bord de son bateau de pêche.

Luc rejoint Beltreïn à Tallinn. Raïmo est encore à l'hôpital. Dès la première nuit, Beltreïn lui injecte le produit africain, associé à d'autres substances psychotropes. L'Estonien commence son voyage. Il quitte son corps, voit le couloir, les ténèbres rougeoyantes, mais conserve une semi-conscience.

Luc apparaît alors dans la chambre, à genoux, déguisé en petit garçon. Il s'est confectionné un mufle raclé, tailladé, dégoulinant de sang. Raïmo est horrifié, mais aussi subjugué. Luc lui parle. Raïmo boit ses paroles. Le Serment des Limbes selon Luc Soubeyras…

À sa sortie de l'hôpital, le musicien est convaincu d'agir au nom du diable. Il doit désormais semer le mal et la destruction. Parallèlement, Luc et Beltreïn s'occupent du père de Raïmo. Luc a mis au point un protocole. Hanté par la décomposition des corps, il pourrit volontairement l'organisme de sa victime. Secondé par son parrain, il lui injecte des acides, des insectes, jouissant de contempler la dégénérescence à l'œuvre, à la lumière du lichen dont il lui enduit l'abdomen. Il dégrade ses chairs au point de les déchirer. Il les taillade à coups de dents de fauve. Il coupe la langue au vieil homme.

Luc est à la fois Satan, Belzébuth, Lucifer.

Il a enfin trouvé sa méthode.

Le modus operandi qui le fait jouir jusqu'au vertige.

Avril 2000.

Beltreïn suggère d'autres cas à Luc, dont celui d'Agostina. Les apparitions se multiplient, les meurtres s'affinent. Luc répand son sillage de terreur et de pourriture sur la Terre. Il est Pazuzu, celui qui infeste la Terre…

Il est temps de s'unir à sa « fiancée ».

2002.

Pour honorer l'événement, Luc et Beltreïn décident d'abord de venger Manon. Luc procède au sacrifice dans une grange du Jura. Le martyre de Sylvie dure une semaine. Puis il apparaît à Manon déguisé en écorché vif. Rien ne fonctionne comme prévu. Malgré les injections, malgré les mises en scène de Luc, la jeune femme ne conserve jamais de souvenir de ses « visites ».

Manon n'est décidément pas douée pour le diable.

Elle ne sera jamais une Sans-Lumière.

Dans cette résistance, Luc voit un signe. Il est temps d'achever le premier cycle de son œuvre. Temps d'éliminer Manon. Temps aussi de se débarrasser de sa première peau – celle du flic bourgeois, marié et père de deux enfants. Luc décide de tuer sa famille et de faire endosser ces meurtres à Manon.

Il décide aussi de révéler à son « Apôtre », son double inversé, la grandeur de son règne…

— Tu as toujours été mon saint Michel, murmure Luc. Moi, ange du Mal, je devais me trouver un archange du Bien.

— Je ne t'ai servi à rien.

— Tu te trompes. Le mal n'existe vraiment, dans toute sa grandeur, que lorsqu'il triomphe du bien. Je voulais que tu sois confronté à la réalité du diable – à son intelligence. Tu as été parfait. Tu as suivi, pas à pas, mon plan, et mesuré l'étendue de ma force. J'ai été ton apocalypse et tu as été ma victoire sur Dieu.

Les révélations de Luc ne font que confirmer mes certitudes. Luc Soubeyras et Moritz Beltreïn, deux déments lancés sur la grand-route de la violence, prisonniers de leurs propres fantasmes.

Mais il y a encore des détails qui me taraudent.

Quelle que soit l'issue de ces confessions, je dois tout mettre en ordre.

— Ce suicide, dis-je, c'était risqué, non ?

— Sauf que je ne me suis pas suicidé. À Vernay, Beltreïn était avec moi. Il m'a injecté du Penthotal pour me plonger dans un coma artificiel. Ensuite, à l'Hôtel-Dieu, il était présent pour régler chacune de mes injections. Et c'est lui qui m'a réveillé le moment venu.

C'est tellement évident que je m'en veux, rétrospectivement, de ne pas y avoir pensé. Un spécialiste comme Beltreïn pouvait tout simuler, tout organiser. Un faux suicide et un coma réversible.

— Comment savais-tu qu'il était temps pour toi de te réveiller ?

— C'est toi qui as donné le signal. Le jour où tu as sonné à la porte de Beltreïn. Cela signifiait que tu avais compris que Manon était vivante. Tu avais presque couvert tout le chemin. Je pouvais renaître pour jouer le dernier acte. Simuler ma possession et orienter les soupçons sur Manon pour le meurtre de sa mère. Elle était des nôtres. Elle était coupable! Je savais que Manon finirait par être placée en garde à vue. Qu'elle hurlerait sa haine envers moi. Je n'avais plus qu'à éliminer ma famille puis lui coller le triple meurtre sur le dos. L'affaire se bouclait d'elle-même.

— Pour réfrigérer les corps, comment as-tu fait?

— Tu es un bon flic, Mat. Je savais que tu comprendrais ça aussi. Il y a un grand congélateur, dans ma cave. Il a fallu déplacer les corps, c'est tout. J'ai pensé à recueillir aussi leur sang et à le congeler, pour la perfection de la mise en scène. Mais ce dont je suis fier ce sont les empreintes. Beltreïn avait préparé un moule adhésif des sillons digitaux de Manon. Je n'ai eu qu'à les appliquer un peu partout. C'était déjà la technique que j'avais utilisée sur le chantier abandonné, pour Agostina.

— Tu n'appartiens pas au monde des hommes.

— C'est toute la leçon de ton enquête, Mat. Tu commences seulement à mesurer les forces en présence! Je n'appartiens pas à votre logique pitoyable (D'un coup, il se calme et poursuit.) La technique de réfrigération fonctionnait à deux vitesses. Elle m'offrait un alibi mais elle était aussi une signature. Satan respecte toujours ses propres règles. Comme lorsque Beltreïn a tué Sarrazin. Il fallait trafiquer son corps, dérégler sa chronologie naturelle.

À ce moment, je remarque le détail fatal. Luc tient maintenant un pistolet automatique. Nous revenons à des forces beaucoup plus banales. Je n'ai aucune chance de dégainer avant qu'il ne presse la détente. Quand je saurai tout, quand j'aurai contemplé toute la grandeur de son « œuvre », Luc m'abattra.

Une dernière question – moins pour gagner du temps que pour faire place nette :

— Larfaoui ?

— Un dommage collatéral. Beltreïn lui achetait de plus en plus d'iboga. Ces commandes ont intrigué le Kabyle. Il a suivi Beltreïn jusqu'à Lausanne et l'a identifié en tant que médecin. Il a cru qu'il utilisait l'iboga noir pour des expériences interdites sur ses patients. Il a voulu le faire chanter. Il se trompait bien sûr mais on ne pouvait pas laisser un tel fouinard en circulation. J'ai dû l'éliminer, sans fioriture.

— La nuit de son exécution, Larfaoui n'était pas seul. Il y avait une prostituée. Elle t'a aperçu. Elle a toujours parlé d'un prêtre.

— J'aimais cette idée : revêtir le col romain pour faire couler le sang. J'ai dû l'abattre un peu plus tard.

Luc lève le chien de son arme. Une dernière tentative :

— Si je suis ton témoin, pourquoi me tuer ? Je ne pourrai jamais propager ta parole.

— Quand l'image est parfaite dans le miroir, il est temps de briser le miroir.

— Mais personne ne connaîtra jamais ton histoire !

— Notre échiquier est d'une autre dimension, Mat. Tu es le représentant de Dieu. Je suis celui du diable. Ce sont nos seuls spectateurs.

— Que vas-tu faire… après ?

— Je vais continuer. Voyager dans les esprits, multiplier les possédés… D'autres identités m'attendent, d'autres méthodes. Le seul voyage important est celui des limbes.

Luc se lève et ajuste son tir. Alors seulement, je remarque qu'il tient mon .45. Quand me l'a-t-il subtilisé ? Il place le canon sur ma tempe : Mathieu Durey, suicidé avec son arme de service. Après le fiasco de mon enquête, la mort de Manon et le massacre de la famille Soubeyras, quoi de plus normal ?

— Adios, saint Michel.

La détonation me traverse de part en part. Une violente douleur, puis le néant. Mais rien ne vient. Pas de sang. Pas d'odeur de cordite. Le Glock, à quelques centimètres de mon visage, ne fume pas. Je tourne la tête, les tympans bourdonnants.

L'archange noir vacille, lâchant mon automatique, au bord de la coursive. Avant que je puisse esquisser un geste, Luc tend son bras vers moi, avec une stupéfaction incrédule, puis bascule en arrière, dans l'abîme.

Sa chute révèle une silhouette pleine et noire, à quelques mètres de là.

Même à contre-jour, je reconnais mon sauveur.

Zamorski, le nonce justicier de Cracovie.

Col romain et costume sombre, prêt pour une extrême-onction.

Ma première intuition a toujours été la bonne.

Le 9 millimètres fumant entre ses doigts lui va comme un gant.

122

Le sol, le ciel, les montagnes.

Une ligne de lumière à l'orient, au-dessus des crêtes.

Elle s'élevait à la manière d'une auréole, rose sombre. Sur le parking, deux Mercedes noires étaient stationnées, surveillées par une poignée de prêtres. Ils attendaient leur maître -- leur général.

Je me retournai. Zamorski marchait sur mes pas. Son visage carré se détachait dans le clair-obscur. Nez étroit, coupe argentée, traits immuables. Impossible de soupçonner qu'il venait de tuer un homme, à mille mètres sous terre. Tout juste portait-il des traces de salpêtre sur les épaules.

Je parvins à demander :

— Comment m'avez-vous retrouvé ?

— On ne vous a jamais perdus, ni toi, ni Manon. Nous devions vous protéger.

— Pas toujours efficace.

— À qui la faute ? Tu n'as pas tenu compte de mes avertissements. Tout ça aurait pu être évité.

— Je n'en suis pas sûr, répondis-je. Et vous non plus.

Le Polonais détourna les yeux. Dans son dos, la bouche noire de la grotte sous les arches d'acier. Je songeai à Luc Soubeyras. Naufragé du silence et des ténèbres. Nous n'avions même pas évoqué la possibilité de récupérer son corps, ni prononcé une prière à sa mémoire. Nous étions simplement remontés sans un mot, pressés d'en finir, et plus encore d'en sortir.

— Les Asservis, vous en êtes où ?

— Un groupe a été détruit, grâce à toi, dans le Jura. Et une autre faction, à Cracovie. Grâce à toi aussi, en partie. Mais d'autres foyers existent. En France. En Allemagne. En Italie. Nous suivons l'iboga noir. C'est notre fil. Comme on disait, du temps de Solidarnosc : « D'abord continuer, ensuite commencer. »

Je levai les yeux. La ligne de clarté formait un halo violet, flaque d'essence diluée dans l'estuaire de l'aube. Je fermai les paupières, savourant le vent glacé sur mon visage. Je sentais monter en moi une sensation diffuse de vie, d'être intense – et en même temps, à la surface de ma peau, une vibration légère, exaltée, électrique.

— Je suis déçu, souffla Zamorski. L'affaire se résumait donc à la folie d'un seul homme. Un imposteur qui jouait au démon. Pas l'ombre d'une présence surnaturelle, d'une force supérieure dans cette histoire. Nous n'avons pas approché, même de loin, le véritable adversaire.

J'ouvris les yeux. Dans la lumière naissante, le Polonais accusait son âge.

— Vous oubliez le principal. L'inspirateur de Luc.

— Beltreïn ?

Le contresens révélait la fatigue du nonce :

— Beltreïn n'était qu'un pion. Je parle de Satan. Celui que Luc a vu au fond de la gorge. Le vieillard luminescent.

— Tu y crois donc ?

— S'il y a eu un seul véritable Sans-Lumière dans cette affaire, c'est Luc. Il n'a rien inventé. Ses actes n'étaient que les ordres d'une entité supérieure. Nous n'avons pas rencontré le diable mais son ombre portée, à travers Luc.

Zamorski me frappa dans le dos :

— Bravo. Je n'aurais pas dit mieux. Tu es mûr pour notre groupe ! J'ai entendu dire que tu souhaitais rejoindre un ordre religieux. Pourquoi pas le nôtre ?

Je désignai les soldats en costume noir, parmi les longues ombres de l'aurore :

— Chercher Dieu, c'est chercher la paix, Andrzej. Pas la guerre.

— Le combat est au fond de toi, dit-il en pressant mon épaule. Et nous sommes les derniers chevaliers de la foi.

J'avançai sur le parvis, sans répondre. Au-dessus des montagnes, la courbe de lumière prenait de l'ampleur. Lente déchirure ocrée dans une moire bleu sombre. Le disque solaire n'allait pas tarder à crever la voûte céleste.

Zamorski insista :

— Réfléchis bien. Ta nature est la lutte. Pas la contemplation ni la solitude.

— Vous avez raison, murmurai-je.

— Tu vas nous rejoindre ?

— Non.

Je sentais contre ma hanche la crosse de mon .45 que j'avais récupéré.

Sensation dure, réconfortante, comme un assentiment.

— Quoi d'autre ?

Je souris :

— Continuer. Simplement continuer.

Pour être fort, il faut toujours écouter les conseils de ses ennemis. J'allais suivre la seule suggestion valable de Luc – celle du temps des Lilas : « On doit mourir encore une fois, Mat. Tuer le chrétien en nous pour devenir flics. »

Oui, j'allais encore arpenter les rues, combattre le mal, me salir les mains.

Jusqu'au bout.

Mathieu Durey, commandant de la Crime, sans illusions ni compassion.

Revenu de sa troisième mort.

Composition et mise en pages réalisées
par Text'oh! - 39100 Dole

Achevé d'imprimer par GGP Media GmbH, Pößneck
en Janvier 2008
pour le compte de France Loisirs,
Paris

N° d'éditeur: 50584
Dépôt légal: Février 2008
Imprimé en Allemagne